兰州大学"双一流"建设资金人文社科类图书出版经费资助

中亚东干文学论稿

常文昌　常立霓　著

中国社会科学出版社

图书在版编目(CIP)数据

中亚东干文学论稿/常文昌,常立霓著. —北京:中国社会科学出版社,2018.8
ISBN 978 - 7 - 5203 - 2914 - 9

Ⅰ.①中… Ⅱ.①常…②常… Ⅲ.①华人文学—文学研究—中亚
Ⅳ.①I360.6

中国版本图书馆 CIP 数据核字(2018)第 172901 号

出 版 人	赵剑英	
责任编辑	陈肖静	
责任校对	李 剑	
责任印制	戴 宽	

出　　　版　中国社会科学出版社
社　　　址　北京鼓楼西大街甲 158 号
邮　　　编　100720
网　　　址　http://www.csspw.cn
发 行 部　010 - 84083685
门 市 部　010 - 84029450
经　　　销　新华书店及其他书店

印刷装订　北京君升印刷有限公司
版　　　次　2018 年 8 月第 1 版
印　　　次　2018 年 8 月第 1 次印刷

开　　　本　710×1000　1/16
印　　　张　25.25
字　　　数　375 千字
定　　　价　118.00 元

东干文学奠基人十娃子（左一）与
老舍（中）合影

作者夫妇与驻吉大使宏九印
（左一）夫妇

作者夫妇与吉内务部常务副部长阿姆勒别克（右三）、吉中国和平统一促进会
会长焦鸿（右四）、吉华侨联合会主席云季达（左一）夫妇

作者任斯拉夫大学客座教授期间与伊玛佐夫通讯院士在吉科学院东干学部

作者与哈萨克斯坦东干协会主席胡塞（中）、杨建军教授（右一）

作者与《东干》杂志主编尤苏波夫 　　作者与夫人张秀霞女士参加孔子学院
春节联欢会

作者与驻乌大使于洪君（左二）、中方教师郭茂全副教授（右一）

作者任塔什干孔子学院中方院长期间与乌方院长沙夫卡特

作者夫妇在东干作家曼苏洛娃（中）家做客

伊玛佐夫与作家白掌柜的（中）、评论家玛凯耶娃（右一）

作者合家于伦敦哈罗公学

作者与乌兹别克欧贝克博士

作者夫妇在伊塞克湖边

作者学生奥林在塔什干独立广场练习
太极拳和形意拳

作者在塔什干孔子学院授课

作者主持乌兹别克斯坦汉语教学研讨会

作者夫妇在比什凯克广场

作者与沙夫卡特向来访孔子学院的代表团介绍情况

作者在伦敦大学亚非学院访学

作者在塔什干孔子学院讲座

作者在米粮川学校

作者向梢葫芦乡十娃子纪念馆赠书，与教务主任（左一）、
伊玛佐夫院士（左二）、校长（右二）合影

挪威东干民间文学国际研讨会合影

作者与挪威何莫邪院士（左一）、伊玛佐夫院士（左二）、
美国梅维恒教授（中）、冬拉尔（右一）

东干文学研究团队（左一 杨建军教授、右一司俊琴教授）
与伊玛佐夫（中）合影

作者与伊玛佐夫（中）、林涛教授

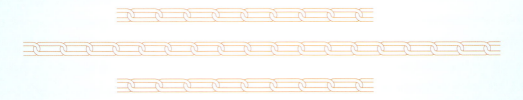

作者在第五届东干语言文化国际学术研讨会作大会主旨发言

挪威史易文博士（右四）访问兰州大学，与东干研究团队合影

作者与东干学者冬拉尔（左一）、拉黑玛（左二）、十四儿（右一）

何莫邪院士（左一）、东京大学教授、法国汉学家柯理思（中）
来兰州与作者会面

作者与吉科学院东干研究中心学者十四儿（左二）、法蒂玛（左三）、
拉黑玛（右三）、伊玛佐夫（右二）合影

作者与胡振华教授

作者与挪威奥斯陆大学东干学者史易文博士（中）

东干文学研究团队（左一 杨建军教授、右一司俊琴教授）与乌兹别克斯坦
东干文化协会白东山会长（中）

作者与东干研究专家莫斯科大学达吉亚娜教授（左一）、俄罗斯人文大学
易福成教授（左二）、冬拉尔（右一）

作者与胡振华教授（中）、杨军红副教授

作者与东干诗人十四儿（左）、学者冬拉尔（右）

作者与北方民族大学林涛教授

作者与莫斯科大学达吉亚娜教授

作者与日本东干学者犬塚优司（中）

作者与伊玛佐夫院士

作者与东干学者十四儿（右二）、冬拉尔（左一）

作者与陕西师范大学王国杰教授

作者与东干研究
专家合影

作者在挪威东干民间文学国际会议上发言

作者与伊玛佐夫院士在吉尔吉斯科学院东干研究中心合影

作者与东干诗人、学者十四儿在吉尔吉斯国立民族大学合影

《东干》杂志　　　　　　　　　　　东干新娘

《回民报》

戴盖头的东干新娘

东干婚礼上，父亲为出嫁的女儿朗诵诗作

东干新郎与伴郎

吉尔吉斯斯坦十娃子学校东干语课堂

目　　录

前　言
——中国东干研究格局中的东干文学研究

中亚东干文学包括口传文学与书面文学，口传文学已有 140 年的历史，书面文学从 20 世纪 30 年代亚斯尔·十娃子的《亮明星》算起，有 80 多年历史。本书专门论述东干文学，在前言部分，想要说的是研究中考虑到的一些问题。

一　东干研究格局及其变化

东干研究，从俄罗斯学者最初的研究算起，已有一百多年的历史，东干学的形成和研究的科学化则始于 20 世纪 30 年代。

在世界东干学格局中，俄罗斯学者波利瓦诺夫、德拉古诺夫（龙果夫）、李福清等大家具有很高的研究水平。俄罗斯学者研究最早，时间最长，成就也最高。其后，涌现出一批卓有成就的东干学者，他们逐渐成为东干研究的中坚力量。Я. 十娃子、Ю. 杨善新、М. 苏尚洛、Ю. 从娃子、А. 卡里莫夫、М. 哈桑诺夫、М. 依玛佐夫、Ф. 玛凯耶娃、И. 十四儿等，分别对东干语言、文字、历史、文学、民俗、文化等领域做原始材料的收集整理和深入研究。

日本学者桥本万太郎，澳大利亚学者葛维达等在东干语言和文学研究方面都有新的开拓。除此之外，德国、挪威、芬兰、美国、以色列等其他国家也有这方面的研究者。而近年来,挪威奥斯陆大学何莫邪(皇家科学院)院士、史易文博士在东干研究界可谓异军突起,他们利用现代科技手段,建立了东干数据库,创办了东干研究网站,吸引了各国东干研究者的目光。

国际东干研究格局的变化。苏联解体后,东干研究格局发生了变化,这就是俄罗斯东干研究滑入低谷和中国东干研究的崛起。中亚各国的独立,同俄罗斯拉开了距离,尽管我们看到莫斯科大学还有人延续他们以前的东干研究,俄罗斯人文大学也有学者从事东干研究,但是昔日的雄风已难重振。

中国作为东干民族的历史故国,东干研究起步较晚,形成的基本格局为四大板块——东干历史、东干文化、东干语言和东干文学。东干历史以王国杰的《东干族形成发展史》为代表,东干文化的代表作首推丁宏的《东干文化研究》。21 世纪以来,中国东干学研究发展势头较快,主要集中在语言与文学两大领域。国家社科基金、教育部人文基金有关东干研究的项目几乎全集中在这两个领域,有关东干研究的学术著作和学术论文绝大部分都分布在这两大板块上。东干语言研究方面,林涛、海峰、刘俐李为这方面的有代表性的研究者。

东干文学研究方面,对中国读者影响较早的是澳大利亚汉学家葛维达对东干民歌《十二月歌》的介绍和研究,令中国读者耳目一新。胡振华也发表过单篇介绍文章。稍后,新疆杨峰出版了东干小说散文集《盼望》,这本书虽是意译,没有完全保留东干话的原汁原味,但是却产生了较大影响。杨峰是作家,在中亚东干人那里调研时间较长,他治学严谨,所选作品具有代表性,至今仍不失其参考意义。在东干民歌研究方面,尤其从音乐角度切入,赵塔里木独领风骚,他的研究差不多是空谷足音。丁宏的《东干文化研究》中涉及文学,让读者初步感受到东干语言的韵味。海峰直译转写的李福清等编著的《东干民间故事传说集》有很高的资料价值与学术价值,代表了东干民间故事研究所能达到的水平。

在东干文学直译转写方面,有几位孜孜不倦的耕耘者,林涛陆续转写出版了东干口歌口溜,亚斯尔·十娃子、伊斯哈尔·十四儿等东干诗歌,穆哈默德·依玛佐夫、爱莎·曼苏洛娃小说。马永俊对东干最负盛名的亚斯尔·十娃子和尔里·阿尔布都作品进行了大规模的直译转写,他懂俄文、阿拉伯语、突厥语,又是穆斯林,具备较为全面的转写技能。惠继东直译转写并出版了曼苏洛娃的《喜爱祖国》、拉阿洪诺夫的《金黄秋天》。常文昌、常立霓的《世界华语诗苑的奇葩》一书除了对十娃子和十四儿进行学术研究外,还直译转写了两位诗人的代表作品,并对每一首诗作了点评。

在中国的研究者中,始终执着于东干文学的学术研究层面,且形成研究团队的是兰州大学(这个团队中,有的毕业后分到其他单位)的研究者。

这个团队都是常文昌教授的硕博研究生,先后发表东干文学研究(包括博士和硕士)论文的共计16人。从知网统计数字来看,21世纪国内有关东干文学研究的各种论文有近90篇,其中85%以上的论文出自兰州大学东干研究团队。这个团队已出版东干文学研究学术著作6部(包括国外出版的俄文著作),在国外发表论文多篇。先后承担国家社科基金和教育部人文社科基金东干文学研究项目7项。从一个侧面反映了中国东干学研究的崛起。挪威东干研究者史易文来兰州大学访问座谈说,他去过许多国家,还没有见过有这么多东干研究者密集的地方。

值得一提的是,这个团队多次以专题栏目,推出多组东干文学研究论文。开辟专题栏目的刊物是《兰州大学学报》《北方民族大学学报》《华文文学》《浙江工商大学学报》《中央民族大学学报》《宁夏大学学报》《天水师院学报》《社科纵横》等,每组论文多则4篇,少则2篇。其他刊物如《西北师范大学学报》《外国文学研究》《广东社会科学》《民族文学研究》《贵州社会科学》《暨南学报》《井冈山大学学报》《西北民族大学学报》《光明日报》《文汇报》《甘肃日报》等报刊也发表过这个团队的有关东干学的文章。

二　东干文学定位

苏联时期，东干学隶属于汉学，为汉学的一个分支。20 世纪 50 年代，吉尔吉斯斯坦科学院成立了东干学部，这是苏联唯一一所东干学专门研究机构。现在又更名为"汉学与东干学研究中心"。在中国，东干学在整体上，又划归回族学。有关东干民族与义化的资料和论文，一开始在《回族研究》和《民族研究》等相关刊物上发表。而东干学的分支又分别划归别的学科，如东干语隶属于西北方言。

同上述概念相联系，东干人在东干语中称自己的文学为"回族文学"，而中国则称之为"中亚东干文学"或"中亚回族文学"。一方面为了区分中国回族与中亚回族，另一方面考虑到俄语中的通用东干概念，我们将名称定为"中亚东干文学"。

一方面，中亚东干文学曾属于苏联多民族文学中的一部分，也属于中亚多民族文学中的一部分；另一方面，中亚东干文学的源头，尤其是口传文学最初是从中国带来的。东干文学以西北方言为主体，又借用了俄语、阿拉伯语、波斯语及周围民族的某些语汇，同时还体现了回族的文化心理与风俗习惯。也就是说，东干文学是在中亚自然、经济、社会环境及文化氛围中产生的，它有中国的种子，却是在中亚东干民族的土壤中生长的。一方面，它受俄苏文学、吉尔吉斯文学及哈萨克文学的影响；另一方面又与中国西北民间文学有不可分割的血肉联系。它不是中国回族文学的一部分，只是中国回族文化在中亚大地上的传承和变异。

由于中亚东干文学是用中国西北方言创作的，它的族群又是中国回族后裔，因此，我们将东干文学定位为世界华语文学。

华语文学比华文文学的概念更好。语种是文学种类的最主要的标志，在世界较大的语种文学中，按惯例通常划分为：英语文学、德语文学、法语文学、西班牙语文学等。从世界文学史的角度讲，德语文学包括德国作家、奥地利作家等。因此，华语文学与英语文学、德语文学等正好在概念上是对应的，这是其一。其二，东干文学不是用汉字书写，而是用 33 个俄文字母外加 5 个新字母拼写而成。它的文字是东干文，因此华语文学包容东干文学更为贴切。

把东干文学放在世界华语文学的框架中考察，它与其他地域的华语文学既有许多共同之处，也有很大的不同。因此，我们把东干文学称为"世界华语文学的新大陆"，把东干诗歌称为"世界华语诗苑的异卉"，东干小说称为"世界华语小说的奇葩"。

三　东干文学最耀眼的闪光点——语言

东干文学闪光点比较多，这里只想强调的是，它的语言的独一无二性。东干书面语言，代表了东干语言的最高水平，可惜，东干语学者注重田野调查，这是十分必要的，但很少注意书面语言的典范性，很少吸收书面语言。

东干书面语言具有与中国现当代书面语言及世界华语文学语言的不同特点。东干书面文学的价值仅从它的语言看，就摧毁了人们从中国现当代文学教科书中所获得的中国作家口语化的认识，它给我们提供了一个新的参照系。

东干书面语言采用彻头彻尾的口语，将汉语书面语言荡涤得一干二净。这不是有意为之，是汉字失传后，东干人与中国书面语言失去了联系，他们不会汉字，没有经过汉语书面语言的任何训练。而中国作家都是念过书的，都受过多年书面语言的训练，因此即使刻意追求口语化，或运用方言口语，都不可能彻底摆脱书面语的影响。

试比较一下，东干报文章题目"心劲大的科学人"，要在中国报纸上，就应当是"顽强拼搏的科学家"。这个"心劲大"是很生动的口语。阿尔布都小说"莫斯科喀山车站，人丸圪垯的呢。"有译者意译为"莫斯科喀山车站人如潮涌。"像蜜蜂或蚂蚁一样"丸圪垯"，比习惯了的书面语"人如潮涌"更新颖。阿尔布都小说中写一个残废军人送葬说，"他送的哪一朝的埋体？"要译成现代汉语就是"他送的什么葬？"送葬是汉语说法，送埋体则是回族用语。这里"哪一朝"特别精彩。东干人将以西北方言为主体的东干话叫作"父母语言"或"亲娘语言"。

人们公认老舍是运用北京口语的典范，与赵树理为现代文学俗白的双璧。恰好阿尔布都通过俄文版将《月牙儿》译成东干文。比较一下，老舍的"焉知"还未脱净文言的影响，阿尔布都则译为"还不知道呢"。老舍的"欲睡"也是较文雅的书面语，阿尔布都译为"丢盹"。原作月牙儿在"碧云上斜挂着"，也有点文绉绉，东干文则译成在一块"青云彩上吊的呢"。都证明东干语是彻头彻尾的方言土语，它没有夹杂书面的雅言，但是它的艺术表现力是令人信服的。

阿尔布都的回译有些地方比老舍原文更精彩。"我有好些必要问妈妈的事"，东干文译成"把她心呢的事要透问的来呢"，这里西北方言中的"透问"比一般的"问"更传神，更贴切。"透问"的含义，往往是对方不想说，而通过婉曲的诱导，使其不知不觉地说了出来。因此，我们认为这是阿尔布都翻译过程中的神来之笔，令人叹服。

可惜相信白话万能的老舍，生前会见过十娃子，但并未看到阿尔布都的译文。假若能看到，老舍一定会比我们更惊喜。即此一端，可以感受到东干文学的研究价值。世界各地的华人华侨，尽管保留了不少方言土语，可是在文学创作中，都用书面语。只有东干文学是个例外，这个例外给我们提供了新的思考。

老舍原作《月牙儿》"把字句"总共 37 个，而东干译文多达 334个，后者是前者的 9 倍。

东干文《月牙儿》不是由汉语直接转写，而是由俄文转译的，《月牙儿》在苏联是由 A. 吉什科夫从汉语译成俄文，我们手头的俄文版《老舍作品选集》所收的《月牙儿》是吉什科夫翻译，1957 年莫斯科文艺出版社出版的。

《月牙儿》东干文的发现，令我们惊喜不已，仿佛发现了东干文学星空中的一颗未命名星辰。此前，人们比较东干文与汉语，缺少一个抓手，往往选取俄罗斯作家的作品，再比较东干作家和中国翻译家的译

文。我们偏爱《月牙儿》，提供 4 种文本，老舍原作好找，本书不予收
录。而收录 3 种文本，一是吉什科夫的俄文文本，二是阿尔布都根据俄
文文本翻译的东干文文本，三是我们从东干文回译转写的汉字文本。我
们相信研究者从比较中可以发现很多东西。

四　东干作家作品研究

东干作家作品的研究始终是东干文学研究的重中之重。东干人公认
的两大杰出作家是十娃子和阿尔布都。将十娃子定位为东干书面文学的
奠基人，认为阿尔布都在东干小说中的地位相当于十娃子在东干诗歌中
的地位。这种看法是客观的，符合实际的。笔者曾把十娃子和阿尔布都
称为东干文学的"双子星座"。

十娃子和阿尔布都等作家的书面文学作品，代表了东干语言的最高
成就。笔者曾写过这样的体会："天生阿尔布都，就是让我们领略东干
语言的艺术魅力。"一般中国人觉得东干话土气，而十娃子和阿尔布都
等东干作家把东干语言提升到一个相当高的艺术境界。

诗歌创作方面，第二代诗人曼苏洛娃、拉阿洪诺夫、依玛佐夫继承
了十娃子的诗歌传统。第三代诗人——以十四儿为代表。国外研究界对
十四儿还没有引起足够的重视。我们发现十四儿，是继十娃子之后，中
亚东干诗坛上最富于创新精神且成就最高的诗人。此前，我们称他为东
干诗坛上的"黑马"[1]，现在又称他为"东干诗歌的月亮"，这是我们读
了《快就夏天飞过呢》后产生的新的想法。如果把东干书面文学的奠
基人十娃子比作东干诗歌的太阳，是东干诗歌的乐观派，那么诗人十四
儿则是东干诗歌的月亮，他抒写了更多的忧郁情绪。两位诗人相辅相
成，使我们更完整地看到了整个东干精神世界。十四儿诗歌的突出特点
是：由东干民族记忆出发所形成的忧郁情结，对民族和人类生活与命运

---

[1]　常文昌：《世界华语文学的"新大陆"——东干文学论纲》，中国社会科学出版社 2010 年
版，第 108 页。

的哲学思考,诗歌内容的丰富性与艺术表现的创新性。《黑马从滩道跑掉哩》就是这方面的代表作品,诗人写道:"黑马从滩道跑掉哩,/热头压西山的时节,/照住迟气跑掉哩,/化到光里头渐渐。//黑马从滩道跑掉哩,那塔儿水多,青草不欠,/那塔儿新鲜风刮的呢,/那树木青草甜甜。//黑马从滩道跑掉哩,把缰绳忽然扽断。/是谁把它没挡的住,/晚上照住大宽展。"这里的"迟气"是晚霞,十四儿诗中的"早气"是早霞。"大宽展"俄文版译为自由。全诗主体意象是黑马,黑马挣断了束缚它的缰绳,向着自由美好的地方跑去,是一首非常优美的象征诗。《丫头坐的哭的呢》,也不是写实,现实生活中哪有太阳落了,霞光消失了,由此而引发小孩子哭泣的?这类作品摆脱了一般东干诗人写实的局限,对人类追求自由、对人的命运的思考是很深刻的。

东干小说家哈桑诺夫、哈瓦佐夫、尤苏尔·老马、依玛佐夫、白掌柜的、曼苏洛娃、尔里·张等都是值得关注的。他们从不同角度描绘了东干人的精神世界。

东干儿童文学创作不乏优秀的作品。有的语言相当出众,方言口语提炼得干净利落,有的想象奇特,有的机智幽默。

五　三维关系与中国视角

中国的东干文学研究除了作家作品研究,诗歌、小说和民间故事、口歌口溜及文学批评研究之外,主要集中在以下三维关系的研究上,一是东干文学与中国文化的关系,二是东干文学与俄罗斯文化的关系,三是东干文学与伊斯兰文化的关系。我们把它称作东干文学研究的三维关系或三大支点。

与俄罗斯文化联系也会有一些新的发现。司俊琴概括为显性与隐性两种影响。十娃子的《北河沿上》说:"天山背后,/牛毛汉人住的呢,/长的金手。"最初看到直译转写为"长的精瘦"。从文义上看,也是通的。可是,原文为 shou。"瘦",东干人的发音是 sou,而不是

shou，这就成为一个疑点。十四儿认为应该是"金手"，民间有"金手银胳膊"之说。十四儿这个看法正是源自俄语。司俊琴教授在她的博士论文中就引述俄语中"金手"即能工巧匠的解释，并以曼苏洛娃小说中的"金手银胳膊"为例，说明东干语对俄语的仿制。有了这些证据，直译转写成"长的金手"就有理有据了。

三维关系，贯穿于我们的整个东干文学研究中，也贯穿于每个作家的研究中。我们有了许多例证，但仍然需要深化，需要将微观研究与宏观研究结合，发现更多的东西。

中国学者的优势是什么？同东干学者和俄罗斯学者相比，我以为就在于中国视角。同外国学者比较，我们对中国文化更了解。试举几例：

李福清与东干学者收集的《东干民间传说与故事》（俄文版）具有很高的资料价值与学术价值，但《韩信三旗王》中，16处出现"三旗王"都写成旗帜的旗，东干故事并没有说是旗帜的旗，其实都应写为"三齐王"。中国史料记载韩信封为"三齐王"，古有三秦、三晋、三吴、三楚的说法，与三齐都属于地域名称。

澳大利亚学者葛维达，她的东干研究在中国很有影响。有些直译转写特别好，如"女寡妇"与"男寡夫"的汉字转写很得当。其开拓性的直译转写，功不可没。但个别地方，就发现译文的问题了，试举两例。民歌《王哥儿放羊》中状写王哥的情妹妹，有一句汉译为"三寸打的金链格哉哉"，正确的译文应是"三寸大的金莲格哉哉"。这里不是打制的三寸金链，而是形容旧时缠过脚的小脚女人走路的样子。旧时妇女最小的脚叫"三寸金莲"，四寸的叫"银莲"，超过四寸叫"铁莲"。这样翻译，中国文化的内涵就出来了。又如译文"六月里五伏天，王哥儿放羊荒草滩。"中国人把最热的天气叫伏天，分为三伏。而没有五伏。原来东干话把"入"叫wu，农历六月入伏。我们还发现，十娃子的《桂香》与黎锦晖的《可怜的秋香》基本一样，十娃子通过什么渠道看到《可怜的秋香》，仍然是一个谜。东干词汇中，有一个词"待诏"——理发师。这个词是怎么来的？据传唐朝有个理发师叫刘全，手艺精湛，选入宫廷，为待诏，给帝王后妃理发。后来在陕西户县落户，繁衍子孙。户县秦渡镇现在有个村子叫待诏村。

这些例证都说明，中国视角可以发现许多别人未发现的东西。

六　东干文学与中国文化的互证与互补

东干文学与中国文化具有互证与互补性，阅读东干作品遇到某些疑难之处，常常可以从中国文化中找到答案；反过来，中国文化中某些失传的东西，在东干文学中还鲜活地存在着。这不仅是一种有趣的文化现象，同时也成为我们研究中的不可或缺的方法。

阿尔布都的小说《惊恐》与唐传奇白行简的《三梦记》第一梦刘幽求故事有惊人的相似。《三梦记》第一梦说，刘幽求夜归，路见一佛堂，闻寺中欢歌笑语。他俯身一看，只见儿女杂坐，环绕共食。其妻也在其中。刘掷瓦击中杯盘，佛堂顿时人影全无，方才所见荡然无存，回到家中，原来妻子在家中所梦与刘所见完全一样。阿尔布都完全采用了《三梦记》的故事框架，扩展成 2800 字的小说。李娃上街卖完土产，夜半归来，路过金月寺，见妻子打扮得像孔雀一样，坐在一堆阿訇和乡老中间，一边喝酒一边调情。李娃捡起石块，从窗子上砸进去，灯灭了，刚才所见瞬间消失。显然，阿尔布都很可能通过唐传奇的俄文译文受到《三梦记》的影响。

又如，十娃子把钢笔叫"钢生活"，这种叫法对于中国年轻人来说，几近失传。五六十年前，我们的父母、爷爷奶奶把毛笔叫生活。由此可以断定"钢生活"就是钢笔。这是以西北民间口语来证明东干语的含义。再从书面文献记载看，清人黎士宏在其《仁恕堂笔记》中记载："甘州人谓笔曰生活。"不仅口语中有，文献中也有了。近年来方言研究已成为语言学中的热点，陆续出版的银川方言、西宁方言、西安、陕西方言、兰州方言等西北方言词典差不多都收入了将毛笔称为"生活"的民间旧有说法。如此多重证据，与东干语互证，就十分可靠了，直译转写起来，心里就踏实了。东干语也有将笔称盖兰，这是汉语所没有的。

　　值得注意的是，东干人保留了我们失传的东西，有些是我们现有民间文学中找不到的。如故事《要上树的鳖盖，江呢浪去的猴》，翻阅《中国民间故事集成》各卷，都没有类似故事。莫斯科大学研究者所做的口歌口溜卡片，其中有一条："亲亲亲，不亲，亲亲门上送礼行。"礼行，礼物。意思是亲戚的亲与不亲，取决于送礼的多少。又如，东干学者收集的"不怕贼偷，但怕客来"，还有"不怕军荒，但怕年荒"，"但有军荒，就有年荒，军荒大不过年荒"。这些在中国谚语大全中都无法找到。

　　关于阿卜杜拉。十娃子和十四儿都对阿卜杜拉十分推崇，并受其影响，称其为伟大的回族诗人。20世纪50年代，苏联著名杂志《星火》介绍过阿卜杜拉，说他是19世纪陕西回族诗人，并发表过他的几首俄文译诗，其中有一首是《给后辈的信》，由俄文翻译过来，其中两句是：

　　　　世上什么都有，一切都为人，
　　　　只是回回一无所有。

　　宁夏出版的大型文学史《回族文学通史》也未收入这位回族诗人。阿卜杜拉在俄罗斯评价很高，在中国却被遗漏了，令人遗憾。

七　东干文学研究的几个层次

　　东干文学研究，可以分为几个层次：首先是资料的收集和整理。这方面，东干学者做了大量的工作。东干民间故事和口歌口溜虽有好几种东干文版本，但仍不完整，有的口歌口溜并未收入。作家的作品也比较零散，需要广泛收集。中国是东干人的历史故国，东干研究起步较晚，东干资料几乎从零开始收集。

其次是直译转写。对于中国广大读者和各国汉学家来说，东干文的汉语直译转写是需要的，中国学者已经开始做这项工作。东干诗歌、小说、民间故事、口歌口溜的直译和转写相继出版，扩大了东干文学的阅读面。而直译转写，保留了东干语言的原汁原味，是值得肯定的。

东干文学研究的第三个层次是进入学术研究层面。学术研究要建立在可靠的资料基础上，要入乎其内，出乎其外，从感性认识上升到理性认识。但是，从更高的要求看，东干学研究需要不断突破，不能停留在一个水平上。

就东干文学而言，作家作品的深入研究还远远不够，一是面不宽，二是深入研究欠缺，三是东干文学的现状，特别是对中亚各国独立以来的东干文学研究很少。东干民间文学还有很大的研究空间。2014 年 9 月，在奥斯陆"东干民间文学国际学术讨论会"上，其中一个议题便是东干口歌口溜的解读问题，要从语义学的角度弄清每一条谚语的内涵，实在不是一件容易的事。比如，"人心不足蛇吞象（相），tan 心不足吸太阳。"东干人保留了这条完整的谚语，国内谚语大全之类的书只收了第一句。这条谚语的来源还有一个动人的故事。第二句有人写作"贪心不足吸太阳"，这同第一句不对称，而且吸太阳的主体也是人吗？俄罗斯科学院院士李福清解释说，东干人认为 tan 是一种动物，有的说是龙，有的说是狮子，很可能是一种神话动物。类似难解的谚语还可以举出一些。东干文是拼音文字，口歌口溜的含义往往要通过俄语解释或汉字定位才能弄明白。要彻底解决其中的问题，需要东干学者与中国学者的通力合作。

八　东干文学的直译转写

直译转写有许多问题尚待解决。一是校勘问题。陈垣在《校勘学例释》中总结出四种校法，一为对校法，二为本校法，三为他校法，四为理校法。这几种校勘方法对校正东干文原文或直译转写的汉文，都有启示意义。对校法，是几种不同版本的对校。东干文文本中极个别地方原文校对有误，我们力求在直译转写中也予以订正。如十娃子有一首诗题为《我把烧心绑住呢》，出版于 1988 年的《挑拣下的作品》中的"绑"少了一个字母，成了"包"。而最新出版于 2006 年的《五更翅儿》沿袭了这个错误，未能校出。回过头来，查对出版于 1980 年的《天山的音》，才发现更早的版本可能是诗人亲自校对的，是正确的。本校法，以本书前后互证。如十娃子《滩道》中"金刚太阳"，令人联想到甘肃方言"精刚晌午"（没有云彩的烈日暴晒的正午），以十娃子同一本书中的另一首《春风》互相参照发现，"金刚"的含义与甘肃方言并不一致。《春风》中写太阳："它的金光，／把春风都钻透呢，／就像金刚。"这是前一首"金刚"的最好注脚。他校法，是以他书校本书，以前人之书或所引者校之。理校法，我们理解其含义为于理通达。国外不熟悉西北方言的汉学家问笔者如何发现直译转写的错误，以什么为标准？理校法，便是其中的一种办法。严复主张翻译要信、达、雅。东干文的直译转写与其他语言文字的翻译一样，但也要信，也要达。我们发现，信与达有时并不完全一致，东干人的某些习惯用法，我们可能觉得别扭，不太通达；但更多情况下信与达是一致的，往往能从不通之处发现误译。举一个例子，有转译的这样一首儿歌："赶早的饭，上午端；上午的饭，二压三，洗锅抹碗鸡叫唤。"这是东干语中的陕西话，说的可能是做饭费事，或者是做饭人不麻利，紧做慢做就迟了。但这样转写意思不通，"二压三"更无法理解。细细琢磨，应该这样转写："赶早的饭，晌午端；晌午的饭，日压山，洗锅抹碗鸡叫唤。"理校有利也有弊，要判断准确，否则就会出错，正如陈垣所说，最高妙者此法，最危险者亦此法。

　　直译转写要防止主观武断，既要明白东干人怎么说，又要知道东干人不怎么说。大凡太文绉绉的语句，就要问一问，东干人是不是这么说？直译转写中如何处理音义一致的问题？在处理音义问题上，有的注重音译，译者可能也知道东干文的含义，如十娃子《北河沿上》中"也没喝过尼罗的水，／没压过 kang。"不加注释，中国读者很难理解其中"kang"的含义，"kang"就是渴。又如东干诗中"睡懒觉"转写为"睡浪觉"或"睡朗觉"，读者也不明白意思，东干人"懒"的发音为lang，是甘肃武威口音。把十娃子诗中的"芍药"译成"佛爷"，读者也就跟着弄错了原意。"月亮月亮渐渐高"，按东干文发音译为"月亮月亮节节高。"十四儿的一首诗题译为《节节，节节……》，开头译为"节节，节节冰的呢，/我的热心"，其中的"节节"也是渐渐的意思。本书直译转写在坚持音义一致的原则下，更注重义。上述几例我们统统译为"渴"、"睡懒觉"、"芍药"、"渐渐"，还原东干文字的本义，同时注明东干人与现代汉语的不同发音。这样处理，可能更便于读者阅读，同时也为读者和语言学家了解语音提供了便利。

直译转写还有一个麻烦的问题，即东干方言本字转换成汉字该怎么写？方言中有些字有音无字。陕西人为"biangbiang面"创造了一个𰻞字，笔画超过60画。按照这种办法再创造大量的方言字，中国的汉字不知要膨胀到多少，汉字的繁难又要增加多少。东干文是拼音文字，这些方言字的拼写在东干文中不成问题，可是用汉字一一写出，就不容易了。现有的汉字没有对应的合适的词汇，转写过程各人很难统一。于是东干文中一个词可以有多种转写法，比如"但怕"、"单怕"、"耽怕"、"担怕"四种直译转写并存。而西北方言词典还有"惮怕"的写法。遇到这种问题，往往举棋不定，真可谓"吟安一个字，捻断数茎须"。

九　关于东干文

东干文是世界华裔族群中唯一的拼音文字，现在通行的东干文已有60多年的实践，如果从20世纪二三十年代用拉丁字母和阿拉伯文字母创制东干文算起，就有近90年的历史。东干学者和俄罗斯学者从创制文字，到使用过程中制定正字法，解决了拼音中的许多难题。应该说，这是东干人对传播中华文明所做的一大贡献。

汉字蕴藏着极其丰富的文化意蕴，完全用拼音文字取代汉字是行不通的。但是东干文的历史价值是应当充分肯定的，它保留了大量的资料，至今还在应用并发挥着它在传播文化中的作用。

将东干文与中国的汉字拉丁化进行比较研究，是一个很有意义的话题。周有光去世后，不少媒体称他为"汉语拼音之父"，他本人生前反对这样的称呼。汉字拼音化讨论与实践，从西方传教士开始，经历过一个漫长的过程，也有过几次高潮。因此，汉语拼音不光有之父，还有拼音之爷，拼音之祖。

我们梳理了中国汉语拼音化的历史线索，提供了俄罗斯和东干人的经验，以供相关专家研究。

十　把建立东干数据库作为东干学的一项大工程来做

中国是东干人的历史故国，但是东干研究起步晚，东干资料几乎从零开始收集。2014 年笔者去伦敦，从伦敦大学亚非学院图书馆借到伊玛佐夫和十四儿的东干语言和文学研究著作，那里还有 3 卷本《俄语—东干语词典》。这令我们大喜，同时也大为吃惊。国内任何一个图书馆绝对没有俄文和东干文版的东干研究原始资料。

而挪威的奥斯陆大学近几年建立了东干学数据库，扫描上传了大量资料，涵盖了自 1900 年以来的东干研究资料。这些资料有东干文和俄文的，也有英文、中文和日文的。同时还采用了编年、分类等多种编排方式。有志于东干研究的人，可以足不出户就能从网上浏览下载。尽管所收资料尚需补充和完善，但是，这一工程无疑是值得敬佩的。

目前，西北师范大学已启动了国内首家东干语数据库建设，其构想宏伟，令人鼓舞。我们期待这一工程取得胜利。在此基础上，还可以扩大范围，建立整个东干学数据库，希望国内有志于东干学研究的机构，有志于东干学研究的青年，花大力气，把建立东干数据库作为一项大工程来做。

本书的研究过程，打一个比喻，就像滚雪球似的，在原有基础上不断扩展。因此，收入的研究成果，不免存在某些例证重复的缺陷。尽管做了技术性处理，仍然留有某些痕迹。作为东干文学研究者，我们期待将来在高质量学术研究的基础上，完成一部《中亚东干文学史》。

作为东干研究者，我们深知要将研究深入推进，实属不易。许多人觉得中亚东干族是个很有趣的话题，也有赶赴中亚访问的，制作视频的，写点见闻的。但是沉潜于东干学研究，全身心投入者却少之又少。这固然与东干学研究之不易有关，挪威皇家科学院院士何莫邪说："遗憾的是，东干研究门槛很高，对专业要求近乎苛刻。"[①] 他的说法很有道理，以东干文学研究为例，要会俄语，这不仅因为俄语借词约占7%，而且某些表达方式也受俄语影响；要懂东干文，要精通西北方言，否则无法阅读原始的东干文本；要熟悉伊斯兰文化，甚至要懂点阿拉伯语、波斯语和突厥语；同时，还必须是文学研究的内行。

东干研究亟待更大的突破，希望有更多研究者通力合作，占领东干研究的高地。

---

① 林涛：《东干语调查研究·序》，中国社会科学出版社 2012 年版，第 14 页。

第一章 东干文学专题论

一 东干文学的研究价值

东干学研究不仅受到苏联的重视,在吉尔吉斯科学院设立了东干研究所,俄、德、日、澳大利亚、马来西亚、中国等学者分别发表出版了东干学论著。这里,就东干文学的研究价值谈谈笔者的看法。

近 20 年兴起的海外华语文学研究是一个新的学科,但华语文学研究者主要关注东南亚及北美华裔文学,对欧洲、日本、韩国的华语文学也有一定的研究,但东干文学几乎没有进入他们的视野。而东干文学的独特性是任何一个地域的华语文学所无法取代的,笔者曾将东干文学定位为世界华语文学的一个重要分支,① 以期引起海外华语文学研究者的关注。

东干文的独特价值。在世界华语文学中,华语作家可能运用双语写作,但用汉语写作,都离不开汉字。第一代东干人绝大多数都是目不识丁的农民,只有极少数秀才。到了第二代、第三代东干人,汉字就失传了。20 世纪 20 年代末 30 年代初,俄罗斯学者协助东干学者创制拼音文字,先用阿拉伯字母,接着改用拉丁字母,直到 50 年代,才确立了以

---

① 常文昌、唐欣:《东干文学:世界华语文学的一个分支》,《光明日报》2004 年 8 月 4 日。

33 个俄文字母外加 5 个新字母拼写汉字的东干文。东干文的创制，大大推动了东干文化与东干文学的发展。我们知道，中国 20 世纪 20 年代末到 30 年代曾经出现过汉字拉丁化运动，提倡者有瞿秋白、萧三、鲁迅、吴玉章、林伯渠、徐特立、胡乔木、欧阳山、柯仲平等。汉字拉丁化的源头还可以追溯到更早，谭嗣同、蔡元培、钱玄同等都有过改汉字为拼音文字的类似主张。

东干语言的独特价值。东干语言的主体是西北方言，同时又有阿拉伯语、法尔斯语借词，据东干语言学家杨善新统计，这类借词有 300 多个，① 与宁夏回族语言中阿拉伯语、波斯语借词 380 多个接近。阿拉伯语、法尔斯语借词多与宗教生活和日常生活有关，是东干族具有伊斯兰文化特点的标识。东干语中还有俄语借词，有人估计这类借词大约占 7%，在各类文章与作品中的比例并不平衡，科技语言和政治术语、新事物名称中，所占比例更大，而在口歌（谚语）口溜（俗语）及民间故事中，几乎没有俄语借词。东干小说中，同一个词，常常出现俄语借词与汉语新词并用的现象，如同一篇小说中汽车与马什纳（俄语汽车）交替出现。东干口语分甘肃话与陕西话两大类，而东干书面文学语言则是甘肃话，这是因为东干语言学家、作家多为"甘肃村"人的缘故。东干语言被中国人称为晚清语言的"活化石"，东干语言中的确有不少晚清语言的活化石，这类语言已从中国人的口头中消失了，但东干人还在用，如"帖子"，东干人把几块钱叫几个帖子，帖子是洋务派发行的纸币。中国的语言学者发现东干语中有不少词汇和《老乞大》中的相同，东干学者发现托克马克方言（陕西话）中某些词的发音同广东方言和朝鲜语的发音一样，而不同于普通话。东干语中也吸收了某些现代汉语词汇，如新闻、出版社等，但其语言不仅有晚清的语言，还有宋元，乃至先秦语言的遗迹，如"干办"，是宋元语言里常见的。东干人把老百姓叫"民人"，中国人觉得很别扭，但是我们的经典《论语·先进》中就有"子路曰：'有民人焉，有社稷焉。何必读书，然后为学。'"

---

① ［吉］杨善新：《东干语的托克马克方言》（东干文），转引自林涛《中亚回族陕西话研究》附录，宁夏人民出版社 2008 年版，第 321 页。

把老百姓叫民人，语出有典。这倒不是说，东干人通古，而是方言里就有古代语言的"活化石"。又如，东干人把失去丈夫的女人叫"女寡妇"，把没有妻子的男人叫"男寡夫"。有人译成"男寡妇"，引起语言学家的极大兴趣，认为"'男寡妇'本是荒谬的，因为'寡妇'本指失去配偶的女人，同男性是对立的，不能相容的。现在缩小了'寡妇'一词的内涵——不局限于女性，扩大其外延——兼指男性。也可以说，'寡妇'一词的性别义素脱落了，消失了。"① 一处误译，导致越说越离谱。东干人运用拼音文字，大多数情况下语词的含义他们是清楚的，东干学者从娃子解释说，我们把没有男人的女人叫寡妇，"妇"是"妇女"、"媳妇"的"妇"；而把没有婆姨的男人叫寡夫，"夫"是"姐夫"、"妹夫"的"夫"。② 虽然汉字失传，其推断是正确的。中国古代，女人死了丈夫叫寡，男子无妻或丧偶也称寡，如《左传·襄公二十七年》说："齐崔杼生成及疆而寡"。可见，东干人的称呼与中国古代是相通的。

东干语的价值还在于通过对它的研究可以发现汉语在异国的传承与变异。由于相当长的一段时间东干人与中国文化交流甚少，对于新的事物如何命名，东干人采取两种办法：一种是借用俄语新词，如出纳叫卡西尔，农艺师叫阿格洛诺姆；另一种办法是旧词新用，把飞机叫风船，领导叫大人，高射炮叫天炮，把国家最高领导人叫皇上。同现代汉语相比，有的词义扩大了，如"窝"，不仅是睡觉的地方，还是座位，可以用在很多地方；有的是词义缩小，如兄弟，只指弟弟。东干人还有自己独有的语意系统，如把男教师称师父，女教师称师娘，学校叫学堂，教室叫讲堂，阿拉伯数字叫码字，数学系叫账算法古里近特（俄语借词系）。

东干文学的文化资源。同其他国家与地域的华语文学一样，东干文学既有对中国母体文化的继承与认同，又受所在国主流文化的影响。具

---

① 林涛：《中亚回族陕西话研究》，宁夏人民出版社 2008 年版，第 6 页。
② ［哈萨克斯坦］从娃子：《回族语言的来源话典》（东干文），伊里木出版社 1984 年版，第 51 页。

体说来，东干文学同中国文化具有割不断的血缘关系，又受俄罗斯文学与文化的影响，同时还具有伊斯兰文化的特点。

中国古典文学或通过民间渠道或通过俄语翻译影响东干作家。中国古典诗词对东干文学影响不是很大，但是在中国民间影响较大的小说如《三国演义》《西游记》《薛仁贵征东》等在东干民间广为人知。东干著名小说作家阿尔布都的《惊恐》同唐代作家白行简《三梦记》的第一梦故事框架有惊人的相似，如出一辙，很可能是作家受到俄语翻译文学的影响。阿尔布都还将老舍的俄文版小说《月牙儿》译成东干文。十娃子小说中不仅有薛仁贵的故事，也有梁山伯与祝英台的故事，还写过歌剧《长城》，讲述孟姜女哭长城的故事，从戏剧情节、人物、结构形式、唱腔到道白、唱词都受中国传说故事与戏曲的影响。东干文学中有许多中国题材，阿尔布都有直接描写清朝西北回民起义的小说《独木桥》，十娃子专门有一本诗集命名为《中国》。

中国意象在东干文学中占有突出的地位。伏尔加河是俄罗斯的象征，黄河则是中国的象征，这两个意象在十娃子诗中有特殊的意义。东干文学中最具标志性的意象，如韭菜。韭菜，是东干人从中国带到中亚的，没有对应的俄语词汇，中亚人的韭菜发音是汉语发音。东干诗人十娃子在德国，想念家乡，怀乡诗中想到的是东干乡庄的韭菜；诗人去中国，飞机一过天山，首先闻到的是韭菜味。韭菜成为带有东干民族特点的诗歌意象。牡丹差不多是中国的国花，是富贵的象征，东干人也酷爱牡丹，精心护养，这在东干文学中有诗为证。俄罗斯人喜欢白桦，白桦是俄罗斯诗人喜爱的意象，叶赛宁诗中白桦占有突出的地位。俄罗斯人不喜欢白杨，认为它是不吉利的树。相反，东干人特别喜欢白杨，院子里的大白杨树下支一张床，夏天乘凉。因此白杨便成为东干诗歌的独特意象，出现频率颇高。诗中的白杨，不是父亲栽下的，便是爷爷栽下的。银河，在俄语、英语、德语中都叫牛奶路，哈萨克语叫鸟路。东干文学中，保留汉语的叫法，称天河。诗人想象游过天河，去找王母娘娘，完全是中国意象。东干文学中也有其特殊的意象，如鸟类意象五更翅儿，即夜莺，是东干文学中带有民族特点的标志性意象。诗人听过柏林、黄河沿上等各地的五更翅叫声，虽然也叫得好听，但是都没有东干乡庄（营盘）的五更翅能打动人心。西方人以玫瑰代表爱情，东干人却不是这样，十娃子有一首诗《柳树枝儿》，写小伙子去见姑娘，希望姑娘送他一枝鲜花，表示爱情。出乎意料的是，姑娘没有送鲜花，却送了一枝柳树枝。小伙子垂头丧气，有老者告诉他，柳枝表示爱情。为什么柳枝代表爱情？其文化符码的意义来自中国，中国古代有折柳送别的习俗，"柳"与"留"谐音。可见，东干文学意象与中国传统文化的联系。东干文学的研究价值在于，可以窥见中华文化在中亚的流向。

东干文学受俄罗斯文学的影响。笔者将民间文学与俄罗斯文学看成东干书面文学的两大动因，说东干书面文学是在俄罗斯文学的直接影响下产生和发展的，并不为过。东干作家从小学到大学，受俄罗斯文学的熏陶是不言而喻的，许多作家又亲自将俄罗斯作家的作品译成东干文。苏联时期，作为主流的俄罗斯文学对其他少数民族文学都具有很大的影响力。高尔基曾确定的一系列美学原则，如同旧风俗的遗迹做斗争，创造新的人物形象，汲取民间文学的丰富营养等，都影响了东干作家的创作。以东干书面文学的奠基人十娃子为例，他以普希金的作品为范本，不但翻译成东干文，还潜心学习。在诗歌题材上，与俄罗斯文学有着密不可分的联系。在公民诗的创作上，受俄罗斯公民诗传统影响，涅克拉索夫、雷列耶夫，尤其是苏联诗人马雅可夫斯基对他产生了直接的影响。他初期偏重鼓动性与政论体的诗还受到别德内依的影响。诗人甚至借用俄罗斯民间的说法创作作品，如《运气汗衫》。中国西北民间认为孩子出生穿白衫、戴白帽，是戴孝，不吉利；而俄罗斯民间正好相反，认为孩子出生穿汗衫，是一生幸运的好兆头。诗人写东干人在十月革命后翻了身，是穿上了列宁赐予的运气汗衫，融合"俄罗斯古话"，写得妙趣横生。通过东干文学可以看到华裔作家如何将所在国的主流文化与中国文化巧妙地融为一体。

东干文学的伊斯兰文化特点。研究者都注意到东干文学的两个根：中国根与阿拉伯根。伊斯兰文化不仅体现在东干人的宗教信仰中，同时也体现在日常生活中。以丧葬风俗为例，阿尔布都的中篇小说《老马福》中的丧葬风俗体现了浓郁的伊斯兰文化氛围。东干人的规程是，村子里有无常了的人，不论生前为人好坏，全村老少都要送埋体，要为亡人祈祷。埋体停在土地上，头朝北，脸朝西，身上盖绿豆色单子。脸朝西是朝向穆斯林的圣地，绿色是穆斯林喜欢的颜色。不仅体现了伊斯兰文化的特点，还充满宗教气氛。东干文学也有以宗教故事为题材的，阿尔布都的《绥拉特桥》，写东干人认为人死后要通过头发丝一般细的绥拉特桥，只有在古尔邦节宰杀了牲口，死后可以骑上牲口顺利通过。东干文学还反映了东干人观念中的伊斯兰文化特点，如抚养"也提目"（孤儿）。《古兰经》要求人们怜恤孤儿，善待孤儿，同时对保护孤儿的财产作了一系列规定。东干作家曼苏洛娃的《你不是也提目》是一篇内涵丰富的道德小说。其中的人物，有两个男性孤儿，三个以博大的母爱关怀孤儿的女性。小说反映的抚养孤儿，不仅体现了东干人对伊斯兰传统道德的继承，还融入了苏联社会主义的高尚精神。十娃子的诗歌《北河沿上》，典型地反映了东干人的寻根意识，把中国人称为大舅，将阿拉伯人称为老爸，这就是东干族源所说的"回族爸爸，汉族妈妈"。因此东干人有两个精神家园。

　　东干文学与中国民间文学的关系甚为密切。中国文学包括民间文学在中亚的流传过程中，被东干人加以改造，使其更伊斯兰化。《西游记》写唐僧取经，是去印度取佛经，东干人改造成去麦加取《古兰经》。唐代白行简《三梦记》第一梦写刘幽求夜归遇见佛堂发生的故事，东干作家阿尔布都改写成李娃夜归遇见金月寺（清真寺）发生的故事，人物是阿訇，使其伊斯兰化。东干文学中的部分题材来源于中国民间文学，如小说中的"宁受一顿打，不受一句歹话"来源于民间有关兔子的故事。《扁担上开花》《礼仪当先》从小说题目上就可以看出同歇后语、俗语的关系。诗歌中的《孟先生》也来源于中国民间故事。东干民间故事与传说许多来自中国，不仅有回族民间故事，还有汉族民间故事。如《三齐王——韩信》，同《史记》的记载相去甚远，东干民间传说中的韩信是个十恶不赦的坏人，他不仅将厕所修在哥哥的井旁，为了做官，还把母亲活埋在一块风水好的地方。东干书面文学受民间传说的影响，韩信成了恶的共名，东干诗人常常将希特勒和杀人不眨眼的恶人比作韩信。民间故事《三齐王——韩信》也有伊斯兰化的情节。韩信被骗入宫，门卫不让进去，韩信硬闯进去，看见女王（应为吕后）裸身洗浴。女王看见韩信，急忙用白单将身子裹起。韩信知道不妙，因为伊斯兰经典规定，女子要保护自己的羞体。在东干民众看来，韩信看见洗浴女王的玉体，犯了伊斯兰的禁忌，必受惩罚。由此可以看出，中国文化在中亚的传承与变异。

东干口歌口溜即谚语与俗语，大多来自中国，几乎没有俄语借词。将口歌口溜置于中亚文化语境中，才能认识其价值与意义。东干人将某些精辟的口歌口溜当作座右铭，《东干》报头每一期印有"三人合一心，黄土变成金"的东干文字。东干小说也常常引口歌口溜以强化作品的思想意义，或加强作品的艺术感染力，这在阿尔布都的小说中尤为突出。东干口歌口溜具有浓郁的民族色彩，如不同于汉族的重农轻商，东干族既有重农的谚语，又有重商的谚语。东干人喜欢绿色，流传"绿配红，爱死人"，汉族不戴绿色帽子，东干人却戴绿色帽子，因为这是穆罕默德喜欢的色彩。口歌口溜内容丰富，涉及自然、社会、生产、生活、道德等各个方面。东干口歌口溜又具有伊斯兰宗教与文化的特点，如"人爱主爱，人不爱主不爱。"这里的"主"是安拉。因此口歌口溜也是我们了解东干民俗与文化的窗口。

东干文学的民俗学价值。东干文学尤其是叙事文学，反映东干民俗的居多。在物质生产与生活上，东干人有别于中亚其他民族，如经营菜园与种植水稻。曼苏洛娃的小说《你不是也提目》中，写东干人经营菜园，种植韭菜；阿尔布都描写苏联英雄王阿洪诺夫在部队里讲述东干人如何种植水稻，引起苏军官兵的极大兴趣。东干文学中的婚丧风俗也颇为独特，保留了中国回族的许多传统。东干人唱"少年"（花儿），玩"顶方"等都是中国西北的娱乐方式。十娃子、阿尔布都等作家都是描写东干民俗的行家，他们的不少作品都是一幅幅东干乡庄的风俗画。东干民俗也有同中国汉族民俗不同的特点，如《三娃尔连莎燕》中莎燕死后，三娃尔梦见莎燕披头散发，穿一身白衣，又梦见莎燕变成了一只白鸽，在大海上飞翔。黎明又看见喜鹊落在树枝上叽叽喳喳的叫。东干人认为，披头散发是"舍塌尼"鬼，白衣是埋体，都是不祥之兆。汉族认为，喜鹊是吉祥鸟儿，是报喜的；而东干人认为，喜鹊飞来是通知不幸的哀伤消息的。东干文学中大量民俗现象值得我们去研究。

东干文学的美学价值。文学的美学价值，包括内容较多，与中国文学及海外各地的华语文学相比，东干文学最显著的特点是朴素美，朴素美不仅仅是单个作家的特点，而是东干文学整体（包括民间文学和书面文学，包括诗歌、小说、散文等各种体裁）的美学风格。东干书面文学不是运用规范的普通话书面语言，而是运用西北方言写作，运用东干人活的口语写作，是高度的言文合一。东干诗人和小说家以惊人的才华，将西北方言提升到艺术的高度，证明了方言的活力，这在世界华语文学中是颇为独特的。

作家的文化身份，几乎是各国华裔作家所面临的共同问题。如何处理所在国主流文化与故国母体文化的关系，如何由边缘人变成所在国的公民身份等等，都是华语作家无法回避的问题。同美国华人受歧视，在一个相当长的时期内不能取得美国公民身份不同，东干人进入中亚以后，被周围民族所接纳，苏联时期贯彻列宁的民族政策，东干人以苏联公民的身份保卫苏维埃政权。卫国战争时期，东干儿女英勇上前线，做出了巨大的牺牲，这些在作家的笔下都有充分反映。但是作为华裔作家，他们又时刻不忘自己的祖先，不忘中国。诗人十娃子的诗《我爷的城》，伊玛佐夫的《一把亲土》，都将自己的身份定位为中国人的后代。曼苏洛娃的诗《我有两个祖国》，典型地表现了诗人的文化身份。一个祖国是吉尔吉斯斯坦，是诗人生长的地方；一个祖国是中国，是养育祖先的地方。诗人歌唱黄河，也歌唱伊塞克湖。这种情感在世界华语作家中是有代表性的。

文学是社会生活和民族心灵的聚光镜，东干文学的价值远远超出了文学自身，对它的研究具有多重意义。可惜，国内这方面的研究远远不够，但愿有更多的人来关注它。

二 东干文学的定位

据胡振华考证，1924 年苏联在民族划界、民族识别时，把中亚回族的民族名称定为"东干"。[①] 1900 年，关于东干民族志的第一批资料，东干民间口头创作的第一批作品发表。[②] 彼得堡大学东方学系毕业生 B. 齐布兹金作为教师在马三成（原东干名营盘）学校工作，他和 A. 什马科夫共同发表了《关于七河州比什凯克县卡拉库努孜村东干生活札记》，从这个时候开始了东干学的研究。

（一）东干文学定位

东干文学是东干学的组成部分，关于东干学的归属问题，苏联时期，东干学为汉学的一个分支。东干学研究者 B. M. 阿列克谢耶夫、B. A. 李福清、Л. H. 费谢科、Л. H. 杜曼、Г. Г. 斯特拉塔维奇、H. H. 切包克沙洛夫、A. A. 德拉古诺夫、E. Д. 波里瓦诺夫等，都是汉学家。从研究机构来看，与东干学相关的多为远东民族学和东方研究所，如俄罗斯科学院远东民族研究和东方研究所、乌兹别克斯坦科学院东方研究所、塔吉克斯坦科学院东方研究所等。20 世纪 50 年代，吉尔吉斯斯坦科学院成立了东干学部，这是苏联唯一的东干研究的专门机构。因此，在苏联，东干学隶属于汉学。

而在中国，东干学在整体上，又划归回族学。有关东干民族与文化的资料和论文，一开始在《回族研究》和民族研究等相关刊物上发表。而东干学的分支又分别划归别的学科，如东干语隶属于西北方言。"东干"与"回族"这两个概念的用法，也不尽相同。中国学者把"东干"作为中亚回族的专门称呼，而中国的回族与世界其他地方的回族，都不叫"东干"。东干人在两种语言（东干语和俄语）里，使用不同的概

---

① 胡振华：《东干文化研究序》，中央民族大学出版社 1999 年版。
② 关于东干研究第一批资料公开发表时间的说法不一，此处依《吉尔吉斯斯坦百科全书》的说法。

念。在东干语里，东干人自称回回，老回。而东干人用俄文说话或写作，则称本民族为"东干"。P. 尤苏波夫主编的《东干》杂志封面，同时用几种文字书写：汉字标出"回族"二字，东干拼音文字叫回族杂志，俄文则写成东干。东干人的俄文著作或论文，不仅把中国的回族称东干，同时把世界各地的回族通通称为"东干"。这是沿用苏联学者的术语。

同上述概念相联系，东干人在东干语中称自己的文学为回族文学，在俄语中则称东干文学。而中国则称之为"苏联东干文学"或"苏联回族文学"。苏联解体后，则称为"中亚东干文学"或"中亚回族文学"。一方面为了区分中国回族与中亚回族，另一方面考虑到俄语中的通用东干概念，我们将名称定为"中亚东干文学"。

一方面，中亚东干文学曾属于苏联多民族文学中的一部分，也属于中亚多民族文学中的一部分；另一方面，中亚东干文学的源头，尤其是口传文学最初是从中国带来的。东干文学以西北方言为主体，又借用了俄语、阿拉伯语、波斯语及周围民族的某些语汇，同时还体现了回族的文化心理与风俗习惯。也就是说，东干文学是在中亚自然、经济、社会环境及文化氛围中产生的，它有中国的种子，却是在中亚东干民族的土壤中生长的。一方面，它受俄苏文学、吉尔吉斯及哈萨克文学的影响；另一方面又与中国西北民间文学有不可分割的血肉联系。它不是中国回族文学的一部分，只是中国回族文化在中亚大地上的传承和变异。

由于中亚东干文学是用中国西北方言创作的，它的族群又是中国回族后裔，因此，我们将东干文学定位为世界华语文学。

笔者认为，华语文学比华文文学的概念更好。语种是文学种类的最主要的标志，在世界较大的语种文学中，按惯例通常划分为：英语文学、德语文学、法语文学、西班牙语文学等。从世界文学史的角度讲，德语文学包括德国作家、奥地利作家等。因此，华语文学与英语文学、德语文学等正好在概念上是对应的，这是其一。其二，东干文学不是用汉字书写，而是用33个俄文字母外加5个字母拼写而成。它的文字是东干文，因此华语文学包容东干文学更为贴切。

我们所说的华语文学的内涵，一方面照顾到语种，包括世界上所有用华语创作的文学，不管是中国人或外国人，像日本汉诗也可以归入华语文学；另一方面，华人华侨的双语或多语创作，也属于华语文学。东干文学中，如十娃子同时用东干文、俄文、吉尔吉斯文创作，都属于华语文学的研究范围。语种与民族属性这两个主要元素中，也有交叉甚或矛盾之处。如日本汉诗的作家不是华人，华人作家的英语或俄语书写又算在华语文学中。但将概念这样界定后，华语文学就具有更大的包容性，更丰富的内涵，也更为合理。

（二）东干文学的发展历程

不同于别的国度和地区的华语文学，东干文学经历了从口头文学到书面文学，从没有文字到有了文字，并创作了多种形式和体裁作品的发展过程。在较短的时期，完成了"宏伟的历史转变"（法蒂玛·玛凯耶娃语）。十月革命前，东干人只有口头文学，包括民歌、传说、故事、谚语、谜语等。这些口头文学许多都是从中国带来的，如有的取材于中国古典名著《三国演义》《水浒传》《西游记》等，有的源自民间故事，如孟姜女等。也有新创作的，如反映东干人西迁历史的。1900 年，俄罗斯学者收集并发表了第一批有关东干民族生活风俗的资料，也包括口头创作的文学。一般认为，东干书面文学在 20 世纪 30 年代随着东干文字的创制和东干报刊的发行，出现了较为繁荣的局面。

如果从 1931 年出版的东干诗人的第一部诗集——亚斯尔·十娃子的《亮明星》算起，东干书面文学已有 80 余年的历史。东干书面文学的发展与繁荣有两大动因不可忽视：一是将俄罗斯文学翻译成东干文，二是东干民间文学的作用。东干书面文学的创始者为了探求本民族文学的创作风格和发展方向，首先借助艺术水准很高的俄罗斯文学，将它们译成东干文。他们翻译了普希金诗集、克雷洛夫寓言、涅克拉索夫长诗及屠格涅夫、列夫·托尔斯泰、契诃夫、高尔基、肖洛霍夫的小说。如果将肖洛霍夫《一个人的遭遇》的草婴译文和东干作家 Я. 哈瓦佐夫译文加以对照，会发现两种文本各有胜境。而西北人读东干作家的译文，倍感亲切。通过翻译，不仅大大提高了东干作家的艺术修养，同时也为东干书面文学提供了参照。而东干民间文学则是东干书面文学产生的直接基础，民间文学所蕴含的东干民族的文化心理、风俗习惯、语言形式等对东干书面文学的发展起着制约与驱动作用。1932 年创办的《东火星》报为东干文学的发展提供了阵地。其中的"文学创作"栏目，发表了一系列随笔、诗歌、小说，成为培养东干青年作家的摇篮。后来创办的《十月的旗》《东干报》《青苗》《东干》等报刊为东干文化和文学的繁荣做出了不可磨灭的贡献。

经过几代东干作家的努力，东干文学已经形成了一定的规模。Я. 十娃子、А. 阿尔布都、Ю. 杨善新、К. 马耶夫、Д. 阿布杜林、Х. 马凯、Ю. 从娃子、М. 哈桑诺夫、Я. 哈瓦佐夫等作家为东干文学的发展和繁荣做出了贡献。稍后活跃在文坛上的 Э. 白掌柜的、Х. 拉阿洪诺夫、М. 伊玛佐夫、И. 十四儿等都奉献出了他们的优秀作品。在东干文学创作中，女诗人、女作家也不可忽视，她们是 А. 曼苏洛娃、А. 索娃扎、Х. 丽娃子哈德瑞耶娃、Я. 哈娃扎等。

在东干作家群中，十娃子是著名的诗人、散文家、语言学家、文献学家、翻译家和社会活动家，是东干书面文学的奠基人，吉尔吉斯斯坦授予他"人民诗人"的光荣称号。十娃子是东干文学的经典作家，其作品可以称为东干民族的史诗或心灵史，他影响了几代东干诗人。另一位重要作家阿尔布都，他的创作代表了东干小说的最高成就，是东干族各个历史时期生活的真实写照，差不多全方位地反映了东干民族的文化心理。十娃子和阿尔布都可以并称为东干文学的双子星座。

（三）东干文学的研究状况与趋势

东干学及东干文学的研究，如果依《吉尔吉斯斯坦百科全书》①的说法，从 1900 年算起，至今已有百余年的历史，比东干书面文学还早30 余年。

东干学的研究格局可以分为语言、历史、文化、文学、民俗、民族等几大板块。

---

① Кыргызстан: Энциклопедия. Центр государственного языка и энциклопедии 2001. 吉尔吉斯斯坦国家语言与百科中心《吉尔吉斯斯坦：百科全书》，2001 年，第 446 页。

国外的东干学研究，成果最可观的是语言。从 1928 年到 1954 年，东干学者与俄罗斯学者创制东干文字，由阿拉伯字母到拉丁字母，最后定型于以斯拉夫字母为基础的东干文字。1968 年，东干学者 Ю. 杨善新编订出版了《简明东干语—俄语词典》，2009 年出版了修订本（东干文为《简要的回族—俄罗斯话典》），收入 12000 个词条。1981 年由 M. 伊玛佐夫、A. 卡里莫夫、M. 苏尚洛、Я. 哈瓦佐夫、Ю. 从娃子、Я. 十娃子、Ю. 杨善新共同编写出版了颇具规模的三卷本《俄语—东干语词典》。俄罗斯学者 A. A. 波里瓦诺夫出版了《东干语言的主要特点》，A. A. 德拉古诺夫出版了《东干语法研究》。此后，吉尔吉斯斯坦科学院通讯院士 M. 伊玛佐夫博士撰写出版了一系列东干语研究著作，计有《东干语音学基础》《东干正字法》《东干句法纲要》《东干词法纲要》《东干语法》。可以看出，国外关于东干语的研究全面而深入，已经颇具规模。

在东干历史研究方面，著名东干历史学家、吉尔吉斯斯坦科学院通讯院士 M. 苏尚洛博士出版了他的历史研究（包括东干民族、文化、民俗等各个方面内容的）著作。

在东干文学研究方面，成果也较为显著。著名俄罗斯汉学家、苏联科学院东方研究所 Б. Л. 李福清教授和东干学者 M. 哈桑诺夫、H. 尤苏波夫共同编著的《东干民间故事与传说》，不仅收集了 72 篇东干民间故事（其中 5 篇译自中国回族民间故事），有的一篇包括几则故事或笑话。同时还有总论《东干故事的艺术世界》及研究者撰写的《东干故事的情节来源与分析》。这是一本严谨的质量较高的研究著作。李福清不仅研究中国文学，同时又研究远东乃至世界民间故事，资料翔实，学术眼界开阔。继李福清之后，2004 年，东干学者 И. 十四儿出版了他的《中亚回族口头散文创作》。他运用结构主义方法研究东干民间故事，也有比较新颖的观点。在东干书面文学研究方面，Ф. 玛凯耶娃于 1984 年出版了她的《东干文学的形成和发展》，这是迄今唯一的一部东干文学简史。作者熟悉俄罗斯文学，能把东干文学放在苏联文学的大背景中去考察。书中除了总论外，重点评述了 Я. 十娃子、X. 马凯、A. 阿尔布都、M. 哈桑诺夫及年青作家 M. 伊玛佐夫、И. 十四儿、女诗人 X. 拉娃兹哈特热耶娃等作家，同时还论及 K. 马耶夫、Ю. 杨善新、Ю. 从娃子、A. 马存诺夫等人的创作。稍后，还出版过伊玛佐夫的《亚斯儿·十娃子》《阿尔布都》等小册子，对作家的生平与创作做了细致的研究。21 世纪初，吉尔吉斯斯坦还出版了中国研究者常文昌的俄文版专著《亚斯尔·十娃子与汉诗》，对诗人与中国诗歌创作及中国文化资源做了比较与开掘。此外，日本、德国、澳大利亚、马来西亚、土库曼斯坦等学者也参与了东干学的研究。

中国的东干学与东干文学研究起步较晚，1996 年郝苏民、高永久翻译出版了 M. 苏尚洛的学术著作《中亚东干人的历史与文化》（俄文书名为《东干人的历史与民族学概述》）。差不多同时出版了杨峰翻译的东干小说散文选《盼望》，为中国读者了解东干学与东干文学提供了方便。稍后，王国杰的《东干族形成发展史》和丁宏的《东干文化研究》相继出版，作者不仅实地考察了东干族的生活习俗，同时还查阅了有关图书资料及国家档案，标志着中国的东干学研究正式起步。2003年国内差不多同时出版了两本东干语言研究著作，一本是海峰的《中亚东干语言研究》，一本是林涛的《中亚东干语研究》。两书的体例与思路大体相仿，既有对东干语语音、语法、词汇等的总论，又附有词汇表。在东干民歌研究方面，赵塔里木撰写了博士论文《中亚传承的中国西北民歌》，同时又陆续发表了系列论文，对东干民歌的概念、分类及音乐等做了深入的研究。王小盾从东干文学和越南古代文学中提出了一些值得思考的问题。丁宏翻译出版了伊玛佐夫编著的《亚斯儿·十娃子的生活与创作》。

近 20 年来，出现了小小的"东干热"，乌鲁木齐、北京、兰州、银川、西安、南京等地形成了东干研究的几个点。

从世界东干学的研究看，中亚东干学者是一支重要的力量。苏联时期，俄罗斯学者也做出了重要贡献。其他国家的研究，只是星星点点。自苏联解体，中国逐渐崛起后，东干学研究的格局与趋势，发生了明显的变化。俄罗斯的东干研究趋于沉寂，用李福清的话说，过去是一个国家，现在已经不是一个国家了，所以不像从前那样关注了。而中国学者的积极性也得到了国家的支持，国家社科基金、教育部及国家民委社科基金也予以立项。甚至企业家出钱资助东干学著作的出版。可以说，随着俄罗斯东干研究的沉寂，中国的东干研究正在兴起。

（四）中国东干学派形成之可能

在比较文学研究中，有法国学派与英美学派之区别。英美学派注重影响研究，而法国学派又主张平行研究。东干文学研究，有没有可能形成中国东干学派？我们认为有这种可能。

在东干文化融合的成分中，俄罗斯学者对东干文化受俄罗斯文化的影响比中国人看得更清；由于东干文化的源头和母体是中国文化，而中国人对东干文化与中国文化的联系则更有发言权。东干学者对自己文化资料的掌握，对自己民族的语言、风俗、文化心理等各方面的了解，具有绝对的优势。但是，由于汉字的失传，东干人在一个较长的时期内，与中国文化处于隔绝状态，有时也势必造成"当事者迷，旁观者清"的现象。读东干学者 IO. 从娃子撰写的《回族语言的来源话典》（即《东干语源词典》），一方面，我们对其想象与判断能力，感到佩服。如何谓五谷，东干学者不可能翻阅典籍，查找源头。作者这样写道，五谷中"五"表示的是数儿，"谷"解释为五种粮食颗子：麦子、米、黄米、大麦、黄豆。而《现代汉语词典》说，古书中对五谷有不同的说法，通常指稻、黍（去皮叫黄米）、稷（有说是谷子）、麦、豆。可见，东干学者对五谷的解释与中国学者的解释是一致的。另一方面由于汉字的失传，单从拼音文字上看不出某些词的原本意义。从娃子对"八字胡"的解释是"八字"为"一把子"，八字胡就是一把子胡子。这同汉语的两撇胡子，大相径庭。对"八哥"（鸟儿）的解释说，"八"字怎么来的，不知道。"哥"应为"鸽子"这类鸟的总称，而中国《辞海》则解释"八哥"，亦称鸲鹆、鹦鹆，羽翼有白斑，飞时呈露"八"字形，故称"八哥"。《辞源》解释引《负暄杂录》南唐李后主讳煜，改鹦鹆为八哥。按广韵谓鹦鹆为别别鸟，八哥之八即别之误。为什么称"哥"？笔者猜测，八哥能模仿人说话，所以不叫"鸽"而叫"哥"。可见，由于汉字失传，中国学者在东干语源的研究上，能弥补东干学者之不足。其次，在文化符码上，如十娃子的诗《柳树枝儿》写东干姑娘以柳枝表达爱情，这种文化符码的含义，许多东干人已不理解，而熟悉中国古代折柳送别习俗的中国学者则可以弥补东干人这方面的不足。

在东干学研究上，中国学者虽起步晚，但目前已经显露出一些不同的意见与看法。如对东干语的看法，东干语是不是独立的语言？国外有学者认为是独立的语言，与汉语不同。而中国学者则不同意这种看法，认为东干语是汉语陕甘方言在境外的一个变体，是近代汉语的一个分支，是中国回族的一种跨境方言，而不是一种独立的民族语言。在东干文学研究上，中国学者将东干文学纳入世界华语文学的范围，比较中亚东干文学与东南亚及欧美华语文学之联系与区别，更容易认识东干文学的独特性及共性。对东干文字的看法，有中国学者认为，由于东干成为汉语的一块"飞地"，其口语文学基本停滞下来了。东干口头文学由于没有汉字的支撑，有的词语变成了死词（如"茉莉花"唱成了"毛栗子花"）。① 这些观点虽是一家之言，却也显露出中国研究者的不同视角。

东干学研究中，特别强调的是，要避免狭隘的立场。接触东干语言文学的人，往往觉得东干语太土气，东干文学难登大雅之堂，这种立场是狭隘的。鲁迅在《阿Q正传》中讽刺阿Q的狭隘，例如板凳，城里人叫条凳，未庄人叫长凳。阿Q认为未庄人是正确的，城里人是错误的。语言本来是约定俗成的，没有错对之分。张隆溪曾援引语言学家赵元任的例子，汉语叫水，俄语叫瓦达，英语叫窝头，法语叫滴露，没有土气与洋气之分。又如，现代汉语叫"幼儿园"，东干人叫"娃娃园"，不能认为后者很可笑。鲁迅在《故事新编》中叫"幼稚园"，是否也很可笑？

东干人创造新语汇，有自己的法则。东干人把男老师称"师父"，这是中国旧时通用的叫法。旧时学艺，要先拜师父。《西游记》中三徒弟称唐僧为师父。因此师父与老师为同义语。中国学生把老师的夫人叫"师娘"，东干人却把女老师叫"师娘"。师娘与师父并称，不也有他自

---

　　① 王小盾：《东干文学和越南古代文学的启示——关于新资料对文学研究的未来影响》，《文学遗产》2001 年第 6 期。

己的道理吗？"学校"是现代汉语的新名词，东干人仍沿用旧称学堂。中国有一首歌唱道："小呀小二郎，背着书包上学堂"。教室这个词，东干人不愿借用俄语，而管它叫"讲堂"，讲堂与学堂也是相互联系的一组词。读哈桑诺夫和白掌柜的小说，发现"农业大学"东干人都叫"乡家户大学"。白掌柜的是东干乡庄中小学教师（中亚学校从1年级到11年级没有小学、中学之分），他的中小学生题材作品占有很大比重。从他的作品中可以看出，在课程名称上，东干人把算术叫账算学，把劳动课叫功苦教课。东干口溜"人靠功苦值钱，树靠花果围园"。"功苦"即劳动，东干人把教育叫调养，小说中就有师娘调养家的角色。把数目叫码子，没有加减乘除这样的术语，分别叫添的（加），取的（减），总的（乘），分的（除）。

至于东干语中的俄语借词，这不是东干语中的特有现象，而是世界华语，尤其是居住在不同国度华人华侨语言的共有现象。汉语具有很强的同化力，但也不妨借用外语。石榴、葡萄是中国古代从中亚传来的，也是外来词。现代人语言交流中的麦克风、麦当劳也是借词。

因此，对东干文学的研究，要破除偏见，采取科学的态度，不要脱离东干人生存的文化语境，用我们的语言文学惯例去苛求他们。在这个立场上，建立起东干学研究中的中国学派才是有意义的。

三　东干拼音文字与汉字拉丁化

"汉字拉丁化"是中国文学现代化过程中的一个重要命题。"汉字拉丁化"是不是特定历史情境下的文字改革策略，汉字拉丁化利与弊如何权衡，设若汉字拉丁化真正推广开了，而不是"几个读书人在书房里商量出来的方案"[1]，那么它将会产生怎样的影响？难道这些问题仅仅只是假设吗？东干文作为世界上唯一成功的汉字拼音化文字，从诸

---

[1]　鲁迅：《且介亭杂文》，人民文学出版社2005年版，第100页。

多方面为中国现代文学这一争论不休的命题提供了一个实例，通过分析东干文在实际操作中的可能性与局限性，来反观中国长达 20 多年的汉字拉丁化运动。

（一）东干文与其他东亚汉文字圈国家拼音化文字的异同

"汉字拼音化"并非中国特有的问题，凡是东亚汉文化圈的国家如越南、日本、朝鲜等都面临过这一问题。汉文化圈在很大程度上以是否使用汉文字而划分。"它不同于印度教、伊斯兰教各国，内聚力来自宗教的力量；它又不同于拉丁语系或盎格鲁—撒克逊语系各国，由共同的母语派生出各国的民族语言，这一区域的共同文化根基源自萌生于中国而通用于四邻的汉字。"①

自东汉伊始，越南使用汉字有 2000 多年的历史。从 16 世纪中叶开始，葡萄牙、法国等西方传教士陆续来到越南，为了便于学习越语与传播天主教，他们通过拉丁字母记录越南语，渐渐地创造了越南的拼音文字，越南人称"国语字"。1878 年，法国殖民者正式推行国语字，与汉字同时使用。1945 年建国后，越南停止使用汉字，全面推行拼音文字，越南语的文字从意音文字成功过渡到拼音文字。

朝鲜在 1444 年以前一直使用汉字，之后朝鲜人创建了拼音文字。这是真正的在同一种语言文化基础上实现的文字改革，即在同一种语言文化基础上用拼音文字替换意音文字。

日语文字也出现了类似的情况。公元前 4 世纪至 5 世纪汉字由中国经朝鲜半岛传入日本，后来日本人在汉字的基础上创制了假名。假名分平假名和片假名，是一种音节文字。和朝鲜语拼音文字出现的方式略有不同，日本假名是在汉字的基础上产生的。日本现在基本上是假名和汉字混用，但完全用假名也可以。因此日语可以说也完成了由意音文字到拼音文字的过渡。

以上这些曾经大量使用过汉字的国家最终都由意音文字过渡到了拼音文字，东干文也是汉字拼音化成功的一例，那么东干文与之又有什么

---

① ［法］汪德迈：《新汉文化圈》，江西人民出版社 2007 年版，第 1 页。

不同呢？

汉字传入之前，东亚汉文字圈的国家都属于仅有民族语言而无文字的"接收集团"，汉字的输入，使其书面语言成为可能，获得了历史性的进步。但汉字与汉字东亚文化圈的民族语言之间缺乏直接的对应性，即"言"与"文"不一致，从语音上看，汉字基本上是一个字记录一个语素一个音节，而朝鲜语和日语都是黏着语，一个语素多个音节的情况很多，汉字并不完全适应这些国家的本土语言。所以虽然借用、仿造汉字帮助他们记录历史、识字读文，但文字与语言的错位一直困扰着这些国家，于是长时间以来引出以"言文一致"为目标的语文变革。而东干文产生的前提是汉字失传，但语言却是地地道道的汉语，所以一旦借用拼音文字流利地拼读汉语时，"言"与"文"可以毫无障碍地保持高度一致。当然在东干文的创制过程中也遇到了一些问题，如有些读音无法用斯拉夫文字表示，于是自创了 5 个字母来代替。简而言之，汉文化圈中的汉字拼音化问题的核心是汉字与拼音化的关系，而东干文的拼音化核心却是汉语与拼音化的关系。

（二）为什么东干文的汉语拼音化能够成功，而中国百年的汉字拼音化却难以修成正果？

中国的汉字拼音化运动与东干文的创制都是在十月革命后苏联开展扫盲运动中进行的。十月革命后，苏联的文盲众多，大力开展扫盲运动，一方面苏联政府主张俄文拉丁化，另一方面苏联当时有 115 个民族和部族连文字也没有。苏联的拉丁化运动从 1921 年开始持续了 15 年，1937 年结束。列宁赞誉这个运动是"东方伟大的革命"。

汉字拼音化的直接动因是当时苏联远东地区有 10 万中国侨苏工人大多都是文盲，拟在旅居苏联的中国人中推行汉字拉丁化。王政明在《萧三传》中写道，海参崴"第一次中国新文字拉丁化代表大会"后，在十几万中国工人中试行新文字，"萧三按照所制订的拉丁化新文字，编辑出版了《新文字辞典》和其他读物，还专门为华人学校编写了各类课本等约 50 多种新文字的文学作品。同时又在伯力和海参崴出版了《新文字报》，读者很多，在旅苏中国劳动者中产生了较大影响。在推广应用中效果也很显著，许多不识字的工人学习几个月后，就能用新文字写信、写工作报告和文章。"① 1930 年瞿秋白出版《中国拉丁化的字母》小册子后，苏联汉学家龙果夫、郭质生和中国的萧三等都加入到方案的制订与讨论当中。《萧三传》说："早在 20 年代末，萧三和瞿秋白等同志，就曾同苏联汉学家龙果夫、史萍青、郭质生等共同发起了汉语文字改革运动。在由瞿秋白和郭质生起草的《中国拉丁字母方案》的基础上加以研究改进，制订出一个《中国拉丁化新文字方案》，并组织了文字改革委员会，决定在列宁格勒、莫斯科、远东的伯力和海参崴等地旅居的十几万中国工人中间推广应用新文字。"② 同时又指出："1931 年夏秋之交，为了新文字推广工作的尽快实施，萧三和苏联汉学家龙果夫、史萍青、莱希特、刘宾等人组成了一个'突击队'，到远东伯力和海参崴开展工作。"③ 可见，汉字拉丁化是在苏联汉学家龙果夫、史萍青等帮助下进行的。1934 年在大众化的讨论中苏联的拼音化成就被介绍进国内。拼音化运动成为文学大众化的重要尝试手段。中国汉字的拼音化运动从 1934 年开始至 1955 年进行了 21 年。其间一方面由于拉丁化自身的一些学理问题，另一方面拉丁化推行的社会环境恶劣，"汉字拉丁化"被国民党当作共产党宣传政治思想的工具而被查禁。另外民族救亡、抗战等都打破了拉丁化的进程，使得汉字拉丁化始终局限在一时、一地、某些群体中，并未在全国普遍推广开来。

东干文的创制也有赖于苏联这次大规模的为无文字的少数民族创造文字的潮流。第一代迁居中亚的东干人基本上都是文盲，只会说汉语，却不认识汉字。随着 20 年代的拉丁化运动与文字改革，1932 年苏联学者帮助东干族创制了拉丁化的东干字母，包括 31 个拉丁字母和自创的 5 个字母，一个字母表达一个音素，不标声调。伊玛佐夫在《亚斯尔·十娃子生活与创作》中说，十娃子等东干学者"在原有阿拉伯字母基础上，不断讨论、修正"，这些研究"为 1932 年以拉丁字母为基础的

①　王政明：《萧三传》，四川文艺出版社 1992 年版。
②　同上。
③　同上。

东干文字的创制提供了很多经验和建议，十娃子则亲自参加了新字母方案的讨论与确立过程。也正是在这个时候，他结识了俄罗斯著名语言学家德拉古诺夫、波利瓦诺夫，与他们共同探讨东干族语言文字问题。而且十娃子提出的'东干语音节正字法表'与德拉古诺夫的观点大致相同"。在《挑拣下的作品·序》中伊玛佐夫用东干语写道，十娃子"做造下的回族语言的写法路数连德拉古诺夫教授造制下的样法都傍间。就打这个上，在竣成回族字母的会议上，把这个样法叫成十娃子带德拉古诺夫的哩"。德拉古诺夫即龙果夫。可见，海参崴、伯力同萧三等中国学者开展汉字拉丁化的是苏联汉学家龙果夫等，而同十娃子等东干学者制订新字母方案的也是苏联汉学家龙果夫等。伊玛佐夫还提到十娃子"还操心单另的民族的文明发展事情哩，这呢（里）把咱们的字母竣成掉，他可价连从娃子、阿布都林、苏列依玛诺夫走哩远东方，在给苏维埃国里那会儿住的汉人们竣成字母会议上参加去哩"①。这里所说的远东会议，正是萧三等与苏联汉学家在海参崴举办的"第一次中国新文字拉丁化代表大会"。由此可以看出，中国汉字拉丁化与苏联东干族创制东干文，与苏联中国工人推广应用拼音文字，是同一棵树上的三个分支。对于汉字失传的东干人来说，拼音文字成了保存东干语言和东干文学及东干文化的有效载体。东干文普及率很高，截至 1937 年，在东干人集中的吉尔吉斯斯坦和哈萨克斯坦 70% 的东干人已脱盲。② 东干文发展到今天，已经有了一套较为完备的语音、语法、词汇等使用规则。吉尔吉斯斯坦东干语言学家伊玛佐夫就著有《东干语正字法》，为东干文的书写规范，提供了依据。

可以说，汉字拉丁化与东干文的发生时间、背景、创制目的甚至参与人都很相似。比如东干文的主要创制者、东干书面文学的奠基人十娃子与中国作家萧三交情甚深，而萧三在苏联时期、解放区时期都是推动汉字拉丁化的主将。又如龙果夫等许多苏联语言学家，既积极地参与了东干文的创制，又投入了汉字拉丁化的方案制订。这些方面的要素无疑

① ［吉］伊玛佐夫：《挑拣下的作品·序》（东干文版），吉尔吉斯斯坦出版社 1988 年版。
② 丁宏：《东干文化研究》，中央民族大学出版社 1999 年版，第 135 页。

使得东干语拼音化与汉字拉丁化有着相类似的思路与方法。

东干族作为中国华裔，母语就是汉语，似乎东干文的汉语拼音化实践对于中国汉语拉丁化具有极大的借鉴作用。那么为什么东干的汉语拼音化只用很短的时间就能成功，而中国汉语拼音化投入了大量的人力、物力，历时弥久却步履维艰，难以推广？

1. 二者拼音化的目的不同。中国的汉字拼音化前期在工具理性的笼罩下，拼音化文字与汉字分别代表强势文化与弱势文化，推动汉字拼音化的力量主要来自向西方文明学习的心态；后期力推汉字拼音化，则立足于文学大众化、通俗化的目的，以最便利易学的文字进行大众扫盲，从而达到"五四"文学"启蒙"的初衷。瞿秋白、鲁迅等著名作家及延安吴玉章、林伯渠等中共领导人之所以支持汉字拉丁化，其出发点是让民众容易掌握使用新的书面文字。瞿秋白在《新中国文草案》中明确指出：

> 中国几万万民众，极大多数不识字。除了根本的原因，还有中国文字本身的困难，文字和言语完全分离，因此彻底的文字革命是十分必要的了。现在正在发展着的"中国现代普通话"为拼音制度奠定了基础。能使各地公用的文字和语言逐渐达到"一致"。①

这就是提倡汉字拉丁化的初衷。

汉语拼音化提倡之初存在着两种意见：拼音文字与汉字并存，留拼音文字弃汉字。前者急于借用简单易学的拼音化汉字扫盲，但并不排斥汉字，二者可共同使用。而后者则认为汉字代表着文化霸权，必须以拉丁化文字代替汉字。瞿秋白是主张废除汉字、制定拉丁文字方案的重要奠基人。他发表过一系列抨击汉字的激烈言辞。瞿秋白曾经提出："现代普通话的新中国文化必须罗马化。罗马化或者拉丁化，就是改用罗马字母的意思。这是要根本废除汉字。"② 瞿秋白接受了文字具有阶级性

① 《新中国文草案》，《秋白文集》（二），人民文学出版社1953年版。
② 瞿秋白：《瞿秋白文集》第2卷，人民出版社1998年版，第690页。

的思想，认为"汉字不是现代中国四万万人的文字，而只是古代中国遗留下来的士大夫——百分之三四的中国人的文字"①。当时也有人不赞成废除汉字，例如1936年吴俊升提议通过改革教学方法来提高学习汉字的效率。

汉字拉丁化之所以引起众多学者的关注，在更大程度上是因为它关涉到汉文化与民族命运。汉文化以汉语为交流语言、以汉字为书面沟通的载体，维系着中华民族。如若废除汉字，那将是中华民族的灾难。东干族与其他世界上的华侨群体相比，具有相当的凝聚力，其凝聚力一方面来自大分散小集中的居住模式，另一方面作为回民，伊斯兰教在团结东干人方面起到了至关重要的作用。当然，东干人能在俄罗斯文化、突厥文化的包围中坚持独立的民族性，也与其讲方言有着很大的关系。

2. 影响汉字拉丁化的条件不同。中国幅员辽阔，人口众多，方言很多，各地群众甚至互不通音，这成为汉语拼音化过程中一大无法逾越的障碍。为解决这一问题，中国汉字拉丁化之初就编制了方言版拉丁化新文字。1930年瞿秋白编制的《中国拉丁化的字母》方案是以北方话为基础拟制的，1934年至1937年，上海话、苏州话、无锡话、宁波话、温州话、广州话、潮汕话、客家话、福州话、厦门话、湖北话、四川话、桂林话、梧州话等14种方言先后制订了各自方言版拉丁化新文字方案或草案，但实际只有上海话、广州话、潮汕话和厦门话的拉丁化新文字推行过。各地方言的存在，在很大程度上限制了任何一种汉字拉丁化方案的推行。即便对于极力主张汉字拉丁化的瞿秋白而言，对于方言的问题，他在1931年《普洛大众文艺的现实问题》一文中认为，"无产阶级在'五方杂处'的大城市和工厂里，正在天天创造普通话，这必然是各地方土话的互相让步，所谓'官话'的软化。统一言语的任务，也落到无产阶级身上。……无产阶级自己的话，将要领导和接受一般知识分子现在口头上的俗语——从最普通的日常谈话到政治演讲——使它形成现代的中国普通话。自然，照中国现状，还会很久的保存着小

---

① 瞿秋白：《瞿秋白文集》第2卷，人民出版社1998年版，第690页。

城市和农村的各地方的土话，这在特殊必要的时候，也要用它来写的。"① 所以有学者说，当中国方言消失以前还必须得用汉字。

东干语具有内部统一性，均为陕、甘地区方言，标准的东干话或东干书面语言以甘肃话为主。陕、甘地域相邻，语言相近，不存在方言分歧造成的拼写上的不统一。"拼音文字必须建立在民族共同语的基础之上，必须按照共同的标准语来制订语音系统。东干人最初进入中亚，方言口语比较复杂，有陕西话、甘肃话、宁夏话、青海话等。但这些中国方言在中亚经过融合之后，最终以甘肃话为民族共同语，以甘肃陇中片语音为标准音，才产生了记录东干语的东干文。"② 也正因为东干语的这种特殊性，使得语言学界对于东干语到底是不是一种独立的语言分歧很大。持赞同观点的是苏联语言学家 A. A. 龙果夫教授，他认为东干语来源于汉语，但现在已经发展成为一种独立的语言。德国学者吕恒力给予东干文的独立性以充分的肯定，他认为"汉语语支包括好多方言，但只有两种书面语，一是以汉字为标准文字的汉语普通话，一是用斯拉夫文字书写的苏联（东干）回族民族语言"③。而中国语言学学者海峰、林涛等认为东干语是汉语方言在境外的一种变体。他们从东干语的形态学类型未转化与改变，历史渊源上东干语与中国汉语西北方言中原话官话有着一脉相承的共源关系，东干语在语音、词汇和语法诸语言要素上只发生了局部的变异等几个方面来论证这一观点。

3. 文本继承问题也是汉语拼音化遭来非议的原因之一。中国文化历史悠久，卷帙浩繁的经典文本因汉字才得以保存，今人也因汉字得以与几千年前的古人进行沟通，如若汉字拼音化，汉字势必会逐渐废弃，那么皮之不存，毛将焉附？大量的传统文化会不会就此消失？而东干语拼音化却不存在这个棘手的问题。本来迁居中亚的多为目不识丁的农民，对于中国传统文化文本知之甚少，东干人基本上通过以下几种途径

---

① 倪海曙：《拉丁化新文字运动的始末和编年纪事》，知识出版社 1987 年版，第 78 页。
② 林涛：《东干语论稿》，宁夏人民出版社 2007 年版，第 220—221 页。
③ ［联邦德国］吕恒力：《30 年代苏联（东干）回族扫盲之成功经验——60 年来用拼音文字书写汉语北方话的一个方言的卓越实践》，《语文建设》1990 年第 2 期。

来了解中国传统文化文本：一是通过俄文翻译来了解；二是创立东干文后对中国文化文本进行翻译，如老舍的《月牙儿》等就是通过这种方式为东干人民所熟悉；三是通过民间故事、传说等口头文学间接地了解。所以不存在必须保留汉字继承传统经典文本的问题。

东干人能够成功地实现汉语拼音化，主要由于它无须承担中国文学现代化这一历史使命，既无中西文化比较中的弱国心态，也无古今选择的困境。加之东干文的使用主体渴望有一种本民族的文字，东干本土知识分子一直力图创造一种可以记录、整理、传承本民族文化的载体，苏联也积极推行民族平等原则，为无文字的少数民族创制文字，正是以上这些主客观原因，促成了东干文的诞生。文字创制成功后，还要成功地推广与普及，才能算真正成功。苏联及东干学者通过积极开办学校、广播，编写教材、报纸、杂志等形式进行推广，其最有说服力的成果就是在短短几十年中仅有 10 万人的小群体中却出现了影响力较大的一批东干作家，创作了大量的东干文学作品。

（三）汉字拉丁化的利弊得失以及东干语在汉语拼音化过程中的局限性

对汉字拉丁化改革中的许多意见，应进行实事求是的科学分析。试以瞿秋白的观点为例。批判言文分离，建立言文一致的现代汉语，是瞿秋白汉字拉丁化的主要依据。瞿秋白对五四文学革命的成果采取批判的态度，认为是不彻底的。他在《论文学革命及语言文字问题》中说："中国文学革命所产生的新文学是一匹骡子。"文学革命并不是说完全白革，而是产生了一个怪胎，是非驴非马的骡子。文学革命的任务，绝不止于创造出一些新式的诗歌、小说、戏剧，更应当替中国建立现代的普通话的文腔。认为中国言语和文字的分离而不一致表现为：1. 古代文言，有些还保存在 20 世纪 30 年代的中国报纸上；2. 现代文言，即梁启超的《时务报》《新民丛报》语言；3. 旧式白话，旧小说所用的语言；4. 新式白话，新文学的新式白话既不是完全讲"人话"，又不是真正讲"鬼话"，未能创造出现代普通话。认为现在的语言处于极端混乱状态之中。古代文言还存在，现代文言占统治地位，新式白话只是一种高尚玩具。因此提出"第三次的文学革命运动是非常之需要了"。① 第一次从林纾小说、南社文人诗词到现代文言笔记小说，第二次为五四文学革命。在五四文学革命中，胡适提出的两个口号叫"国语的文学和文学的国语"。但是 12 年过去了，两个口号实现的程度很远呢。

现代普通话的新中国文是什么？瞿秋白认为，首先应当是言文一致。言文一致的言，指和普通话一致。不用土语和方言，各地的方言应有单独存在的权力。现代普通话的新中国文应当有一个总的原则就是：看得懂还不算，一定要听得懂。他提出一个用语叫"文腔革命"②，即用现代人说话的腔调，推翻古代鬼说话的腔调，用"人腔"代替"鬼腔"。

在《普通中国话的字眼的研究》中对新词的构词规律作了详细的探讨：在字根后加上口头字尾，如"子"、"儿"、"的"、"了"；采取意义相同的两个汉字做字根，造成多音节的新字眼，如"增加"、"城市"、"巨大"、"伟大"、"困难"等；采取意义相反的汉字做字根，造成抽象的新字眼，如"多少"、"长短"、"大小"、"好多"等；采取不完全句子，使它变成一个字眼，如"电灯"、"民权"、"先锋"、"前进"等；采取一些汉字，把它变成新式的字尾，如"资本家"、"民权主义"等；打倒生僻的文言字根，如"沉默"、不如写作"不作声"，"狂飙"不如写作"风暴"。③ 认为现代普通话的新中国文，应当用正确的方法实行欧洲化。中国言语的欧化是可以的，是需要的，是不可避免的。字法采用欧化方法，如副词加"的"，句法也应欧化，自然地加上辅助句子形容主句，如"她是有两个女儿一个儿子的寡妇"，不如写成"她是一个寡妇，有两个女儿，一个儿子"。④ 章法方面，尽可能用简明的章法，也可以用欧化章法，在每一段说明前后事实的联系，以引导读者到更复杂的章法方面去。

瞿秋白主张实现言文的真正现代化，有许多合理的具体的建设性意

---

① 《论文学革命及语言文字问题》，《秋白文集》（二），人民文学出版社 1953 年版。
② 同上。
③ 《普通中国话的字眼的研究》，《秋白文集》（二），人民文学出版社 1953 年版。
④ 《普通中国话的字眼的研究》《罗马字的中国文还是肉麻字中国文》，见《秋白文集》（二），人民文学出版社 1953 年版。

见。这些都是其合理的"内核"。

汉字拉丁化运动的弊端在于：一是提出废除汉字。瞿秋白先后参照了希腊、德国、捷克、波兰、意大利等许多国家文字及英文、俄文，提出现代普通话的新中国文必须罗马化或拉丁化，即根本废除汉字。理由是：汉字是十分困难的符号；汉字不是表示声音的符号，妨碍了言文的一致；汉字使新的言语停滞在《康熙字典》的范围，限制了现代新名词的运用。这些看法都是偏激的。固然，汉字难认、难写，一般民众学起来很困难。但是汉字又蕴含着巨大的中国文化信息，失去汉字，中国的文化遗产将难以完整保存，中国知识分子也难以接受。一方面为民众计，试行汉字拉丁化；另一方面又要保存汉字和整个中国文化。要兼顾这两个方面，可以实行双轨制，既有汉字读本，又可以创办拼音文字报刊、印刷拼音文字读本，像中亚东干族和远东中国工人。随着社会的发展，民众受中等教育程度的普及，废除汉字的呼声就听不到了。弊端之二是不标声调。瞿秋白说，各地的声调不同，北京话是四声的，江浙七声八声，广东九声。而说话时，因多音节字眼的发达，每一个汉字的声调都模糊起来，许多变成轻声（无所谓平上去入）。中国白话里的声调，用不着表示在拼音方面，而且很难表示。因此，"主张声调的拼法是不需要的"。东干文不标声调，但是读出来就有声调，甘肃话 3 个声调，陕西话 4 个声调。

东干族汉语拼音化成功了，但在汉语拼音化过程中也仍然遇到一些问题，这些问题也是中国汉语拼音化过程中遭遇到的。比如同音字的问题。汉语作为意音文字其特点是同音字多，要依靠不同字形来区分字义。这对于失去汉字以斯拉夫字母为载体的东干语来说造成了极大的不便，加之东干文不标声调，就更增加了同音文字辨识的难度。东干族只得借用一些辅助手段来解决这个问题，比如给单音节词标上调号或者借助俄文来解释，但其作用还很有限。东干文学也随之在以下几方面表现出它的局限性来。

1. 东干文学作品译成中文的时候，一些不太熟悉西北方言的译者在翻译时容易出错。比如十娃子的诗《我爷的城》开头四行出现了三种误译文本：第一种译法："雪花飘落在我的头上，/我也爱唱哩：/虽然眼睫毛上已结下了一寸多的霜。"第二种译法："雪也落到头上哩，/我爷孽障。/眼睫毛上也落哩一层冻霜。"第三种译法："雪也落到头上哩，/我爷孽障。/眼遮毛上也落哩/一层冻霜。"原文中眼睫毛应为"眼眨毛"。"一层冻霜"中的"冻"原文拼为"du"，从发音看，不是"多"也不是"冻"，而是"毒"，即下了一层毒霜，风霜雪剑，何其毒也之意。正因为东干文的特殊的标音法及同音词的存在导致了多种误译。

2. 因为没有汉字的支撑，随着与母体文化的分离，许多字只留其音却不知其义。学者赵塔里木曾对东干民歌在口头传承的过程进行分析发现，个别唱词在失去原有的语音外壳的同时被赋予具有新词义的语音，从而出现了由语音转变引起的词义替换现象。他举例民歌"茉莉花"由江南传唱到西北地区，东干人再由西北地区把这首歌带至中亚时"茉莉花"本义已完全丢失，并按照东干语汇的习惯，在茉莉花一词后附加一"子"后缀，变成了"毛李子花"，意为"毛李子树上开的花"。①

在东干方言语音的干扰下，没有汉字对语音的固定，语音极易发生变异，进而影响到语义的变化。东干语不标声调，依靠语义环境来理解同音字。东干人长期使用东干语，在心理与语言等方面约定俗成，通过联系上下文可以顺利地读出语义来，但对于非东干族来说就造成了极大的不便。尤其表现在诗歌创作中，大量同音词的出现可能并非好事。基于诗歌的跳跃性、抽象性等特点，要在语义联系不甚紧密的诗歌语境中猜测字义，就显得相当困难。东干文学作品呈现出的一大特点，就是现实主义方法创作的作品最多，而现代主义的作品寥寥，这固然与当时苏联的文学创作主流、作家注重表现东干人民现实生活有关，但不容忽视的是，语言的形式对文学作品内容的限定作用。王小盾教授就曾撰文《东干文学和越南古代文学的启示——关于新资料对文学研究的未来影响》，就这方面的问题做过一些有益的探讨。东干第二代诗人十四儿，在众多东干现实主义作家中显得异常特别。因为他的诗作试图表达一些

---

① 赵塔里木：《中亚东干民歌的传承方式》，《音乐研究》2003 年第 1 期。

现代性的主题，比如对生死的考虑、对时间的焦虑意识、对孤独的彻骨体验等。"当他企图用东干诗歌表达死亡、永恒、历史、孤独等主题的时候，作为创作基本条件的东干语文，便成了他的镣铐。他不得不对旧意象加工，通过意象联结、延长、散文化等方式来创造新意象。"① 王小盾做出这样的判断，基于对诗的某种特定认识：诗在本质上是一种非日常语言，诗要超越口语。他还对汉语书面诗与十四儿的诗歌作对比，认为十四儿为了不因同音字发生歧义，不得不将汉语的书面语改成拖沓的口语，从而牺牲了诗歌的紧凑。当然，在这种分析背后也透露出作者的评价标准：书面语较之口语要更为凝练、进步，更接近诗的本味。这些意见中还有值得商榷之处，诗歌是否有诗味并不在于它用口语还是书面语，书面语也会因其长期的固定性而显现出表达能力退化的现象，反倒一些口语更为生动、更有表现力。

东干文通过书报、广播、文学作品等载体在东干已经广泛使用了几十年，渐臻成熟，它有完善的正字法、标点法系统等，证明了用拼音文字书写汉语是完全可行的。东干拼音文字为保持东干的民族独立性、保存与发展东干的文化做出了很大的贡献。"正是由于东干语是汉语方言的变形，所以它的拼音文字的经验对汉语拼音文字的建立有重大的参考价值。"②

实践证明，以汉字拉丁化来完全取代汉字是走不通的。因此，现今的许多学者把这场汉字拉丁化说得一无是处，看成一场"灾难"。如果把汉字拉丁化的倡导简单地看成一场未造成恶果的灾难，抹杀其中的"合理内核"，也是不公正的。如今，我们以汉字和拼音文字并存的双轨制思维模式去历史的评价，或许更科学些。随着现代科技的发展，电脑的运用，随着中国对外汉语教学的升温，汉字与拼音文字如何相辅相成，仍然是值得探讨的一个问题。

---

① 王小盾：《东干文学和越南古代文学的启示——关于新资料对文学研究的未来影响》，《文学遗产》2001 年第 6 期。

② 杜松寿：《拼音文字参考资料集刊：东干语拼音文字资料》，文字改革出版社 1959 年版。

四　东干文学与中国文化的互补与互证

东干文化与中国文化、俄苏文化、伊斯兰文化和周围中亚民族文化都有密切的联系。东干族的文化母体是中国文化，由于处在俄苏和中亚文化的大环境中，又受所在国主流文化的影响，同时作为回族，东干文学又具有伊斯兰文化的浓郁色彩。在东干文学研究中，我们发现东干文学与中国文化具有互证与互补性，阅读东干文学作品，遇到某些疑难之处，常常可以从中国文化中找到答案；反过来，中国文化中某些失传的东西，有时在东干文学中还鲜活地存在着。这不仅是一种有趣的现象，同时也成为东干文学研究不可或缺的方法。以下拟从三个方面通过大量的实例来加以论证。

（一）晚清语言的活化石

东干文学语言的独特性就在于，它以西北方言为基础，受中国古典与现代书面语言的影响极小。东干人所运用的语言基本上是 140 多年前晚清西北农民的方言土语，同时也有发展与变异，如其中某些借词及混合语言现象，同时也吸收了现代汉语的某些新词。俄语是苏联时期的通用语言，苏联解体后，由于独联体国家民族众多，目前在实际生活中通用的语言还是俄语。时至今日，不少东干人已掌握了俄语，因此东干语借用俄语是顺理成章的，尤其政治科技等新名词借用较多。据东干学者估计，俄语借词约占 7%。笔者曾做过抽样统计，哈桑诺夫短篇小说《没吃过辣子的主席》共 3000 余字，其中俄语借词（含重复出现率）共 76 处，译成汉字计算共 198 字，占 6.6%，大体接近东干学者的估计。东干语言学家杨善新对托克马克东干人陕西方言统计，阿拉伯语和法尔斯语借词 300 来个，与中国学者统计宁夏回族语言中阿拉伯语、波斯语借词 380 个也大体接近。而东干语中以西北方言为主体的汉语构成情况如何？下面重点加以讨论。

我们说东干语的主体是晚清时期的西北方言，有许多晚清语言的活化石，同时又可以看到其中也保留了明清乃至宋元及更早语言的遗迹。
如对货币单位的叫法，在中亚，老年人还有沿用苏联时期的叫法——卢
布，一般人用新货币名称，哈萨克人叫腾给，吉尔吉斯人叫索姆，乌兹
别克人叫苏姆，而东干人把几块钱叫几个帖子。什么是帖子，连中国人
也很少知道。原来清朝洋务派发行的纸币叫帖子，不同于银圆、铜钱。
东干人的叫法是典型的晚清语言的活化石。东干书面文学奠基者十娃子
在其诗作《我的乡庄》中写道："我大爱唱《出门人》，/狠猴一般。"
用猫头鹰的叫声来状写父亲笨拙的歌声。据杨善新提供，猫头鹰在东干
语中有三种不同的叫法：甘肃话叫狠猴，托克马克方言（陕西话）有
的叫信猴，有的叫幸狐。① 笔者查阅地方志发现，明嘉靖《庆阳府志》
"羽类"列出 25 种鸟，其中第 24 种为"幸候"（著者在幸和候的右边
分别加一个鸟字）。② 清顺治杨藻凤主编的《庆阳府志》"羽类"沿用
嘉靖《庆阳府志》，所列 25 种鸟同前者完全一样。③ 可见明清时期庆阳
人把猫头鹰叫信猴。类似例证还可以举出很多，如把现行的行政机关叫
衙门，给上级打报告叫写状子，路费旅费叫盘缠，运输工具叫脚程。火
柴，东干人叫取灯子或自发火，我国明清小说《古今小说》《儿女英雄
传》中都有取灯儿的叫法。这种语言的活化石在中国个别地方的民间
也能找到。东干语中的蚂螂儿，初次接触不知道是什么，一查《东干
语—俄语词典》，原来是蜻蜓。有趣的是可以与中国方言互证。周振
鹤、游汝杰在《方言与中国文化》中指出，处于闽东方言区（以福州
为中心）包围之中的洋屿话，当地人叫京都话，语言跟北方话接近，
词汇上基本使用北方话词汇，甚至保留北方较土的口头词汇，如今儿
个、明儿个、多咱、蚂螂（蜻蜓）等。④ 洋屿话中的蜻蜓叫法与东干话
完全一样。东干人把飞机叫风船，西北方言中也没有风船的叫法。语言
学家罗常培于 1943 年记录，滇缅北界片马的茶山话也把飞机称为风船，

---

　　① ［吉］杨善新：《东干语中的托克马克方言》（东干文），见林涛《中亚回族陕西话研究》，
宁夏人民出版社 2008 年版，第 315 页。

　　② （明）《庆阳府志》，甘肃人民出版社 2001 年版，第 61 页。

　　③ （清）杨藻凤：《庆阳府志》，甘肃人民出版社 2001 年版，第 521 页。

　　④ 周振鹤、游汝杰：《方言与中国文化》，上海人民出版社 1998 年版，第 33 页。

可与东干话互证。

　　东干语中还可以找到元明乃至更早时代的语言遗迹。《老乞大》是元末明初编写的专供朝鲜人学习汉语使用的课本。海峰曾将东干语与《老乞大》做过比较，她说自己"曾将《老乞大》原文试着用东干语的语调阅读了一遍，发现其表达方式、句式特点和许多的特殊词汇都和今天的东干语有着惊人的相似。"① 元曲中的某些语汇也保留在东干语中，林涛在《东干语论稿》中已有论列，如东干人把忘恩负义的人叫"黑头虫"②，把有事做叫"有营干"③，都能在元杂剧里找到。东干语中还保留了汉语中古语音，杨善新调查托克马克方言发现，东干人把"咸"读 han，同普通话不一样，并与日语、朝鲜语作了比较，认为朝鲜的许多话和广东发音相近。④ 粤语中保留了不少古香古色的语汇。东干语中的"鞋"读 hai，"街"读 gai，都是中古读音。这些读音在中国许多方言里也保留着。

　　再看东干语中的逆序词（也叫同素异序词）。关于逆序词的研究，国内已有不少成果，据统计古籍中的逆序词，《左传》20，《庄子》34，《吕氏春秋》44，《韩非子》132，《史记》142，《汉书》294，《论衡》378，而中古时期逆序词依张巍统计，其数量相当可观，为 1415 对。⑤ 地方方言中也不乏逆序词，同素逆序形式的汉字词在日语韩语中也同样存在着。东干语中的逆序词，有人整理了 27 对，海峰在她的《中亚东干语研究》中列出 49 对。⑥ 这些逆序词如"民人"，虽然现代汉语中不用了，但古代典籍《庄子》《吕氏春秋》《史记》中都可以找到。通过互证，可以发现东干语文化活化石的研究价值。

　　东干语口语分为甘肃话与陕西话，而书面语则以甘肃话为主。由于

---

① 海峰：《中亚东干语言研究》，新疆大学出版社 2003 年版，第 130 页。
② 林涛：《东干语论稿》，宁夏人民出版社 2007 年版，第 167 页。
③ 同上书，第 191 页。
④ ［吉］杨善新：《东干语中的托克马克方言》（东干文），见林涛《中亚回族陕西话研究》，宁夏人民出版社 2008 年版，第 314 页。
⑤ 张巍：《中古汉语同素逆序词演变研究》，上海古籍出版社 2010 年版，第 297 页。
⑥ 海峰：《中亚东干语言研究》，新疆大学出版社 2003 年版，第 142 页。

东干人来自中国西北各地，杨善新曾提供了 12 个地名，有西宁、兰州、河州、灵州、安定、沙洲、狄道、张家川等，还应加上西安、伊犁等地，从东干族的来源看，陕西、甘肃、宁夏、新疆、青海各省都有。同时，东干人的先祖起义转战西北几个省，历时十几年，又程度不同地吸收了西北各地的方言。因此，东干语细分较为复杂。如十四儿的诗歌，有好几处被译为"睡朗觉"，武威话睡懒觉的"懒"发音 lang。

（二）中国文学的传承与变异

不同于别的国度与地域的华语文学，由于汉字失传，东干人不能直接阅读汉语书面文学，因此东干书面文学与中国古典文学和近现代文学的直接联系极少，而他们的民间口传文学许多直接来源于中国，如《三国演义》《水浒传》《西游记》故事及许多民间传说与故事、口歌口溜、民间曲子等，这些主要是靠口头传承的。正因为如此，当我们发现东干书面文学与中国古典或现代文学的某些传承关系，就感到十分惊异。试以阿尔布都的短篇小说《惊恐》和唐传奇作家白行简《三梦记》第一梦的联系为例，看看东干文学对中国传统文学的传承与变异。《三梦记》第一梦 200 余字，说武则天时，朝臣刘幽求夜归，路见一佛堂，闻寺中欢歌笑语。刘俯身窥之，只见十数人，儿女杂坐，环绕共食。其妻也在其中，令刘惊愕。欲就近查看，寺门紧闭。刘掷瓦击中杯盏，佛堂顿时人影全无。遂逾墙直入，殿寺依旧，方才所见荡然无存。刘幽求甚为惊讶，回到家中，其妻方寝，闻刘至，叙述了她梦游佛堂，食于殿庭，有人投掷瓦砾，杯盘狼藉，遂惊醒的经过。阿尔布都的《惊恐》完全采用了《三梦记》第一梦的故事框架，扩展成 2800 字的短篇小说。以东干农民李娃为主人公，李娃上街卖了土产，遇上雷阵雨，半夜归来，路过没有人烟的金月古寺，里边灯火通明，令他打了个冷战。走到窗子跟前一看，他的妻子打扮得像孔雀开屏一样，坐在一堆阿訇和乡老中间。他们一边喝酒，一边调笑。李娃着急，想进去，又找不到门，他捡起块石头，从窗子上砸过去，灯灭了，寺里一片黑暗寂静，什么人影都没有了。回到家里，妻子讲了她梦中在金月寺的所见所闻，当她看见窗外的丈夫，欲大声喊叫时，一块石头飞进来，灯灭了，她也惊醒了。其梦境与李娃所见一模一样。两篇故事框架如出一辙,我们判断作者很有可能通过五六十年代出版的俄译《唐代传奇集》接触到这个故事。《惊恐》采用了《三梦记》第一梦的框架,但是其人物、主题、生活背景又截然不同。作品具有浓郁的东干农民生活气息,叙述语言是活的东干口语,人物是苏联时期东干乡庄的农民和他的妻子。同东干民间文学将《西游记》中的唐僧师徒去西天(印度)取佛经改为到阿拉伯取《古兰经》一样,作者将《三梦记》中的佛堂置换为清真寺。题目《惊恐》,是中国回民常用语。通过互证,不仅能发现其间的传承关系,同时又可以看出东干作家的改写和小说的变异。我们还发现十娃子的诗作《桂香》同黎锦晖的《可怜的秋香》基本相同,《可怜的秋香》创作于 20 世纪 20 年代,是儿童歌舞的歌词,《桂香》创作时间稍晚。十娃子究竟通过什么渠道如此熟悉黎锦晖的歌词,仍然是一个未解的谜。

东干民间文学与中国民间文学的关系更为密切。如东干民间故事《张羽煮海》来源于元杂剧,《张大蛟打野鸡》同中国回族民间故事《牛犊儿和白姑娘》《曼苏尔》等具有许多相似之处,这类神奇妻子类型的故事在中国各地都有稍加变换的异文广泛流传。这里以韩信的故事为例,东干民间故事韩信的大框架,说韩信先投奔霸王,后又投奔刘邦,最后死于吕后之手,这条线索出入不大。但是在小故事与细节上,在韩信的评价上,却大不相同。这里可以同《史记》的真实记载及中国民间传说两个方面相互比较。东干故事中的韩信是个否定性的形象,在十娃子的诗歌作品中,韩信是恶的"共名",是恶的代名词,将恶人比作韩信的不下 20 处,而《史记》中的韩信是功高盖世的悲剧英雄;民间故事淡化了韩信平定天下的功绩,着力凸显其伦理道德上的丑恶。在伦理道德上,东干故事与《史记》悬殊甚大,甚至截然相反。东干故事说,韩信牧马,听见三个神仙说,此处有一块地风水极好,如果谁肯将其母亲埋在这里,这人就能成为"三旗王"(应为三齐王)。于是韩信便把他的母亲活埋在这里,以期成为高官。相反,司马迁亲自去淮阴实地考察说:"吾如淮阴,淮阴人为余言,韩信虽为布衣时,其志与众异。其母死，贫无以葬，然乃行营高敞地，令其旁可置万家。余视其母冢，良然。"[1] 韩信虽然贫穷，却以如此之排场来安葬母亲，不能说不孝。《史记》是历史，要求真实；而民间故事是艺术创作，二者相去甚远，是可以理解的。东干民间的韩信故事情节曲折复杂，凝结着许多人的创作，具有较高的艺术性。而其中的某些情节，在中国民间故事中也可以找到相同或相近的印证，比如中国民间故事有以下种种说法：韩信为了能做大官，抢风水地，把双目失明的母亲活埋在那里；韩信大便的姿势非常奇特，要头朝下，屁股朝上；韩信功高盖世，刘邦有"三不杀"之承诺，即天不杀、君不杀、铁不杀，于是吕后用黑布蒙住囚笼，令宫女用竹签戳死。这些都同东干民间故事相似。东干故事还加进了某些伊斯兰化的情节，如韩信被骗贸然闯入宫中，恰好撞上正在洗浴的女王，女王急忙将身子用白布单裹紧，遂令斩杀韩信。《古兰经》规定，女子不能裸露羞体。因此这样的情节符合伊斯兰民众的心理。

再看东干口歌口溜与中国西北谚语俗语的互证。不少人把口溜解释成顺口溜，是不对的。东干人自己解释，口歌为谚语，口溜为俗语。而在实际运用中，又不严格区分，常常是口歌口溜合为一体。口歌口溜在东干文化中占有重要的地位，东干报刊、广播、文学创作中常常引证它。而口歌口溜又是最纯粹的母语，几乎没有俄语借词。笔者看到《东干报》报头语写有"三人合一心，黄土变成金"。将口歌口溜作为民族凝聚力的座右铭，这与中国西北谚语"三人一条心，黄土变成金"基本一样。东干口歌"父母心在儿女上，儿女心在石头上"这条谚语不仅在西北流传，而且还附有一个故事作为注脚，说一位老人生了十个儿子，到老的时候无人赡养。于是老人把一块石头锁在手提箱里，走到哪里带到哪里，须臾不离。儿子都误以为老人有值钱东西，从此争相侍奉。东干口歌"羊肉膻气牛肉顽，想吃个鸡肉没有钱"，同西北汉族谚语比较，汉族说"羊肉膻气牛肉顽，想吃个猪肉没有钱"，可以看出东干口溜带有伊斯兰文化特点。黑亚·拉阿洪诺夫所收《回族民人的口

---

[1]　（汉）司马迁：《史记·淮阴侯列传》，中州古籍出版社 1991 年版，第 452 页。

歌儿带口溜儿》中有一条被译为"人有曲曲儿心，安拉有过过儿路。"
笔者听到西北民间常说"弯弯肠子，拐拐心"（即心眼多），推断由于
汉字失传，口歌口溜在口传过程中，某些字发生了音变，"过过儿路"
应为"拐拐儿路"。通过互证互补，不仅能体会到东干文学与中国母体
文化的传承关系，同时也能看出其间的某些变异。

（三）　西北民俗的境外延伸

东干族保留了较多的西北民俗，这不仅体现在物质生产、日常生活
习惯上，还体现在精神生活与文化心理上，在丧葬嫁娶、饮食服饰、文
化娱乐等方面保留得更为完整。东干文学中的民俗色彩相当突出，著名
东干作家阿尔布都的小说，差不多每一篇都是东干民族的生活画与风俗
画。其中大多都是西北民俗包括回族风俗在境外的传承。以下以阿尔布
都小说中的民俗事象为例，加以论证。

不少东干民俗事象可以与西北民俗互证。王国杰认为，东干人过境
后完整地保留了中国传统的婚俗，即"纳采、问名、纳吉、纳征、请
期、迎亲"六个程序。[①] 短篇小说《坐狗蹲》（栽跟斗）反映了东干姑
娘出嫁的婚俗，开头提到大礼也送了，婚期也定了，"大礼"就是婚姻
礼俗中的一个重要环节。同时又写到妈妈给女儿摆陪房的微妙心理活
动，谁会夸哪一件衣裳的手艺，这摆陪房也是婚俗中不可或缺的一环。
接着说，出嫁的头一天，把女儿从叔叔家领回来后，"胡麻水连撑撑子
也设虑"好了。为什么要准备胡麻水？我们用青海的民俗来加以补证，
旧时没有像今天这样的洗发膏，青海人便用胡麻水洗头，这是土制护发
剂，相当于今天的发胶，青海人叫"抿子"。这一民俗在青海作家井石
的长篇小说《麻尼台》第六章有生动细致的反映，婆婆在火炉上的罐
罐里炖好了胡麻水，用筷子搅了搅，又挑起黏如胶水的胡麻汁，让媳妇
洗个头，洗完了抿上点胡麻水，头发又黑又光。作品还写到民间唱的社
火小调《王哥》："八月里到了八月八呀，我和王哥拔胡麻，王哥一把
我一把，拔下的胡麻抿头发。"中亚的俄罗斯人有的用皂角水洗发，而

---

①　王国杰：《东干族形成发展史》，陕西人民出版社 1997 年版，第 361 页。

东干人用胡麻水洗发显然是中国西北民间习俗的境外延伸。

民俗也随着时代变化而变化，照相对东干年轻人来说不成问题，可是几十年前的老人却不是这样。阿尔布都中篇小说《头一个农艺师》中写东干青年巴给参军抗击德国法西斯对苏联的进攻，他回信要照片，她的女儿聪花把信的内容给奶奶说了，老太太怎么也不肯照照片，说"我老了，敢拓影图（照相）吗？……拓不得，那是古纳哈儿（罪过）。"为什么不敢照相？中国穆斯林马永俊在他的博客上发表纪事说："我对雕像有种说不出的憎恶感。我从小就被大人告知：我们穆斯林不能画像，也不能给人塑像，如果画了人或塑了像，一定不能画眼睛，否则这些东西会在'要木里给亚迈提'向你索命的。"中国老一代穆斯林的这些讲究可以和东干人互为佐证。

在阿尔布都的艺术世界里，东干人除了姓名外，有的还有绰号，这绰号同中国文学有或隐或现的关联。短篇小说《扁担上开花儿》中提到两个人物，男的绰号"茇茇棍"，是贬义的；女的绰号"孙二娘"，是褒义的。孙二娘，来自民间广为流传的《水浒传》，茇茇棍又是什么意思？青年研究者李海把人物绰号与中国民间故事联系起来，认为中国回族故事《谷穗与狗》能很好地解释东干人外号的内涵。从前，地里的庄稼从根到梢都结满了籽，粮食多了有人践踏，尔旦圣人很生气，决心收回粮食。他从根部捋起，在捋荞麦的时候手被划破了，所以现在荞麦杆是红的。狗看见了，跑上去护庄稼，叫茇茇草绊了跟头。圣人见狗扑上来，就松了手，于是稻子就留下了穗头。从那以后狗见了茇茇草就生气，不是朝它撒尿就是拉屎。茇茇棍儿成了绊腿、不合作的代名词。这个词的含义一直随东干人传到了异域，并成为了文学的意象。①

东干民俗既有浓郁的伊斯兰文化色彩，同时又受中国传统文化的影响。阿尔布都短篇小说《丫头儿》的主人公叫穆萨，这个名字在穆斯林中较为常见。穆萨原为《古兰经》中的人物，是穆斯林信奉的先知之一。《丫头儿》写一群男孩子中有一个女孩子，按常理，女孩子应该

---

① 李海：《东干小说对中国文化的传承与变异》，硕士学位论文，兰州大学，2010年，第23页。

着女装，叫女孩子的名字。但是这个女孩却不，她穿男孩儿衣裳，戴男孩儿帽子，同时又用了个男孩的名字——穆萨。什么原因？因为她的父母没有儿子。这个生动的细节，透视了东干人重男轻女的心理，显然这种心理是中国封建伦理观念的遗留。一开始，作品中的男孩儿都瞧不起她，嫌她柔弱，但是穆萨却很顽强。后来大家约定要每天去山里喂养失去妈妈的幼小鸟儿，男孩没有一个人践行诺言，只有穆萨做到了，令别的孩子肃然起敬。

在物质民俗上，东干人将种植水稻和经营菜园的技术带到了中亚，东干作品对此多有描写。韭菜、芍药等成为东干文学的独特意象，东干怀乡诗，往往离不开五更翅（夜莺）和韭菜。韭菜是东干人带到中亚的，俄语中没有这个对应词。苏联时期，东干人种植水稻很有名，阿尔布都《英雄的战士》（杨峰译）中东干英雄王阿洪诺夫为苏军官兵介绍如何种植水稻，充满了民族自豪感。在生产工具上，苏三洛说："东干人在俄罗斯定居以后，在经济生活中，使用了早先使用过的传统工具，然而，在新的条件下，其中也包括土壤气候条件下，他们从俄罗斯农民那里吸收了铁铧、铁耙、铁锹及其他劳动工具。"[1] 在谈到东干人使用坎土曼时，苏三洛认为，七河地区的东干人首先向乌孜别克族学会了使用月锄（坎土曼）。[2]

阿尔布都的《绥拉特桥》《富尔玛尼》等小说中都提到东干人的劳动工具坎土曼。关于坎土曼的使用，我们还可以同中国的资料互证。李海说，在《新疆汉语方言词典》里有坎土曼的解释，这个词源于维吾尔语。新疆出土的新石器时期的劳动工具中就有坎土曼。在拜城县克孜尔石窟中的第175窟壁画中有牛耕图和劳作图画样，图中人使用的工具形状与劳作姿态，与今新疆部分地区使用的坎土曼及劳作姿态相同。清《新疆图志》记述："坎土曼，形似铁镢，其头甚圆。"中华人民共和国成立前，新疆南部还保存庄园制度的墨玉县等地区，农奴向贵族领得

① ［吉］М. Я. 苏三洛：《中亚东干人的历史与文化》，郝苏民、高永久译，宁夏人民出版社1996年版，第92页。

② 同上书，第87页。

"份地"时，也领取一把坎土曼，作为整年为贵族服劳役的象征。这也可以看出中亚地区与中国之间曾经有过的文化交流。坎土曼进入了东干人日常生活，是不可或缺的工具。① 东干族也有来自新疆伊犁等地的回族，坎土曼又何尝不是西北新疆等地的劳动工具？

从以上所列举的材料，通过互证互补的分析，可以更清楚地认识东干文学与中国文化的密切关系，看到东干文学对中华文化传承与变异的轨迹。

五　东干文学与伊斯兰文化

东干族居住在中亚多民族混居的特殊环境中，其文化既受俄罗斯（苏联时期）主流文化的影响，又传承了中国文化的基因，同时也受周围哈萨克、吉尔吉斯、乌兹别克等其他民族文化的影响，而东干文化能在诸多强大的文化包围中没有被其他民族同化，依然保持其独特的文化特点，除了传承中国文化外，很大程度上要归因于其坚守的伊斯兰文化。东干著名诗人十娃子在诗歌《北河沿上》将伊斯兰文化奉为东干的根：

　　　　我爷、太爷还说过
　　　　——麦加地方
　　　　就是老家，太贵重，
　　　　连命一样。
　　　　圣人生在那塔儿哩，
　　　　他的心灵：
　　　　把《古兰经》下降哩——
　　　　穆民的根。

---

① 李海：《东干小说对中国文化的传承与变异》，硕士学位论文，兰州大学，2010年，第21页。

　　可见东干族与伊斯兰文化的血缘关系。在世界华语文学中，东干文学最为独特，140 多年的东干口头文学与 80 多年的东干书面文学为我们研究东干文化提供了丰富的资料。以下拟从宗教信仰、伦理道德、东干风俗及中国文学在中亚的伊斯兰化等层面，探讨东干文学与伊斯兰文化的关系。

（一）

　　东干族是中国西北起义失败后迁往中亚的回民，他们信仰伊斯兰教。东干文学并不是宗教文学，但东干族信仰伊斯兰教，因而东干文学中人物的活动场景、日常行动、性格特征、思想观念等无不透露出伊斯兰文化的信息，尤其是老一代东干人，对伊斯兰教信仰的虔诚更胜于周围其他穆斯林民族。

　　在伊斯兰教中，胡达（真主）是世界独一的主宰、万物的创造主，因而在东干人心目中，"胡达"就是绝对的精神支柱与命运的支配者。东干文学中，"胡达"出现频率很高。因为"胡达"掌控着世间所有人及生物的生死命运。比如东干诗人十四儿在其诗作《胡达呀，我祈祷你……》《白生生的雪消罢……》中说，世上啥都不久长，有生有灭，这是"胡达—讨尔俩的下降，/谁能躲脱……"意思是人间的一切祸福，都是胡达降下的，没有谁能够逃脱。阿尔布都的中篇小说《头一个农艺师》中，写米奈的妈妈受封建守旧思想的影响，不要让女儿上学，她便假借胡达的名义对女儿说："胡达造化你是喂鸭子，喂鸡儿的，你就要望想提皮包，胡达给你把那一号子事情没造下……""胡达"既然是无所不能的主宰者，那么他也是世界善恶美丑的审判者。福寿灾祸、善恶报应均有因果。伊斯兰教认为，人都有原罪，人都会犯罪过，若是个善人、好人，"胡达"必定会免其罪孽。如阿尔布都的《一条心》中胡金阿伯向索玛儿介绍他从未见过的已去世的父亲时夸赞说，"你大（父亲），胡达恕饶古纳和（罪过）的。"阿尔布都《扁担上开花儿》中女强人开婕子做乡庄的妇女工作成绩卓著，人们称赞她是"胡达恕饶'古纳和'，开婕子给女人很干了些好事情的呢。"相应的，恶人则要受到胡达的惩罚。可见，东干小说中充满浓郁的伊斯兰文化氛围。

　　宗教信仰并不是简单地只存留在人物的口头上，实际它已经渗透到人物的整个灵魂中了。如阿尔布都在他的《头一个农艺师》中，写聪花儿的奶奶是一个虔诚的伊斯兰教徒，作家着意通过对她的一举一动、一言一行的描述，展示了伊斯兰教对东干人精神形象的塑造。聪花儿奶奶几乎大部分的时间都用在伊斯兰修行上，早上一醒来，紧赶慢赶洗个阿布代斯（小净），要去做晨礼，平日一天到晚坐着掐太斯比哈儿（念珠）。"二战"时期儿子奔赴战场，老太太虽然目不识丁，但在国难当头的关键时刻，她深明大义，用伊斯兰教义鼓励战士："'安拉呼塔尔俩'造下的男人是保护（祖）国的，打仗是'孙乃体'，折掉的人是'舍黑体'（烈士）。"为了保佑上前线的儿子平安健康，老太太给儿子带上伊斯兰教所笃信的能够佑福辟邪的物件：土杜瓦。"土杜瓦"意为护身符。具体的做法是，把祛除灾祸、保佑平安等内容的古兰经写在布上或写在纸上再包入布内，用特殊的方法缝制成长方形或三角形，戴在身上辟邪。老太太还叮嘱儿子时时刻刻不要忘记念经："走站念'碧斯名俩'（阿拉伯语，各种日常活动前要奉真主之命，或以真主的名义），'念素布哈儿南拉'（伊斯兰赞颂真主的词，阿拉伯语音译，意为惊奇、诧异，遇到不适、恐惧时都要念素布哈奈，赞颂归真主）。"聪花儿奶奶担心儿子的安危，又无能为力，唯有借助伊斯兰教的力量为儿子祈福。她虽没有多少文化，却能依据伊斯兰教的思想建立自己的生死观：此世（"顿亚"）是短暂虚假的，彼世才是永恒的归宿；至于彼世，伊斯兰教认为有天园与火狱之别，天园即极乐之境，唯有虔信者，或经审判后的行善者才能进入天园。火狱中则到处充满烈火，生前作恶者被打入火狱，锁链加身、被火炙烤，痛苦无比。正是基于这样的信念，她坚决拒绝照相，认为照相是罪过的事情。一说起照相，她就想起"多灾"（意为"火狱"），就思量"多灾"里头的火了。给孙女说："你们拓去，你们还年轻，有消磨'古那和'（罪过）的工夫呢，我老了，我还望想的那个顿亚上，见我的大大妈妈去呢。"聪花儿奶奶虽然不懂科学，却是一个十分可爱的信仰伊斯兰教的老一代农民。

　　东干人宗教信仰的实践还表现在五功（亦称五大天命）修行上。五功是穆斯林的五项宗教功课，是每个教徒都应遵守的最基本的宗教规程。东干文学作品中的人物（尤其是在描述老年人的日常生活中），履行"五功"占据着十分重要的位置。如尤苏尔·老马的《乡庄》，便塑造了一个可敬的东干民族文化坚守者——苏来麻乃老汉的形象：老汉一天五次的乃麻子（礼拜）是少不了的；在亚库甫·马米耶佐夫的《思念》中，存姐儿即使双目失明，也一丝不苟、熟练麻利地通过一系列动作完成功课："在院棚下洗过了'阿布代斯'，进了屋，利索地上了炕，把挂在墙上的拜毡取下铺在炕上，开始做晨礼。""做完晨礼，又把'太斯比哈'拿在手中掐念了好一阵子。"东干文学中，无论是男女老幼，修行"五功"相当普遍，已经像吃饭、睡觉一样融入到他们的日常生活中了。

　　伊斯兰文化能够在东干群众中深入人心并代代相传，与经堂教育是分不开的。东干族迁入中亚后，继承了中国回族的经堂教育。20 世纪30 年代左右，大多数东干人依照回族习惯都把孩子送到清真寺里去学经文。"按七河省行政当局的资料，1909 年在马林斯克及尼古拉耶夫斯克东干县有 50 多所宗教启蒙学校。"[①] 东干孩子在校学习至少 5 年以上，从阿拉伯字母到句子再到背诵经文。不过随着现代科学文化的引入，以教授科学知识为主的回族学校建立，人们开始对两种教育方式开始比较和思考。阿尔布都的《毛素儿的无常》、亚库甫·哈瓦佐夫的《头一天》、尤苏儿·老马的《相好的劲张》等作品中，都反映了东干人在选择去寺里学经还是念回族学校时的两难处境。这些小说中，作者在与新型学校的比较中，对东干的经堂教育方式进行了反思：清真寺的教学方式一般都较古板，教师对待学生很严苛，甚至打骂学生，而回族学校教学内容以科学知识为主，老师也多是接受过科学知识的回族大学生，对学生态度温和。如《头一天》中的父亲松迪克，他是个受过新思想影响的人，但又是个虔诚的穆斯林，"上学还是学经？"成了一个

　　[①]　［吉］M. Я. 苏三洛：《中亚东干人的历史与文化》，郝苏民、高永久译，宁夏人民出版社1996 年版，第 234 页。

问题，他"一方面对个别宗教人士和乡老的一些做法很看不顺眼，另一方面每天的五次礼拜从不耽误。虽然他并不指望自己的儿子将来能成为一名阿訇，但是不让儿子从小去清真寺里学经，似乎又像是没有尽到穆斯林应尽的责任"。这些思想真实地反映了东干人在面对新思想冲击时，对于到底应该接受何种教育方式的思考。当然，除却学校，家庭、"乡庄"共同担负起了给下一代灌输伊斯兰教文化的任务。在东干人心中，保持东干民族特色是其文化保护的第一要务，笃信伊斯兰教正是他们坚守文化之根的一个重要手段与途径。

（二）

东干文学中的伊斯兰文化色彩还体现在伦理道德上，伊斯兰文化规范着东干人的行为举止，培养了他们良好的道德品质。东干人做事，常考虑到要既对得起别人，也要对得起自己的良心，因而他们认为向得罪过的人"讨口唤"，求得他人的原谅，使彼此消除误会，心不存隙，才算得上是一个真正向善向美的穆斯林。如阿尔布都的小说《瓶》，由瓷瓶联系起一家三代人的故事："我爷"当年因为自私强占了本该属于姑奶奶的珍贵的瓷瓶，自此两兄妹结下了仇怨，几十年都互不往来。后来我父亲得病了，母亲也因这对瓶折磨了一生，认为是胡达降罪惩罚，特意去找姑奶奶讨口唤，以求得她的谅解。

在东干文学中，怜恤、抚养"也提目"（孤儿）是作品常见的主题，这也是东干人美德的一种体现。《古兰经》多次强调善待孤儿，对保护孤儿的财产作了一系列规定。东干文学也有不少抚养"也提目"的作品，这里以四篇代表作品为例。爱莎·曼苏洛娃的《你不是也提目》，感人至深。写"二战"期间，回族青年穆萨与战友哈珊都是孤儿，后来惺惺相惜，成为了好友。谁料战争即将结束，哈珊却阵亡了，其妻也因悲痛过度而去世，他们的儿子成了孤儿。穆萨带着这个孩子回到乡庄，为了孩子将来心灵不受伤害，他沉默不语，没有说明孩子的来由，而流言随之四起，也因此失去了未婚妻的信任。当未婚妻明白了事情的原委之后，快乐地与穆萨承担起了抚养孤儿的责任……"是的，我的儿子，看谁还再说我的儿子是'也提目'"。故事中还有善良的阿舍尔娘，在战争中失去了所有的亲人，她照顾着孤儿穆萨……如今穆萨又抚养着孤儿小穆萨，他们之间不沾亲不带故，但却凭借着同情心与爱心组成了一个和睦的三代家庭。东干人正是依靠伊斯兰的这些传统美德，相互帮助，同舟共济，渡过了人生的难关。关注孤儿，不仅是伊斯兰的传统美德，也与作者自身的遭遇不无关系。曼苏洛娃的父亲在卫国战争中以身殉职，她成为烈士遗孤，《你不是也提目》的创作浸透着作者的独特感受。小说家阿尔布都童年父母离异，他既不愿与继母住在一起，也不愿跟继父生活，成了流浪孤儿，寄居在亲戚开的马店里。他笔下的儿童也十分珍爱"也提目"动物，《丫头儿》中的丫头儿名叫穆萨儿。因为父亲没有儿子，就给她起了个男孩的名字，把她打扮成男孩子的样子，天天与男孩一起玩耍，大家也都把她当成男孩。可当暴风雨来临的时候，孩子们目睹了鸟儿为保护它的幼雀而牺牲的感人场景后，商量逮蚂蚱喂养也提目——幼雀。但十几天里却没有一个人履行诺言，而一声不吭的丫头儿穆萨儿却暗中喂养它们。男孩子们想，"穆萨儿是个丫头儿，她揣的妈妈的心，就因为那个，才这么价疼肠也提目雀雀儿呢。"作品通过孩子用爱心喂养失去母亲的幼雀的故事，说明即便在儿童与小动物之间也体现了抚养也提目的传统美德。

　　东干儿童文学中怜恤也提目的作品还有穆哈默德·伊玛佐夫的《妈妈》和尔沙·白掌柜的的《猫娃子》，都以童稚的眼光看待世界，描写孩子对动物"也提目"充满爱心，童趣盎然，是难得的喜剧作品。《妈妈》充满童趣童真，说的是李娃儿看到家里的三只机器孵化出来的小鸡没有妈妈，是也提目，就替它们找了一只白鸽当妈妈。没想到鸽子真的担当起了母亲的责任，吃食的时候慌乱地叫小鸡先吃，冷的时候鸡娃儿都钻到鸽子的膀子底下取暖。人与动物的感情是相通的，连白鸽都抚养起也提目，又何况人呢？白掌柜的儿童文学《猫娃子》中也写到一位儿童捉回一只灰色的也提目猫娃，承担喂养的责任，爸爸妈妈同意了。不久之后，他又相继捉回一只黄色猫娃、黑色猫娃，怕父母不同意，偷偷地养起来。父母被搞糊涂了，明明是一只灰猫，可一会儿变成黄猫跑出来，一会儿又变成黑猫跑出来。孩子们以纯洁的爱心精心抚养也提目。受伊斯兰道德观念熏陶的这种博大的爱将会在东干民族中一代一代继承下去。

伊斯兰文化塑造了东干人可贵的品质和高尚的道德，同时也使得整个东干社会稳定发展，并有较强的凝聚力。波亚尔科夫在《东干起义的最后一幕》中赞扬刚刚迁到中亚的第一代东干人是"十分吃苦耐劳而又诚实的人"，他们做事"有规矩，不昧良心"，是可以完全信赖的人。东干人离家时，门不上锁，因为"偶尔的小偷小摸行为，在东干人中间不会发生"，东干人犯法被捕的"非常少，过去甚至根本没有"。① 140 年来，东干人保持了本民族的良好品德。阿尔布都小说《老马福》中，写拉合曼在战争年代，为了村里饥饿的孩子，偷偷宰杀了别人的牛犊，虽然是为了救人，但仍属盗窃行为，伊斯兰教一贯反对盗窃，这桩无人知晓的事情搁在拉合曼的心里足足折磨了他 12 年，为了求得牛主人的放赦，最终他还是以一条大乳牛和一个牛犊来补偿赎了罪。可见，东干社会的稳定发展都与伊斯兰文化对信徒们强大的约束力是分不开的。

（三）

当伊斯兰文化渗透到东干人的言行举止乃至灵魂中，天长日久，积成习惯，便形成了有伊斯兰文化特色的东干民俗。大量的东干文学都描写了伊斯兰文化民俗，从某种意义来讲，东干文学就是对伊斯兰文化民俗的全面展示。

伊斯兰教非常讲究礼仪规程，东干人也很重视人际交往中的规矩。比如人们见面都要互致"塞俩目"，晚辈遇到长辈需先问候"塞俩目"，否则会被人们瞧不起，认为这是缺乏教养的表现。见面问候说塞俩目，也是中亚其他穆斯林民族的共同用语，尤其是穆斯林内部相互问候的必须用语。如阿尔布都的小说《都但是麦姐……》中，写舍富尔从莫斯科上学回来，见到未来的岳父哈三子，在"说'塞俩目'的位分上，说了个'你好吗？'"。在这种语境中，这样问候，哈三子觉得很别扭，

---

① ［俄］波亚尔科夫：《东干起义的最后一幕》，林涛、丁一成译，中国文化艺术出版社2009 年版，第78—80 页。

因为这是违反穆斯林常规的问候。在阿尔布都的《一条心》中，母亲教育孩子要知道仁礼待道，"她教的给大人说塞俩目，问当人；教儿子如何拿筷子、在桌子跟前咋么价的端茶盅子的贵重；大人们说开话哩，不叫接嘴的；坐着时顶排场的坐是跪下，或是盘盘儿腿儿坐；吃开饭哩，不叫吸溜，不叫狼吞虎咽，不叫筷头子在桌面上乱扰打，把嘴不叫往大里张。"这些都是东干族讲礼貌、讲文雅的习俗。

东干文学中所表现的东干人的生子、成人、嫁娶、丧葬等风俗，也具有浓郁的伊斯兰文化色彩。在人生的几个重要阶段的礼俗上，东干人几乎都会请阿訇来念经。提亲时先要念一段经，再说正事。如伊斯马尔·舍穆子在《归来》中写道："媒人到了尤布子家，念了个'索儿'（经文）后，说明了来意。"定亲时也要念索儿。结婚时更有一套老规程。如尔里·阿尔布都的《不素心》，写接新娘子的喜车由双套马拉着，马也装扮一新，"马的鬃上、尾巴上绑的都是红，车的篷子上铺的花毯、红毡，车户的手里拿的响鞭子，折弯子的时候，鞭子的响声就连炮子一样响了。"新媳妇进门后要揭盖头，随后还要吃"试刀面"，以此来检验新媳妇的茶饭手艺如何。东干的男孩子一般到六七岁的时候就要"孙乃体"，也就是给男孩子行割礼，庄严而隆重，不亚于婚礼。

人若生病了，也会请阿訇念经，他们把念过经的水叫"杜瓦水"，据说病人喝后就会痊愈。《杜瓦尔》中的伊斯玛子病了，疑心自己每次经过白家庄子都会招来灾祸，于是去求阿訇的杜瓦尔，东干人以杜瓦尔驱邪，显然也有中国道教的影响。

东干人的丧葬风俗有很多程序。东干人把人去世叫"无常"，把亡人叫"埋体"。穆斯林认为，草木鸟兽只有生、觉二性，而无灵性，人却三性具备，所以前者灭亡称为"死"，而人则称为"无常"。穆斯林不仅将"无常"作为代替"死"的日常用语，同时含有深刻的宗教哲理。人为安拉所造化，死后仍必归回安拉，死亡是肉体的朽灭，即"无常"，而精神（灵魂）则升华永在，即"常"。阿尔布都中篇小说《老马福》，向我们集中展示了东干人的丧葬风俗。首先穆斯林在临终之际要讨口唤，平日有矛盾的通过要口唤来冰释前嫌。老马福小时玩伴

庆石儿，临终前希望老马福放赦他，老马福不仅自己放赦了庆石儿，也
祈求大众都放赦庆石儿的古那和（罪过）。庆石儿气绝后，"在土地下
停的呢，身子底下还衬的一层黄土，身上苫的个绿豆色的单子。老马福
把单子揭开，埋体头朝北停的呢，模样子朝着西半个拧过去的呢。"
《古兰经》中认为人是安拉用泥土做的，出之于土，理应归之于土。
"绿色"是伊斯兰的标志性颜色，绿色代表着和平，"伊斯兰"意译为
"和平"，所以穆斯林都喜欢绿色。埋体停放位置为头北足南、面朝西
方，意即朝向伊斯兰圣地的方向。接下来由老马福洗埋体（也叫抓
水），埋体洗好之后，送埋体的人"对着埋体三望了，有的哭了，有的
忍耐了"。下葬时，东干人要求高抬深埋。十娃子的《我四季唱呢》，
其中写道：

　　　那塔儿我但（假如）防不住，
　　　叫老阎王
　　　把我的命但偷上，
　　　连贼一样。
　　　高抬深埋，但送到
　　　梢葫芦乡，
　　　赶早我可出来呢，
　　　就像太阳。
　　　高声，高声还唱呢，
　　　百灵儿一般……

　　说的就是高抬深埋的习俗。下葬后"四十天"是丧葬礼俗中最后
一个重要的仪式。从去世后那一天开始，每隔七天，家人都要请阿訇和
亲朋好友到自己家里念经，追悼纪念搭救亡人，到第四十天最重要，要
宰牲请客，非常隆重。
　　《我爷的脾气》里，我母亲去世后第四十天我爷就因为舍不得钱宰
牲过四十儿，与父亲闹得很不愉快。老马福为了公共利益而得罪了好

友，主动要求给朋友"走四十天坟"，"走坟"是生者守在坟前，寄托哀思、参悟自省、激励生者的一种纪念亡人的形式。

东干文学中也不乏节日庆典活动的作品，这类题材如阿尔布都的《绥拉特桥》写古尔邦节的习俗。古尔邦节，又叫宰牲节，来源于先知易卜拉欣的故事，易卜拉欣对安拉极其虔诚，甚至不惜牺牲自己的儿子。为了考验他，安拉托梦让他践行诺言，他准备宰杀爱子，天使奉安拉之命送羊以代替杀子。东干民间传说，人死后要通过绥拉特桥，该桥架在火狱上，细如发丝，利如剑刃，如能通过，便可到达天园，失足者便堕入火狱。在古尔邦节宰杀了牲口，死后才可以骑上牲口顺利通过。小说围绕宰牲，展示了各种人物的内心活动，是一篇伊斯兰文化氛围浓郁的作品。

（四）

最后说说中国文学在中亚的伊斯兰化。东干是中国回族的后裔，东干文学的主要文化资源之一就是中国传统文化，但东干文学并非原封不动地照搬中国传统文化。作为华侨文学，它完全符合华侨文学对母体文化传承与变异的特质：一方面它在文学题材、故事框架、人物角色等方面保持着与中国传统文化的传承关系；另一方面随着空间与时间的转换，它对母体文化又会进行某种程度的变异，因而许多中国古典文学、民间故事、口歌口溜等都被东干作家不同程度地进行了伊斯兰化处理。

东干人在东干民间故事中也将中国的人物和故事进行伊斯兰化的处理。东干与中国民间都有关于龙女的故事。本来伊斯兰教是一神教，除了安拉外，不相信别的神，因而自然就不会有龙王的位置，但因为受到汉文化的影响，东干人也向龙王求雨。但同汉族不一样的是，庄重的祈祷仪式要由阿訇带领，一边读《古兰经》，一边向河里抛掷马头骨，马头骨上写有摘自《古兰经》的索儿。[①] 东干人对于中国人物做伊斯兰化处理最为典型的还是"韩信"这一历史人物。在中国文学情境中，韩信率性而为、桀骜侠义已是共识。但偏偏在东干文学中，韩信却成了

---

① ［俄］李福清等编：《东干民间故事与传说》，科学出版社1977年版，第23页。

"恶"的代名词。① 如在东干诗人十娃子的诗集《挑拣下的作品》中，
韩信就是"歹毒"的代名词：

> 他把鲜花儿撂掉哩
> 心呢没疼，
> 踏到淬泥里头哩，
> 就像韩信。
> 　　　——《牡丹》
> 得信你遭难的呢，
> 喜爱母亲，
> 海寇把你围住哩，
> 就像韩信。
> ……
> 韩信没羞，
> 想叫我的亲弟兄
> 养活海寇，
> 想拿你的富贵填
> 他的穷坑，
> 一手想遮太阳，
> 歹毒韩信。
> 　　　——《好吗，阿妈》
> 把长到一达呢的
> 两个嫩心，
> 拿老刀刀儿割开哩，
> 就像韩信。
> 　　　——《败掉的桂花》

---

① 常立霓：《中亚东干文学中的韩信何以成为共名》，《华文文学》2010 年第 3 期。

　　为什么在不同的文化语境中同一个人却被理解成完全相反品行的人呢？这与广泛流传于东干的民间故事有关。韩信为什么会被吕后所杀，一直以来是个谜，而东干民间故事从伊斯兰文化角度做出了解释。关于吕后杀害韩信的情节，东干民间故事是这样安排的：吕后正在沐浴时，被杀樵夫转世所变的姑娘假拟吕后召令，宣韩信入宫。韩信冒冒失失闯进宫来，看见了吕后的玉体。吕后连忙用白单子裹起身子，不等韩信辩驳，便命人杀害了韩信。这一情节极富伊斯兰文化色彩，因为伊斯兰教教义规定，女子的身体不能被外人看见。《古兰经》中道："你对信女们说，叫她们降低视线，遮蔽下身，莫露出首饰，除非自然露出的，叫她们用面纱遮住胸膛，莫露出首饰，除非对她们丈夫，或她们的父亲，或她们的丈夫的父亲，或她们的儿子……"[1] 小说《记想》中的阿訇说："女人们的一根子头发但是叫旁人看见，失'伊玛尼'（信仰）了，变成'卡费儿'（不信教者）了，女人但是上街，顿亚（现世）临尽呢。"所以在伊斯兰教看来，韩信看到了吕后的裸体，严重违反了伊斯兰教教规，其被杀无疑是合乎情理的。

　　阿尔布都的名篇《三娃尔与莎燕》，是典型的中国民间传说"梁山伯与祝英台"的故事模式。作品中写三娃尔与莎燕两人相爱了，但一个是财主家的长工，一个是财主的女儿，这是个悲剧故事无疑了……他俩死后，化为两只白鸽，黎明时分出来结伴玩耍，日落之际相随消失。为什么会变成"鸽子"而不是像梁祝一样化为"蝴蝶"？因为在回族传说中，鸽子救过"圣人"穆罕默德，因此鸽子也便成为和平的象征。可以说在所有家禽中，回族人最喜爱的要数鸽子了。

　　再说说东干口歌口溜中的伊斯兰文化特点。东干口歌口溜中几乎没有俄语借词，是最纯粹的西北方言，具有东干民族特点。[2] 东干口歌口溜同伊斯兰文化息息相关，如"人爱主爱，人不爱主不爱"；"伊玛目走哩，寺在哩"。不同于汉族传统的重农抑商，东干人同中国回族一样，具有经商的传统，如东干口歌口溜说："家有千两银，不迭（如）

---

　　① 马坚译：《古兰经》，中国社会科学出版社 2003 年版，第 24—31 页。
　　② 常文昌：《世界华语文学的新大陆》，中国社会科学出版社 2010 年版，第 279 页。

个买卖人。"东干人对猪有几种别称，如阿尔布都小说《独木桥》中说，清朝皇帝强迫老回回"养脏物呢，吃脏物肉呢，谁但不养脏物，不吃赃物肉，要出够三来子（倍）税钱呢"。把猪叫脏物。《奸溜皮》中，法麦说："她是属狗的，我是属黑的，算一下，比我还大一岁。"把属猪叫属黑。东干人将某些违背伊斯兰文化禁忌的谚语加以改造，变成适合本民族习俗的口歌口溜，如汉民说"羊肉膻气，牛肉顽，想吃个猪肉没有钱"。东干人对此稍作改动，变为"羊肉膻气，牛肉顽，想吃个鸡肉没有钱"。由此可见，中国文学在中亚的伊斯兰化，是东干文学的一个特点。

六　东干文学与吉尔吉斯作家艾特玛托夫

东干文学与吉尔吉斯文学的关系无论在中亚东干学界，还是在其他国家东干研究者的视域中，始终是一个盲点。苏联时期，东干学者注重主流文化——俄罗斯文化对东干文学的影响，苏联解体后，中亚东干学者的认识逐渐发生变化，2005 年吉尔吉斯共和国科学院东干与汉学中心伊玛佐夫通讯院士主编出版了《东干百科全书》，2009 年经过修订补充，再次出版。《东干百科全书》的一个亮点便是提出了吉尔吉斯作家钦吉斯·艾特玛托夫、阿里·托克姆巴耶夫、铁米尔库尔·乌莫塔利耶夫、阿里库尔·奥斯莫诺夫等对东干文学的积极影响。[①]《东干百科全书》提出了很好的问题，但没有具体内容，语焉不详。据我们所知，十娃子、马凯、阿尔布都等东干作家都将吉尔吉斯诗歌、小说译成东干文，供东干读者阅读鉴赏。但是关于吉尔吉斯作家对东干文学的具体影响至今几乎没有任何研究。

鉴于上述研究现状，笔者选取东干文学与艾特玛托夫为切入点，探讨东干文学与吉尔吉斯文学的关系。在吉尔吉斯作家中，艾特玛托夫不

---

① ［吉］伊玛佐夫主编：《东干百科全书》（俄文版），伊里木出版社 2009 年版，第 169 页。

仅是苏联时期的一位大作家，"可以说，艾特玛托夫的创作代表了苏联文坛一个时代的辉煌。"① 同时也是具有广泛世界影响的作家。"据联合国教科文组织 1997 年的统计数字，他的作品已被译成 127 种文字，在一百多家外国出版社出版发行……而在德国，据报道，几乎每个家庭里都有至少一本艾特玛托夫的作品。"② 可见，他是当今世界上最受欢迎的作家之一。东干著名小说家阿尔布都于 1962 年将艾特玛托夫的成名作《查密莉雅》译成东干文。十娃子与艾特玛托夫交往更多，他的诗作《我的伊塞克湖》，副标题为"——给钦吉斯·艾特玛托夫"；艾特玛托夫为十娃子诗集《银笛》作序，肯定十娃子的诗歌能深入人心。下面通过对作品的实证分析，看看东干文学与艾特玛托夫创作之间的相近之处。

（一）

从生态批评的角度看，艾特玛托夫对人与动物关系的描写具有极其感人的艺术效果。东干作品也一方面反映了人对动物的戕害，同时大量的作品又展现了人与动物和谐相处的亲善关系。

人对生态平衡的破坏，对动物的毁灭性残杀的表现，最典型的要数艾特玛托夫的长篇小说《断头台》（1986 年）。以狼的三次劫难为线索，讲述现代人类对动物的大规模猎杀。第一次，州管委会为了完成上级规定的肉食生产计划，在莫云库梅草原展开屠杀野生羚羊活动，空中直升机报告方位，地上狙击手用速射步枪射杀，后面跟随大卡车、拖斗车收捡堆积如山的冒着热气的死羚羊。直升机巨大的吼声使惊恐的羚羊群像黑色的河流奔跑死亡。母狼、公狼与三只狼崽被卷入羚羊群中，狼崽或死于枪弹，或死于羚羊蹄下。两只狼失去了生存的环境，逃到阿尔达什湖畔的芦苇丛中，又生下五只幼崽。第二次，当湖边发现了稀有金属，人们又决定要修路开矿，必须烧掉芦苇丛。当熊熊的烈火燃烧起来，野生动物又一次面临灭顶之灾，黑压压的鸟群腾空飞起，野猪蛇类四处奔逃。三只狼崽死于火海，两只被水淹死。母狼和公狼又一次失去幼崽，

---

① 李毓榛主编：《20 世纪俄罗斯文学史》，北京大学出版社 2004 年版，第 419 页。
② ［吉］艾特玛托夫：《查密莉雅》，力冈、冯加译，外国文学出版社 1998 年版，第 1 页。

失去赖以生存的栖息地，逃往伊塞克湖畔，后来又生下四只幼崽。第三次劫难，恶棍巴扎尔拜端了狼窝，卖掉狼崽换钱喝酒。失去幼崽的母狼和公狼整夜凄厉长号，伺机报复，最后死于枪下。小说的这些描写，令人震惊。对人类残酷猎杀动物的批判，也贯穿于艾特玛托夫的其他作品中，如1970年发表的《白轮船》，引用吉尔吉斯的传说，在吉尔吉斯遭受全民族毁灭的时刻，长角鹿妈妈救出了最后的一对男女幼童，并用自己的乳汁喂养成人，挽救了整个民族。可是十恶不赦的护林巡查员却谋杀了长角鹿妈妈，用鹿肉摆宴席。

　　同艾特玛托夫同类题材相似，东干作家也批判了人类对动物的虐待与杀戮。阿尔布都小说《眼泪豆豆》写燕子在屋檐下筑巢，小燕子孵化出来，刚刚长出羽毛，一个坏小孩将一疙瘩火扔进窝里，小燕子翅膀烧伤了。秋天来了，别的燕子都飞到南方去了，被烧伤的小燕子在冻雨中孤寂度日。诗人十四儿更具有自觉的生态意识，他的诗作《野山羊群》，写冰雪覆盖了野山羊生存的高地，被迫下山觅食的野山羊遭到人类的杀戮："听说过去的一个夜里，/野山羊群从山上下来/鲜血留在雪上/野山羊群重又回到山上……"人类对动物的掠杀，还表现在另一首诗《疾驰的马群》中，从远古以来，人类没有终止过对马群的杀害，从设置陷阱到火枪，从套马索到石榴石、地雷，再到机关枪、火炮的射击，捕杀的手段越来越高。这些作品都表明东干作家具有同艾特玛托夫一样的生态意识。

　　在艾特玛托夫笔下，不仅人性化的长角鹿与兽性化的人有天壤之别，反差极大，同时人性化的狼与兽性化的人也形成了鲜明强烈的对比。《断头台》中不仅揭露了人类的残忍，同时还有两个细节烘托了人性化的狼：一个细节是当主人公阿夫季反对围猎羚羊，被围猎者打得奄奄一息之际，只有狼对他表示出怜悯之心；另一个细节是母狼阿克巴拉的家族被人类摧残殆尽，当它失去最后一代幼崽和公狼后，对人类的小孩却表现出爱抚之意，舔小孩的脸蛋，想让小孩吮吸它的奶头。与兽性化的人类相比，狼却充满了温情的人性。在传统的观念里，狼是残暴的，可是在现代社会里，破坏大自然，毫无节制杀戮动物的人却比狼要残暴百倍。在艾特玛托夫的小说艺术创作中，构建了一个人性化的动物世界。有研究者将他的人性化动物分为两类："一种是幻象中的动物，如鱼女、小蓝鼠等；一种是现实世界里的动物，如千里马古利萨雷、雄骆驼卡拉纳尔和母狼阿克巴拉等。"①

在东干文学中，人性化的动物十分可爱，这在伊玛佐夫的儿童文学中表现得尤为突出。《妈妈》写小孩李娃看见奶奶家有一群小鸡，可是没有母鸡照料。从奶奶那儿才知道这是机器孵化出来的，哪里会有妈妈？李娃抱来一只鸽子，给小鸡做妈妈，奶奶觉得好笑。可是出人意料的是，鸽子就像亲妈妈一样，吃食先叫小鸡吃。冷了，小鸡钻到鸽子翅膀底下。当鸡娃长成大公鸡的时候，反过来给鸽子妈妈报答恩情，一到天黑，鸽子就跳到公鸡背上合眼睡觉。在作者笔下，鸽子是人性化的鸽子，鸡是人性化的鸡。这使我们想起艾特玛托夫的中篇小说《永别了，古利萨雷》中那匹与主人公塔纳巴伊同甘苦共患难的极具人性的骏马古利萨雷。伊玛佐夫的《恋人的狗》同古利萨雷一样富于人性和人情味儿，小伙子领着他的大青狗来到机场，可是飞机上不让带狗。飞机起飞了，小伙一直望着他的狗，狗一直望着天上的飞机。去索契的24天中，狗天天去机场望着降落的飞机迎接他的主人，最后终于等回了主人，人性化的狗给人以温暖的感觉。《鹌鹑》写受伤的鹌鹑，被人救活放飞后，不忘救命之恩，每天早晨飞到恩人的窗前，叫唤一阵子，道一阵谢才飞走。伊玛佐夫小说里这种人性化的动物，写得颇为感人，教人过目难忘。动物的人性化，人与动物的和谐相处，不仅突出表现在东干小说创作中，诗歌中也不难举出这样的例证。十娃子诗《你来，黑雀儿》呼唤黑雀儿飞来，"天天连我等太阳，/你给我唱。/我给你修房房呢，/柳树枝上。"伊玛佐夫诗《斑鸽儿》写春天来了，斑鸽操心农民的播种，可爱的鸟儿怕人们没有饭吃，一直在叫，叫的嘴都出血了，还在嘱咐，那叫声不用翻译，就听得出是"麦子—多多—种，麦子—多多—种。"在东干文学中，人与动物如此和谐相处。

---

① 韩捷进：《艾特玛托夫》，四川人民出版社2001年版，第158页。

　　与东干文学相比，艾特玛托夫小说中的动物世界更丰富多彩，特别是神话与传说中的动物世界，如挽救整个民族免于毁灭的长角鹿妈妈（《白轮船》），用羽毛筑窝创造陆地的野鸭鲁弗尔（《花狗崖》），以灼热的肚腹创造生命的人类始母鱼女（《花狗崖》）等，都具有神话原型的特征，与原始图腾不无关系。而东干文学中的动物世界却没有这样的内涵，相对说来则比较单纯。

　　在生态平衡遭受严重破坏，生态恶化已经严重威胁人类生存的今天，艾特玛托夫和东干文学中所展示的人与动物的关系显得更有现实意义。为什么艾特玛托夫对动物的描绘能如此精彩？有研究者指出，"很大程度上得益于他早年所学的畜牧专业和后来从事过的畜牧工作，这使他对动物更有感情、更了解、也更熟悉。他完全以一个非常专业的行家眼光来认识和把握这些动物，而一般作者……不可能达到这样逼真自然的效果。"①除了这个原因外，我以为还有一个重要原因——作者是游牧民族的后代，因此无论是神话传说中的动物还是现实生活中的动物，都是他艺术创作中的闪光点。正像哈萨克大诗人，被联合国教科文组织确定为世界文化名人的阿拜对马的各种动作的精彩描写一样，与其游牧民族不无关系。

（二）

　　艾特玛托夫于 1963 年发表了中篇小说《母亲——大地》，以下分三个层次与东干文学做一比较。首先来看"母亲——大地"这一原型意象在艾特玛托夫与东干作家那里所蕴含的意义。荣格将"母亲——大地"这一意象作为一种重要的原型意象，其体现出的主要性格是：包容、慈善、关怀，她像大地一样胸怀宽广，像大地养育万物一样充满母性。艾特玛托夫这篇小说的构思非常独特，将整篇小说分为 18 部分，用 9 部分叙述母亲的遭遇，是作品最主要的内容，约占 92% 的篇幅；母亲与大地的对话为 9 部分，约占 8% 的篇幅。母亲遭遇的叙述和母亲与大地对话交叉进行。而小说以母亲与大地对话开始，也以两者的对话

---

①　周明燕：《论艾特玛托夫创作的伊斯兰文化渊源》，《国外文学》2003 年第 3 期。

结束。大地就是母亲，母亲就是大地，这就是小说的深刻哲理。母亲每
遭不幸，便向大地倾诉，从大地那里得到安慰。大地无穷无尽，无边无
涯，深邃高大，取之不尽，用之不竭。母亲托尔戈娜伊赞扬："大地呀，
母亲——养育者呀，你以你的胸膛哺育了我们大家，你养育着世界上各
个角落里的人们。"大地说："不，托尔戈娜伊，你说吧。你是一个大
写的人。你高于一切，你的智慧超于一切，你是一个大写的人！"李毓
榛主编《20世纪俄罗斯文学史》指出："小说结尾母亲与大地的对话尤
为扣人心弦……对话本身蕴含着母亲与大地同源的深刻哲理。……
《母亲——大地》中则首次调动了整体象征，主人公形象的由表及里，
人与人、人与大地等象征群体更具复杂的哲理性。"①母亲与大地同源的
哲理在东干文学中也有迹可寻。十娃子的诗《你也出来，阿妈呀……》
写春天来了，万物复苏，花落花开，年年如此。"光是我总不苏心。/为
啥母亲，/连花儿一样，不出来。/叫我高兴？"每年春天来临，诗人就
呼唤母亲，能像花儿一样，从大地上出来。可是母亲总是不出来，没有
同植物一样，死而复生。《给太阳》也有类似的想象："你太有劲，太
阳呵，/连火一样。/把山花儿都照活呢/你的热光。/……可是我总不爱
你，/我的太阳，/你没照活把老娘/也没照旺？"两首诗都接近原始的
思维想象，以为母亲应当同大地上的万物一样，在春天，在太阳的照耀
下复活。

　　其次，情节和人物的某些相似之处。东干作家白掌柜的小说《盼
望》与艾特玛托夫的《母亲——大地》背景和情节颇为接近，都写卫
国战争年代母亲做出的伟大牺牲。《母亲——大地》的主人公母亲托尔
戈娜伊的三个儿子都上了战场，连她的丈夫也上了战场。先收到大儿子
和丈夫的阵亡通知书，后来又收到二儿子永别的信。第三个儿子，直到
胜利后，还没有回来，母亲寄托着他能活着回来的希望。《盼望》的主
人公母亲阿依舍的三个儿子也都上了战场，先后收到大儿子和二儿子的
阵亡通知书，小儿子到底活着还是牺牲了，直到战争结束后，一年、两

---

① 李毓榛主编：《20世纪俄罗斯文学史》，北京大学出版社2004年版，第412页。

年过去了，还没有回来，母亲没有放弃盼望。两篇小说所不同的是，阿依舍最后孤身一人，托尔戈娜伊还有一个贤惠的儿媳妇，两人相依为命，不幸儿媳妇难产死了，母亲经受了又一次打击，最后和没有血缘关系的小孙子生活着。两篇小说塑造了颇为接近的两位伟大母亲的动人形象，托尔戈娜伊是高于一切的大写的人，阿依舍身上凝结着世界上一切母亲所具有的无私的爱，伟大的情。作家所描写的卫国战争时代的母亲，是苏联各民族母亲的缩影。中亚最大的城市塔什干广场上，至今耸立着母亲巍峨的塑像；在卫国战争烈士亭旁，是长明火和饱经沧桑的母亲塑像。

东干女作家曼苏洛娃小说《你不是也提目》与《母亲——大地》在母亲形象的塑造上，也有相似之处，那就是母亲的包容、慈善、关怀，具体体现在抚养没有血缘关系的孤儿上。吉尔吉斯族、东干族都是穆斯林，《古兰经》一再强调穆斯林要善待孤儿，抚恤孤儿，保护孤儿。艾特玛托夫笔下的托尔戈娜伊，将没有血缘关系的孤儿让包洛特—加龙省当亲孙子一样抚养成人。曼苏洛娃小说中的阿舍尔娘不仅关怀照料已长大的孤儿穆萨，同时也精心抚养孤儿孩子小穆萨，类似我国《红灯记》中的三代人。穆萨的战友牺牲在战场上，战友的妻子经受不了丧夫的打击也死了，穆萨决定收养孤儿。他的未婚妻法图麦明白真相后，也将孤儿认作儿子。整篇小说都围绕抚恤孤儿的主题展开，展示了几代母亲的善良品质。

艾特玛托夫与东干作家都是吉尔吉斯斯坦的公民，生活在同样的社会历史背景中，有着同样的命运。因此他们的作品所关注的社会问题与人物命运有相通之处，是必然的。东干作家在创作的灵感上，艺术选择及表现上或多或少受吉尔吉斯作家的影响也是顺理成章的。

（三）

民间文学的吸纳与融合。艾特玛托夫小说一个突出的特点是，对民间文学的大量运用。研究者指出其小说《永别了，古利萨雷》"注重对民间文学的诗意挖掘，小说中民间文学的广泛运用体现在作品中到处可见的谚语、成语和民间哀歌中"，"由此构成了作家日后创作中将民间文学融入小说创作的独特风格"。① 艾特玛托夫小说中的民间神话与传说如长角鹿妈妈、野鸭鲁弗尔、鱼女、小蓝鼠等故事的运用，大大增强了作品的神秘色彩和象征意蕴，民歌民谣的插入，使作品的抒情色彩愈显浓郁。

　　吉尔吉斯文字的创制很晚，但却有极为悠久丰富的民间文学资源。同艾特玛托夫相似，东干作家在书面文学创作中，广泛运用了丰富的民间文学资源。

　　先看口歌口溜的运用。口歌即谚语，口溜即俗语，口歌口溜在东干社会文化生活中占有重要的地位。近年出版的《东干百科全书》每一部分开头或引十娃子语录，或引东干口歌，提携涵盖全章。十娃子是东干民族的灵魂，口歌是东干人的座右铭。而东干文学中融入的口歌口溜不少，以阿尔布都小说为例，中篇小说《老马福》引用口歌口溜多达十几处，而不少口歌口溜往往在情节发展及人物性格刻画中起到画龙点睛的作用。老马福一心为大众，庆石儿则极端自私，作品引用东干口歌"君子为众人上山背石头，小人为自己把渠溜壕沟。"对两人加以褒贬。老马福开导庆石儿，也引口溜"人拿功苦值钱，树拿花果围园"，功苦即劳动，以此点明其价值观。东干人祖祖辈辈留下的丧葬风俗，老少都要送埋体，哪怕无常了的人生前有什么不好，也不计前嫌；即使再忙，也要撂下手头的活儿，去死者家帮忙。小说引用东干口溜"前院呢的水往后院呢淌呢"，意思是老一代的规程习俗传给了下一代。类似的口歌还有"独木难着，独人难活"等，增强了小说的哲理性。可见这些口歌不是可有可无的，不仅增强了作品的民族性，同时也提高了小说的思想性与艺术感染力。

　　艾特玛托夫小说常常插入民歌民谣，如《永别了，古利萨雷》中的吉尔吉斯猎人的古老的哀歌，骆驼妈妈的古老的旋律及反复出现的儿童歌谣，《早来的鹤》中的吉尔吉斯民歌，《花狗崖》中反复咏唱的鱼女歌，《白轮船》中的叶尼塞歌等，使作品充满抒情韵味和民间民族色

---

① 李毓榛主编：《20世纪俄罗斯文学史》，北京大学出版社2004年版，第413页。

彩。东干小说家阿尔布都的《头一个农艺师》中写乡庄连夜收割运送庄稼，月光下飘荡着东干"少年曲子"："白杨树树谁栽哩，/叶叶咋这么嫩哩？/你娘老子把你咋生哩，/模样咋这么俊哩？""少年"也叫"花儿"，是中国西北地区甘肃、青海、宁夏流行的民歌，东干人把它带到了中亚。东干小说中插入"少年"，别有一番韵味。阿尔布都的童话小说《眼泪豆豆》中燕子祈求人们的歌："我不吃你的谷子，/不吃你的糜子，/我借你的廊檐，/菢一窝儿子……"突出了燕子的善良，反衬了人类的狠毒。民歌民谣融入诗歌创作，还可以在十娃子诗歌中找到不少例证。

艾特玛托夫小说中的民间传说与故事，前面已举过不少例子。东干文学中的民间故事也相当丰富，如阿尔布都的小说《绥拉特桥》《难为》等，前者引用穆斯林传说，后者引用民间关于兔子"宁受一顿打，不受一句歹话"的故事。十娃子在小说创作中所融入的中国民间故事有薛仁贵故事、梁山伯与祝英台以及民间有关员外的故事等。诗歌中，十娃子也化用民间故事，于是民间故事成为诗人创作的重要资源之一，如诗剧《长城》，由民间故事孟姜女哭长城生发，展开矛盾冲突。其他抒情诗与叙事诗也引用民间故事，除个别作品如《运气汗衫》引用俄罗斯民间传说外，一般都引用中国民间故事和东干民间故事。《给诗人屈原》，引用关于屈原投汨罗江、民间端午节包粽子的传说。《心狼——折本》全篇取材于到太阳山取金子的民间故事。《青梅里面的古今儿》则写奶奶讲述中国旧时员外家发生的爱情故事。

东干文学评论家法蒂玛认为，高尔基重视民间创作的巨大美学价值，东干作家的作品中常常可以找到东干族独有的民间文学语言、情节、形象。[①] 苏联时期，少数民族文学创作，除了学习俄罗斯文学外，都将本民族民间文学作为创作的重要文学资源，在这一点上，艾特玛托夫与东干作家是一致的。

---

① ［吉］法蒂玛：《东干文学的形成和发展》（俄文版），吉尔吉斯斯坦出版社1984年版，第27页。

第二章　世界华语诗苑的异卉

一　东干诗歌的太阳——十娃子

亚斯尔·十娃子（1906—1988），东干文学奠基人。在世界华语诗苑中，十娃子是一朵奇葩异卉，他开辟了一条诗歌创作的俗白道路，令读者耳目一新。十娃子独特的创作个性表现在哪些方面？

首先是独创的诗歌语言。在世界华语诗歌中，像十娃子这样完全用白话方言口语作诗，是少见的。20 世纪 30 年代，受俄罗斯汉学家的影响，中国学者提倡汉字拉丁化，但在中国并未实践，东干人创制拼音文字代替汉字。在世界华语诗歌中，有的语言颇为典雅，如日本汉诗，完全是中国旧体诗的语言与形式，放到中国古典诗中可以以假乱真。早期美国华语诗歌旧体诗也颇多，而欧美及东南亚新诗，也有趋于口语化的，但没有像中亚东干诗歌这样地地道道的西北农民方言口语诗。西北花儿、信天游等民歌是真正来自民间的口头创作，语言是口语，如写旧时的大脚妇女"脚大手大你莫谈嫌，走两步路干散（麻利、潇洒）"。文人笔下的口语诗也多为规范的普通话诗。有谁能相信运用东干话不但可以写诗，而且还能写出好诗来？十娃子做到了，给我们以惊喜，以既熟悉又陌生的感觉，让我们看到诗还可以这样写。例如："一朵鲜花开的呢/就像火焰/绿山顶上开的呢/我看得显。"（《我爱春天》）艾略特和

中国的穆旦都有为人传诵的以火焰比喻鲜花和春草的名句，十娃子也以
此作比。又如：

    雁飞的呢，犁铧尖

    就像早前

    就像星星，离我远

    看得可显

    还唱的呢，古代音

    不叫心闲

    就像报的：——我来哩

    衔的春天。

    ——《雁飞的呢》

完全是西北方言，"开的呢"、"飞的呢"都是表现现在时态的，即
动作仍在进行，"像星星"、"古代音"、"衔的春天"三个关键词将诗提
升到美妙的境界。十娃子用清澈见底的东干口语创作出如此意境优美的
诗作，令人大开眼界。以"清水出芙蓉，天然去雕饰"来概括十娃子
的艺术风格，是最为恰当的。

其次是流贯在诗中的顽强乐观精神。十娃子的创作处在苏联的上升
时期，加之东干人的"硬气"——坚韧顽强民族精神的熏陶，出身铁
匠家庭的诗人从小就形成了坚强乐观的个性。在十娃子的诗歌中，我们
会感受到一个鲜明的诗人自我形象，一个对生活无限热爱与执着的形
象，一个麻雀也没伤过的善良形象，一个向世界播种鲜花和喜悦的形
象，一个桃树般经受狂风暴雨打击而坚强挺立的抒情主人公形象。诗人
在80岁高龄时，写下《有心呢》这首耐人寻味的哲理抒情诗，面对眼
睛麻、耳朵背，"有多孽障"的老境，仍持乐观态度，认为只要有一颗
赤子之心，就不怕眼麻耳背，相反能比年轻人看得更远，听得更显。这
种乐观精神贯穿于诗人创作的始终。十娃子是东干书面文学的创始人，
是东干诗歌之父，他的诗歌内容、艺术表现与形式都体现了自己的独特

个性，同时也影响了几代东干诗人。

迁居中亚的中国回族后裔，其精神寄托有别于周围其他民族。以精神家园为例，十娃子既迷恋于迁居国生他养他的东干乡庄，又怀念祖先的历史故国中国，还向往伊斯兰的圣地麦加，这是十娃子的也是东干人的三位一体的精神家园。十娃子的恋乡作品，以《营盘》为代表：

> 我在营盘生养呢，
> 营盘呢长，
> 在营盘呢我跑哩，
> 连风一样。
> 营盘呢的一切滩，
> 一切草上
> 都有我的脚踪呢.
> 我咋不想？
>
> 在柏林的场子呢
> 我也浪过，
> 可是它没营盘的
> 草场软作。
> 我在罗马的花园呢
> 听过响琴，
> 可是癞呱儿的声气
> 没离耳缝。
>
> 说是巴黎香油氽，
> 我也洒过，
> 可是四季我闻的
> 滓泥味道。
> 大世界上地方多：

上海伦敦……
可是哪塔儿都没有
营盘乡庄。

我在营盘生养哩，
营盘呢长，
在营盘呢我跑哩，
连风一样，
营盘呢的一切滩，
一切草上
都有我的脚踪呢
我咋不想？

营盘是迁居中亚回民最大的乡庄之一，同时也成为东干人聚居地的代称。诗人将世界最繁华的大都市与营盘作了比较，在感情上毫不犹豫地选择了营盘。笔者将十娃子的诗歌《营盘》与尤苏尔·老马的小说《乡庄》、黑亚·拉阿洪诺夫作词、叶塞作曲的歌曲《花瓶》并称东干乡情作品中的"三绝"，不仅具有独特的艺术魅力，同时也表现了东干民族特殊的情感与心理，而小说和歌曲都受十娃子诗歌的影响。十娃子的《北河沿上》既怀念中国，又怀念麦加，表现了东干人"回族爸爸、汉族妈妈"的寻根意识。而诗人怀念中国的作品居多，以《我爷的城》为代表，抒发了对银川对中国的思念之情。

十娃子的独特个性还表现在诗歌意象的创造上，他兼具现实主义与浪漫主义两种创作方法，作为现实主义诗人，他从平凡的日常生活中摄取意象；作为浪漫主义诗人，又十分热爱大自然，从大自然中提炼诗歌意象。以比喻意象为例，诗人构建了两大比喻系统，一是生活比喻系统，即大量的比喻意象来自东干农村日常生活；二是自然比喻系统，许多比喻来自大自然。而同一首诗中两大比喻系统的意象又常常同时并用，相辅相成。如《滩道》写道：

　　　　我记的来，大滩道

　　　　就像案板

　　　　就像媳妇擀下的

　　　　没有边沿

　　　　就像拿油渗下的

　　　　黑土太壮。

　　以东干媳妇擀面的案板比喻滩道的平坦，以拿油渗下的比喻土地之肥沃，这样的日常生活比喻在中国文人诗歌里是少见的。又如《喜麦的曲子》开头："喜麦吹的那个笛/有指头粗/就像拿油渗下的/比金子黄。"都是生活比喻，写姑娘漂亮又转成自然比喻，"桃红姑娘长得俊/就像月亮/黑里她但出了门/世界都亮"。以朴素的方言土语创造出美好的意境。在十娃子的自然意象系统中，尤为突出的两大意象群是太阳意象群和春天意象群，从中可以感受到东方民族"天人合一"的哲学观念。由于十娃子是播种快乐与鲜花的诗人，即使悲剧情境也充满理想，太阳意象群与春天意象群是为其创作个性服务的，能得心应手地营造乐观氛围和书写理想。

　　十娃子又是东干诗歌形式的探索者，他所创立的"七·四"体形式是东干诗歌中运用最多而趋于稳定的一种形式。十娃子试验过马雅可夫斯基的楼梯式诗形，也试验过中国的七言体、民歌体，而他自己得心应手的还是"七·四"体。所谓"七·四"体就是第一行七字句，第二行四字句，第三行又是七字句，第四行四字句，依此类推。在这种基本形式中，还可以变换，可以跨行。如《营盘》："在天山呢生养哩/天山呢唱/在天山呢我跑哩/连风一样/天山的一切滩/一切草上/都有我的脚踪呢/我咋不唱？"以轻快的节奏谱写了一曲天山牧歌，句式大体符合"七·四"体。

　　诗人去世后，人们在他的墓碑上刻下诗人的四行诗："好话多说，老朋友、窦伤人心/听话，说的，听音呢/把音拉正。"也是"七·四"体，这四行富于哲理的诗句已成为读者的座右铭。

　　十娃子作为苏联的少数民族诗人，一方面受主流文学的影响是毋庸置疑的，况且俄罗斯文学中产生过世界一流的大师；另一方面，诗人又要坚守属于自己民族的独特文化。为此，我们来探讨十娃子诗歌创作的艺术渊源和文化资源。

　　东干族作为中国回族的后裔，同时又生活在中亚的社会、政治、经济、宗教、文化环境中，除了自身具有伊斯兰文化特点外，同时还保留了中国文化的传统，而俄罗斯文化与中亚吉尔吉斯、哈萨克、乌兹别克及其他民族文化的重要影响与融入，也是不可低估的因素。这一点在十娃子的创作中也有迹可寻。

　　先看俄罗斯文学的影响，俄罗斯文学是东干书面文学的重要动因之一。在苏联，各个少数民族文学无不受俄罗斯文学的深刻影响。根据法蒂玛·玛凯耶娃《东干文学的形成和发展》所提供的线索，十娃子在塔什干教育学院上学期间，就迷恋于俄国古典诗歌，并开始在《大学生》杂志上刊印自己的诗作。他熟悉并翻译过普希金的诗歌，写下这样的诗句，由俄文转译如下："如今我的默默无闻的民族/认识了你，神奇的歌手/他称你为亲人。"可以说，俄罗斯文学的影响既有显性的又有潜在的。玛凯耶娃在上述著作中提到高尔基对东干文学的影响[1]，如果我们对照高尔基所确定的新文学的美学原则，不难发现，这些原则对东干文学，对十娃子都产生过潜在的影响。首先，同旧风俗的遗迹做斗争。十娃子十分热爱自己的民族，同时又对本民族的落后习俗，深恶痛绝。他的一部分作品对东干女性予以特别关注，不仅对死于封建礼教的女子寄予深切同情，同时又热情支持争取自由的女性。《马家姑娘跑掉了》就是一首回族姑娘反对包办婚姻的诗，这正是高尔基所倡导的同旧风俗做斗争的作品。其次是创造新的人物，高尔基所确定的这一美学原则，对十娃子同样产生过影响。他的组诗《在我们的营盘呢》是全新的生活气象，全新的人物。有外科女大夫金花，大学毕业的电厂工程师马贵，发电女工三姐，康拜因机手麦燕，种植能手维林等。这些东

----

① ［吉］法蒂玛·玛凯耶娃：《东干文学的形成和发展》（俄文版），吉尔吉斯斯坦出版社1984年版，第26页。

干人物，以崭新的精神风貌出现在东干文学中，可以说，这是十娃子对东干诗歌的一个贡献。高尔基还论述了民间文学的美学价值，强调加强作家与民间文学的关系。十娃子的诗歌从内容到形式，与民间文学有着十分密切的联系。这些都可以看作是高尔基所确立的新文学的美学原则对十娃子的影响。

在诗歌题材上，十娃子与俄罗斯文学有着密不可分的联系，如《才是列宁》《列宁—世界光》等关于列宁题材的诗。玛凯耶娃在《东干文学的形成和发展》中指出，描写列宁的文艺作品，是苏联文学中的重要题材之一①，我们知道这类作品中最著名的是马雅可夫斯基的长诗《列宁》。在中亚，列宁曾一度是诗歌中的真正主角。在塔吉克民歌中，列宁被称为兄弟、父亲，十娃子诗中也称列宁为父亲。东干民间关于列宁的作品也不少，口头文学赋予列宁以神奇超凡的色彩，如列宁由星星诞生，有金胳膊金手，他常常借助神奇的自然力量，脱离危险，战胜敌手。把十娃子的诗放在这个大文化背景下，就更能看清它与俄苏文学及中亚文学的联系。《才是列宁》抒写了东干民族曾遭受的苦难及其解放的历程。《列宁—世界光》，被谱上曲子，在东干民间普遍传唱。据赵塔里木研究，这首诗的音乐是"套用了小曲子《弟兄三个人》的曲调"，②同东干民间文学相比，诗人的创作剔除了列宁的民间神话倾向，赋予列宁以既伟大而又平易的性格。

公民诗，是俄罗斯苏联诗歌的一个传统，从杰尔查文、普希金、雷列耶夫到马雅可夫斯基，贯穿了一条公民诗创作的线索。在公民诗的创作上，十娃子不仅受俄罗斯公民诗的传统影响，同时还受马雅可夫斯基新公民诗的影响。玛凯耶娃论述十娃子初期的创作，偏重于鼓动性和政论体，也是受马雅可夫斯基和别德内依等诗人的影响。③苏联文学的卫国战争题材相当发达，人道主义主题相当突出，这些对十娃子也产生过

①　[吉]法蒂玛·玛凯耶娃：《东干文学的形成和发展》（俄文版），吉尔吉斯斯坦出版社1984年版，第30—33页。

②　赵塔里木：《中亚东干人关于民歌的概念和分类》，《中央民族大学学报》2001年第2期。

③　[吉]法蒂玛·玛凯耶娃：《东干文学的形成和发展》（俄文版），吉尔吉斯斯坦出版社1984年版，第41页。

一定影响。他创作了一系列反映卫国战争的作品，不仅表现了爱国主义精神，同时也充满人道主义的人文关怀，如《仗就是他》从人性的角度，从相互残杀者双方的妻子儿女失去亲人痛苦的体验出发，抨击了战争发动者的罪恶。

诗人甚至将俄罗斯民间广泛流传的说法，写成妙趣横生的作品。如《运气汗衫》，副标题为"俄罗斯民人的古话儿"。诗中写道："穿的汗衫儿养下的——我听得多/这个俏话俄罗斯的/'谁没听过'光是汗衫运气大/也不简单。"中国西北如甘肃镇原，认为孩子出生头上、身上有白色附着物，谓之穿白衫，戴白帽，叫戴孝，是不吉利的征兆。而俄罗斯民间看法却正好相反，认为孩子出生穿汗衫，是一生幸运的好兆头。成年人，谁要是幸运，遇事能化凶为吉，则称为穿了运气汗衫。十娃子称苏联给我端下（赠送）运气汗衫，"就为那个我不脱/运气衣裳/黑明就穿的它/连命一样/运气汗衫，好汗衫/运气衣裳/谁的命大，有运气/就能穿上"。诗人融合"俄罗斯古话"，融合得好，增强了作品的艺术感染力。

十娃子生活在吉尔吉斯斯坦，他不仅被誉为"吉尔吉斯斯坦人民诗人"，还曾担任过吉尔吉斯斯坦作家协会秘书长，与吉尔吉斯作家、诗人有过许多交往。他的部分诗作标明是与吉尔吉斯诗人的唱和与对话。伊玛佐夫在《亚斯尔·十娃子生活与创作》及《挑拣下的作品》序言——《又是诗家，又是科学人》中为我们提供了诗人与吉尔吉斯诗歌的许多联系。十娃子不仅精通俄文，还精通吉尔吉斯文，他用吉尔吉斯文出版的作品有 10 余种。同时，他又用东干文翻译过吉尔吉斯诗人如 A. 托科穆巴耶夫、T. 乌买塔里耶夫、K. 马里科夫、A. 托克托穆舍夫、C. 埃拉里耶夫、3. 吐尔逊诺夫、O. 苏塔诺夫的作品。在 20 世纪 70 年代，诗人用东干文翻译的诗集《祖国的早晨》中收录了 16 位吉尔吉斯著名诗人的作品。80 年代，又用东干文翻译了吉尔吉斯诗人 T. 阿德谢娃、M. 扎格吉耶夫、M. 阿贝勒卡西莫娃、C. 茹苏耶夫、B. 阿巴克罗夫、Ж. 萨德可夫、Ж. 阿布德卡利可夫、H. 扎尔肯巴耶夫等作品，结集为《天山的音》。十娃子与吉尔吉斯诗人创作的交流与对话，在其作品中也有迹可寻。伊玛佐夫说，1936 年苏联宪法颁布，第二年荐选最高苏维埃代表，为回应这件事，十娃子和吉尔吉斯诗人托科穆巴耶夫、马里可夫、维尼科夫等一同创作《运气歌》。① 这首《运气歌》长达 3000 多行，副标题为"团体诗文"。长诗的构思、创作与吉尔吉斯诗人的交流是分不开的。当时以东干文、俄文、吉尔吉斯文分别发表。

　　十娃子的同题诗《白杨》有好几首，其中有一首是给吉尔吉斯诗人 A. 托科穆巴耶夫的。伊玛佐夫说："特别是他与吉尔吉斯著名诗人 A. 托科穆巴耶夫是非常要好的朋友。他们都住在捷尔任斯基大街（现在的爱尔肯基克大街），经常在一起散步、交流。十娃子曾经写过一首诗《白杨树》，'献给亲爱的老朋友 A. 托科穆巴耶夫'。② 诗中这样写道：我爷栽哩这个树/叫我乘凉……/得道哪个小姑娘/把你看上/送给你哩把白杨/把姓刻上/'托科穆巴耶夫'写得真/刻得也俊/你的心到天上哩/有多高兴。""我爷栽哩这个树/这个白杨/送给你哩小姑娘/她的手浪/也是你的白杨树/你高声唱/也是我的，你别吼/这个白杨。"这首诗可谓吉尔吉斯斯坦的诗坛趣话。据说，比什凯克的捷尔任斯基大街，曾居住过东干人，白彦虎晚年就在这儿度过，这里是比什凯克陕西东干人居住区。因此才有"我爷栽的这个树/这个白杨"的诗句。而十娃子的诗友托科穆巴耶夫是著名的吉尔吉斯诗人，曾有一位喜爱他诗歌的姑娘，在白杨树上刻上了诗人的名字。十娃子戏称姑娘将白杨树赠送给了托科穆巴耶夫，托科穆巴耶夫为之高兴，并以《白杨》为题，写了赞美诗，高唱"我的白杨"。十娃子这首诗为唱和之作，两位诗人的相互影响是不言而喻的。类似的诗作还有《天山》，副标题也是"给托科穆巴耶夫"。诗中提及历代诗人包括吉尔吉斯伟大的阿肯和托克托古尔等有关天山的歌。诗的开头写道："在天山呢生养呢/天山呢长/在天山呢跑哩/连我一样/这个天山你唱过/太阳一般。"可见，这首诗也是唱和

---

① ［吉］伊玛佐夫：《又是诗家，又是科学人》，《亚斯尔·十娃子〈挑拣下的作品·序〉》（东干文），吉尔吉斯斯坦出版社 1988 年版。

② ［吉］伊玛佐夫：《亚斯尔·十娃子生活与创作》，丁宏译，宁夏人民出版社 2001 年版，第 33—34 页。

之作。

历时性的影响是重要的，共时性的影响同样是不可低估的。在俄罗斯及吉尔吉斯诗歌中，过去时代的诗人对十娃子有过影响，而苏联时代的同代诗人，对他的影响更大。

中国文化资源，在东干文学创作中占有重要的地位。在所有东干诗人中，十娃子诗中的中国文化资源最为丰富。而中国文化资源又分别渗透在语言、意象、民俗、人物、事件及思想感情等各个层面。

首先是语言。如果说东干人的政治、科技等新术语中俄语借词较多，而宗教语言中阿拉伯、波斯语借词较多，那么，其文学创作中，基本是汉语西北方言，借词的比例要小得多。十娃子提倡少用借词，也体现在他的创作实践中。同是一首诗，俄文与东干文的阅读感受大不相同。只有东干文，才是原汁原味的带有晚清时代语言特点的中国方言。正因为如此，我们才有理由把它划归世界华语文学的范畴。因此，东干文学的文化资源在语言层面上，无论语音、语法、词汇都主要来自中国。

其次是中国意象。十娃子诗歌中，俄罗斯、中亚的自然意象与社会、日常生活意象占有较大的比重，这是由诗人的生活环境决定的。如伏尔加河，是俄罗斯的母亲河，也是苏联人的母亲河，因此常出现在诗人的笔下。但是，中国意象在十娃子诗中同样占有重要的地位。如黄河，这是中国人的母亲河，也常出现在诗人笔下。在十娃子的诗歌意象中，有些是标志性的东干意象，其中不少意象来自中国。如白杨树，虽然各处都有，但是十娃子几乎把它作为东干诗歌的独特意象，在诗中多次出现。诗中的白杨树，不是我大（父亲）栽下的，便是我爷栽下的。而白桦树，差不多是叶赛宁的独特意象，是带有俄罗斯特点的植物意象。十娃子在《英雄的无常》中，写了一个俄罗斯战士，来自叶赛宁的故乡梁赞，唱道："我在梁赞住的呢/连叶赛宁/我也肯唱：——桦树呵/春天的俊……"梁赞也成了白桦树的故乡。鸟类意象出现频率较高的是夜莺，东干人叫它"五更翅儿"。这种鸟儿虽然许多地方都有，但在十娃子诗中，五更翅儿成为东干族的标志性意象。诗人听过柏林、黄河沿上五更翅的叫声，虽然也叫得好听，但是在他的感受中，同营盘不一样，只有营盘里的五更翅能打动人心。来自中国的意象，还可以举出许多，如小姐的床叫"牙床"，皇帝的床叫"龙床"。十娃子《梦先生》诗中的"南山"，应该是陕西的终南山。这些都是比较典型的中国意象。

人物称谓上的中国特点。《青梅里边的古今儿》主人公（姑娘）的父亲称员外，是中国旧时对富绅的称谓。《长城》中的唱词："姐儿生来/本十七/一心想穿斜带衣/这是奴家挣下的/这是奴家挣下的。""奴家"是姑娘自称，中国现代汉语已不这么称呼，而旧戏曲中的"奴家"称谓极其普遍，中国西北农村农民闹社火，演的旧节目中也常有"奴家"的自称。类似的还有称医生为"先生"，称所爱的姑娘为"姊妹"，称父亲为"大大"、"老子"等都是来自中国的东干人的特有称谓。

以中国为题材，写中国的人和事的作品，在十娃子诗歌中也占有相当的比重。他专门有一本诗集命名为《中国》。其中《上海的买卖》反映 20 世纪 30 年代上海买卖人口的社会现象。《送丈夫》则标明是"中国的红军歌"。《探马》用现代汉语新术语就是侦察员，写女侦察员英勇牺牲。《血路》为太平天国军而作。长诗《活睡梦》写中国工人罢工斗争，其中"伟大中国"、"苦焦甘省"、"山东省"等都标示出中国发生的故事。《真钢》《宁夏姑娘》等也是中国题材的作品。他的中国题材甚至延伸到"文革"十年，《临尾儿的信》反映了十年动乱时期，与苏联有亲属关系的姑娘牡丹姐所受的迫害。这类写中国人和事的作品，特别值得注意的是歌剧《长城》，其故事来源于孟姜女哭长城。孟姜女、范郎都是民间传说中的人物。东干语汇中没有"演员表"这样的现代汉语新名词，而标明"耍的人"。耍就是演，诗人的《在我们的营盘呢》把演电影，叫耍电影；而唱腔，东干语为"唱的音调"。《长城》的唱腔，拟定了东干民间的十种曲子，分别是南桥担水、姐儿怀胎、送亲人、出门人、小郎过街、寡妇上坟、大姐儿、拉骆驼、张先生拜年、孟姜女等。不同于话剧的分幕，《长城》依中国传统戏曲的结构，分为折子，折子里又分为"头一看"、"第二看"、"第三看"等。从戏剧情节、人物、结构形式、唱腔到道白、唱词，都源于中国，是东干民族化的艺术。

十娃子创作中的中国民间故事、民间语汇、民俗等影响都颇为明显，除了上面所说的《长城》外，取材于民间故事的还有《梦先生》《青梅里边的古今儿》《心狠——折本》等。这些民间故事，又体现了中国人的思想感情与价值观念。《青梅里边的古今儿》中的员外姑娘，在"毒兵对头"闯进花园之前，不愿遭受凌辱，跳了大江。《心狠——折本》源于去太阳山背金子的故事，贪得无厌的人，必然自食恶果。十娃子也运用过中国民间"铁杵磨针"的故事，鼓励青年培养顽强的意志与毅力，去争取胜利。《给屈原诗人》不仅对屈原表达了敬意与怀念，同时也写了中国端午节包粽子，吃粽子，向江河抛粽子的民间习俗。而且诗人也模仿中国人："我在伏尔加上呢／把你没忘／我也唱了你的曲儿／把你记想／我也把粽子撂哩／往伏尔加江。"十娃子诗中不仅有秦始皇、韩信等历史人物，同时也有民间传说中的王母娘娘："那会儿跑到天河上／连鱼儿一样／我浮过去，找去呢／把王母娘。"

十娃子诗中的中国文化资源相当丰富，以上我们只是列举一些例证。这从一个侧面展示了中国文化在中亚的传承与变异。

二　十娃子在中国

十娃子对东干文化及文学的贡献是多方面的，马凯耶娃在《东干文学的形成和发展》中说，十娃子是"东干书面文学的创始者、诗人、散文作家、语言学家、文艺学家、卫国战争年代的战地新闻记者、翻译家、积极的社会活动家"[①]。在文学创作上，十娃子先后出版了40部作品，其中东干文19部，吉尔吉斯文11部，俄文10部。这些创作包括诗歌、小说、戏剧等多种文体。但是其成就最高的还是诗歌，被授予"吉尔吉斯斯坦人民诗人"的称号。十娃子为越来越多的中国人所了

————————

① ［吉］法蒂玛·马凯耶娃：《东干文学的形成和发展》（俄文版），吉尔吉斯斯坦出版社1984年版，第38页。

解。关于他的介绍和他的作品在中国的传播,本书拟勾画出一个大致的轮廓,并加以评述。

在世界华文文学的格局中,十娃子的创作是十分独特的。世界各地的华人群体,其口语中也保留了中国各地的方言,但是其书面文学基本上都是规范的汉语书面语言;而以十娃子为代表的东干书面文学是一个例外,由于东干人与汉语书面文学的隔绝,他们完全运用西北方言(其中也出现俄语借词和阿拉伯语、波斯语及周围其他民族所运用的突厥语词汇)进行文学创作,十娃子用纯粹的西北方言创作,对于中国诗人来说,难以想象。十娃子被誉为吉尔吉斯斯坦“人民诗人”的称号,同时又是东干书面文学的奠基人。他的诗选曾被收入“苏联诗人文库”,可见他的影响。其诗歌的内容、主题和形式可以概括为以下几点:十娃子是“自然之子”,他对大自然的钟情与热爱,同西方浪漫主义相近,由此决定了他的诗歌中太阳意象群与春天意象群这两大意象群尤为突出。同时,十娃子又是现实主义的歌手,是“土地之子”,对生他养他的东干乡庄——营盘、梢葫芦等,有特殊的难以割舍的情感,东干乡庄是东干人的精神家园,是东干文化的领地。十娃子诗歌中充满了强烈的民族寻根意识和中国情结,这一点与世界各地的华文文学是相通的。受俄苏公民诗歌传统的影响,十娃子创作了一系列公民抒情诗,表现了他的公民意识和爱国情感。十娃子还创作了优美的爱情诗,表现了东干青年从不自由到自由的几个阶段的爱情历程。哲理抒情诗,在十娃子诗歌中也具有突出的地位,这类诗表现了诗人深刻的哲思与高尚的人格。在艺术表现上,十娃子是运用比喻的高手,他的两大比喻系统——生活比喻意象和自然比喻意象十分突出。在诗歌形式上,十娃子试验过多种形式,他创造的“七·四”体(奇数行七个字,偶数行四个字)运用自如,对后来的诗人影响很大,几乎成为东干诗歌常用的诗体形式。由此可以看出十娃子诗歌的特质及其在世界华语诗苑的独特特点。

十娃子创作的独特性,与其所在国的异域环境有不可分割的联系。东干人从1877年由中国西北迁移到中亚,汉字失传,一度只有口传文学,没有书面文学。20世纪20年代,苏联民族识别,将他们定名为东干族，属于苏联少数民族之一。随后，俄罗斯汉学家帮助东干族创制了东干文。十娃子的创作，首先，受苏联主流文化俄罗斯文化的影响，俄罗斯文学具有世界一流文学的水准，成为东干文学学习的范本。其次，十娃子受中国文化的深刻影响，他的一本诗集命名为《中国》。十娃子的创作，从题材、语言、情感、思维方式，文化内涵等无不打上中国文化的烙印。作为中国回族的后裔，十娃子诗歌与伊斯兰文化有千丝万缕的联系。同时又受到中亚所在国其他兄弟民族的影响。因此，以十娃子为代表的东干文学便具有了与世界其他地域的华文文学不同的特点。

最早同十娃子有交往，并在其诗中留下珍贵纪念的是萧三，萧三的俄文名字为埃米·萧。1938 年，萧三访问吉尔吉斯斯坦，在十娃子家中做客，两人彼此留下了美好的印象。1939 年，萧三从苏联回国，专门写过一首《题 SHIWAZA 的新诗集〈中国〉》（《题十娃子的新诗集〈中国〉》），不仅抒写了两位诗人的深厚友情，同时也抒发了中国人与东干民族的感情。在另一首《暂别了，苏联!》中也写道："别了，东干人民的诗人十娃子"。这是中国最早对十娃子的介绍。1957 年，十娃子作为苏联作家代表团成员访问中国，在萧三家做客。萧三去世后，十娃子写过怀念的诗《你也唱过》，副标题为"——给萧三"。两位诗人的交往，成为中吉文坛佳话。

中央民族大学胡振华教授以研究柯尔克孜（吉尔吉斯）语闻名于吉尔吉斯斯坦，他与中亚联系颇多，是东干学研究的破冰者。他指导的博士生丁宏、海峰在东干文化、语言研究方面具有相当的成就。胡振华回忆，1957 年苏联作家代表团来中国，他和十娃子初次见面，后来保持了多年的联系，他介绍了十娃子的创作活动及文化贡献。胡振华用中文转写了十娃子的东干文《天鹅》《桂香》《我爷的城》《北河沿上》等 7 首诗，最初收入吉尔吉斯共和国科学院东干学部编辑出版的论文集《亚斯尔·十娃子——东干书面文学的奠基者》（依里木出版社 2001年），后来又收入他主编的《中亚东干学研究》，由于不熟悉西北方言，译写错误明显。作为开拓者，胡振华教授功不可没。

　　新疆回族作家杨峰于 1996 年编译出版了东干小说散文选《盼望》（新疆人民出版社），选译了十几位作家，包括十娃子。不仅简单介绍了十娃子的生平与创作，同时还选译了作家的一篇小说《萨尼娅》，这篇写东干青年与其他民族姑娘恋爱的小说十分动人，所提出的问题如何对待不同民族青年间的爱情也颇为深刻。这是国内最早将东干文翻译转写成汉字的十娃子小说。2000 年，杨峰又出版了他访问中亚东干族的散文集《托克马克之恋》（新疆人民出版社），其中在《楚河诗魂》的标题下，以满怀激情的文笔介绍了十娃子的诗歌创作活动，虽然是访问性散文，但其中不乏学术价值。最突出的是，指出十娃子受鞑靼文学的影响，他说："在学习和借鉴苏联的多民族作家文学中，对他影响最大的还是鞑靼族诗人和作家的作品。这主要由于在 1922 年到 1930 年在塔什干教育学院学习期间，由于自身的条件，除了阅读大量的俄罗斯古典文学，十分喜爱普希金外，还如饥似渴地阅读和认真研究了大量的鞑靼文学作品，如：阿布都拉·吐卡依的诗歌。十娃子早期的诗歌如：《木别子》《唱曲子的心》《苦曲儿》等都可以看出鞑靼诗歌的印迹，他自己也常说：'阿布都拉·吐卡依的作品给过我很大的影响。'"[①] 迄今为止，还没有人对十娃子受鞑靼文学做过深入的研究，可见，杨峰的看法在今天仍具有启发意义。

　　在十娃子诗歌的评介与作品的直译转写方面，吉尔吉斯斯坦科学院伊玛佐夫通讯院士和中央民族大学丁宏教授合作编译出版的《亚斯尔·十娃子生活与创作》（以下简称《生活与创作》）无疑具有重要的意义。此前零星介绍十娃子作品的差不多都是意译，而《生活与创作》则是直译，即东干文的汉字直接转写，完全保留了东干语诗歌的原貌。所选作品题材大多与中国有关，更容易引起中国读者的兴趣。其中《北河沿上》《运气曲儿》《我爷的城》《在伊犁》《话有三说》《宁夏姑娘》《喜麦的曲子》等无论思想性艺术性都是十娃子的上乘作品。这使中国读者第一次能够大量阅读十娃子原汁原味的作品。这本书收录了伊

---

　　① 杨峰：《托克马克之恋》，新疆人民出版社 2000 年版，第 72 页。

玛佐夫撰写的《亚斯尔·十娃子的生活与创作》，对中国读者与研究者来说，是难得的有价值的传论。中国人对十娃子的生平、创作、地位及其贡献知之甚少，伊玛佐夫的文章就显得更为重要。他给我们提供了许多重要的历史事实，如塔什干求学，对十娃子产生了重要影响。十娃子和杨善新、马可及其他东干族大学生开始创制东干文字，尝试用阿拉伯字母拼写东干语，并刊印手写体东干语小报《学生》。这是东干文字史上的重要里程碑，为以后东干文字的创制奠定了基础。① 关于十娃子对东干文字创制的贡献，伊玛佐夫指出，十娃子结识了俄罗斯著名语言学家德拉古诺夫（龙果夫）、波里瓦诺夫，与他们共同探讨东干语言文字问题。十娃子提出的"东干语音节正字法表"与德拉古诺夫的观点大致相同。可以说，十娃子是东干文字的奠基人之一。② 在介绍诗人的诗集《诗作》时说，俄文诗集《诗作》被选入"苏联诗人文库"，在莫斯科出版，这个文库发行量很大，且被选入的诗人多是有相当影响的一流作家。③ 这些介绍使我们对十娃子的地位有了进一步的认识。伊玛佐夫是东干学学者，同时又是作家，创作了一系列小说和诗歌，因此他对十娃子作品的点评也使读者受益不少。《雪花》一诗是十娃子的精品之一，伊玛佐夫极其推崇，在引用全诗的同时，认为这是《好吗，春天》中语言最美的一首，诗人以明快的韵律，表现了一种清新优美的境界。④ 读者仔细品味，会产生同样的感觉。伊玛佐夫还介绍了十娃子的某些极有价值的学术观点，如 1965 年，吉尔吉斯共和国科学院东干学部举办学术讨论会，十娃子在发言中指出，不要一味借用外来语来填充母语在发展过程中的不足，而应该充分发挥语言内部的资源。不是万不得已，最好不要借用其他语言的现成词汇。⑤ 在当时中苏关系紧张的背景下，发表这样的观点是需要勇气的。伊玛佐夫在评介十娃子的同时，

---

① ［吉］伊玛佐夫：《亚斯尔·十娃子生活与创作》，丁宏译，宁夏人民出版社 2001 年版，第 29 页。

② 同上书，第 32 页。

③ 同上书，第 57 页。

④ 同上书，第 51 页。

⑤ 同上书，第 48 页。

有时也涉及了东干文学的发展脉络，如他认为，20世纪60年代到80年代，东干文学事业走向一个新的高峰，呈现出欣欣向荣的繁荣景象。①这看法是准确的。十娃子和阿尔布都是东干文学高峰期的代表。可见，《亚斯尔·十娃子生活与创作》对于十娃子在中国的传播起了重要的作用。

中国学者对十娃子诗歌创作的深入研究，要推兰州大学教授常文昌。在他任吉尔吉斯—俄罗斯斯拉夫大学客座教授期间，完成并出版了俄文版著作《亚斯尔·十娃子与汉诗》。这本著作于2002年在吉尔吉斯斯坦科学院依里木出版社一出版，就引起东干学界的关注与评介。伊玛佐夫通讯院士作序，高度评价这本著作具有"独创的思维"和"意想不到的见解"。"不同于以往的东干文学研究，是在原材料即直接阅读东干文的基础上写成的，将十娃子与汉诗进行全方位的比较，这在东干文学研究上还是第一次。"认为常文昌"对亚斯尔·十娃子的认识，不仅使东干诗歌研究方面的专家和中国诗歌领域的专家引起极大的兴趣，同时对于普通读者来说也是诱人的"。并称赞这本俄文版学术著作"无疑加深与扩大了吉中两国直接的学术交流与对话"。《东干报》2002年11月27日在头版显著地位刊登了老三诺夫的文章，介绍了这本书。《东干》杂志2003年第3期不仅评介了这本书，并选载了书中的部分章节。《东干》杂志2006年第5期发表该杂志主编比什凯克人文大学尤苏波夫教授《东干研究在国外》，以差不多五分之一的篇幅介绍了常文昌对十娃子的研究成果，认为《亚斯尔·十娃子与汉诗》丰富了东干学，包括东干文学。2006年，吉尔吉斯斯坦科学院依里木出版社出版了东干研究论文集《丝绸之路学术对话》，收入伊玛佐夫文章《亚斯尔·十娃子诗歌在中国》（俄文），2009年，宁夏人民出版社出版的《第二届回族学国际学术讨论会论文集》收入了伊玛佐夫提交的这篇论文，汉语译文为《在中国认知亚斯尔·十娃子的诗歌》。论文提到的中国学者有彭梅、傅懋、胡振华、萧三、杨峰、丁宏、常文昌。论文的一半篇幅

---

① ［吉］伊玛佐夫：《亚斯尔·十娃子生活与创作》，丁宏译，宁夏人民出版社2001年版，第45页。

用来评介常文昌的《亚斯尔·十娃子与汉诗》，认为对十娃子的研究得出了一系列重要的结论。伊玛佐夫还提出了一个有趣的问题，在东干人看来，十娃子诗歌语言不很像东干人的口语，但在中国人看来，十娃子对口语的运用，超过了任何一位中国诗人。这完全是两个不同参照系导致的看法上的差异，其实二者都有其合理性。东干书面语言与口语有差别，但在中国人看来，差别比较小。因为汉字失传，东干作家与汉语书面语言几乎是隔绝的，他们的书面文学语言是口语的提炼；而中国作家则不同，都受过书面语言的严格训练，即使创作中运用口语，始终摆脱不了书面语言的影响。常文昌在国内出版了专著《世界华语文学的新大陆——东干文学论纲》，以较大的篇幅全面论述了十娃子的诗歌创作。同时还发表了专门论述十娃子的两篇论文，一篇与常立霓合写的《世界华语诗苑中的奇葩》（《兰州大学学报》2006 年第 2 期），另一篇是《十娃子的创作个性与文化资源》（《中央民族大学学报》2009 年第 2 期）。

在上述论著中，常文昌将十娃子置于世界华语文学的坐标中加以定位，从文字、语言、诗歌的精神内涵及形式等方面论证了其诗歌的独创性，特别是在语言上，与别的国家或地域的华语诗歌截然不同，认为这是一朵奇葩。十娃子是东干书面文学的奠基人，同时又代表了东干诗歌的最高成就。在世界华语诗苑中，他的创作别具一格，其内容与诗形都令人耳目一新。他的诗歌创作资源，除了苏联现实生活与东干族自身的穆斯林文化外，还有三大文化资源，即俄罗斯主流文学的影响，周围吉尔吉斯、哈萨克、鞑靼等其他民族文化的影响，特别是中国文化是其创作的重要资源之一。常文昌将十娃子称为"自然之子"、"土地之子"、"人民之子"。将其创作概括为公民抒情诗、哲理抒情诗、爱情诗等类别。同时还探讨了十娃子诗歌的民族寻根意识与中国情结，探讨了十娃子对人类内心深处的人性追求及其诗歌的民族精神。在十娃子诗歌的意象系统与比喻系统的研究上，也是道前人之所未道。常文昌还从东干文学史的角度，将十娃子与青年诗人十四儿的创作做了比较研究，认为伊马佐夫、拉阿洪诺夫、曼苏洛娃等人的诗歌创作基本上继承了十娃子的创作，没有大的突破，到了十四儿对十娃子既有继承，又有突破，标示出东干诗歌由现实主义、浪漫主义到对现代主义的吸纳。这些看法更专业化，尤苏波夫称之为职业的诗歌批评家的看法。

常文昌与常立霓合作著译的《世界华语诗苑的奇葩》，于 2014 年 3 月由宁夏阳光出版社出版。这本书深入系统研究了十娃子和十四儿的诗歌艺术，勾勒了东干诗歌的演变历程。以中国学者的眼光，破译了东干诗歌中的某些文化密码。同时，又选译了两位诗人的 60 余首代表作品，其中十娃子 40 多首，十四儿 20 首。每首作品都有简短的导读和注释，解决了东干文直译转写中的许多难题，提供了可靠的读本，读者能从中感受到东干文化语境中的原汁原味的东干诗歌。是一部兼具学术价值、资料价值，同时又长于鉴赏性的著作，是一本可以雅俗共赏的书。

这里还要提到为东干文学的中文转写做出贡献而很少被东干研究者提及的马永俊。马永俊是新疆伊犁回族人，现在浙江义乌从事外贸生意，系新疆作协会员，兼任中国穆斯林网原创文学版主，已发表了不少网络小说、散文、诗歌。几年前在他的网页上，直译转写了十娃子的大量诗作和阿尔布都的小说。2011 年，出版了《就像百灵儿我唱呢》，这是十娃子最有代表性的诗歌选集《挑拣下的作品》的中文转写，又从《春天的音》里抽出《回族姑娘》一首增补到《就像百灵儿我唱呢》中。是目前国内能看到的容量最大且最有代表性的十娃子诗歌的中文转写本，保持了东干诗歌的原汁原味。共收作品 240 多首（其中还有部分长诗），比伊玛佐夫和丁宏选本多了近 6 倍，足以代表十娃子的诗歌创作成就。

马永俊不仅是回族，伊犁人，熟悉回族文化和西北方言，同时又娴熟地掌握了维吾尔语、哈萨克语，还通晓英语、俄语、阿拉伯语、波斯语。这样的知识结构，为他的翻译转写提供了极大的便利。他没有任何功利目的，全凭兴趣和责任心，付出了巨大的劳动，令我们对译者产生了深深的敬意。

东干文的中文转写不是一件容易的事，有些词汇《东干语—俄语词典》里也找不到。马永俊的转写解决了其中的许多难题。除了他的广博的各种语言知识优势之外，他还亲自去吉尔吉斯斯坦，向东干学者请教，解决其中的疑点，为阅读铺平道路。试举几例，如《北河沿上》中"咱们家在东方呢，/天山背后/牛毛汉人住的呢，/长的金手"。以前有过几种中文转写，一种意译为"汉族兄弟住的哩，/河山锦绣"①。显然，最后一句，不合原意。另一种直译为"牛毛汉人住的呢，/长的精瘦"②。其中的"瘦"发音不合原著，原著拼音是 shou，但东干人"瘦"的发音是 sou，直译仍有疑问。马永俊请教东干学者，十四儿坚持是"金手"，说东干民间有"金手银胳膊"之说。马永俊注释，"金手"就是巧手，能干的手。毫无疑问，提供了新的解释。"金手"的转写是对的。曼苏洛娃小说《三姐儿的泼烦》中就有"金手银胳膊"的说法，司俊琴认为，"金手"来源于俄语，是俄语"金手"即能工巧匠的仿译词。③ 可以作为又一佐证。《茶》里提到的邵塔，不熟悉前苏联多民族文学，就难以索解。马永俊从东干人那里知道，邵塔是格鲁吉亚诗人，为中国读者提供了便利。十娃子诗中，将写字的笔称为"生活"，此前常文昌、林涛等在他们的论著中都有解释，而清代黎士宏在其《仁恕堂笔记》中说"甘州人谓笔曰生活"。甘州即今天的甘肃张掖。张文轩、莫超编写的《兰州方言词典》也收有"生活，毛笔"的词条。陇东老年人把笔叫生活。可见，这一叫法在甘肃较为普遍，可以与东干人互为印证。马永俊认为，东干人把笔叫"盖尔兰"或"森火"，前者来自俄语或阿拉伯语。总之，马永俊以他的勇气和胆量，为我们直译了十娃子诗选，解决了其中的不少难题，功不可没。当然，其中也有一些误译，如《你出来，阿妈呀……》等诗中的芍药，都被误译为"佛叶"。《我的住号》（住址）误译为《我的句号》。《月亮》中"我能找着红旗/我的国号"误译为"我的贵号"。直译转写，错误在所难免，能在马永俊直译的基础上，经过补正，会出现更完善的译本。

　　在东干文学的直译转写上，特别要提到林涛教授。他先后转写了东

---

① 胡振华：《中亚东干学研究》，中央民族大学出版社 2009 年版，第 146 页。

② 伊玛佐夫：《亚斯尔·十娃子生活与创作》，丁宏译，宁夏人民出版社 2001 年版，第 164 页。

③ 司俊琴：《中亚华裔东干文学与俄罗斯文化》，《华文文学》2012 年第 2 期。

干口歌口溜、伊玛佐夫和曼苏洛娃的小说、十四儿的诗歌。2015 年出版了他转写的《亚斯尔·十娃子精选诗集》，原名为《五更翅儿》，是十娃子诗歌的最新版本。对中国读者来说，具有重要的参考价值。

中国学术期刊发表过十娃子研究论文及译介文章的还有马青、马彦瑞、林涛、常立霓、高亚斌、司俊琴、李凤双、黄威风等。马青发表了澳大利亚学者斯维特兰娜·达耶尔专著《亚斯尔·十娃子》英文版绪论，题目改为《东干人的历史与现状》（《回族研究》1994 年第 3 期），主要介绍东干人的生活，引出东干天才诗人十娃子。马彦瑞的《亚斯尔·十娃子：苏联东干人民的天才诗人》（《西北民族研究》1990 年第 2 期），篇幅很短，简要介绍了十娃子的创作。常立霓的《雪花中藏匿的太阳》（《丝绸之路》2004 年第 2 期）对十娃子诗歌的解读和赏析，从表面浅白的语言中剖析了蕴含在其中的浓郁诗意，令人耳目一新。李凤双的《亚斯尔·十娃子——东干书面文学的创始人》（《丝绸之路》2004 年第 2 期）是伊玛佐夫论文的中文译文，让中国读者认识了十娃子在东干文学中的特殊地位。黄威风《天山外的乡音》（《四川职业技术学院学报》2010 年第 3 期）着重讨论了十娃子诗歌的中国情结。司俊琴在《中亚东干诗人亚斯尔·十娃子的诗歌与俄罗斯文化》（《黑龙江民族丛刊》2012 年第 1 期）认为，十娃子是中亚东干族的著名诗人，他的诗歌创作不仅传承了中国文化，而且深受俄罗斯文化的影响，俄罗斯文化对十娃子诗歌的影响既有显性、表层的，又有隐性、深层的。显性影响体现在诗歌语言、诗歌意象、诗歌题材、诗歌形式等各个层面；深层影响体现在俄罗斯文学思潮、文学观念与传统、俄罗斯文化精神等方面。此外，其诗歌对俄罗斯民俗事象的描写及俄罗斯人物、事件的反复呈现，体现出诗人深厚的俄罗斯情结。高亚斌在《论东干诗人亚斯尔·十娃子的诗歌》[①] 中指出，十娃子的中国西北口语写作已经成为东干文学创作的基本模式，他的诗歌作品也成了东干民族宝贵的精神财富。其诗歌主要构筑了土地和天空两大意象，表达了对自然、爱情和英

---

① 　高亚斌：《论东干诗人亚斯尔·十娃子的诗歌》，《北方民族大学学报》2009 年第 3 期。

雄的赞美，在艺术上，也达到了很高的水平。林涛在《伟大诗人的中国乡情》① 中认为，十娃子的诗歌创作，不仅全面反映了东干族人民的历史发展、风俗民情、生活变迁等社会画面，而且也浸透着浓郁的"中国乡情"。

十娃子在中国的研究取得了引人瞩目的成绩，在世界东干学研究中产生了一定的影响。特别是从中国文化的视角，对十娃子诗歌内涵的剖析有别于国外研究者。但研究仍有可以开拓的空间，有待突破。如对十娃子小说的研究几乎是一篇空白，对十娃子诗歌研究，也有从俄罗斯文化关系、伊斯兰文化关系切入的，但对其诗歌与吉尔吉斯、哈萨克、鞑靼等民族文化、文学关系的研究亟待开掘，对以十娃子为代表的东干书面文学语言与民间口语的关系也有待做出令人信服的论证。十娃子东干文本的中文转写，还需要更为准确的版本。

三　十娃子的诗歌与俄罗斯文化②

十娃子的诗歌，在国内外得到很高评价。吉尔吉斯著名作家钦吉斯·艾特玛托夫认为，贯穿着十娃子诗歌的是"向善之心"。俄罗斯诗人、著名评论家瓦西里·格罗斯曼盛赞十娃子："他的诗歌优美而精练。似乎可以捧到手里，就像捧着半透明的中国瓷器，放到桌子上，用手指敲击，会发出低沉、刚劲的响声。"③ 检视国内外学者对十娃子及其作品的研究，笔者发现，国外学者的研究大多侧重于对诗人的生平和创作进行整体分析评价，而国内学者的研究集中在揭示其作品内涵，并深入考察与中国文化的关系。无论是国外还是国内论者，对十娃子的诗歌与俄罗斯文化的关系都涉及不多。

事实上，俄罗斯文化对十娃子诗歌的影响是全方位的，既有显性、

---

① 林涛：《伟大诗人的中国乡情》，《西北第二民族学院学报》2006 年第 3 期。
② 此文为博士生司俊琴教授撰写。
③ Ясыр Шиваза. Лунные строки Илим，2006，3.

表层的，又有隐性、深层的。因此，笔者拟从俄罗斯文化对十娃子诗歌创作的显性影响、俄罗斯文化对十娃子诗歌创作的深层影响及十娃子的俄罗斯情结三个方面，探讨他的诗歌创作与俄罗斯文化之间的关系。

（一）俄罗斯文化对十娃子诗歌创作的显性影响

中亚华裔东干作家和其他族裔作家一样，其特殊的生活经历、独特的情感体验及置身其中的文化环境等使他们的文学创作既与原所属国作家不同，又和居住国作家有别，这使他们的作品带有独特的"异域情调"及"他者"文化的烙印。十娃子生活在以俄罗斯文化为主流文化的中亚地域内，其创作在坚守民族性的同时，不可避免地禀赋了俄罗斯文化的色彩。正如钦吉斯·艾特玛托夫所说："每一种当代的苏联文学，都有两个起源：一个是本民族的传统，一个是俄罗斯文化的传统。"① 俄罗斯文化对十娃子诗歌创作的显性、表层影响体现在他的诗歌语言、诗歌意象、诗歌题材、诗歌形式等各个层面，俄罗斯文化成为诗人创作的重要文化基因之一。

1. 诗歌语言。文化与语言是不可分离的，作为文化的一部分，语言是记载、储存、传播文化的载体。东干文学语言是用斯拉夫字母拼写的中国西北方言。如果说东干语作为东干人的母语，在保留东干传统文化、增强东干民族意识方面的意义不容低估，那么俄语则是东干人进行文化交流、发展民族文化、提高民族发展水平的重要工具。俄罗斯民族作为一个多民族国家的主体民族，其文化以绝对优势影响着境内其他少数民族。俄语对东干人的影响，不仅仅表现在作为交际工具的功能上，也包括东干语对俄语的借用。在东干语借词中，最多的是俄语借词。② 这些借词是构成东干语"外来客"面貌的一个重要因素，是东干语与今天的陕甘方言有区别的一个显著特点。③ 十娃子的诗歌语言也有这样的特点，如：Москва（莫斯科）、Гитлер（希特勒）、Ленин（列宁）、Вьетнам

---

① 陈学讯编译：《艾特玛托夫论少数民族文化》，《民族文学研究》1986年第5期。

② 丁宏：《试论东干人语言使用特点——兼论东干语与东干文化传承》，《民族研究》1998年第4期。

③ 海峰：《中亚东干语言研究》，新疆大学出版社2003年版，第148页。

（越南）、фашист（法西斯）、Афрора（阿芙乐尔）等专有名词；клуб（俱乐部）、комбайн（康拜因）、трактор（拖拉机）、колхоз（集体农庄）、комсомол（共青团）、телевизор（电视机）、транзистор（半导体收音机）等新事物都借用俄语词汇。十娃子诗歌中还有一些从俄语对译的词语，如：детскийдом（娃娃房即孤儿院）、детский сад（娃娃园即幼儿园）、великая отечественная война（伟大祖国仗即伟大卫国战争）、выйти всвет（出了世即出版）等，从中可以看出俄罗斯语言与思维方式对诗人的深刻影响。有人把东干语言的这种现象称为"双语"现象，究其原因，是东干人的先祖大多没有受过文化教育，他们是靠口口相传把中国的方言土语保留下来的，由于长期与文化母国——中国隔绝，汉字并没有继承下来，当他们的口语词汇中找不到可以对应的词语时，便只有借助于俄罗斯等周边民族的语言。俄罗斯语言的运用，大大丰富了十娃子的诗歌词汇，增强了诗歌的表达能力，使他的诗歌充满了时代感与生活气息。如长诗《在我们的营盘呢》，诗人写电站的威力："多少活它做的呢。／它的力量，／комбайн（康拜因）也走的呢，／连（跟）船一样。／把 вим（扬场机）它也搅的呢，／麦子它扬，／трактор（拖拉机）它也吆（赶）的呢，／连人一样。"每句诗中都使用了一个俄语词汇，读起来很上口，富有节奏感，同时使他的诗歌带有浓重的异域色彩。

2. 诗歌意象。十娃子诗歌里有许多中国文化意象，如："那会儿跑到天河上，／连鱼儿一样，／我凫过去，找去呢／把王母娘。"（《我思量地》）其中的天河、王母娘等是中国文化里的意象。但是由于诗人生活在中亚地区，中亚与俄罗斯的自然意象和文化意象在他的诗歌中同样占有很大比重。如在《英雄》一诗里写到了来自乌克兰第聂伯河边、来自阿拉木图和来自俄罗斯叶赛宁故乡梁赞的战士，展示出中亚与俄罗斯的自然意象与文化氛围。俄罗斯诗人叶赛宁是十娃子喜爱的诗人之一。叶赛宁的诗歌意象主要取自大自然及其故乡，如天空、月亮、星星、乡村、田野、狗、白桦、夜莺等，十娃子的诗歌意象也以太阳、月亮、星星、天山、楚河、夜莺、白杨等家乡美丽的"高天厚土"为对象。一方面，因为这两个诗人都出身于农家，对故乡的土地与大自然有天然的深厚感情；另一方面，也可以看出十娃子诗歌对叶赛宁诗歌艺术的借鉴，这一点在《桦树》一诗中表现得尤为明显。诗中描写了大泉边的一棵桦树，"它的家在梁赞"，风把它吹到了中亚诗人的故乡："可是它旺，不心慌，/不像远客。/就像还在伏尔加，/也没变色。/连雪一样，/尽的白。/就像银匠/把它刷哩拿银水，/把花沾上。/黄绿树叶笑的呢/山风吹上，/就像拉底磨（聊天）的呢/连高白杨"。其中"梁赞"就是俄罗斯诗人叶赛宁的故乡，而且桦树也是叶赛宁诗歌的主要意象之一。

3. 诗歌题材。十娃子的许多诗作是以苏联十月革命给东干人民生活带来翻天覆地的变化为题材的。如在《运气曲儿》中他写道："说是世上运气多，就像大河，/在满各处淌的呢，谁都能喝。/可是我总没见过，它避躲我，/但怕，它不喜爱我，——我爷肯说。为找运气我渡了多少大河，/我翻过了多少山，比天都高。/可是运气没找着，命赶（比）纸薄，/你说，我的运气哪？——/我大（父亲）肯说。我把运气找着哩，就像大河，/就像伏尔加淌的呢，我由性喝。/我在里头凫的呢，就像天鹅。/世上我的运气大——/我也肯说。"这首诗可以说是东干民族三代人命运的缩影和生活的写照。生活在中国清代的"我爷"，生活在俄帝时代的"我大"和生活在苏联社会主义国度的"我"，在某种意义上也是一部关于东干民族的"史诗"，具有深厚的历史内容。此外，他还写了反映俄国十月革命的《红十月》《革命》《保护革命》《我等哩》等诗篇，抒写了东干民族曾遭受到的苦难和翻身后的喜悦。十娃子还写过大量关于列宁的诗歌。列宁题材是整个苏联文学的主要题材，如马雅可夫斯基的长诗《列宁》，塑造了列宁的光辉形象。十娃子早期的诗歌《列宁曲子》称列宁是"世界光"，并在另一首诗《岁岁儿》中写道："我有运气赶（比）我爷，赶我父亲，/在列宁的花园呢我活了人。/我踏的是列宁踏下的地面，/头顶呢是红星宿带（和）深蓝天。/我喝的是列宁喝下的泉水，/我吸的是列宁吸下的气色（空气），/晒我的是列宁晒下的太阳。/因为那个就像花儿我素常（经常）旺。"《才是列宁》中描写东干人在中国时"歹毒皇上，/把我打哩，追掉哩"，到达中亚后，又受到沙皇的歧视与虐待，"列宁把我搭救了，就像父亲。"1936 年之后，十娃子的诗歌创作进入了成熟期。在这一时期里，他的诗歌题材主要表现苏联社会主义建设，塑造了为新的社会制度做出贡献的东干新人形象，如长诗《在我们的营盘呢》描绘了苏联东干人劳动的图景，歌颂了发生在社会主义新乡庄的巨大变化，从中能够深切感受到诗人作为苏联社会主义大家庭中一员的喜悦与骄傲。《生命之树》等诗歌，也是歌唱苏联时期东干人民幸福生活的。类似的作品，在他的诗歌中几乎是不胜枚举，构成了其诗歌创作中的主要题材。

4. 诗歌形式。在诗歌形式编排上，十娃子曾创作过七言体、民谣体、楼梯体及自由体等各种形式，但定型并运用最多的是"七·四"体，或叫"十娃子"体。① 其中"楼梯诗"是苏联时期马雅可夫斯基借鉴法国未来派诗人阿波里奈的梯式诗而创造出的一种新诗体，它具有结构鲜明、节奏短促、音韵铿锵、旋律激越等特点，感召力与鼓动性极强，非常适合表达当时苏联人民在革命和建设中的激昂情绪，曾在苏联人民中间产生过很大影响。十娃子早期曾采用过"楼梯体"诗歌形式，如《秀溜花儿》。从中可以看出苏联诗歌艺术对十娃子的巨大影响。

（二）俄罗斯文化对十娃子诗歌创作的深层影响

十娃子的诗歌创作还受到俄罗斯文化潜在、深层的影响，主要体现在俄罗斯文学思潮、文学观念与传统、俄罗斯文化精神等方面。正如东干文化研究者丁宏所说："由于俄罗斯人长期以来在中亚政治上的统治地位及其悠久的文化传统，东干人更多受俄罗斯文化的影响。这种影响不仅表现在语言的使用上，还表现在物质文化和精神文化方面。"②

1. 十娃子深受俄苏社会与文学思潮的影响。他努力使自己的创作与国内的现实和社会思潮联系起来，关心社会生活，以改造社会和变革

---

①　常文昌、常立霓：《世界华语诗苑中的奇葩——中亚东干诗人亚斯尔·十娃子论》，《兰州大学学报》2006 年第 2 期。

②　丁宏：《从东干人反观回族的文化认同》，《中央民族大学学报》2005 年第 4 期。

现实为己任。这一传统与俄罗斯的英雄史诗、壮士诗、青年普希金的自由诗作、涅克拉索夫的诗歌、车尔尼雪夫斯基的小说、高尔基的创作及20世纪战争年代一大批作家的创作紧密联系，体现出崇高的英雄主义精神。

　　苏联十月革命后，东干民族作为苏联多民族国家中的一员，和其他民族一起摆脱了沙俄统治，共同走上了社会主义道路。这一时期，歌颂推翻旧世界的无产阶级革命，表现革命后的新生活、新气象，是时代对文学提出的新要求，十娃子的诗歌创作体现了这一时代要求。在《吉尔吉斯斯坦》一诗中，他写道："成百年家阿拉木图／没见太阳，／黑云压的呻唤哩，／人太孽障……可是十月到来哩，／大红太阳／把阿拉木图照红哩，／连箭一样／天山活哩，有命哩，／五更翅唱。／春天到人心呢哩，／太阳洒光。／列宁教哩，人能哩，／做造太阳。"此外，《骑马的姑娘》《在我们的营盘呢》《马家姑娘跑掉了》等诗歌体现了底层人民翻身后的喜悦，塑造了新时代的新人形象。卫国战争期间，苏联各民族经受了反法西斯战争的严峻考验，付出了巨大的牺牲。面对残酷的战争，爱国主义、英雄主义与民族团结成为苏联各民族文学创作的主旋律。十娃子作为战地记者也上了前线，他创作了大量鼓舞士气的抒情诗歌，塑造了为保卫祖国而浴血奋战的英雄形象。如他在《革命的兵》中写道："革命的兵，都有劲，／连虎一样。……把奸法西斯也打过，／就像韩信。／赶到老鼠洞呢哩，／赶到柏林……"他的另一首诗《妻人的歌》中也有类似的内容："……我叫法西斯钻洞呢，／连鼠一样。叫希特勒都下跪呢／眼泪吊上……"此外，他的《天山勇士》《英雄的无常》《得胜》《给法西斯》等，也都洋溢着爱国主义与英雄主义精神。

　　2. 十娃子的诗歌深受俄罗斯文学观念与传统的影响。抒写公民诗是俄罗斯诗歌的优良传统，从杰尔查文、拉季舍夫、普希金及十二月党人雷列耶夫等，到涅克拉索夫、马雅可夫斯基等诗人的诗作中，贯穿着一条公民诗创作的线索。公民诗要求诗人"写崇高的革命内容……诗人关心祖国人民的命运，诗歌体现'崇高的思想，圣洁的献身精神'

（格涅季奇语）"① 涅克拉索夫在《诗人和公民》中也写道："你可以不做诗人，/但是应该做一个公民。"普希金在《自由颂》《乡村》《致恰达耶夫》等公民诗中，表现了对祖国的爱与对专制制度的恨。苏联时期，马雅可夫斯基创作了许多公民抒情诗，如《好！》《列宁》等，在当时产生过深远影响。受俄罗斯诗歌传统的影响，十娃子也创作了大量的公民抒情诗。他的公民抒情诗首先表现在他作为苏联公民对祖国的热爱。如《就像亲娘》中写道："天山怀呢我焐哩，/整一百年。/就像亲娘告我哩，/洒落天山。/一百春天飞过哩，/打我面前。/把太阳花我揪哩，/整一百遍。/我连吉尔吉斯结拜哩，/就像弟兄。/就像亲哥，亲兄弟，/他，我一心。"《我的共和国》《我去不下》等，也表现了相同的公民感情。其次，他的公民诗歌表现在对本民族人民命运的关注上。如《给后辈》中写道："你爷，太爷，你知下，/活得孽障。/黑字，红字没见过，/连你一样。/也不知道字是啥，/啥是诗文。/也没知道识字课，/它的清俊。/你的命大，弟兄啊，/连山一样。/星宿场呢活人哩，/你活得上（好）……你唱，后辈，高声唱，/太阳抱上。/就像百灵，天上飞/月亮上浪（逛）。"此外，诗人在《运气曲儿》《你是先生》等作品中也表达了类似的感情。重视民间文化资源，把文学创作深植于民间文化土壤是俄罗斯文学的优良传统。普希金很重视对民间文学的接受与提炼，他曾经说过："文学唯有和民间诗歌血肉相连地密切结合，才能够丰盈地发展，作家唯有保持着和民间文艺的密切联系，才能够掌握语言的艺术。"② 普希金的许多作品是对民间文学的借鉴与改造（如《渔夫与金鱼的故事》等）。叶赛宁更把民间作为创作灵感的源泉，他的许多作品有很深的民间文学底蕴，高尔基也强调从民间生活取材。俄罗斯文学巨擘们的优良传统深刻地影响了十娃子的诗歌创作。十娃子的诗歌从内容到形式，都与民间文学有着十分密切的联系，如他的诗歌《青梅里边的古今儿》《心狠——折本》《唱曲子的心》《败掉的桂花》等，直接取材于民间传说。此外，《柳树枝儿》与《我的松树》

---

① 徐稚芳：《俄罗斯诗歌史》，北京大学出版社 2002 年版，第 61 页。
② 中国民间文艺研究会：《苏联民间文学论文集》，作家出版社 1958 年版，第 121 页。

则采用了东干民俗，这一切反映出他对于民间文化的重视。

　　3. 俄罗斯文化中对社会底层的生存境遇所坚守的人道主义精神，对十娃子的诗歌创作也影响巨大。因为人道主义是俄罗斯民族精神的内核之一，影响着人们的道德判断和价值取向，"人性是俄罗斯思想之最高显现……人高于所有制原则，这一点决定了俄罗斯的社会道德。对于丧失了社会地位的人、被欺辱的与被损害的人的怜悯、同情是俄罗斯人很重要的特征。"[①] 俄罗斯古典作家把人道主义作为文学的灵魂，20 世纪俄苏作家也把人道主义作为文学创作的核心理念。苏联美学家阿·布罗夫鲜明地提出艺术应该以描写人及其生活为主要任务，他写道："艺术没有人道主义，没有对人的爱是不可想象的。人道主义，是崇高的艺术的活命之水，是艺术存在的条件。对于真正的艺术家来说，人道主义是他的性格中真正的职业特点。"[②] 十娃子创作过一系列反映苏联卫国战争的作品，不仅表现了诗人的爱国主义精神，同时也充满人道主义的人文关怀。如《仗就是他》写战场上两个士兵互相射击，结果一个被击中，立即死去，麦地里添了一个新坟，但是"家呢媳妇等的呢，/连花儿一样，/成下年轻寡妇哩，/她太孽障。/但怕小孩哭的呢/——阿妈，你说，/多会我大回来呢，/他可抱我？"而对于活着的士兵来说："明儿你也折掉呢，/连他一样，/可续一个新坟呢/打世界上。/你的媳妇也哭呢，/眼泪不干……"《我也是兵》里也有类似的内容："可是对头打来哩，/连狼一样……看起就像也是人，/连我一样。/——哈巴（大概），也有老娘。/我肯思量……"在《俄罗斯不要仗》《妻人的歌》《英雄的无常》等诗歌中，也饱含着诗人的人道主义情怀。

　　（三）十娃子的俄罗斯情结

　　近年来，情结概念的使用已经以泛化的方式融入了人们的日常生活。下文所谓"俄罗斯情结"，是指纠结在作家心灵深处对俄罗斯文化

---

　　① 〔俄〕尼·别尔嘉耶夫：《俄罗斯思想》，雷永生、邱守娟译，生活·读书·新知三联书店1995 年版，第 88 页。

　　② 〔苏〕阿·布罗夫：《艺术的审美本质》，高叔眉、冯申译，上海译文出版社 1985 年版，第 143 页。

的眷恋、对俄罗斯土地及俄罗斯民族国家的热爱，体现在其作品中则是对俄罗斯民俗事象的描写及俄罗斯人物、事件的反复呈现。

1. 对俄罗斯文化的眷恋。俄罗斯文化对于十娃子这代人来说不仅仅是爱好，同时也是一种价值取向和精神情怀。按照玛凯耶娃的说法，十娃子在塔什干教育学院上大学期间，就酷爱俄罗斯古典诗歌，参加过学校的文学爱好者小组，参与编辑手抄杂志《大学生》，并在上面发表作品。他还把普希金、马雅可夫斯基、涅克拉索夫等诗人的诗歌译成东干文。十娃子对普希金非常尊崇，他在诗集《淡蓝色的河》中如此描写普希金："而今，我默默无闻的人民了解了你——神奇的歌手，他们称你为亲人"①。他在诗歌中多次提到普希金，如《我四季唱呢》："我也不争莫斯科/——普希金的城。/我也不看大场子，/就像普希金。/也不叫谁念过（思念）我，/把我记想。/我也不想当遗念儿/变成铜像。/因此是我不想完（死）。/我永不完。/成千年家我活呢，/伏尔加一般。"他的诗《箭毒木》是模仿普希金的同名诗歌写成的。1937 年普希金逝世 100 周年纪念时诗人用东干文翻译出版了普希金诗集。普希金作为俄罗斯民族文学的奠基人，他的历史重任是创造美与和谐，普希金的诗篇内容与形式都体现出和谐与均衡之美，能勾起人对美好生活的憧憬，他的诗歌中多的是生命的微笑。② 十娃子很好地继承了普希金的诗歌精神，在他的诗歌中，我们感受到的同样是对真、善、美的礼赞，对生活的乐观态度与热爱之情。正如钦吉斯·艾特玛托夫所说："亚斯尔·十娃子的诗歌中隐含着高尚、无私与感恩之情，这种情感能给人增添新的力量，并使人的精神振奋起来。"③ 十娃子把热爱人民、热爱祖国、颂扬光明、赞美美好的心灵和真挚的爱情、崇尚真善美、鞭挞假丑恶的主题，整整歌唱了一生。④ 十娃子对祖国、故土的热爱不仅表现在

————————

①　Макеева Ф. Х. Становление и развитие дунганской советской литературы: Кыргызстан, 1984，48.

②　顾蕴璞：《诗国寻美——俄罗斯诗歌艺术研究》，北京大学出版社 2004 年版，第 21 页。

③　Ясыр Шиваза. Лунные строки. Илим，2006，42.

④　杨峰：《文化先驱民族诗魂——纪念中亚著名东干（回）族诗人亚斯尔·十娃子》，《回族研究》1999 年第 1 期。

对历史故国——中国的向往，同时也体现在对出生地与居住地——中亚及俄罗斯土地的深厚感情："你还旺呢，返青呢，／连花儿一样。／还洒落呢，哈萨克斯坦，／我的亲娘。"（《我的共和国》）其中把哈萨克斯坦称为亲娘；《我的乡庄》中诗人把中亚回族乡庄梢葫芦称为"亲娘"。此外，他在《营盘》《我去不下》《楚河》《天山的天》《吉尔吉斯斯坦》《我的伊塞克湖》等许多诗歌中，表达了对中亚这片养育过他的厚土的热爱之情。如他在《营盘》中写道："我在营盘生养哩／营盘呢长，／在营盘呢我跑哩，／连风一样。／营盘呢的一切滩，／一切草上／都有我的脚踪呢。／我咋不想？／／在柏林的场子呢／我也浪过，／可是它没营盘的／草场软作。／我在罗马的花园呢／听过响琴，／可是癞呱儿（癞蛤蟆）的声气／没离耳缝。"十娃子在《给莫斯科》这首诗中，把自己对俄罗斯土地的依恋之情写了进去："我盼望哩：仗打罢我回了家，／天山顶上我唱曲儿，也唱造化（大自然）。／盼哩三年，莫斯科，我没睡觉，／可是把你没撂下，口唤（真主的旨意）没到。／／昨儿个把我叫进去，说的消停：／你回去呢，诗人啊，高兴，高兴！／我没高兴，莫斯科，不然森扎，／石头掉到心呢哩，就像针扎。／／你太亲近，莫斯科，把你难剩，／我太后悔你不是我的热心。／但是热心你四季胸膛呢藏，／把心打开满各处（到处）我会夸奖。"卫国战争结束后，十娃子在莫斯科服役一年，他深深爱上了这座古老而美丽的城市，这首诗是他的俄罗斯情结的真实流露。

2. 十娃子的俄罗斯情结，还体现在其作品中对俄罗斯民俗事象的描写及俄罗斯人物、事件的反复呈现。民俗是一个民族主流文化的历史积淀，最能体现一个民族的文化心理。十娃子诗歌中的《运气汗衫——俄罗斯民人的古话儿》是对俄罗斯民俗的描绘："穿的汗衫儿养下的，／——我听得多。／这个俏话俄罗斯的，／谁没听过。／光是汗衫运气大，／也不简单。／谁但养下穿汗衫，／运气像山。"俄罗斯人认为孩子出生穿汗衫，是一生幸运的好兆头；谁要是能逢凶化吉，就称为穿了运气汗衫。十娃子诗歌中俄罗斯民俗的化用，显示出诗人对俄罗斯文化的谙熟。俄罗斯的人物也经常出现在十娃子笔下，如："你但（如果），联手

（朋友），上哩天，/尤里一般，/我请你到月亮上，/慢慢儿你转。"
（《你上月亮》）；"连加加林攥手哩，/就像弟兄。/浪（逛）的好吗蓝
天上，/我的英雄?"（《我的命大》）其中的"尤里"及"加加林"指
的是俄罗斯宇航员尤里·加加林。

　　《女画匠》中写一个女学生虽然"黄嘴还没褪掉呢"，可是她"把
瓦洛加画活哩，/就像有命"。其中的"瓦洛加"就是列宁的名字；《脚
印》里也写到了列宁的画像。长诗《在我们的营盘呢》中，描绘了苏
联社会主义制度下东干人的幸福生活：乡庄有了电站、医院、俱乐部、
康拜因、拖拉机等；东干农家有了电话，书柜里放着高尔基的《母亲》，
广播里播放着莫斯科广播电台的节目。从东干人的物质与精神生活中，
都体现出浓重的俄罗斯—苏联文化氛围。俄罗斯的历史事件同样经常出
现在十娃子的诗歌中："'阿芙乐尔'的炮响哩，/天摇地动。"（《我的
住号》）；"那会儿我还年轻来，/翅膀没硬，/黄嘴还没褪掉呢，/我还
没劲。/彼得城呢也没跑，/连风一样，/涅瓦河呢没洗澡，/没翻大
浪。/我也没见'阿芙乐尔'，/革命的船，/听话（听说）炮的响声
大，/飞得也远。"（《嗡声》）其中"阿芙乐尔"号巡洋舰、彼得格勒等
是俄罗斯历史的回声。总之，要使文学走上健康发展的道路，就必须吸
纳先进的文化，同时又要发掘本民族优秀的文化传统。十娃子以民族文
化平等的立场，以开放交流的姿态，平等的对话精神，积极吸纳俄罗斯
文化及其他周边民族文化的精华，以丰富与发展本民族文学。正如东干
文学研究者常文昌教授所说："作为苏联的少数民族诗人，十娃子受主
流文学俄罗斯文学的影响是毋庸置疑的；另一方面，诗人又要坚守属于
自己民族的独特文化。"①　为此，他的诗歌不仅深受东干读者的喜爱，
而且在俄罗斯及吉尔吉斯读者中很受欢迎，人们称他为苏联各族人民友
谊与兄弟般团结的歌手。他的诗歌不仅给自己带来了巨大的荣誉，而且
为东干文学乃至整个世界华语文学带来了崇高的声誉，具有重要的文学
价值和文学史意义。

---

　　①　常文昌：《亚斯尔·十娃子的创作个性与文化资源》，《中央民族大学学报》2009 年第 2 期。

四　东干诗歌的月亮——十四儿

伊斯哈尔·十四儿（1954—　　），是继十娃子之后，中亚东干诗坛上最富于创新精神且成就最高的诗人。此前，我们称他为东干诗坛上的"黑马"①，现在又称他为"东干诗歌的月亮"，这是我们读了《快就夏天飞过呢》后产生的新的想法。人们称赞普希金是俄罗斯诗歌的太阳，莱蒙托夫为俄罗斯诗歌的月亮，普希金诗歌照耀了俄国的阳面，莱蒙托夫则照出了俄国的阴面。② 如果说，十娃子是东干诗歌的太阳，那么十四儿便是东干诗歌的月亮。前者更多地反映了东干族生活和精神的阳面，后者对东干族阴面的探究更为深刻。

十四儿是吉尔吉斯斯坦科学院东干学与汉学中心的学科带头人，语文学博士，在东干民间文学研究方面，成果卓著。同时又是诗人，先后出版了东干文版诗集《青年》《还唱呢》、俄文版诗集《丰富的内心世界》（合著）、中文版诗集《梢葫芦白雨下的呢》。而新近出版的《快就夏天飞过呢》，收录了他绝大部分诗歌创作，共 355 首。该诗集的出版，被当作东干文学的"重要事件"（尔里·张语）。这本诗集是用原汁原味的东干语言写成的。除了新作之外，旧作几乎全都修改过，包括诗歌形式与内容都有不同程度的修改。因此，毫无疑问，这是研究十四儿诗歌创作的重要资料。以下拟从几个方面加以论述。

（一）

十四儿诗歌的一个重要特点是深沉的忧郁，相当一部分作品体现了他的忧郁情结。其忧郁来源于回族的民族记忆。在中国历史上，回族发挥了重要的作用。元朝，作为色目人的回族地位高于汉人，明朝重视回族的军事家和政治家。到了清代，回族遭受严重的压迫，举行大规模起义，被镇压下去，造成悲惨的结局。在东干文学中，都有不同程度

---

① 常文昌：《十四儿的创作与东干文化资源》，《广东社会科学》2008 年第 5 期。
② 顾蕴璞：《普希金与莱蒙托夫》，《俄罗斯文艺》1999 年第 2 期。

的民族记忆，而最突出的，将民族记忆升华为大量诗歌作品的要首推十四儿。

十四儿给笔者的信中说："我尝试以诗人的观点描述我们小民族（中亚东干族）的精神历史，不管何时我都没有忘记我们民族悲剧式的历史，因为我的血管里流淌着回族血液。中亚回族是一个忧郁的民族，悲剧成分积存在他的性格中。由于这个原因，我的诗歌被许多人称为'忧郁的诗'。民族的忧郁，经常活在我心中，自然表现在我的作品中。"[①] 这一段话，是我们理解十四儿忧郁情结的一把钥匙。

先看十四儿与阿卜杜拉民族记忆深处的共鸣。阿卜杜拉是中国回族诗人，可惜，国内很难找到他的作品及其介绍，连新近出版的 320 万字的皇皇巨著《中国回族文学通史》，也未提到他。可是苏联时期 20 世纪 50 年代的著名杂志《星火》介绍过阿卜杜拉，是 19 世纪陕西回族诗人，并发表过他的几首俄文译诗。汉语原诗未找到，其中有一首《给后辈的信》由俄文译过来，结尾说："世上什么都有，一切都为人，／只是回回一无所有。"这是震惊人心的诗句，难怪十四儿称赞阿卜杜拉有惊人的诗歌天赋。两位诗人的共鸣在于对回族悲剧命运的认同。

十四儿是有民族责任感的诗人，他总是不能忘记东干族的过去，审视东干族的现在，思考本民族的未来。纳伦是东干人最早西迁到达的地方，在《纳伦·夜晚·滩道》中诗人仿佛听到了先祖卢罕儿（灵魂）呼喊的声音，他们"为找安稳／打天山／翻过来，／到这儿／进了坟"。又冻又饿，死掉了。这是东干人不能忘怀的民族记忆。诗人访问宁夏首府银川，回国时写过一首《回家》，既抒发了对历史故国故土的眷恋，又发出了寻根的追问："再见！我的连心哥儿，／贵温存银川，／我的祖辈的家乡，／在这个尔兰（世界）。"回族的根又上溯到阿拉伯，诗人便进一步追问："亲家待在哪塔儿呢，／暗藏金圪塔，／就像每一个回族，／我全不知道。"

东干作家爱莎·曼苏洛娃曾写过《我有两个祖国》，一个是中国，

一个是吉尔吉斯斯坦，反映了海外华裔的普遍感情。而十四儿诗歌中的
"家在哪儿？"和"没有祖国"却是与众不同的深刻思考。《回族》（此
处为"七·五"体形式）沿"回"字生发："回族，回回，老回回……/
快就两千年/你在世上转的呢，/不知道识闲。//哪塔儿没你的脚踪？/
中国，吉尔吉斯斯坦，/美国，法国，马来西亚，/印度带台湾……//往
几时你还回呢？/心咋不定？/你的家在哪塔儿呢？/哪是大高兴？"诗人
迷惘，回族的家究竟在哪儿？与此相联系，诗人在《太难活这个世上》
写道："太难活这个世上/没有祖国，/没人给你给帮凑，/你不是谁！"
这是振聋发聩的诗句，可见诗人忧郁情结之深沉。

　　诗人的忧患意识还表现在对回族命运的关怀上。东干诗人都关注民
族的"运气"，十娃子写过好几首关于运气的诗，爷爷没有找到运气，
爸爸也没有找到，"我"在苏联时期，找到了运气。十四儿也写过几首
关于运气的诗，统统都是否定的，没有找到过运气。他的《运气》说：
"我爱思想：找运气呢/把大劲花上/给自己，回民，全世人/在整世界
上。//光是……如今就不说/给全世界人，/我把运气没找着/先给我个
人。"在《我的亲爱的梢葫芦》中说，也许运气太贵，每一回都给脊
背。《太难活这个世上》说："白白世上活的呢，/缺短运气。"运气，
就是幸运，幸福。十四儿甚至写运气哪怕擦肩而过，你总是不能掌握。
这些诗都充满忧郁的抒情氛围。

　　诗人对东干命运的关怀，还表现在民族自省与自我批判意识上。在
歌颂东干族优秀传统如《回族马队》等的同时，还批判了东干人的目
光短浅和缺乏远见，这类代表作品如《单另人》："单另人都望的呢/望
前，望远，/咱们的人望的呢/望脚面前。//单另人都找运气/在文明
上，/咱们的人找运气/在银钱上。//单另人都为亲族/把命都舍，/咱们
的人为咱们/不给背雪。""不给背雪"，就是不愿付出任何贡献。东干
格言说："君子为众人上山背石头，小人为自己爬渠溜壕沟。"石头，
何其重，而雪，何其轻。连雪都不愿背，还能付出什么？"单另人"就
是别的民族。这首诗，难能可贵之处在于站在民族的乃至人类的制高点
上，作自我批判，与哈萨克大诗人阿拜的民族自我批判意识有异曲同工

之妙。

十四儿的忧郁还表现在对悲剧命运的抒写上，如《咱们待概一拿径》，这首东干文诗一般读者读起来比较费劲，这里我们将同一首但题为《我们活在世上》的俄文文本译出："我们活在世上/就像参加赛跑的马，/哨声在头上响起，/鞭子吓人的抽打/可怕！"……"我们不能从这样的鞭子下逃离，/我们顺从地奔跑……/汗水流成小溪，/热气从鼻孔上升……/刹那间——弦要绷断，/由于劳累而阵亡。/唉，后面的马还在飞驰，/赶上、超过、践踏我们，/而另外一些马又追上它们——/于是隐没在尘土中……"人生就在这样的角逐中，直到倒下为止。这样的悲剧描写令人触目惊心，忧郁情结升华为震撼人心的壮美诗篇。由此可以洞见十四儿诗歌的艺术境界和高超的艺术表现力。

诗人的忧郁情结，决定了他的艺术选择。在艺术渊源上，他受莱蒙托夫等诗人的影响最大。当笔者问到十四儿最喜欢哪些诗人，他回答道："我喜欢的诗歌作品和诗人是莱蒙托夫、勃洛克、叶赛宁、席勒、海涅、李白、杜甫、辛弃疾、芭蕉、石川啄木和许多别的诗人。也许因为这些伟大诗人也总是有不同程度的忧郁，对于不完美的现实存在，社会生活中的不公正，人类道德的不完善，特别是改变世界的无能为力，人的生命的瞬息即逝等等的忧郁。"[①] 十四儿与他们产生了共鸣。在这些诗人中，笔者以为，他受莱蒙托夫影响最大，在十四儿诗集中，也可以看出来。莱蒙托夫一首著名的诗《云》，打动了多少读者。十四儿有一首《云彩》，注明"照住莱蒙托夫"，即模拟莱蒙托夫的《云》。更主要的是，他的某些诗的格调和对人的心灵的震撼，都使人将他与莱蒙托夫联系起来。

（二）

十四儿诗歌的另一重要特点是哲学思考。《快就夏天飞过呢》简介中说："这一本书上的诗文是作家临后几年里头做造出来的。在自己的作品上诗家观看尔兰的昨天、今天再么是明天的秘密。文学家实心实意

---

① 十四儿俄文回信，2015 年 6 月 26 日。

使用哲学思想表说体己的谋想的呢。"这一段话道出了十四儿诗歌与众不同的特色——哲学思考。

十娃子诗歌中有一类是哲理抒情诗。而十四儿的哲理抒情，与十娃子不同的是，具有现代主义倾向，其中不少是现代主义的主题。这类作品也充满忧郁感，但是已由对民族的关怀上升到对人类的关怀。

十四儿的哲学思考首先表现在强烈的时间意识与自觉的生命意识上。由时间意识出发，对人的生命瞬息即逝，表达了深深的忧虑。《时候儿带人》（时间与人）说："时候儿没无常——有永总呢，/人没永总——有无常呢……"时间是永恒的，生命存在于刹那间。时间在宇宙中流动不息，而"人……净在一坨儿站的呢。/到活上，打活上，再没路！"是说，人被拴在一处，除了上班下班之外，没有别的路可以选择。还有两首类似主题的诗也令读者过目难忘，一首是《儿童》即童年："你走掉……一天赶早，/给我留颇烦，/就像白雨猛下过，/没叫维囊（跳舞）完。//你走掉……慌慌忙忙，/我没禁挡住，/那天我头逢头事/不由个人哭。"童年悄然逝去，一般人可能没有感觉到，而十四儿却以形象的艺术让你强烈地感觉到了。童年像白色可爱的鸟儿扇动翅膀，盘旋了一阵，头也不回地飞向远方，抒情主人公第一次哭了。这是为童年逝去而哭。另一首《丫头坐的哭的呢》：

丫头坐的哭的呢。

——咋哩？——太阳落的呢……
——那怕啥呢？出来呢！
——光是一天走掉哩……

下面接着说，丫头哭了，为什么？星星落了；丫头哭了，为什么？早霞消失了。尽管星星还会出来，早霞还会升起。但是时光飞去了。在一般人看来极平常的事，诗人却将事态严重化，用小女孩哭泣一天的逝去，唤醒人们的时间意识和生命意识。这种哲学思考，在十四儿笔下，具有震撼人心的艺术效果。

十四儿的哲学思考还表现在对人的生存状态的描述上。前面我们举过他的人生就像赛跑的马，直到倒下为止。这里再看他的另一首《在世上》（又名《活在世我像犍牛》）："世上／我好像犍牛，／在光阴上绑的呢。／把光阴（你带我的光阴）／硬挣得往前拉的呢。""光阴太重，／我把一满的劲攒上／一步儿，一步儿拉的呢。／板筋呢揽筋爹起——／只格谋断掉呢，／可是锨板子牢实，／在脖子上驾的呢。／只格谋钻红肉呢！／汗点子往下滚的呢，／像青石头。"人被拴在光阴（生活）上，像犍牛一样拉着重负，艰难地前行，没有出路。这就是人的生存状态。另一首《路，路……世上多少路》写道："路，路……世上多少路，／就像蜘蛛网；／一条到深树林呢，／一条到山场……"蛛网般的路，看起来路很多，其实是个迷宫，你不知道哪一条是正确的路。结尾仍是困惑："人，咋么往你跟前／把路能找着？"

人的生存状态如此，怎么改变呢？十四儿又感叹改变世界的无能为力。他的《在睡梦地呢》说："我睡的呢……／睡实的，没睡实的——／不知道。／汗不住地淌的呢，／夜晚太蒸！／身上红火蒸的呢。／我觉谋的就像／在锅底下扣的呢。／高头一个窟窿儿，／太难出。"锅底下火越烧越旺，锅里面越烤越热。"我照住窟窿儿光望的呢，／帮凑不来。／心也没心再跳，／想站下呢！／猛猛地，／你在蓝天上飞的呢。／跟上我走——／你的眼睛说的呢。／我想说呢：我太想去呢——／可出不去……"心想出去，可身子出不去，写出了理想与现实的矛盾。

十四儿突出了悲剧色彩，但并不是悲观主义者。他要摆脱羁绊，追求和向往自由。《黑马从滩道跑掉哩》就是这方面的代表作品，诗人写道：

> 黑马从滩道跑掉哩，
> 热头压西山的时节，
> 照住迟气跑掉哩，
> 化到光里头渐渐。

　　　　黑马从滩道跑掉哩

　　　　那塔儿水多，青草不欠，

　　　　那塔儿新鲜风刮的呢，

　　　　那树木青草甜甜。

　　　　黑马从滩道跑掉哩，

　　　　把缰绳忽然扭断。

　　　　是谁把它没挡得住，

　　　　晚上照住大宽展。

　　这里的"迟气"是晚霞，十四儿诗中的"早气"是早霞。"大宽展"俄文版译为自由。全诗主体意象是黑马，黑马挣断了束缚它的缰绳，向着自由美好的地方跑去。是一首非常优美的象征诗。

　　十四儿诗歌的忧郁与时间意识和生命意识，及对人的生存状态的思考，正好揭示了东干族及人类精神世界的阴面，我们称他为东干诗歌的月亮。相反，十娃子是播种快乐的诗人，乐观是他作品的主调，抒发了苏联上升时期东干族精神生活的阳面，我们称他为东干诗歌的太阳。

（三）

　　十四儿诗歌是丰富多彩的，除了忧郁与哲学思考外，其他方面也有突出的艺术贡献。首先，爱情、亲情、乡情在十四儿笔下都化为美好的诗篇。

　　《我爱呢》，是一首奇特的爱情诗，不但别的诗人没有这样写过，就连十四儿自己也很少写这种风格的诗歌。如此描写忠贞不渝的爱情：

　　　　把两个活腿剁掉，

　　　　有绵手呢，

　　　　只要是喊红爱情，

　　　　我总走呢。

把两个手也揪掉，

有眼睛呢，

只要是喊红爱情，

我看清呢。

把两个眼也挖掉，

有耳朵呢，

只要是喊红爱情，

我听着呢。

把两个耳也割掉，

有思想呢，

只要是喊红爱情，

我总想呢。

把思想也都收掉，

有热心呢，

只要是喊红爱情，

我答应呢。

把热心也掏出来，

泡到碗呢，

光……里头的红爱情，

永世喊呢。

以近乎血淋淋的画面衬托至死不变的爱情，完全不同于传统的典雅情诗。你不得不惊叹，这是一首绝妙的诗，惊叹诗人惊人的艺术想象力和创造力。

再看十四儿写母亲的诗《我的心呢——给我的母亲》，这首诗有两个版本，此处用他最初的版本：第一节"我的心呢/有一个顶俊样曲子呢，/梅花一样，在白雪地呢。/那个曲子，顶俊样曲子，/就是你，阿妈，里边曲子。"把母亲比成世界上最美的一首曲子，美如白雪地里的梅花。第二节，写母亲是世界上最喜爱的曲子，走到哪里唱到哪里。第三节，说母亲是世界上最长的曲子，没头没尾，永世唱不完。第四节说母亲是顶颇烦的曲子，是黑明昼夜不能忘怀的曲子。最后一节即结尾："我的心呢/有一个顶难心曲子呢，/太难唱出去。眼泪搅打。/那个曲子，顶难心曲子，/就是你，阿妈，里边曲子……"母亲，是心中最美最爱的歌；母亲，又是最长的永远唱不完的歌。母亲去世了，是最叫人心里难过的歌。表达了对母亲的无限热爱与绵绵不尽的思念之情。形式上，回环复沓，一唱三叹。是一首歌颂母亲的佳作。

乡情，是海外华裔文学的共同主题。东干诗歌中的乡情也很突出，十娃子是写乡情的高手，他的《营盘》最受推崇。拉阿洪诺夫写乡情的《花瓶》，被谱上曲子后，广为传唱。东干乡庄，是东干人的聚居地，具有特殊的意义，不仅是东干族生产和生活的地方，同时也是东干人的文化和宗教场所，又是精神家园。十四儿诗歌既有某些反传统的因素，同时也有对传统的继承，其乡情就是继承了东干诗歌的传统。《一回》写抒情主人公死后，请求把他送回老家，埋到滩道上，这个顿亚上最好的天堂，头枕石头，黑土当褥子，蓝天当被子，静静地睡去。当春天到来，他的头颅上眼眶里开满了美丽的鲜花，那是他曾经许给爱情的花朵。这是何等深厚的乡情啊！《雨下的呢梢葫芦》，写雨中的故乡梢葫芦，别有一番情趣。

白杨树，是东干诗歌的特有意象，在诗人笔下，白杨"笑笑打打/在雨地呢唱的呢，/不知道乏"。雨中，农家的房门大开，都在欢迎这场雨。最高兴的是雨中的孩子："小孩子在院子呢/连笑带喊/接雨的呢，耍的呢/精脚两片。"雨中的梢葫芦一派勃勃生机。诗人摄取了雨中的几个画面，抒发了对故乡的热爱之情。《我的亲爱梢葫芦》开头写道："我的亲爱梢葫芦，/贵重金圪垯，/我的一寸绵王法，/心呢的杜瓦尔。"东干族对真主祈福叫接杜瓦尔，同时把写有经文的护身符也叫杜瓦儿。把乡庄比作"王法"和"杜瓦尔"，可见，乡庄在诗人心中的地位。

其次，再看他的公民抒情诗和生态诗。

十娃子写有不少公民抒情诗，十四儿注重民族性和人类性，而称得上公民抒情诗的作品不多，但有一首《祖国，你咋精脚呀》，是很有特点的东干式的公民抒情诗。这首诗的题目就很特殊，把祖国比作没有穿鞋的赤脚汉子。全诗是："祖国，你咋精脚呀，/鞋不穿上吗，/外头毛雨下的呢，/不怕感冒吗？//祖国，你咋精头呀，/刺玫也没戴，/头发乱都爹的呢，/就像老道来？//祖国，你的衣裳呢，/人家笑话呢；/你走哪呢去呢呀？/——要乜贴去呢！"用特有的东干方言，刻画了乞丐一样贫穷的祖国形象：精脚在雨中行走，头发乱蓬蓬，没有玫瑰装饰，甚至连衣裳也没有，哪顾得别人笑话？要去哪里？祖国回答，讨饭去。乜贴，阿拉伯语借词，即施舍。字里行间充满对祖国不幸的同情与爱怜。

十四儿笔下的生态诗给人留下深刻的印象。他是有自觉生态意识的诗人，《在城堡呢》说："啥没有呀，城堡呢，/由心的想，/当兀儿都到面前呢，/在手掌上。//就是！这儿啥都有呢，/没有短边。/光……没有乡庄的/白云蓝天。"先扬后抑，先褒后贬，先写城市生活条件的方便，要什么有什么，而且瞬间可以得到，完美无缺了。可是与农村相比，没有白云蓝天，失去了大自然，是对城市污染的批判。另一首诗《说是，山羊下来了》："说是，山羊下来了/昨天打山上，/那塔儿白雪全不消，/渗风好吼上。"野山羊在冰雪覆盖的山上无法生存，下山觅食，结果呢？诗的结尾是："说是，山羊下来了，/到乡庄的难……/剩哩一大片红血，/而折回上山。"重又返回山上的野山羊，等待它们的是死亡。人类非但缺少保护动物的意识，而且还肆意掠杀。这同十四儿的另外一首自古以来人类对野马群的掠杀属于同一主题。

由此可以看出十四儿诗歌内容的多样性与丰富性。

（四）

最后，再来看十四儿诗歌的形式和艺术上的特点。

东干诗歌的排列形式，不拘一格。十娃子创造和运用最多的一种形式是"七·四"体，上句七个字，下句四个字，下句往往是对上句的补充和形象化。如《我爱春天》开头，"一朵鲜花开的呢，/就像火焰。"这种形式在东干诗歌中影响颇大。拉阿洪诺夫、依玛佐夫、曼苏洛娃都运用过这种形式，更年轻的诗人也运用这种形式。有趣的是十四儿以前的诗歌也有不少运用"七·四"体。到了《快就夏天飞过呢》中，没有一首"七·四"体，连以前的"七·四"体旧作也全部改成"七·五"体了。很明显，十四儿是一个不安于现状的诗人，他似乎要有意摆脱十娃子的影响，自创另一种排列形式。比如，原作《我想》收入《还唱呢》诗集时这样排列："我想一顿剁掉呢/把刀拿上，/把活过的花日子，/再不提想。"这首诗收入《快就夏天飞过呢》中，诗题改为《我想一刀切掉呢》："我想一刀切掉呢，/没心劲思想，/把活过的花日子，/再不想提想。"类似的作品还有《黑铅重的黑云彩》，原诗为"七·四"体，收入《快就夏天飞过呢》变成"七·五"体。个别"七·四"体旧作的四言句中国人读来稍觉别扭，但改为五言句，就顺畅多了。如《咱们就像影影子》原作的"我有自甜"改成"我有自己甜"；"我有自难"改成"我有我的难"。这一改动不仅是形式的变化，意思也醒豁了。十四儿想建立一种与十娃子不同的新的诗型——"七·五"体，在《快就夏天飞过呢》中，这种形式运用也很熟练。但是，别的诗人能不能像仿效十娃子一样，普遍运用这种形式，还需要时间证明，现在还难以预测。尽管如此，十四儿的这种创造精神，无疑应当给予充分肯定。

十四儿的诗歌创作，还有一个动向就是不断吸收汉语新词，这在《快就夏天飞过呢》中可以看出来。尽管这种吸收是缓慢的，还不是大量的，但是读的过程中，仍然可以感受到。如《阿妈，再不哭哩哨》中"阿妈，再不哭哩哨，/我回去呢，/明天就打票去呢，/想坐飞机呢"。东干人一直把飞机叫"风船"，十娃子的名诗《在伊犁》，写坐风船到伊犁。十四儿这首诗里，不再用风船，而写成现代汉语新词"飞机"。又如《开春川呢转的呢》中说"树上雀儿开会的呢"。东干小说中都叫"坐会"，这是东干人自创的新词，而十四儿这里用现代汉语"开会"代替了"坐会"。东干人把湖叫"海子"，十娃子诗中把伊塞克湖就叫海子。十四儿的《在海边呢》原诗"我后晌到海子边呢/在湿沙子上用指头/一个连一个写字哩"。这首诗收入《快就夏天飞过呢》改成"我后晌在湖边呢，/细石沙子上，/写了一段小诗文，/因为改心慌"。将原诗七言句改成他的"七·五"体，同时将东干人惯用的"海子"改成"湖"，与现代汉语接轨。这类例证，还可以举出一些，如"工作"这个词，杨善新编的《东干语—俄语简明词典》1968 年版中找不到，因为东干不叫"工作"，而叫"活儿"。十四儿诗句"到活上，打活上，——再没路"（《时间带人》）就是上班，下班，没有别的路。可是 2009 年的增订版《东干语—俄语简明词典》中就有"工作"这个词。十四儿的《拾掇表》（修表）一诗有"工作"这个现代汉语新词。一般科技新词，东干语中没有，多半借用俄语词汇。十四儿《清早儿》开头"天上星星跌的呢/转成红火箭"。这里的"火箭"就是现代汉语词汇。如果将十四儿和十娃子作一比较，显然十四儿的作品中汉语新词汇更多。其实，这也可以看出东干语渐进的缓慢的变化，吸收汉语新词是一个趋势。

　　十四儿诗歌的又一特点是，虚拟与写实并用，特别是整首诗用虚拟的幻想的构思创造一种动人的艺术境界，读来给人一种空灵、神秘的感受。我们发现有的东干诗人太实，无法从写实中跳脱出来，也就无法将诗升华为更高的艺术境界。十四儿的《黑马从滩道跑掉哩》，渴求自由，挣断缰绳的黑马是一个象征，充满哲学思考，但是这是虚拟的情景。《丫头坐的哭的呢》，也不是写实，现实生活中哪有太阳落了，霞光消失了，由此而引发小孩子哭泣的事呢？诗人虚拟性的艺术境界却让人心灵受到震撼，往往比写实更动人。十四儿的另一首《运气房子》充满神秘感："有个奇怪房子呢/甜蜂蜜世上，/光是它在哪塔儿呢，/谁都说不上。"人人都向往的运气房子，能给人带来好运，可是，"好少人把它找过，/总在哪塔儿藏，/光是谁都没找着，/它先没影像"。这个运气房子太神秘了，读来兴味盎然。这首诗似乎受十娃子影响，却立意相反。十娃子借俄罗斯民间说法，写过一首《运气汗衫儿》说，十月革命给他穿上了运气汗衫，一切都走运。十四儿却说，运气房子好房子，可是谁都没找着。两首诗都很神秘，因此产生了迷人的艺术效果。

综上所述，我们有理由称十娃子为东干诗歌的太阳，十四儿为东干诗歌的月亮。这样讲，并不排斥其他诗人作为东干诗歌星星的地位。

东干诗歌的现状及其发展趋势怎样？这里我们提供两种情况：一是整个东干语言能不能长期保留下去？有人主张东干语向现代汉语过渡，以利于东干人与中国人的交流。哈萨克斯坦东干协会主席安·胡塞等提出过这样的意见，但未得到东干语言学家的认同。二是东干文诗歌创作在弱化。东干文学也在不断发展，但是许多年轻人都用俄文创作，诗歌也出现俄文写作的趋势。这两种情况都反映出原汁原味的东干文学创作不容乐观的趋势。鉴于这种情况，我们深感现存的原汁原味东干文学弥足珍贵，亟待收集保存，并加大研究力度。

五　东干诗歌的演变——从十娃子到十四儿

东干书面文学从十娃子的《亮明星》算起，已有近 80 年的历史，其诗人大体可以分为三代，第一代诗人有十娃子、马凯、马耶夫、杨善新、从娃子、马存诺夫等，其中大多为初期启蒙诗人，最有代表性的是东干书面文学的奠基人十娃子，他的创作延续了 50 多年，对东干诗歌产生了巨大影响。第二代东干诗人有拉阿洪诺夫、伊玛佐夫、曼苏洛娃等，他们的创作延续了十娃子的诗歌，没有大的变化。第三代诗人有十四儿、海彻尔等，其创作也有对十娃子的某些继承，但由于时代与艺术渊源的不同，社会价值观念的变化，以及诗人个性的差异，创作面貌发生了很大的变化，标志着东干诗歌的一大演变。以下着重以十娃子和十四儿为例，探讨其创作的异同。

（一）

在比较十四儿与前辈诗人十娃子的不同时，首先要看到其传承之处。两位诗人的相似之处，主要可以举出以下几点：

首先是强烈的东干民族寻根意识。十娃子的民族寻根意识与中国情结，可以《北河沿上》与《我爷的城》为例。《北河沿上》说，时候到了回中国老家，大舅高兴地迎接我们，团圆之日，我们会欢快得像蝴蝶一样，在黄河边上散步；时候到了还回麦加呢，阿拉伯老爸把我们当儿子一样迎接。道出了东干人认同的两个根：中国根与阿拉伯根。《我爷的城》写道："雪也落到头上哩，/我爷孽障。/眼眨毛上也落哩/一层毒霜。/心总不定，肯念过：/——我的银川。/哈巴还等我的呢，/老娘一般。/百年之前离别哩，/我连银川。/我也没说：——你好在，/没说再见……/把我哈巴忘掉哩，/那个大城。/但怕那塔儿也没剩/认得的人。"将中国情结、民族寻根意识表现得淋漓尽致。十四儿也始终没有忘记东干民族的根，没有忘记他们的祖先。《世上我也剩不多……》说"孽障民族，/他为造反/渡了多少宽海，/顶天的山"。在《纳伦·夜晚·滩道》中也回忆："亲祖辈/卢罕儿把我看见，/但想说一个/啥呢，/不敢言喘。/整一百多年早前/为找安稳/打天山/他翻过来，/到这儿进坟。饿的，冻的/完掉了……/望想没成！"卢罕儿，即灵魂。造反起义，翻越天山，成为东干人永远的民族记忆。两首诗都表明东干族的根在中国。在十四儿诗中，《回族马队》同十娃子诗歌的格调完全一致，对马三成领导的威震中亚的东干骑兵团的歌颂，充满了民族自豪感。白彦虎曾定居的著名东干乡庄叫营盘，十四儿在他的诗中将历史故国称为"老营中国"，也可以看出他的中国情结。十四儿还专门写过一首《回族》（此处为"七·四"体形式）关注世界各国回族的命运，诗中说："回族，回回，/老回回……快两千年/满世上你转的呢，/不知道闲。/那塔儿/没你的脚踪？中国，苏联，/美国，法国，蒙古国，/英国，台湾……""你的家在哪塔呢？/哪是鸿运？"值得称道的是十四儿还具有民族自省与民族自我批判意识，《单另人》就是这样的作品，将东干族与别的民族进行比较，批判了某些东干人不看长远，只看脚面，重利轻义，不顾全民族大局的短视行为。同哈萨克大诗人阿拜的民族自我批判意识有相通之处。

其次是乡情。乡庄对东干人来说，具有特殊的意义，东干乡庄不仅是东干人赖以物质生产与生活的场所，也是东干人的民族文化生活场所，同时还是东干人宗教及精神家园的处所①，因此东干人的乡情具有更为丰富的精神内涵。十娃子诗歌中的乡情极为浓烈，最典型的代表作是《营盘》，其中写道：

> 在柏林的场子呢我也浪过，
> 可是它没营盘的草场软作。
> 我在罗马的花园呢听过响琴，
> 可是癞呱儿的声气没离耳缝。
>
> 说是巴黎香油佘，我也洒过，
> 可是四季我闻的淬泥味道，
> 大世界上的地方多：上海、伦敦……
> 可是哪塔儿都没有营盘乡庄。

　　在诗人的感情中，世界上任何一个地方都没有东干乡庄营盘好，连罗马最美的音乐也比不上营盘的青蛙叫声亲切动听，可见诗人对乡庄的感情之深。十四儿的诗歌也继承了十娃子抒写乡情的传统，他的乡情诗中的地名多半都是真实的，如梢葫芦、纳伦等。《雨下的呢梢葫芦》是温暖的田园诗，雨中的乡庄更有情趣，小孩子的嬉戏把我们带入无忧无虑的人间乐园。这同十四儿的某些悲剧诗的格调截然不同，倒是更接近十娃子播种快乐的抒情诗。《我的亲爱的梢葫芦》把乡庄比作母亲，等待她归来的儿女，诗的开头写道："我的亲爱梢葫芦，/贵重老家，/我的心呢的杜瓦尔，/一寸王法……"将乡庄比作杜瓦尔，称为至高的王法，可见乡庄在诗人心中的地位。《一回》差不多化用了十娃子《我四季唱呢》和《把亮明星揪下来》等作品的诗意诗境，说诗人死后，不要高抬也不要深埋，把他送到乡庄的滩道——这个顿亚上的天堂里，黑土当褥子，云天当被窝，明月做灯，百灵唱歌，静静地睡去。对东干乡

---

① 常文昌、高亚斌：《东干文学中的"乡庄"世界及其文化意蕴探析》，《北方民族大学学报》2010 年第 4 期。

庄的这种感情同十娃子是一脉相承的。

在诗歌意象、诗歌形式方面，也可以看出十四儿对十娃子的某些继承。十四儿诗中不乏东干人物、东干地名、东干民俗。这里以白杨意象为例，看看两位诗人的契合点。如果说白桦是以叶赛宁为代表的俄罗斯诗歌的标志性意象之一，那么白杨，则是以十娃子为代表的东干诗歌的一个标志性意象。在俄罗斯人的观念中，白杨是不吉祥的，而东干人却恰恰相反，对白杨充满特殊的情感。十娃子多次歌颂白杨，十四儿《在俄罗斯》诗中也写道，在遥远的俄罗斯怀念家乡，首先想到的是白杨。十娃子创造的"七·四"体诗的形式，为许多东干诗人所采用，十四儿诗的形式比较多样，但部分作品也采用了十娃子的"七·四"体形式。

在文化身份上，两位诗人也有相近之处。一般说来，海外华裔作家都有身份认同上的矛盾与困惑，一方面要寻根认祖，认同本民族的传统；另一方面也要认同所在国的主流价值观与文化，东干作家也不例外。十娃子一方面写下了一系列公民抒情诗，作为苏联的一个公民赞颂自己的祖国，如《我的列斯普布里卡（祖国）》，称哈萨克斯坦为"亲娘"；另一方面，又表现了深深的中国情结与阿拉伯情结，在《北河沿上》等作品中又表示，遵从爷爷、太爷的话，时候到了要回中国，回阿拉伯。而在《我去不下》中又明确表示，自己的根已深深扎在了中亚，无法回到中国。到十四儿笔下，身份的建构上，同前代诗人既有联系，又不尽相同。他多次追忆民族的根，时而又流露出不能完全融入所在国，《太难活这个世上……》写道："太难活这个世上／没有祖国，／没人给你给帮凑，／你不是谁！"这种身份的书写，同他的现代主义艺术观不无联系。

在指出两代诗人相近之处的同时，此节着重论述十四儿与十娃子创作的不同之处，以勾勒出东干诗歌的演变轨迹。

（二）

十四儿与十娃子诗歌创作的不同首先表现在，十娃子处于苏联社会经济与人的精神的上升时期，因此其诗歌洋溢着乐观的进取精神；十四儿的创作则接近苏联解体时期，其部分作品流露出他的悲剧人生观。十娃子受社会主义现实主义的影响，其作品主要是现实主义，也兼具浪漫主义的风格，而十四儿则明显受西方现代主义的影响。

先看两位诗人对运气的截然相反的看法。十娃子写过几首关于运气的诗，最著名的一首是《运气曲儿》，抒写了几代东干人的命运："说是世上运气多，就像大河，/在满各处儿淌的呢，谁都能喝。/可是我总没见过，它避躲我，/但怕它不喜爱我，——/我爷肯说。//为找运气我渡了多少大河，/我翻过了多少山，比天都高。/可是运气没找着，命赶纸薄，/你说我的运气呢？——/我大肯说。//我把运气找着哩，就像大河，/就像伏尔加淌的呢，我由心喝。/我在里头凫的呢，就像天鹅。/世上我的运气大——/我也肯说。"十娃子始终认为，在清朝和西迁后的沙皇时代，东干人都没有找到运气，只有苏联时期才找到了好运。相反，十四儿则作翻案文章，多次坚持自己没有找到运气。《我的亲爱梢葫芦……》说"光是运气没有的，/许是太贵，/每一回他乖张的/光给脊背"。《太难活这个世上……》说"白白世上活的呢，/缺短运气"。《就是我太没运气……》也写道："就是！我太没运气/花光阴上。/每一天都找的呢，/它没影像。"多次反复强调抒情主人公与运气无缘。在十四儿笔下，不仅仅是个人没有找到运气，他还用了复数，《咱们短运气的呢……》说"咱们短运气的呢/乱光阴上"。甚至认为自己的民族乃至人类都没有找到运气，请看他的以《运气》为题的诗："找运气呢……给邻居，/给回族人，/我爱思想，在世上，/给世界人。/光是我还没找着/把运气根，/就不说给世界人/给我个人。"对运气的看法，十娃子是肯定的、乐观的，十四儿则是否定的、悲观的。

艾特玛托夫给十娃子的俄文版诗作序，不仅赞扬他对崇高人性的抒写，还肯定他播种快乐的主题。十娃子这类诗中有代表性的如《我种的高兴》："我种的呢把高兴，/连花儿一样。/把高兴籽儿撒的呢，/往地面上。/叫一切人高兴呢，/都叫欢乐。"播种快乐，是十娃子诗歌的主调。另一首《我背的春天》说："我背的呢把春天，/就像天山，/往大滩呢背的呢，/又往花园。/多少鲜花儿我背的，/清泉、月亮……/背的蝴蝶儿、五更翅儿（夜莺），/太阳的光……/往世界上我倒呢/把一切俊。"这是何等美妙乐观的想象。十娃子对生活的乐观态度贯穿于人生的各个阶段，老年后写的哲理抒情诗《有心呢》说："眼睛麻哩，都说的，/有多孽障。也看不见深蓝天，/金红太阳。可是没的，有心呢，/也是眼睛。/也看见呢，看得显，/心旦干净。//耳朵背哩，还说的，/有多孽障。也听不见姑娘笑，/炸雷的响。/可是没的，有心呢，/揣的热心，也是耳朵，听见呢，/把喜爱音。//谁有真心，也不怕/眼睛的麻。/也不害怕耳朵背，/听不见话。"这首诗为诗人 80 岁所作，上了年纪，眼睛麻了，耳朵背了，对一般人来说苦不堪言。可是诗人认为，只要心不老，加之老年人见多识广，就能看清年轻人看不清的事物，分辨年轻人听不明白的话语。这是十娃子才能达到的精神境界。

不同于十娃子，十四儿最好的作品所爆发的是其悲剧的美学力量，他将人生的悲剧呈现给读者，令人惊心动魄。如东干文《咱们待概一拿径……》，"待概"有释为"许是"不妥。有三个证据，甘肃庆阳方言"待概"与"待来"同义，即已经如此。而东干语言学家有两个版本的解释，杨善新《简明东干语—俄语词典》解释"待概"为生来。从娃子《回族语言的来源话典》没有"待概"，只有"待来"，释为原来。十四儿诗题中的"一拿径"，为一直。合起来的意思是，咱们生来就一直像赛马场上的跑马……诗人将人生比作赛跑的马，被希望的鞭子驱赶着不停地奔跑，结局却是："我们不能从这样的鞭子下逃离，/我们顺从地奔跑……/汗水流成小溪，/热气从鼻孔上升……/刹那间——弦要绷断，/由于劳累而阵亡。/唉，后面的马还在飞驰，/赶上、超过、践踏我们，/而另外一些马又追上它们——/于是隐没在尘土中……"十四儿《啥都没有久长的……》说："啥都没有久长的，/都有个完，/谁都没有永世的，/这个阿兰。"也是以悲剧的眼光来看待人生、看待世界的。

（三）

十四儿的现代主义创作倾向还表现在个体生命意识上，不同于十娃子的集体意识。

在集体与个体的关系上，十娃子作为苏联时期有"吉尔吉斯斯坦人民诗人"称号的作家，受社会主义价值观的影响，将个体融入集体。
"俄苏诗歌传统中，从涅克拉索夫到马雅可夫斯基都创作了颇有影响的
公民诗，十娃子受其影响，也创作了一系列公民诗。"① 诗人首先是一
个公民，一个战士，然后才是一个诗人。他不仅参加了伟大的卫国战
争，而且写下了许多关心民族命运、关心祖国前途的公民抒情诗。他也
关注个体生命，从人性的角度，从母亲的视角抨击过法西斯发动的侵略
战争，但更多的是关注民族的国家的乃至人类的命运。在十娃子作品
中，体现了强烈的公民意识与社会责任感。

　　十四儿诗歌中，缺少公民抒情诗，却凸显了他的个体生命意识。这
种个体生命意识与时间意识是密不可分的。他有自觉的时间意识，对时
间的感知，认为世界上任何事物都没有久长的，包括个体生命，都是稍
纵即逝的。在《时候儿带人》（时间与人）中写道："时候儿，时候儿……
不住过的呢/打面前呢。往远呢飞的呢。""人……尽在一坨儿站的呢：/
到活上，打活上，再没路！//时候儿飞过就进永总哩，/不剩——也不
变卦，也不灭。//人没处去——就在地面上/渐渐老掉哩……叫时候儿
收掉哩！//时候儿没无常——有永总呢，/人没永总——有无常呢……"
这首诗对时间与生命的感知是独特的，时间在飞驰，生命在死亡；时间
是永恒的，生命是短暂的。每天撕扯日历，对一般人来讲，已经司空见
惯，十四儿的《月份牌》却感觉到扯的是自己的"寿数"（生命）。他
的时间意识贯穿于许多诗篇。由于汉字失传，东干人失去了直接阅读中
国古典文献的可能，但是有时却能将古人的意思用最朴实的东干口语表
达出来。请看十四儿《不是！咱们没活的……》中的几行诗："今儿的
往明儿推的呢，/明儿的往后儿，/后儿个也有明儿个呢，/'明儿个'
没数儿……/就这么个临尾儿明儿个，/顶头明白，/一回落到面前呢，/
叫心后悔。"其诗意与中国的《明日歌》（明日复明日，明日何其多。
我生待明日，万事成蹉跎……）完全一样。

　　关于个体生命的生存状态。十四儿这样描述人与人之间的疏离，

---

①　常文昌、常立霓：《世界华语诗苑中的奇葩》，《兰州大学学报》2006 年第 2 期。

《汽车走的呢》（俄文版为《电车行驶……》）写道，下车的人走了，对我来说无异于死亡；我下车了，对别人，也无异于死亡。对个体的生存状态做了这样的比喻，如《在世上》把人比作犍牛，捆绑在光阴（生活）上，把光阴一步一步地往前拉，其命运与臧克家的老马相似。《在睡梦地呢》通过梦境来暗喻现实。梦里燥热难熬，像在蒸笼里，又像扣在锅底下。一个声音从蓝天上传来："跟上我走!"我太想逃出去，心出去了，可是身子出不去。这就是生命的困境。诗人急于摆脱种种束缚，向往广阔自由的天地，《黑马从滩道跑掉哩……》便是这方面的代表作品，结尾一节东干文是："黑马从滩道跑掉哩，/把缰绳忽然拽断。/是谁把它没挡得住，/晚上照住大宽展。"俄文版可以这样翻译："黑马向田野疾驰而去，/扯断自己的笼头后。/谁正在抓它——/它向自由跑去。"在十四儿看来，人的种种束缚都是生命的枷锁，生命的本质就是自由。黑马向往广阔的田野，向往徐行的晚风和香甜的草木，它挣断笼头和缰绳，奔向自由，融化在霞光里。诗的境界很美，题旨显豁，是诗人现代主义倾向的代表作之一，同第一代、第二代东干诗人的创作风格与思想倾向截然不同，标示出东干诗歌的另一走向。

（四）

十娃子在东干文学史上的地位是很高的，被公认为是东干书面文学的奠基人，其影响也是深远的。十四儿没有这样的地位，但从文学发展演变的角度看，十四儿的创作自有其不可替代的独创性。从题材及内容上看，十娃子的创作对东干人各个历史时期的社会生活、心理状态有较为全面的反映，具有史诗般的性质。相对而言，十四儿创作没有这么丰富，同时题材相对要狭窄一些，他对现代青年迷惘焦灼的内心世界有深刻的揭示，但对东干民族家庭及社会生活反映相对薄弱。

由于所处时代不同，两位诗人的宗教观念也有明显的差异。十娃子的时代，提倡无神论，宗教信仰受到限制与压抑，因此诗人的创作中，对宗教信仰有所回避，几乎没有提及真主胡达。而十四儿作品中，胡达具有主宰一切的地位，出现的频率也较高。诗人多次祈祷呼唤胡达，《胡达呀，我祈祷你……》不仅标题祈祷胡达，全诗三节，每一节都由

"胡达呀，我祈祷你"领起。《白生生的雪消罢……》说："世上啥都不久长，/不长远活，/胡达—讨尔俩的下降，/谁能躲脱……"类似祈祷胡达的还有《啥都没有久长的……》《人的心到来没底儿……》《话》《尽转的呢……》《就千万年转的呢……》等。这样的诗在十娃子作品中是找不到的。

十四儿受西方现代主义的影响，还表现在他的某些作品与传统的写法截然不同。如《我爱呢》，如此描写忠贞不移的爱情："把两个活腿剁掉，/有面首呢，/只要是叫红爱情，/我总走呢。//把两个手也揪掉，/有眼睛呢，/只要是叫红爱情/，我看清呢。//把两个眼也挖掉，/有耳朵呢，/只要是叫红爱情/我听着呢。//把两个耳也割掉，/有思想呢，/只要是叫红爱情，/我总想呢。//把思想也都收掉，/有热心呢，/只要是叫红爱情，/我答应呢。//把热心也掏出来，/泡到碗呢，/光……里头的红爱情，/永世喊呢。"这是一首奇诗，以血淋淋的画面衬托至死不渝的爱情，类似于台湾女作家夏宇的爱情诗《甜蜜的复仇》，完全不同于传统的典雅情诗。十四儿的部分作品还具有很强的感觉性，有意象派的韵味。

最后，再看看十四儿与十娃子诗歌语言的差异。由于东干书面语言和民间口语的完全一致，不存在言文分离现象，无论十娃子、十四儿或别的诗人，毫无例外的都运用以西北方言为基础的活的东干口语，没有文绉绉的汉语书面语言。但是读两位诗人的作品，明显感到语言上的差别。十娃子的语言，像行云流水，虽然直白，却相当流畅。十四儿的某些作品，中国人读来，感到语言有点磕磕绊绊，个别句子也不很顺当。新近，我们发现十娃子有一首《桂香》，语言干净利落，其文本同黎锦晖写于20世纪20年代的歌词《可怜的秋香》基本相同。肯定地说，是十娃子受黎锦晖影响，而不是黎锦晖受十娃子影响。因为十娃子的创作开始于30年代初，晚于黎锦晖《可怜的秋香》十年。但是通过什么渠道，十娃子能看到这首歌词，仍然是一个谜。十娃子不懂汉字，也没有资料证实《可怜的秋香》汉文文本传播到中亚。是否有人从内地来到中亚，带来了这首歌，还有待证明。十娃子、阿尔布都及许多东干作家西北方言运用自如，试看十娃子的《营盘》："在营盘生养哩，营盘呢长，/在营盘呢我跑哩，连风一样。/营盘的一切滩，一切草上，/都有我的脚踪呢，我咋不想？"第一代东干作家运用东干语何其熟练。再看十四儿的个别诗句，读起来就有点费劲了，如《咱们就像影影子……》（据林涛译文）："就像影影子/咱们在世上活，/两个心慌影影子，/太短红火。/成一天价奇怪的/都看不见/全凭一个把一个，/全扰面面。/因为二位有两寸体己光阴：/你背的你的利兹哈（阿拉伯语借词，上天造下的光明），/我讨自命。运气……/（咱们织下的）一回别开！/这候儿有你的一块，/我的一块……/你有你的望想呢，/我有自甜，你有/你的颇烦呢，我看自难。/就是镜子跌下去，/成两半个，/咋合也罢中间呢/影影两个。"虽然全诗的意思不难明白，但其中诸如"全扰面面"、"我讨自命"、"我有自甜"、"我看自难"等，中国人即使西北人读起来也颇觉别扭。世界各地的华裔，由于各种语言文化的影响，一代人与上几代人所运用的母语，可能会发生不同程度的变异。新加坡记者林义明引述李光耀的话说，新加坡人在25年前讲的是掺杂方言和马来语的一种特殊南洋普通话。于是政府从台湾请来能讲标准华语的教师，重新训练当地播音员和教师，并从台湾请来电台和电视人员以定下语言标准。因此，现在年轻的一代才能够讲一口较为标准的华语。①

哈萨克斯坦东干协会主席安·胡塞主张东干语向汉语过渡，以利于东干人与中国人的交流。这种意见尚未得到东干语言学家的认同。如果有一天，果真东干文变成了汉字，东干语成了普通话，那么东干文与东干语的独特性也就消失了。

六　曼苏洛娃、拉阿洪诺夫和伊玛佐夫等第二代诗人

第二代诗人曼苏洛娃、拉阿洪诺夫、依玛佐夫等继承了十娃子的诗

---

① 王晋光：《粤闽客吴俚谚方言论》，鹭达文化出版公司2006年版，第50页。

歌传统。思想内容上，乐观进取，与主流文学保持一致。他们出生在
20 世纪 30 年代到 40 年代初，卫国战争在诗人心灵上留下了创伤，对祖
国、对东干乡庄一往情深。在诗歌意象上，沿用十娃子的许多意象。形
式上，多采用十娃子创立的"七·四"体形式。

曼苏洛娃

爱莎·曼苏洛娃（1931—2016），是东干广播节目的著名播音员、
主持人，她银铃般的声音为每个东干人所喜爱。曼苏洛娃是著名诗人十
娃子的外甥女，受十娃子的影响很大，对十娃子的诗作烂熟于心。她的
父亲卫国战争中奔赴前线，为国捐躯。这些人生经历，直接影响到她的
创作。她不仅是诗人，也是东干儿童文学作家。2001—2002 年，笔者
在吉尔吉斯—俄罗斯斯拉夫大学任客座教授期间，有幸在比什凯克 5 小
区，同曼苏洛娃同住一栋楼相邻的两个单元，几乎每天都能见面。诗人
为我们提供了不少重要的东干文学作品。

曼苏洛娃东干文诗作结集为《喜爱祖国》。不但书名以同名诗《喜
爱祖国》命名，开卷第一组诗全是抒写对祖国感情的。对她来说，祖
国有两个，一个是中国，一个是吉尔吉斯斯坦。在东干诗歌中，曼苏洛
娃是用最明确的语言歌唱两个祖国的诗人。著名俄侨诗人别列列申写过
一首《三个祖国》的诗，一个祖国是俄罗斯，一个是中国，第三个是
巴西。曼苏洛娃的《我有两个祖国呢》说："我有两个祖国呢，/远鸾
中国，吉尔吉斯斯坦。/清秀比什凯克带北京——/都是我的贵重城。"
表明华裔诗人的身份认同。写吉尔吉斯斯坦笔调轻松愉快，而怀念中
国，则十分深沉，对历史故国念念不忘，想见而不得见的感情几乎能撕
裂人心。她的《喜爱祖国》在吉尔吉斯国家广播电台东干节目中播出
时，笔者录下了全文，现译出：

> 我太泼烦想你哩，
> 喜爱祖国。
> 星宿落到中国哩，
> 连箭一样。

落到哪个城呢哩？
我肯思量。
但怕落到兰州哩，
我的乡庄。

我想你哩，祖国呀，
天天思量。
我翻不过你的高山，
连天一样。

把你没忘唱的呢，
喜爱祖国。
四季在我的心呢哩，
连血一样。

我的祖辈生在中国，
我不得见。
大声大声我哭哩，
心都疼烂。

我作诗文记想你，
永总不忘。
带你凡常想团圆，
喜爱祖国。

　　诗人这里所说的"祖国"就是中国。曼苏洛娃是甘肃村人，后来居住在首都比什凯克。因此，在诗中说，星星可能落在兰州——我的乡庄。诗中不是写爷爷、老子（父亲）的中国情结，而是直接抒发她自己对中国的怀恋之情，颇为感人。可惜，她始终翻不过连天一样高的天山，直到去世也未能实现她的夙愿，无缘来中国一游，令人扼腕叹息。

曼苏洛娃的诗情是大我与小我的统一，家仇与国恨水乳交融，她对东干英雄的歌颂和怀念，与痛失亲人的个人经历是分不开的。他的父亲战死在反法西斯战场上，十娃子写过怀念曼苏洛娃父亲的诗，曼苏洛娃也写过几首怀念父亲的诗。如《我大的弦子》，写父亲的遗物六弦琴，回忆起父亲弹琴的情景，颇为感人。对东干民族英雄马三成和苏联英雄王阿訇·曼苏子的歌颂充满了民族自豪感。

亲情、友情在曼苏洛娃笔下表现得更充分。写儿子扎克儿、孙子穆哈默德是"我的指望，我的命"。曼苏洛娃涉及东干名人和朋友的诗不少，这类诗都是真人真事。

她的创作深受舅舅十娃子的影响。十娃子写过一首《柳树枝儿》，以东干姑娘折柳相送，来表达爱情。这首诗在东干诗歌中也是独有的。曼苏洛娃承袭其寓意，创作了《春天》，写花园里一群姑娘，没拿花儿，却手拿柳树枝，等待心上的人。小伙看见柳树枝，喜出望外。五更翅儿是十娃子诗歌中常见的美好意象，曼苏洛娃和拉阿洪诺夫都多次运用这一意象。女诗人在舅舅十娃子百岁诞辰献上的诗作题为《五更翅儿》，把"吉尔吉斯斯坦人民诗人"、东干书面文学奠基者十娃子比作东干人熟知的五更翅儿是最恰当的。不同于叶赛宁的白桦意象，十娃子喜爱白杨树，写过几首动人的白杨树之歌。曼苏洛娃的《我的白杨树》意境和构思都受到十娃子的影响。她的《我的桃树》中，把盛开的一树桃花比喻为"一块儿春天"，也来自十娃子。

诗人生活在吉尔吉斯斯坦，诗中运用优美动人的吉尔吉斯民间传说。如写伊塞克湖的《深蓝海子》说，伊塞克湖有神奇的魔力，老太婆下去游泳，出来就变成年轻姑娘了；老头下去游泳，出来就成了力大无比的帕勒万（大力士）；小孩游泳，出来就长大了。俄罗斯文化的影响也有迹可寻，如比喻"海禽"即是。海禽，不是水鸟，而是猛禽鹰隼。《简明东干语—俄语词典》解释，海禽的对应俄语是 сокол，即鹰、隼。сокол 又是俄罗斯人对健美青年人的爱称。曼苏洛娃《凡常笑的呢》把孙子称海禽，说"我的海禽笑的呢"。《青年》中写青年"但有本事，上蓝天，/海禽一般云里头钻"。也是对健美青年的爱称。同类用法也出现在拉阿洪诺夫《户家高兴》等诗中。

中国传统诗歌和外国诗歌也有以诗论诗的。曼苏洛娃论诗的诗作，也较为独特，不是用典雅的语言论诗，而是用方言口语论诗。她为拉阿洪诺夫 70 岁所作的《恭喜，兄弟！》说，十娃子是我们的自豪，他有聪明的学生，"你是往后的五更翅儿，/他的替换带指望""请你写，回松劲，/把师父的竿竿捆上"。把拉阿洪诺夫看作十娃子的继承人，他举着十娃子的旗帜。《意思深》赞扬阿尔布都小说"语言太巧，嘴又能，/回族的口溜儿知得深。/你的小说意思深，/但使念哩，钻人心"。"你是回族的一盏灯"。和东干批评家用东干文写的文论一样，都以形象的方言土语论诗、论文。

拉阿洪诺夫

黑亚·拉阿洪诺夫（1930—2010），是一生从未脱离过乡庄的东干诗人。少年时期失去父母，辍学务农，尝到生活的酸甜苦辣。诗人十分喜爱民间文学，后来收集整理了《回族民人的口歌儿带口溜儿》，一生迷恋于诗歌创作，出版诗集《运气》《唱祖国呢》《早晨，你好！》《金黄秋天》。拉黑穆·老三诺夫为《金黄秋天》写的序中说"明事情，诗家在自己的诗文上活人的呢"。在东干人的文学观念中，"诗文"专指诗歌。说拉阿洪诺夫在自己的诗文上活人，就是以诗歌创作为生命，说得多透彻。《金黄秋天》的序诗写道：

> 五更睡醒问当你，
>
> 好吗，早晨。
>
> 端的运气洒的呢，
>
> 春天的音。
>
> 就像百灵儿我唱呢，
>
> 你们都听。
>
> 亲娘语言回忘哩，
>
> 回族的根。

像百灵儿一样用亲娘语言歌唱，成为诗人终生的使命。

诗人和十娃子见面谈诗，受到十娃子的支持和鼓励。在《我的师父——给亚斯尔哥》中，赞扬十娃子的诗歌，并以此为典范孜孜不倦地进行诗歌创作。拉阿洪诺夫的诗歌内容丰富，择其要者略述如下：

乡庄之恋。东干乡庄，类似于美国的唐人街，不仅是东干人集中的物质生活居所，同时也是宗教文化生活的精神家园。在东干文学中，有抒写乡庄的系列作品。小说中尤素尔·老马的《乡庄》最有代表性；诗歌中十娃子的《营盘》最著名，其次是拉阿洪诺夫的《花瓶》，也几乎家喻户晓，全诗如下：

> 我把营盘还唱呢，
> 出哩名的马三成。
> 走到哪塔儿都想你，
> 你是我的半个儿心。
>
> 我把营盘还唱呢，
> 生哩花儿的大花瓶。
> 碎碎儿把我爱告哩，
> 你是我的老母亲。
>
> 我把营盘还唱呢，
> 民族的根搂的紧，
> 就是我的喜爱的，
> 清水倒上都不渗。
>
> 我把营盘还唱呢，
> 兄弟，妹妹得文明。
> 春天太阳笑的呢，
> 叫青苗的根扎深。

　　我把营盘还唱呢，

　　出哩名的马三成。

　　运气凡常随的呢，

　　五更呢的亮明星。

　　我把营盘还唱呢，

　　出哩名的马三成。

　　走到哪塔儿都想你，

　　你是我的半个心。

　　营盘是哈萨克斯坦最大的东干乡庄，后来改名马三成。这首诗被东干著名作曲家叶塞谱上曲子，作为东干人迁徙营盘 100 周年的献礼。由东干歌唱家尤·德瓦耶夫等歌手演唱，在东干广播电台经常播放，传唱至今。我们在中亚执教期间，这首歌成为朋友聚会必唱的保留歌曲。

　　伤痕之痛。从十娃子到第二代诗人，对于战争带来的灾难都有惨痛的记忆。拉阿洪诺夫也是这样，他的《得胜》《歹毒仗》都写到战争造成的痛苦。东干作家写战争，多半从后方的视角来反映，母亲盼望儿子归来，妻子等不回丈夫，孩子成了也提目。诗人的《没有哈儿力》写成年男人都上了战场，后方剩下妇女娃娃，拼命干活，夜幕降临，孩子们累倒在水渠边、草丛中。同时，他的伤痕之痛中，还有旧时的困苦，往日的艰辛。

　　平民之赞。拉阿洪诺夫从未离开过乡庄，乡庄的人和事尽收眼底，悉入笔下。如《给务落白苔的行家》《牲灵行家》都是平民之歌，歌颂辛勤耕耘的劳动者。

　　与此相通的是，抒写不起眼的泉水、小渠。《碎泉泉儿》可为这方面的代表作品，写小泉水能钻透大青石，穿越山岭，灌溉草木，打扮春天。这无私奉献的泉水正是平民百姓的写照。

　　东干人把回族话叫"亲娘语言"，拉阿洪诺夫和白掌柜的都是东干语言的守护者。诗人的《比什凯克说的呢》表达了对母语的热爱。为什么用这样一个标题？听过吉尔吉斯国家广播的人都知道，东干节目每次开头的问候语是："比什凯克说的呢，好的呢吗！贵重朋友。"于是，诗人这样写道：

> 比什凯克城呢说的呢，
> 亲娘语言。
> 回族民族盼望的，
> 一期，一天。
> 老者，青年坐的呢，
> 广播跟前。
> 巧话，曲子出来哩，
> 百灵儿上天。
> 吉尔吉斯、乌兹别克、哈萨克斯坦，
> 住的中原。
> 广播给说正听哩，
> 四个十年。
> 灵卢，灵音说的呢，
> 春风一般。
> 各道四处儿都到哩，
> 滩场，高山。

东干人称自己是中原人，分布在吉、哈、乌三国。东干广播用东干话，这是父母语言，听起来十分亲切。诗人的另一首诗《头一句话》，也被谱上曲子，四处传唱。这首诗写回族人刚学说话的头一句话就是汉语"阿妈"。赞扬亲娘语言的话出现在拉阿洪诺夫的许多诗作里。

拉阿洪诺夫的诗作总体上不以幽默见长，但是《麻雀儿大过凤凰》几乎是一个例外，将东干民间故事《麻雀带（和）鹞子》加以提升和诗化，写得妙趣横生。

　　叽哩—喳，叽哩—喳，声气大，
　　来哩一群黑头，麻尾巴，
　　高树梢儿上把它落不下，
　　飞的来在酒坊门前爬。

　　肚子吃不饱，膀子蹴下，
　　就得一点儿馍渣儿把饥压。
　　谁叫吃饱，给他说好话，
　　"在世，说是永忘不了他"。

　　可是把酒坊找见哩它，
　　吃脱哩啥不管头低下。
　　但不是酒坊呢的酒渣，
　　款款儿饿死哩不说偷吗。

　　三吃，两吃，头晕，嘴麻，
　　飞起落在树梢儿，说大话：
　　——谁敢揿我，他还没生下，
　　但望一眼——叫他的眼瞎。

　　可是除过凤凰就我大，
　　鹞子往过飞，吓的爬下：
　　"好我的鹰爷爷，鹞爸爸，
　　酒糟吃醉，我说的胡话"。

　　这是以诗体形式写的幽默风趣的新"克雷洛夫寓言"，是不可多得的艺术佳作，从艺术上看，是诗人的压卷作之一。

　　同其他诗人意象的一致性与特殊性。拉阿洪诺夫在诗歌意象上，继承了十娃子常用的一系列意象，诸如春天、早晨、五更翅儿、太阳等。

但是，拉阿洪诺夫又运用他自己的含有特殊意义的意象，如药料。《金黄秋天》中说："水梨、石榴太俊美／拿胭脂儿染。／青年、老爷吃的呢，／药料一般。"初读，觉得不好理解，怎么用药料比喻美味可口的水梨和石榴呢？后来发现，药料意象经常出现。《祖国》中把清泉比作药料，又冰又甜，病人一喝就好了。《多少指望》写太阳热光往下洒的呢，药料一样。《总不像马》中把马奶子比作药料，"人都当药喝的呢，／赶药劲大"。到了《列宁—革命》中说："我把祖国还唱呢，／伟大列宁。／你把药料端给哩，／好比人参。／老少当蜜喝的呢，／二转年轻。／瞎子把眼睛开哩，／就是圣人。"至此，才真正理解了诗人这一比喻的思路。可见，要准确理解一个比喻，也不容易，初看怪怪的，理解了就顺理成章了。

依玛佐夫

穆哈默德·依玛佐夫（1941—   ），吉尔吉斯斯坦科学院通讯院士，著名东干语言学家。他的主要贡献在语言研究上，出版了一系列学术著作。东干学者不少都是多面手，依玛佐夫也一样，他是吉尔吉斯斯坦作协会员，小说作家，尤其儿童小说颇有特色，还是东干文学的批评家。同时，也写过诗歌，结集为袖珍本《书信》。

依玛佐夫诗歌创作，有两点值得我们注意。

一是童心童趣，这是依玛佐夫文学创作的独特特点。在他的小说中，童心童趣表现得尤为充分。儿童小说《妈妈》写一个小孩儿看见一群鸡娃，没有妈妈。问奶奶才知道，原来是机器孵化出来的。孩子眼中，没有妈妈哪能行？于是他找来一只鸽子，给鸡娃当妈妈。鸽子也领会他的意思，尽心尽力当起妈妈，把小鸡焐在翅膀下。小鸡长大后，知恩报恩。依玛佐夫的诗歌创作，童心童趣也时有表现。《天上的星》回忆小时候肯数天上的星星，有流星坠落，用手接，接不着，在各处找。写小孩子爱问各种问题，"咋会骆驼比羊大？"（《这是糖吗》）"咋会头勾（牲口）不喝茶？马驹儿有耳，没角哨？"（《我的孙子》）这在成人是很难回答的问题。《劝也提目》把关注的目光投向孤儿。有了童心，就能永葆青春。在他笔下，"人老没在岁数上"，男人六十一枝花

（《书信》）。

　　二是继承十娃子诗歌中的中国情结。伊玛佐夫的诗《一把亲土》是十娃子《我爷的城》的续篇："楚河沿上生养下，/在这儿长大。/在山场呢我住哩，/天山太大。/山风吹上，我跑哩，/满山各洼。/种哩地哩，放哩羊，/揪哩红花。/世界上的地方多，/我也去过。/可是比我乡好的/我没见过。/走到哪塔儿一想哩它，/想哩蒜味。/芹菜、韭菜……就要说/萝卜的脆。/在伊犁、宁夏我去哩。/我爷的省/又宽又大又洒落，/银川—京城。/兰州的山呢也浪哩，/黄河沿上。/公园、地方太清秀/啥都看上。/可是把家总想哩，/想哩楚河。/想哩红花绿草哩—/不怕谁说。/紧赶我就收就哩：/明天上路。/家呢亲人们等的呢，/儿女、父母。/打这儿走呢想起来，/老子的话：/'把宁夏的黄亲土，/拿来一把，/给你爷的坟头上，/他的面上，'/（'我应下的呢，你知下'——老子说）/'要紧苦上'。/这呢回来上哩坟/我给我爷/在坟头上念哩个索儿/杜瓦一接，/把宁夏的黄亲土，/将将（刚刚）儿一把/打口袋呢掏出来，/慢慢儿搁下，/跪到这塔儿落哩泪，/想起我爷，/把家，亲土挈障的，/（挣干心血）想哩一世，总没见，/宽大黄河，/洒落宁夏、新银川……/在这儿睡着。"这是诗人访问中国，从银川、兰州回国后写的动人诗篇。爷爷留下的思念与遗憾，到了孙子这一代，才有幸去银川，带回故国的一抔黄土，献在坟上，了却亡灵的心愿。从这里可以看出，爷爷、老子（父亲）和孙子三代人的中国情结。

　　第二代诗人乐观向上，积极进取的精神境界，继承了十娃子开创的诗歌传统。不过，他们共同的不足是，没有跳出执实写真的局限，奇思妙想较少，虚实结合不够。这些无疑影响了其作品的艺术感染力。因而，从总体上看，没有达到十娃子诗歌的高度。

第三章　方言口语小说的奇葩

一　东干语言大师——阿尔布都

尔里·阿尔布都（1917—1986）著名东干小说家。吉尔吉斯科学院通讯院士伊玛佐夫说："尔里·阿尔布都在吉尔吉斯斯坦多民族文学中，在东干文学中留下了优秀的文学遗产，他在东干散文中所占的地位，相当于亚斯尔·十娃子在诗歌中的地位。"① 这里的"散文"，是同诗歌相对应的概念，主要指小说。

在世界华语文学中，阿尔布都的小说是独特的。他用东干文创作小说，以东干话为叙述语言，全方位地展现了苏联时期东干人的物质与精神生活、文化心理、民俗画卷，从中可以了解中国文化在中亚的特殊语境中如何传承与变异。从这个意义上看，阿尔布都的小说不仅具有东干文化的"百科全书"性质，同时也是世界华语小说的奇葩。

阿尔布都的生活经历为其创作奠定了基础。作家少年时期，父母离异，他既不愿随母亲同继父生活在一起，也不想跟父亲与继母过日子。于是便漂泊流浪，栖身在亲戚的马车店，这儿有往来于威尔内（现哈萨克斯坦阿拉木图）与比什凯克（吉尔吉斯斯坦首都）、江布尔、塔什干（乌兹别克斯坦首都）之间的马车夫，从他们口中听到许多动人的

---

① ［吉］伊玛佐夫：《尔里·阿尔布都》（俄文版），比什凯克1997年版，第62页。

故事。后来去阿拉木图上学，眼界更为开阔。

苏联卫国战争时期，阿尔布都应征入伍，赴列宁格勒前线，经历了德寇对列宁格勒900天围困封锁的血与火的考验。复员后当教师，随后又从事编辑工作。丰富的阅历为其小说创作奠定了坚实的生活基础。

同其他东干小说家相比，阿尔布都创作题材更为多样，既有以家庭日常生活为主的生活小说，又有反映重大题材的社会小说；既注重开掘现实生活，又不忘东干人的历史；既有喜剧，又有悲剧；短篇之简洁，中篇之细腻；人物形象之多样，性格之个性化；语言的杂糅融汇与生动幽默，都证明了作家非凡的艺术才能。作为东干语言大师，阿尔布都将东干民间口语提升到艺术化的高度，充分显示了西北方言的艺术魅力，在世界华语文学中开辟了一条俗白语言创作的道路。

（一）悲剧艺术与喜剧艺术

《三娃尔连莎燕》是阿尔布都短篇小说的代表作，也是东干文学中最凄美动人的爱情悲剧。小说是否具有真实的生活原型，无从考证。但作者在他的中篇小说《老马福》中，就有三娃尔与莎燕完整的爱情故事构架。从《老马福》中500多字的故事到《三娃尔连莎燕》14000多字的短篇小说，不仅情节细致，人物性格也很鲜明。小说讲述的是旧俄时期东干乡庄的故事，莎燕是有钱人家的姑娘，长得十分漂亮，被父母关在闺房，不让出门。隔壁邻居家的长工三娃尔来掏井，与莎燕一见钟情。在一个偶然的机会，二人幽会。后来，消息传到父母耳中，莎燕被父亲毒打了一顿，服毒自杀，但始终没有供出与谁幽会。三娃尔做了个奇怪的噩梦，在赶回的途中听到了莎燕自杀的消息。随后，他掘开莎燕的坟墓，将埋体（遗体）迁至新坟，殉情自杀，与莎燕死在一起。此后有人看见东方发白时，两只白鸽从坟里飞出，嬉戏追逐。当太阳出来时，便消失了。东干文学批评家法蒂玛说："当你读着这篇小说时，眼前出现了罗密欧与朱丽叶的形象。"① 把《三娃尔连莎燕》比作《罗密欧与朱丽叶》。笔者以为这篇小说更像中国的《梁山伯与祝英台》，东

---

① ［吉］法蒂玛·玛凯耶娃：《东干文学的形成和发展》，吉尔吉斯斯坦出版社1984年版，第84页。

干作家是了解梁祝故事的，十娃子在他的小说《白蝴蝶》中就讲述了中国的梁祝故事。《三娃尔连莎燕》同《梁山伯与祝英台》不仅在爱情的坚贞上相似，结局也颇为相似，梁祝双双化蝶，而三娃尔与莎燕则化为白鸽。这种结局，以美丽的想象表达了中国人和东干人追求幸福与自由的愿望。《三娃尔连莎燕》塑造了莎燕的美好形象，一方面歌颂了男女青年为婚姻自由所做的抗争与牺牲，另一方面又批判了扼杀人性的封建家法与观念，反映了东干人迁居中亚后所保留的封建落后思想。从艺术价值看，作品具有震撼人心的效果。

阿尔布都的另一篇小说《丫头儿》中有这样一个悲剧情节：一场冰雹过后，孩子们发现鸟巢里躺着一只鸟儿，已被冰雹砸死，翅膀伸展着。孩子们正在犯疑，它为什么不藏起来躲避冰雹？突然发现，它的翅膀底下有三只雏鸟，发出吱吱的叫声，想吃东西，而死了的母鸟嘴里还衔着蚂蚱。作家描写了惊心动魄的一幕，这是关于生命与死亡价值的思考。一只鸟儿的死亡，竟如此悲壮，放射出巨大的美学力量。这样的情节同屠格涅夫《猎人笔记》中为救小麻雀而勇敢扑向猎狗的老麻雀一样散发着伟大母爱的精神光彩。

阿尔布都不仅创作了动人心魄的悲剧小说，也创作了不少幽默喜剧小说和赞美喜剧小说。他的《电视机》是一篇滑稽可笑的喜剧小说。丈夫和别人的妻子去剧院，他的妻子坐在家里看电视，当她转换频道时，突然在银幕上看见了一张熟悉的脸，仔细一瞧，原来是自己的丈夫，和他并排坐在一起的是他的情人……丈夫回家后，给妻子编造了一套谎言，证明自己清白无辜。这时妻子讲述他在什么地方，和谁在一起，揭穿了他的谎言，使丈夫十分惊讶。当他知道这一切都是从电视银屏上看到的，便开始憎恨电视机。伊玛佐夫指出，小说发表时，正是电视机刚刚进入百姓的日常生活，使读者感到特别贴近与亲切。尤其值得称道的是"虚构性与真实性在作品中结合的如此天衣无缝，戏剧性与滑稽可笑给读者留下了深刻的印象"。[①] 正如伊玛佐夫所说，虚构与真

---

① ［吉］伊玛佐夫：《尔里·阿尔布都》（俄文版），比什凯克1997年版，第24页。

实的结合是阿尔布都幽默小说的特点之一。同类作品还可以举出《没认得》（没认出来），在不到 3000 字的篇幅里，写活了一个喜剧人物达乌尔。这是一个好色之徒，在公共汽车上看见一个漂亮女人，便神魂颠倒，想入非非。他主动邀请漂亮女人进馆子，并请求送她回家。一进门，看见熟悉的罗马尼亚餐具橱柜，听见熟悉的名字，知道糟了，他追逐调戏的这位漂亮女人，不是别人，正是离异了的前妻，于是狼狈逃跑。虚构性是很明显的，有点近于西方的荒诞小说。这篇小说从故事情节到人物动作、语言、外貌，再到作者的叙述语言，都被赋予强烈的喜剧色彩，充满讽刺意味。阿尔布都为东干小说的人物画廊增添了栩栩如生的喜剧形象。

赞美喜剧有《成下亲弟兄哩》（成了亲兄弟），不同于幽默喜剧的批评讽刺意味，赞美喜剧是歌颂美好的思想品德。小说讲的是两个不同民族家庭误换小孩的故事，乌兹别克少妇与俄罗斯女人同一个产房生孩子，俄罗斯人的床位靠太阳，嫌热，乌兹别克人主动与她换了床位，把方便让给别人。导致孩子出生后，弄错了父母。一直长到 11 岁，才搞清弄错的原因。乌兹别克人找到俄罗斯人，两家的孩子和父母感情都极其复杂，处于两难的境地。孩子与父母感情的决定因素中，是生育重要还是抚养重要？如何解决这一矛盾？最后两家达成共识，一个妈妈两个孩子，一个孩子两个妈妈，以圆满的结局，满足了作品中每个人物的感情需要。这不仅是两个家庭，也是两个民族和睦相处的赞歌。

（二）民族自我批判意识与民族传统继承

作为一个优秀作家，阿尔布都既不是民族虚无主义者，也不是民族保守主义者。他对民族传统有清醒的认识——传统中的优秀部分必须发扬光大，传统中的糟粕必须剔除，同时还要接受新科学与新文明。东干作家都有一种自觉的民族责任感，既要继承民族传统，又要发展东干文明。

阿尔布都的小说所体现出的民族自我批判意识，主要表现在以下几个方面：对封建婚姻制度的控诉与批判，《三娃儿连莎燕》就是这方面的代表作。对传统陋习和愚昧迷信的批判，如《黑石头》讲述长工杨明，外号苦豆子，为找主人家的马，冻了一夜，回到家里发高烧，待退烧后，昏迷入睡。妻子看他脸色苍白，脚手冰凉，叫来邻居，都以为他死了，将他停放在地上。杨明身子动弹了一下，按传统习俗，埋体动弹，就是罪孽大。于是，人们把黑石头压在他身上，杨明再也没有喘过气来。对旧规程的批判，如《老规程》反映了东干人"行情"（送礼）过多过滥，不堪重负。娶媳妇、出嫁女儿，请客送礼，尚能接受，但连过满月、行割礼、迁新居等事无巨细都要请客送礼，就弄得东干人入不敷出了。还有对经堂教师吾斯塔的批判，如《毛苏尔的无常》，写毛苏尔刚刚病愈，去经堂上学，遭到吾斯塔残酷的毒打与体罚，致使其死亡。阿尔布都也有对重男轻女观念批判的小说，如《丫头儿》说的是一家东干人，没有儿子，给丫头儿取男孩子的名字，叫穆萨，穿男孩衣服，戴男孩帽子。可是一起玩耍的男孩嫌她柔弱，看不起她。下过冰雹之后，他们发现一只鸟儿被冰雹砸死了，翅膀下有几个雏鸟。于是大家约定，轮流捉蚂蚱喂雏鸟。可是一伙男孩中，没有一个践行自己的诺言，而穆萨怀着女性的善良，天天去山上，将雏鸟喂大，令男孩子们敬佩不已。

另一方面，作家又通过小说表达了继承民族优良传统的愿望。东干人迁居中亚后，没有被周围的民族所同化，而是继承和发扬了本民族的传统，使东干人能自立于中亚一百多个民族之林。阿尔布都的小说差不多全景式地反映了东干族生活的方方面面。首先是对东干民族精神的弘扬，他歌颂了回族起义领袖白彦虎、东干骑兵团首领马三成、苏联英雄王阿洪诺夫。在他们身上不仅体现了东干人的铮铮铁骨和英雄气概，同时也体现了民族传统和道德风尚。如《老英雄的一点记想》，借人物之口批评如今的年轻人，只把抓筷子，吃捞面（拉条）学下了，而忘记了东干民族的根本传统。而马三成却能用东干人的民族传统和团结友爱精神，将1200人的骑兵团调养成威震中亚的铁骑。其次，对东干传统道德的褒扬。中篇小说《老马福》中写一个东干农民拉合曼在卫国战争最困难的时期，为救饥饿儿童，偷偷宰杀了同村老汉的牛娃。伊斯兰一贯反对盗窃，但将饥荒与一般年景加以区别。十几年过去了，拉合曼心里过意不去，受到道德鞭子的抽打，最终买了一头母牛带牛犊，向老汉认错，并请求放赦。这是合乎伊斯兰传统道德的，作者对其加以赞扬。短篇小说《随便的便宜》中，弟弟"过事"，只打算收礼，不愿好好待客，请一个奸诈的管家蒙骗客人，甚至打算把小孩吃剩下的抓饭倒到锅里，搅和在一起，重新端给客人。而哥哥重义，重"仁礼待道"，批评弟弟："钱也要紧，脸也要紧，你光念钱哩，脸往哪儿藏？"以东干人传统的道德观念处理义与利的关系。阿尔布都作为东干人的精英，无论在生活中还是作品中，都始终自觉地维护自己的民族特性，继承和发扬本民族的传统。

（三）女性人物形象

东干小说创作中，阿尔布都小说中的人物不仅个性鲜明，还丰富多样，他在东干人物的艺术画廊中，创造了史诗般的艺术形象。在东干族一百多年历史的各个阶段都可以找出相应的人物形象。他的人物形象系列，粗略地归纳有以下几种：英雄形象系列，包括东干民族领袖白彦虎，东干骑兵团首领马三成，卫国战争时期的苏联英雄王阿洪诺夫等；讥弄型形象系列，如《没认得》中的达乌尔、《电视机》中的丈夫、《随便儿的便宜》中的胖布拉儿等；理想人格型形象系列，如《老两口》中的杨大哥，《老马福》中的老马福；女性形象系列，从补丁老婆到聪花，包括各种不同类型的女性人物。

此外，还有保守的、先进的、愚钝的、机灵的等各类人物形象。这里仅就女性形象系列稍作分析。首先，美好的青年女性形象。现实生活中，女性往往争取不到与男性同等的地位，尤其在旧时代女性更受歧视。可是在东干民间文学中，女性形象却光彩照人。① 东干小说也创造了动人的女性形象。阿尔布都的《三娃尔连莎燕》里的莎燕，摈弃门第观念，爱上了邻居家的长工三娃儿，当秘密泄露后，为了保全三娃儿，她忍受毒打，至死没有供出他的名字，作者将为婚姻自由献身的女子写得十分感人。《头一个农艺师》里的聪花儿则是理想的新式东干女

---

① 常文昌：《中国文化在中亚的传承与变异》，《贵州社会科学》2008 年第 7 期。

性，她有知识，不仅在家庭发挥了重要作用，同时又是一个重要的社会角色。作品着力描写她在科学实验中的作用，改变了水稻的生长期，被保送到莫斯科农业大学去深造。《都但是麦姐儿……》里的麦姐儿，在作品过了三分之一的篇幅才出场，人物语言虽不多，却很有主见，很有力量，给人留下深刻的印象。她依靠新时代的政权，以新文明新思想战胜了传统的习惯势力。在聪花儿和麦姐身上，可以感受到新女性所代表的精神力量。还有贤惠的老一代女性形象。如《补丁老婆》里的补丁老婆，以缝补衣裳而出名，在要补的衣服口袋里发现金珮儿，如数奉还。《头一个农艺师》里的聪花儿奶奶，虽然不懂政治，差不多生活在政治生活之外，但对宗教习俗却相当熟悉，她深明大义，为人贤惠。《老两口》中杨大哥夫妇非常和谐，老伴不仅对丈夫体贴入微，同时在处理女儿与女婿的矛盾上，也通情达理。女儿为了孝敬父母，给他们100卢布。他们本想把钱还回去，又怕女儿多心。不料，这是女婿准备买牛的钱，为此，女婿女儿打了一架。儿子听到这消息，要质问姐夫，杨大哥不让去，叫老伴把钱还给女儿，从而化解了矛盾。这类贤惠的老一代女性身上，带有更多的中国文化传统，可以体会到中国文化在中亚的传承。也有表面时髦，内里空虚的青年女性。《惯道下的》（即娇惯的）写一位姑娘着装时髦，冬天人造虎皮大衣，水獭帽子，靴子放光，皮包发亮。热天，一身新西装，戴墨镜，搭遮阳伞，一天一换衣。洒香水，染指甲，怀里抱一条小狗。是个娇生惯养的独生女，中途辍学，不务正业。上车不给老弱病残让座，羞于父亲收皮子的职业。生活在苏联，这样的俄罗斯着装不足为奇，而作者对这类只求外表，不注重修养的时髦女性持批判态度。另外，也塑造了蛮横无知的女性形象。阿尔布都笔下的这类形象，或蛮横无理，或无知自信。前者如《奸溜皮》，丈夫费了好大劲，买了两张哈萨克艺术团音乐会入场票，想到妻子会高兴的。不料，回到家里不但没有讨好，还招来妻子陈谷子烂芝麻的数落与抱怨，最后错过了时间，将票撕掉。后者如《下场》中的姬哈子、《后悔去，迟了》中的白姐儿，在教育孩子上，糊里糊涂犯了错误。白姐一味让孩子吃好的，多吃，致使孩子得了肥胖症。这些都是生活小说，通过普通的日常生活，塑造人物性格。

在对阿尔布都女性形象的梳理过程中，我们发现他的传统女性、时髦女性、蛮横无知女性同老舍的传统女性、新潮女性及悍妇型女性具有可比性。阿尔布都受俄苏文学的影响是毋庸置疑的，受东干民间文学（母体是中国民间文学）的影响也有迹可寻，但是否受中国现代某些作家的影响，尚需进一步研究。但阿尔布都曾将鲁迅与老舍的俄文版小说选译成东干文，可见他对这两位中国作家的心仪。

（四）独特的语言

在世界华语文学创作中，不仅东干文字是独特的，东干语言也是独特的。东干语以西北方言为主体，科技政治等领域的俄语借词颇多，伊斯兰宗教文化领域的阿拉伯语、波斯语借词较多。小说语言的构成较为复杂，不仅保留了晚清时期的旧语汇，同时也有现代汉语中的新词汇，还有俄语、阿拉伯语、波斯语及突厥语借词。同一篇小说中，汽车与阿夫多布斯（俄语汽车）交叉并用。东干语又分甘肃方言与陕西方言两种，而书面语言基本是甘肃方言。东干学者杨善新提供的托克马克陕西方言中，有"了"字出现，而阿尔布都的小说如《都但是麦姐儿……》，没有一个"了"字，凡用"了"的地方，统统写成"哩"。就连"陕西村"营盘的作家白掌柜的小说，也多用"哩"，而不用"了"。这一点，被很多研究东干语言的人所忽略。

阿尔布都的小说语言在东干文学中具有典范性，他将以西北方言为主体的东干语提升到艺术语言的高度，给我们带来惊喜。如《真实的朋友》开头按现代汉语译成"炎热的夏天，莫斯科喀山火车站人如潮涌"。东干原文直译为"五黄六月，莫斯科喀山火车站上的人丸圪塔的呢"。"人如潮涌"陈陈相因，没有什么新鲜感，而"丸圪塔"却在书面语言里很少见到，给人以新颖生动的感觉，倒符合俄国形式主义所说的"陌生化"效果。又如《扁担上开花呢》说一瘸一拐的残疾人"送的哪一朝的埋体？"《都但是麦姐儿……》中哈三子问即将结婚的女婿，"明儿过事呢，今儿你跑到我的门上，看的哪一朝的麦姐儿？"这里"朝"字用得特别好。不能或不该做的事，却要违背常规去做，正如人们讥讽"张飞打岳飞"是朝代的错误一样荒唐可笑。如果换成"送的哪一家的埋体?"和"看的哪一家的麦姐儿?"艺术效果就大不一样了。由此可以体会到其作品的语言魅力。

阿尔布都的小说,除了个别作品,几乎全是写东干乡庄生活的人和事。在叙事视角上,完全是农民的叙事视角,以农民的感受来观察事物,加上叙述语言(也是东干农民的语言)与人物语言的和谐统一,从而构成了他小说语言的独特景观。以时间感受为例,阿尔布都写火车站买票,不以城市人的几月几日为时间标志,而说"五黄六月","五黄六月"与农时有关,是收割小麦的季节,这正是农民的视角。阿尔布都的这种叙述视角,也影响了其他东干作家,如曼苏洛娃的《红大炮》开头也是"五黄六月,我到哩乡庄"。又如阿尔布都的《惊恐》写东方发亮,李娃起来,背上筥帚和辣面,"热头一竿子高",到了街上。不说八九点钟,而说日头一竿子高,这种直觉感受的叙述方式,也正是农民的视角。农民的叙述视角还表现在近取譬上,许多譬喻都是近取诸身,借用农民身边的事物作喻体。《老马福》说仗打罢,"光阴紧的拧绳绳的时候……"及《后悔去,迟了》中"指甲盖子大的雨点子",都是近取譬。在整个东干小说比喻系统中,近取譬占有突出的地位。令中国读者感兴趣的还有,东干小说中留存的晚清语言。《真实的朋友》中小伙子向亚古尔借钱说"借三个帖子",即借三个卢布。中国的年轻人已不知"帖子"是什么,东干人把几块钱,叫几个帖子。中国旧时以金银或铜钱为货币形式,到了洋务派发行纸币,叫帖子,就语言的活化石看,东干语具有无可替代的研究价值。

在阿尔布都小说中,有许多旧词新用的例证。《头一个农艺师》中,德国法西斯进攻苏联,东干人纷纷打报告要求参军,作品中的人物求别人替他写报告,却说成你帮我"写个状子,给大人递上去"。"状子"的词义扩大了,"大人"(上级)沿用旧称。阿尔布都的小说还引用了不少谚语俗语、东干人称口歌口溜,这些代代相传的谚语俗语,主要来自中国,有的稍加改造,更加伊斯兰化。

二 《月牙儿》东干文与老舍原文比较

著名作家阿尔布都曾通过俄文版《月牙儿》，将其译成东干文。阿尔布都不仅以其卓越的小说创作大大提升了东干语言的艺术魅力，同时又以其精湛的译文，证明了东干语言的独特艺术价值。对东干语言的艺术表现力心存疑虑的中国研究者，不妨读读阿尔布都的作品。老舍与赵树理是公认的中国现代文学史上两峰并峙的以俗白著称的作家，一个善于运用北京市民口语，一个长于北方农民口语。有了阿尔布都的创作这个参照系以后，对于中国研究者所津津乐道的中国作家的口语化就要打一个折扣了。选择《月牙儿》东干文本与老舍原文的比较，正是我们对有关问题认识的一个突破口，不仅对东干语会有一个新的感性认识和理性认识，同时对中国现当代作家的口语化程度也会得出新的结论。

东干文《月牙儿》不是由汉语直接转写，而是由俄文转译的。《月牙儿》在苏联是由 A. 吉什科夫从汉语译成俄文，我们手头的俄文版《老舍作品选集》所收的《月牙儿》是吉什科夫翻译，1957 年莫斯科文艺出版社出版的。阿尔布都一生翻译过 7 位作家的作品，其中两位是中国作家——鲁迅和老舍。为什么选择《月牙儿》？大概有这样几个原因：一是老舍在俄罗斯的地位颇高，B. 索罗金为俄文版《老舍作品选集》写的序言中认为，老舍是 20 世纪中国最著名的作家之一，"差不多和鲁迅一样"。① 二是东干文《月牙儿》② 翻译并出版于 1957 年，责任编辑为十娃子，正是这一年的春天十娃子作为苏联作家代表团的成员访问了中国，同老舍会面并合影。再加上月牙儿对于穆斯林来说，具有特殊的意义。有趣的是，《月牙儿》由汉语经俄文译文再回到东干文，

---

① ［俄］索罗金：《老舍作品选集·序言》（俄文版），莫斯科文艺出版社 1991 年版，第 1 页。

② Лошэ，Йуэяр，Эрли Эрбуду，Хырыхстан Гуижячубан，1957。老舍：《月牙儿》（东干文），尔里·阿尔布都译，吉尔吉斯国家出版社 1957 年版。

通过比较会给我们提供许多意想不到的启示。

（一）

从统计数字看，《月牙儿》老舍原文共 15734 个汉字，而东干译文共 18824 字，东干文多了 3000 多字。海峰曾将俄文契诃夫《一个小公务员之死》的汉语普通话译文和东干文译文作了统计，二者都是 1800 余字，几乎完全一样。① 为什么《月牙儿》的东干文比老舍原文多出 3000 多字呢？老舍虽以善于运用北京市民口语著称，但毕竟是受过汉语书面语训练的作家，书面语的成分更多；而东干作家，与汉语书面语几乎是绝缘的，东干语则完全摆脱了汉语书面语言的影响，更口语化。这在两种文本的字数上也体现出来了。同一作品的两种文本何以出现字数上的差异，是一个很复杂的问题，有待深入探讨。笔者仅从阅读的直观感受上，列出几点证据。

首先句式上的不同可能导致字数增加。如"把字句"，虽然老舍原作也运用"把字句"，但"把字句"在以西北方言为主体的东干文中出现频率远远高于汉语书面语言。老舍原作《月牙儿》"把字句"总共 37，而东干译文多达 334，后者是前者的 9 倍。一般来说，宾语提前的"把字句"比不带把字的句式字数稍多，如"狼把羊吃了"比"狼吃羊了"就多一个字。试举两种文本中的例子，老舍原文"我记得那个坟"②，东干文本变成"把我阿大的坟我记的呢"③，多出 4 个字来。原作结尾"妈妈干什么呢？我想起来一切"④，东干文本结尾"我妈干啥营生的呢？我把一切的都在心呢搁的呢。"⑤ 后者多出 8 个字来。由此可见句式上，陕甘方言口语比书面语字数可能要多些。

其次，老舍原作中用在动词后面的助词"着"，到东干文本里被"的呢"所代替，如"走着"、"跑着"变成"走的呢"、"跑的呢"。统

---

①　海峰：《同类型文体东干书面语与普通话书面语差异分析》，《新疆大学学报》2011 年第 5 期。

②　老舍：《老舍文集》第 8 卷，人民文学出版社 1985 年版，第 284 页。

③　Лошэ，Йуэяр，Эрли Эрбуду，Хырыхстан ГуижячуБан，1957，5.

④　老舍：《老舍文集》第 8 卷，人民文学出版社 1985 年版，第 313 页。

⑤　Лошэ，Йуэяр，Эрли Эрбуду，Хырыхстан ГуижячуБан，1957，56.

计结果，老舍原作中动词形容词后共出现 149 个"着"，东干译文共出现 120 个"的呢"。显然，后者字数增加了。

再次，老舍原文中的某些词汇，为东干人所不熟悉，阿尔布都译文将其加以稀释。试举两例，如原文中妈妈把衣服推到一边，"愣着"，东干文译成"呆呆儿站的"。老舍原文"心里好像作着爱情的诗"①，东干文本译成"嘴唇儿动弹的编挠痒痒儿的诗文的呢"②等，字数都大大增加了。以上所说，只是相对而言。有的句子，译文字数反倒少了的也有，如老舍原文"像有个小虫在心中咬我似的，我想去看妈妈，非看见她我心中不能安静"③，东干译文"我的心呢就像蛆芽子喙的呢，不见我妈我的心不安稳"④。后者反倒少了 7 个字。但整篇译文字数增加了 3000 字，是一个无可争议的事实。

东干文《月牙儿》字数的增加，并不能说明东干文不精练或啰唆，只是西北方言口语与书面语差异造成的。字数的多少，并不能判断艺术价值的高低，可以举出这样一个例证，如"余少时"与"要是在你这样青枝绿叶的年纪"⑤，同样一个意思，后者字数虽多，却更形象更生动了。

（二）

《月牙儿》原作经俄文再转译成东干文，总体上看是出人意料的成功。除了极个别地方俄文有翻译不出的，东干文也翻译不出；令人惊异的是有的地方，东干作家阿尔布都译文比老舍原作更形象更生动，翻译过程又不乏译者的创造，体现了东干语言即陕甘方言的艺术魅力。

先看极个别地方译不出原味的。首先，诗的难译是普遍现象，可以理解。老舍原作有一句"小鸟依人"的诗，俄文译不出原诗韵味，东干文依俄文也译作"把我和小鸟一样的比哩"，失去了原文的诗词韵味。其次，文言文也无法原封不动的转写，原作"焉知"，东干文译作

---

① 老舍：《老舍文集》第 8 卷，人民文学出版社 1985 年版，第 304 页。

② Лошә，Йуәяр，Эрли Эрбуду，Хырыхстан ГуижячуБан，1957，40.

③ 老舍：《老舍文集》第 8 卷，人民文学出版社 1985 年版，第 296 页。

④ Лошә，Йуәяр，Эрли Эрбуду，Хырыхстан ГуижячуБан，1957，25.

⑤ 周立波：《暴风骤雨》，人民文学出版社 1992 年版，第 221 页。

"还不知道呢"。最后，新术语，东干人多用俄语借词，如不用借词，与汉语新名词距离就比较大了。老舍原作"我要浪漫地挣饭吃"中的浪漫，东干文译作"滴流"。原作"我缺乏资本"，东干文译作"到我上太难得很"。像以上所举的译不出汉语原味的只是极个别词语。

　　阿尔布都是东干语言艺术的高手，他的译文依据吉什科夫俄文译文。吉什科夫的翻译认真严肃，忠实于原作，东干文整体上忠实于原作，但也有译者的创造。某些地方比原作更形象，更蕴含曲折之意。在老舍一般性描述的地方，译文更形象之处颇多。如原文父亲死了，"大家都很忙"①，东干文译成"都乱黄子掉哩"②。鸡蛋的蛋清与蛋黄本是泾渭分明，但是受到强烈的震荡后，就混在一起，分不清蛋清与蛋黄了，西北人叫乱黄子。生活中当失去平衡，忙乱的没有头绪时叫"乱黄子"。显然后者将一般性叙述"很忙"加以形象化。又如原文一般性叙述"我对校长说了"③，东干译文为"我把这些事情一盘盘儿就给我们学长端给哩"④，也是更为形象化的译文。显然，将一般性的叙述，译得更为形象的过程，字数也增加了。可以体会到，东干译文总是力求形象化，如原文"等七老八十还有人要咱们吗？"⑤吉什科夫俄文将"七老八十"译为"老太婆"，而阿尔布都东干义则译为"老掉哩，豁牙半嘴的，谁要咱们呢？"⑥以"豁牙半嘴"代替"老太婆"、代替"七老八十"更注重形象。有的地方，译文在保留原意的基础上，更为准确，更为精彩。如原文我"恨妈妈"⑦，阿尔布都译为我"见不得我妈"⑧。虽然意思相近，但程度有差别，"见不得"比"恨"要轻一些，译出了对妈妈的复杂感情。又如"我有好些必要问妈妈的事"，东干文译成"把她心呢的事要透问的来呢"，这里西北方言的"透问"比一般

---

① 老舍：《老舍文集》第 8 卷，人民文学出版社 1985 年版，第 284 页。
② Лошэ, Йуэяр, Эрли Эрбуду, Фрунзе: Хырыхстан ГуижячуБан, 1957, 4.
③ 老舍：《老舍文集》第 8 卷，人民文学出版社 1985 年版，第 292 页。
④ Лошэ, Йуэяр, Эрли Эрбуду, Фрунзе: Хырыхстан ГуижячуБан, 1957, 19.
⑤ 老舍：《老舍文集》第 8 卷，人民文学出版社 1985 年版，第 310 页。
⑥ Лошэ, Йуэяр, Эрли Эрбуду, Фрунзе: Хырыхстан ГуижячуБан, 1957, 51 – 52.
⑦ 老舍：《老舍文集》第 8 卷，人民文学出版社 1985 年版，第 291 页。
⑧ Лошэ, Йуэяр, Эрли Эрбуду, Фрунзе: Хырыхстан ГуижячуБан, 1957, 16.

的"问"更传神，更贴切。"透问"的含义，往往是对方不想说，而通过婉曲的诱导，使其不知不觉地说了出来。还有原作中生活日渐困顿，不得不去当铺当东西，这时有一段描写"我这呢看见它，我的心就跳开哩。可是我躲不过它，我言定要去呢，我要爬上它的高台子呢。把吃奶的劲攒上我要把自家的东西拿到铺柜上，拿自家的细声声儿喊呢："把东西当下！"与原作比较："一看见那个门，我就心跳。可是我必须进去，几乎是爬进去，那个高门槛儿是那么高。我得用尽了力量，递上我的东西，还得喊：'当当！'"译作当中对人物动作的描述更加具体细腻了，"把吃奶的劲攒上"，"拿自家的细声声儿喊"，这些动作加大了铺柜的高大与孩子弱小之间的距离，同时也加重了孩子命运的凄惨。因此，我们认为这是阿尔布都翻译过程中的神来之笔，令人叹服。

　　老舍的《月牙儿》，是五四以来的接近口语的白话文，但是与东干文相比，仍然是规范的书面语，而阿尔布都的东干译文则完全摆脱了汉语书面语的影响，原因是汉字失传，东干作家根本没有受过汉语书面语言的教育。有研究者认为，由于缺少汉字及汉语书面语言的支撑，从而导致东干语太贫乏，缺乏表现力。① 笔者以为这种观点仍需商榷。下面，通过老舍原文与东干译文的比较，通过具体的例证，来论证我们的观点。

　　现代汉语中的许多较新的词汇，东干语中是没有的，可是东干作家能通过口语化的西北方言，来翻译这些语汇，有时比原作更生动、更形象。试对照《月牙儿》原作与东干译文。原文"她很诚恳地说"②，东干文译为"她说的心底呢的话"③。原文"她甚至于羡慕我，我没有人

---

　　① 王小盾：《东干文学和越南古代文学的启示——关于新资料对文学研究的未来影响》，《文学遗产》2001 年第 6 期。文中第 123 页指出东干文字的局限性："因为无汉字，故东干无典雅语言，文学语言不成独立的系统；因为所用文字是拼音文字，缺少造新词的功能，故对新事物的称谓多用借词，文学创作所能利用的语汇遂相当狭窄，尤其是难以表达抽象的概念；因为无法利用文字来区分同音词，文学作品中的意象要依靠上下文才能成立，这样就造成了意象语汇的萎缩，同时也造就了若干种意象语汇的固定搭配"。

　　② 老舍：《老舍文集》第 8 卷，人民文学出版社 1985 年版，第 304 页。

　　③ Лошэ, Йуэяр, Эрли Эрбуду, Хырыхстан ГуижячуБан, 1957, 41.

管着"①，东干译文为"她还眼红我的天不收、地不管的光阴的呢"②。
原文"他也很妒忌，总想包了我"③，东干译文为"这些人都是醋桶桶
儿，想一个把我占下"④。汉语普通话"诚恳"、"羡慕"、"妒忌"等很
规范，但陈陈相因，用多了，就不新鲜了。阿尔布都将其转换成更为形
象的"亲娘语言"——东干口语，读来更令人耳目一新。尤其是西北
人，倍觉亲切。又如，原作"我不明白多少事"⑤，东干文译成"我那
候儿还瓜的呢"⑥，不知其他地方人读了有何感受，西北人会觉得如此
翻译，太痛快了。这样比较，并不是要贬低老舍的原作，原作用力之
处，精彩之处不在这里，这里多半是原作一般性叙述的地方。我们的用
意在于，证明东干口语的艺术表现力毋庸置疑。

老舍重视口语是大家公认的，他说过："把'适可而止'放在一位
教授嘴里，把'该得就得'放在一位三轮车工人的口中，也许是各得
其所。这一雅一俗的两句成语并无什么高低之分，全看用在哪里。"⑦
可惜，老舍生前不知道东干作家1957年就翻译了《月牙儿》，而且译
成独具特色的俗白到家的东干文。假若他的在天之灵能读到这篇译作，
一定会饶有兴致。

以西北方言为主的东干语有没有艺术表现力，有的研究者对此产生
质疑，认为失去了汉字的支撑，与汉语书面语言隔绝，东干语就显得贫
乏，不足以表现丰富的生活。对此，我们可以展开讨论。东干语固然受
口语的某些局限，但是在杰出作家的笔下，不但克服了这种局限，而且
将东干口语之所长发挥得淋漓尽致。在这一点上，阿尔布都等东干作家
与老舍的白话主张是不谋而合的。

先看老舍对于白话的意见，他说："我们必须相信白话万能！否则

---

① 老舍：《老舍文集》第8卷，人民文学出版社1985年版，第305页。
② Лошэ，Йуэяр，Эрли Эрбуду，Хырыхстан ГуижячуБан，1957，41.
③ 老舍：《老舍文集》第8卷，人民文学出版社1985年版，第306页。
④ Лошэ，Йуэяр，Эрли Эрбуду，Хырыхстан ГуижячуБан，1957，45.
⑤ 老舍：《老舍文集》第8卷，人民文学出版社1985年版，第288页。
⑥ Лошэ，Йуэяр，Эрли Эрбуду，Фрунзе：Хырыхстан ГуижячуБан，1957，11.
⑦ 老舍：《出口成章——论文学语言及其他》，人民文学出版社1984年版，第24页。

我们不会全心全意地去学习白话，运用白话！我们不要以为只有古诗人才能用古雅的文字描写田园风景，白话也会。我们不要以为只有儒雅的文字才能谈哲理，要知道，宋儒因谈性理之学，才大胆地去用白话，形成了语录体的文字。白话会一切，只怕我们不真下功夫去运用它！我们不给白话打折扣，白话才会对我们负全责！"① 在谈到《小坡的生日》时又说："有了《小坡的生日》，我才真明白了白话的力量；我敢用简单的话，几乎是儿童的话，描写了一切。我没有算过，《小坡的生日》中一共到底用了多少字；可是他给我一点信心，就是用平民千字课的一千个字也能写出很好的文章。……有人批评我，说我的文字缺乏书生气，太俗、太贫，近于车夫走卒的俗鄙；我一点也不以此为耻！"②

"白话万能"和"白话会一切"，是老舍对白话的最充分的肯定，而且他相信"用平民千字课的一千个字也能写出很好的文章"。③ 把这些话用在东干作家身上，用来回答对东干语言质疑的人，是再合适不过的了。

从阿尔布都的小说创作中，我们看到了东干语言的艺术魅力。老舍《月牙儿》中的某些景物描写颇为精彩，用东干话怎么转写，真没有把握，可是，读了阿尔布都的译文，不但你的疑虑消除了，同时会产生一种意外的惊喜感。试举一段景物描写的译文例子：

> 笑眯嘻嘻的月牙儿，它的软闪闪的光亮在黄柳树林呢照的来，软嘟嘟的风儿把花儿的余味往四周八下呢刮哩，叫黄柳树树儿的枝枝摆哩浪哩。它的战抖抖儿的影影儿不止地跳哩：一下照到墙上哩，一下灭掉哩。麻乎儿光亮带雾有力量的影影儿连没劲张的下山风儿把睡不实的月牙儿呢傍个呢两个星星，就连妖怪的眼睛一样，笑眯嘻嘻儿的，也给黄柳树林呢洒哩自家的光哩。……④⑤

---

① 老舍：《老舍论创作》，上海文艺出版社 1982 年版，第 262 页。

② 同上书，第 20 页。

③ 同上。

④ Лошэ，Йуэяр，Эрли Эрбуду，Хырыхстан ГуижячуБан，1957，28.

⑤ Эрли Эрбудў，Дў мучёр，ХырыхстанГуижячуБан，1958，150.［吉］阿尔布都：《独木桥》（东干文），吉尔吉斯国家出版社 1985 年版，第 150 页。

　　有研究者称东干话"土得掉渣"，东干土语方言也能译出老舍笔下优美的景物描写，由于从俄文转译，有的句子稍嫌长了点。而在阿尔布都自己创作的小说里，这类句式则很少出现。

　　雅言能表现的，东干语也能。如《月牙儿》原作开头"欲睡的花"，"欲睡"是文了点，东干文译成口语"丢盹"；原作月牙儿在"碧云上斜挂着"，也有点文绉绉，东干文则译成在一块"青云彩上吊的呢"。都证明东干语是彻头彻尾的方言俗语，它没有夹杂书面的雅言，但是它的艺术表现力是令人信服的。

　　为了证明这一观点，不妨引用阿尔布都创作中的一个例子，小说《头一个农艺师》中对东干人跳舞动作的一段描写：

> 　　拖拉机手穆穆子一个掌子跳起来，维囊（维语跳舞）脱哩，人都手乱拍脱哩，越跳症候越大，把一个脚夯起来，拿第二个脚尖转了几个磨磨儿，可把两个腿换的往前旭的，往倒蹲的跳哩，之后把脚尖子指给西拉子哩。西拉子就连公鸡上架的一样，斜斜子出来哩。把两个胳膊操住，搁到腔子上，拿脚后跟稳稳地往前一走，往倒哩可一蹲，可转哩几个转子，收口儿把两个手卡到腰里，拿脚尖儿扎哩两个弯子，跑到阿舍尔跟前，头点了下。……（阿舍尔）先在场子上走哩几步，之后把两个嫩绵绵的胳膊伸开，就像设虑地飞呢，把身体拿得稳稳儿的，就连小脚女人走路的一样，把指头拈得叭叭的，连一股风一样，维囊脱了。[①]

　　这一段描写真令人惊叹，阿尔布都对跳舞动作如此熟悉，用东干语能够表现得活灵活现，三个人的舞蹈动作都不一样，都描写得十分精彩，三个人不同的交接动作也跃然纸上。

　　对于东干语言的表现力的认识，主要的不是从理论到理论的推理，而是一个艺术感受的问题。不读阿尔布都的作品，就不知道东干语言的

---

　　①　Эрли Эрбудў, Дў мучёр, Хырыхстан Гуижячуьан, 1958, 150。［吉］阿尔布都：《独木桥》（东干文），吉尔吉斯国家出版社 1985 年版，第 150 页。

艺术魅力。

东干译文在整体上忠实于老舍的原作，由于叙述语言用以西北方言为基础的东干语，读起来颇有西北韵味，这种感觉会贯穿于阅读的全过程。除此而外，东干译文还有以下几点需要指出的：

一是个别地方具有伊斯兰文化的特点。老舍原作，母亲找我找了"半个多月"，东干译文为"她把我找哩两个主麻"。主麻日是伊斯兰教聚礼日，即穆斯林于每周星期五（金曜日）下午在清真寺举行的宗教仪式。主麻一词系阿拉伯语"聚礼"的音译，其仪式包括礼拜、听念"呼图白"（教义演说词）和听讲"窝尔兹"（劝善讲演）等宗教仪式。在穆斯林的日常生活语言中，主麻是星期五，一个主麻就是一个星期。如中国回族民间故事《金雀》①（李福清曾收入俄文版《东干民间故事与传说》）中，写老大沙以贤找金雀，走了七个主麻，没找到，又走了七个主麻。妈妈天天望，望了一个主麻，两个主麻……望了20个主麻，儿子还不见回来。老二、老三找金雀的时间都用主麻计算。阿尔布都的译文用主麻正符合回族的语言习俗。又如，老舍《月牙儿》原文"这个世界不是个梦，是真的地狱"②，东干文译为"这个世界不像睡梦，它是活多灾海"③。地狱用多灾海代替，"多灾海"是波斯语"火狱"。穆斯林借用波斯语把地狱叫多灾海是极为普遍的。老舍原文中的"短红棉袄"，阿尔布都译成"红棉主腰儿"，也是中亚回族的惯常叫法。老舍原作中的死亡，东干译文用"无常"取代。"无常"本来是佛教用语，回族借用这一用语极其普遍。统计显示，老舍《月牙儿》中"死"共出现23处，却没有一处"无常"；东干译文中出现"无常"16处，"死"6处。可见东干语中多用无常，有的情况下也只能说死，如东干译文《月牙儿》中"失笑死哩"，就不能说"失笑无常了"。

二是晚清时期的术语较多。老舍原文中的"巡警"，东干译文为"衙役"；原文"校长"，东干译文为"学长"；原文"学校"，东干译

---

①　李树江、王正伟：《回族民间传说故事》，宁夏人民出版社2009年版，第426—427页。

②　老舍：《老舍文集》第8卷，人民文学出版社1985年版，第311页。

③　Лошэ，Йуэяр，Эрли Эрбуду，Хырыхстан ГуижячуБан，1957，54.

文为"学堂";原文"进项"(收入),东干文译为"进文";原文"女招待",东干译文为"跑堂的"。东干语言中有晚清语言的活化石,这些旧用语的出现,可以把故事时间前移若干年。

东干文《月牙儿》从俄文转译而来,加之中亚回族处于俄语作为交际语言的环境中,受俄语影响是顺理成章的。首先,东干译文中某些较长的复句,同东干口语距离较大。其次,个别语词明显受俄语影响,如老舍原文妈妈头上的银簪是出嫁时姥姥送的一件首饰,东干译文成了奶奶送的首饰。这不是阿尔布都的过失,俄文姥姥与奶奶是一个词,不加区分的。又如原文"十点来钟",俄文版按照俄语的习惯译成第十一点钟,东干文也译成十一点钟。

(三)

如果没有东干文作参照系,我们不知道中国作家创作的口语化到底达到了什么程度;而有了东干文这个参照系,在相互比较之下,才深切地感觉到了二者的差异。同一篇作品的两种文本比较,是看得见、摸得着的,因而也是最有说服力的。试以《月牙儿》开头为例:

老舍原文如下:

> 是的,我又看见月牙儿了,带着点寒气的一钩儿浅金。多少次了,我看见跟现在这个月牙儿一样的月牙儿;多少次了。它带着种种不同的感情,种种不同的景物,当我坐定了看它,它一次一次的在我记忆中的碧云上斜挂着。它唤醒了我的记忆,像一阵晚风吹破一朵欲睡的花。①

阿尔布都东干译文:

> 把凉飕飕儿的金黄月牙儿我可看见哩。就连今儿的一样,我把它见哩多少回数哩。嗯,很多的回数哩。是多候儿把它看见,它把

---

① 老舍:《老舍文集》第 8 卷,人民文学出版社 1985 年版,第 283 页。

我的心底呢的杂样儿的熬煎带窝憋就带起来哩。它就像在一块儿青云彩上吊的呢。它凡常叫记想打下山风上丢盹的花儿的菁葵儿咋么价往开呢撒的呢。①

相比之下，老舍明显的带有浓重的知识分子书面语言的色彩，东干文则将汉语书面语言荡涤得一干二净，尽管最后一句由俄文翻译而来，东干口语没有这样长的复杂的句式，但是就语词而言，东干文是纯粹的口语。我们来具体地逐一比较：原作开头"是的，我又看见月牙儿了"，东干文没有"是的"这样的西化语言，也不用"又"字，而换成"可"字，"又看见了"说"可看见了"。以下凡原文为"又"的地方，东干文都译为"可"。西北方言中"可"为"又"的意义，"可"在《现代汉语》词典中的义项没有又的意思。原作"带着点寒气的一钩儿浅金"，很美，但更是文绉绉的书面语言。俄文译为金黄色的寒冷的月牙儿，东干文也译为金黄月牙儿这样的口语。原作"多少次"，东干文译为"多少回"。原作"跟现在一样"的月牙儿，东干文译为"就连今儿的一样"，"今儿"同"现在"比，是更原始的民间口语。两个"种种不同"也是书面语言，东干文用一个"杂样儿"（即各种各样）来取代。"种种不同的感情"俄文为"各种感情"，阿尔布都的东干文，则根据人物的命运译成"杂样儿的熬煎带窝憋"，不但更口语化，同时也更具体更形象，更悲剧化。原文"碧云"、"欲睡"，都是文雅的带点古香古色的书面语言，而东干文将"碧云"译为"青云彩"，将"欲睡"译为"丢盹"，完全是民间口语。可以看出，在东干文《月牙儿》里原有的书面语言全部被方言土语所代替。经过这样的具体比较，使我们获得了一个全新的认识，中国评论家所说的中国作家的口语化同东干作家的口语化在程度上有很大的差别。中国作家的口语化是有限度的，摆脱不了书面语言的束缚，书面语言的印痕随处可见。即使力主口语化的作家，像主张"白话万能"和"白话会一切"，相信"用平民千字课的一

---

① Лошэ，Йуэяр，Эрли Эрбуду，Хырыхстан ГуижячуБан，1957，3.

千个字也能写出好文章"的老舍，其作品中的书面语言随处可见。而东干作家的作品才是彻头彻尾、从里到外的方言口语。东干文学的这种现象，在世界华语文学中是少见的。在世界各地的华人群中，尽管保留了各种不同的方言土语，但是他们中的作家用汉语书写的作品，基本上都是用较为规范的汉语书面语言，即使有方言土语也多为点缀，而完全的方言土语只存在于口语中。

两种文本的差异，根本的原因在于，东干作家彻底摆脱了汉语书面文学的影响，由于汉字失传，切断了东干作家与汉语书面文学的联系。他们无法直接阅读原汁原味的汉语典籍，只能通过俄文译本间接阅读。东干作家的文学修养，一是来源于民间文学，东干民间文学是原汁原味的东干语言；二是来源于俄罗斯文学的影响，俄罗斯文学具有世界一流文学的水准，加之苏联时期主流文学就是俄罗斯文学，中小学教科书都是用俄语书写的，语文也是俄罗斯语言文学。除此而外，东干作家的文学修养还受到世界各国文学及周围其他民族如哈萨克、吉尔吉斯、鞑靼等民族文学的影响。由于上述原因，东干作家在进行本民族的书面文学创作时，用纯粹的西北方言口语，是彻底的口语化作品。中国作家虽然也熟悉民间口语，但是从小学、中学到大学读书，接受的全是汉语书面语言的影响，写作也用规范的书面语言，这种潜移默化，使书面语言、雅语已经融化在作家的血液中，不可能摆脱掉。"五四"以后的白话文，多了口语的成分，是一大进步，但是基本上还是现代书面语言。瞿秋白将"五四"文学的语言称为非驴非马的骡子文学，虽然否定的成分多，说了过头话，但是如果从彻底的口语的角度去理解，会揣摩到其中的真正含义。因此，中国作家，即使自觉的倡导口语化的作家也无法摆脱汉语书面语的影响。

综上所述，东干文学为我们提供了重要的参照系，提供了对作家作品口语化的新认识。东干文学对我们研究文学如何由口语到书面语言提供了新的资料与思路。没有东干文学，我们就不懂什么是真正的口语文学，就不知道用方言口语也能写出高水平的文学作品。

附录

СЕРП ЛУНЫ

1

. . . И опять я увидела серп луны — золотистый и холодный. Сколько раз я видела его таким, как сейчас, сколько раз. . . И всегда он вызывает во мне самые разные чувства, самые разные образы. Когда я смотрю на него, мне кажется, что он висит над лазоревыми облаками. И постоянно будит воспоминания — так от дуновения вечернего ветерка приоткрываются бутоны засыпающих цветов.

2

Когда я впервые заметила серп луны, он показался мне именно холодным. На душе у меня тогда было очень тяжело, сквозь слезы я видела тонкие золотистые лучи. В то время мне исполнилось всего семь лет; на мне была красная ватная курточка и шапочка, сшитая мамой, синяя, с мелкими цветочками, — я помню это. Прислонясь спиной к косяку двери, я смотрела на серп луны. Маленькая комната — запах табака, лекарств, слезы мамы, болезнь папы. Я стояла на пороге одна и смотрела на серп луны; никто не звал меня, никто не приготовил мне ужина. Я понимала — в дом пришло горе: все говорили, что болезнь папы. . . И я еще острее чувствовала свою тоску, холод и голод, свое одиночество. Так я стояла, пока луна не скрылась. Я осталась, совершенно одна и снова расплакалась, но плач мой заглушили рыдания матери: папа перестал дышать, лицо его закрыли куском белой ткани. Мне хотелось сдернуть это белое покрывало, еще раз увидеть папу, но я не осмелилась. Было очень тесно — почти всю комнату занимал папа. Мама надела белое платье[①], на

---

① Белое платье. — В Китае белый цвет считается траурным.

меня поверх красной ватной курточки тоже надели белый халатик с неподрубленными рукавами — мне это хорошо запомнилось, потому что я все время выдергивала из края рукава белые нитки. Все суетились, шумели, громко плакали, но суетня эта была, пожалуй, излишней. Дел было не так уж много: всего лишь положить папу в гроб, сколоченный из четырех тонких досок. Потом пять или шесть человек несли его. Мы с мамой шли за гробом и плакали. Я помню папу, помню гроб. Этот деревянный ящик навсегда унес папу, и я часто жалею, что не открыла гроб и не посмотрела на отца. Но гроб глубоко в земле; и хотя я хорошо помню место за городской стеной, где он зарыт, могилу так же трудно найти, как упавшую на землю каплю дождя.

3

Мы с мамой еще носили траур, когда я снова увидела серп луны. Был холодный день, мама пошла на могилу папы и взяла меня с собой. Она захватила тоненькую пачку бумаги[①]. В тот день мама была особенно ласкова со мной. Когда я не могла больше идти, она несла меня на руках, а у городских ворот купила мне жареных каштанов. Все холодное, только каштаны горячие; было жалко их есть, потому что я грела ими руки. Я не помню, сколько мы шли, но мне показалось, что очень - очень долго. Когда хоронили отца, дорога не казалась мне такой длинной — возможно, потому, что тогда людей было больше, а сейчас мы шли только вдвоем с мамой. Она молчала, и мне не хотелось говорить, кругом было тихо; такие желтые дороги всегда тихи и бесконечны.

Дни стояли короткие. Я помню могилу — совсем маленький бугорок земли — и вдалеке высокие желтые холмы, за которые

---

① Пачку бумаги? — По китайскому обычаю, на могиле умершего родственника сжигали сделанные из бумаги изображения животных и пачки бумаги, символизирующие деньги.

уходило солнце. Мама посадила меня у могилы и как будто не замечала, она плакала, обхватив могилу руками. Я сидела и играла каштанами. Мама снова заплакала. Я тоже вспомнила папу; плакать о нем не хотелось, и все - таки я заплакала — мне стало жалко маму. Я потянула ее за руку: «Не плачь, ма, не плачь!..» Она заплакала еще сильнее и крепко прижала меня к себе. Солнце зашло, кругом никого не было, только мы вдвоем. Вдруг мама словно испугалась чего - то, глотая слезы, она взяла меня за руку, и мы пошли. Через несколько минут она посмотрела назад; я тоже оглянулась — папину могилу уже нельзя было различить, по эту сторону до самого под ножия холмов — могилы, маленькие - маленькие бугорки. Мама вздохнула. Мы шли то быстро, то медленно; еще не дойдя до городских ворот, я увидела серп луны. Было темно, тихо, и только луна лила холодный свет. Я устала, и мама взяла меня на руки. Не знаю, как мы добрались до города, помню лишь серп луны на пасмурном небе.

4

В восемь лет я уже научилась относить вещи в ломбард. Я знала — если не принесу немного денег, нам нечего будет есть: мама посылала меня закладывать вещи только в самом крайнем случае. Мне было хорошо известно: если мама давала сверток, значит, в котле нет ни крупинки: Иногда наш котел был чист, как добродетельная вдова. Однажды я понесла закладывать зеркало, единственную оставшуюся вещь, без которой можно было обойтись, хотя мама и пользовалась ею каждый день. Была весна, и теплые вещи мы уже заложили. Я знала зеркало надо нести осторожно, но нужно было торопиться, потому что ломбард закрывался рано. Я боялась его красных больших ворот и длинного высокого прилавка. Когда я к ним приближалась, у меня начинало колотиться сердце. Но я должна войти, вернее, вскарабкаться так высок порог. Из последних сил я должна поднять свою ношу до прилавка, крикнуть: «Возьми те в заклад!» получить деньги и квитанцию и быстро вернуться домой, чтобы мама не беспокоилась. На зеркало не взяли, а предложили принести еще что – нибудь. Я понимала, что это значит. Прижав зеркало к груди, я со всех ног побежала домой. Мама заплакала, ничего другого она найти не могла.

Я привыкла к нашей комнате, и мне всегда казалось, что в ней много вещей, но теперь, помогая маме найти что нибудь, я поняла, что их очень мало. «Мама, а что мы будем есть?» Она, плача, протянула мне серебряную шпильку единственную драгоценность в доме. До этого мама несколько раз вынимала ее из волос, но не решалась заложить. Эту шпильку ей подарила бабушка в день свадьбы. Мама велела оставить зеркало и от нести в ломбард шпильку. Я побежала обратно, но большие страшные ворота были уже закрыты. Я села на ступеньку, зажав шпильку в кулаке. Громко плякать я не смела: я смотрела на небо и снова сквозь слезы видела серп луны. Я плакала долго, до тех пор пока из темноты не появилась мама; она взяла меня за руку. Какие теплые у нее руки! Почувствовав их тепло, я забыла все неудачи и даже голод. Всхлипывая, я сказала: «Мама, пойдем спать. Завтра утром я снова приду сюда!» Она молчала. Мы прошли немного: «Мама, посмотри на серп луны, он был таким же, когда папа умер. Почему он всегда висит косо?» Мама молчала, рука ее слегка дрогнула.

5

Мама целыми днями стирала чужое белье. Мне всегда хотелось помочь ей, но я не знала, как это сделать. Я только ждала ее и не ложилась спать. Иногда серп луны уже был высоко в небе, а она все еще стирала вонючие носки, похожие на твердую коровью шкуру, —

их присылали приказчики. После стирки этой гадости мама уже не могла есть. Я сидела около нее и смотрела на серп луны; в его луче мелькала летучая мышь, словно нанизанная на серебристую нить, и вдруг медленно исчезала в темноте. Чем больше я жалела маму, тем сильнее меня притягивал серп луйы; становилось легче на душе, когда я смотрела на него. Летом он был еще красивее, от него всегда веяло прохладой, словно он был изо льда. Мне очень нравилось, когда легкие тени, падающие на землю в лунную ночь, вдруг изчезали, становилось особенно темно, звезды светили еще ярче, а цветы пахли еще сильней. В саду соседнего дома было много цветов и деревьев, с большой акации к нам падали белые лепестки, устилавшие землю точно снег.

6

Мамины руки от стирки стали жесткими. Иногда я просила ее почесать мне спину, но не смела часто утруждать, она слишком уставала. Вонючие носки лишали ее аппетита. Я знала: мама что-то обдумывает. Она иногда откладывала белье в сторону и замирала. О чем она думала, я не могла угадать.

7

Мама просила меня не упрямиться и называть его папой. Она нашла мне нового отца. Я знала это был другой, потому что папа лежал в могиле. Говоря мне о новом отце, мама отводила глаза в сторону. Глотая слезы, она сказала: «Я не могу допустить, чтобы ты умерла с голоду». Да, это заставило маму найти мне другого отца. Я многого тогда не понимала, мне было страшно, но я надеялась, что теперь мы не будем голодать. Какое удивительное совпадение! Когда мы покидали нашу каморку, в небе снова висел серп луны. В этот раз он сиял ярче и казался зловещим; я уезжала из своего дома, к которому так привыкла. Мама села в красные свадебные носилки, впереди шли несколько музыкантов; звуки барабанов и * труб оглушали. Носилки двигались впереди, какой – то мужчина вел меня за ними. Зловещий свет луны как бы дрожал на холодном ветру. На улицах было пустынно, и только одичавшие собаки с лаем бежали за музыкантами. Носилки двигались очень быстро. Куда? Может быть, маму несли на кладбище? Мужчина тащил меня за собой. Я с трудом поспевала, мне хотелось плакать, но я не могла. Рука мужчины была потная и, как рыба, холодная. Я хотела крикнуть: «Мама!» — но не смела. Серп луны вдруг стал уже, словно прищуренный большой глаз. Носилки внесли в узкий переулок.

8

В течение трех – четырех лет я как будто не видела серпа луны. Новый папа относился к нам хорошо. У него были две комнаты, он с мамой занимал одну, я спала в другой. Сначала я хотела спать с мамой, но через несколько дней полюбила свою маленькую комнатку. Белоснежные стены, стол и стул — мне казалось, что все это мое. И одеяло теперь было толще и теплее, чем раньше. Мама пополнела, на щеках появился румянец, и с ее рук понемногу сошли мозоли. Мне уже не приходилось бегать в ломбард закладывать вещи. Новый папа отдал меня в школу. Иногда он даже играл со мной. Не знаю почему, но я не любила называть его папой, хотя понимала, что он очень хороший человек.

Он догадывался обо всем. Он часто шутил, и, когда смеялся, его глаза становились красивыми. Мама тайком уговаривала меня называть его папой, да я и сама чувствовала, что не стоит быть слишком упрямой. Ведь мы с мамой теперь сыты благодаря ему... Я не припомню, чтобы в эти три – четыре года я видела серп луны... Возможно, я видела, только забыла... Но я всегда буду помнить, каким он был, когда умер папа, и каким он был, когда маму несли в красных носилках. Я навсегда запомнила это холодное бледное сияние, словно от куска нефрита...

9

Я полюбила школу. Мне всегда казалось, что в школе много цветов, хотя на самом деле их там вовсе не было. Стоит мне вспомнить школу — и на память сразу приходят цветы, так же как мысли о папиной могиле вызывают воспоминание о серпе луны за городом, о его сиянии, дрожащем на слабом ветру. Мама очень любила цветы, но не могла их купить. Иногда ей дарили цветы, и она, счастливая, сразу же прикалывала их к волосам. Случалось, и я приносила ей один – два цветка; воткнув их в волосы, она молодела. Мама радовалась, я тоже радовалась. Школу я любила. Может быть, поэтому, думая о школе, я вспоминаю о цветах?

10

В тот год, когда я должна была окончить начальную школу, мама снова послала меня заложить вещи. Я не знала, почему внезапно уехал отчим. Маме тоже как будто не было известно, куда он исчез. Она все еще посылала меня в школу, надеясь, что отчим скоро вернется. Но прошло много дней, а он не возвращался, даже писем не было. Я думала, что маме снова придется стирать вонючие носки, и мне становилось очень больно. Однако она и не думала об этом, а все еще продолжала наряжаться и прикалывать к волосам цветы. Удивительно! Она не плакала, наоборот, — смеялась. Почему? Я не понимала. Несколько раз, возвращаясь из школы, я видела маму стоящей у ворот. Прошло еще немного времени. Однажды, когда я шла по улице, какой – то человек окликнул меня: «Передай этот конверт маме... А ты сколько берешь, малютка?» Я вспыхнула и низко опустила голову. Ясно было, что положение безвыходное, и я не могла поговорить с мамой, не могла. Она очень любила меня и временами настойчиво говорила: «Учись! Учись!» сама она была неграмотна.

Я подозревала, и подозрения сменились уверенностью, что она пошла на «это» ради меня. Ей больше ничего не оставалось. И, думая об этом, я не могла осуждать маму. Мне хотелось прижать ее к груди и сказать, чтобы она больше не делала этого. Я ненавидела себя за то, что не могла ей помочь. Поэтому я часто думала: что меня ждет после окончания школы? Я говаривала об этом с подругами. Одни рассказывали, что в прошлом году нескольких девушек, окончивших школу, взяли вторыми женами. Другие говорили, что некоторые девушки стали «продажными». Я не совсем понимала, что значит это слово, но по их тону догадывалась — это нехорошее. Они же как будто все знали, им нравилось тайком шушукаться и неприличных вещах, и на их раскрасневшихся лицах было написано неподдельное удовольствие. Я стала думать, не ждет ли мама моего окончания школы, чтобы... С такими мыслями я иногда боялась возвращаться домой: меня пугала встреча с мамой. Иногда она давала мне деньги на сласти, но я не решалась их тратить. На уроках физкультуры я часто была близка к голодному обмороку. Каким вкусным казалось мне то, что ели другие. Однако я должна была экономить деньги. Если бы мама заставила меня... то с деньгами я могла бы убежать. Порой у меня бывало больше мао! Когда мне становилось особенно грустно, я даже днем искала на небе серп луны, словно вид его мог успокоить мое сердце. Серп луны беспомощно висел в серо - голубом небе, и тусклый свет его заволакивала тьма...

11

Тяжелее всего было то, что я начинала ненавидеть маму. Но всякий раз, когда мною овладевало это чувство, я невольно вспоминала, как она несла меня к могиле отца. И я уже не могла ее ненавидеть. И

все же должна была ненавидеть. Мое сердце — как серп луны: на
мгновение блеснет, открытое, а затем заволакивается непроглядной
тьмой. К маме часто приходили мужчины, и она уже перестала меня
стесняться. Они смотрели на меня, как голодные собаки, у которых
изо рта течет слюна. В их глазах я была более лакомым куском, я
видела это. За короткое время я поняла многое. Я узнала — надо
беречь свое тело, как драгоценную вещь; чувствовала, что я стала
привлекательной, от этого мне было беспокойно, но еще больше —
приятно. Я ощущала в себе достаточно сил, чтобы сберечь себя или
погубить. Порой я подавляла в себе эти чувства, иногда они
захватывали меня. Я не знала, что лучше. Я хотела любить маму, мне
нужно было о многом расспросить ее, хотелось, чтобы она меня
успокоила; но именно в то время я должна была избегать ее и
ненавидеть, иначе я бы не сберегла себя. В часы бессонницы, после
трезвых размышлений, я убеждалась, что мама не виновата. Она
должна была заботиться о нашем пропитании. Но теперь каждый
кусок застревал у меня в горле. Мое сердце то совсем останавливалось,
то бешено колотилось, точно зимний ветер, который, затихнув на
минуту, начинает метаться с еще большей яростью. Я старалась
успокоить свое сердце, но не могла.

12

Дела наши становились все хуже — они не ждали, пока я что -
нибудь придумаю. Мама спросила: «Ну как?» — и добавила, если я
действительно люблю ее, то должна помочь, иначе она уже не сможет
заботиться обо мне. Это было не похоже на маму, но она говорила
именно так. Она сказала совершенно ясно: «Я быстро старею,
пройдет еще года два, и мужчины отвернутся от меня!» В самом деле,
последнее время она усиленно пудрилась, но морщины были все равно
заметны. И она решила стать рабой одного мужчины — на многих ее

уже не хватало. Мама считала, что, пока она еще не увяла совсем, ей нужно торопиться. В это время она нравилась одному торговцу пампушками. Я стала уже взрослой, и мне было неудобно идти за мамиными носилками, как в детстве. Мне следовало начинать самостоятельную жизнь. Если бы я решилась «помочь» маме, то она могла бы не идти на это — деньги заработала бы я. Я очень хотела помочь, но такой способ заработка вызывал у меня страх. Что я знала? Могла ли я добывать деньги, подобно потерявшей надежду женщине?! У мамы жестокое сердце, но деньги ведь еще более жестоки. Она не принуждала меня вступать на этот путь, предоставив решать самой — помогать ей или разойтись с ней в разные стороны. Мама не плакала, она уже давно выплакала все слезы. Что же мне делать?

13

Я рассказала все директрисе. Это была полная женщина сорока с лишним лет, ограниченная, но с добрым сердцем. У меня не было другого выхода, иначе кому бы я могла рассказать о маме... До этого я никогда не говорила с директрисой откровенно. И каждое слово, точно раскаленный уголь, жгло мои губы, я заикалась и с трудом выдавливала слова. Она захотела помочь мне. Денег дать она не могла, но обещала кормить два раза в день и разрешила жить вместе со школьной уборщицей. Она обещала, что со временем, когда я научусь хорошо писать, я буду помогать секретарю переписывать бумаги. Теперь основное было решено. У меня были еда и жилище. Я могла избавить маму от забот. На этот раз даже носилок не было, мама просто взяла рикшу и исчезла во тьме. Мою постель она оставила. При расставании мама сдерживала слезы, но видно было, что сердце ее обливалось кровью. Она знала, что я, родная дочь, не смогу навещать ее. А я? Я — я безудержно рыдала, и слезы заливали мое лицо. Я ее дочь, друг, утешитель. Но я не могла ей помочь, не могла решиться встать на тот путь. Я часто думала потом, что мы с мамой, как бездомные собаки, рыскали в поисках еды и ради этого должны были продавать себя, словно кроме желудков у нас ничего не было. Ненависть к маме прошла, я поняла все. Мама не виновата, не виноваты и наши желудки, — нам просто надо было есть, чтобы жить. А теперь разлука с мамой заставила меня все забыть. На этот раз не было серпа луны, кругом стоял мрак, не было даже светлячков. Мама исчезла во тьме как тень. Умри она, я, пожалуй, не смогла бы похоронить ее вместе с отцом. Не дано мне знать и то, где будет ее могила. Был у меня единственный друг — мама. А теперь я осталась одна в целом свете.

14

Мы с мамой не могли видеться, и любовь в моем сердце увяла — так весенние цветы погибают от инея. Я прилежно занималась каллиграфией, чтобы переписывать всякие пустяковые бумаги для директрисы. Я должна была хоть что - нибудь делать — ведь я ела чужой рис. В противоположность своим одноклассницам, которые целыми днями болтали о том, кто что ест, как одевается, что говорит, я замкнулась в себе, моим другом была моя тень. В моем сердце была только я, потому что никому до меня не было дела. Я сама себя любила и жалела, ободряла и укоряла; я познавала себя, словно постороннего человека. Малейшие изменения во мне пугали меня, радовали и повергали в смятение. Я относилась к себе как к нежному цветку и могла думать только о настоящем, не решаясь мечтать о будущем. Я потеряла всякое представление о времени и вспоминала о том, что наступил полдень или вечер только тогда, когда меня звали к столу; для меня не было ни времени, ни надежд, словно я и не существовала на свете. Вспоминая маму, я понимала, что я уже не ребенок. Я не ждала, подобно сверстницам, каникул, праздников, Нового года. Какое они имели ко мне отношение? Но я понимала, что становлюсь взрослой и через некоторое время появятся новые заботы и тревоги. Я чувствовала, что делаюсь красивой, и это меня немного утешало; впервые за все время появилось нечто поднимавшее меня в собственных глазах. Сначала это радовало, потом огорчало меня. Пока не приходила горечь, я была горда — бедная, но красивая! Это и пугало меня: ведь мама тоже была недурна.

15

Я давно не видела серпа луны — я боялась смотреть на него, хотя мне очень хотелось. Я уже окончила школу, но все еще жила здесь. Вечерами в школе оставались только двое старых слуг: мужчина и женщина. Они не знали, как относиться ко мне: я не была уже ученицей, но ие была и преподавателем или прислугой, хотя больше походила на последнюю. Вечерами я гуляла во дворе одна, и часто серп луны загонял меня в комнату — не хватало смелости взглянуть на него. А в комнате я могла думать о нем, особенно если было ветрено. Легкий ветерок словно доносил до моего сердца бледный свет луны, заставлял вспоминать прошлое и еще сильнее грустить о настоящем. Мое сердце было подобно летучей мыши в лучах луны — хотя и озаренная светом, она остается темной; а темное, хоть и умеет летать, все же темное, — у меня не было надежд. Но я не плакала, только хмурила брови.

16

У меня появился заработок: я стала вязать вещи для учениц. Директриса разрешала мне это. Но я зарабатывала мало, потому что ученицы сами умели вязать и обращались ко мне только в том случае, когда не успевали связать нужные срочно чулки или варежки. Однако сердце мое словно ожило, я даже думала: останься мама со мной, я могла бы ее прокормить. Но стоило мне подсчитать заработок, и я понимала, что все это только мечты, хотя они и доставляли мне радостные минуты. Очень хотелось увидеть маму. Если бы мы встретились и стали жить вместе, мы обязательно нашли бы выход — так я мечтала, но не очень верила в это. Я думала о маме, и она часто мне снилась. Однажды я со школьницами отправилась на прогулку за городскую стену. Был уже пятый час вечера, когда мы возвращались. Надо было торопиться, и мы выбрали самый короткий путь. И я увидела маму! В маленьком переулке была лавка, в которой торговали пампушками. У входа на шесте была выставлена большая пампушка из дерева. У стены сидела мама; согнувшись, она раздувала мехи. Я еще издали увидела ее и узнала, хотя она сидела спиной ко мне. Хотела подойти и обнять ее, но не посмела: я боялась, что ученицы будут смеяться надо мной, они и думать не могли, что у меня такая мама. Чем ближе мы подходили, тем ниже я опускала голову; я взглянула на маму сквозь слезы, она меня не заметила. Совсем близко от нее мы гурьбой прошли мимо, а она как будто ничего не видела и сосредоточенно раздувала мехи. Когда мы отошли подальше, я оглянулась, мама сидела в том же положении. Я не разглядела ее лица, только заметила, что волосы спадали ей на лоб. Я запомнила название этого переулка.

17

Мое сердце словно точил червь, я не могла успокоиться, не повидав маму. Как раз в это время в школе сменился директор. Директриса сказала, что я должна подумать о себе, — она кормила меня и давала приют, но не может поручиться, что новый директор сделает то же. Я подсчитала свои деньги — всего два юаня, семь мао и несколько медяков. На первые дни этих денег было достаточно, чтобы не умереть с голоду, но куда мне идти? Я не могла сидеть сложа руки и грустить, надо было что - то придумать. Первой мыслью было разыскать маму. Но сможет ли она взять меня к себе? А если нет? Своим приходом я вызову недовольство торговца пампушками, маме будет очень тяжело. Я должна подумать о ней, она моя мама, хотя бедность и разделила нас пропастью. Я думала, думала и решила не ходить. Нужно самой нести свои беды. Но как? Я не могла придумать. Я поняла, что мир слишком мал, чтобы в нем нашлось для меня пристанище или утешение. Собаки были счастливее меня — они могли спать на улице; людям же на улице спать не полагается. Да, я человек, но человеку может прийтись хуже, чем собаке. Если я не уйду, неизвестно, как отнесется к этому новый директор. Я не могла ждать, пока меня выпроводят за дверь. Стояла весна. Но я не чувствовала ее тепла, я только видела, что распустились цветы и зазеленели листья. Красные цветы были всего лишь красными цветами, зеленые листья — всего лишь зелеными листьями, я различала краски, но все это не имело для меня никакого смысла — весна была холодной и мертвой, она не оживила моего сердца. Я не хотела плакать, но слезы текли сами собой.

18

Я отправилась искать работу. Маму я не разыскивала, хотела сама зарабатывать на жизнь и ни от кого не зависеть. Два дня я выходила с надеждой, а возвращалась в пыли и в слезах. Для меня не было работы. Именно теперь я по - настоящему поняла маму и от души простила ее. Она хоть стирала вонючие носки, а я не могла найти даже такую работу. Путь, на который вступила мама, был единственным. Навыки и добродетели, воспитанные во мне школой, оказались никчемными, они годились для тех, кто сыт и свободен. Мои соученицы не допускали мысли, что у меня такая мама; они смеялись над продажными женщинами; да, они могут смеяться — они сыты. Я почти решилась: если найдется человек, который будет меня кормить, я буду все для него делать; ведь мама могла же покоряться. Я не хотела умирать, хотя и думала об этом; нет, я хотела жить. Я молода, красива и должна жить. В позоре не я повинна.

19

Стоило лишь подумать это, как мне показалось, что я нашла себе работу. Я отважилась погулять во дворе, где в темно - синем безоблачном небе висел серп весенней луны. Я залюбовалась им. Мягкий свет сияющего серпа падал на иву; ветерок доносил аромат цветов и шевелил ветки; их трепетные тени то появлялись на освещенной стене, то исчезали; свет слабый, тени легкие — малейшее дуновение ветерка пробуждало все ото сна. Чуть ниже серпа луны, над ивой, словно глаза смеющейся феи, блестели две звезды. Они смотрели то на серп луны, то на колеблющиеся ветки. У стены росло какое - то дерево, осыпанное белыми цветами. В слабом свете луны половина дерева казалась покрытой снегом, другая половина была неразличима в тени. «Серп луны — вот начало моих надежд», — подумала я.

20

Я пошла к директрисе, ее не было дома. Меня пригласил войти молодой человек. Он был красив и любезен. Я всегда боялась мужчин, но этот не внушил мне страха. Он спросил, по какому делу я пришла, и так улыбнулся, что сердце мое растаяло. Я все ему рассказала. Он был растроган и обещал помощь. В тот же день вечером он принес мне два юаня, я не хотела брать их, но он сказал, что эти деньги посылает директриса — его тетка, и добавил, что она подыскала мне квартиру, куда я смогу переехать завтра. Мне бы нужно было высказать свои сомнения, но я не могла решиться. Его улыбка словно проникала в мое сердце. Я чувствовала, что мои подозрения обидят его, такого милого и ласкового.

21

Смеющиеся губы касаются моего лица, поверх его головы я вижу улыбающийся серп луны. Весенний ветер словно опьяняет, он разрывает весенние облака, открывая серп луны и несколько звезд. Ветки ивы, склонившиеся над рекой, слегка колышутся, сверчки поют любовную песнь, а аромат цветущего тростника разлит в темном вечернем воздухе. Я слушаю журчание воды, дающей тростнику животворную силу; мне хочется стать такой же, как тростник, и быстро тянуться вверх. На теплой влажной земле наливаются белым соком молодые побеги. Все вокруг жадно вбирает в себя силы весны, впитывает ее всеми порами, источает аромат. Подобно окружающим меня цветам и травам, позабыв обо всем, я вдыхаю весну; перестаю ощущать себя, словно растворяюсь в весеннем ветерке, в слабом свете луны. Внезапно луну заволакивает облако, я прихожу в себя и чувствую — жаркая сила подавляет меня. Серп луны исчезает, я теряю голову и становлюсь такой, как мама!

22

Я раскаиваюсь, успокаиваю себя, хочу плакать, радуюсь, просто не знаю что делать. Хочу убежать, никогда больше не видеть его, но снова мечтаю о нем и скучаю. Я одна в двух комнатах, он приходит каждый вечер. Он всегда обворожителен и добр. Он кормит меня и даже купил несколько платьев. Надевая новое платье, я замечаю свою красоту; я ненавижу эти платья, и в то же время жалко расстаться с ними. Я не смею думать обо всем этом, да и не хочется думать — я словно околдована, щеки у меня всегда пылают. Мне лень наряжаться, но я не могу не наряжаться; я изнываю от безделья, мне постоянно приходится искать, чем себя занять. Когда наряжаюсь, я нравлюсь себе, одевшись — ненавижу себя. Мне ничего не стоит расплакаться, но я изо всех сил стараюсь не делать этого, а глаза у меня весь день мокрые. Иногда я как сумасшедшая целую его, затем отталкиваю и даже ругаю; он всегда улыбается.

23

Я давно знаю, что надежд у меня нет; облако может закрыть серп луны, — так и мое будущее темно. Вскоре весна сменилась летом, и я пробудилась от весенних грез. Однажды в полдень ко мне пришла молодая женщина. Она была очень красива, но это была хрупкая красота, красота фарфоровой куклы. Войдя в комнату, она разрыдалась. Я все поняла без расспросов. По-видимому, она не собиралась скандалить, я тоже была далека от этого. Она держалась скромно. Плача, она взяла меня за руку. «Он обманул нас обеих!» — сказала она. Я думала, что она тоже любовница. Нет, это была его жена. Она не скандалила, а лишь повторяла: «Оставьте его!» Я не знала что делать, было жалко эту женщину. Я пообещала ей. Она улыбнулась. Глядя на нее, я понимала, что она не хочет ни во что вникать, ничего не хочет знать, ей нужно только вернуть мужа.

24

Я долго ходила по улицам. Легко было пообещать, но что мне самой делать? Подаренные им вещи я не хотела брать; раз нужно расстаться, то надо это сделать не откладывая. Но что у меня останется, если я откажусь от вещей? Куда идти? Есть ведь тоже надо каждый день. Мне пришлось взять эти платья — другого выхода не было. Тайком съехала с квартиры, но не раскаивалась, только чувствовала пустоту, и, как у облачка, у меня не было никакой опоры. Приискав себе маленькую комнатку, я проспала целый день.

25

Я понимала, что такое бережливость, и с детства хорошо знала цену деньгам. К счастью, у меня еще оставалось немного денег, и я решила сразу же заняться поисками работы. Ни на что не надеясь, я все же не хотела подвергать себя опасностям. Я повзрослела за два года, однако это не облегчало поисков. Я была настойчива, но ничего не получалось, и все же я чувствовала: надо быть решительной. Как трудно женщинам заработать деньги! Мама права, у нас только одна дорога — та, по которой пошла она. Я не хотела вступать на этот путь, но чувствовала, что мне не миновать его в недалеком будущем. Чем больше я выбивалась из сил, тем больше мной овладевал страх. Мои надежды, подобно свету молодой луны, быстро исчезали. Прошла неделя, другая, надежд оставалось все меньше и меньше. Наконец вместе с несколькими молодыми девушками я пошла в маленький ресторан — там требовалась официантка. Очень маленький ресторанчик и очень большой хозяин; все мы были недурны собой, более или менее образованны и ждали, как императорской награды, выбора хозяина, похожего на развалившуюся башню. Он выбрал меня. Я не поблагодарила его, хотя и обрадовалась. Остальные девушки, казалось, завидовали мне: некоторые ушли, глотая слезы, другие ругались. Насколько у нас обесценены женщины!

26

В маленьком ресторанчике я стала официанткой номер два. Я не имела понятия, как накрыть стол, как убрать со стола, как выписать счет, не знала названий блюд. Я немного робела, но «первый номер» сказала, чтобы я не отчаивалась — она тоже ничего не умеет. Она объявила, что все делает Сяошунь; мы же должны только наливать гостям чай, подавать полотенце и счет; все остальное нас не касается. Странно! Рукава у «первого номера» были высоко подвернуты, и на белой подкладке обшлага не было ни единого пятнышка. Кисть руки была повязана куском белого шелка с вышитыми словами: «Сестренка, я люблю тебя». Она пудрилась с утра до вечера, ее вывернутые губы были кроваво-красными. Давая посетителю прикурить, она опиралась коленом о его йогу; наливая вино, иногда сама отпивала глоток. С некоторыми посетителями она была особенно предупредительна; иных вовсе не замечала — она умела опускать глаза, притворяясь, что не видит их. Я обслуживала только тех, кого она оставляла без внимания. Я боялась мужчин. Мой небольшой опыт кое - чему научил меня: любят они или нет — их надо опасаться. Особенно тех, кто бывает в ресторанах, — они притворяются благородными, наперебой уступают друг другу место и выказывают готовность оплатить счет; они с азартом играют в угадывание пальцев①, пьют вино, жрут как дикие звери, придираются и ругаются по всякому поводу. Подавая чай и полотенца, я низко опускала голову, мое лицо пылало. Посетители нарочно заговаривали со мной, старались рассмешить; мне было не до шуток. После девяти часов, когда все заканчивалось, я чувствовала страшную усталость. Придя в свою маленькую комнатку, я, не раздеваясь, сразу укладывалась и спала до рассвета. Просыпаясь, я испытывала некоторую радость; теперь я самостоятельна, собственным трудом зарабатываю на жизнь. На работу я уходила очень рано.

27

«Первый номер» приходила в десятом часу, через два с лишним часа после меня. Она относилась ко мне свысока, но поучала тем не менее без всякой злобы: «Не надо являться так рано, кто приходит есть в восемь часов? Нечего ходить с таким вытянутым лицом; ты официантка, и похоронный вид здесь неуместен. Если будешь ходить, опустив голову, кто тебе даст на чай? Ты зачем сюда пришла? Разве не для того, чтобы заработать? У тебя слишком маленький воротничок; девушки нашей профессии должны носить высокие воротнички, иметь шелковые платки — это нравится!» Я знала, что она права, и знала

---

① Угадывание пальцев — распространенная в Китае застольная игра.

также: если я не буду улыбаться, она тоже потерпит убыток — чаевые делились поровну. не презирала ее, а всегда слушала, — она старалась ради заработка. Женщины только так могут зарабатывать деньги, иного пути у них нет. Но я не хотела ей подражать. Я как будто ясно видела: в один прекрасный день я вынуждена буду стать еще общительнее и только тогда смогу заработать на чашку риса. Но это произойдет лишь в безвыходном положении, а «безвыходное положение» всегда подстерегает нас, женщин, и я могу только немножко отдалить его. Эта мысль наполняла сердце гневом, заставляла скрежетать зубами, но судьба женщин не в их руках. Через три дня хозяин предупредил: мне давалось еще два дня испытания, и если я хочу и дальше здесь работать, то должна поступать, как «первый номер». Та полушутя сказала: «Тобой уже интересовались, чего ты прячешься и валяешь дурака? Зачем нам стесняться друг друга? Бывает, что официантки выходят замуж за директоров банков, думаешь, мы тебе помешаем? Действуй, черт возьми, мы тоже покатаемся на машине!» Это меня рассердило. Я спросила ее: «Когда же ты собираешься покататься на машине?» Ее накрашенные губы скривились: «Нечего привередничать, поговорим начистоту; неужели ты такая неженка, что не способна к этому?!» Я не стерпела, забрала юань и пять мао, которые мне причитались, и ушла домой.

28

Постоянно угрожавшая мне черная тень приблизилась еще на шаг. Когда от нее прячешься, она оказывается только ближе. Я не раскаивалась, что ушла с работы, но меня пугала эта черная тень. Я могла продаться какому – нибудь одному мужчине. После того случая я очень хорошо поняла взаимоотношения мужчины и женщины. Стоит женщине немного размякнуть, как мужчина чувствует это и добивается своего. Его интересует только тело, и, пока оно нужно ему, у тебя есть пища и одежда; потом он, вероятно, начнет тебя бить и ругать или же перестанет платить. Так женщина продает себя; иногда это бывает приятно, как мне тогда. В порыве удовольствия говоришь ласковые слова, но этот момент проходит, и чувствуешь боль и унижение. Отдаваясь одному мужчине, еще можешь произносить нежные слова; когда продаешься всем, лишаешься даже этого. Мама не говорила таких слов. Можно бояться больше или меньше; я не могу принять совета «первого номера», один мужчина внушает мне меньше страха. Да и вообще и в тот первый раз я не думала продавать себя. Я не нуждалась в мужчине, мне еще не было двадцати лет. Вначале я ждала, что с ним будет интересно; кто знал, что, когда мы окажемся одни, он потребует именно того, чего я боялась. Да, тогда я словно отдавалась весеннему ветру, а он воспользовался этим и потом пользовался моим неведением. Его медовые речи навевали грезы; придя в себя, я ощущала пустоту, это был только сон, мне достались лишь еда и несколько платьев. Я не собиралась снова так зарабатывать на жизнь, но без пищи не обойтись, и еду надо заработать. А для того чтобы добыть деньги, женщина должна примириться с тем, что она женщина, и торговать собой!

Более месяца я не могла найти работы.

29

Я встретила нескольких школьных подруг, некоторые учились в колледже, другие сидели дома и ничего не делали. Но я им не завидовала и с первых же слов почувствовала свое превосходство. В школе я была глупее их; теперь они обнаруживали свою глупость. Они еще жили словно во сне. Все они выставляли свои наряды, как товары в лавке. Глаза их скользили по молодым мужчинам так, как будто они слагали любовные стихи. Мне было смешно. Впрочем, я должна была извинить их: они сыты, а сытые только и думают о любви. Мужчины и женщины ткут сети и ловят друг друга; у кого деньги — у тех сети побольше, в них попадается сразу несколько жертв, а потом из них, не торопясь, выбирают одну. У меня не было денег, не было даже пристанища. Я должна была ловить без сетей или стать жертвой; я понимала больше, чем мои школьные подруги, была опытнее их.

30

Однажды я встретила ту маленькую женщину, похожую на фарфоровую куклу. Она ухватилась за меня так, словно я для нее самый близкий человек. «Вы хорошая! Вы хорошая! Я раскаялась, — говорила она очень искренне и страшно растерянно. — Я просила вас оставить его (она всхлипнула), а вышло хуже! Он нашел другую, еще красивее, ушел и не возвращается!» Из разговора с ней я знала, что они женились по взаимной любви, она и сейчас очень любит его, а он ушел. Мне было жалко эту маленькую женщину, она тоже жила грезами и все еще верила в святость любви. Я спросила ее, что же она собирается делать, она сказала, что должна найти его во что бы то ни стало. «А если он не найдется?» — спросила я. Она закусила губу; она — законная жена, и у нее еще есть родители, она не свободна. Оказалось, что она даже завидует мне — я ни от кого не завишу. Мне еще завидуют — как тут не рассмеяться! Я свободна — смешно! У нее есть еда, у меня — свобода; у нее нет свободы, у меня нет еды; обе мы женщины.

31

После встречи с «фарфоровой куклой» я уже не хотела продать себя кому-то одному, я решила зарабатывать, заигрывая с мужчинами. Я ни перед кем не отвечала за это; я была голодна. Заигрывая с мужчинами, я смогу утолить голод, а если я хочу быть сытой, я вынуждена заниматься заигрыванием. Это замкнутый круг, и отправляться можно из любой точки. Мои школьные подруги и та «фарфоровая кукла» почти такие же, но они только мечтают, а я буду действовать, потому что голодный желудок — величайшая истина. Продев все, что у меня оставалось, я обзавелась новым платьем. Я была недурна собой и смело отправилась на заработки.

32

Я рассчитывала кое - что заработать шутками и заигрыванием. О, я просчиталась. Я еще плохо разбиралась в жизни. Мужчины не так легко попадаются на крючок, как мне думалось. Я хотела подцепить кого - нибудь из образованных и в крайнем случае отделаться одним - двумя поцелуями. Ха - ха, мужчины не таковы, они сразу же норовят ущипнуть за грудь. Они только приглашали меня в кино или погулять по улице, я съедала стаканчик мороженого и возвращалась домой голодная. «Образованных» хватало на то, чтобы спросить, что я окончила и чем занимается моя семья. Из всего этого я поняла: если он хочет тебя, ты должна доставить ему соответствующее удовольствие, а за поцелуй получишь только порцию мороженого. Если же продаваться, надо делать это скорей, брать деньги и ни о чем не думать. Я поняла то, что понимала мама и что невдомек «фарфоровым куколкам». Я часто вспоминала маму.

33

Может, некоторые женщины и могут прокормиться, заигрывая с мужчинами, но у меня не хватает ловкости, и нечего было рассчитывать на это.

Я стала продажной женщиной. Хозяин не разрешил мне остаться у него, он считал себя порядочным человеком. Я съехала с квартиры, даже не простившись, и снова очутилась в двух комнатках, где мы когда - то жили с новым отцом. Соседи не распространялись о приличиях, однако были честными и милыми людьми. После переезда мои дела шли очень недурно. Ко мне заходили даже образованные.

Они знали: я продаю, они — покупают, и заходили охотно, так как не попадали в неловкое положение и не роняли своего достоинства. Вначале было очень страшно — ведь мне еще не исполнилось и двадцати. Но через несколько дней я уже не боялась. Я не оставалась бесчувственной, не ленилась двигаться и все пускала в ход: руки, губы... Гостям нравилось это, и они потом добровольно рекламировали меня.

Через несколько месяцев я стала понимать еще больше и определяла человека почти с первого взгляда. Богатые сразу спрашивали цену, давая понять, что покупают меня. Эти были очень ревнивы — пользоваться продажной женщиной они хотели монопольно, потому что у них были деньги. С такими я не церемонилась. Если они начинали капризничать, я предупреждала, что разыщу их дом и расскажу обо всем жене. Они утихали. В конце концов годы учения в школе не пропали даром. Я уверовала — образование полезно. Другие приходили, крепко зажав в кулак деньги, и боялись только одного — как бы не переплатить. С этими я подробно вырабатывала условия: столько - то за это, столько за то, и они, как миленькие, возвращались домой за деньгами; меня это забавляло. Больше всего я ненавидела тех прощелыг, которые не только старались заплатить поменьше, но еще и норовили стянуть полпачки сигарет или флакончик с притираниями. Не трогаешь их — они любезны, а заденешь — могут кликнуть полицию и затеять скандал. Я не задевала их, я их боялась. Что же касается полицейских, то каждого из них приходилось чем - нибудь одаривать. В этом мире — мире хищников и хапуг — преуспевают только подлецы. Чувство жалости у меня вызывали ученики старших классов, в кармане у них позвякивали серебряная монета и несколько медяков, на носу выступали бусинки пота. Мне их было жалко, но я продавалась и им. Что мне оставалось делать! Еще были старики —

люди почтенные, имевшие кучу детей и внуков. Я не знала, как им угодить; но мне было известно, что у них есть деньги, на которые они хотят перед смертью купить немного радости. Я давала им то, что они хотели. Так я познакомилась с «деньгами» и «человеком». Деньги страшнее человека. Человек — зверь, деньги — сила зверя.

34

Я обнаружила у себя признаки болезни. Это повергло меня в отчаяние, мне казалось, что не стоит жить. Я ничего не делала, выходила на улицу, слонялась без цели. Мне хотелось проведать маму, она бы немного утешила меня, — я думала как человек, которому суждено скоро умереть. Я обошла тот переулок, надеясь снова увидеть маму; я вспомнила ее, раздувающую у дверей мехи. Лавочка была закрыта. Никто не знал, куда они переехали. Это придало мне настойчивости: я должна во что бы то ни стало разыскать маму. С отчаянной решимостью я несколько дней ходила по улицам, и все напрасно. А вдруг она умерла или перебралась с хозяином лавки в другое место, может быть, за тысячу ли отсюда? Подумав об этом, я расплакалась. Надев платье и стерев помаду, я легла на кровать и стала ждать смерти. Я верила, что так я смогу скоро умереть. Но смерть не приходила. Послышался стук в дверь, кому-то я понадобилась. Хорошо же, ты получишь меня, ты тоже заразишься. Я не испытывала угрызений совести — разве моя вина в том, что случилось? Я снова повеселела, курила, пила вино и стала выглядеть как женщина лет тридцати-сорока. Синева окружила глаза, ладони горели, я перестала управлять собой: жить можно только, имея деньги; прежде всего надо быть сытым, а потом уж толковать о другом. Я ела хорошо — кто же откажется от обильной еды! Мне нужна хорошая пища, дорогая одежда, — этим я хоть чуть-чуть скрашивала свою жизнь.

35

Однажды утром, часу в одиннадцатом, когда я в длинном халате сидела в комнате, во дворике послышались шаги. Вставая в десять часов, я иногда только к двенадцати надевала платье — за последнее время я стала очень ленива и могла часами сидеть в халате. Я ни о чем не думала, ни о чем не мечтала, просто сидела в одиночестве как чурбан. Шаги, медленные и легкие, приблизились к моей двери. Вскоре я увидела глаза, они смотрели в дверную щель. Они появились и исчезли; мне лень было двигаться, и я осталась сидеть. В щель снова посмотрели. Я не выдержала, тихонько открыла дверь — мама!

36

Не помню, как мы вошли в комнату и сколько плакали. Мама не так уж постарела. Лавочник, ничего ей не сказав и не оставив ни одного мао, тайком вернулся к старой семье. Мама продала кое - какие вещи, съехала с квартиры и перебралась в одну из трущоб. Она искала меня больше двух недель. Наконец она решила зайти сюда, на всякий случай, и натолкнулась на меня. Она не узнала меня и, пожалуй, ушла бы, не окликни я ее. Я перестала плакать и рассмеялась как безумная: она нашла свою дочь, а дочь — проститутка! Чтобы прокормить меня, она стала продажной женщиной; теперь, когда я должна кормить ее, я стала такой же! Профессия матери перешла по наследству!

37

Я надеялась, что мама утешит меня. Я знала цену пустым словам, но мне все - таки хотелось услышать их из маминых уст. Матери — самые искусные обманщицы на свете, их ложь мы считаем утешением. Моя мама обо всем этом забыла, это меня не удивляло — ее страшил голод. Она начала составлять опись моих вещей, интересовалась моими доходами и расходами, словно в моей профессии не было ничего необычного. Я сказала ей о своей болезни, думала, что она станет меня уговаривать отдохнуть несколько дней. Нет, она лишь сказала, что пойдет купит лекарство. «Всегда мы будем так жить?» — спросила я. Она ничего не ответила. Но она, несомненно, жалела меня и тревожилась. Она готовила для меня пищу, спрашивала о самочувствии и часто украдкой глядела так, как смотрит мать на спящего ребенка. А сказать, чтобы я бросила свое ремесло, она не могла. Сердцем я хорошо понимала — хотя мне и было обидно, — другой работы не придума — ешь. Нам нужно есть, нужно одеваться — это определило все. Какое имеет значение — мать, дочь, честь... Деньги бесчувственны.

38

Мама вздумала заботиться обо мне, однако ее подслушивания и подглядывания раздражали меня. Я хотела обходиться с ней ласково, но подчас она была невыносима. Она во все вмешивалась, особенно если это касалось денег. Ее глаза, уже потерявшие прежний блеск, загорались только при виде денег. Перед гостями она появлялась как прислуга, но, когда они платили мало, начинала браниться. В таких случаях я чувствовала себя очень неловко. Хотя я и занимаюсь этим ради денег, на брань это не дает особого права. Я тоже умела быть резкой, но у меня имелись свои приемы, которые не коробили гостей, а у мамы приемы были грубые, они легко раздражали. Добиваясь денег, вряд ли стоит раздражать людей. Я полагалась на свои приемы, на свою молодость, для мамы же деньги затмевали все. Впрочем, так и должно быть: ведь она намного старше меня. Пожалуй, через несколько лет я стану такой же, сердце мое постареет и станет жестким, как деньги. Да, мама не отличалась учтивостью. Иногда она шарила в портфеле гостя или забирала шляпы, перчатки, трости. Я боялась скандала, но мама верно говорила: «Была не была, за один год мы

стареем на десять лет, кому мы будем нужны, когда станем старухами?»
Напившегося гостя она выволакивала наружу, оттаскивала в укромное
местечко и снимала с него даже ботинки. Удивительно, но эти люди
не приходили, чтобы свести с нами счеты; они считали, наверно, что
расследование повредит прежде всего им самим. Или воспоминания о
приятных минутах не позволяли им прийти и поднять шум? Мы не
боялись ушедших, боялись они.

39

Мама была права: в один год мы стареем на десять лет. Прошло
два – три года, и я почувствовала, что изменилась. Моя кожа огрубела,
губы посерели, в погасших глазах появились красные жилки. Я вставала
поздно и все же чувствовала себя разбитой. Я понимала, что посетители
замечают это, они ведь не слепы; постепенно их становилось все
меньше. Я еще больше старалась угождать мужчинам и еще сильнее
ненавидела их, иногда не могла даже скрыть этого. Я высохла,
перестала быть самой собой. Мои уста невольно мололи вздор, словно
не могли без этого. Теперь лишь немногие из образованных оказывали
мне внимание, потому что я утратила прелесть и беззаботность, за
которые они называли меня «птичкой» — единственное, что я
слышала от них поэтического. Я должна была одеваться так пестро,
что стала походить скорее на фазана, чем на человека, — только
таким образом еще удавалось завлекать мужчин попроще. Я красила
губы в кроваво – красный цвет и кусала гостей — это приводило их в
восторг.

Иногда мне казалось, что я вижу свою смерть. С каждым полученным
юанем во мне словно отмирало что – то. Деньги способствуют
продлению жизни, но способ, которым я добывала их, наоборот,
сокращает жизнь. Я видела свою смерть, я ждала ее. Мысль о смерти
вытесняла все остальное. И о чем, собственно, думать, когда жизнь

изо дня в день была такой. Мама — вот моя тень; в лучшем случае я стану такой же. Распродав свое тело, я буду, как она, — с пучком седых волос и темной морщинистой кожей. Такова моя судьба.

40

Я принужденно улыбалась, принужденно безумствовала; горе мое не выплакать слезами. В жизни моей нечего жалеть, но в конце концов это была жизнь, и я не хотела опускать руки. К тому же я не виновата в том, что делала. Смерть страшна лишь тогда, когда жизнь прекрасна. Меня же не пугали муки смерти, мои страдания давно превзошли все, что песет смерть. Я люблю жизнь, но не такую. Я мечтаю об идеальной жизни, жизни, подобной сну; этот сон исчезает, и реальность еще сильнее заставляет меня ощутить все невзгоды. Этот мир не сон, а настоящий ад. Мама, видя мои страдания, убеждала меня выйти замуж, чтобы я имела пищу, а она без хлопот — обеспеченную старость. Я ее — надежда. Но за кого я выйду замуж?

41

Имея дело со многими мужчинами, я совсем забыла, что такое любовь. Я не могла любить даже самое себя, не то что другого человека. Рассчитывая выйти замуж, я должна притворяться, что люблю, уверять, что хочу быть с ним навеки. Я говорила это многим и даже клялась, но никто не взял меня в жены. Там, где властвуют деньги, люди становятся очень расчетливыми. Распутство для них хуже воровства, ведь воровство приносит деньги. Вот если бы я не требовала денег, они согласились бы говорить, что любят меня.

42

Как раз в это время меня схватила полиция. Новые городские власти много разглагольствовали о морали и решили очиститься от грязи. Официальные проститутки по-прежнему занимались своим ремеслом, потому что они откупились; давшие деньги считались исправившимися и добродетельными. Меня поместили в исправительный дом и стали учить работать. Стирать, стряпать, вязать — все я умела. Если бы этим можно было прокормиться, я никогда бы не взялась за свое мучительное ремесло. Я говорила всем об этом, но мне не верили, считали безнадежно испорченной. Меня учили трудиться и говорили, что я должна любить свою работу, тогда я в будущем смогу себя прокормить или выйду замуж. Эти люди были полны оптимизма, я же не верила ни во что. Своим самым крупным успехом они считали то, что больше десяти женщин после исправительного дома вышли замуж. Два юаня процедурных расходов да подыскание одной рекомендации — вот все заботы о каждой из женщин, попавших сюда. Считалось, что это дешево. Мне эта процедура казалась издевательством. Речи об исправлении на меня не действовали. Когда к нам заявился с проверкой какой – то важный чиновник, я плюнула ему в лицо. После этого меня не решились выпустить, я была опасна. Перевоспитывать меня тоже не хотели. И я очутилась в тюрьме.

43

Тюрьма — прекрасное место, которое помогает тебе окончательно почувствовать никчемность человеческой жизни; даже в своих снах я никогда не видела такого отвратительного фарса. Попав в тюрьму, я уже не думала о том, чтобы выйти отсюда; по своему опыту я знала, что там, на свободе, ненамного легче. Я не хотела бы умереть, если бы отсюда можно было попасть в лучшее место, но на самом деле такого места нет, а потому не все ли равно, где умереть! Здесь, именно здесь я снова увидела своего лучшего друга — серп луны. Как давно я его не видела! Что – то делает мама? Я все вспоминаю.

лошэ йуэЯр

1

Ба лёнсӱсӱрди җинхуон йӱэяр вэ кэ канҗянли. Зулян җерди йиён, вэ ба та җянли дуэшо хӱйфули. Ын, хын дуэди хӱйфули. Сыдуэхур ба та канҗян, та ба вэди щиндини заёрди ноҗян дэ вэбе зу дэчелэли. Та зущён зэ йикуэр чин йӱн цэшон дёдини. Та фанчон җё җищён да щясанфыншон дю дунди хуарди гӱдӱр замужя вон кэни садини.

2

Туфын – тусы вэ ба йуэяр кан җян, та бавэдигы лёнкуэ. Зу нэгы сыхур вэди щинни тэ пэфандихынлэ, җё йӱэярди щи җинхуон гуонлён ба вэди янщинди нянлуй җодилэ. Нэхур вэ цэ җёшон чи суй. Шыншон чуанди хун мян җӱёр, тушон дэди вэ ма ги вэ зӱхади момор, готу хан ю суйсур дэ суй хуахуарни, ба җыгы вэ ду җидини. җибый кочӱ фонмын вэ дуйчӱ йӱэяр вондини. Хэ бинди вэ да, тон нянлуйди вэ ма зэ суй фонфорни вэнондини, янбонбонзы дэ йӱэди видо ба фонзы ду зонянли. Вэ йигэр зэ фонмыншон занди дуйчӱ йӱэяр нян бу шанди вондини. Сысый е мэ дадун вэ, сысый е мэ ги вэ шэлу чыди. Вэ минбыйдини: пэфан доли вэму җянили. Ду фэди вэ дади бин… Вэ ба зыҗяди мэнан, нэ вэ, шу лынди, данбы – дӱлиди йӱэщин җӱэлэли. Йичыр зандо йӱэяр луэ. Гуон шынха вэ йигэрли, бу ю зыҗяди вэ кӱтуэли, кэсы ба вэди шынчи җё вэ мади кӱшын нядёли: вэ адади чи луэли, ба тади лян на йикуэр бый бубур шанчӱли. Вэ ю щин ба нэгы лянзозы җечелэ ба та зэ канйиха, кэсы мэ ган. Тэ вэнондихын, ба йигы фонфор җё вэ адади шынти ду җандёли. Вэ ма ба бый сонйи чуаншонли. ги вэди хун мян җӱёршон ба йигы мэ янха бянбянзыди, можи — суэлади бый бансар тошонли, ба җыгы вэ җиди хо,

йинцысы фанчон вә да тади щютузыди бянбян – яняншон чули бый
щянли. Ду ланхуонзыдёли, худи дашын кӱтуәли, җы дусы фӱйӱди, е
бу ё дуәди гункӱ, на сыгы бә банбар динли кӱлӱн — нянҗиндигы
гуанцэ, ба вә ада гәдо литули. Линху ву – люгы нанжынму гоншон
зутуәли. Вә лян вә ма зэ гуанцэ хуту зуди кӱли йилӱр. Гуанцэ ба вә ада
нашон зӱдёли, вә зэ будый җян тали. Җищён челэ та, вә зу хухӱй:
виса вә нэхур ба гуанцэ мә җечелэ, ба та мә кан йиха. Сан чы хуон тӱ
ба гуанцэ мэди шын. Суйжан вә җыдо та зэ чынчён нэхани мэдини
еба, кәсы тади фындуйдур зулян тяншон дехалэдигы йӱ дяр йиён, тэ
суйдихын.

<h1 style="text-align:center">3</h1>

Вә лян вә ма хан чуан сонйиди сыхур, вә кә ба йӱәяр канҗянли.
Тянчи лын, вә ма ба вә линшон, вәму танвон вә дади фынчили. Вә
мади шуни нади йи җүанҗүар зы. Вә ма җер до вәшон бавэдигы
чинҗә. Вә җыни йи фа, та ба вә зу бошонли, зэ чынмын гынчян та
ги вә мэли җигы цохади жә бадан. Чӱгуә баданди жәчи, җуви
бингуәр — лынзоди. Шәбудый чы, вә на та вули шули. Вә бу җыдо
зули җи ли лӱ, кәсы вә гуон җиди зули хын дади гунфӱ. Сун вә ададиди
сыхур, лӱ зущёнсы е бу йӱанлэ, дыйдосы жын дуәди сычинма, җы йихӱй
вә лян вә ма лёнгәр җүәмуди тэ йӱандихын. Җуви быйгуагуади, вә
ма мә чӱ йи шын, вә е мә фә йи җӱ хуа, мә йӱан җинди хуон да лӱ
ямир – дунҗинди.

Ба вә ададиди фын вә җидини: Суйсурдигы тӱ дуйдур, вон чян кан,
лойүанни йидӱ хуон тӱ лён, тади быйху тэён луәдини. Вә ма җё вә
зуәдо фын бянни, зэ мә җочӱ вә вон, зущёнсы җәр мәю вә, зыжҗя
фоншу ба фын бочӱ кӱтуәли. Вә зуәха, фали баданли. Вә ма кә кӱли йи
җынзы, ба зы дян җуәли. Җигы хӱйчянзы фи шончи, кунни җуанли
җи җуанзы, кә луәхалэли: гуадищер лын фынфыр. Вә е кӱтуәли. Вә

ба вә ада е җ ищён челэли, кэсы вә мэщин к ў, канҗ ян вә мади
неҗ он, вә к̈утуэли. Вә ба та да шушон дынгили йиха: "Бә к̈ули, ма -
я, бә к̈ули!"; Та ба вә лудо хуэни, й̈уэщин к̈уди җынху дали. Тэён
луэдёли, җуви йигы жын ду мэюди, гуон вэму лёнгэр. Вә ма зущён
дант̈ули, ба нянлуй цадё, ба вә да шу линшон, вэму зутуэли. Зули бан
җер, вә ма дуйӵу хуту вонли йиха, вә е вонли йиха: вә дади фын мэ
йинзыли, канбу җянли. Да йихани канчи, йинавэр до хуон т̈у лён
бянни, фын дусы суй т̈у дуйдур. Вә ма чон ӵули йи ку чи. Вэму куэ
йизу, ман йизу: хан мэ до чынчён гынчян, вә кэ ба й̈уэяр канҗянли.
Хи йинзы е халэли, ямир – дунҗинди, гуон й̈уэярди гуонлён лёнс̈ус̈у -
рди җодини. Замужя доли чын литуди, вә мэ җ̈уэҗуэ, гуон йинйин —
хунхунди җиди тяншонди й̈уэяр.

4

　　Ба суйшон вә кэ җя нын ги донпуни дон дунщили. Вә җыдони,
дансы мэю чян, вэму җебуче гуэли, вэму йишы дан гуэбучили, вә ма
зу ба вә дафади җё дон дунщичини. Бул̈ун са сыхур вә ма дансы ги вә
ги йигы са җё дончи, вә зу җыха: вэму җер җебуче гуэли. Иихуй ба
чуанйи җин гиги вә җё дончили. Мэю та е нын гуэчи, кэсы вә ма
фанчон сый̈ундини. җысы кэӵур, вэму ба мянйи дазо ду дондёли. Вә
җыдони: ё щёщин, ё фон куэщер зуни, йинцысы донпу мын гуанди
зодихын. Вә гуон хэпа донпуди да хун мын дэ тади йилю чон пугуй.
Вә җыни канҗян та, вэди щин зу тёкэли. Кэсы вә дуэбутуэ та, вә
яндин ё чини, вә ё пашон тади готэзыни. Ба чы нэди җин заншон вә
ё ба зыжяди дунщи надо пугуйшон, на зыжяди щи шыншыр ханни:
"Ба дунщи донха!" Ба чян лян җёли дунщиди зы данданзы нашон,
җинган ё җуанх̈уй җяни, бә җё вә ма щинхуонли. җы йихуй ба чуанйи
җин мэ шу, җё налэ данлинди йигы дунщини. Виса җысы җыму
йигы, вә минбыйдини. Ба чуанйи бодо хуэни, вә җинган җуанх̈уй

җяли. Вә ма йи тин җян җыгы сычин, кутуәли. Та зэ мә зошон йиён данлинди дунщи. Вә гуанванлиди йимяршои, фанчон канди зущён вәму фонзыниди дунщи дуәдихынлэ, җер вә ги вә ма бонди зо йи йиёр донди дунщини, вә цэ җыдо, вәму фонниди дунщи тэ шодихын. Вә ма ба вә зэ мә дафа. "Ама, заму җер чы сани?" Вә ма нянлуй янщиди, ба тушондигы йин беҗыр махалэ, гиги вәли — җысы вәму җяни линсомәйирди йигы йин хуә. Зычян та да тушон хын мали җихуйдини, Кэсы мә шәдый дон. җыгы йин бе җырсы вә нэнэ ги та гуэ сыди нэ йитян дуангиди. Вә ма җё ба чуанйи җин гэха, ба беҗыр донхачини. Ба йиче җин заншон вә җочу донпу поли, кэсы сынза мын кэҗя гуандёли. Вә ба беҗыр недо шуни, зуәдо титэзышонли. Вә мә ган дашын ку: дуйчу тяншон вонли, йүәярди гуонлён ба вәди нянлуй җо щянли. Вә кули лодади гунфу, хидёли, вә ма зоди лэли. Та ба вә да шу линшонли. Тади шу за нэму җәса! җүәҗуә тади җәчи, вә ба җерди вонлён дэ нэ вәди ду вондёли. Вә куди да дэдэрдини.

"Ма – я, зу, фи җё зу, Мер вә йүанхуй лэ". Вә ма мә янчуан. Вәму зули бан җер, вә кэ фәди: "Ма – я, ни кан йүәяр, та зулян вә ада вучонлиди нэйитянди йүәяр йиён. Виса та фанчон щещезы дёдини?" Вә ма мә янчуан, тади шу гуон җанлихар.

5

Вә ма ги җын ланди чын йитянҗя щи йишондини. Вә фанчон щён ги та бон мон, кэсы бу җыдо замуҗя зуни, зу сани. Вә бу фи җё, фанчон дын та дини. Ю йиха тяншонди йүәяр нэму голи, та хан щи лян нюпизы йиёнди чу җуәбузыдини, җы дусы кэ пузы дэ җижонди на лэди. Ба йишон щи ба, вә ма зу мәщин чыли. Вә зуәдо та гынчян, дуйчу тяншонди йүәяр зу вончили. Зэ тади гуонлён литу ебехур зулян лади йи гынзы йин щянди йиён, жодади фидини, до хичур мынмынди та зу бу җянли. Ба йүэяр лян вэ ма вэ щинэли, ийнцысы тамусы ги вэ гэ пэфанди. Йидо щятян, йүэяр йүэщин зу җүнмыйхали, та ба лян бин йиёнди лын фынфыр фанчон җё гуадини. Вэ тэ щинэ махӱзы йүэлёнди вудындырди йинйинзы. Дансы та җодо димяншон, мынмынди гэбянли, димян йихи, тяншонди щинщю йүэщин зу җоди щянли, заёр хуарди цуанви зу цуанди җынху дали. Вэму линҗүщяди хуайүанни заёрди хуар дэ фу тэ дуэдихынлэ, да зо җүэфушон луэдо вэму йүанзыниди бый еер зулян щүэ йиён, ба димян ду гэдёли.

6

Җё щи йишонди хуэ ги вэ мади шушон ба жёнзы е дахали. Ю йиха вэ җё та ги вэ ба җибый куйихарни, кэсы дуэйӱ бу ган мафан та, тади шу цунди ду ниндёли. Җё чу җүэбузы ба тади фанлён е зыйдёли. Вэ җүэмуди вэ ма дыйдо мусуанлигы садини. Та ю йиха ба йишон гэдо йинанзы, дэдэр занди зу сылёнчили. Та чӱшын — бэдэди лян щин зу шонлёнчили Ба та мусуанхади вэ мэдый цэҗуэ.

7

Вэ ма чүанфэди җё вэ тин хуани зэмусы җё ба йигы жын җё "дадани." Та ги вэ золигы щин дада. Вэ җыдони: җысы понжын, вэ да зэ фынкынни мэдини. Ба җыгы хуа вэ дан йи фэ, вэ ма зу ги вэ ги йигы җибый. Кӱкӱ - дэдэди та кын фэ: "Вэ бу воншён ба ни җё вэсы." Шыди, гуонйин би җянди та ги вэ золи ди эргы дадали. Вэ нэхур хан гуадини, данзы е щёлэ, кэсы вуҗин вэ җыхасы вэ ма бу нэ вэли, йинцысы юли дадали. "Ни кан дуэ чёчи! Вэму да зыҗиди суй фонфонзыни вончӱ банди сыхур, йүэяр кэ зэ тяншон щещер дёдини. Җы йихӱй та җоди щян зэмусы е сынза, зущён хэхын сыйдини. Ба вэ фа гуанди фонфор лёха, вэ гыншон вэ ма зудёли. Вэ ма зуэдо хун җёзышонли, туни зуди җигы жын хэлын — дотынди чӱйди лаба, дади гу. Йигы нанжын ба вэ да шушон линди. зэ җёзы хуту гындини. Зу

җыгы сыхур йүэярди дэдў гуонлён зулян гуади лын фынфыр йиён, бу
җўди тё җонзыдини. Хонзыни кунтонтонди, гуон җигы егу вацоцоди
нёдини. җёзы зуди тэ куэдихын. Зу нани чини? Данпа ба вэ ма е вон
чынчён нэхани ладини? Мэбисы вон фыншон надинима? Йигы
нанжын ба вэ лала — дындынди линшон, дяндянбур гыншон подини.
Вэди чи ду шонбулэли. Вэ зыгэмуди кўни, кэсы мэ ган кў. җыгы
нанжынди шушонди хан, зулян йү йиён, бинбирди. Вэ җынбучўди,
зу щён хан йишын: "Ма – я!", кэсы мэ ган хан. Йүэяр мынмынди
зущён ба йигы нянҗин бич ў, на ийгы нянҗин җо димяндини,
зыйзырдихали. Вэму доли йигы зыйчя хонкузы гынчянли.

8

җы сан – сы нян литу вэ зущён зэ мэ җян йүэярди мяр. Хулозы
ба вэму кангўди е хо. Та җўди фонзысы ливэ – җяр, зэ йигы фонни та
лян вэ ма фидини, ди эргы фонни вэ йигэр фидини. Ви до лэ, вэ
йинавар чэщин вэ мани, кэсы гуэлищер жызы, вэ гуанванхали, ба
зыжяди фонфор е каншонли. Шабый — шабыйди чён, җуэзы, ййдынзы
зущён ду чынха вэ гэжядили. Быйвэ, канли зотуни, е хухали, е җэхуэли.
Вэ ма е фафухали, ляндаршонди янсый е гэли бянли, фыннуннурдихали,
шушонди җёнзы е хачили. Вэ е бу зэ донпуни чили. Хулозы ба вэ
сундо щүэтонни җё нян фудини. Ю йиха та хан лян вэ фани. Зусы та
ю дуэму хо еба, кэсы вэ мэщин ба та җё дада. Виса җысы җымугы,
вэ зыжя е шыбуту. Та е минбыйдини. Та кын ляи вэ фа щё, дан
щёкэли, тади нянҗин тэ хокандихын. Быйхудини вэ ма чүанфэди
җё вэ ба та җё дадани, кэсы вэ шэчибуха. Вэ щиндини җүэлэдини:
вэму кочў та чы фандини. Вэ ба җыгы ду җыди минбый. Бусы җяди,
җы сан — сы нян литу вэ йихуй ду мэ җищён җянли йүэярди.
Данпа вэ ба та канҗянгуэ, кэсы гуэли, кэ вондёли. Вэди лозы
вучонлиди нэ йитянди йүэяр дэ чүли вэ мади нэ йитянди йүэяр вэ фанчон

җищёндини. Тади нэги мах ӳзы гуонлён, лын чи, зущён йикуэр кунчӳэшы, ган са ду щян нян, зэ вэди щинни гэдини. Сылён челэ та, вэ зу җуэмуди ба та на шу нын гынҗян.

9

Вэ тэ щинэ щуэтондихын, суйжан щуэтонни мэю хуар еба. кэсы та до вэшон фанчон зущён ю за хуарни. Ба щуэтон сыщёнчелэ, вэ зу сыщёнчелэ хуарли, лян җыгы йитун, вэ зу ба вэ лозыди фын, чынчён нэхани җянхади йӳэяр дэ тади җандудурди гуонлён, ду җищён челэли. Вэ ма е тэ щинэ хуардихын, кэсы та мэбуче. Сый дан ги та дэдилэщер хуар, та чинжэди җингаи зу бедо тушонли, ю йиха вэ ги та е вон тушон бе гуэ хуар, та зу нянчинхали, тимянхали. Вэ ма йи гощин, вэди щинни е зу футанхали. Нян фуди сышон вэ тэ щихуан, тэ гощин, Данпа зу йинви нэгышон вэ дан сылёнкэ щуэтонли, зу ба хуар җищён челэли?

10

Вэ ба щуэтон нян ванди нэ йинян, вэ ма кэ дафади җё вэ зэ донпуни дон дунщичили. Виса вэди хулозы мынмынди да җяни зудёли, вэ бу җыдо. Та га нани зудёли, вэ ма е зущёнсы бу минбый. Вэ ма хан зывонди вэди хулозы җуанхӳй җяни, йинви нэгы, та хан җё вэ нянли фули. Гуэли хынще җызыли, вэди хулозы мэ хӳйлэ, йигы са фущйн е мэюди. Вэ сылёнди, данпа вэ ма кэ ги җын ланди щи чу җуэбузыни, вэ зу канди та тэ не җон. Данхын – йи җян, та чуанли мэ сылён ги җын ланди щи чу җуэбузы, та зулян зотуни йиён, дабанли шыншырли, ги тушон бели хуарли. Чёчидихын! Та йидяр бу кӳ, бужан хан гощинхали. Виса? Вэ шыбуту. Да щуэтонни вон хӳй зуди сыхур, вэ кын җян та зэ дамын гынчян занди мэ дэ. Гуэли хын җи тянли. Йитян вэ зэ хонзыни зудини, йигы нанжын ба вэ ханли йишын, фэди: "Ба җыгы фузы гиги ни ма... ни ё дуэшо по лӳ чянни, ятур?" Ба вэ щюди, ту дихали. Вэ минбыйли, җы бусы сунхуэ сычин, кэсы вэ мэдый ляи вэ ма хохор ла. Вэ ма тэ ба вэ кангӱди ходихын, дё кур та зу ги вэ зафуди: "Нян, вэди ва, хохор нян!" Та зыҗя йи зы бу шыму, виса ги вэ зафуди җё няннися? Вэди щинни дали кэтырли, вэ дэцэли тали, җыгы дэцэ линху чынха җында — лошыдили, та ви вэ зули бу щүэходи лули. Та зэ е мэшыр ганли. Сыщён челэ җыгы, ба вэ ма е мэ бянвэ. Вэ зу щён ба та йибозы луч ӱ, читоди бэ җё та зу җы йитё лӱ. Вэ ба зыҗя хэхынзали, йинцысы ги вэ ма вэ гибушон са бонцу. Йинви нэгы вэ кын сыщён: фу нян ван вэ нын ган йигы са? Вэ лян зыҗ яди пын — юму ба җымуди хуон е щүангуэ. Йибанзы фэди нянсы ба щүэтон нян ванди хын җигы ятуму донли щёпэзыли, юди фэди хынщезы яту ба щүэтон нян ван, да ха лӱшон зудёли. Вэ хынхынди мэ дун җыще хуади йисы, кэсы нан тамуди фэшу, вэ җүэлэли: җы бусы хо йинган. Таму ба җыще сычин зущёнсы ду җыдони, быйхудини зуэха нэ не чӱчӱзы, фэ щянхуа, җин фэди җиданшон бу җонмоди нэ йи то, ба җы йитор тиче, тамуди хун ляндоршон зу дэли шуйин, фонкуэ чирли. Вэ кын сылён: данпа вэ ма дынди җё вэ ба фу нян ван е җё гын... Ю йиха вэ хэпади бу ган хӱй җя. Вэ хэпади дуэкэ вэ мали. Ю йиха та ги вэ ги җигы чян, җё вэ чы зуйни, кэсы вэ бу хӱ сыхуан. Вэ фанчон нэли вэди йинцышон, вэди ту кын йӱн, нян чянту кын фа хи. Чибучир зэ вынгунщүэшон[①] вэди ту йӱнди зу дедоли. Сый дан чы са, вэди ханфи зу халэли. Кэсы вэ ё тынсын чянни. Дансы вэ ма нин гӱди җё вэ... вэ ба җыгы чян нашон нын подё, вэ гынчян ю йиха йимо чян ду югуэ. Са сыхур дан йи пэфан, датян — быйжы зэ тяншон вэ зу цуди зокэ йӱэярли, та хощёнсы вэди кэщинди йӱэсыр. Ву ю лилёнди йӱэяр зэ шынлан тяншон дёдини, ба тади мах ӱзы

---

① Физкультура.

гуонлён җё хи йинйинзы җәдёдини.

11

До вәшон дин шон щиндисы вә ба җянбудый вә мади щуэхали. Сыдуэхур вә дан хуэ җыгы лёнщин, вә зу сыщён челэ вә ма ба вә линшон, зэ вә адади фынтушон чилидили. Ба җыгы җищён челэ, вә зу мәщин хуэ лёнщинли. Кәсы за еба, вә ба та җянбудыйли. Вәди щин зущён йўэяр, йиха лёнли, йиха кэли, гуэли зу җё хи ву җәдёли. Вә ма гынчян кын лэ нанҗынму, вә ма е бу дуэ вәли. Лэди нанҗынму хощён вә гу, зыймизы — люнянди дуйчў вә вондини. Ханфи ман зуйди вонха тондини, Зэ тамуди нянмянчян вә чынха җэ ёнхўзыдили. Бу дуэди жызы литу вә җин җянхади тэ дуэдихынли. Вә минбыйли — ба зыҗяди шынти донч ў дин гуйҗунди дунщи ё г ў җюни. Вә куэлёнди зущён вә кәҗя чынха йигы нонярдили, да җыгышон вә йўэщин бу футанли, кәсы щинни манфудини. Вә ба зыҗяди лилён е гудонли, хўйҗәсы вә ба зыҗя зотадёни, хуйҗәсы хўшанхани. Ю йиха вә ба зыҗяди нэфущин нын нядё, ю йиха та ба вә зу начўли. Нагы хо, вә зыҗя бу минбый. Ба вәди мама, зулян зотуни йиён щинэди зычян, вә ё лян та хохор лайихани, ба тади щинниди сычин ё тувынди лэни, зэмусы җё та ба вә е хохор чўанфә йихани, кәсы за еба, вә ё лян та шо йўмянни, ги та ги йигы хощин, бу ги хо лянни, бусыди сыхур, вә ба зыҗя хўшанбуха. Вугынни, мәю кәфиди сыхур, вә зу щяца сылённи, сылёнди вә зу җўэмуди вә ма е мәю цуэ. Та хансы вили вәмуди дўзыли. Вуҗин вә сыса ду чыбухачили. Вәди щин йисыр луйдёли, йисыр тёкэли, зущён лынфын, йисыр җўхали, йисыр кәшон лизы гуатуэли. Ба зыҗя заму җя чўанфә еба, кәсы щин бу җўди тёдини.

12

Вә мусуанди данлин да йигы са бәдёни, кәсы сыхур тэ чўчяли. Вә

ма шынвын вэдини: "ын, за зўни?" Та дэ щёди фэди, дансы вэ
җында – шылоди тыннэ та, вэ ё ги та ги йигы бонцуни, булиди
сыхур, та мэю харли ёнхуэ вэ. җы бусы дон мамади жын фэди хуа,
кэсы та фэли. Та дуандуанди фэли:

"Вэ е шонли суйфули, зэ гуэ йи – эр нян, нанжынму е бу вон
вэли?" Шыди, линйирди җы йи – эр нян литу та щяца цакэ фынли,
кэсы за ца еба ляншонди чўчўзы канди щяндихын. Та ба лэди нанжынму
гўланбугуэлэди йимяршон, ги йигы жын донли нўли. Вэ ма нансуанхади:
хан нинбондини, ё фон җянмани. Йигы кэ пупурди жын ба та каншонли.
Вэ е чынха да гўнёнли, йинви нэгы зулян суй вава йиён, гындо мамади
щи жёзы хуту е бу хо канли. Вэ ё гуэ зы җяди данбын – дўлиди гуонйинни.
Вэ дансы дали лан панзы, ба хынщин начўлэ, жочў вэ мади хуа ган, вэ
е нын ба чян зындилэ, е нын ги та ба "бонцу" гишон, та е зу бу нын
зу җы йитё лўли. Вэ зыгэмуди зу җы йитё ха лў, кэсы җы йихозы
мэмэ до вэшон тэ сынзадихын. Вэ җыдо саниса? Вэ нын зулян шонли
суйфуди нўжынму йиён зынчянма? Вэди щин хындихын, кэсы чян ган
щин хан дэдў. Вэ ма е мэ нин жё вэ зу җы йитё лў. Та ги вэ гилигы
зыю, жё вэ җянни — хуйҗэсы ги та бонмон, хўйҗэсы лян та ликэ.
Вэ ма е мэ кў, тади нянлуй дазо гандёли. Вэ йигэр шынхали, жё вэ
ган сачини?

13

Вэ ба җыще сычин йипанпар зу ги вэму щүэҗ он[①] дуангили. Щүэ –
җонсыгы тимян нўжын. югы сышы җи суй, та хынхынди е бусыгы
цунмин жын, кэсы та чуэди хо щин. Ю йифынди нэхэ, вэ зу нын ги
понжын хэщүэ зыжяди мама... До җы вужин вэ лян щүэҗон мэ
фэгуэ җи хуа. Вэ ба мый йи җў хуа, зулян хуэзыр шо вэди зуйчў –

---

① щүэтонди — директор.

нзыди йиён, җеҗе — кэкэди, вончў нўди фэли. Та ги вэ йинчынди гищер бонцуни. Чян та гибуче, гуон йинха йитян ги лён дун чыди зэмусы җё лян щўэтонни дазади нўжынму йидани җўни. Та хан йинди җё вэ вонхущер, дан щеди холи, тынди ще зы, зын чянни. Җыхур вэди щин цэ луэдо конзынили, йичеди сычин ду нандун вынли. Вэ юли чы – хэ дэ җўди вэрли. Вэ е бу мафан вэ мали. Җы йихуй ба та е мэ на җёзы чў, на жын тоди чэчэр хили лашон зудёли. Ба вэди пуди, гэди ги вэ лёхали. Вэ ма лян вэ вонкэни лиди сыхур, суйжан та мэ тон нянлуй еба, кэсы ба тади щин җё ще яндёли. Та җыдосы та ёнхади нўр ба та нан золи. Наму вэна? Вэ ду кўбулэли, шын бу тынди худи кўли, җё нянлуй ба бизы ду чўндёдыйли. Вэсы тади нўр, тади нонярди, тади зўборди. Кэсы ги та вэ гибушонгы бонцу, йинцысы вэ шэчибуха зу нэще халў. Гуэли вэ кын сылён: вэ лян вэ ма зулян егу йиён, дюжын – мэхэди гуон лёлуанли зыҗяди дўзыли, зущёнсы чўгуэ җыгы вэму зэ мэю ганди са йинсын. Хэхын вэ мади жызы е гуэли, сычин вэ ду дунлэли. Манйўанбулё вэди мама дэ вэмуди дўзы — җы дусы гуонйинди цуэ, чы – хэ би җянхади. Виса? Вэ лян вэ ма ликэди зыху, ба йичеди сычин быйгуэли. Гуон йигы йўэяр нын җыдо вэди вичў, нын җыдо виса вэ тонли нянлуйди, кэсы та мэ шанмян: җуви хизодёли, ямир – дунҗинди, сыса шынчи е тинбуҗян. Вэ ма зущён мэю йинйинзыди гуй, вули нан лўли. Вэ йигэр шынхали.

14

Вэ лян вэ ма будый җян мянли. Щинэ тади щин, зулян фон салиди хуар йиён, няндёли. Йинви ги щўэҗон тынди ще зы, вэ фили щин җин щўэли зытили. Булўн са вэ ё зўдищерни, йинцысы вэ чыди жынҗяди бый ми, щи мян. Лян вэ зэ йигы җёнтонни нянхади ятуму йитян до хи зу фэди сый чыди са, сый чуанди са, сый фэди са хуа, таму литу вэ сыгы данбон – дўлиди жын, мэю чинчин, вэди пын — ю

зусы вә зыҗяди йинйинзы. Фанлир – дёмян зусы вә йигәр, вәсы тян
бу шу, ди бу гуанди жын, сый до вәшон ду мәю щёнган. Вә зыҗя ба
гәжын щинэли, тынчонли зэмусы манйуанли. Вә җуәмуди вә зусы
лищёнжын. Щуәлэ щёчи ю йидяр са гәбян, та зу җё вә дантӯни, чы
җинни хӯйжәсы щюшыфани. Ба зыҗя вә дон йидуэ нун хуарди
каншули. Вә гуон сылёнли щуанчындили, ба вонхуди вә мә ган сылён.
Ба гуонйин гуәчын жызыли, ба сыхур вә ду вондёли, дансы ханди җё
вә чычи, вә цэ ба сыхур нын сылён челэ. Вә е бу җыдо сыхур, е бу
җыдо вонщён, зущёнсы шыҗешон мәю вә. Чәщинкэ вә мали, вә зу
җуәмуди вә бусы суй вава. Лян вә йипинди ятуму зузан панвонли фон
җя, җечи, щин нянли, вә е мә панвонгуэ таму, е мә дынгуэ таму.
Таму до вәшон ю са гощинни? Вә җыдосы, вә чынха да гунёнли, вон
чянчи зу юли данлинди цощин сычинли. Вә җыдо вә җонди җӯн,
йинви нэгы вәди щинни манфудини. Вәди җӯнмый ги вә җонли
данзыли, та җё вәди щин куанли. Та җё вә гощинли, шоншыли. Вә
суйжан чӯн еба, кәсы ю җӯнмыйни! җӯнмый җё вә хэли пали,
йинцысы вә ма есы җӯнмый жынлэ.

15

　　Хынще жызыли вә мә җян йӯәяр, җер вә ба та кә канҗянли.
Суйжан вә щён ба та хохор кан йихарни, кәсы мә ган дуйчӯ та вон. Ба
щуәтон нян ванли еба, кәсы гуонйин мә гәбян, вәму хан зэ ло вәршон
җӯдини. Йидо хубар щуәтонни гуон шынха лёнгы дазадили: йигысы
нӯжын. Таму бу җыдо ба вә замужҗя кангӯни: вә е бусы щуәсын, е
бусы җёйуан, хощён дазади, кә бусы дазади. Хубар вә йигәр зэ йуанзыни
кын җуанди сан щин. ю йиха җё йӯәяр ба вә зу җӯй хуйлэли,
йинцысы вә мәю лилён дуйчӯ та вон. җуәжун вэту дан гуакэ лён
фынфырли, вә зуэдо фонни кын сылён йӯәяр, ба тади шабый –
шабыйди гуонлён зулян гуадо вәди щиншонди йиён, җё вә җищёнли

гуэлиди пэфан гуонйинли. Вэди щин зущён ебехур зэ йугярди гуонлён
литуни, суйжан гуонлён ба та жодини еба, кэсы та хан зусы хиди, та
хи еба, кэ нын фи, та фидини еба, кэсы та хидини, вэ зэ мэю
вонщёнли. Кэсы вэ мэ ку, гуон ба мимо мингилиха.

16

Вэ нын зын жигы чянли: щуэжон жё вэ ги жын ланди жыли
заёнрди дунщили. Дуэди е зынбушон, йинцысы щуэсынму ду хуй
жыни. Таму йишы дансы жыбуде жинмон сыйунди шутор дэ
мотирли, цэ бынвои вэни. Вэди щин зущён кэ хуэли, вэ кын сылён:
вэ ма дансы бу зуму, вэ ба та бу ёнхуэма. жинбуче ба лэди нэщер
жинвын йи суан, вэ зу жыли хуйбили, жы цэсы йижынжырди
гощии зэмусы щуанкун вонщён. Тэ чэщин вэ мадихын. Дансы вэму
йули мян, йуанхуй до йидани, вэму яндин нын зо гуэ жызыди йитё
луфу — вэ жымужя суйжан щуанкун - молёди сылёнли еба, кэсы
хынхынди мэ щинфу. Вэ зузан панчонли вэди мамали, ба та фимын
дини вэ кын мын жян. Йитян вэ лян йибазы нущуэсынму зэ чынчён
вэбян лонди сан щинчили, Лондо хубар, бон жер вудян жунли, вэму
хуйли жяли. Вэму монмон — хуонхуонди дали же лули. Вэ
мынмынди йиха ба вэ ма канжянли! Зэ йигы зыйчя хонкуршон
кэдигысуй пупур, литу мэ су мэмэдини. Мын чянту йигы жуон готу
бэди на муту зухади сумэмэ. Чёнту гынни дунди вэ ма. Та ёзы гуди ла
фынщядини. Лойуанни вэ зу канжян на муту зухади сумэмэ дэ вэ
мали — вэ ба та да чёнтушонди йинйинзышон жындыйли. Вэ зу щён
до та гынчян йибозы лучу, кэсы мэ ган: вэ хэпа ятуму щёхуа, таму мэ
цэмугуэ вэ ю жымугы мамади. Йуэ вон чян зу, вэ ба ту йуэ дихали:
вэ пянлуй янщинди, ба та туди канли, та ба вэ мэ канжян. Вэму
йибабар да та гынчян гуэлигы гуэр, та е мэ гулуан кан вэму, люшын
лали фыншяли. Вэму зули банжер, вэ дуйчу хуту вонлийиха, вэ ма

хан зу нэму җя дундини. Ба тади лян вə мə кан җян, вə гуон со җян
тади бу гуонтонди туфали. Вə ба җыгы хонкур җихали.

17

Вəди щинни зущён чүязы хүйдини, бу җян вə ма, вəди щин бу
нанвын. Зу җыгы җекуршон ги щүəтонни дафади лэлигы щин щүəҗон.
Ло щүəҗон ги вə фəди җё ги зыҗя данлин зо йигы йинганни — та
ба вə шулуанли, ёнхуəли, кəсы та ба вə бу нын йитуəги щин
щүəҗ он. Вə ба зыҗя занхади чяи фулиха, гунзун цəсы йи йүан лин чи
мо, хан дəди җигы тун пур. На җыгы чян вə нын гуə җитянди
гуонйин, кəсы тян хуə шоли гəтонзыли, ю чычў, ву занчў, вə зу нани
чини? Вə е бу нын цошур дын вучон, ё сылёнгы фонфорни. Ту йигы
вонщён зусы ба вə ма зо җуə. Кəсы та нын ба вə шулуанхама? Дансы
будый чынлина? Вə чи, мə сумəмəди дансы бу чинйүан, до вə машон
тэ наншудихын. Суйжан чүннан ба вəму ликəли еба, вə ба та вонбудё,
вə ё җищён тани, тасы вəди мама. Вə җыму сылён, нэму сылён, мə
шəчидыйха чи. Вə ё ган зыҗяди эрнянбанни. Замуҗя ганни? Вə годи
сылёнбушонгы лу̇фу, Вə җыхасы шы җе до вəшон тэ зыйчядихын, та
шəбудый ги вə ги йидяр йү̇нчи дə гощин. Гу ду ган вə ю йунчи,
йинцысы та нын зэ ман хонзыни фи. Жын бу нын зэ хонзыни фи.
Шыди, вəсы жын, кəсы ю йиха жын ган гу хан де. Вə дансы бу да
җар зудё, щин щүəҗон ба вə замуҗя чынщинни, вə хан бу
җыдодини. Вə бу нын дынди җё жынҗя ба вə да мынни җуйдё.
Доли кəчурли. Ба тади нанхуə вə мə җүəҗуə, гуон хуар дэ фуди лю
еер ги вə тифəли кəчу̇рли. Хунди нэгы хуар люди нэгы еер, вə гуон
фыншёли янсыйли. Кəч у̇ р до вəшонсы сымир – лёнҗёнди, мəю
гощинди сыхур. Вə мəщин ку̇, кəсы бу ю вəди нянлуй вонха тонли.

18

Вə чучи зо хуəчили. Ба вə ма е мə зо, вə вонщёнли гəюзыҗуанди гуонйинли. Җынҗынди золи лёнтян, ба хуэ мэ зошон, Түмирлёнцонди, бэщинди вэ хуйли җяли. До вэшон мэю хуэ. Вэ ба вэ ма нэхур зуэхади нэгы нан цэ җыдоли, вэ щин дини фоншэли тали. Та ха - хо хан зүли хуэли, ги җын ланди щили чу җүэбузыли, нэдо вэшон җымугы хуэ ду мэюди. До вэ машон фили зу нэ йитё ха лү, зэ данлин мэю лүфулэ. Щүэтон гихади тёён е бу җунсали, ба та е сыйүнбушон, йинцысы дүзы вэдини, дүзы дан чы бо, ба тёён е нын щянчүлэ, та е зу җыли чянли. Лян вэ йидани нян фуди ятуму мэ сылёнгуэ вэ ю җымугы мамани, таму фанчон щёхуали бу щуэходи нүҗынмули: таму нын щёхуа, йинцысы тамуди дүзы бодини. Вэ мусуанхади: дансы сый нын ёнхуэ вэ, җёвэ ба дүзы чы бо, вэ ги та са ду зүни, шынзы ду пэни, вэди мама е зу җымуҗя ганли. Вэ мэщин вучон, вэ хан щён хуэни. Вэ нянчин, вэ җүнмый, вэ ё хуэни. Далянди сычиншон вэ бу ви манйүан.

19

Вэ ба панзы даха, фалигы данзы да, зэ йүанзыни лончили. Чунтянди йүэяр зэ мэ йүнцэди шынлан тяншон дёдини! Вэ ба та щинэли. Щёмищищирди йүэяр, тади ваншаншарди гуонлён зэ хуонлю фулүнин җодилэ: җандудурди фынфыр ба хуарди цуан ви вон сыҗу — бахани гуали: җё хуонлю фуфурди җыҗыр бэли лонли. Тамуди җандудурди йинйнр бу җуди тёли: йиха җодо чёншонли, йиха медёли. Махүр гуонлён дэ ву ю лилёнди йинйир лян мэ җинҗонди шя санфынфыр ба фи бу шылуэди хуэвэр вон щинии цоли. Йүэярди бонгэрни лёнгы щинщю. зулян ёгуэди нянҗин йиёи, щёмищищирди, е ги хуонлю фулүнни сали зыҗяди гуонлёнли. Таму йиха җочу йүэяр, йиха җочү бэ лонди хуонлю фуфурди сосор вонли. Кочү йидү чён җонди йиёнзы фуфур, ба таму җё быйсынсырди еер гэдёли, махүзы йүэярди гуонлён литу канчи, зущён ба фуди ий бонгы җё щүэ шандёли, ди эр бонгы җё хи йинзы җәдёли. җыму җя вә сылёнли: Йүәяр зусы вәди зывон.

20

Вә зэ ло щүэҗон җя чили, та мә зэ җяни. Йигы нянчин щёхуэр ба вә жон җинчили. Та җонди җүнмый, е щянхуй. Вә фанчон хэпали нанжынмули, кәсы җыгы щёхуэрди жынйи дади йимяршон вә мә хэпа та. Та щёмищищирди вынди вә зуsalэли, җё тади йигы щёляр ба вәди щин зу ванли. Вә ба йичеди сычин ги та фәгили. Та тинди, тинди бәли шинли, йинчынди фәсы ги вә гищер бонцуни. Зу нэ йитян хушон та ги вә налэли лёнгы йүан, вә мә щин на, кәсы та фәди җыгы чянсы ло щүэҗон дэди лэди, хан фәди ги вә зоха фонзыдини, зэ ю йи - лён тян вә нын бандо литу. Вә дантули: җыгы щёхуэр хаба ги вә щенха ха шинли, ба җыгы данту вә жёнмур ги та фәдо ляншонни, кәсы мә ган. Та пыйхади щёляр зущён зуанли вәди щинли. Вә куэлёнди, вә дан ба зыҗяди данту фә чуле, ба җыгы җүнмый щёхуэр шонцунхани.

21

Тади щёмищищирди зуйчур нэдо вәди ляндоршонли, да тади ту готу вә ба дэ щёлярди йүәяр канҗянли. Чун фынфыр хощён майүэ гуали, та ба чунтянди йүнцэ вон кэни фынли, җё йүәяр дэ җигы щинщю шанли мянли. Хуонлю фуди җыҗыр зэ хэди лёнхани ваншаншарди бәли лонли, юмаза чонли щинэди чурли. Тэён луэли щи санли, димяншон хихали, хи дини филянхуар ги җуви сали цуан вили. Ги филянхуар гили җиншынди чин фи зущён линдор щёнли, вә тинли тади лин щёншынли, вә зу щён бянчын филянхуар. Цомёди нун яяр зэ җэхуэ ту литу за гын, щули мёли зэмусы щили щуан чисыйли. Йичеди юминвәр ду хуэлэли, таму җишыди нянди зали чунтянди җинли, нанчу сыхур дали чунли, линху вончу ба цуан ви сали. Вə лян чӯнтянди хуар дə цомё йиён, салуəли, гощинли, ба са ду вондёли. Зэ чунтянди лён фынфыр дə йӯəярди гуонлён литу вə ба зыҗя җуəбу җуəли, вə фонкуəли, футанли, зущён фынми зэ ца ванни хуали. Мынмынди йӯнцэ ба йӯəяр җəдёли, вə минбыйли зэмусы җуəлəли: жə шыншыр нэдо жушонли. Йӯəяр бу җянли, вə мадёли, зэмусы вə ё лян вə ма йиёнли.

22

Вə щянчян хули хӯйли, линху ба зыҗя чуанфəли, вə ю щён кӯ, ю щён гощин, зыҗя бу җыдо зӯ сади. Вə зу щён подё, зэ бə җян тади мяр, кəсы бу ю зыҗяди сылёнли тали, чəщинли тали. Вə җӯди лёнҗян фонзы, та тянтян йидо хушон зу лəли. Та ю җӯнмый, ю щянхуй. Та ёнхуəди вə, хан ги вə мəли җигы санзы. Ба щин санзы чуаншон, вə зу тимянхали, җӯнмыйхали, вə җянбудый җыгы санзы, кəсы шəбудый ба та шыйидё... Вə бу ган сылён гуəлиди, вə е мəщин сылён, вə зущён җё гуй начӯли, ляндор фанчон шодини. Вə ё дабан зыҗяни, кəсы мəшин дабан: сакə ланли, са ду мəщни ганли. Вə дансы дабанкэли, вə щинэ зыҗя, җыни дабаншон, вə зу җянбудый зыҗяли. Вə зузан зу щён кӯ, кəсы фанчон чёчёр кӯли, нян җин сыҗи фиҗяҗяди. Ю йиха вə зущён дыйли шо бинли, ба та лучӯ щяца щинтынни, гуəли кə җянбудыйли, лян ма дə сонди, җуйли тали, та гуон ги вə пыйли щёлярли.

23

Вə дазо җыдо вə зэ мəю вонщёнли. Зушён йӯнцэ ба йӯəяр җəчӯди йиён, вəди чянтуди лӯлӯр хихали. Җиҗӯн чӯнтян е гуəли. Фужӯ щятян долəли. Вə цэ да чунтянди жəно җённи тёчӯлəли. Йи хӯй җынтян шонву йигы щё щифур зэ вə гынчян лəли. Та җонди шызэ хо кан, кəсы тади җӯнмый дəдищер нунмян чичир зэмусы тади тимян зущён на ницы зӯхади гӯнёр. Җыни җинли фонмын, та зу кӯтуəли. Вə

йиха минбыйли. Канли тади ёншы, та мә вонщён но бонлэ,
минчинфэни, вә е бусы но бонди жын, Та ба зыжя нади вынжун.
Дэ кӱди, та ба вә жя шу дэчӱ фэди: "Та ба заму лёнгәр ду хунхали!"
Вә ба та е дон пёнуди жейинли. Кәсы та бусы пёну, тасы нэгыди пәе.
Та е мә нобон, гуон ги вә фәли: "Ни ба та зэ бә жошы!" Вә
вулантудёли, канди жыгы нужын тэ не жондихын. Вә ги та йинхали.
Та шыщёли. Вә дуйчӱ та вонди сылёнли, та е бусыгы ю нозыди
нужын, та са ду мә вонщён жыдо, гуон вонщёнди ба нанжын на
хуйчини.

24

Зэ хонзыни вә жуанли лодади гунфу. Йимын зыщин вә ги та
йинхали, жыхур жё вә з ӱсачини? Вә нэхур мәщин же та ги вә
дуанхади лищинлэ: Вәёфә лян та вон кэни ли, ё фон жянмани, йиха ё
ликэни. Дансы жын жя ба налэди лищин йуанхӱй нашон зудё, вә
гынчян шын сани? Вә зу нани чини? Вә ё ляншон ма йиба, ба санзы
ду дынхани. Вә пидёли. Вә йидяр ду мә хухӱй, гуон щинни кундёли,
вә зущён кунжунниди йи куэр йунцэ. Золигы суй фонфор, вә зэ литу
жынжынди фили йи тян.

25

Вә дон вавади сыхур зу жыдо чянди гуй — жянли, зу йинви
нэгышон вә хуй тынсын чянни. Вә гынчян хан шынхалищер чяндини,
жысы вәди йидяр йунчи, вә жинган чӱчи, золи хуэли. Зусы мәю са
зывон еба. кәсы вә мә вонщён жё зыжя шу зуй. Суйжан вәди суйфу
жяли еба, кәсы хуэ до вәшонсы нан зоди. Вә нали хынщин, фили
гункӱ, золи хуэли, кәсы вәди гункӱсы мә щячонди, зу нэгы еба вә хан
ё на хынщинни. Йинчян до нужынмушон за жыму нанса! Вә ма ганди
дуйдини, до вәмушон е зусы нэ йитё ха лӱ. Вә йищир бу щён зу жы
йитё лӱ, кәсы цыбу - зован вә ё зу жы йитё лӱни, тасы мебут —

уэди. Йүэ чы ли, вэ йүэ хэпа. Вэди зывон зущён йүэярди гуон － лён, мынмынди медёли. Жызы йижор йитян, вэди зывон йитян ган йитян шохали. Линсомэйир вэ лян җигы щё гүнёнму ги йигы суй гуанзыни потончили. Гуангуар суй, җонгуйди да. Вэму ийгы ган йигы җонди тимян, дуэшо хан ющер җышыни. Вэму ду зущён дын хуоншонди шонходи йиён, дынли гуанзыди җонгуйдили. кан та ба сый шухани. Та ба вэ шухали, суйжан вэ гощинли еба, кэсы вэ ги та е мэ до ще. Щяшынхади гүнёнму зушёнсы нянхунли, йибанзы күшон зудёли, йибанзы дүнонди, мали. Ни кан нүжын дуэ ди җян!

26

Зэ суй гуангуар литу вэ чынха ди эрхо потондили. Вэ чүанли бу җыдо замужя дуан чыди, дажэ җуэзы, чыдиди җячян, зэмусы бу җыдо чыдиди минтон. Җүэмуди зущён сондадади, кэсы тухо потонди ги вэ куанщинди, фэсы җё вэ ба ляпир фон хуни — та е сыса ду бу җыдо. Та фэди щёчунсы дин ё җинди, заму гуон ё щёчунни. Замуди хуэсы гуон ги "ки" до ца, ти шужин зэмусы на суанпан, щяшынхади до замушон мэю щёнган. җысыгы чигуэ сычин! Ту йихо потонди ба быйсынсынди щютузы бянди нэму го, гэбыйшон бонди йикуэр бый чу бүбүзы, готу щеди: "Мыймый, вэ щинэ нини." Та йитян до хи гуон ца фындини, тади фанзуйчунзы жанди хунди зущён ще. Щягуанзыди жынму дан зэ та гынчян дян янбонбонзы, та зыжяди кэщигэзы зу гэдо жынжяди туйшонли. Ги жынжя ба хун җю дошон, делюди щян гэдо зыжяди зуйшон мин йихарни. Ги ющезы щягуанзыди жынму та тэ чинжэдихын, ба ющезы та җуонди канбужян, кэсы зүдигы ёнзы зущёнсы ба йиче та канжяндини. Вэ гуон гүлуанли та мохади нэще жынли. Вэ чехүли нанжынмули. Вэ җин җянхади шо еба, кэсы та ба вэ җёхүйли: Щинэ бу щинэ, ё дуэ тамуни. җуэжүн ю йихуэ щя гуанзыдини, таму ба зыжя зүзуэди ю пэчонди, йигы ба йигы вон шонкор жонди җё зуэни, чёнди чу̇ чянни, җёхуэди хуа чу̇анни, хэди хун җю, тынкэли зущён есын, ви йигы да щёди сычин зуйни ху̇фэ — бадо. Дуанкэ цали, гикэ шуҗинли, вэ зу ба ту дихали, вэди лян шоди зущён хуэ җыдини. Щягуанзыди җынму бабайир лян вэ дэ фэ хуади, җэди җё вэ щёни, кэсы фа щёди сычин до вэшон тэ йу̇андихын. Йигуэ җюдян җун, хуэ йи шукыр, вэ зу фадёли. Базындо зыҗяди суй фонфорни, вэ ляншынзы йи җё фи йигы дунфон лён, щинлэ вэди щин цэ нын куан йихар. Вуҗин вэ цэ гэюзы - җуанди, на зыҗяди гунку̇ зынли чян, гуэли җызыли. Хуэшон вэ чиди зо.

27

　　Тухо потонди җю дян җун гуэли цэ лэдини, та ган вэ цы лэди лёндян дуэ җун. Та ба зыҗя канди да. Конкор сыҗи тедини, кэсы ги вэ зыфэкэ сали, та кэ бу зан яҗин: "Ни лэшон нэму зо зу̇ сани, сый бадян җуншоп чы ду̇зыниса? Ни бэ ги җын гуа лян, йинцысы нисыгы потонди, ниди сонмыншын ёншы ги сый ду сыйу̇нбушон. Ни дансы ту занха зу̇ хуэ, сый е бу ги ни ги йигы ца чян. Ни зэ җэр зу̇ салэли? Щёнда мэ ту̇ зын чянди лэма? Ниди йишонди линзы тэ дидихын, ган заму җы йито сыди ятуму ё чуан го линзы йишонни, ё ю чу шуҗирни — җы дусы хо канди. Вэ минбыйдини, та фэди дуйдини: вэ дансы бу пый щёляр, ташон е мэ ю җинвын — зынхади цачян вэ ё лян та тин фынни. Вэ ба та мэ хэхынгуэ, фанчон тинли тади хуали, йинцысы та есы вили зынчян. Ну̇җын гуон җымуҗя цэ нын зын чян, данлинди лу̇фу до тамушон мэюди. Кэсы вэ мэщин та тади җу̇э хугын. Вэ зущёнсы минҗы - минбэди канҗянли: юзэ - йижы бу ю зыҗя вэ е чынха ган та хан җилюдигы няньҗуаньҗуарни, нэхур вэ цэ нын зын йи ванвар ми. Кэсы җы йито сычин җисы гуонйин биди донбучу̇ли, вэ цэ ганни. Пибэ гуонйин фанчон ба вэму,

нүжынҗяму вон җы йитё лўшон гандини, вә ба та зывэди зэ дуэшон
житяр. Гуонйин биди вә нёчу яр шули, щин е суандёли, кэсы
нүжынмуди шуфу зусы җыму йигы, бу ю та зыҗя. Гуэли сантян
җонгуйди ги вә зафуди фэли: ги вә зэ ги лён тянди шянцы, вә дансы
щён зэ җар зў хуэ, ё та "тухо потондиди" җүэ хугынни. Тухо потонди дэ
жэ щёди, ги вә фэли: "Ги ни щёнкырдини, ни хан туту — цонцонди зў
садиниса? Заму йигы зэ йигы гынчян щю саниса? Потонди нүжын ги
кўфонди тузы донли пэеди е бушо, ни хан донсы вэму дажё нинима?
Ющирди ган, гуан тади сан чи эршы йини, заму е бу фа йигы ма – ма?
Бу ня йиха чичэма?" җыгы хуа ба вә жэ золи. Вә вынли тали: " җисы
ни вонщён ня чичэниса?" Тади хун зуйчўр йиха вэвэзыхали: "Ни зо
саниса? Заму дуанда җойи фэ йихар кэ пасадиниса? җынгы ни зусыгы
щённённёнма, ги җымугы сышон мэбисы е будыйчынма!" Вә мэ
жыннэчў, ба зынхади йигы йуан дэ вугы чян суанди нашон, чўлэ хўйли
җяли.

28

Вэди нянмянчян хи йинйинзы жодали, та зущён вон вә гынчян
пудини, йүэ дуэцон та, та йүэщин ли вә җинхали. Вә йидяр ду мэ
хэпа зыҗя ганхади цуэ, кэсы жё хи йинйинзы ба вә хали. Вә нын ба
зыҗя ги йигы жын мэги. Да гуэлиди нэгы сычиншон вә ба нанжын
дэ нүжынди лэвон е җыхали. Нүжынму дан йи ванжён, нанжынму зу
гынщинтуэли. Тади вонщён зусы нүжынди шынти, ба шынти та
дансы нын дыйшон, ни йиха е зу юли чыдили, юли чуандили: гуэли,
та зу ба ни мани, хуйҗэсы дани, зэбудуйли кали нянхўзы, зу бу
чўчянли. Зу җымуҗя нүжынму мэ зыҗяди быншындини, ю йиха
зулян ту йихуй йиён, е кэ фонкуэ. Нонзэди сыхур, зўйпир ий ма,
хынбудый ба са ду фэни, җы йи җынҗыр йи гуэ, ни зу җүэлэ
тындун дэ щюкуйли. Ги йигы жын гикэли, ни хан нын делюди фэ

Җи җү щихан хуа, дансы ги ланжын мэкэли, җымуди хуа зу
фэбучынли. Ю җи ёнзы дантўни: Ба тухо потонди ги вэ динхади җуйи
вэ мэ зэ щинни гэ. Вэ гуон е бусы хэпа нанжынмуни. Чянфэ –
ванжён, вэ мэ воншён мэ зыҗяди быншын. Вэ е бу чэщин
нанжынму, йинцысы вэ хан мэю эршы суйни. Кэбан вэ сылёнди лян
нанжынму йидани данпа хунхуэ, сый кэ җыдо җыни вэму зуэдо
йидани, та зу гынщинкэли... Шыди, нэхур вэ хўдўдини, ту литу фын
худини, бу җыдо са, цэ дыйли жынҗяли, дончўхан вавади ба вэ
шыфанли. Тади зуй ган ми хан тян, ба җин сан ду йинхали: гуэли вэ
кэ кўнхали. Зущён зўлигы фимын. Вэ гуон дыйлищер чыди дэ җигы
санзы. Вэ зэ бу воншён җымуҗя зын чян, гуэ жызыли, кэсы лили чы –
хэ гуонйин гуэбучи, ё зын чянни. Вэёфэ зын чян, нуҗын ё җыхани:
тасы нуҗын, ё мэ быншынни!

Йигы дуэ йүэ вэ мэ зошон хуэ.

29

Вэ пынҗянли хын җигы пын — юму, йибанзы зэ җўндын
щуэтонни няндини, йибанзы зэ җяни щян лондини. Вэ ба таму е мэ
тэнэ, да тамуди ту йи җү хуашон вэ җыхасы вэ ган таму чён, ган таму
минбый. Зэ щуэтонни нянди сыхур вэ ган таму мынлэ: җыхур таму цэ
җүэҗуэ зыҗяди мынщёнли, таму хан зущён зўфимындини. Таму ба
нянчин щёхуэзыму на нянгэр садини, зўйчўр дунтанди зущён бян
но яяр – юди сывындини. Вэ ба таму щёхуали. Вэ ба таму йи нян кан
тудини, тамуди дўзы бодини. Дўзы йибо, зу сылёнкэ но яяр — юди
сычинли, нан – нү йигы ги йигы зу сакэ вонли, сыйди чян дуэ, тади
вон да, да вон литу йиха зу зуан җинчи җигы мин, линху бу мон, бу
хуон да литу тёди җянди на йигыни. Бэ фэ чянли, вэ лян фи җёди
вэр ду мэюди. Вэ ё җуа тамуни, хуйсы вэ ба таму җуачўни, хуйсы вэ
чынха жынҗяди йи ку цэни. Вэ ган лян вэ йидани нянхади пын —

юму җыдоди дуә, ган таму җин җянхади е дуә.

30

Йихуй вә ба лян ницы гунёр йиёнди суй щифур пын җянли, та ба вә йиба дэчў, зущёнсы җянли тади нанжынли. Зэ вәди мянчян та зущёнсы мәйисыди фәди: "Нисы хо жын! Нисы хо жын! Вә җыли хўйбили!" Та зущён фәди щин диниди хуа. Та кә җешон: "Вә ба ни читоди җё ни ба вәди нанжын сатуә шуни (щифур лалигы кўшыр). Вәди нанжын хан ган зотуни бу хохали. Та кә золигы хан ган заму җўнмыйди, гыншон нэгы зудёли, чўанли бу хўйлэли. Вә тинди ба нэгы нўжын чўшонли, фәсы йигы ба йигы тэ щинэдихын. Нэгы нўжын вуҗин ба вәди нанжын кишонли. Вәди нанжын гыншон зудёли." Вә зу канди җыгы суй щифур тэ не җондихын. Та е лян вә йиён, гыншон шынгуй жуандини, хан зывонди җё ба та җында — лошыди щинэни. Вә зу вын тани: "Наму ни җыхур зўсани?" Та ги вә хўйдади фәсы, за еба ё ба нанжын зо җуәни. "Дансы зобу җуәлина?" Вә кә вынли. Та ба зуйчўнзы нёчўли: тасы нэгы жынди пәе, зэмусы хан ю нён – лозыни, кәсы мәю зыю, йинви нэгы та хан нянхун вәди тян бу шу, ди бу гуанди гуонйиндини. Ни кан дуә шыщё — хан нянхун вәдини! Вәсы гэюзыҗуанди жын, Шыщёсыли! Та ю чыдини, вә ю зы — юни: та мәю зыю, вә мә ю чы — хә. Вәму лёнгәр дусы нўжын.

31

Лян ницы гунёр йўли мянди зыху, вә мәщин ги йигы жын мәли, вонщён ланди фа щё, делю, җефәчи, зэ нанжынму гынчян на кўнщё, дуәшо зынщер чян. Зэ сый гынчян вә ду мә дю ди, мә хә, вә гўли зыҗяди лянмянли, кәсы дўзы фанчон вәдини. Лян нанжынму делюди факэли, ба нэ вәди вә зу вондёли, дан щён җё дўзы бо, зу җымуҗя вә зу ги нанжынму делюни, но нярни. җысыгы йўан чўанзы, булўн да натар да тур, ду нынчын. Щўәтонни лян вә йидани нянхади ятуму зэмусы ницы гунёр лян вэ йимур йиён, кэсы таму дуэди жызы зывонли, вэ дамин — дадо ганли, нэ вэди дӱзысы видади җыншы. Вэ дали тур ба дунщи мэтуэли. Ба йичеди ду мэдё, вэ мэли җигы щин санзы. Вэ зыҗя җонди е җӱнмый, е хокан, вэ чучи зын чянчили.

32

Вэ нансуанди на фащё дэ делю зын чянни. Э - я, вэ хаба ба фимын дяндор зӱхали. Вэ хан хӱдӱдини, хансыгы гуатар. Ба нанжынму ни йиха — лёнха дёбудо гударшон. Вэ мусуанди җо йигы ю җышыди нанжын, дансы йишы будыйчынли, лян данлинди нанжынму ё зуни, дан зушон, вэ ги та зысы ги лёнгы лохӱр. Ха - ха, нанжынму кэ бусы җымугы, таму хи хуа, бый хуа бу фэ, шу дуан - дуанди зу да конзышон хали. Таму хӱйҗэсы ба вэ чёдо киношон, хӱйҗэсы зэ ман хонзыни линшон лон, зывэди ги вэ мэги ий җӱнзы фи җё вэ хэшон, дузы вэшон, кэ ё җуанхӱй җяни. Лян ю җышыди жынму зушон, таму гуон нын вын йихар: вэ ба са щуэтон нянванли, зэмусы вэди җяҗянди жынму ду гансадини. Да йичедишон вэ дунлэли: дансы нанжынму вонщён ни, ни ё ги таму ба щин нанчуни, гищер футан дэ Фонкуэни. На данлинди са ба тамуди щин ду нанбучу, йигы лохӱр цэ зынди йиҗунҗур фи. Вэёфэ мэ быншын, ё фон җянзуанни, са ду бэ сыщён, җинган зу ё ба чян җуадо шунини. Ба җыгы вэ җыдоди хо. "Ницы гунёр" бу җыдо җы йитон сычин. Вэ лян вэ ма гуон җыдони. Вэ фанчон жищёнли вэди мамали.

33

Ду фэди юди нэгы нӱжынму зэ нанжынму гынчян делюди зынчян, гуэ жызыдини, җымуҗяди мэмэ до вэшон тэ нандихын, зэмусы вэ е бу вонщён на та хун дӱзы. Вэ чынхагы мэ быншынди нӱжынли. Фонҗур нянщиди йинцышон е бу җё вэ зэ жынҗя җяни җули. Вэ вончӱбанди сыхур ги җонгуйди лян ще ду мэ до, йӱанхӱй бандо вэ хулозыди нэ лёнҗян фонзынили. Фонҗӯр е бусыгы ю минчиди, кэсы ю хо щин, хо йиди жын. Бандо щин вэршон, вэди сыюр йиха чанхуэли. Вэ гынчян ю җышыди жынму ду лэтуэли: таму җыхасы вэ мэдини, таму на чян мэдини, вэди мэмэ хунли. Лэди жынму е бу наба, е бу щю. Щянчян вэ хан дантӯщерни, йинцысы вэ цэ җёшон эршы суй. Гуэли җитян вэ чӯанли бу дантӯли, до вэшон е фонкуэхали. Нанжынму нэ җымуҗяди нӯжын. Гуэли җигы йӯэ, вэ йӯэщин минбыйхали. Вэ ба жын йинян нын кан тули. Ючянхан җыни щинмын зу вынли җячянли. Та җё вэ җыдосы, та мэ вэ лэли. Җыще жынму дусы цӯтунтур — таму вонщён йигэр ба вэ җанха, бэ җё ги понжын мэли, йинцысы тамуди чян дуэ. Җыще жын гынчян вэ мэ назуэ. Таму дансы макэ вэли, вэ зу ги таму фэди: "Вэ ба нимуди жя зо җуэ, ги нимуди пэему гочини." Нэгӯ йиха зу бу янчуанли. Чянфэ - ван җён, щӯэтонни нянхади фу е мэ хадё. Вэ фанчон щинфули — җышысы ю лиди. Наму данлиндина? Нэгӯди шуни зуанди чян, лэ - чи поли, зы хэпа фуйӯ ба чян сыхуанли. Вэ ги зыҗя щищир зуэзолигы җячян: җыму йиха җыди дуэшо чян, нэму йиха җыди дуэшо чян. Лунди таму гуэ - гуэ — фонфонди хӯйчи зу чӯ чянчили, до вэшон җыгы тэ шыщёдихын. җуэҗун вэ җянбудый мозыйзыйзы, нэг ӯ зыгомуди шо то җигы чян, ги гэҗя тынсынха җигы мэ янбобор дэ йӯэлёди нянҗыр. Дансы бу жэ тамули, е мэ сы, дансы щӯэлэ — щёчи йи җошы, җинган зу ба айи хандилэ, нодунтуэли. Вэ бу ган чӯон нэгӯ, вэ чеху тамуни. Дюха яйили, вэ ба таму е лалянчӯдини, хунчӯщердини. Җыгы гутуйзы шыжешон ди җяндихын, ба са ду нын ган. Вэ гынчян лэди щӯэтонни нян фуди да ваму канди тэ вакӯдихын, кудэрни җуоншон җигы йинпыр дэ тун чян, бынвонди вэ лэ, зынди бизы җянҗяршон хан ду вон ха тонни. Канди не җон, кэсы ви чян вэ ги таму е мэли зыҗяди быншынли. Були вэ ган сачини? Жын мянчян ю лянмянди лоханму ду лэкэли. Лян җыще жынму замужя лэвонни, до вэшон тэ зуэнан, кэсы вэ җыхасы таму налэ чяндини, тамуди вонщёнсы лолэли, лин сыди сыхур, на чян мэ йидяр гощин. Таму вын вэ ё са, вэ ги таму ду гили. Зу җымужя чян дэ пёки чынли вэди "ляншули." Йинчян ган жын хан дэдў. Жынсы сынку, чянсы сынкуди лилён.

34

Вэди хуншын дыйли бинли. җё та ба вэ нади фалын, фа шоди, щин сыди щин ду юни. Са вэ ду мэщин ганли, гуон зэ хонзыни ту быйдо җибыйни җуанли. Вэ чэщинкэ вэди мамали. Зу щён ба та зо җуэ, та хаба ба вэди пэфан нын вонха няняихар, дан ба җыгы сылёнчелэ, вэ җуэмуди вучон зущён зэ вэди нянмизы диха жодадини. Вэ ба нэгы хонкур зо җуэ, гуэлэ, гуэчи җуанди канли: ба вэ ма заму - җя лали фынщяди җищён челэли. Сўмэмэ пупур гуандини. Сысый е бу җыдо, таму да нани баншон зудёли. Вэ нали хынщин золи вэди мамали. Вэ җуэли монли, хонзыни җуанди золи җитян, кэсы мэ зо җуэ. Вэ цэмуди хўйҗэсы та вучонли, хўйҗэсы лян нанжын бандо чян ли йуанди лўшон җўхали. җымужя сылёнди бу ю вэди, вэ бэли щин, кўтуэли. Ба санзы хуанли, ба ляншонди ян фын цадё, вэ тондо чуоншон, дынли вучонли. Нан вэди щинни, җымужя щин сычи куэщер. Кэсы вучон мэ лэ. Тинди мыншон сый дыйдо кодини, бынвонди зэ вэ гынчян гэ щинхуонлэли. Дуй, ходихын, ба вэ ни нын лушон, зэмусы зонбин ни е нын дыйшон. Жын мянчян вэ мэю цуэ, йинцысы җы ду бусы вэ зыҗи щинхади. Вэ лян зотуни йиён, хуанлуэли, гощинли, чули янбонбор дэ хэли хун җюли, зулян сан - сышы суйди бандазы лопэзы йиён, нохуэли. Нян чўанчўар е чинхали, шу җон е нёкэли, ба зыҗя е набучўли: зыёсы ю чян, гуонйин нын гуэчи. Дин ёҗ инди зусы дўзы. Йи чыбо, зэ фэ данлинди хуа. Вэ чыди ходи, сый шодинима бу чы йиван, лён йиванди!

Вә ё чы ходини, е чӯан ходини, – җы зусы вәди гощин дэ зывон.

35

Йитян ганзо, бонҗер шыйидян җӯншон, вә чуанди чон бансар зэ фонни зуәдини, тинди зущён сыйди җӯәбу зэ йӯанзыни щёндундини. Вә фанчон шыдян җуншон да бивәни челә, шыэрдян җ уншон цэ чуан санзыни. Лин йирди җигы йӯә литу вә сакэ ланли, чын җигы сышынҗя мәщин туэ бансанзы. Вә сыса е бу пансуанли, зу җ ымуҗ я зуәди дуйчӯйигы са дэдэрди зу вончили. җӯәбу нади вынвырди, чинчирди доли вәди мынгынчянли. Тынли йисыр, вә да мын готу нанхадигы җинҗиршон канҗянли лёнгы нянҗин. Нангили йиха, бу җянмянли: вә салигы лан, мә дунтан, нянҗин кә нанли йиха. Вә мә җынчӯ, манмар ба мын кэкэли — "Ма – я!".

36

Замуҗя вәму җинли фонзыли, кӯли дуэ дади гунфу, вә бу җ ыдо. Вә ма е мә ло зади. Тади нанжын, ги та мә фә йи җухуа, мә лю сыса, е мә лёха чяи, туди да та гынчян зудёли, зули ту йигы пәе гынчянли. Вә ма ба йидяр гудунмащи мэдё, ба җӯди фонзы лёха, бандо йигы бу җычянди фонфорнили. Та ба вә золи лёнгы җӯма. Та чуондондон җинли җыгы фонфорни ба вә зо җуәли. Вә дан бу чӯчи ба та хан йишын, та е зу зудёли. Вә бу кӯли, юбудый вәди щё, зущён шодёли: вә ма ба зыҗяди нӯзы зо җуәли, нӯзы е чынха бёзыли! Та ёнхуэ вәди сыхур, есы бёзылэ, җыхур нэшон вә ёнхуэ тали, вә е чынха җымугыли!

Мама ги нӯзы ба зыҗяди шуйи – гуэгили.

37

Вә зывонли: вә ма данпа ба вә чӯанфэйихарни. Вә җыха чӯан –

фәсы кун зуй фә кун хуади, кәсы вә щён тин йихар: та нын ги вә фә йигы са. Мамасы хуонлюр та чәхади хуон до вамушон дусы чүанфә. Вәди мама ба җы йито сычин чүанли вонделли. Та гуон хәпади нә вә, җыгы до вәшои е бусы чёчи. Та ба вәди фонниди дунлун — щищи щедо зышон, тувынли вәди җинвын дә җёфили. Вә зынчянди лүфу до ташон зущёнсы гуанван мәмә. Вә ба вәди шыншонди бин ги та фәли, вә хандонсы та чүанфәди җё вә хуан җитянни. Та гуон фәлигы та мәщер йүәчини. Вә зу вын тани: "Заму фанчон зу җымуҗя гуә гуонйиннима?" Та мә янчуан. Ги вә ба чыди зўли, бу дян будо вынли вәди гончёнли зэмусы ба вә дончў фи җуәди суй вава йиён, туди канли. Та мә фәгуә җё вә ба вәди йинсын лёдёди хуа, та бу ган фә. Вәди щинни минбыйдини: суйжан вә хынхынди бу чинйүан та еба, данлинди йинган вәму зобушон. Вәму ё чыни, е хәни, ё чуанни, зу җ ё җ ыгы ба вәму биҗяндилә. Мама лян нўзы җунҗян мәю да — щёли. Чянсы дин щёнтянди.

38

Вә ма ги вә цокэ щинли. Кәсы та зу – зан тин җиндини дә на нянгәр сади кандини, ба җыгы вә зэ җянбудый. Ба та вә тыннэди, фанчон фужодини, кәсы та ю йиха тә янчидихын. Ги сашон та ду цы зуйни, җуәҗун чянщён сычиншон. Суйжан тади нян – гуон мәюли еба, җыни ба чян канҗян, нянҗин зу хунли. Лэди пёкиму мянчян та зулян дазади йиён, чўлэ — җинчи зули, дансы нэгў шо то җигы чян, та зу җонтуәли. Ба вә е гиди зуәнан. Намуна, мәбисы вә мә ви чянди гандима? Есы ви чянму, жонсаниса. Вә е хўй жон, кәсы вә ю бу шонцун пёкимуди лүфуни. Вә ма тэ җуәдихын, та дэзуди, зу ба жын жәхали. Вәёфә зынчян, заму бу нын жә жын. Вә зывонди на хо лүфу, на нянчин суйфу дә гуэфон пичи зынли чянли. Вә ма гуои нянхунли чянли, җымуҗя е нынчын, йинцысы тади суйфу ган вә дади дуэ. Вә

хэпа зэ гуэ җи нян вэ е чынхагы лопэзыли, щин е лодёли, манмар –
манмар щин зулян чян йиён нинхали. Шыди, вэ ма дэгуйдихын, та ю
йиха шыфан пёкимуди пибо, зый жынҗяди лёнмозы, шутозы,
җүгунзыни. Вэ зу занҗиндё, зыхэпа но бон, кэсы вэ ма фэди е
дуйдини: "Гуан тади санчи эршы йини, йи нян лоди шы нянди
фынбыр, лодёли, хуэябанзуйди, сый ё замуни?" Ба хэзуйди пёкиму вэ
ма линчу̌чи, линдобыйху зу чуащүандёли. Чёчи бу чёчи, йигы жын ду
мэ зэ вэму мыншон ё читулэ. Таму щёнда хэпа ба зыҗяди сычин
ландё. Зэбули данпа сылён челэ фахади нэгы ма, фонкуэхади нэгы,
мэ шэчидыйха но бонлэ? Ба сунчу̌мынди жын вэму мэ хэпа, бужан
таму хэпали вэмули.

39

　　Вэ ма фэди дуйдини: Йи нян литу вэму лоди шы нянди шуфу.
Гуэли цэ эрсан нян, вэ кэҗя гэли бянли. Вэди жупизы е бу мянли,
зуйчунзы е бу хунли, нянжынзышонди хун щесысыр е дуэхали. Вэ
челэди цы, җүэмуди зущён чынха йи тан нили. Вэ минбыйдини,
пёкиму е бусы хазы, ба вэди гэбян таму е канчу̌лэли. җеҗе, җеҗе
пёкиму е шохали. Вэ ба таму йүэщин дэчынди чанхуэли, кэсы вэди
щиндини ба таму йүэщин жянбудыйли, ю йиха ба зыҗя зу набучу̌ли.
Вэ ба зыҗя но гандёли. Вэди зуйни ху̌фэ — бадоди гуанвандёли.
Вуҗин вэ гынчян дуэди ю җышыди жынму е бу лэли, йинцысы вэ бу
щёнтянли, мэзы — давидили, зотуни ба вэ лян финё йиёнди били, вэ
ба җыгы дончу̌сывынди тинли. Вэ ба зыҗя дабанди зулян еҗи йиён,
чуанди хуахун — люланди, бу щён жынди дабан, зу җымуҗя вэ цэ
нын җо җигы нанжынму: ба зуйчур жанди зуляи ще йиён. Ю йиха вэ
куэлёнди зущёи вэди вучон долэли. Зынхади мый йигы йу̌ан зущён ба
вэди йигур мин нашон зудэли. җё чян ба вэди вучон начу̌дини. Вэ зын
чянди нэгы лу̌фу ба вэди шуфу вон дуанни җедини. Вучон зэ вэди

нянмизы диха жодадини, вә дынли тали. Сылён челэ вучон, са щинҗин
ду мәюли. Хан сылён сачиниса? Тянтянди гуонйин зусы җыму йигы.
Вәди йинйинзы — зусы вәди мама, зы вәди вә чынха лян та йиёнди.
Ю зэ йижы вәди туфа е быйни, лян е чўни, быншын е зу мәбудунли.
җы зусы вәди шуфу.

40

Вә ба зыҗя гўди җё щёли, гўди җё делюли, ба вәди пәфан на
нянлуй кўбу ван. Вәди гуонйиншон сыса щитынди е мәю, чянфә - ван
җён, гуонйин мә җё вә цо шур дын вучон. Щинсы вә ганхади, бу
нын манйўан вә зыҗя. Гуонйин дан холи, вучонсы хэпади. Вә мә
хэпагуэ вучон, вәди ноҗян ба та нядёдини. Вә тэ щинэ
шыҗедихын. Вә вонщёнли дин ходи гуонйинли, вонщёнли фимын
диниди нэгы гуонйинли: җин челэ йичон кун, ноҗян готу җяди
ноҗян. җыгы шыҗе бу щён фимын, тасы хуэ дуэзэхэ. Вә ма канҗян
вәди но җян, чўанфәди җё вә җя жынни, хун дузычини. Та йишу
җ ә тэён, шу лони. Вә зусы тади вонщён. Вә җя сыйчиниса?

41

Лян заёрди нанжынму дали җерди йинцышон, вә ба щинэ чўанли
вондёли. Вә ба зыҗя ду бу щинэлиму, замужҗя щинэ понжынниса?
Вәёфә җя жын, ё хўланди, җуонди щинэ жынҗяни, җё жынҗя ё
щинфуни. Вә ба җыгы хуа ги хошоди жын ду фәли, кәсы сый е мә ги
вәди хуашон люшын. Җё чянди вушы ба жынму набади, ду ю йигы
җонсуанни. Да лян ган зўзыйди хан дэ, — зўкэ зыйли вон җин нын налэ
чян. Вә дансы бу вын жын ё чян, таму е нын фә ба вә каншонди хуа.

42

Зу җыгы кункурни яйи ба вә җуачўли. Чынниди щин гуанму
тэчелэ фәкэ жынли — дэдо зэмусы гўлянди сычинли, таму ба чын

литуди зон варжёнму ди ятуэли. Ба байир дон бёзыди жынму мэ дадун, таму хан зущён зотуни йиён, зӯли зыҗяди "мэмэли". йинцысы нэгу хуали чянли. Ба чян хуашон, зу чынха хо жынли. Ба вэ гэдо гунку хонни, җё вэ щуэди зӯли хуэли. Щи йишон, зӯчыди, зы фэгы са, вэ ду хуйни. Дансы на җыще шуйи нын ба зыҗя ёнхуэгуэ, вэ е бу нын зу нэ йитё ха лӯ. Вэ ба зыҗя ганхади ги жынму ду фэли, кэсы сысый ду мэ щинфу вэ, ба вэ суанди хо жын. Ба вэ җеди җё вэ шули кӯли зэмусы ги вэ фэди җё вэ щинэли зыҗяди хуали, фэди вон чянчи вэ нын ба зыҗя ёихуэгуэ, хӯйҗэсы нын җя нанжын. җыще жынди вонщён лян лилён тэ дадихын. Вэ хан мэ щинфу таму, тамуди дин дади дыйшынсы ба гунку хонниди җигы нуҗынму чӯҗядёли. Ги гадыр — мащишон җёфиди лёнгы йуан, зэ зо йигы божын – җы зусы ги мый йигы нуҗынму цохади щин. Ба җыгы бу җы сади сычин җё вэ канчи зущёи зота нуҗынмудини. Чӯанфэди җё вэ чынжынди хуа до вэшон сыса е бу җун. Вэму гынчян булӯн лэ замугы гуан, вэ зу ги тади ляншон тӯйитан. җыгыди зыху ба вэ бу вончӯфонли, вэ чынха данщуан жынли. Е мэщин тёён вэли. Вэ да гунк ӯхонни доли банфонзынили.

43

Банфонзыни тэ ходихын, җар ни ба гуонйинди суантян – кӯла, та до жыншон мэю са щёнтянди йуэщин зу җыдоди холи. Зэ фимын дини вэ мэ җянгуэ җымуди ӈэщин. Доли банфонзыни, вэ мэщин да литу чӯлэли, вэ җыдосы вэтуди гуонйин ган җарди гуонйин де. Дансы да банфонзыни ба вэ на чӯчи, нын ги вэ ги йигы хуэ, вэ зэ шышон хан нын хуэ җитяи, вэ җыхасы җымуҗяди хуэ до вэшон мэюди. Натар вучонни, до вэшон хан бусы йимыр йиёнма! Зу зэ җар, зэ җар вэ кэ ба вэди дин җиди нун йӯэяр канҗянли. Дуэшо жызы вэ ба та мэ җян! Вэ ма ган са йинсындини? Вэ ба йичеди ду зэ щинни гэдини.

月牙儿（东干文汉语转写）

1

把凉飕飕儿的金黄月牙儿我可看见哩。就连今儿的一样，我把它见哩多少回数哩，嗯，很多的回数哩。是多候儿把它看见，它把我的心底呢的杂样儿的熬煎带窝憋就带起来哩。它就像在一块儿青云彩上吊的呢。它凡常叫记想打下山风上丢盹的花儿的菁葵儿咋么价往开呢撒的呢。

2

头逢头事我把月牙儿看见，它把外的个凉快。就那个时候儿我的心呢太泼烦的很来，叫月牙儿的稀金黄光亮把我的淹心的眼泪照的来。那候儿我才交上七岁，身上穿的红棉主腰儿，头上戴的我妈给我做下的帽帽儿，高头还有穗穗儿带碎花花儿呢，把这个我都记的呢。脊背靠住房门我对住月牙儿望的呢。还病的我大，淌眼泪的我妈在碎房房呢窝囊的呢，烟棒棒子带药的味道把房子都罩严哩。我一个在房门上站的对住月牙儿眼不眨的望的呢。是谁也没打动我，是谁也没给我设虑吃的。我明白的呢：泼烦到哩我们家呢哩。都说的我大的病……我把自家的磨难、挨饿、受冷的，单膀独立的越行觉来哩。一直站到月牙儿落。光剩下我一个儿哩，不由自家的我哭脱哩，可是把我的声气叫我妈的哭声压掉哩。我阿大的气落哩，把他的脸拿一块儿白布布儿苫住哩。我有心把那个脸罩子揭起来把他再看一下，可是没敢。太窝囊得很，把一个房房儿叫我阿大的身体都占掉哩。我妈把白丧衣穿上哩。给我的红棉主腰儿上把一个没掩下边边子的、毛即－索拉的白半衫儿套上哩，把这个我记得好，因此是凡常我打它的袖头子的边边沿沿上抽哩白线哩。都乱黄子掉哩，吼得大声哭脱哩，这都是富余的，也不要多的功苦，拿四个薄板板儿钉哩窟窿眼睛的个棺材，把我阿大搁到里头哩。临后五六个男人们扛上走脱哩。我连我妈在棺材后头走得哭哩一路儿。棺材把我阿大拿上走掉哩，我再不得见他哩。记想起来他，我就后悔：为啥我那候儿把棺材没揭起来，把他没看一下。三尺黄土把棺材埋得深。虽然我知道他在城墙那下呢埋的呢也罢，可是他的坟堆堆儿就连天上掉下来的个雨点一样，太碎得很。

3

我连我妈还穿丧衣的时候儿，我可把月牙儿看见哩。天气冷，我妈把我领上，我们探望我大的坟去哩。我妈的手呢拿的一卷卷儿纸。我妈今儿到我上把外的个亲热，我这呢一耍，她把我就抱上哩，在城门跟前她给我买哩几个炒下的热巴旦，除过巴旦的热气，周围冰锅冷灶的。舍不得吃，我拿它焐哩手哩。我不知道走哩几里路，可是我光记的走哩很大的功夫。送我阿大的时候儿，路就像是也不远来，得道是人多的事情吗，这一回我连我妈两个儿觉谋的太远得很。周围白刮刮的，我妈没出一声，我也没说一句话，没远近的黄大路哑迷儿动静的。

把我阿大的坟我记得呢：碎碎儿的个土堆堆儿，往前看，老远呢一堵黄土梁，它的背后太阳落的呢。我妈叫我坐到坟边呢，再没照住我望，就像是这儿没有我，自家放手把坟抱住哭脱哩。我坐下，耍哩巴旦哩。我妈可哭哩一阵子，把纸点着哩。这个灰钱子飞上去，空呢转哩几转子，可落下来哩，刮的些儿冷风风儿。我也哭脱哩。我把我阿大也记想起来哩，可是我没心哭，看见我妈的孽障，我哭脱哩。我把她打手上抟个哩一下："不哭哩，妈呀，不哭哩！"她把我搂到怀里，越行哭的症候大哩。太阳落掉哩，周围一个人都没有的，光我们两个。我妈就像惮突（害怕）哩，把眼泪擦掉，把我打手领上，我们走脱哩。走哩半截儿，我妈对住后头望哩一下，我也望哩一下：我大的坟没影子哩，看不见哩。打一下呢看去，一岸窝儿到黄土梁边呢，坟都是碎土堆堆儿。我妈长出哩一口气。我们快一走，慢一走，还没到城墙跟前，我可把月牙儿看见哩。黑影子也下来哩，哑迷儿动静的，光月牙儿的光亮凉飕飕儿的照的呢。咋么价到哩城里头的，我没觉着，光隐隐忽忽的记得天上的月牙儿。

4

八岁上我可价能给当铺呢当东西哩。我知道呢，但是没有钱，我们揭不起锅哩，我们一时但过不去哩，我妈就把我打发的叫当东西去呢。

不论啥时候儿我妈但是给我给一个啥叫当去，我就知下：我们今儿揭不起锅哩。一回把穿衣镜给给我叫当去哩。没有它也能过去，可是我妈凡常使用的呢。这是开春儿，我们把棉衣打早都当掉哩。我知道呢：要小心，要放快些儿走呢，因此是当铺门关的早得很。我光害怕当铺的大红门带它的一溜长铺柜。我这呢看见它，我的心就跳开哩。可是我躲不过它，我言定要去呢，我要爬上它的高台子呢。把吃奶的劲攒上，我要把自家的东西拿到铺柜上，拿自家的细声声儿喊呢："把东西当下！"把钱连交哩东西的纸单单子拿上，紧赶要转回家呢，不叫我妈心慌哩。这一回把穿衣镜没收，叫拿来单另的一个东西呢。为啥这是这么一个，我明白的呢。把穿衣镜抱到怀呢，我紧赶转回家哩。我妈一听见这个事情，哭脱哩。她再没找上一样单另的东西。我惯玩哩的一面儿上，凡常看的就像我们房子呢的东西多得很来，今儿我给我妈帮得找一样儿当的东西呢，我才知道，我们房呢的东西太少得很。我妈把我再没打发。"阿妈，咱们今儿吃啥呢？"我妈眼泪淹心的，把头上的个银别针儿抹下来给给我哩——这是我们家呢临稍末尾儿的一个银货。之前她打头上很摸哩几回的呢，可是没舍得当。这个银别针是我奶奶（老舍原文为姥姥，俄文不分姥姥奶奶，所以此处译为奶奶）给她过事的那一天端给的。我妈叫把穿衣镜搁下，把别针儿当下去呢。把一切劲攒上我照住当铺跑哩，可是森匝门可价关掉哩。我把别针儿捏到手呢，坐到梯台子上哩。我没敢大声哭，对住天上望哩，月牙儿的光亮把我的眼泪照显哩。我哭哩老大的功夫，黑掉哩，我妈找的来哩。她把我打手领上哩。她的手咋那么热哟！觉着她的热气，我把今儿的汪凉带挨饿的都忘掉哩。我哭得打呆呆（抽抽噎噎）的呢：

"妈呀，走，睡觉走，明儿我原回来。"我妈没言传。我们走哩半截儿，我可说的："妈呀，你看月牙儿，它就连我阿大无常哩的那一天的月牙儿一样。为啥它凡常斜斜子吊的呢？"我妈没言传，她的手光颤哩下。

5

我妈给人揽的成一天价洗衣裳的呢。我凡常想给她帮忙，可是不知道咋么价做呢，做啥呢。我不睡觉，凡常等她的呢。有一下天上的月牙儿那么高哩，她还洗连牛皮子一样的臭脚布子的呢，这都是开铺子带记账的拿来的。把衣裳洗罢，我妈就没心吃哩。我坐到她跟前，对住天上的月牙儿就望去哩。在它的光亮里头，夜别胡儿（蝙蝠）就连拉的一根子银线的一样，绕打的飞的呢，到黑处儿猛猛的它就不见哩。把月牙儿连我妈我喜爱哩，因此是她们是给我改泼烦的。一到夏天，月牙儿越行就俊美下哩，它把连冰一样的冷风风儿凡常叫刮的呢。我太喜爱麻胡子月亮的雾澄澄的影影子。但是它照到地面上，猛猛的改变哩，地面一黑，天上的星宿越行就照的显哩，杂样花儿的余味就余的症候大哩。我们邻居家的花园呢杂样的花儿带树太多得很来，打皂桷树上落到我们院子呢的白叶叶儿就连雪一样，把地面都盖掉哩。

6

叫洗衣裳的活给我妈的手上把腘子也打下哩。有一下我叫她给我把脊背抠一下呢，可是多余不敢麻烦她，她的手皱的都硬掉哩。叫臭脚布子把她的饭量也窄掉哩。我觉谋的我妈得道谋算哩个啥的呢，她有一下把衣裳搁到一岸子，呆呆儿站的就思量去哩，她出神拜待的连心就商量去哩。把她谋算下的我没得猜着。

7

我妈劝说的叫我听话呢，再么是叫把一个人叫"大大"呢。她给我找哩个新大大。我知道呢：人是旁人，我大在坟坑呢埋的呢。把这个话但一说，我妈就给我给一个脊背。哭哭呆呆地她肯说："我不望想把你叫饿死"。实的，光阴逼煎的她给我找哩第二个大大哩。我那候儿还瓜的呢，胆子也小来，可是如今我知下是我妈不爱我哩，因此是有哩大大哩。你看多跷蹊！我们打自己的碎房房子呢往出搬的时候儿，月牙儿可在天上斜斜儿吊的呢。这一回它照的显再么是也森匜，就像害恨谁的呢。把我耍惯的房房儿撂下，我跟上我妈走掉哩。我妈坐到红轿子上哩，头呢走的几个人霍里倒腾的吹的喇叭，打的鼓。一个男人把我打手上领的在轿子后头跟的呢。就这个时候儿月牙儿的歹毒光亮就连刮的冷风风一样，不住地跳掌子的呢。巷子呢空堂堂的，光几个野狗汪吵吵的咬的呢。轿子走得太快得很，走哪呢去呢？但怕把我妈也往城墙那下呢拉的呢？莫必是往坟上拿的呢吗？一个男人把我拉拉拖拖的领上，垫垫步儿跟上跑的呢，我的气都上不来哩。我只格谋的哭呢，可是没敢哭。这个男人的手上的汗，就连鱼一样，冰冰儿的。我忍不住的就想喊一声："妈—呀！"，可是没敢喊。月牙儿猛猛儿的就像把一个眼睛闭住，拿一个眼睛照地面的呢，窄窄儿的下哩。我们到哩一个窄卡巷口子跟前哩。

8

这三四年里头我就像再没见月牙儿的面。后老子把我们看顾的也好。他住的房子是里外间，在一个房呢他连我妈睡的呢，第二个房呢我一个儿睡的呢。唯到来，我一那哇儿扯心我妈呢，可是过哩些日子，我惯玩下哩，把自家的房房儿也看上哩。煞白煞白的墙，桌子，椅凳子就像都成下我个家的哩。被窝，看哩罩头呢，也护下哩，也热火哩。我妈也发福下哩，脸蛋儿上的颜色也改哩变哩，粉红红儿的下哩，手上的腒子也下去哩。我也不在当铺呢去哩。后老子把我送到学堂呢叫念书的呢。有一下，他还连我耍呢。就是他有多么好也罢，可是我没心把他叫大大。为啥这是这么个，我自家也识不透，他也明白的呢。他肯连我耍笑，但笑开哩，他的眼睛太好看得很。背后地呢我妈劝说的叫我把他叫大大呢，可是我舍弃不下。我心底呢觉来的呢：我们靠住他吃饭的呢，我把这个都知的明白。不是假的，这三四年里头，我一回都没记想见哩月牙儿的，但怕我把它看见过，可是过哩，可忘掉哩。我的老子无常哩的那一天的月牙儿带娶哩我妈的那一天的月牙儿我凡常记想的呢，它的那个麻乎子光亮，冷气，就像一块儿孔雀石，赶啥都显眼，在我的心呢搁的呢。思量起来它，我就觉谋的把它拿手能更见。

9

我太喜爱学堂得很，虽然学堂呢没有花儿也罢，可是它到我上凡常就像有杂花儿呢。把学堂思想起来，我就思想起来花儿哩，连这个一同，我就把我老子的坟，城墙那下呢见下的月牙儿带它的颤抖抖儿的光亮，都记想起来哩。我妈也太喜爱花儿得很，可是她买不起。谁但给她带的来些花儿，她亲热的紧赶就别到头上哩，有一下，我给她也往头上别过花儿，她就年轻下哩，体面下哩。我妈一高兴，我的心呢也就舒坦下哩。念书的事上我太喜欢，太高兴，但怕就因为那个上，我但思量开学堂哩，就把花儿记想起来哩。

10

我把学堂念完的那一年，我妈可打发的叫我在当铺呢当东西去呢。为啥我的后老子猛猛的打家呢走掉哩，我不知道。他赶哪呢走掉哩，我妈也就像是不明白。我妈还指望的我的后老子转回家呢，因为那个，她还叫我念哩书哩。过哩很些日子哩，我的后老子没回来，一个啥书信也没有的。我思量的，但怕我妈可给人揽的洗臭脚布子呢，我就看的她太孽障。但很一见（但是），她全哩没思量给人揽的洗臭脚布子，她就连早头呢一样，打扮哩神神儿哩，给头上别哩花儿哩。蹊蹊得很！她一点儿不哭，不然还高兴下哩。为啥？我识不透。打学堂呢往回走的时候儿，我肯见她在大门跟前站的卖呆（呆望）。过哩很几天哩，一天我在巷子呢走的呢，一个男人把我喊哩一声，说的："把这个书子给给你妈……你要多少跑路钱呢，丫头儿？"把我羞得头低下哩。我明白哩，这不是松活事情，可是我没得连我妈好好儿拉。我妈太把我看顾得好得很，刁空儿她就给我扎咐的："念，我的娃，好好儿念！"她自家一字不识么，为啥给我扎咐的叫念呢啥？我的心呢打哩可腾儿哩，我带猜哩她哩，这个带猜临后成下真大老实的哩。她为我走哩不学好的路哩。她再也没事干哩。思想起来这个，把我妈也没编我。我就想把她一抱子搂住，祈祷的叵叫她走这一条路。我把自家害恨扎哩，因此是给我妈我给不上啥帮凑。因为那个我肯思想：书念完我能干一个啥？我连自家的朋友们把这么的谎也喧过。一半子说的年时把学堂念完的很几个丫头们当哩小婆子哩，有的说的很些子丫头把学堂念完，打瞎路上走掉哩。我很很（不很）的没懂这些话的意思，可是按她们的说手，我觉来哩：这不是好营干。她们把这些事情就像是都知道呢，背后地呢坐下爱捏出出子，说闲话，尽说的鸡蛋上不长毛的那一套，把这一套提起，他们的红脸蛋儿上就带哩受殷，爽快气儿哩。我肯思量：但怕我妈等的叫我把书念完也叫跟……有一下我害怕的不敢回家，我害怕的躲开我妈哩。有一下她给我给几个钱，叫我吃嘴呢，可是我不胡使唤，我凡常挨哩饿的因此上，我的头肯晕，眼前头肯发黑。起不起儿在温功学（体育）上我的头晕得就跌倒哩。谁但吃啥我的涎水就下来哩，可是我要疼省钱呢。但是我妈硬固的叫我……我把这个钱拿上能跑掉，我跟前有一下一毛钱都有过。啥时候但一颏烦，大天白日在天上我就瞅的找开月牙儿哩，它好像是我的开心的钥匙儿。无有力量的月牙儿在深蓝天上吊的呢，把它的麻乎子光亮叫黑影影子遮掉的呢。

11

到我上顶伤心的是我把见不得我妈的学下哩。是多候儿我但坏这个良心，我就思想起来我妈把我领上，在我阿大的坟头上去哩的哩。把这个记想起来，我就没心坏良心哩。可是咋也罢，我把她见不得哩。我的心就像月牙儿，一下亮哩，一下开哩，过哩就叫黑雾遮掉哩。我妈跟前肯来男人们，我妈也不躲我哩。来的男人们好像饿狗，贼眉子溜眼的对住我望的呢。涎水满嘴的往下淌的呢，在他们的眼面前我成下惹咽喉子（惹人垂涎）的哩。不多的日子里头，我经见下的太多的很哩，我明白哩——把自家的身体当住顶贵重的东西要顾就呢。我可量的就像我可价成下一个熬眼儿的哩。打这个上我越行不舒坦哩，可是心呢满福的呢。我把自家的力量也估当哩，或者是我把自家糟踏掉呢，或者是护苦下呢。有一下我把自家的爱舒心（渴望）能压掉，有一下它我就拿住哩。哪个好，我自家不明白。把我的妈妈就连早头呢一样喜爱的之前，我要和她好好儿拉一下呢，把她的心呢的事情要透问的来呢，再么是叫她把我也好好儿劝说一下呢，可是咋也罢，我要连她少遇面呢，给她给一个好心，不给好脸呢。不是的时候儿，我把自家护苦不下。五更呢，没有瞌睡的时候儿，我就下查思量呢，思量的我就觉谋的我妈也没有错，她还是为哩我们的肚子哩。如今我是啥都吃不下去哩。我的心一时儿累掉哩，一时儿跳开哩，就像冷风，一时儿住下哩，一时儿科上里子刮脱哩。把自家咋么家劝说也罢，可是心不住地跳的呢。

12

我谋算的单另打一个啥办调呢，可是时候儿太屈欠哩。我妈审问我的呢："嗯，咋做呢？"她带笑的说的，但是我真大实老的抬爱她，我要给她给一个帮凑呢，不哩的时候儿，她没有哈儿力养活我。这不是当妈妈的人说的话，可是她说哩。她端端儿地说哩："我也上哩岁数哩，再过一二年，男人们也不望我哩？"实的，临尾儿的这一二年里头她下查擦开粉哩，可是咋擦也罢，脸上的绌绌子看的显得很。她把来的男人们顾来不过来的一面儿上，给一个人当哩奴哩。我妈安算下的：还硬棒的呢，要放健麻（快，麻利）呢。一个开铺铺儿的人把她看上哩。我也成下大姑娘哩，因为那个就连碎娃娃一样，跟到妈妈的喜轿子后头也不好看哩。我要过自家的单膀独立的光阴呢。我但是打哩烂盘子，把狠心拿出来，照住我妈的话干，我也能把钱挣的来，也能给她把帮凑给上，她也就不能走这一条路哩。我只格谋的走这一条瞎路，可是这一号子买卖到我上太森匝得很。我知道啥呢咊，我能就连上哩岁数的女人一样挣钱吗？我的心狠得很，可是钱赶心还歹毒。我妈也没硬叫我走这一条路。她给我给哩个自由，叫我拣呢——或者是给她帮忙，或者是连她离开。我妈也没哭，她的眼泪打早干掉哩。我一个儿剩下哩，叫我干啥去呢？

13

我把这些事情一盘盘儿就给我们学长端给哩。学长是个体面女人，有个四十几岁，她很很的也不是个聪明人，可是她揣的好心。有一分的奈何，我就能给旁人活学自家的妈妈……到这如今我连学长没说过己话。我把每一句话，就连火子烧我的嘴唇子的一样，结结磕磕的，往出呕的说哩。她给我应承的给些儿帮凑呢。钱她给不起，光应下一天给两顿吃的再么是叫连学堂呢打杂的女人们一搭呢住呢。她还应的叫我往后些儿，但写得好哩，誊的写字挣钱呢。这候儿我的心才落到腔子呢哩，一切的事情都安顿稳哩。我有哩吃喝带住的窝儿哩。我也不麻烦我妈哩。这一回，把她也没拿轿子娶，拿人套的车车儿黑哩拉上走掉哩。把我的铺的盖的给我摺下哩。我妈连我往开呢离的时候儿，虽然她没淌眼泪也罢，可是把她的心叫血淹掉哩。她知道是她养下的女儿把她难找哩。那么我呢？我都哭不来哩，声不停的吼的哭哩，叫眼泪把鼻子都冲掉的哩。我是她的女儿，她的熬眼儿的，她的做伴儿的，可是给她我给不上个帮凑，因此是我舍弃不下走那些瞎路。过哩我肯思量：我连我妈就连野狗一样，丢人卖害得光撩乱哩自家的肚子哩，就像是除过这个我们再没有干的啥营生。害恨我妈的日子也过哩，事情我都懂来哩。埋怨不了我的妈妈带我们的肚子——这都是光阴的错，吃喝逼煎下的。为啥？我连我妈离开的之后，把一切的事情背过哩。光一个月牙儿能知道我的委屈，能知道为啥我淌哩眼泪的，可是它没闪面。周围黑罩掉哩，哑迷动静的，是啥声气也听不见。我妈就像没有影影子的鬼，入哩暗路哩，我一个儿剩下哩。

14

我连我妈不得见面哩，喜爱她的心，就连霜杀哩的花儿一样蔫掉哩。因为给学长誊的写字，我费哩心劲学哩字体哩。不论啥我要做些儿呢，因此是我吃的人家的白米细面。连我在一个讲堂呢念下的丫头们一天到黑就说的谁吃的啥，谁穿的啥，谁说的啥话，她们里头我是个单膀独立的人，没有亲亲，我的朋友就是我自家的影影子。翻里调面就是我一个儿，我是天不收地不管的人，谁到我上都没有相干。我自家把个人喜爱哩，疼肠哩再么是埋怨哩。我觉谋的我就是离乡人。些来小去有一点儿啥改变，它就叫我惮突呢，吃惊呢，或者是羞拾发呢（东干文意思是羞怯，俄文版陷于慌乱状态）。把自家我当一朵嫩花儿看守哩。我光思量哩现成的哩，把往后的我没敢思量。把光阴过成日子哩，把时候儿我都忘掉哩，但是喊的叫我吃去，我才把时候儿能思量起来。我也不知道时候儿，也不知道望想，就像是世界上没有我。扯心开我妈哩，我就觉谋的我不是碎娃娃。连我一平的丫头们走站盼望哩放假、节气（节日）、新年哩，我也没盼望过它们，也没等过它们。它们到我上有啥高兴呢？我知道是，我成下大姑娘哩，往前去就有哩单另的操心事情哩。我知道我长得俊，因为那个我的心呢满福的呢。我的俊美给我长哩胆子哩，它叫我的心宽哩，它叫我高兴哩，赏识（自豪）哩。我虽

然穷也罢，可是有俊美呢！俊美叫我害哩怕哩，因此是我妈也是俊美
人来。

15

很些日子哩我没见月牙儿，今儿我把它可看见哩。虽然我想把它好
好儿看一下呢，可是没敢对住它望。把学堂念完哩也罢，可是光阴没改
变，我们还在老窝儿上住的呢，一到后把儿，学堂呢光剩下两个打杂的
哩：一个是女人。她们不知道把我咋么价看顾呢：我也不是学生，也不
是教员，好像打杂的，可不是打杂的。后把儿我一个在院子呢肯转的散
心。有一下叫月牙儿把我就追回来哩，因此是我没有力量对住它望。着
重外头但刮开凉风风儿哩，我坐到房呢肯思量月牙儿，把它的煞白煞白
的光亮就连刮到我的心上一样，叫我记想哩过哩的颇烦光阴哩。我的心
就像夜别胡儿在月牙儿的光亮里头呢。虽然光亮把它照的呢也罢，可是
它还就是黑的，它黑也罢，可能飞，它飞的呢也罢，可是它黑的呢，我
再没有望想哩。可是我没哭，光把眉毛抿给哩下。

16

我能挣几个钱哩，学长叫我给人打得织哩杂样儿的东西哩。多的也
挣不上，因此是学生们都会织呢。她们一时但是织不掉紧忙使用的手套
儿带毛绨儿（袜子）哩，才奔往我呢。我的心就像可活哩，我肯思量：
我妈但是不走么，我把她不养活吗。经不起把来的那些进文（收入））
一算，我就知哩晦必哩，这才是一阵阵儿的高兴再么是悬空望想。太扯
心我妈得很，但是我们遇哩面，原回到一搭呢，我们言定能找过日子的
一条路数——我这么价虽然悬空冒料的思量哩也罢，可是很很的没心
数。我走站盼肠哩我的妈妈哩，把她睡梦地呢我肯梦见。一天我连一把
子女学生在城墙外边浪的散心去哩，浪到后把儿，傍间五点钟哩，我们
回哩家哩。我们忙忙慌慌打哩捷路哩，我猛猛的一下把我妈看见哩！在
一个窄卡巷口儿上开的个碎铺铺儿，里头卖酥馍馍的呢，门前头一个桩
高头摆的拿木头做下的酥馍馍。墙头根呢蹲的我妈。她腰子够的拉风匣
的呢。老远呢我就看见拿木头做下的酥馍馍带我妈哩——我把她打墙
头上的影影子上认得哩。我就想到她跟前一抱子搂住，可是没敢，我

害怕丫头们笑话，她们没猜谋过我有这么个妈妈的。越往前走，我把头越低下哩。我眼泪淹心的，把她偷的看哩，她把我没看见。我们一把把儿打她跟前过哩个过儿，她也没顾乱看我们，留神拉哩风匣哩。我们走哩半截儿，我对住后头望哩一下，我妈还就那么价蹲的呢。把她的脸我没看见，我光扫见她的不光趋的头发哩。我把这个巷口儿记下哩。

17

我的心呢就像蛆芽子喙的呢，不见我妈我的心不安稳。就这个节口儿上给学堂呢打发的来哩个新学长。老学长给我说的叫给自家单另找一个营干呢——她把我收恋哩，养活哩，可是她把我不能依托给新学长。我把自家攒下的钱数哩下，共总才是一元零七毛，还带的几个铜佩（铜币）儿。拿这个钱我能过几天的光阴，可是天火烧哩鸽堂子哩，有吃处，无站处，我走哪呢去呢？我也不能操手儿等无常，要思量个方方儿呢。头一个望想就是把我妈找着，可是她能把我收恋下吗？但是不得成哩呢？我去，卖酥馍馍的但是不情愿，到我妈上太难受得很。虽然穷难把我们离开哩也罢，我把她忘不掉，我要记想她呢，她是我的妈妈。我这么思量，那么思量，没舍去得下去，我要干自家的二年半呢。咋么价干呢？我高低思量不上个路数，我知下是这些到我上太窄卡得很，它舍不得给我给一点儿运气带高兴。狗都赶我有运气，因此是它能在满巷子呢睡，人不能在巷子呢睡。实的，我是人，可是有一下人赶狗还趺，我但是不打这儿走掉，新学长把我咋么价惩行呢，我还不知道的呢。我不能等的叫人家把我打门呢追掉。到哩开春哩，把它的暖和我没觉着，光花儿带树的绿叶叶儿给我提说哩开春哩。红的那个花儿，绿的那个叶叶儿，我光分晓哩颜色哩。开春儿到我上是死迷凉降的，没有高兴的时候儿。我没心哭，可是不由我的眼泪往下淌哩。

18

我出去找活去哩。把我妈也没找，我望想哩各由自转的光阴哩。整整的找哩两天，把活没找上，土眉儿跟跄的，薄心（伤心）的我回哩家哩。到我上没有活。我把我妈那候儿作下的那个难才知道哩，我心底呢放赦哩她哩。她瞎好还做哩活哩，给人揽的洗哩臭脚布子哩，挨到我上这个活都没有的。到我妈上非哩走那一条瞎路，再单另没有路数来。学堂呢给下的调养也不准啥哩，把它也使用不上，因此是肚子饿的呢，肚子但吃饱，把调养也能显出来，它也就值哩钱哩。连我一搭呢念书的丫头们没思量过我有这个妈妈呢，她们凡常笑话哩不学好的女人们哩。她们能笑话，因此是她们的肚子饱的呢。我谋算下的：但是谁能养活我，叫我把肚子吃饱，我给他啥都做呢。身子都破呢，我的妈妈也就这么价干哩。我没心无常，我还想活呢。我年轻，我俊美，我要活呢。打脸的事情上我不为埋怨。

<h2 style="text-align:center">19</h2>

我把畔子打下，耍哩个胆子大，在院子呢浪去哩。春天的月牙儿在没云彩的深蓝天上吊的呢！我把它喜爱哩。笑眯嘻嘻的月牙儿，它的软闪闪的光亮在黄柳树林呢照的来。软嘟嘟儿的风风儿把花儿的余味往四周八下呢刮哩，叫黄柳树树儿的枝枝摆哩浪哩。它们的战抖抖儿的影影儿不住地跳哩：一下照到墙上哩，一下灭掉哩。麻乎儿光亮带雾有力量的影影儿，连没劲张的下山风儿把睡不实落的活物儿往醒呢吵呢。月牙儿呢傍个呢两个星星，就连妖怪的眼睛一样，笑眯嘻嘻儿的，也给黄柳树林呢洒哩自家的光亮哩。靠住一堵墙照的一样子树树儿，把它们叫白生生的叶叶儿盖掉哩，麻乎子月牙儿的光亮里头看去，就像把树的一傍个叫雪苫掉哩，第二傍个叫黑影子遮掉哩。这么价我思量哩：月牙儿就是我的指望。

<h2 style="text-align:center">20</h2>

我在老学长家去哩，她没在家呢。一个年轻小伙儿把我让进去哩。他长得俊美，也贤惠。我凡常害怕哩男人们哩，可是这个小伙儿的仁义大的一面儿上我没害怕他。他笑眯嘻嘻的问的我做啥来哩，叫他的一个笑脸儿把我的心就软哩。我把一切的事情给他说给哩。他听的听的薄哩心哩，应承的说是给我给些儿帮凑呢。就那一天后响，他给我拿来哩两个圆，我没心拿，可是他说的这个钱是老学长带的来的，还说的给我找

下房子的呢，再有一两天我能搬到里头。我惮突哩：这个小伙儿哈巴给我想下瞎心哩，把这个惮突我将谋儿给他说到脸上呢，可是没敢。他赔下的笑脸儿就像钻哩我的心哩。我科量的，我但把自家的惮突说出来，把这个俊美小伙儿伤皴（委屈）下哩。

21

他的笑眯嘻嘻儿的嘴唇儿挨到我的脸蛋儿上哩，打他的头高头我把带笑脸儿的月牙儿看见哩。春风风儿好像麻药刮哩（老舍原文醉了），它把春天的云彩往开呢分哩，叫月牙儿带几个星星闪哩面哩。黄柳树的枝枝儿在河的两下哩软闪闪的摆哩浪哩，幼蚂蚱唱哩喜爱的曲儿哩。太阳落哩西山哩，地面上黑下哩，黑地呢水莲花儿给周围撒哩籴味哩。给水莲花给哩精神的清水就像铃铛儿响哩，我听哩它的铃响声哩，我就像变成水莲花儿。草苗的嫩芽芽儿在热和土里头扎根，续哩苗哩再么是吸哩鲜气色哩。一切的有命物都活来哩，它们几十的年的呃哩春天的劲哩，按住时候儿打哩春哩，临后往出把籴味儿撒哩。我连春天的花儿带草苗儿一样，洒落哩，高兴哩，把啥都忘掉哩。在春天的凉风风儿带月牙儿的光亮里头我把自家觉不着哩，我爽快哩，舒坦哩，就像蜂蜜在茶碗呢化哩。猛猛儿的云彩把月牙儿遮掉哩，我明白哩再么是觉来哩：热身身挨到肉上哩。月牙儿不见哩，我麻掉（老舍原文失去了自己）哩，再么是我要连我妈一样哩。

22

我先前后哩悔哩，临后把自家劝说哩，我又想哭，又想高兴，自家不知道做啥的。我就想跑掉，再不见他的面，可是不由自家的思量哩他哩，扯心哩他哩。我住的两间房子，他天天一到后响就来哩。他又俊美，又贤惠。他养活的我，还给我买哩几个衫子，把新衫子穿上，我就体面下哩，俊美下哩，我见不得这个衫子，可是舍不得把它失遗掉……我不敢思量过哩的，我也没心思量，我就像叫鬼拿住哩，脸蛋儿凡常烧的呢。我要打扮自家呢，可是没心打扮。撒开懒哩，啥都没心干哩。我但是打扮开哩，我喜爱自家，这呢打扮上，我就见不得自家哩。我走站就想哭，可是凡常悄悄哭哩，眼睛四季水浃浃（潮湿）的。有一下我

就像得哩勺病（精神病）哩，把他搂住下查心疼呢，过哩可见不得哩，
连骂带搡的，追哩他哩，他光给我赔哩笑脸哩。

23

我打早知道我再没有望想哩，就像云彩把月牙儿遮住的一样，我
的前头的路路儿黑下哩。几俊春天也过哩，富足夏天到来哩。我才打
春天的热闹江呢跳出来哩。一回正天晌午，一个小媳妇儿在我跟前来
哩。她长得实在好看，可是她的俊美带的些儿嫩面气气儿再么是她的
体面就像拿泥瓷做下的姑娘（玩具，木偶，此处原文 guniao）儿。这
呢进哩房门，她就哭脱哩。我一下明白哩。看哩她的样式，她没望想
闹棒来，明情说呢，我也不是闹棒的人，她把自家拿的稳重。带哭
的，她把我价手逮住说的："他把咱们两个都哄下哩！"我把她也当嫖
女的接迎哩。可是她不是嫖女，她是那个的婆姨。她也没闹棒，光给
我说哩："你把她再不招识！"我无来图（没了主意）掉哩，看的这
个女人太孽障得很。我给她应下哩，她失笑哩。我对住她望的思量
哩，她也不是个有脑子的女人，她啥都没望想知道，光望想的把男人
拿回去呢。

24

在巷子呢我转哩老大的功夫。一门只行我给她应下哩，这候儿叫我
做啥去呢？我那候儿没心接他给我端下的礼行来。我要说连他往开呢
离，要放健麻（快）呢，一下要离开呢。但是人家把拿来的礼行原回
拿上走掉，我跟前剩啥呢？我走哪呢去呢？我要脸上抹一把，把衫子都
抽下呢。我避掉哩，我一点儿都没后悔，光心呢空掉哩，我就像空中呢
的一块儿云彩。找哩个碎房房儿，我在里头整整的睡哩一天。

25

我当娃娃的时候儿就知道钱的贵贱哩，就因为那个上我会疼省钱
呢。我跟前还剩下哩些儿钱的呢，这是我的一点儿运气，我紧赶出
去，找哩活哩，就是没有啥指望也罢。可是我没望想叫自家受罪，虽
然我的岁数加哩也罢，可是活到我上是难找的。我拿哩狠心，费里功
苦，找哩活哩，可是我的功苦是没下场的，就那个也罢，我还要拿狠

心呢。银钱到女人们上咋这么难吵，我妈干的对的呢，到我们上也就是那一条瞎路，我一心儿不想走这一条路，可是迟不早晚我要走这一条路呢，它是免不脱的。越迟哩，我越害怕。我的指望就像月牙儿的光亮，猛猛儿的灭掉哩。日子一绕儿一天，我的日子一天赶一天少下哩。临稍没尾儿我连几个小姑娘们给一个碎馆子呢跑堂去哩。馆馆碎，掌柜的大。我们一个赶一个长得体面，多少还有些知识呢。我们都就像等皇上的赏好一样，等哩馆子的掌柜的哩，看他把谁收下呢。他把我收下哩，虽然我高兴哩也罢，可是我给他也没道谢。下剩下的姑娘们就像是眼红哩，一半子哭上走掉哩，一半子嘟囔的，骂哩。你看女人多低贱！

26

在碎馆馆儿里头我成下第二号跑堂的哩，我全哩不知道咋么价端吃的，打折桌子，吃的的价钱，再么是不知道吃的名堂。觉谋得就像丧达达的，可是头号跑堂的给我宽心的，说是叫我把脸皮放厚呢——她也是啥都不知道。她说的小顺是顶要紧的，咱们光要小顺呢。咱们的活是光给"客"倒茶，提手巾再么是拿算盘，下剩下的到咱们上没有相干。这是个奇怪事情！头一号跑堂的把白生生的袖头子缠的那么高，胳膊上绑的一块儿白绸布布子，高头写的："妹妹，我喜爱你呢"。她一天到黑光擦粉的呢，她的翻嘴唇子染得红的就像血。下馆子的人们但在她跟前点烟棒棒子，她自家的磕膝盖子就搁到人家的腿上哩。给人家把红酒倒上，滴流的先搁到自家的嘴唇上抿一下呢。给有些下馆子的人们她太亲热得很，把有些子她装得看不见，可是做的个样子就像把一切她看见的呢。我刚顾乱哩她贸（接待）下的那些人哩。我怯唬哩男人们哩，我经见下的少也罢，可是她把我教诲哩：喜爱不喜爱，要躲他们呢。着重有一伙下馆子的呢，他们把自家做作的有排场的，一个把一个往上靠让的叫坐呢，抢的出钱呢，叫喝得划拳呢，喝的红酒，吞开哩就像野牲，为一个大小的事情嘴呢胡说八道。端开茶哩，给开手巾哩，我就把头低下哩，我的脸烧的就像火炙的呢。下馆子的人们巴巴尾儿连我带说话的，惹得叫我笑呢，可是要笑的事情到我上太远得很。一过九点钟，活一收口儿，我就乏掉哩。把挣到自家的碎房房儿呢，我连身子一觉睡一个东方亮，醒来我的心才能宽一下儿。如今我才各由自转的，拿自家的功苦挣哩钱，过哩日子哩。活上我去得早。

<h3 style="text-align:center">27</h3>

头号跑堂的九点钟过哩才来的呢，她赶我迟来的两点多钟，她把自家看的大。腔腔四季挺（tie）的呢，可是给我只说开啥哩，她可不攒牙劲（不提高声调）："你来上那么早做啥呢，谁八点钟上吃肚子呢哟？你叵给人挂脸，因此是你是个跑堂的，你的丧门神样式给给谁都使用不上。你但是头扎下做活，谁也不给你给一个茶钱。你在这儿做啥来哩？想打没图挣钱的来吗？你的衣裳的领子太低得很，干咱们这一套事的丫头们要穿高领子衣裳呢，要有绸手巾儿呢——这都是好看的。"我明白的呢，她说的对的呢：我但是不赔笑脸儿，她上也没有进文——挣下的茶钱我要连她停分呢。我把她没害恨过，凡常听哩她的话哩，因此是她也是为哩挣钱。女人们光这么价才能挣钱，单另的路数到她们上没有的，可是我没心踏她的脚后跟。我就像是明知明白的看见哩：有在一日不由自家我也成下赶她还机溜的个眼转转儿呢，那候儿我才能挣一碗碗儿米。可是这一套事情几时光阴逼得当不住哩，我才干呢。皮剥光阴凡常把我们女人家们往这一条路上赶的呢，我把它至歪的再多上几天儿。光阴逼得我咬住牙儿受哩，心也酸掉哩，可是女人们的寿数就是这么一个，不由她自家。过哩三天，掌柜的给我扎咐的说哩：给我再给两天的限次，我但是想在这儿做活，要踏头号跑堂的脚后跟呢。头号跑堂的带惹笑的给我说哩："给你相客儿的呢，你还偷偷藏藏的做啥的呢哟？咱们一个在一个跟前羞啥呢哟？跑堂的女人给库房（国库）的头子当婆姨的也不少，你还当是我们打搅你呢吗？由心的干，管它的三七二十一呢，咱们也不要一个码码？不压一下汽车？"这个话把我惹躁哩。我问哩她哩："几时你望想压汽车呢哟？"她的红嘴唇一下歪歪子下哩："你躁啥呢哟？咱们端打照一，说一下可怕啥呢哟？真个你就是个香娘娘嘛，给这么个事上没比也不得成吗？"我没忍耐住，把挣下的一个圆带五个钱算得拿上，出来回哩家哩。

28

　　我的眼面前黑影影子绕打哩，它就像往我跟前扑的呢，越躲藏它，它越行离我近下哩。我一点儿都没害怕自家干下的错，可是叫黑影影子把我吓哩。我能把自家给一个人卖给。打过哩的那个事情上我把男人带女人的来往也知下哩，女人们但一软将，男人们就跟行脱哩。他的望想就是女人的身体，把身体他但是能得上，你一下也就有哩吃的哩，有哩穿的哩。过哩，他就把你骂呢，或者是打呢，再不对哩，卡哩念悔子（不再认账），就不出钱哩。就这么价女人们卖自家的本身的呢，有一下就连头一回一样，也可爽快。囊在的时候儿，嘴皮儿一抹，恨不得把啥都说呢，这一阵阵儿一过，你就觉来疼痛带羞愧哩。给一个人给开哩，你还能滴流的说几句稀罕话，但是给乱人卖开哩，这么的话就说不成哩。有几样子惮突呢：把头号跑堂的给我定下的主意我没在心呢搁。我光也不是害怕男人们呢，千说万讲，我没望想卖自家的本身。我也不扯心男人们，因此是我还没有 20 岁呢。开半我思量的连男人们一搭呢但怕红火，谁可知道这呢我们坐到一搭呢，他就跟行开哩……实的，那候儿我糊涂的呢，头里头风吼的呢，不知道啥，才得哩人家哩，当初还娃娃的把我使翻哩。他的嘴赶蜜还甜，把金山都应下哩。过哩我可空下哩，就像做哩个睡梦。我光得哩些儿吃的带几个衫子，我再不望想这么价挣钱，过日子哩，可是离哩吃喝光阴过不去，要挣钱呢。我要说挣钱，女人要知下呢：她是女人，要卖本身呢！

　　一个多月，我没找上活。

29

　　我碰见哩很几个朋友们，一半子在中等学堂呢念的呢，一半子在家呢闲浪的呢。我把她们也没抬爱，打她们的头一句话上我知下是我赶她们强，赶她们明白。在学堂呢念的时候儿，我赶她们闷来。这候儿她们才觉着自家的梦想哩，她们还就像做睡梦的呢。她们把年轻小伙子们拿眼角儿扫的呢，嘴唇儿动弹的编挠痒痒儿有的诗文的呢，我把她们笑话哩，我把她们一眼看透的呢，她们的肚子饱的呢。肚子一饱，就思量开挠痒痒儿有的事情哩，男女一个给一个就撒开网哩，谁的钱多，他的网大，大网里头一下就钻进去几个命，临后不忙不慌打里头挑的拣的拿一个呢。叵说钱哩，我连睡觉的窝儿都没有的。我要抓他们呢，或是我把他们抓住呢，或是我成下人家的一口菜呢。我赶连我一搭呢念下的朋友们知道的多，赶她们经见下的也多。

<h3 style="text-align:center">30</h3>

一回我把连泥瓷姑娘一样的碎媳妇儿碰见哩，她把我一把逮住，就像是见哩她的男人哩。在我的面前，她就像是没意思的说的："你是好人！你是好人！我知哩悔必哩！"她就像说的心底呢的话。她可接上："我把你祈祷的叫你把我的男人撒脱手呢（媳妇儿拉哩个哭声儿），我的男人还赶早头呢不好下哩，他可找哩个还赶咱们俊美的，跟上那个走掉哩，全哩不回来哩。我听的把那个女人娶上哩，说是一个把一个太喜爱得很。那个女人如今把我的男人克上了，我的男人跟上走掉了。"我就看的这个碎媳妇儿太孽障得很。她也连我一样跟上神鬼转的呢，还指望的叫把她真大老实的喜爱呢。我就问她呢："那么你这候儿做啥呢？"她给我回答的说是，咋也罢要把男人找着呢。"但是找不着哩呢？"我可问哩。她把嘴唇子咬住哩，她是那个人的婆姨，再么是还有娘老子呢，可是没有自由，因为那个她还眼红我的天不收、地不管的光阴的呢。你看多失笑——还眼红我的呢！我是各由自转的人，失笑死哩！她有吃的呢，我有自由呢；她没有自由，我没有吃喝。我们两个都是女人。

<h3 style="text-align:center">31</h3>

连泥瓷姑娘儿遇哩面的之后，我没心给一个人卖哩，望想懒的耍笑，滴流，叫说去，在男人们跟前拿空笑多少挣些儿钱。在谁跟前我都没丢底，卖害，我顾哩自家的脸面哩，可是肚子凡常饿的呢。连男人们滴流的耍开哩，把挨饿的我就忘掉哩。但想叫肚子饱，就这么价我就给男人们滴流呢，熬眼儿呢，这是个圆圈子，不论打那塔儿打头，都能成。学堂呢连我一搭呢念下的丫头们再么是泥瓷姑娘连我一模一样，可是她们多的日子指望哩。我大明大道干哩，挨饿的肚子是伟大的真实。我打哩头儿把东西卖脱哩。把一切的都卖掉，我买哩几个新衫子。我自

家长得也俊美，也好看，我出去挣钱去哩。

32

我安算的拿耍笑带滴溜（做作，老舍原文浪漫，俄文版调情）挣钱呢，哎呀，我哈巴把睡梦颠倒做下哩。我还糊涂的呢，还是个瓜塔儿。把男人们你一下两下钓不到钩搭儿上。我谋算的招一个有知识的男人，但是一时不得成哩，连单另的男人们要走呢，但走上，我给他只是给两个老虎（接吻）。哈哈，男人们可不是这么个，他们黑话白话不说，手端端儿的就打腔子上下哩。他们或者是把我乔到给闹（俄语电影）上，或者是在满巷子呢领上浪，至歪给我买给一盅子水叫我喝上，肚子饿上，可要转回家呢。连有知识的人们走上，他们光能问一下：我把啥学堂念完哩，再么是我的家的家眷的人们都干啥的呢。打一切的上我懂来哩：但是男人们望想你，你要给他们把心拿出呢，给些儿舒坦带爽快呢。拿单另的啥把他们的心都安不住，一个老虎儿才挣的一盅盅子水。我要说卖本身，要防奸钻呢，啥都不思想，紧赶就要把钱抓到手呢呢。把这个我知道得好，泥瓷姑娘不知道这一套事情。我连我妈光知道呢，我凡常记想哩我的妈妈哩。

33

都说的有的那个女人在男人们跟前滴溜的值钱，过日子的呢，这么价的买卖到我上太难得很。再么是我也不望想拿它混肚子。我成下个卖本身的女人哩。房主儿念系的因此上也不叫我在人家家呢住哩。我往出搬的时候儿给掌柜的连谢都没道，原回搬到我后老子的那两间房子呢哩。房主儿也不是个有名气的，可是有好心好意的人。搬到新窝儿上，我的事由一下诌活哩。我跟前有知识的人们都来脱哩，他们知下是我卖的呢，他们拿钱买的呢，我的买卖红哩。来的人们也不拿把，也不羞。先前我还惮突些呢，因此是我才交上 20 岁。过哩几天我全哩不惮突哩，到我上也爽快下哩，男人们爱这么价女人。过哩几个月，我越行明白下哩。我把人一眼能看透哩。有钱汉这呢进门就问哩价钱哩。他叫我知道是，他买我来哩，这些人们都是醋桶桶儿——他们望想一个儿把我占下，叵叫给旁人卖哩，因此是她们的钱多。这些人跟前我没拿作，他们但是骂开我哩，我就给他们说的："我把你们的家找着，给你们的婆姨告去呢。"那股（他们）一下就不言传哩。千说万讲，学堂呢念下的书也没瞎掉。我凡常信服哩——知识是有利的。那么单另的呢？那股的手里攥的钱，来去跑哩，只害怕富余把钱使唤哩。我给自家细细儿做造哩个价钱：这么一下值得多少钱，那么一下值得多少钱。弄得他们乖乖爽爽的回去就取钱去哩，到我上这个太失笑得很。着重我见不得毛贼贼子，那股只告谋的少掏几个钱，给个家疼省下几个买烟棒棒儿带药料的nianren（买烟棒棒和酒的钱）。但是不惹他们哩，也没事，但是些来小去一招识，紧赶就把衙役喊得来，闹动脱哩。我不敢撞那股，我怯唬他们呢。丢下衙役哩，我把他们也拉连住的呢，哄住些儿的呢，这个狗腿子世界上低贱得很，把啥都能干。我跟前来的学堂呢念书的大娃们看的太哇苦（可怜）得很，口袋呢装上几个银佩儿带铜钱，奔往的我来，挣的鼻子尖尖上汗都往下淌呢。看的孽障，可是为钱我给他们也卖哩自家的本身哩。不哩，我干啥去呢？人面前有脸面的老汉们都来开哩。连这些人们咋价来往呢，到我上太作难，可是我知下是他们拿来钱的呢，他们的望想是老来哩，临死的时候儿，拿钱买一点儿高兴。他们问我要啥，我给他们都给哩。就这么价钱带嫖客成哩我的"联手"哩。银钱赶人还歹毒，人是牲口（野兽），钱是牲口的力量。

34

我的浑身得哩病哩。叫它把我拿的发冷，发烧的，寻死的心都有呢。啥我都没心干哩，光在巷子呢头背到脊背呢转哩。我扯心开我的妈妈哩，就想把她找着，她哈巴把我的泼烦能往下压一下。但把这个思量起来，我觉谋的无常就像在我的眼眉子底下绕打的呢。我把那个巷口儿找着，过来过去转得看哩，把我妈咋价拉哩风匣的记想起来哩。酥馍馍铺铺儿关的呢。是谁也不知道，她们打哪呢搬上走掉哩。我拿哩狠心找哩我的妈妈哩，我着哩忙哩，巷子呢转的找哩几天，可是没找着。我猜谋的或者是她无常哩，或者是连男人搬到千里远的路上住下哩。这么价思量的不由我的，我薄哩心，哭脱哩。把衫子换哩，把脸上的胭粉擦掉，我躺到床上，等哩无常哩。按我的心呢，这么价寻死去快些儿。可是无常没来，听得门上谁得道敲的呢，奔往的在我跟前改心慌来哩。对，好得很，把我你能搂上再么是脏病你也能得上。人面前我没有错，因此是这都不是我自己行下的。我连早头呢一样，欢乐哩，高兴哩，抽哩烟棒棒儿带喝哩红酒哩，就连三四十岁的半打子老婆子一样，闹活哩。眼圈圈儿也青下哩，手掌也咬开哩，把自家也拿不住哩，只要是有钱，光阴能过去。顶要紧的就是肚子。一吃饱，再说单另的话。我吃的好的，谁勺（有精神病）的呢吗？不吃一碗晾一碗的！

　　我要吃好的呢，也穿好的呢，——这就是我的高兴带指望。

35

　　一天赶早，傍间儿十一点钟上，我穿的长半衫儿在房呢坐的呢，听的就像谁的脚步在院子呢响动的呢。我凡常十点钟上打被窝呢起来，十二点钟上才穿衫子呢。临尾儿的几个月里头我撒开懒哩，成几个时辰价没心脱半衫子。我是啥也不盘算哩，就这么价坐的对住一个啥呆呆儿的就望去哩。脚步拿的稳稳儿的，轻轻儿的到哩我的门跟前哩。停哩一时儿，我打门高头安下的个镜镜儿上看见哩两个眼睛，谙（发音 nan，向内张望）给哩一下，不见面哩：我撒哩个懒，没动弹，眼睛可谙哩一下。我没认出，慢慢儿把门开开哩——"妈—呀！"

36

　　咋么价我们进哩房子哩，哭哩多大的功夫，我不知道。我妈也没老扎的（老舍原文老得不像样儿，俄文没怎么老，此处依俄文），她的男人给她没说一句话，没留是啥，也没撂下钱，偷得打她跟前走掉哩，走哩头一个婆姨跟前哩。我妈把一点儿古董麻系卖掉，把住的房子撂下，搬到一个不值钱的房房儿呢哩。她把我找哩两个主麻。她闯当当进哩这个房房呢把我找着哩，我但不出去把她喊一声，她也就走掉哩。我不哭哩，由不得我的笑，就像勺（疯）掉哩：我妈把自家的女子找着哩，女子也成下婊子哩！她养活我的时候儿，也是婊子来，这候儿挨上我养活她哩，我也成下这么个哩！

　　妈妈给女子把自家的手艺过给哩。

37

我指望哩：我妈但怕把我劝说一下儿呢。我知下劝说是空嘴说空话的，可是我想听一下儿：她能给我说一个啥，妈妈是谎溜儿，她扯下的谎到我们上都是劝说。我的妈妈把这一套事情全哩忘掉哩，她光害怕的挨饿，这个到我上也不是蹊跷。她把我的房呢的东东西西写到纸上，透问哩我的进文带搅费哩。我挣钱的路数到她上就像是惯玩买卖。我把我的身上的病给她说哩，我还当是劝说的叫我缓几天呢，她光说哩个她买些儿药去呢。我就问她呢："咱们凡常就这么价过光阴呢吗？"她没言传，给我把吃的做哩，不点不道问哩我的刚强哩再么是把我当住睡着的碎娃娃一样，偷得看哩。她没说过叫我把我的营生撂掉的话，她不敢说。我的心呢明白的呢：虽然我很很的不情愿它也罢，单另的营干我们找不上。我们要吃呢，要喝呢，要穿呢，就叫这个把我们逼煎的来。妈妈连女子中间没有大小哩。钱是顶香甜的。

38

我妈给我操开心哩，可是她走站听紧的呢，带拿眼角儿扫的看的呢，把这个我再见不得。把她我疼爱的，凡常恕饶的呢，可是她有一下太厌气得很。给啥上她都呲嘴呢，着重钱饷事情上。虽然她的眼光没有哩也罢，这呢把钱看见，眼睛就红哩。来的嫖客们面前他就连打杂的一样，出来进去走哩，但是那个少掏几个钱，她就嚷脱哩。把我也给的作难。那么呢，莫比是我没为钱的干的吗？也是为钱么，嚷啥呢咚。我也会嚷，可是我又不伤皱嫖客们的路数呢。我妈太倔得很，她带走的，就把人惹下哩。我要说挣钱，咱们不能惹人。我指望的拿好路数，拿年轻路数带乖爽脾气挣哩钱哩。我妈光眼红哩钱哩，这么价也能成，因此是她的岁数赶我大得多。我害怕再过几年我也成下个老婆子哩，心也老掉哩，慢慢儿心就连钱一样硬下哩。实的，我妈待诡得很，她有一下拾翻嫖客们的皮包，摘人家的凉帽子，手套子，柱棍子呢。我就攒劲掉，只害怕闹棒，可是我妈说的也对的呢："管它的三七二十一呢，一年老的十年的粉白儿，老掉哩，豁牙半嘴的，谁要咱们呢？"把喝醉的嫖客们我妈领出去，领到背后就 chuaxuan（老舍原文和俄文意思相近，是脱掉鞋子拿回来）掉哩，跷蹊不跷蹊，一个人都没在我们门上要欺头来。
她们想打害怕把自家的事情烂掉。再不哩但怕思量起来要下的那个麻，
爽快下的那个，没舍去得下闹棒来？把送出门的人我们没害怕，不然他
们害怕哩我们哩。

39

　　我妈说的对的呢：一年里头我们老的十年的寿数。过哩才二三年，
我可价改哩变哩，我的肉皮子也不绵哩，嘴唇子也不红哩，眼仁子上的
红血丝丝儿也多下哩。我起来的迟，觉谋的就像成下一滩泥哩。我明白
的呢，嫖客们也不是瞎子，把我的改变他们也看出来哩。渐渐，渐渐嫖
客们也少下哩。我把他们越行待承得诎活哩，可是我的心底呢越行见不
得哩，有一下把自家就拿不住哩，我把自家熬干掉哩。我的嘴呢胡说八
道的惯玩掉哩。如今我跟前多的有知识的人们也不来哩，因此是我不香
甜哩，没滋大味哩，早头呢把我连飞鸟一样的比哩，我把这个当诗文的
听哩。我把自家打扮的就连野鸡一样，穿得花红绿蓝的，不像人的打
扮，就这么价我才能招几个男人们。把嘴唇儿染得就连血一样。有一下
我可量的就像我的无常到来哩。挣下的每一个圆就像把我的一股儿命拿
上走掉哩。叫钱把我的无常拿住的呢，我挣钱的那个路数把我的寿数往
短呢截的呢。无常在我的眼眉子底下绕打的呢，我等哩它哩。思量起来
无常，啥心劲都没有哩，还思量啥去呢哟？天天的光阴就是这么一个。
我的影影子就是我的妈妈，至歪的我成下连她一样的。有在一日我的头
发也白呢，脸也绌呢，本身也就卖不动哩。这就是我的寿数。

40

　　我把自家固的叫笑哩，固的叫滴溜哩，把我的泼烦拿眼泪哭不完。
我的光阴上是啥惜疼的也没有，千说万讲，光阴没叫我操手儿等无常。
寻思我干下的，不能埋怨我自家。光阴但好哩，无常是害怕的。我没害
怕过无常，我的熬煎把它压掉的呢。我太喜爱世界得很，我望想哩顶好
的光阴哩，望想哩睡梦地呢的那个光阴哩，惊起来一场空，熬煎高头加
的熬煎。这个世界不像睡梦，它是活多灾海（地狱）。我妈看见我的熬
煎，劝说的叫我嫁人呢，混肚子去呢。她一手遮太阳，守老呢，我就是

她的望想。我嫁谁去呢哟?

41

连杂样儿的男人们打哩交的因此上,我把喜爱全哩忘掉哩。我把自家都不喜爱哩么,咋么价喜爱旁人呢哟?我要说嫁人,要胡揽(故意)的装得喜爱人家呢,叫人家要信服呢。我把这话给好少的人都说哩,可是谁也没给我的话上留神。叫钱的物式把人们拿把的,都有一个账算呢。打脸赶做贼的还歹,——做开贼哩往进能拿来钱。我但是不问人要钱,他们也能说把我看上的话。

42

就这个空空儿呢衙役把我抓住哩。城呢的新官待起来说开仁礼待道再么是顾脸的事情哩,他们把城里头的脏瓦儿匠(老舍原文暗娼,东干文邋遢,不整洁)们押脱哩。把把一儿当婊子的人们没打动,她们还就像早头呢一样,做哩自家的买卖哩。因此是那股(她们)花哩钱哩,把钱花上,就成下好人哩。把我搁到功苦行呢,叫我学的做哩活哩。洗衣裳,做吃的,指说个啥,我都会呢。但是拿这些手艺能把自家养活过,我也不能走那一条瞎路。我把自家干下的给人们都说哩,可是是谁都没信服我,把我算的好人。把我教的叫我受哩苦哩再么是给我说的叫我喜爱哩自家的话哩,说的往前去我能把自家养活过,或者是能嫁男人。这些人的望想连力量太大得很。我还没信服他们,他们的顶大的得胜是把功苦行呢的几个女人们出嫁掉哩。给嘎得麻系(杂七杂八)上揽费的两个圆,再找一个保人就是给每一个女人们操下的心。把这个不值啥的事情叫我看去就像糟踏女人们的呢。劝说的叫我成人的话到我上是啥也不准。我们跟前不论来咋么个官,我就给他的脸上吐一滩。这个的之后把我不往出放哩,我成下担悬(危险)人哩。也没心调养我哩,我打功苦行呢到哩班房子呢哩。

43

班房子呢太好得很,这儿你把光阴的酸甜苦辣,它到人上没有啥香甜的越行就知道的好哩。在睡梦地呢我没见过这么的恶心。到哩班房子呢,我没心打里头出来哩,我知道是外头的光阴赶这儿的光阴跌,但是打班房子呢把我拿出去，能给我给一个活，我在世上还能活几天，我知下是这么价的活到我上没有的。那塔儿无常呢，到我上还不是一模一样吗？就在这儿，在这儿我可把我的顶己的嫩月牙儿看见哩。多少日子我把它没见！我妈干啥营生的呢？我把一切的都在心呢搁的呢。

三　《惊恐》与"刘幽求故事"之比较①

　　中国文化是东干小说作家重要的创作资源，小说使用的语言，描写的民风民俗，在民间文学的创造性利用等方面都展示出东干小说与中国文化之间的渊源关系。但由于东干小说家不识汉字，再加上与中国长达百年的隔绝，一般认为东干小说作家的创作是在与中国传统的书面文学隔绝的情况下进行的。事实上，东干小说家可以通过苏联学者及其作品接触中国传统小说。另外，中亚东干人大多知道《三国演义》《水浒传》《西游记》等中国传统小说中的故事，在东干说书人栩栩如生地表演的这些故事中，虽然与原著相比某些情节发生了变异，但是故事的基本内容还是相同的。这也是东干小说家接触中国传统小说的一个路径。笔者以东干作家阿尔布都的小说《惊恐》与唐传奇《三梦记》中"刘幽求故事"进行比较分析来谈这个话题。

（一）

　　唐传奇《三梦记》记录三个梦："彼梦有所往而此遇之者"；"此有所为而彼梦之者"；"两梦相通者"。其中第一梦"刘幽求故事"甚得鲁迅的赏识，评价其"第一事尤胜"②，并在其《中国小说史略》中专门摘录出来。这一梦叙写刘幽求夜归，遇其妻梦中与人欢饮之事。后代文人根据此梦框架，创作了结构类似的小说——《河东记·独孤遐叔》、《纂异记·张生》（《太平广记》卷二八二）、《独孤生归途闹梦》（《醒世恒言》卷二五）。清代作家蒲松龄《聊斋志异》中一篇《凤阳士人》

---

①　此文为硕士研究生李海撰写。
②　鲁迅：《中国小说史略》，齐鲁书社 1997 年版，第 83 页。

也受到《三梦记》的启发，将第一梦与第三梦合并，叙述士人、士人妻和士人妻弟三人"三梦相符"之事，充满神秘色彩。

《惊恐》是东干小说家阿尔布都创作的一篇小说。小说叙述李娃做生意回来，遇大雨，黑夜中路过荒野中的金月寺，见其妻在寺中与众阿訇、乡老交谈。他心生怒火，从窗口投一石块打到寺内的桌子上，院子里的热闹情景顿时消失。李娃回到家后，其妻子麦姐儿叙述其刚做的梦，梦境竟与李娃所见相同。除文中仅有的一些地名具有中亚地域色彩外，其他几乎可以看成具有中国西北地区风情的中国回族小说作品。

这两则故事出现了值得注意的异同现象。先看二者有惊人的相同故事结构。刘幽求与李娃二人虽身份不同，但同时由于不同的原因而夜归，故事的发生地同样是荒郊野外，而二人看到的情形也是相似的，都是其妻子在与别人饮酒。故事发生转折点同样是故事的主人公从窗子向内投了一枚石子，故事的结局仍然是相同的：主人公所见情形正是其妻所做的梦，并且两则故事都是到此戛然而止。

虽然这两则故事结构是一致的，然而毕竟两位作家生活于不同的文化环境中，各自叙述的故事也呈现出许多有意味的不同。先看两故事的主旨。刘幽求故事纯属记梦："今备记其文，以存录焉。""魏晋以来盛行的小说记梦行为，及以梦境为叙事空间的创作倾向，实为催生《三梦记》的文学语境。"[①] 后代学者也试图解释这种现象："夫妇分离有日，将见未见之时，种种复杂微妙心理，潜意识之形诸梦幻，正在情理之中。"[②] 而《惊恐》是对苏联时期宗教政策以及东干社会现实状况的反映。

《惊恐》中的细节描写显然比刘幽求故事要丰富得多。前者用整整两段的篇幅来铺叙"夜归"的原因，结尾用大约全篇三分之一的篇幅叙述妻子的梦，既是对主人公的所见景象进行补充，又在叙述中呈现小

---

① 黄大宏：《白行简〈三梦记〉的叙事语境及其题材重写史论》，《清华大学学报》2008年第3期。

② 《中国古代小说百科全书》编辑委员会、《中国大百科全书》出版社编辑部：《中国古代小说百科全书》，中国大百科全书出版社1993年版，第438页。

说创作的主旨。这样促使整个故事围绕着神秘的"梦"丰富充实起来。《惊恐》中一些情节也展示出东干族浓郁的民族风情。如东干族信奉伊斯兰教，文中的金月寺为清真寺，而刘幽求故事中则是"佛堂院"。另外，文中人物的身份也是不同的。刘幽求的身份是"朝邑丞"，在《河东记·独孤遐叔》、《纂异记·张生》及《独孤生归途闹梦》中的主人公也都是书生，而《惊恐》中的李娃是一农民。东干人移居中亚后，大多务农或经商，李娃的这一身份正是对东干人生产生活方式的反映。

再看两则故事的叙述语言及所用的文字。"从《河东记·独孤遐叔》、《纂异记·张生》（《太平广记》卷二八二）到《醒世恒言》卷二五（《独孤生归途闹梦》），是第一梦叙事渐趋丰赡的一条重写链，也是重写文体从文言跨至白话的唯一线路。"① 清代人蒲松龄《凤阳士人》叙述虽用文言，但依然通俗晓畅。这几则故事中都有"掷石"这一细节，现将其叙述语言摘录下来，加以比较。

> 刘掷瓦击之，中其罍洗，破迸走散，因忽不见。（《三梦记》）②
> 这时遐叔一肚子气怎么再忍得住！暗里从地下摸得两块大砖墼子，先一砖飞去，恰好打中那长须的头。再一砖飞去，打中白氏的额头。只听得殿上一片嚷将起来，叫道"有贼、有贼！"东奔西散，一眼间早不见。（《独孤生归途闹梦》）③
> 三郎举巨石如斗，抛击窗棂，三五碎断。内大呼曰："郎君脑破矣！奈何！"（《凤阳士人》）④

《惊恐》中对这一细节的描述是：

> 他试堪地想进去呢，这么那么，把门找不着，窗子高得很，趴

---

① 黄大宏：《白行简〈三梦记〉的叙事语境及其题材重写史论》，《清华大学学报》2008 年第 3 期。

② 汪辟疆：《唐人小说》，上海古籍出版社 1978 年版，第 108 页。

③ 冯梦龙：《醒世恒言》，顾学颉校注，人民文学出版社 1956 年版，第 513 页。

④ 朱其凯：《全本新注聊斋志异》，人民文学出版社 1989 年版，第 197 页。

不上去，急得他的头上汗都往下（ha）淌开哩，他气哼哼地摸的，找哩个石头，照着麦姐儿，打窗子上砸进去哩。石头呵楞捣腾地打到桌子上哩，灯的亮闪哩下，灭掉哩。寺里当兀儿黑掉哩，哑迷儿动静下哩。李娃暗地看哩很大的工夫，啥响动都没哩，就像是一折电影打他的面前过哩。

通过阅读，我们会发现，结构相同的一个梦，同样是用汉语叙述，从文言发展到白话，再到陕甘方言；从文人书面语言到市井白话，再到地域民间语言，这从某种程度上反映了中国文学语言的变迁。

再看承载语言的工具——文字，刘幽求故事、张生故事、独孤遐叔故事、凤阳士人故事，都用汉字来书写，而李娃的故事是用东干文书写。许多学者都对这种文字进行考察，既肯定了其创造性，又指出其不足之处。但有一点值得注意，这种文字是在中国回族历史上使用的"小经文"的基础上发展而来的。"小经文"的历史与中国文化之间同样有着密切的关系，这已被许多学者论述过。

通过上述比较，我们会发现，《惊恐》与刘幽求故事的结构非常相似，可以说是相同，但仍有其独特的地方，充满地域特色，留有东干文化独有的历史痕迹。

（二）

《惊恐》与刘幽求故事的情节惊人的相似，可以说是相同，这是不是一种巧合？在目前没有直接记载的资料可以显示阿尔布都是否接触了《三梦记》，笔者本着大胆假设、小心求证的态度试析这个现象。

"圆梦（释梦）是东干民俗中常见的一种现象"[1]，在记载的东干民间故事中就有《梦先生的故事》。梦先生在一系列的巧合情节中显示出其幽默与智慧，这在某种程度上显示了东干文化中梦与现实之间的契合。东干小说也经常描写梦境，并写出梦的应验。阿尔布都的小说《三娃儿连莎燕》中，在莎燕被埋的当天晚上，三娃儿四次梦到了莎

---

① 常文昌：《世界华语文学的"新大陆"——东干文学论纲》，中国社会科学出版社 2010 年版，第 184 页。

燕。在三娃儿的梦中，莎燕披头散发，穿一身白衣服，并变成白鸽子。小说中揭示道："散披头发是'舍塌尼'（鬼），白衣裳是埋体，鸽子是报信的。"这梦境预示着死亡后的莎燕向三娃儿报信。哈瓦佐夫的小说《天职》中，拜克尔梦见狂风吹走了一切，第二天这一噩梦即被应验：德国进攻了苏联。马米耶佐夫的《思念》中，存姐儿和其儿子在同一个晚上都梦见了在第二次世界大战中阵亡的沙里尔。这些都说明东干小说家对梦境的描写是其组织情节的一种常用方法，而且表现的主题比较广泛。因此，尽管《惊恐》中的情节结构与刘幽求故事的非常相似，也不能排除作家的独创性。

事实上，据李福清在《〈聊斋志异〉在俄国—阿列克谢耶夫与〈聊斋志异〉的翻译和研究》中的介绍，从 19 世纪 50 年代起，俄国不少大学都用聊斋故事当教材，学生也翻译聊斋故事，如喀山大学图书馆藏符拉迪沃斯托克（海参崴）学院 1910 年四年级学生达尼连科翻译的 18 篇小说①，其中就包括受《三梦记》影响而创作的《凤阳士人》。特别是苏联著名汉学家阿列克谢耶夫，他以高超的翻译技巧选编了 160 余篇聊斋故事，分别于 1922 年、1923 年、1928 年、1937 年分四个译文集出版。这些译文受到当时苏联读者的极大欢迎，并多次再版。20 世纪 50 年代起，当时的苏联文艺出版社就开始再版阿列克谢耶夫的译文，并于 1953 年、1955 年、1957 年、1970 年、1973 年、1983 年、1988 年先后再版，总印数超过 10 万册。同一时期，苏联几个共和国的文学家也把阿列克谢耶夫的聊斋译文转译成其他文字，其中就包括塔吉克斯大林纳巴德城 1955 年出版的从阿氏译文转译成塔吉克文的 60 个故事。1958 年吉尔吉斯共和国有人将 20 个聊斋故事转译成吉尔吉斯（柯尔克孜）语，由伏龙芝教育出版社出版；1957 年有人将阿氏译的 59 个故事转译成乌克兰语，由基辅乌克兰国文学出版社出版。我们注意到，生活在吉尔吉斯斯坦的阿尔布都于 1959 年创作了《惊恐》这篇小说，这距 1958 年吉尔吉斯共和国伏龙芝教育出版社出版吉尔吉斯（柯尔克孜）语的聊

---

① 李福清：《〈聊斋志异〉在俄国——阿列克谢耶夫与〈聊斋志异〉的翻译和研究》，《汉学研究通讯》2001 年第 4 期。

斋故事仅一年的时间，这应该不是一种巧合。

李福清在这篇文章中还介绍到，在苏联，对《聊斋志异》的研究也很深入。如阿列克谢耶夫的学生瓦西里耶夫在 1931 年就发表了论文《聊斋小说的古渊源》。他明确指出，蒲松龄也利用唐代传奇的情节，如《凤阳士人》一篇借用白行简的梦谶母题。可见苏联学者对《三梦记》里的故事也是较为熟悉的。另外，阿列克谢耶夫在 1929—1934 年曾叫他的学生——著名语言学家龙果夫编《聊斋词典》。龙果夫曾参与了东干文的创制工作，为汉语在异域的拼音方向发展做出了重大贡献。这些情况也表明，作为东干作家熟悉的苏联学者，对《聊斋志异》中的作品是相当熟悉的，他们在与包括阿尔布都在内的东干作家进行学术、甚至是日常生活的交往中，是有机会向东干作家介绍聊斋故事以及相关研究成果的。

还有一点值得注意：包括阿尔布都在内的东干作家对中国是怀有深厚感情的，他们对中国文化，尤其是对中国回族文化有着浓厚的认同情感。阿尔布都创作的小说多次描写其对中国符号式的记忆，如小说《三弦子》《白大人喜欢的小说》等。可以想见，当有机会接触来自故土的文学作品，尤其当苏联学者向他们介绍中国文学作品时，他们会生出无限的情感和兴趣，去阅读，去探索。这就表明阿尔布都可以通过俄文或者吉尔吉斯文读到类似刘幽求故事的中国作品，或者通过苏联学者的介绍，才接触到唐传奇《三梦记》的，也就是说《惊恐》是对《三梦记》的借鉴。

（三）

由上文可知，东干作家可以通过苏联学者接触中国传统小说，进而有机会根据这些小说进行改编创作，如阿尔布都的《惊恐》。实际上，东干作家也可以通过民间口头叙事接触中国传统小说。

在中国，一些传统小说经过职业说书人栩栩如生的表演，为普通民众所喜欢，并在社会上广泛流行。中国章回小说流传到民间也影响民间口头文学，在民间说书艺人的创作过程中，这些作品又被加工而变成口头作品，又影响民间故事。总而言之，自民间经过文人改写，这些作品之后又回归民间。通过民间艺人的创作，它们又转化为非专业的"pas-sive-collective"创作。这样的情况在世界文学中比较少见，研究中国文学者一定要注意。① 有意思的是，"一百年前已离开甘肃省，且与中国文化没有直接关系又不识汉字的中亚东干人（甘肃与陕西回族的后代），至今仍保留中国民间文学的传统，其中还有流行的章回小说的复述"②。"据老人讲，革命前，在七河地区的东干乡村及城镇里，民间说书，首推历史小说《三国演义》的评书能手在广大听众面前的表演。他们能即兴地从头到尾叙述独立的章回，他们说书能不断引出听众喜怒哀乐的声息。"③

许多民间说书人以文人小说为底本，较少用民间传说的母题或情节单元。因此，东干作家通过民间说书人同样可以了解中国传统古典小说《三国演义》《水浒传》《西游记》等。

在东干民间口述作品中有薛仁贵的故事，李福清考察并记录了这个口述故事，并与中国章回小说《薛仁贵征东》比较后认为，虽然在某些细节上有出入，但这个口述故事是对后者的复述。④ 东干著名诗人十娃子创作的小说中也有关于薛仁贵的故事，并且小说的名字就叫《薛仁贵》。十娃子不识汉字，在李福清著、田大畏译《中国古典文学研究在苏联》书后所附的《中国古典文学作品俄译本简明表》中，没有出现《薛仁贵征东》这部小说。⑤ 因此，十娃子很可能是通过东干民间说书人了解这个故事的。这篇小说不是对东干民间口头叙事的简单记述，而是在后者基础上进行的独立创作，这可以从一些细节上看出来。

先看柳姑娘送薛仁贵衣服这一细节。在东干口头叙述的故事中，称这件衣服是火龙缎，是皇上送给柳员外的（李福清记录为刘员外，这

---

① 李福清、李明滨：《古典小说与传说》（李福清汉学论集），中华书局2003年版，第164页。
② ［吉］М. я. 苏三洛：《中亚东干人的历史与文化》，郝苏民、高永久译，宁夏人民出版社1996年版，第221页。
③ 同上。
④ 李福清、李明滨：《古典小说与传说》（李福清汉学论集），中华书局2003年版，第163页。
⑤ 李福清：《中国古典文学研究在苏联》，田大畏译，台湾学生书局出版社1991年版，第129—141页。

应是音译的差别——笔者注）。在《薛仁贵征东》小说中称为"穿在身上不用棉絮，暖热不过的"宝物，是在辽东市场上买的。在刘林仙的评书中明确称为"火鸡缎"，也是在市场买的。[①] 而在《薛仁贵》中，十娃子描写为"奇怪衣裳"、"宝贝衣裳"、"这个衣裳赶自己的老命都贵"。但没有叙述这件衣服的来历，而且也没有像《薛仁贵征东》及其评书中叙述的那样，这样的衣服柳家有两件，分别给了柳员外的儿媳和女儿。但事件发生后，柳员外却让儿媳与女儿都拿衣服来对质。

再看薛仁贵家衰落原因这一细节：十娃子的小说《薛仁贵》中，薛仁贵的巴巴（叔父）把薛仁贵"大（父亲）的一切财帛（bei）都拿的去，这会儿给我连十两银子的脚费（盘缠）都不给"。而东干口传故事中是，薛仁贵养了很多酒友把家底花光了。《薛仁贵征东》中，是薛把钱花在了学武术，雇师傅上，并且"又遭两场回禄"，即遭两次火灾，这与其叔父没有关系。可见十娃子将薛仁贵"巴巴"的形象进行了再加工，使恶人更恶。

现在来看看东干小说家是怎样利用他们接触的中国传统小说进行创作的。不管是通过苏联学者的翻译、研究及相关介绍，还是通过东干民间口头叙事作品，东干小说家基本上都是间接接触中国传统小说。在这种情况下，他们对中国传统小说的借鉴主要表现在对故事情节及主要的人物形象的利用上。东干小说家将需要利用的中国传统小说描写的各种行为分为最小的一个个动作单位，并把这些动作单位改变成一个个小情节。《惊恐》中，作家将晚归的原因描写得非常充分，而刘幽求故事只用"夜归"二字。十娃子的《薛仁贵》中，作家对王货郎解救薛仁贵这一细节描写得非常细致，甚至用了大量的篇幅描写王货郎这个人，如详写他怎样做针线买卖。而在中国的小说《薛仁贵征东》以及评书中，王货郎只是一个解救主人公的配角，并且只用"挑担为生"以及"卖豆腐的"简单介绍他的职业。东干作家有时改变中国传统小说中的一

---

① 刘林仙、黄国祥：《薛仁贵征东》，北岳文艺出版社 1986 年版，第 35 页。

些情节，如十娃子《薛仁贵》中，柳姑娘直接将衣服送给薛仁贵，而不是她有意丢在院子里等薛仁贵亲自去捡。这些扩充及改写的故事情节对原故事的主线发展影响有限。东干小说对于中国传统小说中人物形象的借鉴很有特色。如阿尔布都的小说《扁担上开花儿》对"孙二娘"形象的使用。在实行集体农庄的时候，开婕子将自己丈夫藏到地窖里的三百普特麦子献给政府作为麦种，后来又在乡苏维埃上当了几年的妇女干部，"到了那塔儿（哪里），缠袖子抹（ma）胳膊的能说能挡一面儿，青年们把她叫成孙二娘哩"。借用《水浒传》中孙二娘的形象很好地展现了这个东干女性的性格。东干作家有时将原著中的次要人物进行增加或省略，或者将次要人物身上发生的故事进行替换。东干口传故事中，薛仁贵落魄后去找其舅父救济，在中国传统小说《薛仁贵征东》及刘林仙的评书中，薛仁贵去找其伯父帮忙，而在十娃子的小说《薛仁贵》中，薛仁贵找的是其"巴巴"。

四　阿尔布都小说的民俗色彩

从 1877 年陕甘回民迁居中亚以来，中华民族的许多习俗还保存在东干人那里，要想了解东干人的生活习俗，不可不读东干小说。以阿尔布都为代表的东干小说家，其作品具有浓郁的民族风味，仿佛一幅幅民俗画卷，令中国读者感到惊喜与亲切。

（一）

中国的甘肃、青海、宁夏一带至今还流行唱花儿（又叫少年）的习俗，有的地方每年都要举办盛大的花儿会。中亚东干人不叫花儿，只叫少年曲子。少年曲子，是东干人从中国带去的民歌之一。阿尔布都的中篇小说《头一个农艺师》中写东干乡庄收割打碾小麦的欢乐场面，太阳落了，月亮升起，人们还不歇缓。山风轻拂，送来了少年曲子，不知是谁在唱道：

　　　白杨树树谁栽哩，

　　　叶叶儿咋这么嫩哩？

　　　你娘老子把你咋生哩

　　　模样儿咋这么俊哩？

　　这段情节，真实地反映了少年曲子在东干民间传唱的情况。赵塔里木在《中亚东干人关于民歌的概念和分类法》①中对东干"少年"作了这样的介绍：在东干人中流传的"少年"与中国西北地区的"花儿"为同一种山歌体裁，在中国西北地区，"花儿"亦称"少年"。但东干人只称这种山歌为"少年"或"少年曲子"，从不称其为"花儿"，也不知有"花儿"这种称呼。尤素洛夫在《苏联回族口传文学的样书子》（1960年）和《苏联回族人的曲子》（1981年）中发表了37首（节）"少年"唱词，其中8首可以在《中国歌谣集成·宁夏卷》回族"花儿"部分见到异文。如："山头上打枪山底下响，枪子儿落不到个水上；相思儿病顶到心窝上，尕妹子儿坐不到腿上"。"拨浪鼓儿摇了三点儿水，胛脖上担的是两柜柜；年轻的时候草上箭标呢，过去的少年老来不后悔"。在中国西北地区，"少年"或"花儿"在陕西省不见流传。在中亚东干人中，"少年"仅在甘肃群体中流传，陕西群体同样没有演唱"少年"的习俗。笔者在梢葫芦乡的调查中记录了72岁的老歌手吴金友·木合买提用一种曲调演唱的11首（节）"少年"，其中8首唱词是尤素洛夫的记录中所没有的。

　　东干人演唱"少年"的场合大都在田间地头，没有类似"花儿会"的节日性活动。反映东干人甘肃群体入俄经历的老曲子《老回回过国》中提及演唱"少年"的情况："走过了吉尔嘎郎的泉，往前走到艾尔代克阳山湾，花花子种了个一架滩，收上的人唱了少年，收不上的人翻了白眼。"吴金友回忆30年代末至40年代初梢葫芦乡民歌活动时说："集体农庄的地界很大，那时候做活（种地）要走很远的路，做活的人都

──────────

　　① 赵塔里木：《中亚东干人关于民歌的概念和分类法》，《中央音乐学院学报》2001年第1、2期。

住在滩里（田地里）。晚饭后，大伙儿就在滩里唱曲子，唱的多是少年曲子。"吴金友的同乡76岁的潘舍尔·舍夫子说："吴金友年轻时唱了好少（很多）的少年曲子，那会儿有个女唱家子在滩里连（和）他对的唱。吴金友当过几年集体农庄的车户，他赶大车时也爱唱少年。"吴金友演唱的"少年"，唱词清晰，旋律线条简洁，较少装饰。每个旋律句句首有一个下滑的感叹音调，以"我的牵连招手"或"我的尕妹招手"为固定衬句，并且作为上下句的连接过渡。这些特征在中国西北地区的"少年"或"花儿"中并不多见。

赵塔里木对东干民歌的研究是有贡献的，他的第一手资料（田野调查材料）及关于民歌的概念、分类都很有说服力。但在论及"少年"时得出这样的结论：东干人称中国西北地区的"花儿"为"少年"，不知何为"花儿"。由此可见，"花儿"是古老的民间原生概念一说值得怀疑。赵塔里木的这一结论，值得商榷。东干人迁居中亚，距今140年，他们只知"少年"，不叫"花儿"。这并不能证明东干人西迁前，没有"花儿"的名称。"花儿"最早见于文字记载是在清代，临洮诗人吴镇《我忆临洮好》第9首写道：

> 我忆临洮好，灵纵足胜游。
> 石船藏水面，玉井泻峰头。
> 多雨山皆润，长丰岁不愁。
> 花儿饶比兴，番女亦风流。

这首诗距今200余年，说明东干人西迁前"花儿"这种名称早就有了。因此，没有证据证明"少年"的叫法早于"花儿"的叫法。

其实，"花儿"与"少年"是并存的，"花儿"就是"少年"，"少年"就是"花儿"，是一种曲子的两种不同叫法，都以爱情为主要内容。而以"花儿"为最普遍，但有的地区如青海的某些地方，则叫"少年"。

东干人的娱乐活动中，有一种叫"丢方"（甘肃陇东有的县叫"顶方")。阿尔布都小说《老两口子》中这样写道："今儿杨大哥丢哩一天方，临尾儿几盘方输得心里都熬人开哩。秋后的太阳压哩西山哩，肚子饿得猫抠呢，杨大哥乏沓沓的进了院子……"主人公杨大哥已经退休，同时又是秋后农闲季节，这才丢了一天方。王国杰这样描述东干人与陕西人"丢方"的联系：中亚东干人还流行着一种非常正宗的陕甘农村的游戏方式——丢方。这种方式很像今天的围棋。先画好方盘，横七道，竖七道，然后一方用小木棍（相当于黑子），一方用圆小土块（相当于白子），方的方式有长方、短方（也叫生死打断），有七道方、九道方等。丢方一般是成年人玩的游戏，陕甘农村至今仍有这种游戏。陕西关中农村把这种玩法叫"狼吃娃"（意思是围住哪个子就吃掉哪个子）。中亚东干人认为这种游戏既可锻炼人们的智力，也能测定人的性格。丢方与围棋一样，关键的几步走不好就会丢掉全局。今天，东干人已不会下中国象棋，只会玩国际象棋。[①]

东干人的"少年"曲子与"丢方"，完全是中国西北民间的曲子与游戏，是保存最完整的中国民间习俗。

（二）

在日常生活中，东干人保留了中国西北人的许多习俗。阿尔布都小说中写东干姑娘第二天出嫁，头一天，家里准备好了胡麻水。胡麻水有什么用处，年轻人已不甚了了。胡麻水洗头是青海人过去的普遍习俗。这是土制的护发剂，相当于今天的发胶，青海人称"捊子"。青海作家井石的长篇小说《麻尼台》，对此有生动的描写：炖在炉子上的罐罐里的胡麻水在滚，菊花用一根筷子搅了搅，又挑起黏如胶水的胡麻看了看。婆婆叫她洗完头，捊上点胡麻水，头发又黑又亮又光，城里人搽了油的头也比不上。小说里的社火小调《王哥》唱道：

八月里到了八月八呀，

我和王哥拔胡麻，

---

①　王国杰：《东干民族形成发展史》，陕西人民出版社 1997 年版，第 361、292 页。

王哥一把我一把,

拔下的胡麻抿头发。①

甘肃有的地方过去也用胡麻水洗头。可见,东干小说中的这一习俗,来自中国。

炕,是中国北方农村常见的取暖与休息的处所,朝鲜也有炕。东干乡庄家家有炕,东干小说中常常写到炕。《乡庄》中,苏来麻乃老汉晚饭后,坐在炕中央,对儿孙宣布他的重要决定,不去城里住了。《寡妇》里失明的存姐儿,在院子洗过了"阿布代斯"(小净),进屋上了炕,取下墙上的拜毡,铺在炕上,开始做晨礼。《补丁老婆儿》结尾写老太太不吃不喝,也不说话,病危,躺在炕上。《两棵树》《马奈尔的脾气》《你不是也提目》《老两口子》等作品,都写到炕。东干人的炕,具有丰富的文化内涵。在东干乡庄,人们不仅睡觉在炕上,吃饭在炕上,家庭议事在炕上,招待客人也在炕上,甚至连做礼拜这样庄重的宗教活动,还在炕上。而且坐在炕的什么位置,也有讲究。炕中央、上炕、下炕、炕沿与人的长幼、尊卑紧紧联系在一起。这样,坐炕不仅同人们的日常生活息息相关,同时也与伦理、宗教联系在一起了。

试以阿尔布都的中篇小说《老马福》为例,来分析坐炕的民俗及其心理。小说里的人名没有用类似俄罗斯人的名字,都是中国回族的名字。柳娃在部队上是上校军官,回乡庄来,人们都去看望。和柳娃小时候关系甚好的老马福、庆世儿也去拜访。但是,人们对他俩的态度却截然不同,这种不同正是通过坐炕表现出来。庆世儿来看柳娃,大房的炕上坐了十几个人。庆世儿进门,没有一个人打炕上起来,就像是钉在那里。只有上校柳娃打上炕起来,撵到炕沿子上,连庆世儿握了一下手,亲热地打了招呼。其余的人都冷冰冰的。上炕坐的都是比庆世儿年轻的人,可是谁都没让座。每个人都冷落庆世儿。这是让庆世儿十分难堪的场面,作品这样描写人物的心理:胡子花白的庆世儿,今儿到了人的脚

---

① 井石:《麻尼台》,作家出版社 2006 年版,第 32 页。

底下了。他羞的往哪儿钻呢，都不知道。原回去走掉，害怕人笑话，害怕撒下一路的闲话；不走吧，他的心肺都颤开哩，他劝说自己，他想大声喊：唉，没羞的年轻人们，太不像话了。再看老马福进来后，人们的态度：老马福的声音打院子里传进来，炕上的人都跳起来。老马福的一个脚刚跨进门，炕上的老少都跳下来，齐蓬蓬儿站到地下。每个人都抢着和老马福握手，房子里爆发出了说话声、笑声。对老马福的亲热劲，就像十年没见过。客人们里头顶年轻的沙里尔亲热地给老马福帮着把鞋脱掉，叫老马福和柳娃坐到上炕的名誉位分上。老马福看见庆世儿孽障，坐在炕沿上，于是把他拉到自己旁边。庆世儿虽然坐到了上炕，他知道不是自己面子大，而是老马福给他要下的。回家后，庆世儿脑袋发胀，没吃，没喝，躺下思来想去，他从来没有像今天这样低贱过，没有像这样臊过皮。

阿尔布都不愧是民俗描写的高手，通过客人在炕上的坐次，通过让座与不让座，把人与人之间的关系，尊卑贵贱，及人物的心理活动都活生生地表现出来了。作者从周围人的反映，从庆世儿的感受，从柳娃及老马福等不同人物的角度，深刻地剖析了东干民俗及其文化意义，让我们体会到了东干传统的规程、礼仪和原生态的乡俗及民众心理。

（三）

婚丧风俗是东干风俗中民族色彩最为浓郁的部分，其保留的传统因素也最多。过去新郎穿长袍马褂，头戴礼帽，肩披红绸；新娘从发式、衣服到绣花鞋，都是清朝打扮。2002 年，笔者在吉尔吉斯斯坦参加了东干姑娘出嫁的仪式。新娘身穿旗袍，蒙着盖头。新郎西装革履，但头上戴方角圆帽，向人们逐个道色俩目，已经是传统与现代的融合了，但男宾与女宾分坐两处，沿袭回族旧俗。东干小说《乡庄》（作者尤苏尔·老马）中，苏来麻乃老汉年轻时，父亲问他看上谁家的姑娘了，打发媒人提亲，他想了半天说："随你们的意思去。"于是父母按自己的意愿把姨表妹许配给他。到了孙子手里，孙子先和姑娘相好，再讨爷爷口唤，找媒人提亲。一家三代，都是东干族内部通婚。由此可以看出，东干婚俗对传统的继承与改良。

　　十娃子对东干人过去的婚俗有细致生动的描述。玛凯耶娃在其专著
《东干文学的形成和发展》中，曾这样写道：十娃子的中篇小说中援引
了许多有趣的东干风俗。民族色彩在这部作品中贯穿始终，特别好奇的
是东干婚礼的画面。富户黑娃子家里，给大儿子买斯扎娶亲，展示了风
俗的整个系列，不常见的独特的风俗同民族传统和礼俗相联系。我们看
到，新郎迎娶新娘怎样从岳父母家到自己家，和路上遇到一系列的障
碍，新郎的朋友不止一次地使车停下来，在车前拉上绳子，阻挡前进。
只有用钱赎，新郎才能继续向前走。所有这些障碍——象征夫妇在共同
的生活中将克服重重困难。新郎和新娘不允许在婚礼前相会而轻轻触
摸。当婚礼仪式之后进入洞房，新郎把新娘抱在怀里，举上去，让她铲
平预先固定在天花板上的花（这样一来，他们事实上身体接触了）。够
到花，象征很快生出孩子的愿望。人们认为，如果新娘马上摘下花，孩
子就必然出生。这个仪式代替了另外的一些仪式，比如，给新郎新娘一
根线，他们中的一人把线的一头终端咬在嘴里，渐渐大部分线进入嘴里，
他们之间的距离缩短，直到最后，他们的嘴唇挨近、接吻。十娃子是卓
越的民俗行家，能在作品中活生生地鲜明地描绘出东干婚礼的画面。

　　东干人的丧葬风俗，保留了中国回族的传统，充满宗教气氛。阿尔
布都的中篇小说《老马福》这样写道：回族人遗留下的好规程里头的
一个是老少都要送埋体（送葬）。无常（死）了的人即使多么不好，年
轻人也要把活撂下，打坟去呢。年轻人对不管穷富的老人，都要有个好
心好意，这样他们老了，他们后头的年轻人照样会善待他们。老马福对
民间的一切规程礼仪都遵从，尤其是红白事，送埋体。老马福进了亡人
院子，和大家一同接了杜瓦。听了庆世儿儿子的话，表示他和众人都放
赦了庆世儿，并做了祈祷。当老马福走进停放埋体的房子，看见庆世儿
停在土地上，身子底下垫了一层黄土，身上盖着绿豆色单子。老马福把
单子揭开来，看见埋体头朝北停放，脸朝西边拧过去……这些描写，都
活灵活现地展示了东干族的特殊风俗，尸体未入殓，停在土地上，身上
盖绿色单子，不像汉族盖白色单子，绿色是穆罕默德喜欢的颜色。头朝
北、脸朝西，是朝向穆斯林的圣地，中国的回族也是这样。按东干人习

俗，送葬时，妇女只能在大门口向死者告别，全村男子无论老少一齐送到墓地。老马福与庆世儿年轻时是好朋友（其实是表兄弟），他为大众的事，在俱乐部众人面前，揭了庆世儿的短。庆世儿死后，他伤心流泪，在庆世儿坟前守了 40 天。小说将东干人的心理及风俗一一生动地展现在读者面前。

（四）

东干小说中，还保留了晚清文化的某些"活化石"，这一特点，不仅体现在语言上，还体现在民俗上。阿尔布都的《补丁老婆儿》篇幅虽短，却具有东干民俗的历史内涵。主人公是一位老寿星，头发白得像用石灰刷过的一样，她是东干乡庄历史的见证人，谁家的根底她都知道。两位年轻人给她道了色俩目，还未报姓名，她就知道是谁家的孩子。年轻人感到惊奇，老婆说："你们问：'我认不得谁？'这个乡庄，我活了 87 岁，给谁家的衣裳上我没补过补丁？"这里的乡俗也兴给人起外号，东干人叫"吆字"。老婆给乡庄的人们衣裳补了一辈子补丁，得了个"补丁老婆"的吆字号。

中国长期的封建社会，形成了自给自足的自然经济，商品交换很少。一件衣服，要穿很长时间。中国西北农村就有"新三年，旧三年，缝缝补补再三年"的节俭传统。许多人家祖传的眼镜、瓷器（包括瓷碗、瓷茶壶）等也都是钉了补疤的。阿尔布都的小说《瓶》中，继父不小心，打破了祖传的花瓶，母亲气得病了一场。继父请来匠人想把花瓶钉好，就反映了这种民俗。东干人从晚清时迁移到中亚，也继承了这种传统。补丁老婆给人补了一辈子补丁，人们送她"补丁老婆"的外号。她说："我们的光阴上不知道是人俭省还是贫寒，还是布索缺少，一件衣裳成十年家穿呢。刚缝上，翻翻子穿，把里子穿脏；又正正子穿呢，这呢一烂，补的穿呢，补丁上擩补丁。直到家里的女人补不上，才往我跟前拿呢。一般的人们，把我那时称呼的是衣裳先生，衣裳的（病）重的很了，才奔往我来呢。"这一段话，透露了旧时东干农民补衣服的习俗，这种习俗在中国不知延续了多少年。补丁老婆解释，三种可能导致了这种风俗，不知道是节俭的原因，还是贫穷或布料缺少的原因。人们把补丁老婆称衣裳"先生","先生"是东干人对医生、大夫的另一种叫法。有时候也称识字人为先生。衣裳无法补补丁了,才找补丁老婆。小说不仅让我们见识了东干人早期的穿衣习俗,同时,还明白了当时的生产工具也是如此修补或租用。她说:"还遇过镰刀、翻镰、铁锹、坎特曼先生。这会儿的人光不是不信服,他们也不懂那样的事情。集体农庄没出来之前,有些有眼光的小买卖客多买下几个铁锹、翻镰、镰刀就搁下等着呢。谁想使唤这些家具,到他们跟前去租,出一个钱、两个钱。"可见东干人早期贫穷,曾租用过这种中国式的、俄罗斯式的及中亚式的生产工具,体现了物质文化上的多元特点。

从这篇小说可以看出,东干文化中不仅融入了俄罗斯与中亚其他民族的文化,尤其突出的是,它所反映的更是晚清的民俗。

(五)

在物质生产与生活上,东干人也具有不同于其他民族的习俗特点。苏尚洛讲到水稻的栽培与种植时说,水稻的种植推广是在 19 世纪 80 年代,那时由伊犁(伊宁)边境来的回族移民开始在楚河地区生产这种高产的农作物。将水稻耕种的技巧和经验带到七河地区,是中国回回移民的最大功绩。这是史学家记载的东干人对中亚种植推广水稻的贡献。作家在作品中,多次描述水稻种植与东干人的密切关系。阿尔布都的《英雄》中库尔斯克战地上的苏军官兵与东干英雄曼苏子·王阿洪诺夫的一段对话,说的是战士们饶有兴味地听东干人讲述种植水稻的经验。种植水稻在东干小说中多次出现,伊斯尔·舍穆子《马奈尔的脾气》中马旦子老汉曾是种植稻子的能手,卫国战争期间,他领导的生产队每公顷稻田能收获稻子 5000 公斤,曾荣获过国家颁发的勋章和劳动奖章。亚库甫·哈瓦佐夫的《账责》中,更将种水稻作为小说的中心事件来描写,东干乡庄年轻人拜克尔和妻子通宵挑选稻种。反法西斯战争爆发后,拜克尔上了前线,他的妻子代替丈夫种植水稻,获得高产,苏联政府授予她"劳动红旗勋章",作品还描写了东干人对水稻的深厚感情。阿尔布都的中篇小说《头一个农艺师》,则全力塑造了一个新型东干姑娘形象,其中一个重要情节便是姑娘成功地改良了水稻种植周期,提高了水稻产量。东干小说中的这些描写，实际上都是作家自觉的民族意识在创作中的体现。

经营菜园，种植蔬菜，是东干人区别于中亚其他民族的又一特点。2001—2002 年，笔者在吉尔吉斯斯坦期间，亲眼看到了这一点。东干人差不多主宰了首都比什凯克的蔬菜市场。每天清晨，载着新鲜蔬菜的小汽车从各个东干乡庄源源不断地开进城里。对不同的顾客，用不同的语言，一会儿用俄语，一会儿用吉尔吉斯语，一会儿用汉语卖菜。而东干菜农之间则用东干语交谈，当地其他民族的人自然听不懂他们说什么。东干小说《乡庄》中写苏来麻乃老汉被儿子接进城，住在鸽笼似的楼房，很不习惯。他便每天去农贸市场，那里有许多从自己的乡庄来城里卖蔬菜的回族同胞。这一细节是很真实的。因此，可以说，菜园成为东干小说的一个主要意象。《你不是也提目》《两棵树》《乡庄》等小说都写到菜园。《哈萨克斯坦百科全书》记载东干人长于经营菜园，制作粉条、醋等。中亚其他民族的韭菜、粉条等发音也是东干语（西北方言）。而"粉条子"的"条"（读"qiao"）则是陕西口音，当你听到中亚的俄罗斯人叫"粉条（qiao）"子，感到特别新鲜。因此，东干小说中关于种植蔬菜，经营菜园的描写，也是作家自觉的民族意识，是东干民俗在作品中的体现。

在东干人的文化、精神生活中，除了前面所论之外，还有一些值得一提的特点。在人的潜意识活动中，梦是神秘的。东干小说中关于梦的描写也具有东干民俗的特点。《账责》中拜克尔做了一个梦：梦见西边铺天盖地而来的狂风把小木屋顶像揭锅盖似的掀走了，远近许多屋子都被刮得七零八落，人们乱作一团。在狂风卷起的沙尘中，许多老人向着西边祷告，祈求安拉护佑。风又把稻秧连根拔起，漫天飘飞的都是稻秧子。梦醒后，一大清早，人们从收音机里听到了德国法西斯进攻苏联的消息。拜克尔喃喃地说，"我的噩梦不用解释了"，已经应验了。《寡妇》中沙里尔上前线牺牲后的多少年，他的妻子存姐和儿子在同一个晚上，都梦见他了。海彻儿解释，那是亡人回来了，给要乜贴的人要施舍。这些情节表明，圆梦（释梦）是东干民俗中常见的一种现象。十二相属，对于中国人来说，习以为常。而年轻人不会算相属，也无可无不可。但是东干人却把会不会依十二相属推算年龄，看作是继承民族传统的标志之一。苏尚洛的《中亚东干人的历史与文化》，将 1877 年牛年东干人迁居中亚后，一百多年来的十二相属表全部列出。阿尔布都的《老英雄的一点记想》中有这样一段情节：老英雄苏来曼·白阿訇说他是属虎的，叫年轻人算出他的年龄，把年轻人难住了。由此引出老人的一番感触："说实话，如今的年轻人，光把抓筷子，吃捞面学下了。把个家（自己）的好少好规程礼仪，都撂生掉了。"由生肖问题引发的议论，体现了东干老一代自觉的民族意识。而民俗风尚、文化传统正是民族意识的表现。

五　白掌柜的小说创作

在国内东干文学研究中，对十娃子与阿尔布都这两位东干文学中最重要的作家研究较多。除此之外，也有十四儿和伊玛佐夫的专论，但对其他东干作家的研究就很少了。对于东干文学研究，既需要点上的深入开掘，也需要有面上的扩展。东干作家白掌柜的，目前尚无专门研究的论文，笔者拟从其原始的东干文小说入手，以确定作家在东干文学创作中的地位。在儿童文学创作上，他以喜剧色彩见长，善于刻画儿童心理，突出儿童认知活动的实践性；在东干乡庄日常生活小说创作上，从人性角度切入，既有平凡而伟大的母亲形象的塑造，又有生活烦恼的淋漓尽致的描写。作品显示出鲜明的东干民族性特征。

（一）白掌柜的小说的意义

白掌柜的全名为尔萨·努洛维奇·白掌柜的（1920—2009），中国读者听到这个名字，都会发出会心的笑声，觉得既熟悉，又怪怪的，这是因为东干人的姓名也负载了复杂的文化意义。从中国迁徙到中亚，登记姓名，要按俄罗斯人的习惯，姓名由三部分组成，一般顺序为：名字、父称、姓。吉尔吉斯斯坦广播电视台东干编辑叫老三诺夫，一听就很有意思，在排行老三后面加个诺夫（女的可以加诺娃），成为姓名的一部分。而东干人真正的姓则是另一回事，如伊玛佐夫姓黑，曼苏洛娃姓马。白掌柜的出生在哈萨克斯坦最大的东干"陕西村"营盘（后来改名叫马三成）一个贫困农民家庭。营盘是清朝陕甘回民起义失败后迁徙地的名称，带有起义军驻地的色彩，马三成是东干骑兵团的缔造者，连村庄的名字都赋予了历史文化意义。母亲是孩子的第一位老师，对孩子影响最大。作家的母亲从外貌上看，是一个美丽的东干妇女，为人真诚、热情，从不高声训斥孩子，对孩子总是充满爱抚与耐心。她在32 岁时就死于饥饿，但是她却像遥远的星星，一直照耀着白掌柜的。由于乡庄缺少教师，白掌柜的 9 岁才上学读书，13 岁考入阿拉木图师范学校，17 岁回乡任教。1940 年参军，奔赴卫国战争前线，战争胜利后，他回乡继续任教，长期担任东干语言文学教学工作。白掌柜的不同于一般的教书匠，除了教书，还从事文学创作。每当进入创作状态，他便会感觉到自己生活在奇异的精神世界里。他的主要作品现已结集为《公道》（1977 年）①、《遇面》（3 人合集，1986 年）②、《望想》（1999 年）③，就在他去世前的那一段时间，还曾刊印过他的作品《指望》（2008 年）④，选录了小说、诗歌、猜话（谜语）、笑话及教育方面的文章。

如何为白掌柜的定位，他在东干文化建设与文学创作上具有怎样的地位？下文简要论述。

首先，他是东干语言的继承者与捍卫者。对东干人来说，语言是他们"民族赖以独立生存而不被周围民族同化的保障"，是他们与历史故国情感"联结的纽带"⑤。东干第一批移民几乎都是农民，不识汉字，只会讲西北方言。第一代东干学者十娃子、杨善新等在苏联汉学家龙果夫等人的帮助下，借助 33 个俄文字母，外加自造的 5 个新字母来拼写

---

① 白掌柜的：《公道》，米克捷普出版社 1977 年版。
② 白掌柜的、曼苏洛娃、舍穆子：《遇面》，米克捷普出版社 1986 年版。
③ 白掌柜的：《望想》，比什凯克 1999 年版。
④ 白掌柜的：《指望》，比什凯克 2008 年版。
⑤ 常文昌、高亚斌：《东干文学中的"乡庄"世界及其文化意蕴探析》，《北方民族大学学报》2010 年第 4 期。

汉字，创制了拼音文字，为东干语言文学及文化的发展铺平了道路。

在具体措施上，一是创办东干报刊，二是编写东干语言文学教科书，普及东干文，培养骨干队伍。这两者又相辅相成。白掌柜的以强烈的民族责任感投入了东干语言教学工作，同时又关注东干语言的发展趋向。他写过一篇题为《把自己的语言看守好》，批评东干协会近几年举行的几个大会，都用俄语发言，这是不对的，应该拿"亲娘语言"东干话交流。他还批评了《回民报》（东干报，前身为《十月的旗》），该报过去一半文章拿东干语写，一半用俄语，而现在拿东干语写的文章越来越少。白掌柜的将东干语提升到作为东干民族重要标志的高度，让东干人牢牢记住："父母语言——亲娘言，一切回族贪心念。没有语言没民族，规程、文化带乡俗。"尽管世界上有的民族有自己的语言，有的没有自己的语言，而白掌柜的则坚守民族语言绝不能丢掉，并为此守候了一生。

其次，他是位很有特点的东干作家。作为第二代东干作家，白掌柜的受东干书面文学奠基人十娃子的影响，开始小说创作，他的第一篇短篇小说《围裙》就是在十娃子的影响下写成的。十娃子的贡献主要在诗歌方面，而著名东干小说家阿尔布都则是白掌柜的小说创作的"教父"，[①] 对他影响更大。在东干小说创作的坐标中，白掌柜的之贡献首先体现在儿童文学创作上，可以说，他与伊玛佐夫、曼苏洛娃三足鼎立，成为东干儿童文学创作的三位主要作家，但三位都不仅仅局限在儿童文学创作领域。白掌柜的执教于东干学校，对儿童教育有更深的思考，其反映少年儿童生活、学习及心理的作品带有喜剧色彩，能自成一格。同时又具有东干民族特点，能于细微处见精神。其次，白掌柜的反映成人生活的作品在东干文学中也有与众不同之处，他参加过卫国战争，受苏联战争文学影响，从人性的角度写出了《盼望》等具有代表性的作品，塑造了东干母亲的动人形象。他的绝大多数作品避开了宏大的政治叙事，可以归入生活小说，某些作品接近我国新时期出现的反映

---

① 白掌柜的：《指望》，比什凯克 2008 年版，第 4 页。

生活烦恼的新写实小说。定居中亚的东干族，分为"甘肃村"和"陕西村"，宁夏曾属甘肃管辖，甘肃村也包括了宁夏。由于东干文化人多为甘肃村人，因而其书面语言，包括报刊、广播、语言文学都以甘肃话为标准，加之东干作家大多出生于甘肃村，因此语音和词汇基本上是甘肃话。尽管陕甘方言差别不大，但还是有一些区别的。白掌柜的小说的意义，还在于他的创作中又融入了陕西方言的成分。

（二）白掌柜的的儿童文学

白掌柜的儿童文学的一个重要特点是富于喜剧性。一般认为，儿童文学就是快乐的文学，其审美效应在于作品的喜剧性。东干作家善于发现儿童天性中的喜剧性因素，并将其提升为喜剧艺术，读来别有一种情趣。由妈妈话题出发，东干作家创作了一系列动人的儿童喜剧作品。人生都离不开妈妈，儿童会说的第一个词便是妈妈，对于尚无独立生活能力的儿童来说，妈妈更是须臾不能离开。伊玛佐夫的《妈妈》主人公叫李娃儿，他看见奶奶家一群刚刚孵化出来的鸡雏没有妈妈，心里十分着急。奶奶告诉他，这是马世那（俄语：机器）孵出来的。李娃儿便找了一个鸽子给小鸡当妈妈，鸽子呼唤小鸡吃食、饮水，小鸡钻到鸽子翅膀底下取暖，后来鸽子也就成了小鸡名副其实的妈妈。这可以说是东干儿童文学中的赞美性喜剧。而白掌柜的小说《谁的妈妈好?》则是一篇幽默喜剧作品，字里行间透露着童趣。作品中两个小主人公是邻居，他们在一起议论着自己的妈妈。一个说，我的妈妈是顶不好的妈妈，害怕我跑远处去，凡常把我看得很紧。另一个说，那算什么，我的妈妈才是顶不好的妈妈，我跟娃们玩的功夫大，她就骂我。两人争持不下，后来决定互换妈妈。这完全是儿童天真幼稚的想象。当他们迈步走到对方的家门口时，已经开始动摇了，甚至没有勇气去按门铃。可是话已经说出去了，就不能收回。到了对方家里，对方妈妈说，我问问你妈，同意不同意互换。这时候，孩子多么希望妈妈不同意互换，叫他快快回家。可是询问的结果是，妈妈不要不听话的孩子了，叫给别人当儿子去。最后小主人公们后悔了，他们像一股风一样，拔腿就往家里跑，到家见了妈妈后，差点儿哭出来，抱住妈妈亲了又亲，说你是顶好的妈妈……第二天，两位小主人公又走到一起，此时他们都说自己的妈妈是顶好的妈妈，而且为此又争执不下。小说想象奇特，主人公从现实世界进入想象世界，经过亲历体验后，又从想象世界重新回到现实世界，这才认识了世上只有妈妈好的真理。这部作品无论是从艺术构思还是教育意义来看，都是儿童文学中的上乘之作。

　　怜恤、抚养也提目（孤儿）是东干文学"常见的主题"①，如曼苏洛娃的《你不是也提目》便是这方面的代表性作品。《古兰经》反复强调要抚养孤儿，不仅要求人们善待孤儿，对保护孤儿的财产也作了具体的规定。因此，这类作品带有伊斯兰文化的特点。白掌柜的儿童小说中涉及怜惜动物孤儿的有《也提目羊羔》和《猫娃子》，后者是一篇带有喜剧性的作品。《猫娃子》中主人公阿丹，看见一只没有妈妈的也提目猫娃子，连路都走不稳，冷得浑身打颤，别的小朋友都不敢带回家去，阿丹决心说服父母，收留猫娃子。父母同意了，阿丹把这只灰色猫娃带到自己房间里用牛奶喂养。第二天，阿丹又捉回一个黄色的猫娃，害怕父母看见，偷偷藏在自己房间里。过了几天，又捉回一个黑色猫娃。后来父亲突然发现，从儿子房间里一会儿跑出来一个黄色猫娃，一会儿又跑出来一个黑色猫娃，他明明记得儿子带回的猫娃是灰色的，感到十分蹊跷，以为自己眼睛出了毛病……阿丹说了实话，父母也并没有反对。这篇赞美性喜剧作品肯定了东干儿童的善良品性，同时将东干人怜惜孤儿之情延伸到动物身上，使儿童文学带上了民族性特征。

　　善于刻画儿童心理，是白掌柜的儿童小说的又一特点，其《男人的活》便是这方面的代表作品。被白掌柜的尊为文学"教父"的阿尔布都，写儿童生活的《丫头儿》，颇为精彩。小说主人公是一个女孩，由于父母没有男孩，给丫头取了个男孩名字叫穆萨，并让她穿男孩衣服和男孩一起玩耍。因为她生性柔弱，男孩子们看不起她。可是在喂养也提目鸟儿这件事上，她的善良与勤奋却赢得了小朋友的一致赞许。《男

---

① 常立霓：《东干文学与伊斯兰文化》，《北方民族大学学报》2010 年第 4 期。

人的活》可谓汲取了《丫头儿》的精髓，也是匠心独运。主人公叫巴世尔，老是希望做一件顶难的事，可是妈妈通常总是给他派女人的活：洗碗，打折房子，在铺子买馍馍、称糖等，可他是男子汉，总想干一宗男人干的活，从而显示自己的本事。他的堂妹拉比尔从城里来，妈妈没有叫他到火车站拿行李，巴世尔哭了，因为拿行李才是男人的活。一次，拉比尔撕住他的衣领，他不还手，告诉妹妹，我跟你不打架，我是儿娃子，你是丫头，明白了吗？爸爸带他们去湖上玩，巴世尔不会划船，拉比尔却会；巴世尔怕妹妹呛水，没有想到拉比尔还会游泳，比自己更胜一筹，羞得巴世尔无地自容。拉比尔回城时，巴世尔得到了爸爸妈妈的支持，让他将行李扛到火车站，干了男人干的活，拉比尔也夸他是男子汉。小说的心理刻画十分细腻，主人公虽然也多少有点大男子主义思想，但孩子渴望像成人一样独立，又是合乎情理的，作品的喜剧性与幽默感，给人以阅读的快感。

不同于伊玛佐夫和曼苏洛娃，白掌柜的儿童小说特别注重儿童认知活动的实践性。他是教育工作者，因而他的文学创作也体现了苏联时期重实践的教育思想。其作品《学生农艺师》和《账算学》（数学）便是这方面的代表。在东干文学中，农艺师比工程师更受人关注，如阿尔布都的著名中篇小说《头一个农艺师》，塑造了一个全新的东干姑娘——农艺师的艺术形象。东干人以种植水稻和蔬菜闻名，所以农艺师就显得更为重要。白掌柜的儿童小说《学生农艺师》中的小主人公萨里尔才七岁，爸爸是农艺师，他的志向也是长大后要当农艺师。为此，爸爸给了他一小块土地，要他在念好书的同时，学做农艺师。萨里尔在爸爸的指导下，在地里种了麦子，经历了从种到收的全过程。第二年，萨里尔独立种植，获得了更大的成功，他的麦子因颗粒饱满而成为集体农庄的麦种，并被命名为"萨里尔"种子。从此主人公学习与实践的劲头更大了，中学毕业后，他顺利地考上了莫斯科季米里亚捷夫农学院。注重儿童实践活动的作品还有《账算学》等。《账算学》写小学生哈尔给数学很差，考试得了 2 分，老师家访后，哈尔给作了保证，下决心要好好念书。过后，又不用功了，因为他觉得念书太难。哈尔给想开汽车，为此他天天去汽车站，正好那里有他认识的一个司机。他彻底不想念书了，只想长大当个司机。司机带他去跑车，下坡时司机关了发动机……让哈尔给算出今天省了多少汽油，用这些汽油能多跑多少路，并告诉他，不会数学就当不了司机。哈尔给追悔莫及，从此他又开始念书并用功学习数学。小说通过实践环节，使后进儿童的思想发生了转变。

白掌柜的儿童小说不仅通过喜剧情境展示了儿童天真纯洁的内心世界，同时还提出了儿童教育中值得注意的问题：除了加强实践活动外，还要正确引导儿童克服不良习惯，如《娃娃不兴惯》就是这方面的作品，作家提醒家长，对孩子不要娇生惯养。因此，其作品的思想性和艺术性都值得借鉴。

（三）白掌柜的的乡庄小说

白掌柜的在创作上，不限于儿童文学，他还发表了有关东干乡庄日常生活的一系列小说。总括起来，这类小说，主要有以下两方面的特点：

首先，在东干文学的人物画廊里，白掌柜的为我们增添了平凡而伟大的东干母亲形象，如他的短篇小说《盼望》，便是这方面的代表性作品。杨峰选译了东干小说中具有代表性的作品，虽然只选了白掌柜的一篇小说《盼望》[①]，可见其对这篇作品的认可和推崇。卫国战争是苏联各民族包括东干族所经历的最伟大的历史事件，东干人为此付出了巨大的牺牲，当时不到 3 万人的小民族，牺牲在前线的青年近 2000 人[②]。中亚最大城市塔什干广场上建有烈士亭，里面有卫国战争烈士的名册和一位饱经风霜的母亲的雕塑，旁边是永不熄灭的火焰，这种设计的象征意义令人回味无穷。《盼望》中的东干母亲叫阿依舍，丈夫死得早，她含辛茹苦地把三个儿子抚养大。卫国战争开始后，三个儿子陆续上了前线，不久收到大儿子的阵亡通知书，她悲痛欲绝，希望大儿子的死能换来另外两个儿子的平安。可是事与愿违，后来又接到二儿子的阵亡通知书，阿依舍像换了一个人，苍老了许多。她把唯一的希望寄托在小儿子身上，希望他能活着回来。许久没有

---

① 十娃子、阿尔布都等：《盼望》，杨峰译，新疆人民出版社 1996 年版。
② 王国杰：《中亚东干族与苏联卫国战争》，《东欧中亚研究》1997 年第 4 期。

收到小儿子的信了，她焦急地等待着。柏林攻克了，战争胜利了，每天都有从前线回来的军人，但是她的儿子仍然没有消息。一个月过去了，一年过去了，儿子还没有回来。人们安慰她，小儿子会回来的。因为她没有收到小儿子的阵亡通知书，她还有一线希望。小说直到结尾，阿依舍还伫立在那里眺望，希望儿子能突然出现在她面前……阿依舍是个坚强的深明大义的东干母亲形象，在她身上体现了东干民族的精神和灵魂。作者没有正面描写战争，只写战争在东干母亲心灵中投下的阴影，使作品具有了悲剧的美学意义。这篇小说可能是受艾特玛托夫的影响，艾特玛托夫是吉尔吉斯斯坦作家，曾担任过苏联作协书记，已被公认为世界级文学大师，他的《母亲——大地》中的母亲托尔戈娜依，卫国战争中把丈夫和三个儿子先后送上了战场，但没有一个能活着回来。虽受到一连串的打击，但母亲没有倒下去，她是高于一切的大写的人。白掌柜的在小说《盼望》中也情不自禁地赞叹道，母亲是一个多么神圣而又骄傲的字眼，世上有多少无私的爱、伟大的情，都凝聚在母亲这个字眼里。由此可以窥见东干文学与所在国主流文学的关系。

其次，东干小说中描写日常生活的作品居多，而白掌柜的早期的部分作品却能独辟蹊径，别具风格，如《多谢你的好心肠哩》《兔皮帽子》等，这些作品结集于1977年出版的《公道》，早于我国新写实小说十几年，二者没有任何联系，但在反映生活的原生态上，以细节的真实再现普通人的生活烦恼，与新写实小说有某些相似之处。白掌柜的生活小说多半从一件小事入手，通过横切面来反映生活。《多谢你的好心肠哩》采用第一人称叙事视角讲述主人公风衣旧了，朋友们劝他买一件新的，他嫌没有可身的，托朋友找了一个认识的裁缝去做。布料交给裁缝后，裁缝要他一个月后来试穿。一个月就一个月吧，反正不等穿。一个月后，他去拿风衣，裁缝说，再等一个星期。一星期后，裁缝说再等3天，3天后又说纽扣配不上，再等一两天，两天后又说这样的纽扣我们这儿还没有，明天再看。此后天天去，天天回答到明天。主人公实在没有办法了，把料子拿回来吧，已经剪了。满肚子的窝憋没法说。朋友劝他给裁缝送礼物，他说送礼物办不到，多半辈子没有干过这样的事。于是主人公在信封里装了东西送给裁缝，裁缝很快将信封放进抽屉里，给了他风衣。可信封里装的不是钱，而是信纸，主人公在上面写了一句话："感谢你的好心肠，涅节里（俄语，没有生过牛犊的小母牛）!"做一件风衣让人如此烦恼，而东干人却又如此的硬气，始终没有低头。《兔皮帽子》，写家庭日常生活中的一件小事：主人公看见铺子里卖女人帽子，想给妻子买一顶，可是店铺里人围得水泄不通。他回家告诉了妻子，妻子听说女人们都在争购兔皮帽子，她埋怨丈夫为什么不把队排上？要不到明天女人们都戴兔皮帽子，唯独她就像老太婆顶个盖头。第二天早晨，铺子还未开门，丈夫又去排队，直排到中午，又饿又困，折腾了一天，兔皮帽子仍没买上。妻子骂他是个废物，为此丈夫一个晚上都未能睡好觉。后来，他又排队去买帽子，排队排了第一名，挤来挤去，晕过去了。在医院里他被抢救过来，医生得知缘由后，将自己妻子的兔皮帽子转让给了他的妻子。为了一顶兔皮帽子，不知费了多少周折。可是没过几天，他的妻子把兔皮帽子连看都不看一眼，又去追赶新的潮流——要买顶狐皮帽子……以上两篇小说淋漓尽致地反映了日常生活的烦恼，同时又从一个侧面含蓄地批判了人性的弱点。

白掌柜的小说创作并不平衡，有的作品略嫌平平。尽管如此，他对东干文学的贡献是毋庸置疑的。

六　东干文学中的"乡庄"世界及其文化意蕴①

东干人在哈萨克斯坦、吉尔吉斯斯坦、乌兹别克斯坦等国建立了大大小小 30 多个东干村庄（称为"乡庄"）。东干乡庄沿袭了中国农民传统的农耕生产方式和经商的生活方式，也保留了回族人的宗教信仰和风俗习惯，更重要的是，他们也把中国西北民间文化带到了中亚，使乡庄成为了民族文化的堡垒，形成了一个迥异于周围其他民族文化的东干民

---

① 此文为博士研究生高亚斌副教授撰写。

族文化圈。在东干文学中，绝大多数作品都以"乡庄"为题材，"乡庄"几乎成了每个东干作家书写的文学母题，他们共同构筑了一个具有丰富文化意蕴的"乡庄"世界。东干"乡庄"文化是一种典型的农耕文化。东干人常说："金旮旯，银旮旯，不迭（如）自己的穷旮旯。"说明了眷恋乡庄、思念乡庄是东干人民普遍的故土情结。在东干文学中，"乡庄"既是一个地理空间和生存状态上的存在，又是作为民族文化和精神家园的存在，是一个重要的文化意象和文学题材。如东干曲子（民歌）《花瓶》（X. 拉阿洪诺夫作词，E. 伊斯玛依洛夫作曲）、诗歌《营盘》（亚斯尔·十娃子著）、小说《乡庄》（尤苏尔·老马著）等著名的文学作品，可以并称为东干文学中恋乡的"三绝"，是东干"乡庄"文学的代表之作。

（一）乡庄作为地理空间和生存状态的存在

首先，在东干文学中，"乡庄"是一种地理空间和生存状态上的存在。据历史学家考证，在东干民族的形成过程中，中国回族大规模移民中亚地区，主要有两次，一次是 1862—1877 年发生的清代回民起义，大批难民进入俄境；一次是 1881 年中俄签订《伊犁条约》，把伊犁河以西和霍尔果斯河以西、伊犁河南北两岸的大片领土割让给俄国，条约规定："伊犁居民，或愿仍居中国原处为中国民，或愿迁居俄国入俄籍者，均听其便。"使部分回族人被划入了中亚。经过两次大规模的移民活动，中亚东干民族基本形成了。

最初移民到中亚的东干人只有 1.5 万人，主要是中国西北甘肃和陕西两省的回民，他们重点分布在俄属突厥斯坦总督区内，并且大部分集中在七河州的楚河流域，在这里形成了大大小小的东干族"乡庄"，比较大的有阿历克山德罗夫斯克乡庄（东干人又叫"梢葫芦"）、米粮川、马三成乡（原先叫卡拉库努孜，后以东干族英雄马革子·马三成命名）、绍尔秋别（东干人又叫"新渠"、"新区"）等，其中以阿历克山德罗夫斯克乡庄最大。

跟其他国家地区的移民一样，东干人的移民活动也具有"拓荒"的特点，即具有开发当地自然资源、促进当地经济发展的历史作用。东干人初入中亚的时候，当地还基本上没有得到开发，比如托克马克市附近的马三成乡（营盘），当时还是一片荒滩，东干人用辛勤的劳动把它建设成了自己的家园。距比什凯克以东20公里处的米粮川乡庄，土地平坦，并且有楚河水可用于灌溉，适于农耕，但在东干人进入中亚之前，它还是一片未开垦的处女地。东干民歌《过国家》，就反映了东干人早期拓荒的艰难："皮斯该（比什凯克）走梢葫芦过的是一站，/路上尽是荒草滩，/麻雀起群飞上了天，/来到梢葫芦挂轱辘有大滩。……浪了一转转了回还，/皮斯该的上山里荒草滩。/黄长虫连（跟）黄蟒一般，/女人看见头绳打战，/娃娃看见连哭带喊。"①

经过东干人的开发劳动，这一带的经济逐渐发展起来了，像前面提到的米粮川，很快就成了东干人的主要产粮区，陕西籍东干人用自己家乡常用作地名的"米粮川"给它命名，并且在歌里唱道："米粮川，俊春天，你就是我的大花园。老远把你就看见，好像一个大花园……"正是由于东干人民通过艰辛的劳动与创业，亲手建造了自己的家园，所以他们对于乡庄是很有感情的，把它看作自己真正的家园、他们的根。东干著名诗人亚斯尔·十娃子写过很多歌唱"乡庄"的诗歌，如《梢葫芦》《营盘》《我去不下》等，在《我的乡庄》里他写道："人都说的：——梢葫芦（诗人家乡）/又脏，又囊（泥泞）！/谁都不去，站不住，/有多心慌！/可是我总不信服。/这个大乡/凡常（经常）揽络我得哩，/就像亲娘。她的怀里我焐了/整六十年，/一点儿都没心慌，/也没泼烦（烦躁）。/四季（经常）太阳照得呢，/给我洒光，/月亮给我笑得呢，/就像姑娘。"在《营盘》里，诗人更是反复吟唱："在营盘生养哩，营盘呢长，/在营盘呢我跑哩，连风一样。/营盘里的一切滩，一切草上，/都有我的脚踪呢，我咋不想？"这些诗歌，表达了东干人民共同的心声，体现了他们热爱家乡的诚挚感情。

东干人移居中亚之后，也把他们农耕的生产方式带到了中亚，乡庄是东干人生产方式和生存模式的大本营。在中亚，最早种植水稻的是东

---

① 丁宏：《东干文化研究》，中央民族大学出版社1999年版，第188页。

干人，他们同时还种植蒜、葱、韭菜、辣椒、萝卜、茄子、白菜、西瓜等蔬菜，使东干乡庄成为中亚地区独具特色的农业区域。正如当地人所说的："东干人的祖辈把中国的农业耕作技术和蔬菜种植技术带到了中亚，提高了当地的农业发展水平。"① 在东干人初到中亚时就有人写道："东干人的菜地和果园非常漂亮，在果园里能够看到桃树、苹果树、梨树和其他水果树，菜园里有丰富的南方蔬菜，如茄子、辣椒、西瓜和鲜艳的罂粟花。"② 关于这一点，在东干作家的作品中也能够得到体现。阿尔布都的小说《英雄》、亚库甫·哈瓦佐夫的小说《账责》、伊斯玛子·舍穆子的小说《马奈儿的脾气》等，都描写了东干人种植水稻的情形；在诗人十娃子的诗里不止一次地提到"我爷的韭"、"我爷的蒜"，都能够反映出东干乡庄的农业特色。另外，东干人还继承了中国回族人善于经商的特点，"东干醋"（或称"中国醋"）、粉条等传统制作工艺也成为东干人的特色商品，在《过国家》里他们唱道："往东看营盘里的山，/陕西人买卖做得欢。/一个听（哈萨克货币单位）卖萝卜好价钱，/两个听韭菜不敢多赚。"反映了东干乡庄商业的兴盛。

除了带来农耕民族的生产方式之外，东干人还把中国回族的宗教信仰带到了当地。他们在乡庄修建了许多伊斯兰教清真寺（每个乡庄里至少有一座清真寺），便于他们举行宗教仪式等，宗教生活成为他们社会生活和精神世界的一个重要方面。宗教信仰是一个民族文化的重要组成部分，东干人对宗教信仰的坚守，实际上也是对民族文化的坚守，表现了他们对文化母国的强烈"情结"。在东干民族的感情世界和集体意识里，始终凝聚着两个情结：一个是阿拉伯情结，一个是中国情结。中国情结指向的是中国传统文化，而阿拉伯情结指向的则是伊斯兰宗教文化，二者共同构成了东干人的文化心理和价值取向。

东干作家通过文学作品反映自己的生活、描写自己的乡庄，如尤苏尔·老马、尔沙·白掌柜的、阿尔布都等人的小说，亚斯尔·十娃子、伊斯哈尔·十四儿等人的诗歌，还有伊玛佐夫、苏三洛等人的散文。这

① ［吉］拉希德·尤素波夫：《中亚东干人》，丁宏译，《回族研究》1996 年第 4 期。
② 丁宏：《东干文化研究》，中央民族大学出版社 1999 年版，第 109 页。

些文学作品大都以乡庄生活为背景，反映了不同时期回族人民的生活及他们的风俗习惯。如描写战争年代的小说《相好的劲张》（尤苏尔·老马）、《寡妇》（亚库甫·马米耶佐夫）、《妈妈的指望》（尔沙·白掌柜的）、《账责》（亚库甫·哈瓦佐夫）等，都体现了战争时期东干人的苦难生活：战士们在前线流血牺牲，乡庄里的父老乡亲盼着亲人归来，望眼欲穿。而《乡庄》（尤苏尔·老马）、《马奈尔的脾气》（伊斯玛子·舍穆子），以及阿尔布都的大量小说，如《头一个农艺师》《都但是麦姐儿……》等，则表现了乡庄人民当下的生存状态，尤其是《乡庄》里那位"整日乐滋滋的，在每天五次'乃麻子'（礼拜）以外的其他时间里大都带着重孙到处转悠"的苏来麻乃老汉，可以说是"乡庄"精神的"形象代言人"，是形象化了的乡庄灵魂，表露了东干乡庄人民"充满劳绩"而又"诗意栖居"的生存状态。另外，伊玛佐夫的散文《童心里的青山绿水》、苏三洛的散文《在祖先的土地上》等，都是对乡庄的纯朴恋歌和深情礼赞。

（二）"乡庄"作为民族文化的存在

南帆曾经指出："乡村不仅是一个地理空间，生态空间；至少在文学史上，乡村同时是一个独特的文化空间。"① "文学关心的是这个文化空间如何决定人们的命运、性格以及体验生命的特征。"② 对于东干人来说，"乡庄"不是普通意义上的"乡村"，它是中亚多民族区域的华侨集中地，类似于世界各地的华人区或"唐人街"。乡庄的东干民族，其语言、服饰和生活习惯也都与中国人相同，是东干文化氛围较为浓厚的文化圈；在乡庄，中国文化在这里得到了很好的存留和传承。相比而言，城市能体现中亚多民族混合杂居的格局，在那里东干人居住得比较分散，是东干文化气息较为淡薄的文化圈。因而在东干文学里，乡庄不只是一种地理空间意义上的存在，它更是一种民族文化形态的存在，是中国文化在中亚的外延。

首先，东干乡庄作为一种文化存在形态的显著特征之一就是它的语

① 南帆：《启蒙与大地崇拜：文学的乡村》，《文学评论》2005 年第 1 期。
② 同上。

言。语言文字是文化的重要载体，"语言文字就像一面镜子，它清晰地反映着一个民族的各种观念、习俗和信仰。"① 东干民族很重视自己的民族文化，这首先可以从他们对待语言的态度上体现出来。东干民族作为中国西北回族的后裔，使用的语言是甘肃、陕西一带的方言，但由于它是一个域外跨境民族，处在多元文化语境中，所以东干人的语言也受到了影响，增加了俄语、波斯语、突厥语、维吾尔语、哈萨克语等不同语言的词汇，还学会了其他民族的语言，出现了语言上的"双语现象"或"多语现象"。相对而言，使用其他语言是融入周围多民族环境的需要，东干人更注重自己本民族的语言，把它视为民族文化的"根"。

东干作家尤苏尔·老马有一篇以《乡庄》为题的小说，小说的主人公苏来麻乃老汉是乡庄里的普通农民，他的儿子和儿媳都在城里工作，两个小孙子很少来乡庄，所以对乡庄很不熟悉，也疏远了感情，连东干族人的话都不会说了，这令苏来麻乃老汉很是不安和焦虑。他指责儿子和儿媳不该忘了自己民族的语言和风俗习惯，"你们都是有知识的人，应懂得这个道理，丢失了本民族的语言可不是小事情，这是对后代的犯罪，是永远难以弥补的损失"，"因为这是我们的根，是先人留给我们的最珍贵的财富"。苏来麻乃老汉让两个孙子经常来乡庄，学习东干人的语言和习俗，还让大孙子在乡庄里娶了妻子，安家落户。这样，他们的民族文化在下一代身上得到了很好的传承，"不论谁碰上这位成天喜上眉梢的老汉，都在心里为他祝福，因为它的根，在这里没有断。"小说形象地反映了传统习俗和语言文字对于一个民族的重大意义，一旦失去了本民族的语言，作为一个民族的许多特有属性也就失去了依附，正如索绪尔所说的："在很大程度上，构成民族的也正是语言。"② 对于东干人来说，语言更是他们民族赖以独立存在而不被周围民族同化的保障，是他们与自己文化母国——中国联结的精神纽带。难怪白掌柜的在《把自己的语言不能忘掉》一文中说道："不知道自己亲娘语言的人，不是老回回。"他还用诗歌的形式写道："父母语言——

① 王国杰：《中亚东干族的方言特点》，《俄罗斯中亚东欧研究》2005 年第 6 期。
② 索绪尔：《普通语言学教程》，商务印书馆 1980 年版，第 53 页。

亲娘言，一切回族贪心念，没有语言没民族，文化规程带乡俗。"① 体现了东干人对民族语言的高度重视。

东干人对自己的语言和民族文化非常重视，还体现在他们的教育体制里。在东干人开办的学校里，有专门开设的东干语课程。吉尔吉斯教育部制定的教学计划里有关于东干语言的说明："回族是东方文明民人们（人民）中间的一个民族。他有祖祖辈辈几百年间遗留下的好规程带（及）礼仪，文学带艺术呢，医学带人文学呢。……因此（因为）是它们（指文化遗产）就在父母语言里头存下的呢。"② 由于语言是文化的重要载体，它是文学乃至整个文化的活的艺术宝库，因此，在一定意义上，保存语言就是保存一种文化。为了把口头的语言转化为书面语言，20 世纪 30 年代，在苏联学者的帮助下，东干人创制了自己的文字，并开始尝试用于文学创作，取得了很大的成功，标志着东干文学作为一种独立的文学形态已经形成，并成为民族文化记录和传播的工具。

其次，东干乡庄文化的另一个方面是它的伊斯兰宗教文化。东干人信奉伊斯兰教，这种信仰不但体现在他们的思想观念中，也体现在他们的日常生活里，"在东干人中，伊斯兰教不仅仅是一种精神信仰，它渗透到世俗生活的各个方面，形成风格独特的东干族文化模式。"③ 在东干文学中，对于他们宗教习俗的描写俯拾皆是。

此外，"风俗是一个民族集体创作的生活抒情诗"④，东干"乡庄"保存了中国西北回族人民的生活习俗。东干文学中大量关于东干民俗的描写，在这类描写中，婚俗描写是其中的重头戏。东干口歌（谚语）里说："丫头十岁，收拾零碎"，东干人对儿女的谈婚论嫁非常重视，过去他们严格履行"父母之命，媒妁之言"的原则，因而也制造了不少爱情婚姻的悲剧，这在东干文学里时有反映。如尔里·阿尔布都的著

① 尔沙·白掌柜的：《把自己的语言不能忘掉》，《东干》2003 年第 3 期。
② 吉尔吉斯教育部：《回族语言及文学教学计划》，比什凯克 1992 年版。
③ 丁宏：《东干文化研究》，中央民族大学出版社 1999 年版，第 31 页。
④ 汪曾祺：《大淖记事是怎样写出来的?》，《读书》1982 年第 8 期。

名小说《三娃尔连莎燕》中，写母亲从小就教莎燕学会绣花、做饭和操持家务，并且很早就开始给女儿准备结婚的嫁妆。可是由于三娃尔与莎燕的家庭门第差别悬殊，因而他们的爱情遭到了莎燕父母的反对，最后莎燕被迫自杀……三娃尔从坟墓里取出莎燕的尸体，自杀后与她合葬在一起，演绎了一幕"梁山伯与祝英台"式的爱情悲剧。在他的另一篇小说《都但是麦姐儿……》里，描写了东干人婚俗中送彩礼、迎娶，还有邀请阿訇、乡老等宗教人士参加婚礼的习俗，这些都和中国回族人民的习俗没有什么两样，非常真实生动地反映出了东干人对婚俗的讲究。小说还描写了过去东干人男女婚前不能见面的习俗。傲慢无礼的舍富尔由于不尊重东干传统婚俗，他们的包办婚姻遭到了倔强的麦姐儿的拒绝，由此引发了一场轩然大波。丧葬风俗也是东干乡庄另一个重要的民俗。东干人对于丧葬仪式非常重视，按东干习俗，在人去世后要洗"埋体"（遗体），请阿訇来念经，举行葬礼时全乡庄的人都要参加，葬后死者的亲属还要替死者守坟等。东干文学中涉及丧葬仪式的作品有很多，此类民俗描写的作品构成了东干文学中一个重要的文化因素。

此外，在东干乡庄普遍传唱的"少年曲子"，是中国西北的民歌"花儿"（或称"少年"）。如十娃子在其诗歌《我还见呢》中写道："总没听过'少年'歌儿，/亲爱的音，/五更翅儿也没喊我，/天天早晨。/也没闻过韭菜味，/我爷的蒜。"把"少年"、"歌儿"、"五更翅儿"（夜莺）、"韭菜"、"蒜"这些富有中国特征的意象并置在一起，充分表现了东干乡庄的中国文化特色。

值得指出的是，东干乡庄文化是一种民族文化，它的核心是中国回族文化，但也受到了周围其他民族文化的影响和渗透，如吸收了哈萨克、吉尔吉斯、维吾尔等民族尤其是俄罗斯族的一些文化成分。比如他们穿维吾尔、塔吉克人的袷袢，也穿俄罗斯人的衬衫；吃饭时既用筷子，又用俄罗斯人的餐叉。另外，伊斯兰宗教文化也是东干文化的重要组成部分，表现出他们对文化母国的强烈"情结"，这种情结包括中国情结与阿拉伯情结，并且，这两者在一定程度上是相互融合的。如东干人只信仰真主，但也会像汉族人一样求雨：全乡庄的人集体到有泉水的地方，请阿訇念经，并以牛头、羊头"祭龙头"……由此可以看出，中国文化在中亚的传承与变异。

总而言之，这类具有中国西北回族文化特征的方言、民俗和伊斯兰宗教文化，三者共同构建了民族文化意义上的东干"乡庄"。

（三）"乡庄"作为精神家园的存在

在中国文学史上，乡村或故乡通常是作家精神家园的寄存地，是心灵的乌托邦，表现为一种精神性的存在。正如沈从文在对湘西的叙写中"写自己心和梦的历史"①，对于很多作家来说，"乡村是一个思念或者思索的美学对象、一种故事、一种抒情，甚至一种神话。"② 每一个时代和每一个民族的作家都企图通过创作构筑自己的精神家园，借以呈现自己丰富深厚的精神世界。福克纳在作品里乐此不疲地叙写"邮票"般大小的约克纳帕塔法县，马尔克斯钟情于他的马贡多镇，而在东干文学中，几乎所有东干作家都把自己的"乡庄"作为共同的创作母题。"乡庄"在这里成为了一个文化"共名"，是他们共有的精神家园，这在其他民族或其他地域的文学中是少有的文学现象。

与世界各地文学中对乡村的书写相似，东干文学中的乡庄是他们现实中的家园，是一片尚未被外族文化所同化的土地，是东干民族语言、民族文化的沃土，也是东干人的民族之根。东干人热爱自己的乡庄，他们唱道：

> 我把营盘还唱呢，
> 你是美丽的大花瓶。
> 走到哪塔都想你，
> 你是我的老母亲。

更为重要的是，对于作为中亚移民的东干人来说，乡庄还是他们民

---

① 《沈从文文集》第 10 卷，花城出版社 1982 年版，第 28 页。
② 南帆：《启蒙与大地崇拜：文学的乡村》，《文学评论》2005 年第 1 期。

族身份的依托。东干人进入中亚地区后，同其他移民民族一样，面临着如何融入所在国家，取得居住国国籍和公民权，这是他们生存攸关的迫切问题。另一方面，东干人又对自己的民族身份持强烈的族群认同倾向，他们自称"回回"、"中原人"，在东干乡庄里，既保留了他们的语言、宗教、风俗习惯，又保留了他们的历史文化、民间传说等，体现了他们鲜明的民族意识，东干人的文化身份决定了他们对乡庄的精神皈依。

在东干文学里，乡庄是他们百写不厌的表现对象，那里有美丽的自然景色，有童年时期的记忆，有美丽的姑娘和可亲的父老乡亲；那里有白彦虎、马三成、王阿洪诺夫一类的英雄，也有形形色色普通平凡的芸芸众生。东干作家描写乡庄，其关键点是人，通过写人来凸显乡庄人的民族精神。像《补丁老婆儿》（阿尔布都）里的补丁老婆儿，是旧时代以缝补衣物为生的手艺人，虽然她的生活非常艰辛，但当她发现别人要缝补的衣服口袋里装有价值不菲的金币时，却丝毫没有见财起意，而是毫不犹豫地把衣服连同金币一起归还了主人，体现了一个普通人的高尚灵魂。《老马福》（阿尔布都）里的拉合曼老汉，在饥饿的年代里为了搭救村里的孩子，他偷宰了别人的牛犊，因此而饱受了良心的折磨。12年之后，他终于下决心赔了人家的牛，表现出东干劳动人民的传统美德。其他如《你不是也提目》（爱莎·曼苏洛娃）里的一家三代人，不是通过血缘的纽带，而是凭借博大无私的爱来维系亲情。……东干作家们通过对乡庄人的叙写，构筑了一个民风淳朴、诗意和谐的精神家园。

在东干诗人十娃子的笔下，乡庄更是他取之不竭的灵感源泉和热情不衰的歌唱对象。他写了许多以乡庄为主题的诗歌，如《梢葫芦》《营盘》《好吗，乡庄》《在我们的营盘里》《我去不下》等。"乡庄"在诗人的笔下是一种诗意的栖居状态，被诗人赋予了理想化的色彩。在《好吗，乡庄》里，诗人写道："一进街门心亮哩，/就像太阳。/洒到我的心上哩/把一切光。"在《营盘》里他又写道："说是巴黎香油氽（香味浓烈），/我也洒过，/可是四季（经常）我闻的/滓泥（淤泥）味道。/大世界上地方多：/上海，伦敦……/可是哪塔儿都没有/营盘乡庄。"在十娃子诗里，"乡庄"是一个典型的精神性存在。

对东干乡庄的精神性存在诠释得最好的，还是尤苏尔·老马的小说《乡庄》。在《乡庄》里有这样一段话："乡庄，对于苏来麻乃老汉来说，就像参天大树须臾不可离开的泥土，他生在那里，长在那里，把一生的期望播撒在那里，让一生的汗水流淌在那里，在那里明白了事理，学会了做人，理解了人生，铸造了信念，也是在那里，只有在那里，他才深刻地认识了自己的民族，以及这个民族曾经经历过的苦难和创造过的荣誉，并且谙熟了她的文化，懂得了她的愿望，也思考着她的未来。可以说，没有那个质朴而又独特的乡庄，他的一切就成了无源之水，精神意念就会像断了线的风筝，没有了依靠和着落，没有了归途。"的确，对于大多数东干人来说，乡庄不仅是他们生存意义上的故乡，更是他们精神上的家园。在东干文学里，一代代的东干作家用文字书写这个精神故乡，使乡庄成为了一种精神性的存在。在这个意义上，可以说，所有东干作家都是东干民族的"乡庄之子"。

作为精神家园的表征，乡庄还是东干人的宗教"圣地"。东干人把中国回族的宗教信仰带到了当地，在乡庄修建了许多伊斯兰教清真寺（每个乡庄里至少有一座清真寺），便于他们举行宗教仪式活动，宗教生活成了他们社会生活和精神世界的一个重要方面。"在东干人中，伊斯兰教不仅仅是一种精神信仰，它渗透到世俗生活的各个方面，形成风格独特的东干族文化模式。"① 在这一意义上，更能够体现出东干乡庄的精神家园属性。

中国文化重家庭、重伦理亲情，因而怀乡恋土必然成为人们的固有观念。对于传统的中国人来说，背井离乡被视为一种迫不得已，而且马上会因此而染上浓重的怀乡病。如唐朝以来，李白的那首《静夜思》几乎成了历代读者心目中思乡的不朽"原型"。即使在进入中亚地区以后，东干人仍然没有改变自己民族这种浓重的乡土意识，这与周围其他民族如哈萨克、吉尔吉斯族的游牧文化特征明显不同。游牧民族由于逐水草而居，具有较大的流动性和开放性，而农耕文化则是一种稳定性的

---

① 丁宏：《东干文化研究》，中央民族大学出版社 1999 年版，第 31 页。

静态文化，具有一定的封闭性，这也是中华文化凝聚力较强、又不容易被外族同化的原因之一，这一特点有利于东干民族文化的保存。而且，在全球范围内，对于人口数量较少的民族来说，民族文化的生存与发展必然面临着来自生存环境的巨大压力，而相对集中的聚居形式，有利于民族文化的存留和延续。东干人的"乡庄"就是他们民族文化的生存据点，"乡庄"生存形态是东干文化形态特殊的寄生方式。东干文学对乡庄世界的构建，实质上也是对民族文化的构建，其中所蕴含的文化精神显然是不言自明的。

第四章　民间口传文学

一　东干民间故事的价值——评李福清《东干民间故事传说集》

俄罗斯科学院院士、著名汉学家李福清《东干民间故事传说集》（中译版）由上海文艺出版社出版发行，这是一部资料价值与学术价值并重的著作，不仅对中国的东干学研究、民间文学研究具有参考价值，同时对比较文学和汉语方言研究也不无启发。

在东干民间故事研究中，首先要提到的是东干学者哈桑·尤苏洛夫，尽管在他之前很早就有俄罗斯学者刊布过东干民间故事，但毕竟是零星的。而大规模地收集和出版东干民间文学（包括故事）的则是尤苏洛夫。新近出版的《东干百科全书》这样评价他的贡献："应该指出，第一位东干学者、历史学和民俗学家哈桑·尤苏洛夫在中亚东干历史和民俗资料的收集和刊布方面做出了巨大的、卓有成效的工作，奠定了吉尔吉斯科学院东干历史和民俗学系统研究的基础。"但是尤苏洛夫对民间故事做了某些加工，违反了民间故事收集和刊布的科学性。李福清严格遵守民间故事的规则，与东干学者哈桑诺夫、尤苏波夫合作，搜集并翻译出版了俄文版《东干民间故事与传说》。不仅刊布了故事的原文，同时在前言——"东干民间故事的艺术世界"中总括论述了东干民间故事的特质，提出了许多新颖的观点。附录部分又对故事的情节同中国及海外民族的故事作了比较分析。同时列出故事家小传，读者将讲述者与故事风格一一对照，就会一目了然，如张尚老是说书人，他的故事不仅具有说书的特点，同时又十分细腻。《东干民间故事与传说》是一部有分量的著作，产生了较大的影响。可惜，这部俄文版著作，在中国很少有人知晓。稍后，集中研究东干民间故事的有伊斯哈尔·十四儿。

中文版《东干民间故事传说集》对于中国读者来说，首先体现在资料价值上。近年来，中国兴起了小小的东干热，东干小说、诗歌、口歌口溜都有汉字译本，可是东干民间故事却没有。李福清主张将东干文本一字不变的转写成汉字文本，也就是我们所说的直译。我很赞赏他的意见，当我们读俄文版东干作品或读用普通话意译的东干作品，都感觉到失去了东干作品的原汁原味。而《东干民间故事传说集》就是东干文的汉字文本，它为研究一百多年前活态的陕甘方言，提供了可贵的语料，同时也提供了东干人生动的方言土语叙述方式。相比之下，国内的民间故事尽管也注明故事的来源地与讲述者的姓名，但是剔除了许多土语及农民的叙述语式，跟民间流传的原生态叙述多多少少是有差距的。正像中国小说中最负盛名的"农民作家"赵树理，研究者称其叙述语言是农民的语言，如果同东干作家的叙述语言相比，东干小说才是地地道道的农民语言，因为东干知识分子根本没有受过汉语书面语言的影响，与中国"农民作家"的差异是十分明显的。从这个意义上看，《东干民间故事传说集》对研究中国文学的人也不无启示意义。

同俄文版相比，所编选的故事少了 10 个，俄文版为 78 个，中文版为 68 个，李福清说，"可惜俄文版一些故事原稿找不到，所以无法收在中文版，但是补了一些俄文版未收的故事，如《毛大福看病》等。"①其实，俄文版有一个问题，那就是在中亚东干民间故事中，收入了 5 篇中国回族故事，其中甘肃 2 篇，为《太阳的回答》《白兔姑娘》；云南 3 篇，为《插龙牌》《金雀》《巧货》。这 5 篇都是 20 世纪下半叶刊于中国民间故事集的，是李福清从中国选录的，不是中亚东干民间流传的，

---

① ［俄］李福清：《东干民间故事传说集》，上海文艺出版社 2011 年版，第 41 页。

所以不可能找到东干文本。由于俄罗斯学者与东干学者都把中国的回族叫东干，所以才有这种混淆。中国人的观念则略有不同，把迁居中亚的回族叫东干，把中国的叫回族。鉴于这种差别，中文版没有收入云南和甘肃回族的 5 篇，其实是好事，读者看到的全是中亚东干族的，避免了二者混同的弊端。除了 68 篇完整的东干民间故事外，还附录了 18 篇未入选的故事情节。李福清是严谨的民俗学家与民间文学专家，在《东干民间故事传说集》中，每篇分别注明故事流传地区，讲故事人姓名，及收集翻译者姓名。书后又附有东干说书人（讲故事人）的姓名及其简历，一共列举了 29 位说书人的姓名。

尤其值得注意的是，东干民间故事，在中国有些能找到多种异文，而有一部分却没有发现异文，李福清说"东干人保留了不少中国大约已经失传的作品"①。究竟失传的作品有多少，仍需要查阅中国所有的民间故事。对于中国读者来说，这些都是难得的资料，因此其资料本身就具有重要的价值。

《东干民间故事传说集》又具有较高的学术价值，代表了目前东干民间故事研究的最高水平。李福清是长期从事民间文学研究的专家，是世界著名学者普罗普的高足，同时又精通中国文学与中国文化，因此他对东干民间故事的研究，有许多独到的发现与见解。

民间故事的国际联系最为广泛，刘魁立说，"民间文学作品最具有广泛的国际性，同一个民间文学作品在不同民族、不同地区、不同国度、不同时代都有所流传。"② 又说，"根据一些国家的统计资料，一个民族所流传的故事至少有三分之一以上属于多民族性的、国际性的或世界性的。"③ 丁乃通在《中国民间故事类型索引》中说："百分之几的中国故事类型可以认为是国际性故事呢？本书列入了 843 个类型和次类型，仅有 268 个是中国特有的，就连这些也有少数和西方同类的故事差

---

① ［俄］李福清：《东干民间故事传说集》，上海文艺出版社 2011 年版，第 11 页。
② 刘魁立：《刘魁立民俗学论集》，上海文艺出版社 1998 年版，第 77 页。
③ 同上书，第 355 页。

距并不很大，也有类型在中国临近地方，例如越南曾经发现过。"① 因此，研究东干民间故事，也必须了解世界民间故事，有比较才有鉴别。李福清不仅参考了世界民间故事类型，同时又作了某些补充。《东干民间故事传说集》在故事的分类上，一方面参照了阿尔奈（芬兰）和汤普森（美）的分类法，另一方面又从东干故事的实际出发（如话本体故事），将东干民间故事分为神奇故事、生活故事、传说与话本式的故事三大类。在分析每个故事的情节类型、母题及来源时不仅同阿尔奈、汤普森的民间故事类型及 AT 相对照，同时又与（德）艾伯华《中国民间故事类型》、（美）丁乃通《中国民间故事类型索引》和（台湾）金荣华《中国民间故事集成索引》等相比较，同时又根据自己的阅读经验，补充了新的材料。这样就使得其分析具有了世界性的眼光。

对文本母题的微观分析，又超越了索引等工具书的层面，属于深层次的探讨。兹举几例，例如《花雀儿》中，女人的一个儿子吃了鸟的心，另一个吃了鸟的头。李福清列举土耳其故事，吃了神奇鸟的头的人成了土耳其之王，这种观念——鸟头——国家元首，在东干故事中也可以找到。吃了神鸟花雀头的叫申孟，后来中了状元，做了某地的当权者。在阐释东干故事《张天有》时说，金发青年同太阳联系在一起，普罗普认为金色是另一个世界的印记。而故事中主人公用圆锥形帽遮盖自己的金发，依普罗普的解释，在起源上跟成年人的仪式有关。这些分析，都具有深层次的意义。

其次，作者独具慧眼，通过比较，一方面发现了东干故事的独特性，另一方面又发现了东干故事与邻近突厥语系等民族故事的联系。

如东干故事中的空间——山，具有独特的意义。作者认为，"山"在东干故事中占有很重要的位置，"山，是可怕的、危险的，需要主人公去征服或主人公经常打猎的地方，山上还住着强盗，主人公为摆脱当时有钱有势人的迫害，也会跑到山里。山中的洞穴里还住着可怕的巨蛇。和欧洲各民族故事不同的是，和汉族故事相同，东方故事中实际上

---

① 丁乃通：《中国民间故事类型索引》，华中师范大学出版社 2008 年版，第 15 页。

没有那种可怕的森林，也没有林中的妖怪及在俄罗斯故事中常见的老妖婆。在故事中，已用山代替了森林。"①。东干学者十四儿对李福清的这一看法十分赞同，并加以发挥，他说，东干魔幻神话的救命英雄在出发上路后，绝大多数情况下都会进入山中，在东干民族的理解中，山的意义就相当于欧洲民族神话中的森林，阿拉伯神话中的沙漠，北方民族神话中的冻土带……在回族（东干）神话中的山与中国西北的自然地形紧密联系，山占据着中国西北大部分领土。在山中生活着神仙——不死的人、吃人魔、七个头的喷火蛇、千年白狐、麒麟——独角兽、飞马、神奇的凤凰、金鸟以及其他想象中的存在。② 又如，色彩的象征意义。东干谚语说，绿配红，爱死人。这不仅是审美的，还有象征的意义。李福清说，"这两种颜色从前主要是用来打扮新娘和装饰车辆、鞍具的。……这不光是为了漂亮，更重要的是为了在路上安全，避开坏运气。"③ 李福清发现，在东干民间故事的人物中，阿訇出现的比较少，而中国回族故事里阿訇则比较常见。这是什么原因呢？他解释道，"这也许是因为，伊斯兰教是中国回族区别于汉族邻居的主要标志，正是与这种情况有关，宗教方面的内容才在其民间文学中得到一定的表现。而在中亚，回族住在信仰伊斯兰教的突厥语系的民族中间，他们并不需要在自己的民间文学中强调伊斯兰特点。"④ 这一看法概括了东干故事中的许多同类现象，颇为中肯。我们也发现，东干故事中人物的名字，汉族名字极为常见，而穆斯林名字也用，但比起中国回族故事中大量的穆斯林名字，东干故事要少得多。

李福清还论证了东干故事与邻近民族，尤其是突厥语系民族故事的联系。《秃子》中的某些情节，如买梦，认为是从相邻的突厥人中借来的，土库曼故事《卖掉的梦》与《秃子》最为接近。在人物上，李福清说，在东干神怪故事中，"我们所遇到的人物形象也常常表明东干民

---

① ［俄］李福清：《东干民间故事传说集》，上海文艺出版社 2011 年版，第 24 页。
② ［吉］十四儿：《中亚回族民间口头散文创作》（俄文版），伊里木出版社 2004 年版，第 39—40 页。
③ ［俄］李福清：《东干民间故事传说集》，上海文艺出版社 2011 年版，第 35 页。
④ 同上书，第 27 页。

间文学与邻近民族，主要是突厥民族的创作有联系。看来可以把长癣的秃子列入这类形象当中。"① 东干故事常常出现两个王国和两个国王，而远东民族故事常局限在一个国家里。作者解释东干故事的这一现象，是受相邻民族主要是突厥民族的影响。《穷姑娘的见识》主人公是农民的女儿，拒绝嫁给皇上，因为他什么手艺也不会，直到皇上学会了编织地毯，才同意嫁给他。编织地毯是波斯、印度故事中常见的手艺。

《东干民间故事传说集》还从发生学的角度对某些故事的来源进行探讨。如《张大杰打野鸡》中主人公救了龙的儿子，被请到龙宫，得到一件宝物，藏有龙女，主人公同龙女结了婚。李福清列举了其他国家民族大量的故事与之比较，中国以外的地方，如柬埔寨或土耳其的异文一再提到中国，提到中国皇帝，证明其发源地是中国，这类故事是以远东的中国境内为中心向四外传播的。其论据颇为有力。

借一斑略知全豹，从以上的简略评述可以看出《东干民间故事传说集》的价值所在。

作者是严谨的学者，很少有可挑剔之处。笔者对书中极个别的地方提出不同看法，以就教于作者。关于东干口歌口溜的概念，中国不少人望文生义，把口溜解释成顺口溜，笔者曾在《中亚文化语境中的东干口歌口溜》中对流行的说法予以澄清。② 东干语言学家尤苏普·杨善新在他的《简明东干语—俄语词典》中解释口歌的俄语对应词为пословица 即谚语；口溜的俄语对应词为 поговорка 即俗语。因此，东干人的口溜不是中国人的顺口溜。《东干民间故事传说集》371 页将口溜解释为顺口溜是不对的。作者在前言中认为，口歌应为"口格"，笔者这里提供东干学者的看法，尤苏普·从娃子在他的《回族语言的来源话典》中揣摸口歌的"口"字，是口传的；"歌"是"曲子""音调"上的"歌"。③ 可见，东干人认为应写作"口歌"。《韩信三旗王》

---

① ［俄］李福清：《东干民间故事传说集》，上海文艺出版社 2011 年版，第 32 页。
② 常文昌：《中亚文化语境中的东干口歌口溜》，《西北师范大学学报》2006 年第 1 期。
③ ［哈］从娃子：《回族语言的来源话典》，伊里木出版社 1984 年版，第 183 页。

一篇，共出现 16 处"三旗王"，俄文版意思也是旗帜的"旗"，其实都
应写为"三齐王"。据《史记》记载，韩信平齐，要求封他为齐王，刘
邦便派张良前去立韩信为齐王。古有三秦、三晋、三楚、三吴之称，与
三齐都属于地域名称。

　　东干文的转写，不是一件容易的事，在我看来，甚至比俄文翻译更
难。2004 年 11 月，李福清来兰州，与敦煌文艺出版社讨论这本书的中
文出版问题，当时笔者就认为海峰是东干文转写的最好人选，她是回
族，虽原籍为河南，但因长期生活在新疆，熟悉西北方言，懂俄语，是
东干语言的研究专家。她的转写解决了东干文中的阿拉伯语、波斯语借
词，个别吉尔吉斯语、维吾尔语等突厥语借词及西北方言中的许多问
题。东干语中的西北方言极其复杂，又缺少相关的工具书，在这种情况
下，海峰以诚实的科学的态度灵活地处理了其中的许多难题，如没有与
方言土语对应的字或与普通话发音不同的字，都用拼音注音；个别搞不
清楚的地方注明意思不详，留给读者去思考。这样处理后，极个别地方
仍有疏漏。如《孟（梦）先生》虽采集于甘肃村，但是又夹杂了某些
陕西方言。梦先生找到了皇帝丢失的黄金，做了驸马。但是公主不喜欢
年长的丈夫，不信他能在梦中找到丢失的东西，于是又考验他。第二天
早晨，公主把枣子染上黑色的颜料，把蒜染成蓝色的，一起藏在手里，
叫梦先生猜。梦先生发愁了，不知道是什么，他只是大声地说："清早
难算"，意思是说，一大清早，难以梦见是什么。但是公主一听，他猜
对了，以为"清早"就是"青枣"（即黑枣），"难算"就是"蓝蒜"，
陕西话"难"读 lan。转写本把梦先生回答"清早难算"写成"青枣蓝
蒜"，主人公莫名其妙地说对了，不但不合故事情理，也失去了其中的
可笑之处。《神仙卖话》中主人公和另一个人在路上遇上大雨，那人去
崖底下避雨，结果塌死在底下；而主人公想起神仙的话，没有去避雨，
幸免于难。转写本写成那人去"神乃波波"避雨了，并加注释说，应
为一座破庙之类的建筑。查阅俄文版，此处为在悬崖下避雨。李福清对
故事的分析中，列举日本的异文与东干故事极为相似，此处也为峭壁。
杨善新《东干语—俄语词典》"崖勃勃"条，对应的俄语是 обрыв，即

悬崖、峭壁。① 甘肃镇原方言，把崖叫 nai，而悬崖伸出空中的部分叫 naibobo（崖勃勃）。由此我们明白，"神乃波波"应该是深崖勃勃，深是深浅的深。东干语虽分为甘肃话和陕西话两大类，但又融合了西北各地的某些方言，稍不留意，就会出错。

总的看来，这是一本很有价值的东干民间文学著作，它会给读者和研究者以新颖和惊喜之感。

二 韩信何以成为东干文学中恶人的"共名"？

在读十娃子的诗歌作品时，常常遇到一个问题，令人费解，他往往将恶人比作韩信。试看下列诗句："你看见哩：一个兵，／对头的兵，／他也拿的机关枪／就像韩信。"（《仗就是它》）这里"对头的兵"，即法西斯德寇的兵，手拿杀人武器，把他比作韩信。又如："就像冷子，倒的呢／炮子，炸弹……／把你老太都没饶，／就像韩信。"（《打越南来的信》）这是写美国飞机轰炸越南，把侵略者比作韩信。再如："麻雀我都没伤过，／蓑说宰羊。／谁但宰鸡我躲哩，／害怕血淌。／可是对头打来哩，／连狼一样。""我还宰呢，就像鸡儿。／我还是兵。／还吃肉呢，喝血呢，／我是韩信。"（《我也是兵》）这里又以韩信自比，比作屠夫。甚至还有这样的诗句："眼泪不干，淌不完，／没有哭声。／饥饿人也躲不脱，就像韩信。"（《汉字》）又将致人死亡的饥饿比作韩信。

在十娃子《挑拣下的作品》中这种比喻不下 20 处。请教伊玛佐夫通讯院士，他回答，韩信是歹毒的同义语。何其芳在研究典型问题时，提出一个术语——"共名"。所谓共名是指文学作品中的典型可以用一句话或一个短语概括，并借以指生活中的同类人物。比如把一切有精神胜利法的人叫阿 Q，把一切懒汉叫奥勃洛摩夫，这样，阿 Q 和奥勃洛摩夫就成为共名。②

---

① ［吉］杨善新：《东干语—俄语词典》，伊里木出版社 1968 年版，第 106 页。
② 何其芳：《何其芳文集·论阿 Q》第 5 卷，人民文学出版社 1983 年版。

（一）

为什么韩信在东干文学中变成了恶人的共名？带着这个问题，我们查阅了俄罗斯著名汉学家李福清和东干作家哈桑诺夫、尤苏波夫合作编译的《东干民间故事传说集》，原来的疑团便涣然冰释了。东干民间故事中，韩信完全是一个否定性的恶的形象，与中国历史上真实人物韩信具有很大的差异。

《史记·淮阴侯列传》中的韩信是怎样一个人物呢？司马迁是把他作为一个悲剧英雄来写的。他感叹道："假令韩信学道谦让，不伐己功，不矜其能，则庶几哉！于汉家勋，可以比周、召、太公之徒，后世血食矣！不务出此，而天下已集，乃谋畔逆；夷灭宗族，不亦宜乎！"太史公认为韩信的弱点在于未能"学道谦让"，否则，可以与周公等比肩了。韩信不谦让的主要依据是要求刘邦封他为齐王。其实，韩信被封为大将军后，为刘邦献计中就有"以天下城邑封功臣，何所不服"的话，刘邦听了，"大喜，自以为得信晚"。前后对照起来，韩信要官虽然不是时候，正当刘邦受困之际，但是论功封赏，似乎也不过分。司马迁惋惜韩信，而以春秋之笔法批评了刘邦、吕雉的毒辣。

从建功立业来看，韩信不愧为盖世英雄。萧何对刘邦说："诸将易得耳，至如韩信，国士无双。王必欲长王汉中，无所事信；必欲争天下，非信无所与计事者。"待到韩信分析了天下大势及刘邦应采取的对策后，刘邦才"自以为得信晚"。韩信果然身手不凡，辩士蒯通总结韩信的功勋是："足下涉西河，虏魏王，禽夏说，引兵下井陉，诛成安君，徇赵，胁燕，定齐，南摧楚人之兵二十万，东杀龙且，西乡以报。此所谓功无二于天下，而略不世出者也。"如此英雄，必然会令刘邦不安。蒯通预料到，这正是"勇略震主者身危"。韩信与刘邦合围垓下，"项羽已破，高祖袭夺齐王军。"接着"徙齐王信为楚王"。后来，刘邦又借口"游云梦，实欲袭信"。待韩信拜见，即"令武士缚信载于车后"。后又获释，"以为淮阴侯"。由此，韩信才知道"汉王畏恶其能，常称病不朝从"。从而导致了被迫反叛，被夷灭三族的悲惨结局。

反过来，再看韩信如何对待刘邦。当韩信势力足以与刘邦、项羽抗衡之际，蒯通劝韩信道："臣闻勇略震主者身危，而功盖天下者不赏。"从历史经验看，狡兔死而猎狗烹，高鸟尽而良弓藏。"当今两主之命悬于足下，足下为汉则汉胜，与楚则楚胜。……诚能听臣之计，莫若两利而俱存之，三分天下，鼎足而居。"这种分析是有道理的，但是韩信不肯背叛，他说："汉王遇我甚厚，载我以其车，衣我以其衣，食我以其食。吾闻之，乘人之车者载人之患，衣人之衣者怀人之忧，食人之食者死人之事，吾岂可以向利背义乎！"直到后来，刘邦"实欲袭信，信弗知"。出现了非常矛盾的心理，"高祖且至楚，信欲发兵反，自度无罪，欲谒上，恐见擒。"甚至为了保全自己，做出伤天害理的事，为讨好刘邦，将"素与信善"的朋友钟离眜的首级献给刘邦，但是也未能获取信任。

《史记·淮阴侯列传》中的韩信有时也很大度。当他为布衣时，非常贫穷，先寄食于下乡南昌亭长家，因亭长妻厌恶他，不给饭吃而离去。漂母（洗衣服的老妇人）见其饥，给他供饭。而淮阴屠中少年当众侮辱他，令从胯下钻出。韩信迁到楚国新都，不仅知恩必报，"召所从食漂母，赐千金。及下乡南昌亭长，赐百钱。"甚至不计前嫌，"召辱己之少年令出胯下者，为楚中尉。告诸将相曰，'此壮士也，方辱我时，我宁不能杀之邪！杀之无名，故忍而就于此。'"由此可见，从道德上看韩信还不是一个没有良心的人。

（二）

应该说，《史记》中的韩信是真实可靠的历史人物，民间故事是群众的艺术创作，不能与历史等同，到东干民间故事中，韩信发生了质的变异，以下我们详细分析这种变异。

在东干民间故事大的框架下，讲述汉朝有一个人叫韩信，他先投奔霸王，而算卦人算出来他不是好人，并要霸王追杀他。韩信又投奔刘邦，做了管理粮仓的官，最后被女王杀害。人物所处的背景与大框架仍然与历史吻合，可是人物的品性与故事情节却发生了很大的变化。同史书记载的历史人物相比，东干民间故事具有以下几个特点：

淡化了人物活动的政治、军事背景，突显了伦理意义。中国文化实际上是一种伦理文化，特别注重对人物作道德上的评价。东干民间故事正是继承了这样一个传统，同时简化了各种复杂关系。开篇从伦理角度为韩信定位：这个人受过教育，但他的内心是恶的，对人们没有做过一件好事。韩信的父亲死后，他与哥哥分了家，院子分成两半，哥哥在靠墙的地方挖了口井，而韩信在靠井的地方修了一个厕所，这是很缺德的举动。尤其令人不能容忍的是，活埋了自己的母亲。一天，韩信在田野牧马，他睡在那里，听见三个神仙的对话，说在高处睡觉的这个人，那里正好可以挖一个坟墓，把他的母亲活埋到这里，这个人就能成为"三旗王"（应为"三齐王"）。韩信听到这话，就挖了一个坟墓，回到家里骗母亲，把她背到这里活埋。母亲哭着求儿子留下自己的性命，而韩信不听。活埋后，离开了家乡。即此一端，就可以知道这个人的恶，能活埋自己的母亲，还有什么比这更恶的呢？至此我们才明白，为什么十娃子要把法西斯和美国侵略者比作韩信呢。历史上的韩信不但无此罪孽，而且对待他的母亲则是另一种举动。司马迁亲自去淮阴实地考察说："吾如淮阴，淮阴人为余言，韩信虽为布衣时，其志与众异。其母死，贫无以葬，然乃行营高敞地，令其旁可置万家。余视其母冢，良然。"韩信虽贫，却以如此排场来安葬母亲，不能说不孝。

东干民间故事不仅将韩信说成恶人，同时将主题定在因果报应上。韩信作了一辈子恶，临死才恍然大悟说："我现在才明白，善有善报，恶有恶报。"以此点题。韩信让算卦人给他算命，算卦人说，你本来能活 72 岁，可是折了 32 年阳寿。韩信问为什么，算卦人告诉他：活埋自己的母亲，折寿 8 年；把厕所修在哥哥的井旁，折寿 8 年；在岔路上杀了樵夫，折寿 8 年；将霸王投入乌江，折寿 8 年，合起来 32 年。因果报应不仅体现在折寿上，而韩信最后被杀，也是因果报应所致。韩信被霸王所追，怕樵夫走漏消息，在岔路口杀了他。樵夫死后，变成一位姑娘，伺机报仇。姑娘为女王烹调膳食，假托女王命令，宣韩信进宫，亲手杀死韩信，报了仇。东干民间故事突出因果报应，劝善惩恶，体现了民间旧有的观念。

东干民间故事《韩信》也渗入了伊斯兰教民众的心理与风俗等因

素。史书记载，韩信曾与陈豨约定，反叛刘邦。当陈豨举兵反叛，刘邦亲往平定之际，韩信部署欲袭吕后、太子，计划泄露后，为吕后所杀。再看东干民间故事是如何演绎这一片断的，当女王正在洗澡时，被杀樵夫所变的姑娘，写了女王的假令，宣韩信入宫。门卫不让进去，韩信跟姑娘闯入，正在洗浴的女王看见韩信，急忙将身子用白单裹起。韩信知道事情不妙，急忙辩解。女王令剑子手将韩信捆绑，并带走杀掉。这时，韩信明白，他的末日到了。但是又一想，所有的刀剑上都铸有"三旗王"（三齐王）的封号，而这些武器是不能用来处死"三旗王"（三齐王）的，于是樵夫所变的姑娘从厨房拿出菜刀，用菜刀执行死刑。这里的关键情节是，裸露玉体的女王，被韩信看见了。在东干民众看来，韩信看见洗浴女王裸露的玉体，必死无疑，在情节上是最为合理的。

　　比起《史记·淮阴侯列传》来，东干民间故事虚构了不少细节，加强了故事性。如韩信投奔霸王，霸王的算卦先生看见韩信眼睛可怕阴冷，一算知道不是好人。对霸王说，赶走他。霸王看见韩信黄脸，小嘴，窄颅骨，这样糟糕的长相能成什么气候？这跟《史记》的记载也不一样，《史记》中蒯通对韩信说："相君之面，不过封侯，又危不安，相君之背，贵乃不可言。"民间故事中霸王给韩信三齿矛枪，但韩信佯装力气不够，使不动。韩信知道了算卦先生的用意，赶紧逃跑。算卦先生让霸王三追韩信：第一次快要追上，韩信迎风小便。霸王一想，这人不顺风小便，尿到裤上，连香臭都不辨，追他何用？回来了。算卦先生又劝霸王追杀，第二次，韩信看霸王快追上了，跑到山边上，头朝下，脚朝上躺着睡觉。霸王一想，这人连睡觉都不会，不想追了，又回去了。算卦先生知道未杀韩信，又劝他第三次追捕，一定要杀了他，不留祸患。霸王又去追，只是这次韩信已经跑远了。到桥上，问打柴人，方知韩信很有心计，倒穿鞋跑了，鞋印的方向来了，人却向相反方向走了。可见，东干民间故事写得曲折有致，颇能吸引人。

　　李福清在《东干民间故事传说集》中将韩信故事列为历史传说故事，但其中也有一些怪异的色彩。如三个神仙的对话，以此诱导韩信活埋母亲，实现做"三旗王"（三齐王）的梦想。樵夫被杀后，变成一个姑娘，叫陈仓女（陈仓为地名），当她手拿菜刀执行韩信死刑时，韩信问姑娘今年多少岁，回答 12 岁，韩信心里打了个冷战，立刻明白了一切，岔路口杀死樵夫正好 12 年，以及算卦先生算出韩信阳寿为 72 年，折去 32 岁等。这些都是非现实的怪异情节，而非现实的怪异色彩，正是民间故事普遍存在的构成因子。以回族族源故事为例，在历史故事中也加入了非现实的怪诞因子。据苏尚洛提供的东干人中普遍流传的故事说，唐太宗请求穆罕默德派阿拉伯人来中国，这些人后来留下来，与中国姑娘成亲，生儿育女，同时也开始讲起汉语来，形成一个新的民族——回族。在这个历史故事中也加进了徐茂公斩东海龙王（《西游记》及泾河地区则传为斩泾河龙王）的神奇故事，加进唐朝遭到北方游牧民族的进攻，皇上向穆罕默德派来的弟子宛葛斯求援，宛葛斯和他带来的 3000 阿拉伯人奔赴战场，游牧民族的喇嘛施用法术向宛葛斯的人群投下大块冰雹，而宛葛斯却施法突起风暴，冰雹刮到游牧人的头上，从而获胜。[①]

中亚东干民间故事中的韩信被称为"三旗王"，李福清在注释中注意到同音异义词包含的不同意义，由东干文翻译的俄文文本，则译成"三旗侯"。故事中讲到韩信管理粮仓有功，高祖封他的尊号为"三旗王"——三面旗帜的王：人王，地王，天王。按照《史记》记载，汉四年，韩信平齐，使人言汉王曰"齐伪诈多变，反复之国也。南边楚，不为假王以镇之，其势不定，愿为假王便"。刘邦"乃遣张良往，立信为齐王"。中国古代有三秦、三晋、三楚的称谓。"三齐"为齐国的三个区域，《史记》也有"项羽分齐为三国"之说。故韩信为齐王称为"三齐王"较为合理。东干民间故事韩信中包括标题在内共出现 12 次"三旗王"，均应为"三齐王"。

从艺术性看，这是一篇优秀的东干民间故事，其线索之清晰明了，故事之跌宕有致，细节之复杂有趣，似乎在流传中融入了许多民间艺人的劳动。但是也有张冠李戴的错误，如霸王三次追杀未成功，算卦的

---

① 苏尚洛：《中亚东干人的历史与文化》，郝苏民、高永久译，宁夏人民出版社 1996 年版。俄文版原书名为《东干历史与民族学概要》。

说，这是灾祸，说要知道他的力气能移山，能倒海，即"力拔山兮气盖世"。众所周知，这是用以形容项羽的，项羽有《垓下歌》云"力拔山兮气盖世，时不利兮骓不逝"的诗句，这正是他勇猛的真实写照，东干民间故事却移到韩信身上。

以上我们比较了东干民间故事韩信与《史记》中韩信的不同，考察了韩信何以成为"共名"的缘由。《史记》是历史，注重历史真实；民间故事是文学，是虚构的。即使韩信这样有据可查，影响较大的历史人物，在民间故事中则是另一副模样，发生了较大的变异。中国民间故事关于韩信也有许多说法，如韩信为日后能做大官，抢先把双眼失明的母亲，埋在一块风水好的地里；韩信大便不同于常人，要找一土坡，头朝下，屁股朝上；刘邦承诺不杀韩信，谓之"三不杀"，即天不杀，君不杀，铁不杀。吕后趁刘邦不在，将韩信骗进宫，用黑布蒙住囚笼，令宫女用削尖的竹签刺死。这样做，既尊重了刘邦"三不杀"的承诺，又变花样处死了他。……这些情节，同东干民间故事有相似之处。

综上所述，通过对中亚文学中韩信成为恶的"共名"现象的深入探讨，溯源到东干民间故事中，比较东干民间故事与《史记》及中国民间故事的异同，分析了东干民间故事中的伊斯兰文化因子，不难看出，东干民间文学的母体仍然是中国文化，由此可以体会到中国文化在中亚的传承与变异。

三　东干与中国民间故事的比较

（一）

"民间故事"，东干人称为"民人古今儿"（发音为"古记儿"）。"民人"就是老百姓，按东干语言学家杨善新《东干语—俄语词典》中的解释，"古记儿"对应的俄语词是"故事"。

关于东干民间故事的收集、整理和发表。最早记录和发表东干民间口头创作的是圣·彼得堡大学东方系的学者 B. 钦布斯基等。从 20 世纪

30 年代开始，东干民间口头创作引起了广泛关注。1946 年，由历史学家 X. 尤素洛夫和 B. 沙赫马托夫收集整理了第一本专门的东干口头散文创作集《东干故事》。50 年代，随着吉尔吉斯科学院东干学部的成立，为中亚东干口头文学创作的收集、整理和发表提供了有利条件和保障。1960 年，尤素洛夫在伏龙芝出版了东干文版《回族古今儿》（东干故事）。1970 年，尤素洛夫在伏龙芝又翻译出版了俄文版《苏联东干故事记录和加工》，他违反了民间故事的准则，以他的文学才能对原生态的故事作了加工修改。1977 年，Б. 李福清、М. 哈桑诺夫和 И. 尤素波夫编选翻译的俄文版《东干民间故事与传说》在莫斯科出版。这是东干民间故事收集、研究的重要成果。

《东干民间故事与传说》除了提供可靠的民间故事文本外，附有《东干故事情节来源与分析》。不但对同一故事的异文掌握颇多，对中国古典文学艺术中的相近故事也了如指掌。如东干民间故事《张羽煮海》，他能溯源到元杂剧中。同时，又具有比较文学的宏观视野，对远东及东南亚、中亚、西亚民间文学也多有涉猎。如在《张大蛟打野鸡》来源的探寻中，不仅与中国少数民族东乡族、撒拉族、蒙古族等民间故事比较，同时又涉及朝鲜、菲律宾、哈卡斯（苏联少数民族）、高棉、土耳其、土库曼等许多民族的民间故事。毫无疑问，《东干故事情节来源与分析》具有较高的资料价值与学术价值。

《东干民间故事与传说》的前言《东干故事的艺术世界》则是一篇系统的有较高学术价值的论文，这是迄今为止，东干民间故事研究中最有分量的论著。不同于《东干故事情节来源与分析》就某一篇具体故事考证其相关的异文，与其相近故事进行比较，而是关于东干民间故事的综合性的概论，力求从总体上揭示东干民间故事的特点与规律。李福清认为，东干民族同远东一些民族如中国、朝鲜人一样，动物故事所占比例很小。原因是农耕生活，很少打猎与打鱼，在中国甚至动物群贫乏。东干民间故事的艺术世界有自己独特的景观，其中占有重要地位的也许是山。山是可怕的、危险的，山上住着强盗，洞穴里有可怕的神话中的蛇。不同于欧洲及俄罗斯民间故事，俄罗斯民间故事中森林是可怕的，那里住着俄罗斯神话中的树精和巴巴亚嘎（妖婆）。俄罗斯民间故事中的森林，在东干故事中被山取代了。以下我们拟选取较典型的三个民间故事及其异文，加以探讨，以期借一斑略知全豹。

（二）

先看神奇妻子的故事。十四儿在其《中亚回族民间口头散文创作》中将东干民间魔幻神话故事划分为七种基本情节类型：

1. "与蛇妖相斗"的英雄故事类型

2. "寻找幸福"的英雄故事类型

3. "吃人魔鬼的孩子们"的古老故事类型

4. 有关通灵的故事

5. 关于"神奇妻子"的故事

6. 关于"家庭受虐待"的故事

7. 有关"神奇器物"的故事

这里所说的魔幻神话还不是完全意义上的神话故事。其中部分是现实的凡人凡胎，部分是神奇的超现实的人与事。试以《张大蛟打野鸡》为例，对神奇妻子的故事做一分析。十四儿用结构主义方法将东干魔幻故事分为 7 种类型。而关于"神奇妻子"的故事，他认为这是最古老的神话叙述。它们属于"人"同拥有人类形貌的图腾动物结婚的神话。这些图腾动物会给自己的爱人以力量、知识等。世界神话叙述文本里作为神奇妻子出场的有龙、虎、熊、狐狸、兔子、蛇、龟、蛤蟆、蜜蜂、蜗牛及其他图腾动物。在原始社会成员的认识中，这些动物都拥有强大的神奇力量。最重要的是——这些动物有"具体化为人的可能"，因为图腾崇拜的重要特点——图腾动物有同信仰它们的人类结婚的权力。[①]十四儿将这种类型的故事溯源到远古的图腾崇拜。

《张大蛟打野鸡》中的神奇妻子是龙王的女儿。龙，是中国古代的图腾崇拜。它是多种动物的复合体，一说"角似鹿，头似骆，眼似鬼，颈似蛇，腹似蜃，鳞似鱼，爪似鹰，掌似虎，耳似牛"[②]。各个不同图

---

① ［俄］十四儿：《中亚回族民间口头散文创作》，伊里木出版社 2004 年版，第 58 页。

② 罗愿：《尔雅翼》，转引自沈振辉编著《中国文化概说》，学林出版社 2001 年版，第 169 页。

腾崇拜的原始部落统一后，龙便成为共同的图腾崇拜。龙是中华民族的象征。中亚东干族是中国回族的后裔，深受中国文化的影响。本来，东干族信仰伊斯兰教，而伊斯兰教是一神教，除了安拉之外，没有别的神。但是，由于受汉族文化及其他民族文化的影响，中国回族和东干民间故事中也有别的神。李树江说："回族信奉伊斯兰教，根据其教义，只崇奉唯一的神祇安拉（即真主），但在一些与自然做斗争的神话传说中，却出现了太阳神和龙神以及龙王等，而这些神都是汉族和其他一些少数民族神话中常见的神祇。考察这些作品的流传地区就不难发现，它们大多产生在多民族杂居的地区，这说明伴随着族际通婚以及经济、文化、宗教等方面的影响，外族的传统神祇也渗透到回族人民的意识和口头创作中来了。"①

东干人的日常生活，也与龙王分不开。东干人的求雨仪式是将龙王管理云雨与穆斯林的认识结合在一起。吉尔吉斯斯坦甘肃东干村米粮川，在干旱年头，人们聚集在楚河边或清真寺，带来牛羊作为祭品，由阿訇带领，高高举起祷文读《古兰经》。然后向河里投掷马头骨，马头骨上写有摘自《古兰经》的经文。接着孩子们把小石头扔进水里，好像是为了唤醒沉睡的龙王，让它赐雨。有趣的是严禁成年人投掷小石块。在哈萨克斯坦的陕西东干村，这个仪式看样子也是这样，只是石块应投掷到泉中，而不是河里。因此，在《张大蛟打野鸡》故事中，记述的正是陕西东干村的故事，主人公与龙宫联系都在泉水旁。关于龙女与凡人成婚的事，中国唐传奇就有李朝威的《柳毅传书》。此类故事不仅在中国汉族与少数民族中流传，同时也在远东及东南亚诸如朝鲜、越南、菲律宾、柬埔寨等国流行。故事的发源地应当是中国，从中国辐射到周围其他国家。在高棉人或土耳其人那里也提到中国或中国皇帝。高棉人的异文中，主人公不是娶龙王的女儿，而是娶了中国皇帝的女儿。

《张大蛟打野鸡》是一篇生动的神奇妻子龙女的故事。中国回族中还流传另外两种异文，一篇是流传在新疆焉耆县的《牛犊儿和白姑

<hr />

① 李树江、王正伟编：《回族民间故事选·前言》，上海文艺出版社1985年版，第12—13页。

娘》，另一篇是流传在宁夏回族自治区的《曼苏尔》。①

　　同汉族同类故事不同，回族故事具有伊斯兰宗教与民族的特点。《曼苏尔》中主人公的名字是曼苏尔，财主杜拉西及其小儿子哈赛，这些名字都来自阿拉伯，与中国汉族人名截然不同。曼苏尔得到神奇的妻子，心里感谢"胡达的拨派"，让他交了这么好的运气。《牛犊儿和白姑娘》中的后娘要儿子羊羔强占牛犊的神奇妻子，按回族习俗成婚仪式要请阿訇。将流传于中亚的东干故事《张大蛟打野鸡》与中国另外两篇同类故事《曼苏尔》《牛犊儿和白姑娘》加以比较，是很有趣的。

　　三篇神奇妻子龙女的故事在主题上有相一致之处，但又有较大差异。民间故事总是服从于人民群众的伦理需要，总是体现一种民间立场。最终的结局，借助神奇妻子超现实的力量，战胜迫害者。这是三篇神奇妻子故事主题上一致的地方。

　　三篇故事主题不一致之处，所揭露的生活矛盾不相同。《牛犊儿和白姑娘》在情节上可以划归神奇妻子的故事类型，但它所揭露的是后娘虐待前房之子的矛盾，又与十四儿所归纳的第六种类型家庭受虐待者相重叠。《曼苏尔》的主题是雇农孤儿与财主的矛盾。《张大蛟打野鸡》则写贫农与官吏的矛盾。不论揭露家庭矛盾或社会矛盾，反面人物后娘—财主—官吏三者都是压迫者。角色的设置与故事的主题相关。

　　同一类型的民间故事有一个故事情节框架，不同异文其框架大致相同或相近。但在流传过程中，构成大故事的环节（小故事）又可能改变与叠加。因此，同一类型的民间故事，如神奇妻子或家庭受虐待者类型中，都有常数和变数。十四儿也认为，"在文本里新层面又和老层面交织在同一整体里。在一代又一代的传承过程中，叙述文本又处在不断的演变中。在各个不同时代，说书人都参与到带有自己时代特征的文本情节的加工之中。"② 关于神奇妻子的以上三个故事的起因，差不多是一个常数，即白蛇与黑蛇争斗，在主人公的帮助下白蛇获救。大故事链条上的这一小故事情节也基本一致。

---

　　① 李树江、王正伟编：《回族民间故事选》，上海文艺出版社 1985 年版。
　　② 十四儿：《中亚回族民间口头散文创作》（俄文版），伊里木出版社 2004 年版，第 18 页。

　　李福清注意到东干族色彩的褒贬意义，如东干人普遍喜爱红色和绿色。这些鲜艳的颜色，特别是红色，能把妖怪吓走。新娘穿红色服装，甚至马车夫把车轮辐条染成绿色，板车、拦板等染成红色，不仅为了美，主要是免灾，为了路上平安。白色，在东干人那里如同中国人一样被认为是孝服，但大多数情况下，白色同奇妙的动物结合，如白蛇、白兔、白马，它们通常能帮助主人公。相反，黑色基本趋于同否定性人物和现象相联系，如黑蛇、黑旋风、黑笨蛋人等。①

　　三个故事中的神奇器物各不相同，《张大蛟打野鸡》里为南瓜葫芦，《曼苏尔》《牛犊儿和白姑娘》中为花儿。三个故事都是姑娘从神奇的花儿或南瓜葫芦里走出，替主人公做饭，后来成了他的妻子。

　　以上情节，虽然在不同环节上，有置换，但故事的框架，基本上是相同的。

　　在故事的逆转过程中，变异较大。东干故事《张大蛟打野鸡》中，神奇妻子呼唤水界，一夜之间盖起了一座庄园，并栽了白杨树，由此引发了恶官吏的迫害。先要张大蛟一夜之间栽活成排树木，妻子让他拿三炷香到泉边，请求龙王帮助，果然一夜之间成排树木长成了。第二次，官吏又要张大蛟打33对野鸡，借助神奇妻子的帮助，张大蛟完成了任务。第三次，官吏借比赛骡子，想夺走龙女。龙女借来父亲龙王的骡子，赢了官吏。官吏给龙王骡子喂了一升火药、两升盐，想致死骡子。不料骡子什么事也没有，只是拉出了一团火球，将官署烧毁、官吏烧死。东干故事中为什么要将迫害者置换成官吏？也许在东干民族的记忆中，从回民起义到逃往中亚，清朝官吏是他们的死敌，置换是为了着力突现与官吏的矛盾。而龙王骡子吃火药与盐，是大胆的想象，但龙王的骡子不是普通的骡子，又合乎逻辑。这样，故事便完成了它的道德价值与美学价值。《曼苏尔》故事的逆转，来自财主的迫害。迫害也是三件事，但又置换为另外三件事：先要主人公找来山大的一堆柴，接着又要他去狼洞里背案板。在神奇妻子的帮助下曼苏尔都完成了。第三件事，

　　① 李福清等编著：《东干民间故事与传说》（俄文版），莫斯科科学出版社 1977 年版，第26 页。

便是要他挖一个海大的坑，安上海大的锅，担满水，用三根麻秆烧开。在神奇妻子龙女的帮助下，这一切也办到了，水也烧开了。但财主要主人公跳下去，不料曼苏尔从沸水里背回了金子。于是财迷心窍的财主和他的儿子也去背金子，最终被烧死在里面。显然，这一故事文本叠加、置换的是农民与地主的矛盾，适应中国特定年代突出阶级斗争、号召农民翻身解放的时代主题。而笔者小时候听到的流传在西北汉民族中的《豆皮和豆瓣》，故事的结尾与《曼苏尔》完全相同，但人物却不是财主，而是后娘。《牛犊儿和白姑娘》故事逆转后，也围绕三件事展开迫害与反迫害的斗争。一件是让牛犊每天推完十斗面，第二件是将一包棉花与八角刺分开，第三件是要牛犊儿上山捕一只活豹子回来，给后娘的儿子羊羔治病。但主题不同，迫害主人公的不是官吏、财主，而是后娘。研究者们发现，家庭虐待者除了哥嫂外，常常是后娘，而几乎没有继父。

李树江说："在回族某些民间故事里，我们还可以发现一个有趣的现象。作品中不仅表现了男女青年处于平等地位，而且时时显现出姑娘的智慧和才能胜过小伙子，如果没有妇女的力量，斗争往往不可能获得胜利。这种让劳动妇女处于更受尊崇的地位，正是民间文学的一个特色，也显示了重要的进步意义。"[1] 神奇妻子类型的故事中，带有魔幻色彩的妻子，具有超现实的力量，能使迫害者压迫者一败涂地，不仅寄托了老百姓的理想和愿望，同时也折射了女性的智慧和力量，让我们感受到了妇女在民间故事中的崇高地位。

（三）

民间传说往往分为两种：一种以特定的历史事件为基础，另一种则纯属虚构。而东干族源的传说属于历史传说故事，其历史背景与历史事实虽非皆有史实可考，但大体上反映了回族共同体形成的历史真实。一方面，它有一定的历史依据，并非随意编造；另一方面，中国民间传说故事又属于艺术，必定要将巨大的历史内容浓缩在其特殊的

---

① 李树江、王正伟编：《回族民间故事选·前言》，上海文艺出版社 1985 年版，第 16 页。

故事情节中。

我们现在看到的回族族源传说有收在《回族民间故事选》中的 4 个故事，分别是《回汉自古是亲戚》《宛尕斯的故事》《回回原来》和《灵州回回的传说》。东干此类民间传说，是 1941 年东干历史学家、民俗学家尤苏洛夫访问哈萨克斯坦库尔达伊区绍尔秋别村的 70 岁东干老人黑·五阿訇诺夫时收集的，而东干人中广为流传的这个故事①与《回回原来》相吻合。比起《回回原来》的简略叙述，黑·五阿訇诺夫的叙述包含了更多的历史信息和更生动具体的艺术构想。

东干民间传说，开头部分叠加了一个徐茂功斩龙王的故事。明显受汉族故事影响，在伊斯兰教之外，不仅出现了龙王，还出现了玉帝（神界的最高统治者），另一不同处，将魏征置换成徐茂功。

关于李世民做恶梦与徐茂功解梦，是传说的主要环节之一，是故事的因缘。流传在新疆的《回汉自古是亲戚》和《宛尕斯的故事》都淡化了做梦的具体时间，而只有《回回原来》的时间非常精确："大唐贞观二年 3 月 18 日，夜，天子梦一缠头……"东干民间传说沿袭《回回原来》，将时间定为，"公元 628 年 3 月 18 日，唐太宗李世民梦见……"内容都是梦见阿拉伯人。而东干民间传说则更为具体，徐茂功摆开八卦，算出"缠头巾的朋友，那便是天方的马回回（穆罕默德）先知啊！"关于唐太宗李世明梦的内容，还有别的不同说法。据李福清提供的材料，另一异文中，李世民看见白象和绿狮争斗，白象象征佛教，绿狮象征穆斯林，而梦中绿狮战胜了白象，明显带有伊斯兰的宗教倾向。

回族族源传说的关键环节是阿拉伯人来唐。尽管有的异文将来唐时间定在玄宗时期，更多定在太宗时期，时间略有不同，但都反映了回族形成始于唐代的历史事实。东干民间传说，皇帝请求穆罕默德来唐，穆罕默德派自己的三个大弟子盖斯、外斯和宛葛斯，带领 3000 阿拉伯士兵来到中国。为了让他们长期留下来，皇帝又选派 3000 中国士兵去阿拉伯，这些留在阿拉伯的中国人后来又融合成一个新的民族——扎瓦

---

① ［吉］М. Я. 苏三洛：《中亚东干人的历史与文化》，郝苏民、高永久译，宁夏人民出版社 1996 年版，第 38—42 页。

人。扎瓦人的说法，是东干传说中独有的，是居住在中亚的东干人叠加进的新材料，读来感到新鲜。

关于宛葛斯这个人物，中外研究者普遍认为，是阿拉伯历史上的真实人物。李福清说，东干民间故事中的宛葛斯，源于阿拉伯瓦卡斯，这是真实的历史人物。他的完整的名字叫沙以德·伊卜恩·阿布瓦卡斯。他是卡基西亚战斗部队的总司令。中国学者李树江说："宛葛斯这个人物尤其值得注意，历史上可能确有其人，在阿拉伯国家中也有关于他的类似的传说记载，在我国广州的流花桥畔迄今还有他的坟墓。虽然作品（指《回汉自古是亲戚》）中记叙的宛葛斯出使赴唐的时间比史书记载的大食国遣使来华早了 30 余年，但唐肃宗李亨借用西域兵员，其中一部分后来落籍中原成为回族部分先民，却是史籍可考的事实。"① 回族的形成，经历了较漫长的时间，从唐代开始，经元明，阿拉伯人与中国汉、维、蒙等民族通婚、繁衍，最终形成了一个新的民族——回族。东干民间传说，为了颂扬伊斯兰教，还虚构了这样的故事情节："不久，唐王朝遭受到北方游牧民族的进攻，皇上便向宛葛斯求援，宛葛斯就和自己的 3000 名阿拉伯人奔赴战场。游牧民族的喇嘛施用法术向宛葛斯的人群投下许多大块冰雹，而宛葛斯却突起暴风，将冰雹反投在游牧人的队伍头上。"显示了穆斯林将领的神奇威力。

东干民间传说还包含更多的历史文化信息，当宛葛斯等阿拉伯人想返回自己的祖国时，皇帝让他们到御花园游园（回族一说观赏正月十五花灯会），挑选中国的女子做妻。而婚礼持续了 7 天，典礼依伊斯兰信仰在清真寺举行，仪式却按中国风俗进行。体现了阿拉伯礼仪与中国礼仪的融合。婚后第 4 天，中国百姓着手准备盛宴款待女儿，每家人都带去 4 把挂面，4 个鸡蛋，4 碟凉菜，2 斤肉及一件围裙。据苏尚洛解释，从那时起在东干人的日常生活中，保存下来称作"四道面"的习俗，至今吉尔吉斯斯坦和哈萨克斯坦东干乡庄仍保存婚后第 4 天，新娘的父母到新郎家做客的习俗。中亚东干人是中国西北回族的后裔，按中

---

① 李树江、王正伟编：《回族民间故事选·前言》，上海文艺出版社 1985 年版，第 13 页。

国西北汉族的习俗，并不忌讳 4 与"死"谐音，走亲戚家通常带 4 个油饼、干粮或包子之类的礼品，或 6 个、8 个。而讲究的是双数，成双成对表示吉利。这同东干传说带 4 把挂面等数字习俗是一致的。郝苏民、高永久将苏尚洛所说的习俗译为"四道面"，不知是东干人汉字失传后造成的误解，还是翻译问题，"四道面"似可商榷。中国西北农村至今还有这样的习俗，新娘过门后，在婆家做第一顿饭是擀长面，叫"试刀面"。"试"与"四"西北方言发音相同，"试刀面"的意思，是试试新娘的做饭手艺。按中国传统，女人的茶饭、针线是最要紧的。因此，"试刀面"较为可靠，而"四道面"则颇为费解。

东干民间传说的历史文化信息还体现在语言上。新娘告诉父母，丈夫是有教养的人，只是不懂汉语。过了一些时候，嫁给阿拉伯人的那些汉族女子生了孩子，这些孩子学会了母亲的语言，而很快阿拉伯人也讲起汉语来。据《宁夏伊斯兰教常用词语汇编》（苏敦理、余振编）统计，回族语言中保留阿拉伯语和波斯语词汇共有 380 多个，用于宗教礼仪乃至日常生活中。但回族的语言主体仍然是汉语。

东干民间传说还特别提到回族的姓氏。后来，按照中国人的习俗，这些子女开始依中国母亲姓氏，给自己取了姓氏，如马、杨、刘、白、何、苏、冯、王等，这些姓氏一代一代传了下来。中亚东干人的姓氏更呈现复杂的情况，在沙俄及苏联时期，东干人要依俄罗斯人的姓名构成习惯，登记注册。李福清指出东干人的双重姓氏表现在，一方面接近中国汉族姓，如姓张等；另一方面，明显接近穆斯林，如伊斯哈尔、伊斯玛尔、爱莎等。这反映了东干风俗中，早先孩子既有穆斯林姓氏，又有中国汉族姓氏。现在东干人除了俄罗斯式的姓名外，还知道自己的中国姓。笔者曾问过爱莎·曼苏洛娃姓什么，她回答姓马。问穆哈默德·伊玛佐夫姓什么，他回答姓黑。马和黑是东干人从中国回族祖先那里带过来的姓，在同其他民族社交中，并不使用。

由以上分析可以看出，关于东干族源的民间传说，一个篇幅不大的故事竟包容了如此丰富的历史内涵与文化内涵，具有很高的研究价值。

（四）

梦先生的故事，在中国民间流传广泛，据李福清说，德国学者埃别尔哈尔德曾记录了 13 个不同的文本，主要采自东南省份——浙江、江苏、福建、广东，也有采自北京的文本。① 不仅流传于汉族地区，同时也流传于朝鲜族及维吾尔族中。我们这里以中亚东干故事《梦先生》和宁夏回族同名故事为例，兼及东干诗人十娃子的叙事诗《梦先生》作一简要分析。

关于故事的框架和轮廓。民间故事属于口传文学，因此同一故事，有一个大体相似的框架，同时又有各自不同的细节。我们先从《梦先生》故事中找到几个相同的因子，即普洛普所说的功能，以此勾画其基本轮廓。其相同的元素有 4 个：第一，主人公假装在梦里能看见一切。第二，考验。通常是某人丢失了羊，主人公根据羊的活动地形，找到了丢失的羊。假托梦见了，人们信以为真。第三，皇上丢失了贵重物品，大印、夜明珠或黄金，并派武士来请梦先生去找。第四，巧合。主人公发愁，不知如何找得到，便随口说出，盗贼不是张三，便是李四，原来盗贼正是守在皇上身旁的两个武士或官吏，一个叫张三，另一个叫李四，大案随即告破。

不同于神奇妻子类型故事的超现实、超自然的神奇力量，《梦先生》故事则较为贴近真实。叙述者就像一个魔术师，一边做魔术，一边兜底。巧合，在故事中发挥到了极致。在这种巧合中，寄予了民间的理想，而人物形象没有神话色彩和外加的光环。

尽管如此，但是不同异文，又有许多不同之处。宁夏故事有一篇和中亚东干故事《梦先生》情节较为接近，而另一篇异文在主题和色调上有很大差异，将主人公置于阶级矛盾和冲突中，写成一个英雄人物。见了皇上，"一不叩拜，二不施礼，昂首挺胸地站立一旁"。当他通过"梦"找到皇上丢失了的夜明珠后，皇上要给他封官晋爵，并想把他强留在宫中。他拒绝了这一切，唱着"花儿"回到原地和哑姑成了亲，并把皇上给他的金银财宝全部散给了穷苦百姓。相反，东干故事则完全是生活化的。主人公的妻子喜欢坐娘家，去了就不想回来，于是主人公

① 李福清等编著：《东干民间故事与传说》（俄文版），莫斯科科学出版社 1977 年版，第473 页。

将她的衣物藏到山洞，假托能在梦中找到，果然骗过了妻子。于是皇帝要他找回丢失了的黄金。当找到黄金后，皇帝让主人公做了自己的女婿。但他不能忘记先前的妻子，便请求公主准许前妻搬进宫里居住，他们三人生活到高龄。不但故事完全生活化，而且让主人公和公主、前妻一起生活的结局也反映了平民的理想和愿望。

东干民间故事与中国民间故事的另一不同，是作品中人物姓名的差异。中国回族民间故事中，来自阿拉伯、波斯等伊斯兰世界的姓名颇多；而相反，东干民间故事中除了个别人物如伊斯哈尔、爱莎等外，绝大多数则是中国人名，如张大蛟、张天佑、金花、马云花、孥娃、卖娃、双喜等。有些故事甚至没有人名，出现人名淡化的倾向，如《金鱼》中讲道："很久以前有三个兄弟，年长的叫老大，中间的叫老二，小的叫老三。"不问人物姓名。《老猎人》中只称猎人、少年。其他如马员外、李员外、瓜女婿等只标人物身份。而中国回族民间故事中如阿比德、伊布利斯、艾利伏、尔不都、纳西尕儿、艾思麻、索里哈、曼苏尔、尤苏等人名甚多。

为什么中国回族民间故事与中亚东干民间故事中人物姓名会出现这样的差异呢？在中国，回族作为少数民族，要保持自己的民族属性，防止湮没在汉族文化中，其人物多用伊斯兰民族姓名。而在中亚，东干族与其他伊斯兰民族如哈萨克、吉尔吉斯、乌兹别克等民族生活在一起，他们要保持自己的民族属性，除了具有伊斯兰特点外，还必须具有中国的特点。中国回族的许多姓氏如马、杨、刘、白、何、苏、冯、王、陈等最早也来自"汉族妈妈"的姓氏。通过这样的比较，我们就会发现东干民间故事的有趣现象。中亚东干民间旧故事，基本来自中国，如《张羽煮海》，元杂剧中就有。在东干民间流传过程中对人物姓名未加改变。

我们发现东干著名诗人十娃子的叙事诗《梦先生》，同李福清等《东干民间故事与传说》中的《梦先生》距离较远，而前者在某些情节上更接近中国民间故事。李福清所收的甘肃村故事，更像陕西村文本。梦先生做了驸马，但是公主不信他能在梦中找到丢失的东西，于是又考验他。把枣子染上黑色的颜料，把蒜染成蓝色的，藏在手里，叫梦先生猜。梦先生不知道是什么，只是大声地说："清早难算"，意思是说，一大清早，难以梦见是什么。但是公主一听，他猜对了。"清早"就是"青枣"（即黑枣），"难算"就是"蓝蒜"，而把"难"读成"蓝"正是陕西口音。陕西人把"大脑"说成"大老"，都是声母 L 与 N 混同。

十娃子的叙事诗《梦先生》将另一故事《一字不识》叠加了进去。故事后半部分，皇帝大印丢失，请梦先生寻找。而结尾，由于梦先生无意说出，盗贼不是张三，便是李四。张三、李四两个武士不得不承认，皇帝的玉玺大印是他们偷的。故事戛然而止，没有受封赏或做附马的结局。由此可以推断，《梦先生》故事在东干人中不仅流传较广，而且有几种异文。

总的看来，东干民间故事研究是东干文学研究中较为深入的领域，李福清等人的《东干民间故事与传说》，材料扎实，学术功底深厚。十四儿的《中亚回族民间散文口头创作》则运用结构主义方法研究民间故事，也有较新颖的观点。东干民间故事的中国研究视角还有待进一步深化。

另外值得注意的是，我们发现东干民间故事《要上树的鳖盖，江呢浪去的猴》颇有哲理，但是翻阅《中国民间故事集成》各卷，都没有类似故事，现将这则故事附于文后。

附录

要上树的鳖盖，江呢浪去的猴

早前的一个故事上说是，江沿上的老鳖盖活哩三百多年。它的脊背又宽又大，光的就像是照脸镜子。鳖盖在江呢浮开水哩，它的身上连一个水渣渣都不沾。鳖盖水上浮得好，它在江里头都浪过来哩，把水里头的事情知下的，经见下的多。

在江呢鳖盖浪厌烦哩，它想在树上浪一下去呢。到一个大树跟前，它往上爬呢，高得爬不上去。鳖盖急得在树底打圆儿转的呢，它跟前来哩个猴。

鳖盖看的一个猴儿来哩，一下高兴哩，它思量的这个猴能把它领到树上。

——好吗，你来哩嘛，你轻松吗？——猴把鳖盖问候哩。

——好，你好吗？——鳖盖给猴回答的。

——你在这塔做啥的呢啥？——猴问的。

——唉，你问啥呢？——鳖盖说的，——我想在树上浪去呢，可是没上得去。

鳖盖就把猴领到江沿上浪去哩，拿寸寸子，稍稍子的气力。猴走前哩道了个谢，把鳖盖请下，叫在它的家呢浪去呢。

赶早鳖盖收拾上在猴跟前浪去哩。只走一不到，走来一走去一鳖盖到哩树林呢哩。各样的草把鳖盖挡挂的走不动哩，它乏的爬下缓的呢。

猴等的鳖盖不见来哩，它迎的鳖盖去哩。走到路上把鳖盖接迎上一搭呢走脱哩。鳖盖给猴把它走下路的为难学说哩。猴给鳖盖说的，它就知道树林里头的都道鳖盖上树难。猴把鳖盖唏唏儿领不到哩。鳖盖一看啥，猴的房子在一个大树上呢，它一下愁下哩。它思量的咋蹬上去呢？猴看的鳖盖愁下哩，猴打开主意哩，咋么价叫鳖盖上树去呢，看啥，猴一下跳了个掌子，叫唤了一声，把鳖盖吓了一跳。收口儿猴说是，它把上树的路数思谋下哩，鳖盖听见放心哩，猴把上树的方子思谋下哩，高兴地转磨磨儿的呢。

鳖盖就问呢，猴思谋了个啥方子。

——我咋上去呢？——鳖盖问哩猴儿哩。

好上——猴回答的，——你把我的尾巴咬住，后头耍拉的。猴往树上慢慢儿上脱哩。将没儿到哩房门上哩，公猴迎上出来哩。

——好吗，——公猴把鳖盖问候哩。

鳖盖将没儿给回答呢，说"好"嘴一张，把猴的尾巴撂开，它打树上绊下来哩。

——唉哟，我的脖子呀，唉哟，我的脖子呀，——鳖盖呻唤地喊脱了。

——你可问候下鳖盖做啥呢？——母猴把公猴埋怨哩一顿，赶紧打树上下来哩。

把你的哪塔儿绊哩——猴问的，——我的心爱的鳖盖？

鳖盖两个爪子抱的脖子说的：——把我的脖子踠哩，我的脖子疼得很。

猴赶紧就把鳖盖的脖子搓摸哩。鳖盖慌了一下儿，猴可叫把它的尾巴咬住上树呢。

往树上上的呢，鳖盖的脖子疼的唏唏儿的哩，将没儿到哩房门哩，公猴出来哩。

——唉哟，好我的鳖盖客呀，——公猴问的——把你的哪塔儿绊呢？

鳖盖咬的猴尾巴，脖子疼的，将没儿说"我的"嘴一张，把猴的尾巴摞开，可打树上掉下来哩。这一回儿，把鳖盖的一个后爪子踠哩。

——唉哟，疼死我哩，唉哟，疼死我哩！——一声连一声的鳖盖喊的呢。

母猴可把公猴抱怨了一顿，赶紧下来哩。猴把鳖盖问哩，看哩，搓摸的可搞捣的叫鳖盖上树去呢。鳖盖唏唏儿不答应哩。猴就给鳖盖告比的说是这一回，公猴但问开哩不叫鳖盖言传。

鳖盖可把猴的尾巴咬住，往上上脱哩。上的，上的到哩房门上哩，公猴可叫迎上，说是：

——唉哟，我的心爱的鳖盖客呀，我的错，把你可绊哩。鳖盖嘴将一张说"背不扎的（没关系）"，把猴的尾巴摞开，可掉下来哩。猴可下来看哩。第三回把鳖盖绊得重。鳖盖呻唤地说的，它再不上去哩。猴把鳖盖搞捣扎哩，叫上树去呢。鳖盖就没胆呢，给猴道了个谢，可把猴请下哩。猴道了个谢，给鳖盖应承的说是，它言定去呢。

——猴你言定来，——鳖盖说的，——我在家呢等你的。

——好得很，你不等，我也去呢，——猴回答的。猴把鳖盖送哩半截儿，指了个捷路叫回去哩。停（读 teng）了两天，猴就在鳖盖跟前浪去哩。它打一个树上，跳到一个树上走脱哩。把树林走完，它到了干滩上连跳带跑地到了江沿上哩。鳖盖看见迎上来哩。

——你好的呢吗？——鳖盖把猴问候哩。

——我好，你好吗？——猴回答哩也问候哩。猴连鳖盖拉哩一阵子，猴要在江呢浪去呢。鳖盖叫猴上哩它的脊背，它把猴驮上在江呢浪去哩。

——鳖盖把猴驮上，打江呢下去，浮上走哩。走到当中呢，猴看的一切都是水，就像是没有干地方，它思量哩。猴思量的，没有啥的这个水里头有啥浪头呢。鳖盖浮的浮的到了深水里头哩，猴在鳖盖的脊背上动的，它把鳖盖打树上头一回绊下来的事情想起来哩。越思量，越失笑，失笑的它在鳖盖的脊背上打战呢。

——唉连手！你叵笑哩，——鳖盖给猴说的。——你打我的脊背上掉下去哩。鳖盖浮的，浮的，猴可把鳖盖第二回打树上绊下来的思量起来哩。猴思量的，笑的，在鳖盖的脊背上转的呢。鳖盖看的猴掉下去得哩，可说的：

你再叵笑哩，你掉下去淹死呢。猴听哩，没敢笑。

水浪把鳖盖打得在水里头蹩（跑）的呢。猴在鳖盖的脊背上动的呢，它可思量起来第三回把鳖盖打树上掉下来的事情哩。越思量，越失笑，它思量的笑的在鳖盖的脊背上跳开哩。鳖盖给猴将没儿说是："你叵跳哩"，猴可价打它的脊背上滑下去哩。猴不会浮水的一面儿，水把它淹死哩。

到如今鳖盖自己为上树挨的绊子的，把猴咋么价淹死的事情给谁都没说过。

四　东干口歌口溜

口歌口溜不仅是中亚东干民间文学的重要组成部分，同时也在东干民族的文化生活中占有重要地位。在论述这一问题之前，首先要弄清口歌口溜的内涵及其文体特征。

中国学者一般译为口歌口溜。有的望文生义，在论文中说"口溜"

就是"顺口溜",是不对的。俄罗斯汉学家同笔者讨论这一概念时,有的认为应译为"口格口令"。如将"口格"解为格言,"口令"解为绕口令,显然不合口歌口溜的本意。且"溜"与"令"读音也不相同。东干语言学家 Ю. 杨善新在他的《简明东干语—俄语词典》中解释口歌的俄语对应词为 пословица,即谚语;口溜的俄语对应词为 поговорка,即俗语。显然,二者是区分开来加以界定的。为什么要用这两个概念,其文体特征是什么? Ю. 从娃子在他的《东干语源词典》中揣摸口歌口溜的"口"字,是口传的,不是书面语言。"歌"与"曲子"、"音调"相关,"因此,口歌里头话连句"。"连句"便是这种文体的特征之一,如"家有十口,吃饭雷吼","尿泡打人不疼,臊气难闻"。而口溜,按 Ю. 从娃子的解释当为"口留","留"即"剩下"(遗留)之意。这解释正暗合中国古代谚语的含义,《说文解字》说"谚,传言也"。但在东干人收集出版的口歌口溜集中,这二者又往往合在一起。Ю. 杨善新、P. 尤苏洛夫、M. 哈桑诺夫、X. 拉阿洪诺夫等先后收集发表或出版了东干口歌口溜、格言、谜语等。其中收集最多的有以下两本书。一本是 1984 年 P. 尤苏洛夫出版的《回族口溜、口歌、猜曲话(格言)、连猜话(谜语)》,计有 1500 余条。另一本是 1998 年,X. 拉阿洪诺夫编辑出版的《回族民人的口歌带口溜》,约 1500 余条。以后者为例,主要收谚语,同时也有少量的歌谣,如"小人念书不贪心,不知书内有黄金。早知书内有黄金,夜照明灯下苦心"。也有极个别的歇后语,如"灰尘落到豆腐上,吹不敢吹,打不敢打","两腿塞到一个裤腿呢,跷不开"。偶尔也出现几个谜语和绕口令,如"羊碎尾巴大,进房盛不下","出哩门拾哩一个鸡皮补皮裤,皮裤不叫鸡皮补,鸡皮但要补皮裤"。X. 拉阿洪诺夫的这本书已由林涛译成汉文。专门研究东干口传文学的学者 Д. 哈哈子的《中亚东干族口歌口溜》,收集整理的东干口歌口溜最多,已有 3000 多条,同时对每一条的含义都做了解释。可惜,此书尚未出版,我们翘首以待。

"口歌口溜"的文学观念包括谚语、俗语及歌谣等,相当于"谚谣",按中国的传统,自古谚、谣并称。清人杜文澜将古代谚谣合编,辑成《古谣谚》一百卷。因此东干人将谚谣并称，并合在一起，也正是我们先前的文学观念。虽然杨善新将口歌说成谚语，口溜说成俗语，但在东干人那里，口歌与口溜有时又合为一体。东干著名作家 A. 阿尔布都在短篇小说《补丁老婆》中引"无风不起浪"，称为口溜，也将口溜视为俗语。但后来的人们仍将其归为一类。如 X. 布戛佐夫与 Б. 杜娃子编写的《识字课》（即东干语文教科书）中，将谚语"人抬人高，水抬船高"，"独人难活，一根柴难着"等都称为口溜。可见，这二者又是不分家的。

要考察东干口歌口溜，必须将其置于中亚文化语境中，不能完全等同于汉语语境中的中国谚谣。只有这样，才能发现并认识其特殊的意义。

东干人处在俄语、哈萨克语、吉尔吉斯语及乌兹别克语等众多语言并存的环境中，尤其俄语为通用语言，东干语中已借用了不少外来语词。据 A. 卡里莫夫估计，在全部东干语词汇中，外来词约占 10%，其中俄语借词占 7%，阿拉伯语、波斯语占 2.5%，突厥语占 0.5%。① 尤其时政用语及现代新术语，俄语借词占有更大的比重。如海峰翻译的一段介绍苏联新宪法的东干话："艾赛赛尔的新康斯提士此雅的第 95 连 96 条上写的：'往民人捷普塔特们的一切沙维特上，按大家一平带，端直子选举的权势，秘密乤手的路数拣选捷普塔特们呢'……"译成现代汉语便是："苏联新宪法第 95 和 96 条上写道：'在人民代表的苏维埃中，按大家平等、直接选举的权力，无记名投票的方式选举代表。'……"。② 假如不懂俄语，就很难弄清这段话的意思。但是东干口歌口溜却不同，这是纯粹的不夹杂俄语的东干语，除了少数阿拉伯、波斯语借词外，都是西北方言。A. 曼苏洛娃在为 X. 拉阿洪诺夫《回族民人的口歌带口溜》写的序中说，拉阿洪诺夫喜爱"亲娘语言"，他写这本书的初衷之一便是希望青年不要忘记"亲娘语言"。口歌口溜是祖祖辈辈传承的，在所有东干文学中，口歌口溜同民间故事、民歌一样最能体现东干人的

---

① 海峰：《中亚东干语研究》，新疆大学出版社 2003 年版，第 8 页。
② 同上书，第 423—424 页。

母语特点，是最纯粹的东干话。

从语言上看，东干口歌口溜有两大来源，一类来源于陕西，带陕西口音；一类来源于甘肃（包括宁夏），带甘肃口音。前者如"师傅不高，教下的徒弟拧腰"。陕西人将"弟"读 qi，东干文本为"徒弟（qi）"，显然是陕西口音。"羊马年，广收田，猴九，鸡十，饿狗年"，"田"东干文本为 qian，有的译为"钱"不妥。甘肃镇原谚语说"羊马年，广收田，鸡猴饿狗年"。因此，X.拉阿洪诺夫所收这条口歌口溜的发音也当为陕西谚语。又如"吃哩一日的饱饭，不能忘千年的饥"，"日"读 er 也是陕西话。又如"骑驴的想停呢，赶驴的不答应"，东干文"停"读 teng，也是陕西话。上述例证都是从发音判断的。从用词也可以看出东干口歌口溜的这两大来源。旧时，东干人也有娶几个妻子的，口歌口溜说："骑驴的腿不闲，娶两个婆姨的嘴不闲。""婆姨"为陕西话。西安回民将奶奶称为娜娜，在东干口歌口溜中也有类似的称谓。

属于甘肃口音的，如"山高还没水高，风高还没雨高"，将"水"读 fei。"小人念书不贪心"，将"书"读 fu。由于中亚东干族主要来自陕西、甘肃两省，这两省的绝大部分语词相同或相近，因此说东干口歌口溜有两大来源，是符合实际的。陕西话与甘肃话，在不标声调的东干书面语言上大部分相同，不易区分。口音上区别较大，一听便能区分开来。笔者系镇原人，发现不少东干口歌口溜与甘肃镇原谚语完全相同。如"鸱鸮"读 cijiao，"熬眼"读 naonian，都是镇原话。中国学者解释《诗经·豳风·鸱鸮》一诗，公认鸱鸮是猫头鹰，其实并非如此。庆阳把猫头鹰叫"信猴"，鸱鸮比猫头鹰小得多。当地谚语"信猴叫老，鸱鸮叫小"，这两种鸟都是昼伏夜出，民间称为不吉祥鸟。前者叫，会死老人；后者叫，会死小孩。这与《诗经》中的寓意相合。详见笔者《鸱鸮新证》。① 又如："娘老子心在儿女上，儿女心在石头上"。镇原谚语"父母心在儿女上，儿女心在石头上"与之相类。据传这条谚语来

---

① 常文昌、王斌学：《诗的多向度研究》，兰州大学出版社 1998 年版，第 257—260 页。

源于一个故事：一个老人生了十个儿子，到了晚年，却无人侍奉。最后商定，每个儿子侍奉一个月，依次轮流。但是，每逢大月，便无人愿意侍奉。后来有人给老人出主意，让他把一块石头锁在小匣子里，走到哪儿带到哪儿，不让任何人打开。十个儿子都以为小匣子里有财宝，便争相侍奉。人们便感叹："父母心在儿女上，儿女心在石头上。"与镇原谚语相同或相近的口歌口溜还有"腊月腊八，长一杈把"，"四月八，乱点瓜"，"人的肚子，杂货铺子"，"人凭衣裳，马凭鞍张"，"将心比，都一理"，"打人不打脸，骂人不揭短"，"白日游四方，黑呢借油补裤裆"，"光棍不吃眼前亏"等。

东干口歌口溜的民族特点。在汉族悠久的历史传统中，一直重农抑商。东干族有重农的谚语，更有重商的谚语。"看牲灵种地，一本十利。""千买卖万买卖，不迭（如）地呢翻土块。"这些谚语都是以农为本，强调农业的重要性。但是，另外一些谚语，与汉族的传统观念却不同。如"家有千两银，不迭个买卖人"。"时不来运不通，担上个扁担儿学营生"。东干人是中国回族的后裔，他们有经商的传统。据有人统计《古兰经》中有20多处提到"出外奋斗"、"在大地上寻找财富"者，主要指商人。穆罕默德本人从事经商活动，他认为"商人犹如世界上的信使，是真主在大地上的可信赖的奴仆"。中国回族谚语说："回回两大行，小买小卖宰牛羊。""回回三大行，羊肉馒头贩粜粮"。说明经商在回族经济生活中的地位。在东干人较为集中的吉尔吉斯斯坦，我们亲眼看到首都比什凯克的蔬菜市场，绝大部分由东干人经营，说东干人主宰着那里的蔬菜市场，一点也不夸张。

在中亚，我们还看到一种现象，地道的过道、马路边上也有乞丐，或弹奏乐器以换取施舍的盲人、残疾者，但是从未发现东干人行乞。东干谚语说："低头下苦给地要，不能张手给人要。"将东干谚语与现实生活联系起来，我们惊异地发现，某些经典性的口歌口溜已成为东干人的行为准则。东干民间口歌口溜，也有过时的成为糟粕的，如轻视妇女等。但这不是东干口歌口溜的主流。

东干人对色彩的嗜好，也很独特。东干口歌口溜说："绿配红，爱死人"。据苏尚洛介绍，东干人的帽子样式未能传承下来，但对帽子的颜色，喜欢绿色。而汉人却认为戴绿帽子是一种羞辱。[①] 据报道，"东干人不缝制绿鞋，而且也不用中国清朝时的黄色。东干人认为绿色是穆罕默德的色彩，而黄色是清朝皇帝的颜色。然而七河区的东干人开始缝制黄色的鞋子。"[②] 可见这条谚语与东干人生活习俗的联系，对绿色的爱好，是穆斯林包括东干族的标志。

东干口歌口溜说："回回是鱼，三天不洗就是驴。"这是东干人独有的谚语。东干人同中国回民一样，喜爱清洁卫生，这不但是伊斯兰教规的影响，也是东干人的生活习惯。

东干口歌口溜也反映了婚姻及葬丧的风俗。如"天上无云雨不通，地下无媒结不了亲"，说成婚必须通过媒人。"媳妇到门前，还得一个老牛牵"，说彩礼、婚礼的花费。东干葬俗也不同于汉民。口歌口溜说："头往北，脚往南，四十土块插得严。"据林涛介绍，中亚回民葬俗，打好坟后，将埋体头朝北，脚朝南，面向西放好，用四十个土块将门砌严，上面堆成一个长条形的坟堆。[③] 这同中国的回民葬俗大体一致。中国回民也将埋体头朝北，脸朝西，向着圣地麦加的方向葬埋。

宁夏回族作家石舒清的短篇小说《清水里的刀子》颇有影响，并获第二届鲁迅文学奖。其中有一个奇特的情节，老牛在快要被宰杀之前的日子里，已经预感到了什么，当喝水时，看见水里有一把刀子，这是将要杀它的那把刀子，从此老牛便不再吃草，不再喝水。东干民间流传的歌谣，收入 X. 拉阿洪诺夫的《东干民间口歌口溜》中的一首这样说："东海沿上一头牛，口停灵草泪长流。为什么不吃草？恐怕刀来刀见头。"石舒清的小说情节同中亚东干民间的歌谣有惊人的相似。

从这些零星的口歌口溜中，可以看出，东干谚谣具有浓郁的民族特点。

---

① ［吉］М. я. 苏三洛：《中亚东干人的历史与文化》，郝苏民、高永久译，宁夏人民出版社1996 年版，第 172、167 页。

② 同上。

③ ［哈］X. 拉阿洪诺夫辑录：《中亚回族的口歌口溜》，林涛译，香港教育出版社 2004 年版，第 100 页。

东干族信奉伊斯兰教，口歌口溜中也有与宗教相关，或借用阿拉伯语、波斯语的成分。如："人爱主爱，人不爱主不爱。""人有曲曲儿心，安拉有拐拐儿路。"东干原文有误，林涛先生按音译为"人有曲曲儿心，安拉有过过儿路"。"过过儿路"颇为费解，当为"拐拐儿路"，甘肃镇原谚语有"弯弯肠子，拐拐心"可为佐证。而东干语"过"与"拐"的韵母写法上相近，容易弄错。其中的真主、安拉是伊斯兰教信奉的神。又如"好的不长远，瞎的喧顿亚"，"不怕主麻下，但怕主麻罢"。"顿亚"即世界，"主麻"即聚礼，都借用阿拉伯语。"伊玛目走哩，寺在呢。""树迎风呢，财贝迎拜俩呢。"伊玛目为教长，拜俩为灾难，也是阿拉伯语借词。

口歌口溜在东干人生活中的作用。2002 年，笔者在比什凯克看到《东干报》报头每期印有同一条谚语："三人合一心，黄土变成金。"感觉到谚语中的精警语言已经成为东干人的座右铭。在东干广播中还听到以谚语作为文章的题目，如"刚强是人的财富"。东干人把健康叫刚强，读来觉得非常亲切。俄罗斯谚语说："两人分担一个痛苦，只有半个痛苦；两人共享一个快乐，变成两个快乐。"在俄罗斯北奥塞梯自治共和国境内发生人质事件后，温家宝总理访俄发表演说，引用了这条俄罗斯谚语的前半部分（新华社俄罗斯 2004 年 9 月 24 日电），非常得体。俄罗斯人听了一定感到很亲切。谚语会把我们带到特定民族的文化氛围中，因此可以体会到谚语在交际中的作用。

东干口歌口溜也体现了东干民族精神。在苏联，俄罗斯民族人口众多，其语言属于强势语言。而东干族是少数民族，人口又少，其语言属于弱势语言，因此，民族意识似乎更为强烈。

首先东干口歌口溜特别强调民族的亲和力和凝聚力，强调人的团结。"三人合一心，黄土变成金"，不仅作为东干报头语，同时也出现在中小学东干语教科书及其他书刊中。又如"独木成不了林，单丝成不了绳"，比喻团结就是力量。"三家四靠，倒哩锅灶"，西北话，倒灶就是家境败落，难以为继。告诫人们，一个家庭、一个民族，倘失去了凝聚力，就必将崩溃。将这些谚语放在中亚语境中，便有了特殊的意义，即多了一层民族亲和的意义。在东干社会生活与日常生活中，可以感受到其强烈的亲和力。中亚东干族的跨国联系（包括民间交往）非常频繁。东干广播也经常号召，一方有难，八方支援。

东干人是一个自强不息、具有奋进牺牲精神——"硬气"（东干人语）的民族，从白彦虎的起义，到马三成骑兵团，再到卫国战争，都有力地证明了这一点。这种民族精神，也体现在他们的口歌口溜中。如："英雄死到仗上，憋囊子死到炕上"。"憋囊子"，西北方言指没有出息的窝囊废。东干民族具有顽强的毅力。口歌口溜说："宁叫慢，不叫站"。"宁叫挣死牛，不能叫打住车。"都强调永不停息的奋斗精神，不达目的，誓不罢休。又如"蚂蚁虫儿搬倒泰山呢"，蚂蚁与泰山之悬殊，不可同日而语，但前者却要以群的力量，以持久的耐力胜过后者，这正是东干民族精神的体现。东干口歌口溜还表现了东干民族不服老的进取精神，如："人老心不老，树老根不老"，"不怕人老，但怕心老"。东干书面文学的奠基人十娃子汲取了东干民间谚语中的这种精神，写成《有心人》等名诗。

重人伦，敬父母，是东干人的传统。在现代观念的冲击下，孝敬老人的传统在国内不少年轻人那里淡薄了。当我们看到韩国的家庭电视连续剧《看了又看》《澡堂老板家的男人们》等，看到中亚东干人的伦理道德，为之感叹。中国及东方某些古老的传统，在国内渐趋淡化，而在国外却被其他民族较完整地保存着，这种文化现象不能不令人深思。东干口歌口溜说："父母的恩情数不清，抓屎抓尿才成人。"东干人对父母特别孝顺。口歌口溜批判不孝敬父母的人："没调养的儿子二夹凉，娶哩媳妇忘哩娘。""二夹凉不知远近，说话不管六亲。""二夹凉"，西北方言，二杆子、半吊子，即不明事理的人。敬老爱幼，是东干人的传统。东干人特别疼爱孙子，这方面的口歌口溜较多，并常挂在东干人的嘴上，如"爷爷告孙子，墙缝呢藏金子"。东干语"告"即哄，领。与此相近的口歌口溜还有"老奶抱孙子，墙缝呢藏金子"；"娜娜坐到炕上告孙子，炕沿底下藏金子"。通过东干谚语，我们可以感受到东干人温馨和睦的农家生活情趣，如"家呢有三宝，鸡儿叫，狗咬，娃娃儿吵"，是一幅生动的田园生活图。

东干人重视为人处事，其处事原则往往出于道德良心。口歌口溜说："有要公道，打一个颠倒。"这是陕西谚语，将"颠"读 jian。"将心比，都一理"。这些谚语都是设身处地为人着想。在价值观念上，东干人重道义，重情义。如"人给人不报恩，在世就是活畜牲"。"欠钱不昧，一世没罪"。都遵循道德自律的原则。东干人以交友为荣，口歌口溜说："家呢金银有百斗，不送维下好朋友"；"设席容易请客难，客比凤凰主比山"。东干人又乐于成人之美，常引谚语"人抬人高，水抬船高"。在处理物质利益上则是"先说响，后不嚷"，"好借好还，再借不难"。

东干口歌口溜中也有对社会现象及人性中恶的倾向的针砭和批判。如"墙倒众人推"或"墙倒众人掀"，"人软众人踢，马软众人骑"等就是对常见的社会现象的揭露。"人心没底儿，蓝天没尾儿"，"人心总不够，吃哩五谷想六谷"等是对贪婪人性的批判。"不怕十人劝，但怕一人垫"，"衣裳长哩拉露水，舌头长哩说是非"，"舌头没脊梁，翻里翻面能说上"等是对拨弄是非的针砭。"白日游四方，黑里借油补裤裆"，"吃饭拣大碗，做活撒懒干"，又是对懒汉的批判。

中国的 24 个节气，在东干人的记忆中保留了 12 个。但东干口歌口溜仍然体现了丰富的生产、生活经验。"节气不饶人"，"早晨立哩秋，后晌凉飕飕"，"三九三，冻破砖"，这些谚语都与节气有关。"四月八，乱点瓜"，"五月呢的蒜，在泥里头站"，都标示出自然时令与农事的关系。东干学者 M. 伊玛佐夫通讯院士曾背诵出一条谚语："鸡抱鸡，二十一；鸭抱鸭，二十八；鹅抱鹅，一个月。"甘肃庆阳谚语稍有出入，这样说："鸡鸡鸡，二十一；鸭鸭鸭，二十八；四十五天将鹅抓。"两则谚语中的鸡鸭孵化时间一致，只有鹅的孵化时间说法不同。而鹅的孵化时间一般为 30.5—31 天。可见，东干谚语更准确。

东干口歌口溜中常有相辅相成或看似矛盾的两种相反的看法。如一则说"官凭印，虎凭山，婆娘凭的男子汉"。另一则又说"官凭宝藏，虎凭林，男人活的婆娘的人"。分别说了两个侧面，一则强调男子的重要，一则又强调女人的重要。又如："老子英雄儿好汉，老子挑葱儿卖蒜"。但另一则说："一娘生九种，九种出九等。"民间谚语是许多人共同创造的，这种看似相互矛盾的现象或反映了事物的复杂性，或反映了对立的看法，其中有的可以相辅相成，有的则有精华与糟粕之分。

东干口歌口溜的传承与变异。东干口歌口溜基本上是西北广为流传的包括汉民与回民的谚语，不少还活在西北民间。如"打人不打脸，骂人不揭短。""手不逗豆，虫不咬手"。"憋囊说好话，溜尻子不挨骂"。"两勤加一懒，想懒不得懒；两懒加一勤，想勤不得勤"。"一物降一物，蜈蚣把蟒捉"等。东干口歌口溜的传承还表现在，所涉及的历史事件、历史人物或地理环境几乎没有中亚或俄罗斯的，差不多都是中国的。如"诸葛亮能掐会算，不送司马的洪福齐天"；"苦命的王宝钏，出哩窑门儿拾哩半个钱"。尤其在歌谣中，出现的人物多半是韩信，刘、关、张（三国人物），杨家将等。又如"金银挣下上千万，临殁了你拿不上一吊两吊钱"。从量词"吊"可以看出与中国文化的关系。不要小看人，东干口歌口溜则说"你把黄河看哩一条线"。这里既不是俄罗斯的伏尔加河，也不是东干人聚居的楚河，而是黄河。可见，东干人世代留传的口歌口溜是对中国西北民间谚谣的传承。

中国谚谣包括两大类：一类出自文人笔下，广为流传，在文字上颇为文雅；另一类为民间所创造，语言极为朴素。东干口歌口溜中除了极个别的"良药苦口利于病，忠言逆耳利于行"，"谋事在人上，成事在工上"外，基本全是朴素生动的方言谚谣。

东干口歌口溜的变异不大，但也可以看出来。有的是对西北汉民谚谣的改造。如汉民说："羊肉膻气，牛肉顽，想吃个猪肉没有钱"。东干从回民习俗出发，改成"羊肉膻气，牛肉顽，想吃个鸡肉没有钱。"美国学者米尔曼·帕里和他的学生阿伯特·洛尔德提出著名的帕里—洛尔德理论，认为口头文学的一个重要特点是运用现成词组和现成思路。而东干歌口溜中同中国民间谚语一样，有大量的套语。如"不怕……但怕……"，"宁（东干读 neng）……不……"林涛在汉译《中亚回族的口歌口溜儿·前言》中指出了其中的某些残缺和讹误。这里，笔者以西北民间流传的文本作为参照，看看东干口歌口溜的某些变异。如东干歌谣："天上有云天不明，河呢鱼多水不清，世上人多心不同。"似不完整。我所见到的中国文本是："天上云多月不明，地上山多路不平，海里鱼多水不清，世上人多心不同。"又如东干歌谣："十七八的女儿嫁了七岁郎，上炕搊来，下炕溜。不是你娘妨碍我，你给我当了儿子去。"中国清代四川山歌的文本则是："十八女儿九岁郎，晚上抱郎上牙床，不是公婆双双在，你做儿来我做娘。"东干口歌口溜的变异还表现在语法上，受俄语影响，东干人将过去时态用"哩"表示，如"伊玛目走哩，寺在呢。"这种用法极为普遍。

需要指出的是，汉语也在发生变异。当我们研究东干文学时，发现有些东干用语同我们现在的习惯用法不一样。其中有的是东干人保留了晚清语言的原始风貌，而我们自己则未保留。如"巴光阴实在难，黑明不识闲"。东干人常说光阴好还是光阴不好，我们早已用"生活"代替了"光阴"。这是我们的变异，而不是东干人的变异。

谚语是最精练、最简约的民间文学样式。其跳跃性大，所隐含的意义也不像故事、歌谣那般显豁。因此，东干谚语翻译的难度也最大。清人杜文澜所编《古谣谚》对谚语的具体背景、意蕴有解释，就不会使读者产生误解。由于汉字的失传，东干口歌口溜的解释上又增加了一层雾障。读东干学者 Д. 哈哈子写的《中亚东干族口歌口溜中的古旧说法》（俄文版）①，涉及的口歌口溜，就证明了这一点。如"老刀见肉三分快"。作者由同音异义出发，分析了两种可能：一种是"老道见肉山风快"（东干"山"读 san）。老道看见肉，跑得比山风还快。第二种是老刀（钝刀）见肉，加倍锋利。在这两种可能中，第二种较接近原意，但仍未揭示出其真正的内涵。在西北，比如甘肃镇原，常说这句话，其含义是，钝刀子切什么都不锋利，但当你一不小心，割到手上，就要出血，受伤。口歌口溜精练，省略的东西也较多。而小说、故事中像这样的歧义就比较少见。同时可以看出以东干拼音文字书写汉字所受到的限制。

---

① М. Имазов И. Шисыр Диалог ученых на великом шелковом пути Бишкек Илим 2002。М. 伊玛佐夫、И. 十四儿：《丝绸之路学术对话》（俄文版），伊里木出版社 2002 年版，第 114—118 页。

东干口歌口溜的释义，也容易弄错。如"三鸽一鹞"被解释成"有鸽子，就会引来鹞子"；"三虎一豹（应为彪）"被解释为"有老虎，也会出现豹子"。其本义应该是三个鸽子中必有一个最厉害；三个老虎中必有一个最凶恶。此类谚语国内流传较多的是：三鸽一鹞、三虎一彪、九狗一獒等，都可作如是解。

在中亚文化语境中，东干口歌口溜能够得以保存、流传、并收集成书，同时又被东干学者加以研究，对于一个只有十多万人口的小民族来说，是难能可贵的。而中国学者对东干口歌口溜的译介和研究才刚刚开始，尚待进一步深化。

五 东干文学研究的一个新现象——以冬拉尔·哈哈子为例

在查阅中亚东干学研究俄文和东干文原始资料的过程中，我们发现了一个新的研究现象，这就是中亚东干学者中已经出现了懂汉字的研究者，表现出对中国回族民间叙事诗的认同，将其称为中亚东干民歌的新材料。一改此前东干学者不懂汉字，与汉语典籍及书面文化隔绝的现象。这种现象目前只有在吉尔吉斯斯坦科学院东干学与汉学研究中心（前身叫东干学部）的资深研究者冬拉尔的研究中体现出来，但是预计可以成为一种趋势。原因是随着中国与中亚文化交流的加强，中国部分高校招收东干留学生甚至招收专门的东干留学生班，越来越多的东干年轻人掌握了汉字，将成为东干研究的后备军。下面以冬拉尔·哈哈子为例，加以介绍和研究。

冬拉尔全名为哈哈子·冬拉尔·穆罕默耶维奇，于1957年生于吉尔吉斯斯坦坎特区米粮坊东干乡庄，1982年毕业于以苏联50周年命名的吉尔吉斯国立大学，进入科学院东干学部工作。1985年去苏联科学院高尔基世界文学研究所见习，1991年毕业于世界文学研究所研究生班，学术导师是著名汉学家李福清通讯院士（后为院士）。在研究生班学习期间，也从事汉学研究。1989 年由科学院世界文学研究所派往中华人民共和国安徽师范学院学习汉语，为期一年。1992 年在莫斯科通过了副博士学位答辩，论文题目为《东干传统民间歌曲》，曾发表了一系列关于东干民歌的研究论文。因其研究中亚口传诗歌的成绩，被吉尔吉斯科学院授予"有功勋的科学活动家"荣誉。

冬拉尔对中国回族民歌的认同，集中体现在对回族宴席曲《方四娘》和回族民间叙事诗《歌唱英雄白彦虎》的介绍与东干文转写上，把这两首作品归入东干民间叙事诗，甚至用了"中亚回族民间叙事长诗新材料"①这样的题目。这是东干学者首次将汉字文本直接转写成东干文本，是东干学中的新现象。此前，东干作家也有将汉语文学作品译成东干文的，但由于不懂汉字，不是直接转写，而是通过俄文译本再翻译成东干文。如著名东干作家阿尔布都对鲁迅小说和老舍《月牙儿》的东干文翻译都是从俄文转译的。冬拉尔的直译无疑是一大突破。

冬拉尔将《方四娘》转写成东干文，于 2006 年发表在《东干》杂志上。②回族宴席曲《方四娘》在中国流传较广，学者都注意到青海、甘肃、宁夏等地的各种《方四娘》异文，其实其他地方如山东也发现《方四娘》异文。冬拉尔转写成东干文的是尔卜·贝克搜集整理的版本，原文发表于《青海民族大学学报》（社会科学版）1980 年第 1 期。《方四娘》具有较高的艺术性，是同类民歌中的佼佼者。可能经由许多民间艺人的润色加工，才形成了今天我们看到的如此精美的文本。从艺术上看，它比《歌唱英雄白彦虎》更富于文学色彩。冬拉尔在转写和介绍的过程中，注意到其中的思想内涵，包括旧时的家庭关系，"调养娃们的路数"即女子的教养，"人的礼仪待道"等。如"一岁爬来两岁要，三岁四岁学说话，五岁六岁跟娘转，七岁八岁学茶饭，九岁十岁进绣房……"这是对旧时女子家庭教育的真实写照。冬拉尔介绍时对宴席曲中反复出现的牛郎织女比喻颇感兴趣。《方四娘》所反映的是封建

---

① 吉尔吉斯共和国科学院东干与汉学研究中心：《丝绸之路学术对话》（东干文俄文论文集），伊里木出版社 2008 年版，第 101 页。

② 尤苏波夫主编：《东干》2006 年第 5 期。

时代中国各族妇女的共同命运，宴席曲中有两点具有回族的标志，一是方四娘出嫁时"邀上的阿訇来念经"，二是方四娘被迫害寻死上吊"双腿儿一蹬寻了口唤"。阿訇的出现及寻口唤，都具有伊斯兰的特点，显然，这是回族宴席曲的文本。

冬拉尔采用直译转写，基本上是逐字逐句直译转写，考虑到东干人的语言习惯，个别字词又稍作改换。如原文"先绣上群兽朝狮王"，东干人把野兽叫"野牲"，叫法不同，这一句便转写为"先绣上群牲拜狮王"。原文"邀上的阿訇来念经"，东干人把请叫"乔"，而不说"邀"，这一句便改为"乔下的阿訇来念经"。原文"女婿娃骑马者前面行"，冬拉尔将行改成"走"，这一句东干文便是"女婿娃骑马者前面走"。原文"想起了去年的七月七"，东干方言不说"去年"，只说"年时"，这一句东干文为"想起了年时的七月七"。东干文中不同于现代汉语的逆序词，有研究者统计至少有 40 个，在《方四娘》的转写中也有体现，如原文"姑娘们娘家里不长久"，东干人不说长久，只说"久长"，这一句东干文便为"姑娘们娘家里不久长"。由此可以窥见东干语与现代汉语的某些差异。

冬拉尔还将回族民间叙事诗《歌唱英雄白彦虎》转写成东干文，刊于吉尔吉斯共和国科学院东干与汉学研究中心编辑出版的东干研究论文集《丝绸之路学术对话》2008 年卷，题目为《中亚回族民间叙事长诗的新材料》。白彦虎是中亚回族的领袖，冬拉尔在中国发现这首回族民间叙事诗的心情之激动是可想而知的。他最早是在李树江的《回族民间文学史纲》①中看到这首叙事诗的介绍。这首诗在新疆伊犁地区流行，苏北海搜集整理，刊于《近代史资料》1955 年第 2 期。冬拉尔将其称之为中亚回族民间叙事长诗的新材料，"中亚"这个概念，有狭义与广义之分，从地理位置上看，亚洲的地理中心在新疆，有时包括新疆；有时包括阿富汗和伊朗。苏联时期，中亚的概念指的是哈萨克斯坦、吉尔吉斯斯坦、乌兹别克斯坦、塔吉克斯坦和土库曼斯坦 5 个加盟

---

① 李树江：《回族民间文学史纲》，宁夏人民出版社 1998 年版。

共和国，如苏联出版的这方面的大型工具书名为《哈萨克斯坦与中亚》（哈萨克斯坦的绝大部分国土属于亚洲），其"中亚"就包括上述 5 国。我们现在通常所说的中亚专指上述哈、吉、乌、塔、土 5 国。冬拉尔把新疆流传的《歌颂英雄白彦虎》和西北地区流传的《方四娘》作为东干民歌的新材料，可见其对中国回族民歌的认同。

《歌唱英雄白彦虎》这首叙事长诗的东干文也是汉文的直译转写。原文有的词汇东干人不这么说，冬拉尔仍照原文转译过去，如原文三万、十万、几十万兵马，东干语在数词上受俄语影响，把一万叫十千，十万叫一百千。东干文转译中仍保持了万的叫法。又如"你们暂时投降等时机"，"暂时"对于东干人来说是新词，冬拉尔也原封不动的直译。同时，对个别词语也按东干语习惯，稍加变动。如"白彦虎临走落了泪"，转写为"白彦虎临走落了眼"，中国人似乎觉得别扭，东干人却习惯这么说。又如"众家兄弟举了手"（表示同意），东干文转写为"众家兄弟爹了手"。东干人没有"无记名投票"这样的术语，却用"秘密爹手"表达同样的意思。有的地方稍有改动，比原文更好，如"死的汉人真不少，回回也死了几十万"改为"死的汉人真不少，回回也折了几十万"。一个"折"字，体现出情感在回回一边，更符合惯常的用法。

两首民歌转写成东干文也存在个别问题，如《歌唱英雄白彦虎》中"西安省白彦虎，是好汉"。"西安省"旧时西北农村都这么叫，冬拉尔觉得不习惯，改为"西安城白彦虎，是好汉"。这样转写，不算错。但是到《方四娘》中问题就出来了，原文"下绣下地下的十三省"，东干文转写为"下绣上地下的十三城"。十三省是元朝的行政划分，明代沿袭了十三省。中国著名民歌《兰花花》中"一十三省的女儿哟，就数那个兰花花好"也体现了民间习惯了的行政观念。冬拉尔对此不熟悉，转译为十三城，因为东干文是拼音文字，译者对"城"加了一个注释，说明是十三个城市，就错了，与原文意义背离。原文"口里长矛打得欢"，开头一个字是缺字，译者误以为是"口"字，长矛何以在口里？这是解释不通的。这只是极个别的瑕疵，转译者功不可没，是中亚回族学者研究上的一个突破。

由此我们看到中亚东干学者中东干文学研究的一个新趋势：一是认同中国回族民间文学，并将其直译转写成东干文，冬拉尔开了一个好头。这个过程中，会促进东干文化与故国文化的融合。东干人丢失的东西，可以在中国找到；中国失传的某些语言文化，东干人却保留着。二是东干学者与中国学者开展合作研究，至关重要。

吉尔吉斯斯坦东干学者伊玛佐夫和中国研究者丁宏曾合作，解决了十娃子诗歌直译转写中的不少问题。以东干语言文学为例，要求研究者既懂西北方言，又懂俄语，懂东干文，同时还要懂阿拉伯语、波斯语、突厥语，还要熟悉回族文化与宗教，是语言学或文学研究的专家。如果想要了解和利用世界各国的东干研究成果，那就还要会英文、日文。一个人很难具备这么多知识，弥补的办法就是研究者通力合作，三个臭皮匠，顶一个诸葛亮。

除了冬拉尔之外，其他东干学者也把目光投入到中国的回族文化与文学上，伊玛佐夫、尤苏波夫等都介绍过中国的回族现状。特别要提到十四儿，在哈萨克斯坦东干学术会上，十四儿对中亚东干学校的东干母语教学提出了新的建议。这个建议收入 2001 年编辑出版的这次学术讨论会论文集《东干语言文学发展的现实问题》（阿拉木图），十四儿论文的题目是《父母文学：问题与任务》。东干人将本民族语言称之为"父母语言"或"亲娘语言"。十四儿对东干中学设置的回族语言文学课程，提出了几点建议，其中一条是，建议增加中国历代回族作家的作品，他提到元代诗人萨都剌的《雁门集》及马九皋、丁鹤年，明代诗人金大舆、金大车、马继龙等。还建议将中国以外的外国回族文学编入一章。十四儿主张东干文学教科书在未来应成为与众不同的民族文化的一面镜子。这个看法很有见地。中亚东干学者与中国东干学者的交流与对话，将成为东干学研究的一个趋势。

第五章　东干文学研究现状

一　国内东干文学研究述评[①]

曹晓东

　　东干文学是东干民族日常生活的生动呈现，也是东干人精神世界的绚丽折射，它与东干历史、语言、民俗等交相辉映，合力铸就了独特且灿烂的东干文化。国内的中亚东干文学研究起步于 20 世纪 90 年代末，迄今为止的 20 年间，中亚地区东干民族、东干语言以及东干文化与文学相继进入国内学界的视野，并伴随着"一带一路"国家政策的制定与实施，研究热度不断升温，无论在思想深度还是视野广度上都有了长足的发展。作为东干文化重要组成部分的东干文学，是东干人书写民族历史、抒发生活想象、折射思想情感、铺陈审美意识的重要表现形式，具有独特的文化与艺术价值。因此，回顾国内中亚东干文学的研究成果，梳理其主要研究领域、研究方法和思想脉络，有助于我们进一步厘清东干文学研究的现状、价值与趋势，从而为今后的东干文学研究提供有益的借鉴。

　　有关东干学及东干文学研究的述评类论文目前共有两篇，分别是

---

① 此文选自《第五届东干语言文化国际学术研讨会论文集》，西北师范大学编印，2017 年。

上海政法学院常立霓教授的《中国"东干学"研究述评》（2008）和兰州大学外国语学院司俊琴教授的《中亚东干文学研究现状、研究价值及意义》（2010）。常立霓立足国内 20 余年东干学研究成果的梳理与考察，将其具体划分为东干历史研究、东干文化研究、东干语言研究及东干文学研究四个板块，分门别类，逐一述评，为我们认识东干民族，了解其历史文化提供了钥匙。具体到东干文学研究，作者按照相关成果面世的时间顺序，对胡振华、王小盾、常文昌等人的代表性成果做了简要介绍，并给出了自己的判断与评介。最后，该文还在一定程度上对国内东干学研究现存的问题进行了反省，并提供了建议。由于该论文的主要落脚点是对东干学整体研究的考察和把握，因此涉及东干文学研究的论述较为简略。与之相比，司俊琴的文章则直接从东干文学的研究状况出发，从国外、国内两个途径入手考察已有相关成果，可谓面面俱到，不仅对国内外东干文学的研究成果做了较为详尽的梳理，还从"语言的独特性"、"文字的独特性"、"独特的中国情结"、"同中国多元文化的独特关系"等角度出发，探讨了东干文学的独特价值与意义，为后来者的研究提供了较为全面的参照。然而，作者在评价相关学术成果时，力度仍稍嫌不足，铺陈现象多于深入研讨，给人以意犹未尽之感。此外，这两篇论文的发表日期距今均已有数年，而东干文学研究在国内方兴未艾，直至今天仍不断有新的成果面世，因此，重新回顾并梳理国内东干文学研究的现状与特点，找出其发展规律和研究趋势，无疑具有积极且必要的意义。希冀通过对国内东干文学研究现状的历史性回溯、对研究队伍的观照及对研究现状的把握，做到抛砖引玉，为东干文学研究在国内学界的发展壮大贡献力量。

（一）国内中亚东干文学的研究现状及评价

国内东干学研究始于 20 世纪 90 年代末，并且主要集中在东干历史、东干文化、东干语言、东干文学四个方面。通过知网检索可以得知，除了几篇译介自国外学者的文章外，这一阶段国内东干文学的研究成果主要体现在杨峰的论文《东干文化与东干文学作家漫议》（1997）、丁宏的论文《东干学与东干学研究》（1998）及其专著《东干文化研究》（1998）上，因此可算是国内东干文学研究的发生期。其中，在《东干文化研究》一书的第六章"东干文学"中，作者从东干口语文学、书面文学、作家简介三个层面入手，向国内读者较为详细地介绍了东干文学的创作情况和艺术成就，某种程度上为国内的东干文学研究开拓了道路。

21 世纪以来至今，国内有关东干文学的研究成果不断涌现，在众学人的辛勤耕耘、努力探索下，东干文学逐渐浮出历史地表，出现在大众视野当中，相关研究也开始在学术界占据一席之地，并渐成规模。据笔者统计，目前国内有关中亚东干文学研究的专著共有 3 部，博士论文 2 篇，硕士论文 8 篇，单篇论文的数量则接近 80 篇。与司俊琴在 2010 年统计的数据相比，各种类型的成果在数量上都有较大幅度的增加。其中，3 部专著分别是兰州大学常文昌教授主编的《世界华语文学的"新大陆"——东干文学论纲》（2010）、与常立霓合著的《世界华语诗苑的奇葩——中亚东干诗人十娃子与十四儿的诗》（2014），以及兰州大学杨建军脱胎于其博士论文的专著《丝绸之路上的华裔文学奇葩——中亚东干文学》（2015）。这些研究成果分别从东干文学的文化资源、语言特色、作家创作、作品主题、文本风格、人物形象、审美价值、文化内涵等多个视角出发，全方位地对中亚东干文学进行观照并做出考察，并将其放置在世界华语或华裔文学的大背景下给予分析、比较和判断，从而为我们深入了解与接受东干文学提供了路径。此外，另一显著现象是涉及东干文学的博硕士论文近年来有逐渐增加的趋势，迄今为止共计有 10 篇，作者主要集中在兰州大学、伊犁师范学院这两所高校。可见，西部地区高校因其所在地域的特殊地缘优势，以及相关国家政策的扶持，在东干文学研究领域具有得天独厚的优势，并得以成为科研重地。东干文学研究为西部特别是西北地区的学者们开拓了新的领域，成为西部地区文学研究的重要学术增长点。

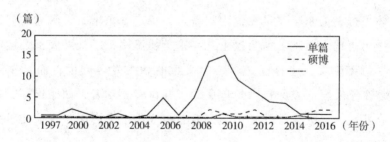

国内东干文学研究成果统计对比（1997—2017）

从上图可以看出，在数量上，国内的东干文学研究成果近年来呈现出不断增长的态势，并在 2010 年左右达到峰值。如果说 20 世纪 90 年代末是国内东干文学研究的发生期，那么，2000 年至 2007 年就可说是发展期，这一阶段中，相关论文不断出现，在数量上较前一时期有了明显的增长。2008 年至 2015 年则是各类成果强力涌现的阶段，东干文学研究一度达到高峰，博硕士学位论文也开始出现，标志着东干文学研究正式进入国内文学研究的学术场域，具有了学术的可持续性及广阔的发展空间。此外，研究人员相对集中，数名学者深耕细作多年，相继发表了若干篇论文，并有论著出版，学术研究的个人化、区域化特征较为明显。然而，近三年的研究成果数量开始出现明显的下降趋势，相关研究后继乏力，进入了平淡期或瓶颈期。究其原因，一方面可能是研究人员的新陈代谢所致，另一方面也源于东干文学研究的门槛相对较高，第一手的资料本就不易收集，语言与文化背景更是制约了国内学者向东干文学研究的纵深处开拓。尽管学者们付出了艰苦卓绝的努力，但囿于各种主客观条件的限制，因此仍存在诸多的不足和遗憾。

总的来说，兰州大学近年来在这一研究领域可谓独树一帜，出现了富有代表性的优秀学者和大量的研究成果，堪称新世纪以来国内东干文学研究的主阵地。以常文昌为代表的兰大东干文学研究者们凭借十几年孜孜不倦的探索与耕耘，将国内的东干文学研究推向了新的高度。

（二）国内中亚东干文学研究的主要成果、价值意义与存在问题

兰州大学文学院的常文昌教授是一位在东干文学研究领域披沙沥金、成果丰硕的学者，他不仅是国内东干文学研究的开拓者和先行者，

还身体力行，为东干文学在国内的普及与推广、东干文学研究的理论建构等做出了很大贡献。常教授十几年来笔耕不辍，不仅发表了大量的东干文学研究论文，并有俄文版、中文版的相关专著问世，而且薪火相传，将东干文学研究的接力棒传递到了几位青年学者，如杨建军、司俊琴、高亚斌、常立霓等的手中，令后者也成为了国内中亚东干文学研究领域的排头兵。

常文昌、唐欣发表于 2003 年《光明日报》的《东干文学：世界华语文学的一个分支》一文，对东干民族及东干文学作了简单的梳理和介绍。文章提出，东干语的主体是西北方言，因此东干语可被视作是世界华语的一个分支，东干文学也由此被作者界定为世界华语文学的一支。在随后的研究中，常文昌又从译介的角度对东干文学的翻译实践给予了回顾和考察，认为国内东干文学现存的两种翻译方法——直译和意译既各有千秋，又都存在弊病。作者认为，基于东干语言和东干文学的特殊性质，应该采取直译加注释的方法，方能最大限度保持东干语言文学的原汁原味和独特价值，并进一步指出大力引进和译介各类东干文学作品是确保东干文学研究顺利开展的前提。除此之外，常文昌还对具体的东干作家创作进行了细致入微的考察和分析，如亚斯尔·十娃子、阿尔里·阿尔布都、伊斯哈尔·十四儿等著名的当代东干小说家或诗人，都曾成为他的研究对象，为国内读者了解东干民族的代表作家及作品，以及他们在本民族文学和文化领域的巨大价值提供了渠道。

东干文学是伊斯兰文化、中国文化、俄罗斯文化以及中亚地域文化糅合而成的艺术形式与精神产品，有着极为丰富的语言、历史、文化与民俗内涵。常文昌教授高屋建瓴，从世界文学的宏阔视野出发，将东干文学纳入华语文学的范畴中，从而彰显了东干文学在世界文学中的独特地位和重要价值。此外，常教授还曾亲赴中亚地区，亲身感受东干民族的历史文化与日常生活，并收集了大量的第一手研究资料，因此，他的研究成果能够发前人所未发，将东干文学的现实状况与文学理论有机融合，兼具高度的认识价值与学术意义。无论是东干文学批评的形态问题，还是东干文学中的民俗色彩与文化意蕴，以及它与中华文化的互通互动关系，都在其学术成果中得到了呈现。总体而言，常文昌教授既有具体的个案研究，又有宏观的理论架构，并且一贯将东干文学放置在东干民族的历史文化语境中加以观照，密切关注东干人的现实生存境遇，因此有着很强的学术包容力和思想穿透力，为我们认识与理解东干文学提供了宝贵的途径。

关于中国东干学派的形成与未来发展，常文昌也表达了自己的看法。在他看来，由于东干文化的源头和母体是中国文化，因此相较于域外学者，中国学者有着天然的研究优势，更能充分领略到东干文学的文化内涵与艺术美感。另外，他也对制约国内东干文学研究的客观问题做出了分析，指出东干人由于去国日久，其语言和文化已经和现代中国相去甚远，因此国内的研究者在面对东干文学时尤其需要摆脱文化偏见，克服语言文化和思维习惯的定势，真正做到从东干人的生存处境和文化语境出发，方能做到保持初心、孜孜探求，产出真正兼具学术质感与情感温度的研究成果。

沿着常文昌教授开拓的研究道路，杨建军、司俊琴、高亚斌、常立霓等人近年来也在东干文学研究的园地内各有采撷，取得了丰硕的成果。兰州大学的杨建军教授曾经师从常文昌教授，目前是国内东干文学与少数民族文学领域较有影响力的一名青年学者。他的博士论文即以东干文学为研究对象，并于 2015 年出版了专著《丝绸之路上的华裔文学奇葩——中亚东干文学》。该书是当下国内第一部关于东干文学整体研究的个人专著，集中吸纳了作者在东干文学研究中的新知与洞见。与导师常文昌有所区别的是，杨建军更倾向于大视野的比较文学与文化研究，注重从世界区域文学比较的角度出发去重新观照与定位中亚东干文学。因此，廓清东干文学同它的多元文化渊源，如中国文化、伊斯兰文化、俄罗斯文化以及中亚地域文化之间的复杂关系，探讨东干文学的发生发展的历史脉络，揭示地域文化与地缘关系对民族文学的影响，是该学术著作的精华所在。杨建军还进一步将东干文学置于世界华裔文学的广阔背景中，将其与中国本土的回族文学、国内的俄裔侨民文学、美国非裔黑人文学等进行横向比较，由此得出结论，即地理环境、地域文化对文学创作有着极大的制约和影响，并倡导在对世界华裔文学的考察中，应该将作者身处的地域文化也一并纳入到研究视野中。最后，杨建军还突破了世界华裔文学研究的两大原有板块，即欧美板块和东南亚板块，首次提出在世界华裔文学中存在一条规模庞大、但长期以来都为人们所忽视的伊斯兰文化带，而后者的文学成就和文化内涵不但意义重大，更是亟待挖掘。在本书中，杨建军首次将对国内外少数民族文学的研究归入世界华裔文学研究的视野中，既拓宽了华裔文学研究的范围，也为其提供了更加丰富和多元的考察渠道。值得一提的是，杨建军本人就是西北地区的回族，与别人相比，他能够相对迅速地进入东干文学的艺术世界，并很快成长成熟，成为继常文昌后国内东干文学研究领域中又一位极富学术潜力的优秀学者。

此外，兰州大学的司俊琴教授、上海政法学院的常立霓教授也是兰州大学这一中亚东干文学研究队伍中的翘楚。司俊琴的博士论文题为《中亚东干文学与俄罗斯文化》，其研究主要落足在东干文学与俄罗斯语言、文化及文学的渊源与互动关系的梳理上。前文已述及，东干文学的主要文化资源有三个途径，即中华文化、俄罗斯文化和中亚地域文化，杨建军又新加入了一个伊斯兰文化带的概念，而司俊琴则选择从自己的专业背景出发，深入挖掘东干文学与俄罗斯语言文化的互动关系。自 2010 年开始，她发表了 10 余篇学术论文，从文本语言、创作主题、文学思潮、文学传统与文化精神等具体的文学研究层面入手，具体而微，爬梳俄罗斯语言文化加诸于东干文学之上的多重影响，不仅探讨东干文学与俄罗斯文化的复杂关系，还致力于厘清东干文学的民族性与独特性，为外国文学及比较文学的研究开拓了新的领域。

与司俊琴相比，常立霓的研究重心则较为分散，除了考察东干文学与伊斯兰文化、中国文化的影响与变异关系外，还从东干方言、人物形象等角度对东干文学中的某些特质进行了探索。她在东干文学研究内最有建树的成果，当属对中国现代文学与东干文学的关系研究。在《东干文学与中国现代文学的契合点》一文中，作者认为东干文学与中国现代文学都既承袭了中国传统文化，又受到苏联文学的影响，因此，东干文学与现代文学在"汉字拼音化"、言文一致、文学的民族化与大众化等方面有着一定的契合点，可以深入探究。无论这一研究路径最终能开拓多远，此种大胆假设、小心求证的学术理念无疑值得后来者借鉴。

除上述学者外，曾求学于兰州大学的高亚斌、王文龙、李海、郭茂全、马小鹏、马玉石、李洁等人也为充实国内的东干文学研究倾注了热情，贡献了力量。高亚斌发表于 2009 年的论文《东干文学与解放区话语的重合》独树一帜，将东干文学文本与中国现代文学现象并置，进行特定文化语境下的比较研究。在作者的援引与考察下，确乎发现解放区文学与东干文学之间存在着如作者所说的"话语重合"现象，读来令人耳目一新。稍嫌不足的是，尽管作者发掘并呈现了这一特殊的文学和文化现象，但却对其形成的背景和历史根源缺乏进一步的分析，因此给人以未尽其意之感。究竟是怎样的历史语境和文化资源造就了这一特殊的文学现象，而人性中共通的思想与情感又在何种程度上促成了这种重合，这些都有待进一步的深入研讨。此外，东干文学中的宗教色彩、民俗意蕴、民族意识、人物形象以及东干儿童文学创作都成为研究者们关注的对象或主题，从而构建出了东干文学研究多元化与多维度的空间。

以上是新世纪以来以兰州大学为首的科研团队在东干文学研究领域内的成果呈现。应该说，在常文昌教授的悉心研究和全力引领下，加上一批青年学者、莘莘学子的不断耕耘，国内的中亚东干文学研究取得了长足的发展，东干文学特有的艺术与文化价值也正在被越来越多的人所认可。然而，不可否认的是，东干文学研究仍旧存在着诸多的实际困难，如研究资料的匮乏、研究壁垒的存在、研究难度的巨大等，都使得国内的东干文学研究步履维艰。常文昌教授曾指出，东干学研究是一项艰苦卓绝的工作，对研究者的要求很高。例如，要做到真正投入地从事东干文学研究，需要满足以下几个条件：一是会俄语，因为在东干语和文学文本中，俄语约占7%，某些常用的表达方式也源自俄语；二是需

要懂东干文，甚至要精通西北方言，否则在阅读原始的东干文本时就会
遭遇极大的困难；三是应熟悉伊斯兰文化，甚至懂一点儿阿拉伯语、波
斯语和突厥语；四是要想从专业角度考察东干文学的形态、内涵与价
值，还必须具备相应的文学研究素养。但困难也往往意味着新的机遇，
考虑到长期以来，西北地区的文学研究因为受到种种因素的制约而水平
有限，东干文学恰恰会成为该地区文学研究者难得的学术机遇，兰州大
学研究团队的横空出世就证明了这一点。今后，还需要国内学者们投入
更多的精力，做到真正献身东干文学研究，从而为国内中亚东干文学研
究发展壮大提供助力。

（三）国内中亚东干文学研究的主要类型、发展趋势

随着国家"一带一路"战略的制定与实施，东干人及东干民族的
语言文化、政治经济等一并进入国人的视野。各种官方和民间的交流活
动频繁展开，大批东干学子来到中国进行学习与观摩，这些都进一步促
成了东干文学在国内的传播与学术研究的繁荣。具体来看，目前国内有
关东干文学的研究主要有以下几类：

首先，最能体现文学自身特色的专题研究。在作家作品研究领域，
国内现有成果多集中在对亚斯尔·十娃子与尔里·阿尔布都的研究上。
作为东干文学最重要的两位作家，两人分别代表了东干书面文学中诗歌
与小说的最高成就，被誉为东干文学的"双子星座"。对他们的研究，
既有全面介绍和评价其文学创作历程、作品的艺术特色和思想内涵的，
如常文昌、常立霓的《世界华语诗苑中的奇葩——中亚东干诗人雅斯
儿·十娃子论》（2006）、常文昌的《亚斯尔·十娃子的创作个性与文
化资源》（2009）以及《论阿尔布都的东干文小说创作》（2009）等；
也有从作品的意象、主题、情结等出发，着力挖掘两位作家的创作心理
与精神诉求，如高亚斌的论文《论东干诗人雅斯儿·十娃子的诗歌》
就指出十娃子的西北方言口语诗歌主要构筑了土地和天空两大意象，涉
及东干民族历史与社会生活的方方面面，爱情、自然和英雄则是诗歌中
反复渲染的主题。此外，东干人特殊的民族身份、历史渊源与文化背
景，又为十娃子的诗歌创作赋予了浓重的家园情结和寻根意识。因此，

雅斯儿·十娃子的诗歌可说是东干民族的"心史"，有着很高的认识和审美价值。其他有关两位代表作家的研究成果还有常立霓的《中亚东干小说中的女性生活图景——以尔里·阿尔布都小说为例》（2010）、王文龙的《阿尔布都小说创作研究》（2012）、李海的《阿尔里·阿尔布都小说的民族意识》（2009）、郭茂全的《东干作家阿尔里·阿尔布都小说〈独木桥〉语言风格简析》（2008）、刘云飞的《历史追忆与身份建构——中亚东干文学的一种解读》（2009）以及黄威风的《天山外的乡音——论雅斯儿·十娃子诗歌中的中国情结》（2010）等。这些论文从多种角度考察了十娃子与阿尔布都的艺术创作，为我们了解和接受东干文学作品起到了良好的引导作用。

　　除了上述有关东干文学"双子星"作家的专题研究外，伊斯哈尔·十四儿的诗歌、穆哈默德·依玛佐夫的儿童文学创作、尔萨·努洛维奇·白掌柜的小说与诗歌创作等，也一并成为研究者们用心考察的对象。总体来说，由于研究资料的缺少，目前有关作家作品的专题研究范围还较为狭窄，多集中在少数几个作家身上，因此在研究内容和所下结论上难免出现重复，因此制约了东干文学研究的进一步深入。此外，尽管已有不少有关东干代表作家的研究成果，但不难发现，一些作家的汉语译名直到现在都仍未统一，如阿尔布都，论文中出现的汉语译名就有尔里·阿尔布都、阿尔利·阿尔布都、A.阿尔布都等，其他名异实同的还有雅斯儿·十娃子与亚斯尔·十娃子，M.依玛佐夫与穆哈默德·依玛佐夫等，不一而足。尽管这些译名的区别往往只是个别字的同音不同形，但出现在印刷品上，还是会给读者造成一定的接受障碍。这就为我们提出了一个看似微小但不容忽视的问题，即在异域文学作品的引进、传播与研究过程中，文本中译名的统一较为重要，应当引起学界足够的重视。

　　其次，有关东干文学的整体及宏观比较研究。除了上述专题研究，21世纪国内东干文学的研究成果还集中在对东干文学的整体定位与价值评判上。常文昌多年来致力于将中亚东干文学引入世界华语文学，挖掘其特有的文学与文化价值，从而为中亚东干文学及其研究在世界华语文学领域争取一席之地。他认为"东干文学是海外华文文学中最为独特的一支，也是东干文化与中国文化、俄罗斯文化与伊斯兰文化的有机融合，体现了中国文化在中亚的传承与变异，它的民俗价值、伦理价值及美学价值等都值得我们深入研究"，并且，"中亚东干文学独有的研究价值体现在东干文化、民俗色彩、美学风格、作家文化身份等层面"，在某种意义上可说是为东干文学研究设定了目标、划定了范畴。紧随其后的杨建军、司俊琴、常立霓、高亚斌等人从比较文化的视野出发，对东干文学与世界其他文学与文化资源或做出纵向的关系梳理与影响考察，或进行横向对比，从而将中亚东干文学置于世界华语文学和文化板块的宏观考察中，这类研究高屋建瓴、视野宏大，将理论架构与个案分析相结合，全面呈现东干文学的文化和审美价值，令东干文学得以在世界文学和民族文学之林中位列一席。也正是在此意义上，可以说是常文昌奠定了新世纪以来东干文学研究的基础，令东干文学研究具有了博大的精神视野与持久的学术活力。

　　再次，将新兴文化理论与东干文学文本相结合的研究。这一研究趋势主要产生于近几年间，女性主义批评、性别文化理论、空间理论等成为考察东干文学的新的切入点，代表成果有李洁的《简析阿尔里·阿尔布都小说中的男性人物形象》（2009）、田兰的《中亚东干文学女性形象研究》（2017）、陈燕的《东干文学空间形式与身份认同研究》（2017）等。虽然这些论文大都出自研究生笔下，在文本分析和话语表述上还有些稚嫩，将理论与文本结合起来加以探讨的实践也略显生硬，但仍旧不失是一个可喜的现象。这表明国内的东干文学研究正在逐步走向多元化与深入化，借助新兴的文化理论，相信今后的东干文学研究一定能够不断推陈出新，并在世界华语文学研究领域占据越来越重要的地位。

　　最后，有关东干口语文学的研究。东干文学主要分为口语文学、书面文学两大部分，二者原本不分伯仲。然而，从现有成果来看，绝大部分的研究都集中在对东干书面文学的考察和研讨上，口语文学则只有寥寥几篇。司庸之的《中亚东干族诗歌散论》（2000）、常文昌的

《中亚文化语境中的东干口歌口溜》（2006）、《中国文化在中亚的传承与变异——东干与中国民间故事之比较》（2008）以及高亚斌的《东干口歌口溜和中亚东干文学》（2010）等论文可算是个中代表，研究者们分别从不同的对象出发，探讨了东干民族口头文学的发展历程、思想内涵、文化意蕴与审美价值。但相较于书面文学，这一领域的研究成果还极为有限。究其原因，还是在于研究资料匮乏、研究壁垒难以克服等，直接造成了人们对东干口语文学的隔膜与疏离。而实际上，同书面文学一样，东干人的传统口歌、口溜、民间故事、戏曲等也是东干文学与文化宝库中的重要组成部分，有着很高的认识和研究价值。因此，详细考察东干口语文学，从中探询东干民族文化与文学的独特发展历程与思想艺术内涵，无疑是未来国内东干文学研究中又一个亟待开掘的领地。

（四）结语及未来展望

中亚东干文学研究在国外已有一个多世纪的历史，但在国内则肇始于 20 世纪 90 年代末，至今也才走过了短短的 20 年历程。20 年间，几代学人共同努力，披荆斩棘，为中国本土的东干文学研究开辟了道路、奠定了基石，并为其未来发展指出了方向。东干文学不仅具备独特的文学与文化价值，是世界文学的有机组成部分，还因其特殊的历史背景与文化内涵，成为今日中国与中亚地区交流与往来的特殊纽带之一，因此有着重大的现实意义。今后的东干文学研究，除了需要研究者们在继承前人成果的基础上勇于创新，还需进一步改善他们的研究条件，为其搭建良好的科研平台，如开辟相关的学术交流渠道，加强国内学者与国外学界的沟通与对话，为学者们提供更多在世界文学舞台上发声的机会等。只有从优化外部科研条件、提升研究者自身素养两方面出发，才能够进一步激发起人们从事东干文学研究的热忱与信心，从而将国内的东干文学研究引向更为广阔的天地。

附录

21 世纪以来国内中亚东干文学研究成果一览表

（按作者和发表年限排列）

专著/论文名称	作者	发表刊物及日期	成果类别	作者单位
中亚东干族诗歌散论	司庸之	《新疆大学学报》（社会科学版）2000（9）	单篇论文	新疆昌吉州党校
东干文学和越南古代文学的启示——关于新资料对未来文学研究的影响	王小盾	《文学遗产》2001（6）	单篇论文	上海师范大学文学院
东干文学：世界华语文学的一个分支	常文昌、唐欣	《光明日报》2003 年 8 月 4 日	单篇论文	兰州大学文学院
试谈东干文学的翻译	常文昌	《西北民族大学学报》（哲学社会科学版）2005（6）	单篇论文	兰州大学文学院
中亚文化语境中的东干口歌口溜	常文昌	《西北师范大学学报》（社会科学版）2006（1）	单篇论文	兰州大学文学院
世界华语诗苑中的奇葩——中亚东干诗人雅斯尔·十娃子论	常文昌、常立霓	《兰州大学学报》（社会科学版）2006（3）	单篇论文	兰州大学文学院
论依玛佐夫诗歌、小说中的文化精神	黄燕尤	《西北第二民族学院学报》2006（1）	单篇论文	西北第二民族学院中文系
试论东干作家 M. 依玛佐夫的儿童文学创作	张焕霞	《甘肃联合大学学报》（社会科学版）2006（4）	单篇论文	兰州大学文学院
耐人寻味的东干人谚语歌谣	拜学英	《回族文学》2006（3）	单篇论文	宁夏泾源县科委
论中亚东干文学的多元文化渊源	杨建军	《外国文学研究》2007（2）	单篇论文	兰州大学文学院
去国万里音不改，离乡百年魂尚存——中亚东干文学散论	马小鹏	兰州大学，2007 年	硕士论文	兰州大学文学院
十四儿的创作与东干文化资源	常文昌	《广东社会科学》2008（5）	单篇论文	兰州大学文学院
中国文化在中亚的传承与变异——东干与中国民间故事之比较	常文昌	《贵州社会科学》2008（7）	单篇论文	兰州大学文学院
中亚东干文学与中国文化	杨建军	《中央民族大学学报》（哲学社会科学版）2008（4）	单篇论文	兰州大学文学院

续表

专著/论文名称	作者	发表刊物及日期	成果类别	作者单位
中国东干学研究述评	常立霓	《中央民族大学学报》（哲学社会科学版）2008（4）	单篇论文	上海政法学院中文系
中国西北方言口语的艺术宝库——多元语境中的东干小说语言	常立霓	《天水师范学院学报》2008（6）	单篇论文	上海政法学院中文系
东干小说家阿尔里·阿尔布都《独木桥》语言风格解析	郭茂全	《兰州交通大学学报》2008（5）	单篇论文	兰州大学文学院
中亚东干族文学及其与中国文化的关系	孟长勇	《外语教学》2008（2）	单篇论文	西安外国语大学汉学院
论阿尔布都的东干文小说创作	常文昌	《贵州社会科学》2009（4）	单篇论文	兰州大学文学院
世界华语文学的新大陆——中亚东干文学之定位及研究趋势	常文昌、常立霓	《兰州大学学报》（社会科学版）2009（3）	单篇论文	兰州大学文学院，上海政法学院中文系
试论东干文学批评的形态	常文昌	《宁夏大学学报》（人文社会科学版）2009（2）	单篇论文	兰州大学文学院
亚斯尔·十娃子的创作个性与文化资源	常文昌	《中央民族大学学报》（哲学社会科学版）2009（2）	单篇论文	兰州大学文学院
中华文化在中亚的传承与变异——中亚东干小说的民俗色彩	常文昌	《广东社会科学》2009（3）	单篇论文	兰州大学文学院
比较文化视野下的华裔文学新大陆：中亚东干文学	杨建军	兰州大学，2009年	博士论文	兰州大学文学院
中国回族文学与中亚华裔东干文学	杨建军	《宁夏大学学报》（人文社会科学版）2009（2）	单篇论文	兰州大学文学院
中亚华裔东干文学与地域文化	杨建军	《中央民族大学学报》（哲学社会科学版）2009（2）	单篇论文	兰州大学文学院
东干文学与解放区文学的话语重合	高亚斌	《长江论坛》2009（4）	单篇论文	兰州大学文学院
论东干诗人亚斯尔·十娃子的诗歌	高亚斌	《北方民族大学学报》（哲学社会科学版）2009（3）	单篇论文	兰州大学文学院
阿尔里·阿尔布都小说的民族意识	李海	《社科纵横》2009（4）	单篇论文	兰州大学文学院
简析阿尔里·阿尔布都小说中的男性人物形象	李洁	《社科纵横》2009（4）	单篇论文	兰州大学文学院

专著/论文名称	作者	发表刊物及日期	成果类别	作者单位
历史追忆与身份建构——中亚东干文学的一种解读	刘云飞	《社科纵横》2009（4）	单篇论文	兰州大学文学院
东干儿童生活与心理的生动展示	马玉石	《社科纵横》2009（4）	单篇论文	兰州大学文学院
世界华语文学的"新大陆"——东干文学论纲	常文昌	中国社会科学出版社2010年版	专著	兰州大学文学院
东干文学中的"乡庄"世界及其文化意蕴探析	常文昌、高亚斌	《北方民族大学学报》（哲学社会科学版）2010（4）	单篇论文	兰州大学文学院
试论东干文学的研究价值	常文昌	《井冈山大学学报》（社会科学版）2010（2）	单篇论文	兰州大学文学院
中亚东干文学简论	常文昌	《华文文学》2010（3）	单篇论文	兰州大学文学院
中亚华裔东干文学与俄罗斯文化	杨建军	《北方民族大学学报》（哲学社会科学版）2010（4）	单篇论文	兰州大学文学院
中亚华裔东干文学与美国非裔黑人文学	杨建军	《华文文学》2010（3）	单篇论文	兰州大学文学院
跨文化视野中的中亚东干战争文学与俄罗斯战争文学	司俊琴、常文昌	《兰州大学学报》2010（3）	单篇论文	兰州大学外国语学院，兰州大学文学院
中亚东干讽刺文学与俄罗斯讽刺文学传统	司俊琴	《北方民族大学学报》（哲学社会科学版）2010（4）	单篇论文	兰州大学外国语学院
中亚东干文学的研究现状、研究价值及意义	司俊琴	《华文文学》2010（3）	单篇论文	兰州大学外国语学院
东干文学与伊斯兰文化	常立霓	《北方民族大学学报》（哲学社会科学版）2010（4）	单篇论文	上海政法学院新闻传播与中文系
中华文化在中亚的传承与变异——吉尔吉斯斯坦作家A.阿尔布都《惊恐》之个案分析	常立霓	《名作欣赏》2010（1）	单篇论文	上海政法学院新闻传播与中文系
中亚东干文学中的韩信何以成为"共名"——中国文化在中亚的传承与变异一例	常立霓	《华文文学》2010（3）	单篇论文	上海政法学院新闻传播与中文系
中亚东干小说中的女性生活图景——以尔利·阿尔布都小说为例	常立霓	《社科纵横》2010（4）	单篇论文	上海政法学院新闻传播与中文系

专著/论文名称	作者	发表刊物及日期	成果类别	作者单位
东干口歌口溜与中亚东干文学	高亚斌	《兰州大学学报》（社会科学版）2010（3）	单篇论文	兰州大学文学院
东干小说中的宗教色彩和民俗意蕴	高亚斌	《长江论坛》2010（3）	单篇论文	兰州大学文学院
天山外的乡音——论雅斯儿·十娃子诗歌中的中国情结	黄威风	《四川职业技术学院学报》2010（3）	单篇论文	兰州大学文学院
东干小说对中国文化的传承与变异	李海	兰州大学，2010年	硕士论文	兰州大学文学院
中亚东干文学与中国文化的互证与互补	常文昌、刘小微	《北方民族大学学报》（哲学社会科学版）2011（5）	单篇论文	兰州大学文学院
中亚华裔东干文学与伊斯兰文化	杨建军	《华文文学》2011（4）	单篇论文	兰州大学文学院
中亚东干文学与俄罗斯文化	司俊琴	兰州大学，2011年	博士论文	兰州大学外国语学院
中亚东干文学中的自然主题及其成因	司俊琴	《北方民族大学学报》（哲学社会科学版）2011（5）	单篇论文	兰州大学外国语学院
开拓世界华语文学的新大陆——评常文昌《世界华语文学的"新大陆"——东干文学论纲》	高亚斌	《民族文学研究》2011（3）	单篇论文	兰州大学文学院
东干作家白掌柜的简论	常立霓	《北方民族大学学报》（哲学社会科学版）2011（5）	单篇论文	上海政法学院新闻传播与中文系
东干小说对中国文化的传承与变异——《惊恐》与"刘幽求故事"之比较	李海	《宁夏大学学报》（人文社会科学版）2011（4）	单篇论文	中共山西晋中市委党校
理性荒原上的孤独者——探析东干悲剧小说中孤独的民族气质	王文龙	《社科纵横》2011（5）	单篇论文	兰州大学文学院
论M.依玛佐夫诗歌小说中的童话审美精神	张焕霞	《兰州工业高等专科学校学报》2011（6）	单篇论文	兰州工业高等专科学校社会科学系
探究东干文学作品中的"少年"影像	郭延兵、王文龙	《甘肃广播电视大学学报》2011（4）	单篇论文	甘肃广播电视大学直属学院，兰州大学文学院

专著/论文名称	作者	发表刊物及日期	成果类别	作者单位
李福清《东干民间故事传说集》简评	常文昌	《民族文学研究》2012（2）	单篇论文	兰州大学文学院
中亚东干诗人雅思尔·十娃子的诗歌与俄罗斯文化	司俊琴	《黑龙江民族丛刊》（双月刊）2012（1）	单篇论文	兰州大学外国语学院
中亚华裔东干文学与俄罗斯语言	司俊琴	《华文文学》2012（4）	单篇论文	兰州大学外国语学院
阿尔布都小说创作研究	王文龙	兰州大学，2012 年	硕士论文	兰州大学文学院
关系研究的典范：论李福清的民间故事研究——从《东干民间传说故事集》谈起	李丽丹	《民俗研究》2012（6）	单篇论文	天津师范大学文学院
中亚东干语文学研究概述	胡振华	《语言与翻译》2012（4）	单篇论文	中央民族大学，少数民族语言文学学院
东干华语诗人十四儿诗歌中的生态主题研究	辛慧	兰州大学，2012 年	硕士论文	兰州大学文学院
中亚华裔东干诗歌的演变——十四儿与十娃子比较论	常文昌	《华文文学》2013（5）	单篇论文	兰州大学文学院
中亚华裔东干文学与俄罗斯现实主义文学思潮	司俊琴	《文艺理论与批评》2013（2）	单篇论文	兰州大学外国语学院
中亚华裔东干文学中的道德主题与俄罗斯道德文学	司俊琴	《中央民族大学学报》（哲学社会科学版）2013（5）	单篇论文	兰州大学外国语学院
东干文化的中国情结	惠继东	《西夏研究》2013（2）	单篇论文	宁夏大学人文学院
读李福清所著《东干民间故事传说集》——兼谈其中涉及的曲艺论述	倪钟之	《民间文化论坛》2013（2）	单篇论文	天津艺术职业学院
世界华语诗苑的奇葩	常文昌 常立霓	阳光出版社 2014 年版	专著	兰州大学文学院
论中亚华裔文学与中国俄裔侨民文学	杨建军	《浙江工商大学学报》2014（6）	单篇论文	兰州大学文学院
中亚华裔东干文学的民族性与独特性	司俊琴	《浙江工商大学学报》2014（6）	单篇论文	兰州大学外国语学院
东干文学研究对海外华语文学理论建构的启示	常立霓	《浙江工商大学学报》2014（6）	单篇论文	上海政法学院文学院

专著/论文名称	作者	发表刊物及日期	成果类别	作者单位
中亚著名东干诗人亚斯尔·十娃子在中国	常立霓	《华文文学》2014 (6)	单篇论文	上海政法学院文学院
中亚回族民间文学探析	武宇林	《回族研究》2014 (3)	单篇论文	北方民族大学，非物质文化遗产研究所
丝绸之路上的华裔文学奇葩——中亚东干文学	杨建军	中国社会科学出版社 2015 年版	专著	兰州大学文学院
论中亚东干文学的家园意识	杨建军	《外国文学研究》2015 (2)	单篇论文	兰州大学文学院
中亚东干族诗人十四儿诗歌意象研究	陈璐	伊犁师范学院，2015 年	硕士论文	伊犁师范学院人文学院
中亚东干族诗人十四儿诗歌中的故乡情怀	陈璐	《鸭绿江月刊》2015 (4)	单篇论文	伊犁师范学院人文学院
中亚东干文学研究的独特贡献——评常文昌《世界华语文学的"新大陆"——东干文学论纲》	杨建军	《中国比较文学》2016 (3)	单篇论文	兰州大学文学院
中亚东干民间故事比较研究	陈晓	伊犁师范学院，2016 年	硕士论文	伊犁师范学院人文学院
中亚华裔东干文学与俄罗斯文化精神	司俊琴	《西南民族大学学报》（人文社会科学版）2017 (3)	单篇论文	兰州大学外国语学院
东干文学空间形式与身份认同研究	陈燕	伊犁师范学院，2017 年	硕士论文	伊犁师范学院人文学院
中亚东干文学中的女性形象研究	田兰	伊犁师范学院，2017 年	硕士论文	伊犁师范学院人文学院

（作者为西北师范大学国际文化交流学院讲师）

二　亚斯尔·十娃子的诗歌在中国的接受

［吉］M. X. 伊玛佐夫　著　　司俊琴　译

在中国和吉尔吉斯斯坦两国关系快速发展的背景下，具有不同之处，同时又有相似性的两种文化（包括文学）之间互相影响、互相渗透的过程是完全合理、自然的。同时，学者们对这一进程的兴趣不断提高也是合理、自然的。首先，引起学者们关注的是一些最鲜明而又独具特色的方面。例如，当代著名作家和诗人的作品，其在中国的出版、普及和研究，以及中国读者对这些作品的接受，等等。近年来的许多著作都证明了这一点，如彭梅的博士论文《钦吉斯·艾特玛托夫的创作在中国的研究》，常文昌教授的专著《亚斯尔·十娃子与汉诗》。钦吉斯·艾特玛托夫著作的出版及研究，及其著作在中国的接受，在以上提及的彭梅的论文中有全面的分析。至于亚斯尔·十娃子的创作，我在本文中第一次尝试研究。

中亚及哈萨克斯坦东干作家和诗人的作品首次出现在中国是20世纪50年代中期。我们认为，这源于中国学者对东干拼音文字的极大兴趣。1957年，中国文字改革委员会主席傅懋勣来到吉尔吉斯斯坦学习创立东干拼音文字的经验。这并非中国学者首次尝试学习创立东干拼音文字的经验并把它运用到中国文字改革中。早在20世纪30年代初期为远东的中国人创办字母文字时，在海参崴举行的国际学术会议上，中国学者极其仔细地聆听了东干学者亚斯尔·十娃子和尤素甫·从娃子的报告。所有关于拼音文字的报告，引起了学者们的极大关注。首先当然是东干语音转化为拉丁字母的问题，以及东干重音的书写问题。

1957年春天，东干诗人、教育家亚斯尔·十娃子访问了中国。之后，1960年，中国同事寄给他一本介绍东干文字并包含作家及诗人作品的东干教科书的简介。此后，东干文和中文的书籍便不断得到交流。中央民族大学东干学研究所所长胡振华教授就此事回忆说："在1956—1957年间，中国就民族语言的研究开展了大量的工作。我作为研究新疆民族语言学者中的一员，被任命为研究吉尔吉斯语的小组领导。该小组由8个人组成的，其中的成员包括吉尔吉斯人、中国人和回族人。一年中，我们走遍了所有村庄，以及帕米尔和天山的畜牧场。1957年6月，我们回到了乌鲁木齐。当时有一个苏联作家代表团，我在接待代表团时与亚斯尔·十娃子相识。亚斯尔·十娃子回到吉尔吉斯斯坦后开始给我寄书和信件。他推荐杨善新、布卡佐夫、苏尚洛、沈洛和其他作家也给我寄信件和书籍。"亚斯尔·十娃子把诗作献给朋友、亲人和同胞。他歌颂自己的祖国——吉尔吉斯斯坦。他生于斯，长于斯，他热爱这里的人民。他的作品用东干文、吉尔吉斯文、俄文和其他文字发表在各个共和国及中央刊物上。他的书用不同文字出版了 40 册：19 册用东干文，11 册用吉尔吉斯文，10 册用俄文。在读者中最受欢迎的是《我播种快乐》《杯上的铭文》《我的新家》《蔚蓝色的河》《在故乡》《中国图画》和《银笛》等。

诗人热爱自己的朋友和同事，直到临终前对他们念念不忘。甚至在临终前的几年，虽然他工作起来相当吃力，但是仍然努力推广朋友和同事的作品，把他们的作品翻译成东干文。在临终前的两年间，诗人出版了诗集《天山的音》。其中收集了穆萨·江卡泽耶夫、热力利·斯德科夫、萨隆巴伊·如苏耶夫、玛依拉姆岗·阿贝尔卡斯莫娃、巴尔科达巴斯·阿巴基洛夫、焦尔多什巴伊·阿普得卡利科夫及努尔巴依斯·热尔京巴耶夫等的最优秀的诗篇。亚斯尔·十娃子同样热爱自己的历史故国——中国和中国人民。1938 年，诗人在诗篇《我坐着思念》中写道：

> 我坐着前思后想，
> 我思念着就想唱歌。
> 我唱起歌就想起你，
> 中国是我挚爱的歌。

顺便说一句，在亚斯尔·十娃子 20 世纪 30 年代的作品中，经常出现关于中国的创作主题。正如达拉尼扬所讲："在 20 世纪 30 年代初期，当他的诗歌开始印刷出版时，年轻的东干文学才迈出了第一步。亚斯尔·十娃子早期的创作体现为紧张地探索反映现实的方式。他从民间诗歌中寻找帮助并根据古代东干诗人（陕西的阿布杜拉、马老五以及其他人）的创作主题写下了一组抒情性微型作品。诗人早期的抒情诗受到了古代诗歌遗产的滋养和浸润。"在 20 世纪 30 年代下半叶和 20 世纪 40 年代，诗人继续写作中国主题。他最优秀的作品两幕剧《长城》，叙事长诗《老杨的故事》和《扬子江》，正是那时创作的。达拉尼扬就此事写道："为了理解亚斯尔·十娃子创作的进步，应该关注他最优秀的诗作——《中国图画》。在这里我们又看见了在中国图画中描绘的生活境遇。但是现在诗人不仅仅欣赏内行的大师创作的优美和精致，而是集中精神端详并阅读图画。这时，在他面前展现出了图画中描绘的更深层含义——不远的过去中国人民的生活。"的确，诗人试图理解这种生活并用艺术的形式描绘它，这样就有了诗篇《上海的买卖》《中国姑娘》《发往库里竹的信》《汉字》《致人力车夫兄弟》，等等。在 20 世纪 30、40 年代，他共写下了约 30 首诗、1 部戏剧和 2 篇叙事长诗献给中国和中国人民。这些作品后来被收入诗集《中国》（1937）、《扬子江》（1941）、《中国图画》（1940）及《杯上的铭文》（1940）中。这些作品分别由东干文、吉尔吉斯文和中文出版。

1957 年，亚斯尔·十娃子第一次也是最后一次访问历史故国——中国。作为苏联作家代表团的成员，他去乌鲁木齐参加中华人民共和国新疆维吾尔自治区作家代表大会。那时他的名字已享誉中国。20 世纪30 年代中叶，中国著名诗人萧三访问吉尔吉斯斯坦时与亚斯尔·十娃子见面，当然，也了解了他的创作。回国后，萧三写下了诗歌献给亚斯尔·十娃子。其中有如下诗句：

> 我和你本来是相识了千年，
> 一块儿曾唱过同一样的歌。
> 但是你被迫离开了故园，
> 你在新世界里找到了自己的光明。

同时参加代表大会的还有由著名作家老舍率领的北京作家代表团。应老舍的邀请，亚斯尔·十娃子和其他苏联代表团的成员访问了北京。此次访问给亚斯尔·十娃子留下了深刻的印象。中国同事介绍他们认识了中国著名的作家、诗人和学者，并游览了北京及其四郊的名胜古迹。

回国后，亚斯尔·十娃子经过不长时间的休息，又重新开始写作中国题材的作品。根据中国之行留下的深刻印象，他创作了一系列诗歌，如《在伊犁》《致维吾尔族姑娘》《黝黑皮肤的姑娘》《山地公园》《湖》《北河沿上》《青梅姑娘的故事》等。

这种中断了几十年的联系，于 20 世纪 80 年代末 90 年代初恢复。乌鲁木齐的回族作家杨峰是当时从邻国来到吉尔吉斯斯坦访问的最早一批人中的一员。杨峰与吉尔吉斯斯坦当地作家相识，当地的作家赠给他自己的书籍。回国后，杨峰把亚斯尔·十娃子、阿尔里·阿尔布都、亚库普·哈瓦佐夫、穆哈默德·哈桑诺夫及其他作家的一些作品翻译成中文并以《盼望》为书名出版。1996 年至 1997 年，中央民族大学博士生（现为语言学博士、教授）丁宏在我们这里实习。她把我的书《亚斯儿·十娃子（生活和创作的篇章）》翻译成了中文。在她的译文中作为附录列举了不少诗人的作品。此书单个章节在中国各种刊物上的出版说明此书获得了一定的认可。我认为，这些成绩的取得首先应该归功于伟大诗人亚斯尔·十娃子的艺术才能。中国读者对亚斯尔·十娃子的诗歌抱有浓厚的兴趣，或许因为在诗人的诗歌中有不少专门献给中国的诗，比如《在伊犁》《人力车夫》《天河》《长城》等，以及诗集《杯上的铭文》《中国》《蔚蓝色的河》等。

随着亚斯尔·十娃子诗歌的中文译文的发表，在中国出现关于亚斯尔·十娃子诗歌的评论文章和文学研究工作是完全合乎情理的。意义最为重大的著作是兰州大学文学院常文昌教授的俄文版专著《亚斯尔·十娃子与汉诗》，该著作于 2001 年至 2002 年完成，并在 2003 年出版。这本著作的出版本身就证明了中国学者对亚斯尔·十娃子创作的兴趣及其诗歌在中国被广泛接受的事实。我对这部专著的内容非常熟悉，因为我是这部著作的编辑。作者在自己著作的前言中写道："我在吉尔吉斯—俄罗斯斯拉夫大学工作时掌握了东干书面语言（东干文字是拼音文字），我有幸拜读了亚斯尔·十娃子的诗作。应当说，我很幸运，我领略到了一个真正的崇高的艺术世界——是优秀的艺术语言大师的诗歌世界。"接着，为了论证自己的观点，常文昌教授写道："因此，东干诗人亚斯尔·十娃子的诗歌在某种意义上是独一无二的。首先，他的诗歌是用西

北方言创作的；其次，写作时使用的不是象形文字，而是拼音文字。这
两点决定了亚斯尔·十娃子在汉语诗歌界的位置，虽然应当指出亚斯
尔·十娃子作品的独特性在于其艺术上的完美。"在此后的论述中，作
者尝试举例说明这一论证的正确性。作者在自己的著作中首先写下了
《自然之子》这一章。其中特别强调了诗人的万物都是相互关联、相互
制约的思想。学者细心地发现，诗人在许多诗歌中歌颂大自然的和谐和
统一。令常教授惊奇的是，诗人能够感知、猜想在植物中存在着太阳
（《砂糖》《葡萄》），更使他惊讶的是诗人发现在雪花中藏着太阳（《雪
花》）："诗人不仅发现雪花中隐藏着太阳，而且也发现在红色的西瓜和
甜美的果实中也隐藏着太阳。"

　　在《土地之子》一章中，学者分析了亚斯尔·十娃子作品中热爱
祖国的主题。他非常详细地分析了诗人的这些诗作，如《天山》《五更
翅儿》《我的乡庄》《营盘》《我去不下》等。学者认为诗人关注这个
主题的原因是中国人和东干人都是农民。他写道："对土地的爱和对祖
国的爱融为一体，就像对父母双亲的爱和对亲人的爱一样。"为了使读
者相信论述的正确性，学者引用了诗人诗歌中整段的诗加以证实。常文
昌教授认为，亚斯尔·十娃子笔下歌颂祖国的诗反映了东干人民的灵
魂。"亚斯尔·十娃子非常鲜明、生动地把对土地、对家乡的向往用艺
术的形式表现出来。"作者用这句话作为本章的结束语。

　　学者在《人民之子》一章中分析了亚斯尔·十娃子创作中的爱国
主义主题。文学研究学者常文昌教授首先对这一主题的诗歌进行了合乎
逻辑的分析。首先，他分析了献给三代人历史命运的诗《运气曲儿》。
之后，研究者从容地分析了纪念著名历史学家苏尚洛的诗《你是先
生》。苏尚洛的学术著作恰恰是研究此前分析过的作品中的英雄的历
史。此后，学者研究了下面这些诗歌，如《我的共和国》《俄罗斯不要
仗》《就像亲娘》等。学者发现，热爱祖国和人民是诗人创作的主要主
题之一。常文昌教授认为，在亚斯尔·十娃子眼中，人类是万物的基
础，因此他反对战争，希望每个人平安、幸福、安康。"一切为了人类，
首先关心人民，然后才想到自己的思想恰好反映了亚斯尔·十娃子的内

心世界：他不仅是人民的儿子，而且是全人类的儿子。"作者以这句话结束了此章的内容。在接着分析亚斯尔·十娃子的诗作时，学者在自己的专著的下一章中指出，诗人对真、善、美给予了大量歌颂。因为真理和善良永远是美好的，所以在学者看来，诗人"把美丽播撒在了全世界，并留在人们的心中"。

在文章的开始我说过，亚斯尔·十娃子写下了不少献给中国和中国人民的诗作。关于这一点，常文昌自然不能没有发现。他把诗人创作中关于中国的主题作为独立的章节进行阐述，并赋予这个章节传情的名称"中国根"。他具体分析了以下的诗歌：《北河沿上》《好吗，阿妈》《在伊犁》等。"虽然中国古代诗歌对亚斯尔·十娃子没有直接的影响，但是在这里的确特别鲜明地体现了'中国根'。以一个中国读者的角度来看，这一点体现得非常明显。"在研究东干诗人的作品时，常文昌教授在这一章节中得出了这个重要的结论。

亚斯尔·十娃子的哲理诗在其任何一部诗集中都不曾被整理到一起。可是，这位中国研究者在自己的专著中以独立的章节"哲理抒情诗"进行了整理、分类和研究。这体现了作者深厚的东干语言知识，没有这些知识是不可能完成这个工作的。常文昌教授从几十个刊物中的众多诗歌中整理、挑选出反映诗人哲学观点的作品并对它们给予独立的研究。作者研究了许多诗歌，但是他似乎对这些诗歌特别偏爱，如《有心呢》《骆驼》和《头一步》等。学者认为第一首是"关于人类生活的深度思索"。第二首诗从本质上来说也是关于人类命运的，学者认为："对骆驼命运的思考，实际上也就是对人类命运的思考"。在最后一首诗中，作者抓住了深层的哲学观点：生活中迈出第一步是最难的，在这时能感觉到像母亲一样的支持。

常文昌在著作中对爱情主题的诗歌给予了极大的关注，这是完全合理的，因为亚斯尔·十娃子就人类美妙的感情——爱情写下了不少诗篇。中国学者常文昌在自己的著作中专门分出一章《爱情抒情诗》来加以研究，如《柳树枝》《我的春天》《再别想走过的路》等。作者逐渐展开了该章的内容。在此章的开始，他言简意赅地表达了该章的主要思想："亚斯尔·十娃子的爱情抒情诗构思独特，内容丰富，形式鲜活。"接下来，学者探讨了歌颂人类崇高品质的诗篇，如坚强、忍耐、坚持不懈的精神。这样的诗歌有《我的住号》《桃树》《在浪里头》等。作者以《不屈不挠的斗争精神》作为标题分析了这些诗作。学者在结尾处写道："整体上，亚斯尔·十娃子的艺术形式不同于其他人，他鲜明地反映了东干人民的精神——不屈不挠的斗争精神。"在《两大比喻系统》一章中，学者研究诗人在诗歌创作中采用的艺术手法。作者认为，诗人常用比喻，但是他同时指出，在诗人的诗歌中也存在借喻、隐喻及夸张手法。在此章的结尾，学者说："他的借喻，隐喻很简洁朴实，但是却非常美妙。"在《语言特点》一章中，作者强调了东干文和西北方言的相似性。除此之外，作者认为，亚斯尔·十娃子诗作的语言近似于口语。他引用诗歌《我思量的》《春天》《临尾儿的信》中的词语加以证明。"在东干人看来，亚斯尔·十娃子诗歌中的语言不很像东干人的口语，但在中国人看来，在亚斯尔·十娃子的作品中存在着非常多的口语表达法，因此在这个方面他超过了任何一位中国诗人。"

　　作者以《诗歌形式》一章结束自己的专著。在此章中，作者主要分析了作诗法的三种主要形式：（1）中国古代的七言形式（在中国古代语言中的词语照例是单音节的）；（2）民歌的四言、五言、六言形式；（3）亚斯儿·十娃子的诗歌形式——"七·四"体形式。学者认为，诗人能够运用所有这三种形式，但是他似乎更偏爱最后一种。在他看来，最后一种形式更加富有表现力，作为例证他引用了诗歌《头一步》《白鱼儿》和《早晨》等。在《结论》一章中，研究者指出，亚斯尔·十娃子的诗作在客观上不可避免地存在一些缺陷："诗人没有直接读到中国古代诗歌，因此，他在语言和技巧方面存在一些局限。"作者得出了这样的结论："不管诗歌如何发展，亚斯尔·十娃子的诗作毫无疑问是世界华裔文学中的宝贵遗产。"

　　我想用我在常文昌著作的编者按语中所说的话来结束我这篇文章："本书的价值主要表现在以下几个方面：首先，此著作是在原始材料的基础上写成的；其次，此著作不仅反映了中国学者，也反映了中国读者对十娃子诗歌创作的理解；第三，本著作中将东干诗歌和汉语诗歌进行全方位的比较，这在东干文学研究上还是头一次。这位中国学者对东干文学的奠基者亚斯尔·十娃子创作遗产的评价，无论是对东干诗歌领域的专家，还是对中国诗歌领域的专家来说都是引人入胜的。此外，作者就其研究过的作品表述了独创的思想与意想不到的见解，这使其著作对普通读者来说也是很有吸引力的。"

参考文献

达拉尼扬：《东干诗人亚斯尔·十娃子》，亚斯尔·十娃子《蔚蓝的河流》，莫斯科
　　1958 年版。

依玛佐夫编辑，常文昌：《亚斯尔·十娃子与汉诗》，比什凯克 2003 年版。

彭枚：《钦吉斯·艾特玛托夫的创作在中国的研究》（语文学副博士论文内容提要），
　　比什凯克 1996 年版。

胡振华：《回忆我的良师益友亚斯尔·十娃子——东干文学奠基人》，比什凯克 2001 年版。

常文昌：《亚斯尔·十娃子与汉诗》，比什凯克 2003 年版。

（原载《丝绸之路学术对话》，2006 年。伊玛佐夫，吉尔吉斯科学院通讯院士；司俊琴，兰州大学外国语学院教授）

三 《十娃子与汉诗》序

［吉］M. X. 伊玛佐夫　著　司俊琴　译

吉尔吉斯斯坦人民诗人亚斯尔·十娃子的诗歌被翻译成了多种语言，其中也包括汉语。如今，中国也有关于十娃子诗歌的评论文章。从这些评论文章中可以看出，十娃子的创作在中国是如何被接受的。尽管这些文章的价值毋庸置疑，但它们还是在翻译材料的基础上写成的。本书的作者常文昌教授最初也是通过译本了解十娃子的诗歌的。但是为了更深入、更全面地理解十娃子的诗歌，常教授学习了东干族的拼音文

字。在读完十娃子早期诗歌的原文后，常教授坦言道："就像发现了一块新大陆。"兰州大学教授常文昌是中国现代诗歌领域的专家，曾在吉尔吉斯－俄罗斯斯拉夫大学工作过一年。常教授一边保持着和吉尔吉斯共和国科学院东干学部的学术往来，一边研究亚斯尔·十娃子的诗歌创作。

本专著的价值主要表现在以下几个方面：一、本著作是依据东干原文资料写成的；二、本著作不仅是中国学者，也是中国读者对十娃子诗歌创作的理解；三、本著作中将东干诗歌和汉语诗歌进行全方位的比较，这在东干文学研究上还是头一次。

常文昌教授对东干文学奠基人亚斯尔·十娃子的创作遗产的批判性思考，对于东干诗歌领域和中文诗歌领域的专家来说都有巨大的吸引力。除此之外，常教授在研究过程中得出的独特思想和独到的见解使这部著作对普通读者来说也是饶有趣味的。

（伊玛佐夫，吉尔吉斯科学院通讯院士；司俊琴，兰州大学外国语学院教授）

四　国外学者对中亚东干人的研究

［吉］P. 尤苏波夫　著　司俊琴　译

早在革命前的沙俄帝国时期东干人就成了研究的对象。但当时的研究不够深入、不够系统。直到 20 世纪 20 年代末 30 年代初的苏联时期，当东干人中出现了第一批知识分子干部之后，对东干人的研究才开始进入科学化阶段。

当时中央首先组织了专门的学者组研究东干语言。那时第一批东干知识分子就已经是学者组的成员了。著名苏联语言学家 E. 波利瓦诺夫教授与当时还很年轻的语言学家 Ю. 杨善新的研究就是一个成功的合作研究的例子。虽然那些年苏联国内的政治环境使这项工作没有按原计划彻底完成，毕竟 E. 波利瓦诺夫教授与 Ю. 杨善新的著作为东干语言学奠定了基础，并且至今具有其学术价值。

1954 年在刚建立的吉尔吉斯斯坦共和国科学院设立了一个新的分支机构——东干文化部，后来改为东干学部，该机构的建立为苏联对东干人进行综合、系统的研究奠定了基础。自成立之日起的 50 年中该部的学者对东干学的发展做出了有力的贡献，并得到了国内外学术界的认可。

由于众所周知的原因，苏联时期仅有苏联学者在从事东干学诸问题的研究。大概只有澳大利亚的戴伊尔女士与日本的桥本万太郎教授例外，虽然早在 20 世纪 50 年代东干学学者（人民诗人 Я. 十娃子和 M. 苏尚洛教授）就同中国学者有了协作研究关系。但是由于一系列客观原因苏联与中国的东干学者的协作几乎在中断了 30 年后才恢复。

著名的吉尔吉斯学家、东干学家、中央民族大学（北京）的胡振华教授 1989 年访问了吉尔吉斯斯坦，他是中国最早访问吉尔吉斯斯坦的学者之一。

大概 1989 年可以认为是苏联和中国的东干学家恢复联系的一年。其实，中国东干学家积极地出访和认真地研究东干学是在苏联解体以后的 20 世纪 90 年代中期才开始的。毫无疑问，胡振华教授的博士生丁宏女士是最早认真地从事中亚和哈萨克斯坦东干文化研究的学者之一。她的专著《东干文化研究》被专家认为是对东干学的重要、有力的贡献。

吉尔吉斯斯坦共和国民族科学院东干学部的学者与丁宏博士的合作取得了一些成果。例如，1999 年她与 M. 伊玛佐夫教授一起出版了专著《中国的回族》，得到了学者和普通读者的肯定。该书的两位作者在中国用汉语翻译、出版了东干文学奠基人 Я. 十娃子的诗集。至今丁宏教授仍然在积极地从事东干学方面的研究。

中亚和哈萨克斯坦从事创作的东干知识分子和宁夏回族自治区，以及甘肃省与陕西省（独联体的大部分东干居民出生在这里）的回族学中心建立了事务与创作上的联系。首先，这件事依托于宁夏回族自治区社会科学院，该院的领导多次访问了吉尔吉斯斯坦和哈萨克斯坦。顺便说一句，该科研中心的领导都是中国知名的学者。比如说，1995 年之前该科学院院长是著名的历史学家、中国伊斯兰文化方面的专家杨怀中教授。专家们一致认为他的一些专著对中国历史学的发展做出了有力的贡献。应当特别表彰杨怀中教授的有重大价值的著作《伊斯兰教与中国文化》（52 万字）。这部专著是作者对全中国具有重大意义的一些课题多年研究的成果。专著研究了中国伊斯兰教产生的各种原因、伊斯兰文化的形成与发展、其特点及对整个中国文化发展的影响。

从 1995 年至今杨怀中教授是宁夏回族自治区社会科学院院长顾问及学术杂志《回族研究》的主编。

1995 年余振贵教授被任命为宁夏回族自治区社会科学院院长，此前他是副院长。他在中国以历史—社会学家而知名，他的一系列著作研究中国不同历史时期伊斯兰教的发展。

余振贵教授通晓吉尔吉斯斯坦历史。他曾两次（1997 年和 1998 年）率领代表团出访吉尔吉斯斯坦与哈萨克斯坦，参观了几乎全部东干人密集的居民点。他担任了五年的院长职务。

2001 年宁夏回族自治区社会科学院院长余振贵教授被中华人民共和国国务院任命为全国伊斯兰教协会第一任副主席。

全国伊斯兰教协会是个复杂的有分支机构的部门，它监督着所有的祭祀与教育单位，负责培养和教育伊斯兰教领域的专家。中国目前发挥职能的有 9 个伊斯兰教研究所，有成千上万的清真寺。比如说，仅新疆就有 2.3 万个清真寺。从 80 年代开始在全国伊斯兰教协会的帮助下，中国的 5 万多穆斯林去了麦加朝觐。

中国的实际情况是：通常在宗教协会中居要职的宗教界人士在信教者那里拥有很高的威信。中华人民共和国全国伊斯兰教协会的主席是宛耀宾，而全权领导协会的是第一副主席。

宁夏回族自治区社会科学院回族学与伊斯兰研究所所长马平多次到过中亚的一些新独立的国家，他的一系列专著与科研论文研究中国伊斯兰教文化的现状。他在中国的刊物上发表了一系列关于中亚东干人的纪实，受到了读者的好评。

该研究所的研究员刘伟先生积极地参与研究中亚和哈萨克斯坦东干人历史的各个方面。他参与写作并编辑了一些关于宁夏回族的专著。宁夏回族和中亚东干人是同宗的。他们与赵慧女士领导的宁夏大学回族研究所的学者建立了联系。赵女士是著名的突厥学家胡振华教授的学生。

宁夏回族自治区的语言学家积极地从事东干语言研究。例如，语言学家组成员有西北第二民族大学（银川）的林涛教授，中国西北穆斯林文化和语言研究所所长吴建伟教授，还有宁夏大学讲师赵晓佳，该小组于 2002 年对东干语言进行了田野研究。为此学者们去了吉尔吉斯斯坦与哈萨克斯坦的所有大型的东干人居住区。

目前这些学者们正在着手出版专著，他们对当代东干语言田野研究的成果为其著作奠定了基础。该项工作进行期间吉尔吉斯斯坦共和国民族科学院东干学部的同事，特别是其主任、通讯院士 M. 伊玛佐夫教授在组织与方法上给了中国学者巨大的帮助。顺便提一下，这些学者在研究方面的合作已经取得了成效：在林涛教授的努力下香港教育出版社出版了 M. 伊玛佐夫的东干语与汉语的诗歌与短篇小说选集。应当指出，该文集的印刷非常精美。

兰州大学副教授、汉语教研室的王森发表在中国学术刊物上的研究东干语言的特点和中国西北方言的几篇文章引起了专家的关注。目前他仍然在加紧研究该课题并渴望有机会来吉尔吉斯斯坦进行学术交流。

应当提醒一下，中亚当代东干语言的最早学术宣传者之一是西北民族大学（兰州）的郝苏民教授，他早在 10 年前，即 90 年代初期到我们这儿访问过。

陕西省的学术研究组代表成员对研究中亚东干人，特别是来自陕西省的东干人做出了自己的贡献。这首先要提及国家职员冯钧平先生与王国杰教授的著作。王国杰于 1997 年出版了专著《东干族形成发展史》。

扬州大学的王小盾（他现在是著名的清华大学教授）积极地从事东干民间口头创作研究。他收集了大量的中亚东干民间口头创作史方面的资料，及中国新疆伊犁地区伊宁的回族民间创作资料。毫无疑问，王教授将来的专著会对东干学做出有力的贡献。

尽管中亚的一些国家形势复杂，但是学者与社会活动家们仍然继续从事着自己的事业，尽一切可能地宣传东干文化，出版自己的著作。从这个意义上来说，2002 年成果累累。随后面世的著作有：中国的常文昌教授的专著《亚斯尔·十娃子与汉诗》、莫斯科的东干学家 A. 卡利莫夫的著作《中亚东干人的名字》（个人名字手册）、吉尔吉斯共和国民族科学院东干学部学者的名为《丝绸之路学术对话》的论文集、M. 伊玛佐夫的诗歌选《书信》等。有史以来第一次用英文出版了彩色杂志《中亚的东干人：人民的剪影》。该杂志是由美国的"伊斯兰教联盟"组织与"东干文化与教育"社会基金会共同主办的。

吉尔吉斯斯坦共和国民族科学院东干学部的工作人员与受哈萨克斯坦东干协会和马来西亚企业家财政支持的东干基金会共同努力为教授东干语的吉尔吉斯斯坦和哈萨克斯坦的中小学整理、出版了一些东干语的课本和教学法参考书。课本包括：《五年制东干语言》（作者 M. 伊玛佐夫）；《我们的文学》供 8—9 年级用（作者是 M. 苏尚洛、M. 胡罗夫）；还有 M. 胡罗夫为教师编的教学法参考书。

我特别要赞扬常文昌教授的专著《亚斯尔·十娃子与汉诗》。该著作由吉尔吉斯斯坦伊里木出版社出版。常文昌是中国学者，兰州大学（中国甘肃）教授，文学研究专家。常文昌不是通过译文，而是依据原文研究亚斯尔·十娃子。常文昌教授是甘肃人，他通晓当地方言。当代东干语言实质上是以甘肃方言为基础的。

常教授对我们著名的同乡亚斯尔·十娃子的创作做出了高度评价，其价值在于：常文昌不是中国文学领域的普通学者，而是中国诗歌理论领域里公认的专家之一，他写了 60 多部（篇）学术论著，其中著名的专著有：《中国现代诗论要略》《臧克家的文艺世界》《诗的多向度研究》《中国现代诗歌理论批评史》等。

常文昌教授在中国诗歌研究领域的功绩与贡献是公认的，他被选为中国当代文学研究会理事，此外，他是甘肃省中国当代文学研究会副会长。作为一个真正的学者，常文昌教授桃李满天下。他指导了一系列博士学位论文，并顺利通过了答辩。年轻的学者们在他的指导下继续进行科学研究。

常文昌教授在从事科研与教育工作的同时，曾几度在国外给外国学生讲授汉语。1994—1995 年在国立哈萨克斯坦民族大学做客座教授，2001—2002 年在吉尔吉斯—俄罗斯斯拉夫大学做客座教授。

常文昌教授是如此评价亚斯尔·十娃子的创作的："我在吉尔吉斯—俄罗斯斯拉夫大学工作时掌握了东干书面语言（东干文字是拼音文字），我有幸拜读了亚斯尔·十娃子的诗作。应当说，我很幸运，我领略到了一个真正的崇高的艺术世界——是优秀的艺术语言大师的诗歌世界。第一次读完十娃子的原文诗歌，有一种绝妙的感觉：我似乎发现了一个新大陆。此外，使我想起了童年记忆中的中国西北方言，我突然感到我的心灵与诗人的心灵贴得很近。

我想尽我所能地研究亚斯尔·十娃子的创作，确定他在汉语诗歌界的地位。'汉诗'这个词的意思我指的是用汉语写的诗，而与诗歌的来源无关。不管诗歌的作者本人是中国人还是讲汉语的外国人。不管是中国诗人，还是马来西亚、新加坡、日本、美国、中亚诗人的创作，不管是用古汉语还是用现代汉语写作的作品，都完全包含在这个概念的范畴中。

东干语言是中国西北方言之一，东干文是拼音文字。据我所知，从来没有人用任何一种中国西北方言写过诗。因此，东干诗人亚斯尔·十娃子的诗歌在某种意义上是独一无二的。

首先，他的诗歌是用西北方言创作的；其次，写作时使用的不是象形文字，而是拼音文字。这两点决定了亚斯尔·十娃子在汉语诗歌界的位置，虽然应当指出亚斯尔·十娃子作品的独特性在于其艺术上的完美。

我将在自己的著作中进一步阐述这些观点。"

吉尔吉斯斯坦共和国民族科学院东干学部主任、通讯院士 M. 伊玛佐夫教授对《亚斯尔·十娃子与汉诗》这部著作做出了如下评价：

"吉尔吉斯斯坦人民诗人亚斯尔·十娃子的诗歌被翻译成了多种语

言，其中包括汉语。根据现有的评论文章可以判断出东干诗人的创作在中国是如何被接受的。尽管这些文章毫无疑问是有价值的，但都是依据翻译资料写成的。该专著的作者常文昌教授起初也是通过译文了解亚斯尔·十娃子的诗歌的。但是为了更好、更深入地理解诗人的作品，常先生学会了东干拼音文字。读了诗人的原文诗歌之后，这位中国的研究者（他自己承认）'似乎发现了一个新大陆'。兰州大学教授常文昌是中国诗歌领域的专家，他在吉尔吉斯－俄罗斯斯拉夫大学工作的一年中同时研究亚斯尔·十娃子的创作，他与吉尔吉斯斯坦共和国民族科学院东干学部的学者们一直保持着学术上的交往。

他的这部专著的价值在于：首先，专著是依据原文资料写作的；其次，专著反映的不仅是一个中国学者，而且是一个中国读者对东干诗人创作的接受；最后，专著中经常把东干诗歌与中国诗歌进行对比，我认为这在东干学研究中还是第一次。

这位中国学者对东干文学的奠基者亚斯尔·十娃子创作遗产的评价，无论是对东干诗歌领域的专家，还是对中国诗歌领域的专家来说都是引人入胜的。此外，作者就其研究过的作品表述了独创的思想与意想不到的见解，这使其著作对普通读者来说也是很有吸引力的。"

因此，对东干书面文学鼻祖、吉尔吉斯斯坦人民诗人亚斯尔·十娃子创作的这一研究丰富了东干学，包括东干文学。

中国新疆维吾尔自治区的学者在研究中亚东干文化方面同国内其他学者相比具有一些优势。这里指的不仅是同哈萨克斯坦及前中亚共和国在地域上的接近，而且许多东干人的代表人物在新疆维吾尔自治区有自己的亲戚，特别是同新疆西部伊犁地区的居民关系密切。此外，许多东干族的代表人物从事"往返"的边贸活动，有机会多次去新疆维吾尔自治区，与亲戚及学者交往。

作家杨峰是中亚东干文化的研究者与内行，他总是把写作与学术研究结合起来。1991 年到过苏联以后，杨峰成了中亚东干历史与文化的积极研究者与宣传者。在他的倡导和直接参与下出版了《盼望》，其中收入了前中亚共和国及哈萨克斯坦的东干作家的中、短篇小说。此外，他为中亚东干人写了《托克马克之恋》一书。这部艺术杰作的问世是当代中国文学生活中的一件大事。中国的批评家与文学家一致认为该书的作者的确是一位语言艺术大师，他集作家的天赋及学者的分析能力于一身。批评家的判断是正确的，作家杨峰的这部作品于 2002 年被授予中国国家文学奖。

《回族文学》杂志经常给中国读者推介有关中亚东干族的短篇小说。该杂志由昌吉回族自治州的地方文化管理局主办。

新疆艺术学院（乌鲁木齐市）前副教授、现为该院院长的赵塔里木研究中亚东干族的民间音乐创作。顺便说一下，这个课题我们的学者从未研究过。赵先生在吉尔吉斯斯坦与哈萨克斯坦的许多东干族居住点收集了大量材料，找到了许多还记得这种民间创作的有趣的人，其中包括他热情地评价过的卫国战争老战士、亚历山大洛夫卡村的居民穆罕默德·吴仁，他凭记忆复述了许多古老的歌曲。

赵塔里木就研究结果出版了一部专著，该专著是他的博士学位论文的基础。用赵院长的话说，成功地通过博士论文答辩后，他对中亚东干族的民间音乐创作仍然有浓厚的兴趣，而且将来他想派自己的研究生去吉尔吉斯斯坦继续研究这个课题。

东干语言同样也是中国新疆维吾尔自治区的学者积极研究的对象。其中新疆大学（乌鲁木齐市）教授海峰女士的专著《中亚东干语言研究》值得称赞。该专著研究了东干语言的语音、语法体系、词汇的组成及方言（陕西与甘肃的）。专著的个别章节是研究东干民族的文字问题的。我们知道，东干书面语言最初是在阿拉伯与拉丁字母的基础上形成的。从 20 世纪 50 年代开始东干文字在俄语字母的基础上发展。专著中作者分析了每一种字母的优点与不足，由此强调指出文字对保存和发展每一种语言，特别是像东干语言这样的少数民族语言具有重大意义。

新疆维吾尔自治区的语言学家胡毅、李英、陈金玲等在自己的著作中研究了东干语言的其他方面。

关于居住在中亚新独立国家的东干人的话题在中国新疆维吾尔自治区艺术活动家的创作中占有一定的位置。例如，作曲家马成翔为东干人写了一些交响乐，著名的作曲家、歌唱家苏尔东为苏联的东干人写了几首歌，这些歌曲目前在中国西北的回族居民中非常流行。

早在 1997 年 8 月新疆广电局摄制组参观了吉尔吉斯斯坦与哈萨克斯坦，他们为制作居住在世界不同国家的回族人的历史与文化的电影纪录片准备材料。

该方案的领导者是中国新疆广电局下设的生产、销售音频、视频录像带和激光磁盘（VCD）的公司经理贾恒（音译）先生。

就制作电影一事他是如此说的："制作居住在世界不同国家的回族人的大型电影的想法我们酝酿了已经不止一年了。但是由于一系列客观原因这个想法一直没有实现。因为至今也没有一部讲述居住在不同国家，包括在丝绸之路上的回族人的历史、文化、礼仪和传统的大型纪录片。我们已经准备了好几年了。我们摄制组的成员除了导演、摄影师和技术工作人员外，还有一些学者，包括：历史学家、民族学家、语言学家，甚至还有宗教界人士、作家，总之，都是回族问题方面的专家。我们尽可能地吸引一些别的可供咨询的专家。

从 1996 年以来我们做了大量的工作：在吉尔吉斯斯坦、哈萨克斯坦和中国的许多回族居住区进行拍摄。用了几百米的胶卷拍摄了白彦虎率领部队边战边向西迁移所经过的地方。利用这个机会，我衷心地感谢吉尔吉斯斯坦与哈萨克斯坦东干协会及中亚的许多普通居民，在我们拍摄影片的过程中他们给予了力所能及的帮助。

自然，这项大型工作需要大量财力资源。中国许多地区，主要是回族地区的赞助人、企业家和商人给了我们帮助。目前正在进行剪辑工作。我想，明年电影的制作将会完成。为了抵偿花费，我们将要出售影片某些部分的拷贝。"

应当指出，电影的制作至今没有彻底完成，其中有关中亚东干人的一部分已经完成。

不仅中国的学者与专家对东干人抱有很大的研究兴趣，越来越多的来自不同国家的学者对中亚东干人的物质与精神文化的不同方面表现出浓厚的兴趣。近几年来，美国、澳大利亚、马来西亚、德国、法国、以色列等国家的同行到过我们这儿。其中来自日本的语言学家小组在东京外国语大学教授加藤博美的率领下，不止一次地参观了吉尔吉斯斯坦、哈萨克斯坦和乌兹别克斯坦。

早在 20 世纪 70 年代为了研究东干语言的特点桥本万太郎教授到过我们国家。当今以加藤博美教授为首的学者团继续这项工作。

用日本专家的话说，东干语言是研究得比较少的一个领域。让日本人特别感兴趣的是当代东干语言的词汇。此外，日本学者的兴趣不仅体现在语言方面，而且他们对中亚东干人的历史及物质与精神文化的不同方面表现出极大兴趣。况且，他们的研究是受政府机构支持的，因此，理所当然由政府拨款。有一定的根据可以说，在日本已经形成了一个东干学中心。

以色列的企业家阿布季萨洛姆·格尔顺的观点很有趣。他的母亲出生于中国南方，父亲是以色列人。他把业余时间都用于研究东干语言与文学。他是为数不多的通过原文研究东干语言学家的所有著作的外国研究者之一，他甚至通过原文研究我们的经典作家——亚斯尔·十娃子、阿尔利·阿尔布都、雅库巴·哈瓦佐夫等人的作品。他把西方一些作家的短篇小说从英语翻译成了东干语。A. 格尔顺（他与大多数中国学者不同）认为，东干语言是一种独立的语言，虽然它是从汉语中分离出来的。他把东干语同撒拉族语言进行了对比，撒拉族语言是汉语同突厥诸语言结合而形成的。

因此，当今散居在中亚的东干人、其历史、语言、甚至精神与物质文化的各个方面都是国外学者进行学术研究的现实课题。

（原载《东干》杂志 2006 年第 5 期。P. 尤苏波夫，比什凯克人文大学教授，《东干》杂志主编，东干文化与教育基金会主席；司俊琴，兰州大学外国语学院教授）

五　亚斯尔·十娃子里边的新书

[吉] P. 老三诺夫　著　常立霓　转写

　　新近，在比什凯克城呢的伊里木出版社呢，把中国的著造家常文昌的《亚斯尔·十娃子再么是中国的诗文》（《亚斯尔·十娃子与汉诗》）书印出来哩。把往出印这个书的事情，吉尔吉斯斯坦（原文黑尔黑斯斯坦）科学院的回族学部的科学沙维特（委员会）竣成哩。书的样子好看。拿大字拾下的，在好白纸上拓下的材料，念起方便。叫我思量去，这是表说民人诗人（十娃子被誉为吉尔吉斯斯坦的"人民诗人"）的生活连工作里边的第二本书哩。头一本书是为纪念亚斯尔·十娃子90岁的生日且住（依托）他的著造家穆哈默德·依玛佐夫连吉尔吉斯斯坦回民协会的主席伊斯马依洛夫给下的帮凑印出来的。

　　给《亚斯尔·十娃子再么是中国的诗文》书，回族学部的领首依玛佐夫当哩编辑哩。在编辑的话上他写的说是，把吉尔吉斯斯坦的民人诗人亚斯尔·十娃子作品翻到很些子语言上哩，也翻到汉语上的呢。打难拓的诗文写下的文章上看来呢，给回族的诗人在中国给啥价观（评价）的呢。可是，这些材料都是按翻下的诗文写下的。新书的著造家常文昌先前也拿翻下的材料认识哩亚斯尔·十娃子的诗文哩。可是，为往深呢知诗文，科学人把回族的写法学下，按回族话念哩诗文哩。打这个上，中国的研究家"就像把新世界（新大陆）看见哩"。常文昌是兰州大学的教授，中国的诗文里边的手艺人，在吉尔吉斯—俄罗斯斯拉夫大学工作的时候，他习学哩亚斯尔·十娃子的作造（作品）哩。连回族学部的科学人们做哩联系哩。

　　在自己的书上，中国的科学人给回族的文学扎哩根的亚斯尔·十娃子的作造给下的价观，光不是到回族的，他还给到中国的诗文方面的手艺人们上，有大情由（意义）呢。

　　书上著造家给为啥研究哩亚斯尔·十娃子的诗文的问题，写的说是，他在斯拉夫大学工作的时候，连亚斯尔·十娃子的诗文往好呢认识哩，拿他写下的回族话念的时候儿，就像把新世界（新大陆）看见哩。打这个上，往满富呢研究哩亚斯尔·十娃子的作造哩，规定（确定）哩他在"华语的诗文世界"上占的位分哩。

华语的诗文世界——这是按著造家的意见，不论在哪塔儿作下的汉语上的诗文。把这些诗文，中国人，再么是知道汉语的外国人们，做出来哩。这一方面中国、马来西亚、新加坡、日本、美国、中亚带单另地方上，拿汉语作下的诗文满能归到华语的诗文世界上。

回族话是中国的西北方言里头的一个。中国的一切方言里头，光回族语言使用的按音调的文字（拼音文字），中国西北的哪一个方言上都没写过诗文，算是亚斯尔·十娃子的诗文是稀茬（罕见的），他的诗文是拿中国西北方言做下的。写它们的时候，没使用汉字，照住音调写下的。打这个上，能说亚斯尔·十娃子在华语的诗文世界上占的把外位份（特殊地位）。可是亚斯尔·十娃子诗文的把外，光没在这个上，还在诗文的深意思连巧妙上呢。

书上表说的是，亚斯尔·十娃子是自然、地界（土地）连民人的儿子，在自己的诗文上他唱哩人、公道连俊美哩。新书给喜爱亚斯尔·十娃子诗文的人们给的惊喜，教人们认识亚斯尔·十娃子诗文在华语诗文世界上，占的位分呢。为这个研究活的书给中国的科学人、教授、书的著造家常文昌诚情道谢。

（原载《东干报》2002 年 11 月 27 日。P. 老三诺夫，吉尔吉斯斯坦国家广播电视台东干节目著名主持人、播音员。常立霓，上海政法学院教授）

六　常文昌与中亚东干文学研究

张有道

兰州大学常文昌教授与丝路文化结下了不解之缘，一方面向中亚学生传播中国文化，另一方面又投身于中亚东干文学与文化研究。他的科研领域主要集中在两个方面，一是中国现当代诗歌及其理论研究，一是中亚东干文学研究。在科学研究上，他没有跟着别人追踪热点问题，而是开辟和建立"自己的园地"。这里要说的是他的东干文学研究。

（一）

常文昌曾作为哈萨克斯坦法拉比大学、吉尔吉斯斯坦吉尔吉斯－俄罗斯斯拉夫大学客座教授和乌兹别克斯坦塔什干孔子学院中方院长，在中亚居住了四年多。这三个国家正好是东干族移居落户的30多个"陕西村"和"甘肃村"所在地。从客观上为他提供了研究的便利条件。同时，主观因素起了决定作用。他把东干文化视为至宝，收集了大量资料。他说："我从太阳山上背回了金子"。对东干文学与文化的浓厚兴趣是从东干文学的语感开始的。东干人把自己的民族语言称之为"父母语言"或"亲娘语言"，视为民族的"根"。常文昌不仅和东干作家、学者交朋友，还学会了东干文。开始阅读东干文学作品，一种亲近亲切之感一下子拉近了他和东干语的距离。他是甘肃陇东人，兼通甘肃话和陕西话，而东干语被看作是晚清文化的"活化石"。东干语唤醒了他的家乡方言记忆，这不正是最纯的母语记忆吗？在娘胎里听的就是这种乡音。出生后，爸爸妈妈说的就是这种方言土语。如十娃子的故国之思，写银川"把我哈巴忘掉哩"，哈巴（大概，可能）是父母嘴上出现频率很高的词汇。从他上学后，乡音渐渐疏远了，背成语词典，背古今范文。写文章，说话都用规范的书面语，土气的家乡话难登大雅之堂。而今，在中亚发现了保存完好的"亲娘语言"，激动之情油然而生。显然，他的东干研究是带有感情的。但是，科学研究，还必须上升到理性的高度，才能有新的发现。许多接触过东干语言文化的人，都嫌东干语土气。说得客气一点，叫直白，缺乏表现力。常文昌力排众议，发现了东干文学的独特价值。他举例如东干报纸文章题目《心劲大的科学人》，用普通话就是顽强拼搏的科学家。他欣赏"心劲大"何其生动新颖，倒是书面语言"顽强拼搏"缺少斯克洛夫斯基所说的"陌生化"效果，引不起新鲜感。佛法认为，肉眼只能看见有形的物质世界，而看不见无形的精神世界。这就需要更高一层的天眼、慧眼、法眼。用法眼观察东干文学，会得出新的结论。常文昌以东干作家阿尔布都为例，认为他大大提升了东干语言的艺术表现力。如"莫斯科喀山车站人丸圪垯的呢"，有中国译者意译为"人如潮涌"，人如潮涌是陈陈相因的书面语言，引不起新鲜感，哪有像蚂蚁或蜜蜂丸圪垯生动。他佩服阿尔布都的天才，满怀激情地写道："天生阿尔布都，就是为了让我们领略东干语言的艺术魅力。"从此以后，他几乎全身心投入了东干文学与文化研究。

（二）

国内往往将东干学纳入回族研究范畴，将东干文学作为中国回族文学的一部分。常文昌则将东干文学置于世界华语文学领域，认为这是世界华语文学的一个分支，同时有别于欧美和亚洲及大洋洲其他国别的最独特的华语文学，其独特之处在于东干拼音文字，以彻头彻尾的方言白话作为书面语言等。他将东干文学称为世界华语文学的新大陆。

在担任吉尔吉斯斯坦客座教授期间，常文昌不但同东干作家建立了联系，同时和吉尔吉斯共和国科学院东干学部建立了合作关系。他从东干书面文学的奠基人亚斯尔·十娃子入手开始研究。与俄罗斯、澳大利亚、德国及中亚东干学者角度不同，他以中国文化的传承与变异为视角，为诗人定位，将十娃子称为东干诗歌的太阳，赞誉他为土地之子，自然之子和人民之子。在此期间，他的俄文版学术著作《亚斯尔·十娃子与汉诗》由吉尔吉斯斯坦科学院知识出版社出版，以新的视角、新的观点引起较大反响。中亚东干学权威——吉尔吉斯共和国科学院通讯院士、东干学部主任 M. 伊玛佐夫教授为其写序，高度评价这本著作具有"独创的思维"和"意想不到的见解"。"将东干诗歌与汉诗进行全方位的比较,这在东干文学研究上还是第一次",他认为常文昌教授"对亚斯尔·十娃子的认识,不仅使东干诗歌研究方面的专家和中国诗歌领域的专家引起极大的兴趣,同时对于普通读者来说也是诱人的"。M. 伊玛佐夫教授称赞这本俄文版学术著作"无疑加深与扩大了吉中两国直接的学术交流与对话"。《东干报》在头版显著位置介绍了这本书,同时刊登了封面照片和作者近照。《东干》杂志不仅评介了这本书,并选载了书中的部分章节。吉尔吉斯共和国广播电台介绍了这本书,同时播放了采访作者的录音。挪威奥斯陆大学的东干网站也全书转载了俄文文本。回国后,常文昌将他的研究重心转移到东干文学研究上。

(三)

近20年来,常文昌对东干文学展开全面系统的研究,继国外俄文版著作之后,在国内出版了中文版《世界华语文学的新大陆》《世界华语诗苑的奇葩》等著作。在国内外已发表了近30篇东干文学研究系列论文。现已完成《中亚东干文学论稿》,着手整理《世界华语小说的奇葩》。以东干文学为题申报并完成了一项国家社科基金项目和两项教育部项目。他说,如果天假岁月,最后当完成《中亚东干文学史》。

东干文学包括民间口传文学与书面文学。他的研究几乎涵盖了东干文学的方方面面,既有简单的史的勾勒,如东干诗歌的演变,又有关于东干诗歌、小说、口歌口溜、民间故事等研究。东干文学批评,从来无人涉足,他将东干文学批评分为两种形态,侧重总结了东干文学批评的特点,尽管这种批评还未形成其成熟的话语系统,但是却是一个与众不同的客观存在,值得揭示与探讨。常文昌不大喜欢那种大而空的泛论,常常从具体的文本切入,以小见大。在具体的作家作品研究中贯穿了东干文学与中国文化、俄罗斯文化、伊斯兰文化的诸多关系。东干文学既有其独特性,也有同其他地域华语文学的相同之处,如身份认同等。只有将其纳入世界华语文学的大框架中,才能看清楚。

东干文学研究有几个层次。第一个层次是直译和转写,这需要字斟句酌的弄清东干文本的确切含义。严复主张信、达、雅。直译转写中出现的问题，常常是不达，发现不达，对照原文，大多都是翻译错误造成的。他借用陈垣的四种校法，即对校法、本校法、他校法和理校法，务求翻译转写准确。甚至发现东干原文错误，于是找不同版本校正。如十娃子东干文版《挑拣下的作品》中有一首诗的题目就不通，而吉尔吉斯斯坦科学院新近出版的《五更翅儿》沿袭了这一错误。常文昌从更早的版本《春天的音》中查到正确的版本，后者应是诗人亲自校对的，所以准确无误。又如，十娃子及东干诗歌中出现频率很高的一个鸟类意象便是"五更翅儿"，《东干语—俄语词典》的解释明明白白，五更翅儿就是夜莺。但是转译成汉字，有的写成"五更鸱儿"。常文昌认为，"鸱鸮"在西北民俗中是不吉利的鸟儿，它比猫头鹰小，也是昼伏夜出。民间认为，它一啼叫，要死小孩。而猫头鹰，西北民间有的叫信猴，有的叫狠猴，它一啼叫，便要死老人。可是，东干文学中的五更翅儿却不同，不但非常可爱，而且常常赋予它怀乡之情。因此，他主张褒义词绝不能转译成贬义词。

　　东干文学研究的更高层次是进入学术研究。常文昌认为东干文学与中国文化具有互证与互补性。阅读东干文学作品遇到某些疑难之处，常常可以从中国文化中找到答案；反过来，中国文化中某些失传的东西，有时在东干文学中还鲜活地存在着。这不仅是一种有趣的文化现象，同时也成为东干文学研究中不可或缺的方法。东干文化与中国文化的互补与互证有许多生动的例证。如十娃子有一首诗，题为《柳树枝儿》，不同于西方以玫瑰象征爱情，而是赠送柳树枝，表示爱恋。其文化含义来自中国古代折柳送别，柳和留谐音。东干人把理发师叫待诏，而国内陕西方言中也保留了这一叫法。据熊贞《陕西方言大辞典》，其来源是，相传唐朝有个理发师叫刘全，被选入宫廷，为李世民所赏识，命为待诏。刘全后来在户县落户，其家族繁衍成村，今之户县秦渡镇有个村子叫待诏村。两相对照，其文化含义一目了然。

　　东干文化与中国文化还有互补的一面。李福清曾指出，东干民间故事和传说中也有中国丢失了的东西。常文昌也发现，东干民间故事《要上树的鳖盖，江呢浪去的猴》颇有哲理，但是翻阅《中国民间故事集成》各卷，都没有类似故事。这里只能点滴举例，学术层面的整体研究空间更大。

（四）

常文昌不仅自己潜心于东干研究，同时在研究生招生方面，又增设了世界华语文学研究方向，培养有志于东干文学研究的博士生和硕士生。凝聚力量，形成团队，是他的愿望。

家庭，是他的东干研究小团队。妻子张秀霞 3 次陪他赴中亚任教，对东干文化产生了浓厚兴趣，经常收听东干广播，学唱东干歌曲。《花瓶》是她最喜欢的东干歌曲，是朋友聚会时的保留节目。女儿常立霓教授也将研究方向转移到东干文学上，先后完成教育部和上海市立项的两项东干文学研究项目，出版了东干文学研究专著，发表了十几篇这方面的研究论文，参加了国内外的相关学术会议。

硕博研究生是常文昌及其东干文学研究的大团队。对东干文学有兴趣的研究生，常文昌教他们学习东干文，并提供从国外带回的研究资料。博士生中，杨建军教授是回族，其博士学位论文就是东干文学研究，并主持和完成了有关东干文学的国家社科基金项目，出版了专著《丝绸之路上的华裔文学奇葩——中亚东干文学研究》，发表了一系列这方面的研究论文。司俊琴教授是俄语教师，熟悉俄罗斯文学，她的博士论文题为《东干文学与俄罗斯文化》，也主持和完成了国家社科基金项目——东干文学与俄罗斯文化研究，她充分发挥自己的优势，其系列论文主要集中在东干文学与俄罗斯文化研究上。高亚斌博士也是西北人，发表了东干诗歌、小说和口歌口溜方面的研究文章。郭茂全副教授和常文昌一起去塔什干孔子学院任教，学会了东干文，发表了东干作家阿尔布都小说研究论文。张焕霞副教授读研期间，发表了有关东干儿童文学的论文。硕士研究生中，以东干文学研究为学位论文题目的有李海、马小鹏、王文龙、辛慧等。他的硕博研究生中，发表过东干文学研究论文的有 16 人。

挪威奥斯陆大学东干学研究专家史易文博士，参加完银川会议后专程拜访常文昌教授，在和兰州大学东干研究团队座谈时，亲眼看到有这么多人从事东干研究，感到十分惊喜，别的东干研究点从未见到这样规模的研究团队。

（五）

常文昌及其东干研究团队不仅在国内产生了影响，同时也引起国外同行的热切关注。

近几年，常文昌和他的学生先后完成国家社科基金东干文学研究项目 4 项，教育部人文基金东干研究项目 3 项。据知网统计，国内发表的东干文学研究论文中，其中 85% 以上出自这个团队。

尤其值得一提的是国内学术刊物，多次以专题栏目的方式，由常文昌主持，推出一组组东干文学研究论文。这些刊物是：《兰州大学学报》《北方民族大学学报》《华文文学》《浙江工商大学学报》《宁夏大学学报》《天水师院学报》《社科纵横》《中央民族大学学报》等。每组文章多则 4 篇，少则 2 篇。其他刊物如《西北师范大学学报》《外国文学研究》《西北民族大学学报》《广东社会科学》《暨南学报》《贵州社会科学》《井冈山大学学报》等都发表过这个点上的东干文学研究论文。《光明日报》《文汇报》等报刊也发过此类文章，《甘肃日报》甚至以一个版面的篇幅介绍中亚的"甘肃村"。如此众多报纸杂志对其东干研究成果的刊发，无疑扩大了影响。

挪威奥斯陆大学的东干研究异军突起，他们创办了东干研究网站，选载了近百年来的东干研究主要成果。其中，被转载的常文昌撰写的著作及论文有 16 篇（部），同时也转载了这个团队其他成员的部分研究成果，扩大了其国际影响。

常文昌和司俊琴、常立霓等在吉尔吉斯斯坦科学院东干研究中心主办的《丝绸之路学术对话》及《吉尔吉斯斯坦国立民族大学学报》《东干》杂志上还发表了一系列俄文版东干文学研究论文。常文昌的俄文版著作《亚斯尔·十娃子与汉诗》被伊玛佐夫院士和尤苏波夫教授多次介绍和引用。

常文昌和俄罗斯科学院李福清院士、莫斯科大学达吉雅娜、俄罗斯人文大学塔拉斯教授等都有过交流。李福清来兰州讲学，看到兰州大学的东干研究，颇感兴趣。他和东干学者编著的《东干民间故事传说集》影响很大，由海峰和连树声转写翻译的汉文版在中国出版后，常文昌撰写书评，高度评价了李福清的研究深度，同时对书中体现的俄罗斯人的个别观念与看法提出了商榷。日本东干学研究会会长菅野裕臣给常文昌发送电子邮件，寄送书面材料。

2014 年 9 月，在奥斯陆举办了国际东干民间文学研讨会，这是欧洲人举办的一次重要的学术会议。常文昌和常立霓应邀出席了会议，会议由挪威皇家科学院何莫邪院士、吉尔吉斯斯坦科学院伊玛佐夫院士、中国常文昌教授和美国宾夕法尼亚大学梅维恒教授轮流主持，来自欧亚美各国学者对东干学研究的现状与前景取得了共识。

（六）

常文昌认为，东干学研究从俄罗斯学者算起，已有上百年的历史。20 世纪 30 年代，进入系统的科学研究阶段。随着苏联解体，东干学研究的格局发生了变化。主要表现为俄罗斯研究的衰落和中国研究的崛起。而东干语言与文字又面临危机，需要进行抢救性的保存与研究。

东干文展示了汉语拼音文字的存在与实践，但是再过 50 年或 100 年，东干文还能存在下去吗？中国历史上，已有回纥文、西夏文、女真文等十几种文字消亡，东干文同样面临失传的危机。东干语和东干文只在东干族内部使用，乌兹别克斯坦东干人很少用东干文，哈萨克斯坦东干协会主席安·胡塞就主张东干语向汉语过渡，随着中国与中亚交往的不断扩大，学习汉语普通话的东干留学生越来越多，加之吉尔吉斯斯坦东干中学东干语课的削弱，东干文和东干语面临困境是无疑的。从东干文学的创作趋势看，为了面对更多的中亚读者，越来越多的东干年轻人用俄文创作，而不用东干文创作。东干文学还会发展，但是原汁原味的东干话在文学中会渐趋淡化与消退。这是我们对东干文学未来的忧虑。

中国是东干人的历史故国，中国东干学研究的崛起，改变了世界东干学研究的格局。东干文化与中国传统文化有着割不断的天然联系，因此中国学者的研究自有其优势。但是，目前中国的东干学研究仍不平衡，近年来主要集中在语言和文学两大板块上。而这两个方面的研究，仍有很大的空间，需要深入开掘。就东干学第一手原始资料的收集和整理而言，是一项大工程，在奥斯陆大学数字化的基础上建立更完整的数据库，应是迫在眉睫的任务。

同时，东干研究需要各国学者的通力合作，甚至各个研究领域专家的合作。如中国研究者与中亚东干学者就有互补的各自优势。在许多问题上我们需要东干学者的帮助，如资料的收集和整理，东干文本的某些解读等。而东干学者也需要中国学者的帮助，如汉字失传，造成东干人对东干拼音文字某些不确定性的误解。

"一带一路"倡议的提出，为中亚东干族与中国的交往提供了更多的机遇，同时也为中亚学者与中国学者的合作与交流提供了更大的空间。我们希望中国的东干学研究能有更大的突破，取得更大的举世瞩目的成果。

（张有道，兰州交通大学副教授）

七　开拓世界华语文学的新大陆——评常文昌先生《世界华语文学的"新大陆"——东干文学论纲》①

高亚斌

对于东干文学的研究始于 20 世纪初期，尤其是在十月革命后，随着东干文字的创制、东干书面文学的形成和初步发展，对东干文学的研究才取得了长足的进展。在国内，由于一些东干研究者对东干文学作家和作品的翻译和介绍，尤其是常文昌先生最早把它作为域外华语文学的一个分支，纳入世界华语文学的体系，而日益进入国内学术界的视野，② 目前已经形成了具有一定规模的学术队伍，并取得了一定的学术

---

① 此文发表于《民族文学研究》2011 年第 3 期。
② 常文昌、唐欣：《东干文学：世界华语文学的一个分支》，《光明日报》2003 年 8 月 4 日。

成果。

　　常文昌先生根据自己多年来的研究，整理出版了《世界华语文学的"新大陆"——东干文学论纲》一书，集中了这些年来他在这一领域所取得的学术成果。可以说，在国内东干文学研究领域，它虽算不上是空谷足音，但却称得上是东干文学的开拓与实力之作，填补了国内相关领域内的空白，具有极大的学术价值。

（一）

　　东干民族的历史与文化很早就引起了国内外学者的注意。在国际学术界，除了俄罗斯、中亚各国的学者之外，日本、澳大利亚、德国、法国、马来西亚、以色列、美国等国学者也在东干民族文化研究上取得了一定的成就。在苏联时期，还形成了一门新的学科——东干学，其中吉尔吉斯斯坦国家科学院成立的东干学部，是东干学的专门研究机构。与此同时，也出现了一些研究东干文化的学者，如苏联的斯特拉达诺夫、李福清、苏三洛、尤苏洛夫等人。在东干文学研究方面，法蒂玛·玛凯耶娃的《苏联东干（回）族文学的形成和发展》（俄文版）① 一书，第一次全面系统地论述了东干文学的历史，并对一些主要东干作家进行了评介，它也是"迄今唯一的一本带有文学史性质的东干文学研究著作"。②

　　就国内来说，目前东干研究主要包括了民族学、历史学、文化学、语言学和文学几个大的板块，出现了一些相关的代表性学者及其专著，如民族学、文化学方面的胡振华、丁宏，历史学方面的王国杰著有《东干族形成发展史》③ 一书，语言学方面的林涛、海峰，文学研究方面的常文昌等人，各个板块也都有相应的学术著作问世，并造成了一定的影响。

　　相对于东干民族历史、文化诸方面而言，东干文学的研究在此之前

---

① ［吉］法蒂玛·玛凯耶娃：《东干文学的形成和发展》，吉尔吉斯斯坦出版社 1984 年版。

② 常文昌：《世界华语文学的"新大陆"——东干文学论纲》，中国社会科学出版社 2010 年版，第 301 页。

③ 王国杰：《东干族形成发展史》，陕西人民出版社 1997 年版。

尚未形成完整的体系，有的只是一些零星片段的研究。国内近年来翻译介绍了一些东干文学的专著，主要有《盼望》①、《亚斯尔·十娃子生活与创作》②、《中亚回族诗歌小说选译》③、《中亚回族的口歌和口溜儿》④等，对东干文学研究的引进起到了重要作用。国内东干文学相关的专著主要有《东干文化研究》等，就专门的东干文学研究论著来说，常文昌先生的《世界华语文学的"新大陆"》一书，应该算是一个创始。

　　由于国内的东干文学研究才刚刚起步，相关研究资料严重匮乏，造成了东干文学研究的诸多不便，并且出现了相当多的讹误，如在翻译亚斯尔·十娃子诗歌时，有人把"星宿的明光"译为"锦绣光芒"、"太阳四季笑"译为"太阳使劲笑"、"海寇"译为"海狗"……把东干婚俗中的"试刀面"误译为"四道面"等。⑤再如在译介东干口歌口溜时，把"吃了一日的饱饭，不忘千年的饥"译为"吃了一儿（陕西话"日"读 er 音）的饱饭，不忘前年的饥"⑥。把"一物降一物，蜈蚣把蟒捉，柳木钻牛角"译为"一窝像一窝，蜈蚣把忙着，柳木钻牛角"⑦。把"老刀见肉三分快"译为"老道见肉山风快"⑧等，此类讹误，大多出于研究者对西北方言的陌生和对西北回族伊斯兰文化的隔膜，由此导致的以讹传讹，在一定程度上造成了东干文学研究上的混乱，也形成了东干文学研究的紧迫之势。在某种意义上，《世界华语文学的"新大陆"》的出版，正是适应了学术上的这种迫切需求。当然，对东干文学进行更广泛、深入的研究，还存在着很大的学术空间，可能

---

　　① 杨峰编译：《盼望》，新疆人民出版社 1996 年版。

　　② ［吉］伊玛佐夫编选：《亚斯尔·十娃子生活与创作》，丁宏译，宁夏人民出版社 2001 年版。

　　③ ［吉］伊玛佐夫：《中亚回族诗歌小说选》，林涛译，香港教育出版社 2004 年版。

　　④ ［哈］拉阿洪诺夫辑录：《中亚回族的口歌和口溜儿》，林涛译，香港教育出版社 2004 年版。

　　⑤ 常文昌：《世界华语文学的"新大陆"——东干文学论纲》，中国社会科学出版社 2010 年版，第 261 页。

　　⑥ ［吉］杨善新：《东干语的托克马克方言》（东干文），选自林涛《中亚回族陕西话研究》，宁夏人民出版社 2008 年版，第 94 页。

　　⑦ ［哈］拉阿洪诺夫辑录：《中亚回族的口歌和口溜儿》，林涛译，香港教育出版社 2004 年版，第 183 页。

　　⑧ 常文昌：《世界华语文学的"新大陆"——东干文学论纲》，中国社会科学出版社 2010 年版，第 288 页。

需要好几代学人的持续努力，该书起到了开风气之先的重要作用，具有开拓的性质。

（二）

东干文学按照其存在形态和传播方式来说，主要包括以口头形式流传的民间文学和以文字形式流传的书面文学两大部分，国内的相关研究专著，如丁宏《东干文化研究》等，大都是从这两个方面介入东干文学研究的。常文昌先生的这部专著也是从东干文学的这两个方面入手，又侧重于对书面文学的资料搜集和理论梳理及描述，而把东干民间文学乃至俄罗斯文学作为书面文学的文化背景和文学资源。书面文学中，诗歌、小说及文学批评部分主要介绍东干文学各种文体的形态及发展、相关的重要作家，而民间故事、口歌口溜则介绍东干民间文学的渊源、种类、文化内涵等，在体例安排上显得结构完整、脉络清晰。

这种首先介绍作家创作，然后再追本溯源，引入东干民间文学研究的体例安排，从表面上看来似乎有悖于通常文学史的编撰规律和东干文学发展的时间顺序，但是，如果从东干文学的创立到这块华语文学的"新大陆"被"发现"的学术发展历程来看，却恰恰符合东干文学自身的发展逻辑：东干文学正是从作家创作首先引起学界注意，然后才开始对东干民间文化的进一步开掘的。而在介绍作家创作时，书中则主要择取了东干文学中具有代表性的、成就最大的两位东干作家——被称为"东干文学之父"的诗人亚斯尔·十娃子与小说家尔里·阿尔布都作为范例，同时以他们为体例安排的依据，以人带论，在结构和逻辑层次上显得井然有序。在东干民间文学的部分，主要分古今儿（神话传说故事）与民间谚语（口歌口溜）两个方面进行论述，而民歌（"曲子"）部分与谜语（"猜话儿"）则从简从略；对于古今儿与口歌口溜的论述，重点阐释其中国文化与伊斯兰文化内涵，以及它在中亚文化语境下的某些变异。书中对于亚斯尔·十娃子诗歌的论述，对东干小说中的"乡庄"意象的文化描述，对于富有伊斯兰文化色彩的"讨口唤（请求对方接受忏悔）"、"放赦（宽恕）"、"抚养也提目（孤儿）"等现象的文化阐释，对于民间文学中"神奇妻子"、"梦先生"以及东干族源的传说的人类学与原型批评分析，都是书中最丰富生动的内容，也最具有学术价值，可以集中体现常文昌先生对于东干文学的突出贡献。

该书的主要成就包括以下几个方面：

剖析东干文学语言与文体。在语言上，该书提出了"晚清西北方言的活化石"① 的说法，并以东干文学中经常出现的"民人"（人民）、"菜蔬"（蔬菜）、"习学"（学习）、"地土"（土地）等作为例证。的确，由于东干族与中国内地文化的断裂，造成了许多语言文化上的孑遗。在东干语言中，仍然沿用旧的称谓，称学校为学堂，教室为讲堂；称男老师为师父，女老师为师娘；称算术为账算学，分数为"价观"……尤其是把钱称为"帖子"的叫法，完全是对晚清洋务派发行的货币的称谓。② 而且，由于东干文化与母语的割裂，造成了一些词义上的变异，如"茉莉花"变成了"毛栗子花"，"八字胡"被解释为"一把子胡子"，"八哥"的"八"意义不明、"哥"被解释为"鸽子"，等等，③书中对此都予以了澄清。语言既是构成一个民族独立存在的主要要素之一，又是东干文学作为华语文学的主要依据，该书把语言作为破译东干文学文化内涵的一把钥匙，对东干文学语言的阐释散布于该书的各个章节之中，充分发掘了潜藏于东干语言之中的文化价值。

在东干文学的文体方面，常文昌先生对诗歌、散文、小说等按照不同文体、主题等进行了详尽的划分，如在诗歌领域，他主要以东干著名诗人亚斯尔·十娃子为研究对象，第一次以"自然之子"、"土地之子"、"两大比喻系统"等命题来涵盖亚斯尔·十娃子作品的内涵，并以"十娃子体"来概括东干诗歌常用的"七·四"体形式。书中对于新一代诗人十四儿诗歌的探讨，则预示了东干诗歌由现实主义向现代主义的发展趋向。在东干小说领域，全书以文化小说、道德小说、生活小说、悲剧小说、喜剧小说、儿童小说为框架，通过小说中对东干人的聚

---

① 常文昌：《世界华语文学的"新大陆"——东干文学论纲》，中国社会科学出版社 2010 年版，第 9 页。

② 同上。

③ 同上书，第 16 页。

居地"乡庄"的文化意义的阐释，以及东干日常道德习俗中的"讨口唤"、"放赦"、"抚养也提目"等现象的透视，揭示了东干人的民族文化心理；通过小说中关于东干人种植水稻、经营菜园和服饰特点，以及对"少年曲子"（西北花儿）、"顶方"（一种民间棋类游戏）、婚丧习俗等的描写，呈现了东干民族的民俗文化，并从民俗文化的角度，阐释东干小说中的民俗色彩，从中找到了中国传统文化与伊斯兰文化的文化因子。

破译中国文化符码。常文昌先生从东干文学的发端——中国西北回族文化出发，做出了许多正本清源的工作，例如，东干诗歌与小说经常出现的"韩信"一词，在东干语中是"歹毒"的代名词，原来跟中国西北民间传说中韩信欺凌兄长、活葬母亲的传说有关，使"韩信"在东干语中成为了一个"共名"。① 再如东干姑娘表达爱情时，送给钟情的小伙子柳树枝，因为在中国古代"柳"谐"留"，折柳是惜别、思念的象征，具有中国文化的特征。② 其他如东干文学常见的"五更翅"是代表中国文化意象的夜莺，③ 而"旋风"在民间看来是亡魂的化身④，等等，都与中国西北民间传说有关。对于蕴含在东干文学中的中国传统文化符码的破译，可以从深层次上发掘东干文学的民族文化根源，找到某些属于文化原型的东西。

挖掘东干文化资源。东干文学是一种跨境民族的"边界写作"，正如常文昌先生所说："俄罗斯文学与民间文学是东干书面文学的两大动因"⑤，一方面，东干民间文学是东干文学的土壤和文化基础，另一方面，中亚俄罗斯文化语境又为他提供了新鲜的文化因素。首先，就语言来说，东干语言主要是中国西北的方言，但也受到周围中亚民族的影响，出现了使用"双语"或者"多语"的现象。东干语中有许多外来

----

① 常文昌：《世界华语文学的"新大陆"——东干文学论纲》，中国社会科学出版社 2010 年版，第 271 页。

② 同上书，第 65 页。

③ 同上书，第 42 页。

④ 同上书，第 27 页。

⑤ 同上书，第 12 页。

词汇，其中阿拉伯语借词就多达 300 多个，① 还有大量突厥语、波斯语、哈萨克语、维吾尔语以及俄语等借词。其次，就东干文学来说，东干文学的土壤是流行于东干群众中的民间文学，而东干民间文学与中国西北回族民间文学又有着明显的渊源关系，它在流传的过程中，又受到了周围以俄罗斯文化为主的其他民族的文化渗透，使东干文学呈现出多元文化的特征，如东干文学中常见的"韭菜"、"蒜"的意象均来自中国文化，② 东干小说中"讨口唤"、"放赦"等道德主题来自伊斯兰文化，而"白桦"的意象则来自俄罗斯文化，③ 其他如"公民诗"、"楼梯诗"、讽刺小说等文学形式，乃至以法蒂玛为代表的文学批评理论，均受到了俄罗斯文学的影响，等等，以此得出东干文学的三大文化资源（中国传统文化、伊斯兰文化和俄罗斯文化）④ 的结论，是比较可靠和令人信服的。

文学批评形态。书中把东干文学批评分为俄语文学批评与东干语文学批评两种批评形态，并且介绍了两种批评形态的特征：前者受俄罗斯文学批评影响较大，具有意识形态的特征，而且形成了完整的理论体系和术语；而后者则原始质朴，没有形成相应的学术规范和学科术语，但相较之下，后者由于呈现出口语化的特点，重感受性、形象生动，却显得更加感性化和直观。而且，书中还厘清了一些文学批评概念，如东干文学理论中的"诗文"专指诗歌，而"诗"则包括诗歌和"曲文"；"小说"专指短篇小说，而把中、长篇小说分别称为"大小说"和"长小说"，等等。此外，该书着重分析了伊玛佐夫、爱莎·曼苏洛娃、法蒂玛·玛凯耶娃等人的几个批评文本，通过它们来涵盖东干文学批评的不同形态及其特征。

除此之外，该书还对东干人出版发行的一些刊物如《东火星》（后改

---

① ［吉］杨善新：《东干语的托克马克方言》（东干文），林涛《中亚回族陕西话研究》，宁夏人民出版社 2008 年版，第 321 页。

② 常文昌：《世界华语文学的"新大陆"——东干文学论纲》，中国社会科学出版社 2010 年版，第 27 页。

③ 同上书，第 101 页。

④ 同上书，第 94 页。

为《十月的旗》)、《东干报》《青苗》《东干》等文化传播媒介进行了简要的介绍，充分肯定了它们在东干文学发展中重要的推动作用，并且对东干文学及其研究的发展趋向做出了科学的评估与展望。该书出版后，在东干文学研究领域产生了较大的影响，吉尔吉斯斯坦科学院东干学部主任、科学院通讯院士伊玛佐夫教授高度评价该书，认为其中包含了"独创的思想和意想不到的见解"，"丰富了东干学和东干文学研究"。① 《东干》杂志主编尤苏波夫在《国外学者对中亚东干人的研究》② 一文中，以超过五分之一的篇幅，介绍了作者的研究成果，这些都足以说明该书所产生的广泛影响和学术价值。

（三）

在研究方法上，常文昌先生立足中国文化，尤其是西北回族民间文化，把东干文学放置在中亚俄罗斯文化的语境中，作为境外华语文学的一个分支来进行研究，很好地把握了东干文学的文化内涵与文学本质。为此，常文昌先生还曾经三度出国赴中亚地区考察研究，做了许多文字资料收集和田野考察的工作，增强了资料的原始性和实证性，使该书的论述既丰富生动，又显得资料翔实和可靠。在吉尔吉斯斯坦和哈萨克斯坦两国进行学术访问期间，他先后共收集到了俄文版东干作品及研究著作 11 种，东干文小说、诗集和东干口歌口溜等 13 种，东干报刊等 4 种，为该书的编写提供了大量宝贵的文字资料。此外，作为西北甘肃人，他熟悉西北方言，又兼懂俄语和东干语，并曾经在中亚长期担任客座教授，跟东干学者、作家之间建立了广泛的联系，这些都为他的研究工作带来了便利。

东干文学受到了中国传统文化、伊斯兰文化和俄罗斯文化三者共同的交互的影响，这类文化的影响，有一些是显性的，如孟姜女、梁祝、三国、西游等故事传说，还有一些是隐性的，以潜文本的形式存在于东干文学的创作之中，如关于"柳树枝"的文化原型、关于"韩信"的

---

① 常文昌：《世界华语文学的"新大陆"——东干文学论纲》，中国社会科学出版社 2010 年版，第 366 页。

② ［吉］尤苏波夫：《国外学者对中亚东干人的研究》，《东干》（俄文版）2006 年 12 月。

共名等，对于这类问题的阐释，该书都是把它们放置在具体的文本与语境中予以分析的。再如亚斯尔·十娃子"公民诗"、"楼梯诗"等所受苏联文学的影响，其诗歌语言所受中国民间语汇的影响，尔里·阿尔布都小说所受伊斯兰文化与中国西北语言、民俗的影响，包括东干文学的翻译与文学批评，等等，也都是在具体的文本和话语环境中予以考察的，避免了空洞、浮泛等诸多弊端。

东干文学是一块新开发的、尚未被文学史家所命名的文学新地，如常文昌先生所言："中国的华语文学研究界，只知有东南亚及欧美等地的华语文学，而不知有中亚东干文学。"① 对于东干文学的研究，涉及对它的定位、对某些概念的界定（如"华语文学"与"华文文学"等）、对于它的文化及文学资源的廓清、具体文本的整理与分析等一系列问题，一切还大都处于草创期的无序、混乱状态，存在诸多研究空缺甚至讹误之处，在这些方面，本书做了许多实际的工作。近年来，在东干研究领域，常文昌先生已经在国外出版过《亚斯尔·十娃子与汉诗》② 一书，在国内一些学报专门开辟的东干文学专栏、《光明日报》《甘肃日报》《华文文学》等刊物发表了大量介绍东干民族文化、文学的文章，扩大了东干文学的学术影响。常先生早年从事中国诗歌研究，颇有建树，近年来他把主要精力转向东干文学的研究，主持过好几个国家教育部基金项目，这部专著是他多年来研究的综合性成果，包含着许多真知灼见。

正如东干学的研究者丁宏所指出的，东干族作为中国的跨界民族，其研究价值不仅仅止于历史和文化领域，而且对国际关系和对外开放、民族团结，都有重要的现实意义。同样地，东干文学的研究也有助于增强民族凝聚力，有助于了解跨界民族在文化上对母族文化的传承与变异，有助于中国文化的整体建构，其历史价值与现实意义都不是可以轻易估量的。时至今日，在国内外华语文学界仍普遍把研究重点集中在港台、东南亚及欧美华语文学的视阈的学术大背景下，对于中亚东干文学

---

① 常文昌：《世界华语文学的"新大陆"——东干文学论纲》，中国社会科学出版社 2010 年版，第 363 页。

② 常文昌：《亚斯尔·十娃子与汉诗》，伊里木出版社 2003 年版。

的研究，无疑开辟了一块华语文学研究的"新大陆"。并且，从物质文化与非物质文化的角度来看，东干文学既有其属于物质文化的部分，但更有许多行将消亡的、属于非物质文化的部分，值得人们去珍惜、保存和研究。在这个意义上，常先生无疑是为一种行将成为历史的文化（文学）存照，他对于东干学研究在未来形成"中国学派"的期待也并非凭空想象或空穴来风，这也正是常先生学术研究的价值及意义所在。

（高亚斌，兰州交通大学副教授）

八　中亚东干文学研究的独特贡献——评常文昌《世界华语文学的"新大陆"——东干文学论纲》①

杨建军

中亚东干文学是国际汉学中的一个特殊分支。中亚东干文学的特殊性在于它在阅读时具有中国汉语的语音特征，但不用中文书写。常文昌主编的《世界华语文学的"新大陆"——东干文学论纲》（以下简称《论纲》）对这一特殊的分支给予了关注。

中亚东干文学，是中亚东干族文化的重要组成部分。中亚东干族是生活在中亚的一个华人族群，主要分布于哈萨克斯坦、吉尔吉斯斯坦、乌兹别克斯坦三国，人口约有 10 多万。中亚东干人是 19 世纪末从中国迁往中亚的，在迁居中亚的百余年来，他们一直坚持使用中国西北方言，并且创制了用斯拉夫字母拼写的东干文字。中亚东干人的独特文化，引起了美国、德国、俄罗斯、日本、澳大利亚、挪威、中国等多国学者的关注。美国学者梅维恒（Victor H. Mair）认为，"东干人最显著的特征在于，用字母书写了汉语，这证明了汉语是可以用字母拼写的。"

---

① 此文发表于《中国比较文学》2016 年第 3 期。

澳大利亚学者葛维达则认为，中亚东干人是"世界上唯一说中国话又完全用字母拼写中文成功的人"[①]，使用独特语言文字的中亚东干文学，包括民间文学和书面文学两部分。民间文学是在东干族人中口头流传的民间故事，有100多年的流传历史。书面文学是东干族作家创作的书面文学作品，从东干文创立至今有80多年的发展历史。

目前，中亚东干文学作品已经被翻译成了俄文、英文、中文、吉尔吉斯文等多种语言。中亚东干文学是中亚东干学的重要组成部分，东干学最早属于俄罗斯汉学的一个分支。19世纪末，俄罗斯汉学家开始关注东干族的民间口传文学。20世纪30年代至40年代，曾出现了东干民间文学的研究热潮，苏联著名汉学家德拉古诺夫等人发表了多篇研究文章。20世纪50年代，吉尔吉斯斯坦科学院成立了东干学部，这是研究东干学的专门机构，该机构的成立促进了东干文学研究的发展。中亚东干文学研究的代表性研究著作有3部。

1977年出版的俄文版《东干民间故事与传说》，由俄罗斯著名汉学家李福清（Борис Львович Рифтин）等人编著，主要研究东干民间文学，其中收集了多篇民间故事，并把东干民间故事和其他国家的民间故事进行了比较。该书2011年被翻译介绍到国内。1984年出版的俄文版《东干文学的形成和发展》，由吉尔吉斯斯坦东干族学者玛凯耶娃（Ф. Х. Макеева）所写，这是有史以来第一部东干文学史，既介绍了东干民间文学，也重点分析了东干族的书面文学发展史。1991年出版的英文版《亚斯尔·十娃子——苏维埃东干诗人的生活与创作》由澳大利亚学者葛维达所写，把东干书面文学介绍给了英语世界的学者，书中主要研究了东干族著名诗人的诗作。

中亚东干文学属海外华人文学，它也引起了中国学者的关注。1990年代以来，中国学者开始撰文介绍中亚东干文学，但是系统研究它的著作一直没有出现，常文昌教授的著作填补了这一空白。1994年至今，常文昌曾先后3次前往中亚哈萨克斯坦等国担任客座教授，期间他见到

---

① 葛维达：《"苏联东干民族语言，现状及其十二月歌"》，选自香港中国语文学会编《王力先生纪念文集》，三联书店香港分店1987年版，第239页。

了东干族作家，也收集到了一些东干文学作品。2003 年，他出版了俄文著作《亚斯尔·十娃子与汉诗》，通过对东干族诗人的个案分析，论述了中亚东干文学与中国文化的关系。

吉尔吉斯斯坦科学院院士 M. 伊玛佐夫（М. Имазов）曾评价常文昌的俄文著作，"把东干诗歌和中国诗歌进行对比，我认为这在东干学研究中还是第一次"。[①] 2010 年，常文昌主编的中文著作《论纲》出版，这是他多年研究成果的一次集中展示。

常教授认为，"由于东干文化的源头和母体是中国文化，中国人对东干文化与中国文化的联系更有发言权"。[②]

该著作共分为三章：第一章论述中亚东干文学在世界文学中所处的位置，并重点分析东干诗歌的成就；第二章论述东干小说的成就；第三章论述东干民间文学及文学批评的成就。

《论纲》对中亚东干文学研究的贡献，主要体现在四个方面。

其一，提出中亚东干文学在世界文学中的新定位。中亚东干文学曾被认为是苏联少数民族文学之一，中亚多民族文学之一，这些定位并不能全面反映东干文学的特性。常文昌提出，中亚东干文学语言虽然不用汉字书写，但具有中国西北方言特征，东干人属于华人，东干文学应被定位为世界华语文学。中亚东干作家使用的东干文，不用汉字书写，但具有汉字语音特征，这种语言，应属于汉字之外的一种特殊汉语。中亚东干作家还常使用俄文、吉尔吉斯文写作，显示了海外华人作家文学语言的复杂性。中亚东干文学的出现，拓展了世界华语文学的研究范围，呈现了华语文学分布在中亚地区的一条新脉络。

其二，研究中亚东干文学语言的特殊价值。德国学者吕恒力曾说，汉语包括很多方言，但只有两种书面语：一为汉字，一为斯拉夫字母书写的东干文。[③] 常文昌重点研究了中亚东干文学语言的特殊价值。他在

---

① 常文昌：《世界华语文学的"新大陆"——东干文学论纲》，中国社会科学出版社 2010 年版，第 336 页。

② 同上书，第 16 页。

③ 吕恒力：《30 年代苏联（东干）回族扫盲成功之经验——60 年来用拼音文字书写汉语北方话的一个方言的卓越实践》，《语文建设》1990 年第 2 期。

《论纲》中认为，东干文学使用的东干文，是汉字拼音化的成功实践。
20 世纪 20 年代，瞿秋白、鲁迅等都曾倡导用拉丁字母拼写汉字。苏联
汉学家德拉古诺夫也曾和萧三等合作，在俄罗斯远东地区海参崴的中国
工人间推广拉丁字母拼写的汉字。但这些汉字拼音化实践，都没有坚持
下来。使用了多年的东干文字，可以说成功实践了汉字的拼音化书写。
今天的东干文，已具有了较为完备的语音、词汇、语法等语言规则。文
学作品的主要体裁诗歌、小说、散文、文学评论等，也都能用东干文书
写，这是海外华语文学中的一个奇迹。常文昌在《论纲》中还认为，
东干文中有些中国古代词汇，在中国现代汉语中已不再使用，但在东干
文中还使用着。例如，东干文把"人民"称为"民人"，这种语序的倒
置来源于古汉语，《论语》"先进"篇第十一章中就有这样的用法"有
民人焉，有社稷焉"。东干文把蔬菜称为"菜蔬"，这种说法在明代小
说《水浒传》中也能找到。显然，常文昌的研究，发现了东干文学语
言对研究中国古代汉语演变所具有的文献价值。

　　其三，分析中亚东干文学里中国文化的传承和变异。李福清曾在
《东干民间故事与传说》中，通过比较东干民间故事和中国等地的民间
故事，分析了东干民间故事的传承和变异。常文昌的《论纲》，从书面
文学和民间文学两方面，分析了东干文学对中国文化的传承和变异。例
如，东干书面文学的诗歌《柳树枝》中，描写了一个姑娘通过赠送小
伙子柳树枝表达心意。诗歌中姑娘送柳枝的举动，不少东干人都不理解
含义，常文昌根据中国古代的折柳送别习俗，分析了东干诗歌对中国文
化的传承，准确解读了诗中姑娘想要挽留小伙子的心意。东干小说
《头一个农艺师》中，描写了东干人唱民歌的习俗；常文昌发现东干人
唱民歌的习俗，是传承了中国西北人唱民歌的习俗；两地的差别在于，
这种民歌在中国西北大多称为"花儿"（也有称"少年"的），在中亚
东干人中称为"少年"，而不知道"花儿"。《论纲》也分析了东干民间
文学里中国文化的传承与变异。常文昌发现，东干民间故事《韩信》
与中国《史记》中的韩信故事情节部分相似，但是在中国文化中作为
英雄的韩信形象，在东干民间故事中变异成了恶人形象。

　　他还通过追溯东干民间故事的渊源，分析了东干民间故事对中国回族民间故事的传承与变异。比较李福清和常文昌的东干民间文学研究可见，俄罗斯汉学家的优势在于研究视野宏阔，中国学者的优势在于个案解读准确深入。

　　其四，比较中亚东干作家和中国作家的文学作品。葛维达认为，东干作家曾通过俄文翻译版的著作，接触到了中国作家老舍、巴金、赵树理等人的文学作品。常文昌的《论纲》通过比较，发现了中亚东干作家与中国文学的关系。例如，东干族著名诗人亚斯尔·十娃子（Iasyr-Shivaza）诗中的太阳意象群，类似于中国诗人艾青诗中的太阳意象。十娃子诗中还常出现春天意象群，中国古代的《唐诗三百首》中也常写到春天。常文昌还比较了十娃子和中国诗人郭沫若写骆驼的诗，比较了十娃子和中国诗人臧克家写农村的诗。在小说研究中常文昌发现，东干作家的小说受到了中国古代评书体小说影响，东干小说《惊恐》与中国唐代白行简的《三梦记》部分相似。吉尔吉斯斯坦学者玛凯耶娃认为，东干小说《三娃尔连莎燕》类似于莎士比亚《罗密欧与朱丽叶》，常文昌则认为这篇小说更像中国民间故事《梁山伯与祝英台》。

　　相比其他国家的学者，中国学者进入东干文学研究领域比较晚，但是《论纲》已经显示了中国学者对东干文学研究的独特贡献。期望这部著作能引起国际汉学界更多的关注。

（杨建军，兰州大学文学院教授）

九　《丝绸之路上的华裔文学奇葩：中亚东干文学》序①

常文昌

　　东干文学是世界华裔文学中最为独特的一个分支。整体的东干文学

---

①　选自杨建军《丝绸之路上的华裔文学奇葩》，中国社会科学出版社 2015 年版。

由民间口传文学和文人书面文学两部分构成。口传文学同东干历史一样，已有 140 多年；书面文学稍晚，有 80 多年。口传文学，是最纯的母语。书面文学，也有用俄语创作的，比如我看到的哈瓦佐夫的部分小说是俄文版，而东干书面文学的主体则是东干文本，是原汁原味的东干话。而许多俄文版都是由东干文翻译过去的，如十娃子和十四儿的俄文版诗，都注明译者的姓名。东干文学研究主要建立在东干文本的书面文学和口传文学的基础之上。

东干口传的民间文学与书面文学都有很高的研究价值。口传文学主要包括民间故事、民歌、口歌口溜等，不少人将口溜说成顺口溜是不对的，口歌是谚语，口溜是俗语。民间文学的收集和整理者主要是东干学者。值得注意的是，东干人保留了我们失传的东西，有些是我们现有民间文学中找不到的。如故事《要上树的鳖盖，江呢浪去的猴》，翻阅《中国民间故事集成》各卷，都没有类似故事。莫斯科大学研究者做的口歌口溜卡片，其中有一条："亲亲亲，不亲，亲亲门上送礼行。"礼行，礼物。意思是亲戚的亲与不亲，取决于送礼的多少。又如，东干学者收集的"不怕贼偷，但怕客来。"还有"不怕军荒，但怕年荒。""但有军荒，就有年荒，军荒大不过年荒。"这些在中国谚语大全中都无法找到。而东干谚语的生动性有时令人拍案叫绝，如"富尔玛尼但遇上，枪炮都退不掉。"富尔玛尼是缘分，说婚姻爱情缘分到了，千军万马开来，也拆不散。

东干书面文学的价值不用一一列举，仅从它的语言看，就摧毁了我从中国现当代文学教科书中所获得的中国作家口语化的认识，它给我们提供了一个新的参照系。试比较一下，东干报文章题目"心劲大的科学人"，要在中国报纸上，就应当是"顽强拼搏的科学家"。这个"心劲大"是很生动的口语。阿尔布都小说"莫斯科喀山车站，人丸圪垯的呢。"有译者意译为"莫斯科喀山车站人如潮涌。"我以为像蜜蜂或蚂蚁一样"丸圪垯"，比习惯了的书面语"人如潮涌"更新颖。阿尔布都小说中写一个残废军人送葬说，"他送的哪一朝的埋体？"要译成现代汉语就是"他送的什么葬？"送葬是汉语说法，送埋体则是回族用语，这里"哪一朝"特别精彩。东干人将以西北方言为主体的东干话叫作"父母语言"或"亲娘语言"。东干书面语言采用彻头彻尾的口语，将汉语书面语言荡涤的一干二净。这不是有意为之，是汉字失传后，东干人与中国书面语言失去了联系，他们不会汉字，没有经过汉语书面语言的任何训练。而中国作家都是念过书的，都受过多年书面语言的训练，因此即使刻意追求口语化，或运用方言口语，都不可能彻底摆脱书面语的影响。人们公认老舍是运用北京口语的典范，与赵树理为现代文学俗白的双璧。恰好阿尔布都通过俄文版将《月牙儿》译成东干文，比较一下，老舍的"焉知"还未脱尽文言的影响，阿尔布都则译为"还不知道呢"。老舍的"欲睡"也是较文的书面语，阿尔布都译为"丢盹"。可惜相信白话万能的老舍，生前会见过十娃子，但并未看到阿尔布都的译文。假若能看到，老舍一定会比我们更惊喜。即此一端，可以感受到东干文学的研究价值。世界各地的华人华侨，尽管保留了不少方言土语，可是在文学创作中，都用书面语。只有东干文学是个例外，这个例外给我们提供了新的思考。

被公认为东干书面文学的奠基者是十娃子。如果说，普希金是俄罗斯诗歌的太阳，莱蒙托夫是俄罗斯诗歌的月亮，那么在我看来，十娃子就是东干诗歌的太阳，他的诗歌展示了东干民族精神的乐观与阳面，而十四儿则是东干诗歌的月亮，更多地抒写了东干民族内心世界的忧郁和阴面。阿尔布都的小说更值得深入研究，我惊异于他的艺术才华，甚至感觉老天爷生阿尔布都就是为了证明东干语言的艺术魅力，因此可以尊他为"东干小说之王"。其他东干作家也是东干文学星空中闪烁的群星，自有其各自的光芒。

时至今日，东干文学的发展面临困境。东干文展示了汉语拼音文字的存在。但是，再过50年或100年之后，东干文还能存在下去吗？在中国历史上，已有回纥文、西夏文、女真文等十几种文字消亡，东干文同样面临失传的危险。乌兹别克斯坦的东干人数虽然较少，但是他们几乎没有怎么用过东干文。哈萨克斯坦东干协会主席安·胡塞就主张东干语向现代汉语过渡，东干文向汉字过渡。这个主张没有得到东干语言学家的认可。从东干文学的创作趋势来看，越来越多的年轻人用俄文创作，不用东干文创作。东干文学还会发展，但是原汁原味的东干话在文学中可能会慢慢消退。这是我们对东干文学未来的忧虑。

鉴于这种忧虑，我们深深感到东干文学的抢救性研究迫在眉睫。东干文学研究，可以分为几个层次：首先是资料的收集和整理。这方面，东干学者做了大量的工作。东干民间故事和口歌口溜虽有好几种东干文版本，但仍不完整，有的并未收入。作家的作品也比较零散，需要广泛收集。中国是东干人的历史故国，东干研究起步较晚，东干资料几乎从零开始收集。去年我去伦敦，正在伦敦大学亚非学院进修的常立霓教授从校图书馆借到伊玛佐夫和十四儿的东干语言和文学研究著作，那里还有3卷本《俄语—东干语词典》。这令我大喜，同时也大为吃惊。国内任何一个图书馆绝对没有俄文和东干文版的东干研究原始资料。而挪威的奥斯陆大学近几年建立了东干学数据库，扫描上传了大量资料，从1900年收集到现在。这些资料有东干文和俄文的，也有英文、中文和日文的。同时还采用了编年、分类等多种排列方式。有志于东干研究的人，可以足不出户就能从网上浏览下载。尽管所收资料尚需补充和完善，但是，这一工程无疑是值得敬佩的。其次，对于中国广大读者和各国汉学家来说，东干文的汉语直译转写是需要的，中国学者已经开始做这项工作。最早有意译的东干小说出版，之后有东干诗歌、小说、民间故事的直译和转写相继出版，扩大了东干文学的阅读面。而直译转写，保留了东干语言的原汁原味，是值得肯定的。直译转写有许多问题尚待解决。东干文学研究的第三个层次是进入学术研究层面。学术研究要建立在可靠的资料基础上，要入乎其内，出乎其外，从感性认识上升到理性认识。国内有关东干文学研究的各种论文估计有七八十篇，从知网统计数字来看，其中85%左右的论文出自兰州大学（包括在职的与已毕业的研究者）东干研究团队，从一个侧面反映了中国东干学研究的兴起。但是，从更高的要求看，东干学研究需要不断突破，不能停留在一个水平上。就东干文学而言，作家作品的深入研究还远远不够，东干民间文学还有很大的研究空间。2014年9月，奥斯陆东干民间文学国际学术会议其中一个议题便是东干口歌口溜的解读问题，要从语义学的角度弄清每一条谚语的内涵，实在不是一件容易的事。比如，"人心不足蛇吞象（相），tan 心不足吸太阳"，东干人保留了这条完整的谚语，国内谚语大全之类的书只收了第一句。这条谚语的来源还有一个动人的故事。第二句有人写作"贪心不足吸太阳"，这同第一句不对称，而且吸太阳的主体也是人吗？俄罗斯科学院院士李福清解释说，东干人认为 tan 是一种动物，有的说是龙，有的说是狮子，很可能是一种神话动物。类似难解的谚语还可以举出一些。东干文是拼音文字，口歌口溜的含义往往要通过俄语解释或汉字定位才能弄明白。要彻底解决其中的问题，需要东干学者与中国学者的通力合作。

杨建军博士的《丝绸之路上的华裔文学奇葩：中亚东干文学》是东干文学研究的一个新收获。建军是甘肃张家川回族人，从我攻读硕士和博士学位，以回族和中亚东干文学为主要研究方向。他思维敏捷，善于思考，与其他研究者的思路不尽相同。

从这本书可以看出，他的学术视野宽阔。把东干文学置于世界华裔文学的大框架中，置于伊斯兰文化的大背景下，研究其独特的特点。我很欣赏他的世界华裔文学中的伊斯兰文化带的提法，此前还没有人聚焦到这个问题的研究上。建军为我们粗线条的勾勒了这个文化带的分布范围，探讨了其艺术特质与研究价值。关于东干文学的三大文化资源，即与中国文化、俄罗斯文化和伊斯兰文化的关系问题，是宏观研究的大课题，也是这本书中最有价值的章节。司俊琴教授将俄罗斯文化的影响分为显性的和隐性的，建军列举的例证，除了显性的影响之外，还挖掘了某些隐性的影响，都是值得肯定的。在东干文学的多元比较维度研究中，著者也跳出东干文学之外，寻找更多的参照系，通过比较进一步认识东干文学的独特性。大视野的宏观研究是建军之所长，也是东干文学研究所需要的。

其次，观点新颖。思乡和寻根本是世界各地华裔文学的共同主题，而东干人对故乡的怀恋又多了几重内涵，建军将其命名为"三重望乡心态"。东干是中国回族的后裔，有"回族爸爸，汉族妈妈"之说。因此东干文学作品中表现出既有对中国故土的怀恋，又有对阿拉伯故乡的思念，同时，还有对中亚东干人聚居乡庄的依恋。东干乡庄，不仅是东干民族赖以生存的物质家园，同时又是民族文化、习俗、宗教等赖以存在的精神家园。皮之不存，毛将焉附。假若东干乡庄不复存在，东干民族的语言、风俗和文化自然就消失了。由此决定了东干人的"三重望乡心态"。因此，建军的说法凿凿有据。又如，对作品的解读，阿尔布都的悲剧小说《三娃尔连莎燕》结尾，一对青年男女为爱情而死，死后合葬在一起，每天东方破晓的时候，从坟里飞出一对鸽子，掠过水渠。作者为什么要写成鸽子呢？因为穆斯林对鸽子有一种特殊感情。回族民间传说，鸽子曾救过穆罕默德。因此，鸽子是回族的吉祥鸟。类似解读，都持之有故，言之成理。

　　《诗经·大雅·荡》说："靡不有初，鲜克有终。"许多人觉得中亚东干族是个很有趣的话题，也有赶赴中亚访问的，制作视频的，写点见闻的。但是沉潜于东干学研究，全身心投入者却少之又少。这固然与东干学研究之不易有关，挪威皇家科学院院士何莫邪说，"遗憾的是，东干研究门槛很高，对专业要求近乎苛刻。"[①] 他的说法很有道理，以东干文学研究为例，要会俄语，这不仅因为俄语借词约占7%，而且某些表达方式也受俄语影响；要懂东干文，要精通西北方言，否则无法阅读原始的东干文本；要熟悉伊斯兰文化，甚至要懂点阿拉伯语、波斯语和突厥语；同时，还必须是文学研究的内行。

　　这本书是青年学者建军东干文学研究的良好开端，希望建军能持之以恒，全身心投入，为东干研究做出更大的贡献。也希望有更多的人来关注东干研究。

（常文昌，兰州大学文学院教授）

---

① 林涛：《东干语调查研究·序》，中国社会科学出版社2012年版，第14页。

参考书目

一 东干文（直译转写为汉文）

1. Я. 十娃子：《挑拣下的作品》，吉尔吉斯斯坦出版社 1988 年版。

2. Я. 十娃子：《春天的音》，吉尔吉斯斯坦出版社 1981 年版。

3. Я. 十娃子：《五更翅儿》，吉尔吉斯斯坦伊里木出版社 2006 年版。

4. И. 十四儿：《还唱呢》，米克捷普出版社 1985 年版。

5. И. 十四儿：《快就夏天飞过呢》，比什凯克 2014 年版。

6. А. 阿尔布都：《独木桥》，吉尔吉斯斯坦出版社 1985 年版。

7. А. 曼苏洛娃：《雪花儿——娃们念的小说》，比什凯克 1998 年版。

8. А. 曼苏洛娃：《你不是也提目》，比什凯克 2006 年版。

9. Э. 白掌柜的：《指望》，比什凯克 2008 年版。

10. Э. 白掌柜的：《公道》，米克捷普出版社 1977 年版。

11. Э. 白掌柜的、А. 曼苏洛娃、И. 舍穆子：《遇面》，米克捷普出版社 1986 年版。

12. М. 哈桑诺夫：《干净心》（纯洁的心），伏龙芝 1973 年版。

13. Х. 拉阿洪诺夫收集：《回族民人的口歌带口溜》，比什凯克 1998 年版。

14. М. 伊玛佐夫：《燕唧儿》，伏龙芝 1976 年版。

15. М. 伊玛佐夫：《鸭子嘴鱼》，伏龙芝 1990 年版。

16. M. 伊玛佐夫：《书信》，伊里木出版社 2002 年版。

17. 老舍：《月牙儿》，尔里·阿尔布都译，吉尔吉斯斯坦出版社 1957 年版。

18. Ю. 从娃子：《回族语言的来源话典》，伊里木出版社 1984 年版。

19. Б. 杜娃子主编：《东干报》，吉尔吉斯斯坦东干协会社会—政治报。

20. P. 尤苏波夫主编：《东干》杂志，东干文化教育基金会。

21. A. 阿尔布都：《血脉相通》，伏龙芝 1962 年版。

22. A. 阿尔布都：《好心肠》，伏龙芝 1965 年版。

23. A. 阿尔布都：《马家的小伙儿》，伏龙芝 1970 年版。

24. A. 阿尔布都：《没名字的儿子》，米克捷普出版社 1974 年版。

25. A. 阿尔布都：《马格子·马三成》，哈萨克斯坦出版社 1975 年版。

26. X. 尤苏洛夫：《回族口溜、口歌、猜曲话（格言）连猜话（谜语)》，伏龙芝，吉尔斯斯坦出版社 1984 年版。

二 俄文

1. Дунганские народные сказки и предания. Б. Л. Рифтин М. Хасанов И. Юсупов. Издательство «Наука» 1977. Б. Л. 李福清、М. 哈桑诺夫、И. 尤苏波夫：《东干民间故事与传说》（莫斯科），科学出版社 1977 年版。

2. Щедрая душа. Музаппархан Курбанов, Тазагуль Закирова, Исхар Шисыр. Стихи. Фрунзе«Адабият» 1990. 木扎巴尔汗·库尔巴诺夫、塔扎古丽·扎吉洛娃、伊斯哈尔·十四儿：《丰富的内心世界》，阿达比亚特出版社 1990 年版。

3. Становление и развитие дунганской советской литературы. Маке-ева. Ф. Х. Кыргызстан 1984. Ф. 玛凯耶娃：《东干文学的形成和发展》，吉尔吉斯斯坦出版社 1984 年版。

4. Творчество Ясыра Шивазы. Ф. Х. Макеева Издательство Илим 1974.

Ф. Молкейева：《亚斯尔·十娃子的创作》，伊里木出版社 1974 年版。

5. Ясыр Шиваза М. Имазов. Бишкек 1996. М. 伊玛佐夫：《亚斯尔·十娃子》，比什凯克 1996 年版。

6. Ясыр Шиваза——основоположник дунганской литературы. Илим 2001. 《亚斯尔·十娃子——东干书面文学的奠基者》（论文集），伊里木出版社 2001 年版。

7. Ясыр Шиваза и китайская поэзия. Чан Вэньчан Бишкек Издательство Илим 2003. 常文昌：《亚斯尔·十娃子与汉诗》，伊里木出版社 2003 年版。

8. Диалог ученых на великом шолковом пути. Илим 2002. 《丝绸之路学术对话》（论文集），伊里木出版社 2002 年版。

9. Арли Арбуду. М. Имазов Бишкек 1997. М. 伊玛佐夫：《尔利·阿尔布都》，比什凯克 1997 年版。

10. Прозаический фольклор хуэйцзу центральной Азии. И. шисыр. Илим 2004. И. 十四儿：《中亚回族民间散文口头创作》，比什凯克伊里木出版社 2004 年版。

11. Кыргызстан：Энциклопедия. Центр государственного языка и энциклопедии 2001. 《吉尔吉斯斯坦百科全书》，国家语言与百科全书中心 2001 年版。

12. Дунганская диаспора Центральной Азии объект научного исследования зарубежных ученых Р. Юсупов, «Дунган». Р. 尤苏波夫：《东干研究在国外》，《东干》2006 年第 5 期。

13. Восприятие поэзии Ясыра шиваза в Китае М. Имазов «Диалог ученых на великом шолковом пути». Илим 2006. М. 伊玛佐夫：《亚斯尔·十娃子诗歌在中国的接受》，《丝绸之路学术对话》2006 年。

14. Краткий Дунганско-русский словарь. Ю. Яншансин. Москва，2009. Ю. 杨善新：《简明东干语—俄语词典》（增订本），莫斯科 2009 年版。

15. Русско-Дунганский словарь. Национальная Академия наук Кыргызской

Республики，Илим 1981. М. 伊玛佐夫等编写：《俄语—东干语词典》（3卷本），吉尔吉斯科学院、伊里木出版社 1981 年版。

16. Дунганская энциклопедия. М. Имазов Илим 2009. М. 伊玛佐夫主编：《东干百科全书》，伊里木出版社 2009 年版。

17. Лао Шэ Избранные произведения. В. Сорокин，Хутожественное издательство，Москва，1991. ［俄］索罗金：《老舍作品选集》，莫斯科文艺出版社 1991 年版。

三 英文

1. Svetlana Rimsky-Korsakoff Dyer, Iasyr Shivaza. The life and works of a Soviet Dungan Poet, Frankfurt a. M：Peter Lang 1991. 斯维特兰娜·里姆斯基—科萨科夫·达耶尔：《亚斯尔·十娃子——一位苏联东干族诗人的生平与创作》，德国法兰克福 Peter Lang 出版社 1991 年版。

2. Tsu. Jing, Sound and Script in Chinese Diaspora, Harvard University Press，2010. 石静远：《华裔流散群体的声音与书写》，哈佛大学出版社 2010 年版。

3. Olli Salmi, Dungan – English Dictionary, 2017. 奥利·萨尔米：《东干—英语词典》，2017 年。

四 中文

1. 亚斯尔·十娃子：《就像百灵儿我唱呢》（上、下部），马永俊译，中国文化出版社 2011 年版。

2. 杨峰编译：《盼望》，新疆人民出版社 1996 年版。

3. 李树江、王正伟编：《回族民间故事选》，上海文艺出版社 1985 年版。

4. 老舍：《老舍文集》第 8 卷，人民文学出版社 1985 年版。

5. 王国杰：《东干族形成发展史——中亚陕甘回族移民研究》，陕西人民出版社 1997 年版。

6. ［俄］波亚尔科夫：《东干起义的最后一幕》，林涛、丁一成译，中国文化艺术出版社 2009 年版。

7. 丁宏：《东干文化研究》，中央民族大学出版社 1999 年版。

8. ［吉］伊玛佐夫编：《亚瑟尔·十娃子生活与创作》，丁宏编译，宁夏人民出版社 2001 年版。

9. 伊玛佐夫选编：《中亚回族著名诗人——亚瑟尔·十娃子精选诗集》，林涛、崔凤英编译，世界图书出版公司 2015 年版。

10. ［哈］黑亚·拉阿洪诺夫：《金黄秋天》，惠继东译，世界图书出版公司 2017 年版。

11. 李福清编著：《东干民间故事传说集》，海峰东干语转写、连树声俄语翻译，上海文艺出版社 2011 年版。

12. ［吉］М. Я. 苏三洛：《中亚东干人的历史与文化》（俄文原名《东干人的历史与民族学概述》），郝苏民、高永久译，宁夏人民出版社 1996 年版。

13. ［吉］伊斯哈尔·十四儿：《梢葫芦白雨下的呢》，林涛译，中国科学文化出版社 2008 年版。

14. A. 曼苏洛娃：《喜爱祖国》，惠继东译，世界图书出版公司 2016 年版。

15. 胡振华：《中亚东干学研究》，中央民族大学出版社 2009 年版。

16. 海峰：《中亚东干语言研究》，新疆大学出版社 2003 年版。

17. 林涛：《中亚东干语研究》，香港教育出版社 2003 年版。

18. 林涛：《东干语论稿》，宁夏人民出版社 2007 年版。

19. 林涛：《中亚回族陕西话研究》，宁夏人民出版社 2008 年版。

20. 常文昌主编：《世界华语文学的"新大陆"——东干文学论纲》，中国社会科学出版社 2010 年版。

21. 杨建军：《丝绸之路上的华裔文学奇葩》，中国社会科学出版社 2015 年版。

22. ［吉］伊玛佐夫：《中亚回族诗歌小说选译》，林涛译，香港教育出版社 2004 年版。

23. ［哈］拉阿洪诺夫：《中亚回族的口歌和口溜儿》，林涛译，香港教
育出版社 2004 年版。

24. 李树江、王正伟主编：《回族民间传说故事》，宁夏人民出版社 2009
年版。

25. 常文昌、常立霓：《世界华语诗苑的奇葩——中亚东干诗人十娃子
与十四儿的诗》，阳光出版社 2014 年版。

26. 李树江：《回族民间文学史纲》，宁夏人民出版社 1999 年版。

27. 丁乃通编著：《中国民间故事类型索引》，郑建威、李倞、商孟可、
段宝林译，华中师范大学出版社 2008 年版。

28. 吴冰、王立礼主编：《华裔美国作家研究》，南开大学出版社 2009
年版。

29. 李明滨：《中国文学俄罗斯传播史》，学苑出版社 2011 年版。

30. 李毓榛主编：《20 世纪俄罗斯文学史》，北京大学出版社 2004 年版。

31. 常文昌、唐欣：《东干文学：世界华语文学的一个分支》，《光明日
报》2003 年 8 月 4 日。

32. 王德威：《"华语文学研究的进路与可能"专题研讨——华语语系文
学：边界想像与越界建构》，《中山大学学报》2006 年第 5 期。

33. 刘登翰、刘小新：《对象·理论·学术平台——关于华文文学研究
"学术升级"的思考》，《广东社会科学》2004 年第 1 期。

34. ［法］汪德迈：《新汉文化圈》，陈彦译，江西人民出版社 2007 年版。

35. 倪海曙：《拉丁化新文字运动的始末和编年纪事》，知识出版社 1987
年版。

36. ［联邦德国］吕恒力：《30 年代苏联（东干）回族扫盲之成功经
验——60 年来用拼音文字书写汉语北方话的一个方言的卓越实践》，
《语文建设》1990 年第 2 期。

37. 杜松寿：《拼音文字参考资料集刊：东干语拼音文字资料》，文字改
革出版社 1959 年版。

38. ［澳］葛维达：《苏联东干民族语言、现状及其十二月歌》，香港中国

语文学会编《王力先生纪念文集》，三联书店香港分店 1987 年版。

39. ［俄］龙果夫：《现代汉语语法研究》，郑祖庆译，科学出版社 1958 年版。

40. 刘俐李：《同源异境三方言核心词和特征词比较》，《语言研究》2009 年第 2 期。

41. 艾特玛托夫：《查密莉雅》，力冈、冯加译，外国文学出版社 1998 年版。

42. 韩捷进：《艾特玛托夫》，四川人民出版社 2001 年版。

43. 周明燕：《论艾特玛托夫创作的伊斯兰文化渊源》，《国外文学》2003 年第 3 期。

44. 海峰：《同类型文体东干书面语与普通话书面语差异分析》，《新疆大学学报》2011 年第 5 期。

45. 《中亚东干人寻访记》（1—4），《人民日报》1996 年 8 月 13—16 日。

46. 王小盾：《东干文学和越南古代文学的启示》，《文学遗产》2001 年第 6 期。

47. 赵塔里木：《中亚东干人关于民歌的概念和分类》（上、下），《中央音乐学院学报》2001 年第 1、2 期。

48. 赵塔里木：《中亚东干民歌的传承方式》，《音乐研究》2003 年第 1 期。

49. 常文昌：《吉尔吉斯斯坦的“甘肃村”》，《甘肃日报》2003 年 8 月 20 日。

50. 熊贞主编：《陕西方言大词典》，陕西新华出版传媒集团、陕西人民出版社 2015 年版。

51. 敏春芳编著：《文明的关键词——伊斯兰文化常用术语疏证》，民族出版社 2002 年版。

52. 张文轩、莫超：《兰州方言词典》，中国社会科学出版社 2009 年版。